中华传统文化核心读本

余秋雨题

传承中华文化精髓

建构国人精神家园

唐宋八大家散文

[唐] 韩愈 等/著

天地出版社 | TIANDI PRESS

图书在版编目（CIP）数据

唐宋八大家散文／（唐）韩愈等著. —成都：天地出版社，2019.9
（中华传统文化核心读本：精选插图版）
ISBN 978-7-5455-4850-1

Ⅰ.①唐… Ⅱ.①韩… Ⅲ.①唐宋八大家－古典散文－散文集 Ⅳ.①I264.2

中国版本图书馆CIP数据核字（2019）第076155号

TANG–SONG BADAJIA SANWEN
唐宋八大家散文

出品人 杨 政
作　者 ［唐］韩 愈 等
责任编辑 陈文龙 霍春霞
封面设计 思想工社
内文排版 九章文化
责任印制 葛红梅

出版发行 天地出版社
（成都市槐树街2号 邮政编码：610014）
（北京市方庄芳群园3区3号 邮政编码：100078）
网　址 http://www.tiandiph.com
电子邮箱 tianditg@163.com
经　销 新华文轩出版传媒股份有限公司

印　刷 河北鹏润印刷有限公司
版　次 2019年9月第1版
印　次 2019年9月第1次印刷
开　本 710mm×1000mm 1/16
印　张 24.25
字　数 503千字
定　价 39.80元
书　号 ISBN 978-7-5455-4850-1

咨询电话：（028）87734639（总编室）
购书热线：（010）67693207（营销中心）

出版说明

中华文明历史悠久，源远流长。五千年的中华文明光辉灿烂，硕果累累，对后世产生了积极而深远的影响。作为华夏儿女，这是值得我们每一个人骄傲和自豪的地方。

中华传统文化，是中华文明在五千年的发展历程中诞生的成果之一，它以儒、道文化为主体，包含政治、经济、思想、艺术等各类物质和非物质文化。具体而言，中华传统文化包括诗、词、曲、赋、古文、书法、对联、灯谜、成语、中医、国画、传统节日、民族音乐等等，可谓博大精深，形式多样。

习近平总书记指出，中华优秀传统文化是我们最深厚的文化软实力，也是中国特色社会主义植根的文化沃土。中华优秀传统文化，滋养了中华民族的民族精神，赋予了中华民族伟大的生命力和凝聚力，是中华文明成果的创造力源泉。继承和发展中华优秀传统文化，学习、掌握其中的各种思想精华，不仅对我们树立正确的世界观、人生观、价值观大有裨益，而且也能为我们处理各种社会事务提供有益的启发和指导。

为弘扬中华优秀传统文化，满足广大读者对优秀传统文化的阅读需求，我们遴选了这套“中华传统文化核心读本·精选插图版”丛书。本丛书分“贤哲经典”“历史民俗”“文学菁华”三个系列，每个系列精选代表性的书目若干，基本涵盖了传统文化的各个类别。

为便于广大读者对传统经典的学习和吸收，本丛书对涉及古文的品种基本采用了注译和白话两种处理方式，以消除读者阅读的障碍。另外，本丛书每个品种都配有大量精美的古画插图，这些插图与内容互为补充，相得益彰，让读者在阅读中获得艺术的享受。

前言

唐宋八大家是指唐朝和北宋两代八位著名的散文作家，他们分别是韩愈、柳宗元、欧阳修、苏洵、曾巩、王安石、苏轼和苏辙。明朝散文家茅坤曾编选《唐宋八大家文钞》，“唐宋八大家”的名称便从此流传于世，其文章成为后世散文创作的典范。

韩愈（768—824），字退之，唐代文学家、哲学家，被尊为“唐宋八大家”之首。自谓郡望昌黎，世称韩昌黎。河南河阳（今河南孟州）人。因官吏部侍郎，又称韩吏部。谥号“文”，又称韩文公。

韩愈是唐代古文运动的倡导者和领导者，主张文章要开孔孟之道，以此来反对当时单纯形式的骈文。思想渊源于儒家，重视作家的道德修养，提出养气论，提倡学习先秦两汉古文，主张学古要在继承的基础上创新，坚持“词必己出”“陈言务去”。其散文内容丰富，形式多样，语言简练，鲜明生动，为古文运动树立了典范。

韩文分论说、杂文、传记、抒情四类，其风格雄健奔放，气势充沛，纵横捭阖，奇偶交错，巧譬善喻；或诡谲，或严正，艺术特色多样化；扫荡了六朝以来柔靡骈俪的文风。

韩愈是中国文学史上一位具有重大影响和突出贡献的著名文学家。作为文学家，他的成就是多方面的，尤其在散文创作方面，成就更为恢宏，在当时就有“学浪词锋压九州”“三十余年，声名塞天”之誉；宋代苏轼更是称其为“百世师”“天下法”“文起八代之衰，道济天下之溺”。他的散文，文体之备无所不包，内容之博无所不容，所以后人称其散文“海含地负”，确非溢美之词。他不仅在当时产生很大影响，成为一代文坛宗师，而且后世历代古文家都受到他的影响，成为中国散文史上里程碑式的人物。韩愈位居“唐宋八大家”之冠，是当之无愧的。

柳宗元，字子厚，唐代河东（今山西运城西南）人，代宗大历八年（773）出生于京城长安，宪宗元和十四年（819）客死于柳州。因为他是河东人，终于柳州刺史任上，所以号“柳河东”或“柳柳州”。

柳宗元的散文风格自然流畅，幽深明净。他一生创作丰富，议论文、传记、寓言、游记都有佳作。议论文笔锋犀利、逻辑严密，以《封建论》最有代表性；寓言多用来讽刺时弊，想象丰富、寓意深刻、言语尖锐，《三戒》是他著名的讽刺寓言；传记散文多以真人真事为基础，略带夸张虚构，《捕蛇者说》《童区寄传》《段太尉逸事状》是这类作品的代表作。

柳文中的山水游记最为脍炙人口，并发展成为一种独立的文学体裁，柳宗元也因而被称为“游记之祖”。柳宗元山水游记的著名代表作是“永州八记”。这“八记”并非单纯的景物描摹，而往往是在景物中寓意深远，抒写胸中种种不平，使得山水也带有了人的性格。

柳宗元的散文语言简练生动。他常运用虚实结合、夹叙夹议的创作手法谋篇布局，使得文章意趣横生。此外，柳文多用短句，节奏明快而富于变化，这是他汲取骈文之长所致。

欧阳修（1007—1072），北宋文学家、史学家。字永叔，号醉翁、六一居士，吉州吉水（今属江西）人。天圣进士。官馆阁校勘，因直言论事贬知夷陵。庆历中任谏官，支持范仲淹，要求在政治上有所改良，被诬贬知滁州。官至翰林学士、枢密副使、参知政事。谥“文忠”。主张文章应“明道”、致用，对宋初以来靡丽、险怪的文风表示不满，并积极培养后进，是北宋古文运动的领袖。散文说理畅达，抒情委婉，为“唐宋八大家”之一；诗风与其散文近似，语言流畅自然；其词婉丽，承袭南唐余风。

欧阳修一生写了五百余篇散文，各体兼备，有政论文、史论文、记事文、抒情文和笔记文等。他的散文大都内容充实，气势旺盛，具有平易自然、流畅婉转、含蓄委婉的艺术风格。叙事既得委婉之妙，又简约有法；议论既纡徐有致，又富有内在的逻辑力量；章法结构既能曲折变化而又十分严密；语句圆润轻快而无窘迫滞涩之感。欧阳修的政论散文，如《与高司谏书》《朋党论》《五代史伶官传序》不仅富于现实意义，而且语言婉转流畅，是"古文"中的名篇。

最能体现他散文成就的是记事兼抒情的作品。他的这类散文，无论状物写景，还是叙事怀人，都显得楚楚动人，如他最著名的《醉翁亭记》，写滁州山间四时的景色和早晚的变化以及人们游玩山间的情景，层次分明、语言流畅，抒发了一种摆脱束缚后，从容怡然而又怅惘若失的情怀。

苏洵（1009—1066），北宋散文家。字明允，号老泉。眉州眉山（今属四川）人。嘉祐年间，其文得欧阳修举荐，一时公卿士大夫争相传诵，文名因而大盛。与其子苏轼、苏辙合称"三苏"，均列入唐宋八大家之中。

苏洵的散文论点鲜明，论据有力，语言锋利，纵横恣肆，具有极强的说服力。欧阳修称赞他"博辩宏伟""纵横上下，出入驰骤，必造于深微而后止"（《故霸州文安县主簿苏君墓志铭》）；曾巩也评论他的文章"指事析理，引物托喻""烦能不乱，肆能不流"（《苏明允哀词》），这些说法都是比较中肯的。艺术风格以雄奇为主，而又富于变化。一部分文章又以曲折多变、纡徐婉转见长。

苏洵论文见解亦多精辟。他反对浮艳怪涩的时文，提倡学习古文；强调文章要"得乎吾心"，写"胸中之言"；主张文章应"有为而作""言必中当世之过"。他还探讨了不同文体的共同要求和不同写法。他特别擅长从比较中品评各家散文的风格和艺术特色，例如《上欧阳内翰第一书》对孟子、韩愈和欧阳修文章的评论就很精当。

苏洵的抒情散文不多，但也不乏优秀的篇章。在《送石昌言为北使引》中，他希望出使契丹的友人石昌言不畏强暴，藐视敌人，写得很有气势。《张益州画像记》记叙张方平治理益州的事迹，塑造了一个宽政爱民的封建官吏形象。《木假山记》借物抒怀，赞美一种巍然自立、刚直不阿的精神。

曾巩（1019—1083），北宋散文家，字子固，南丰（今属江西）人。嘉祐二年（1057）进士，任召编校史馆书籍，官至中书舍人。曾巩是“唐宋八大家”之一，是欧阳修古文运动的支持者和参与者。

曾巩的散文创作成就很高，是北宋诗文革新运动的积极参加者。他师承司马迁、韩愈和欧阳修，主张“文以明道”，把欧阳修的“事信、言文”观点推广到史传文学和碑铭文字上。他在《南齐书目录序》中说：“古之所谓良史者，其明必足以周万事之理，其道必足以适天下之用，其智必足以通难知之意，其文必足以发难显之情，然后其任可得而称也。”他强调只有“蓄道德能文章者”，才足以发难显之情，写“明道”之文。他的散文大都是“明道”之作，文风以“古雅、平正、冲和”见称。《宋史・列传》说他“立言于欧阳修、王安石间，纡徐而不烦，简奥而不晦，卓然自成一家”。他的议论性散文，剖析微言，阐明疑义，卓然自立，分析辩难，不露锋芒。《唐论》就是其中的代表作，援古事以证辩，论得失而重理，语言婉曲流畅，节奏舒缓不迫，可与欧阳修的《朋党论》媲美。他的记叙性散文，记事翔实而有情致，论理切题而又生动。著名的《寄欧阳舍人书》，叙事委婉深沉，语言简洁凝练，历来被誉为书简范文。《战国策目录序》论辩入理，气势磅礴，极为时人所推崇。当西昆体盛行时，他和欧阳修等人的散文，一改雕琢堆砌之风，专趋平易自然。王安石曾赞叹说：“曾子文章众无有，水之江汉星之斗。”（《赠曾子固》）苏轼也说：“醉翁门下士，杂遝难为贤；曾子独超轶，孤芳陋群妍。”

王安石（1021—1086），字介甫，号半山，小字獾郎，封荆国公，世人又称王荆公。抚州临川（在今江西）人，北宋杰出的政治家、思想家、文学家。

王安石为“唐宋八大家”之一，他的散文雄健简练，奇崛峭拔，大都是书、表、记、序等体式的论说文，阐述政治见解与主张，为变法革新服务。这些文章针对时政或社会问题，观点鲜明，分析深刻，长篇横铺而不力单，短篇则纡折而不味薄。《答司马谏议书》，以数百字的篇幅，针对司马光指责新法为侵官、生事、征利、拒谏四事，严加剖驳，短小精悍，言简意赅，措辞得体，体现了作者刚毅果断和坚持原则的政治家风度。王安石的政论文，不论长篇还是短制，结构都很谨严，主意超卓，说理透彻，语言朴素精练，“只用一二语，便可扫却他人数大段”（刘熙载《艺概·文概》），具有较强的概括性与逻辑力量。这对推动变法和巩固北宋诗文革新运动的成果起了积极的作用。王安石的一些小品文脍炙人口，《读〈孟尝君传〉》《伤仲永》等，评价人物笔力劲健，文风峭刻，富有感情色彩，给人以显豁的新鲜感。他还有一部分山水游记散文，简洁明快而省力，酷似柳宗元；《游褒禅山记》，亦记游，亦说理，二者结合得紧密自然，既使抽象的道理生动、形象，又使具体的记事增加思想深度，显得布局灵活又曲折多变。

苏轼（1037—1101），字子瞻，又字和仲，号东坡居士，眉州眉山（今四川眉山）人，北宋著名的文学家、书画家。他与他的父亲苏洵、弟弟苏辙皆以文学名世，世称“三苏”；且与唐代的韩愈、柳宗元和宋代的欧阳修、苏洵、苏辙、王安石、曾巩合称“唐宋八大家”；并与黄庭坚、米芾、蔡襄被誉为最能代表宋代书法成就的书法家，合称为“宋四家”。

苏轼散文以雄健恣肆见长。他在《自评文》中说：“吾文如万斛泉源，不择地而出，在平地，滔滔汩汩，虽一日千里无难，及其与山石曲折，随物赋形，而不可知也。”这段话概括简短，准确地说明了其散文艺术风格的主要特点。他的政论文，立论范围广泛而主旨分明，往往纵横捭阖，挥洒自如，气势恢宏；他的记叙性散文，叙议相长，铺张扬厉，汪洋恣肆。即便是随笔、序跋、书札一类的杂文，或谈艺论道，或抒写襟怀，或描景状物，或记人叙事，也莫不如行云流水，波澜迭出，变幻莫测。如他所言：“意之所到，则笔力曲折无不尽意。”沈德潜说他的风格是“天马脱羁，飞仙游戏，穷极变幻，而适如意中所欲出”。

苏轼的散文，首先以其政治论文大露峥嵘。在《策略》《策别》

《策断》等篇章里，作者满怀儒家的政治理想，凭借大量的历史事实加以周密的论证，字里行间颇有贾谊、陆贽的气势神韵；文脉晓畅，文采飞扬，受《战国策》的影响明显可见。苏轼的历史论文，如《留侯论》《晁错论》等，是其政治论文的另一种表现形式。作者借描画、评述历史人物、事件、典故，阐释政治见解。这些文章尽管在内容上无特别可取之处，但写法上善于随机生发，仍有不少可借鉴之处。

苏辙（1039—1112），字子由，眉州眉山（今属四川）人，晚年自号颍滨遗老。苏轼之弟，人称“小苏”。北宋散文家，为文以策论见长，自成一家。他在散文上的成就，如苏轼所说，达到了“汪洋澹泊，有一唱三叹之声，而其秀杰之气终不可没”。著有《乐城集》。与其父苏洵、兄苏轼合称“三苏”，均在“唐宋八大家”之列。

苏辙生平学问深受其父兄影响，以儒学为主，最倾慕孟子而又遍观百家。他擅长政论和史论，在政论中纵谈天下大事，如《六国论》评论齐、楚、燕、赵四国不能支援前方的韩、魏，团结抗秦，暗喻北宋王朝前方受敌而后方安乐腐败的现实。《三国论》将刘备与刘邦相比，评论刘备“智短而勇不足”，又“不知因其所不足以求胜”，也有以古鉴今的寓意。

苏辙在古文写作上也有自己的主张。在《上枢密韩太尉书》中说：“文者气之所形，然文不可以学而能，气可以养而致。”认为“养气”既在于内心的修养，更重要的是依靠广博的生活阅历。因此赞扬司马迁“行天下，周览四海名山大川，与燕赵间豪俊交游，故其文疏荡，颇有奇气”。他的文章风格汪洋澹泊，也有秀杰深醇之气。例如《黄州快哉亭记》，融写景、叙事、抒情、议论于一炉，于汪洋澹泊之中贯注着不平之气，鲜明地体现了作者散文的这种风格。

唐宋八大家散文在我国文学发展史上占有重要地位，继承了先秦两汉散文的优良传统，反对六朝以来的骈俪文风，发展并完善了古代散文的各种文体，影响了元、明、清各代散文创作，对当代散文创作也有重要借鉴意义。

本书收录了唐宋八大家散文共一百二十篇。每篇文章分为题解、原文、注释、译文四部分。题解点明散文的主题，语言简洁明了；注释与译文是对难以理解的字词句进行白话翻译，文通语顺，具有独立的欣赏价值。通过以上几个类项，读者可以从客观到微观赏析古文，从而得到更多的收获。书中还有唐宋八大家简介，具有资料价值。阅读本书，有助于提高读者的古文阅读能力和欣赏水平。由于所选多为名篇，部分已收入中学教材，对学生理解、阅读、练习也多有裨益。

本书版式新颖，设计考究，双色印刷，装帧精美，除供广大读者阅读欣赏外，更具有极高的研究、收藏价值。

目 录

韩 愈

柳宗元

欧阳修

苏　洵

曾　巩

王安石

苏轼

苏辙

韩愈

韩愈（768—824），唐代著名散文家、诗人。字退之，河南河阳（今河南孟州）人。三岁而孤，养于兄韩会家。幼年即刻苦儒学，及长，尽通六经百家之说。唐德宗贞元八年（792），登进士第。十二年，为宣武军节度使董晋观察推官。晋卒，为宁武军节度使张封建推官。调四门博士，转监察御史。因上书言宫布，贬为连州阳山令。改江陵法曹参军。宪宗时，召为国子博士。宰相裴度平淮西藩镇，以为行军司马，以功授刑部侍郎。因谏宪宗迎佛骨，贬为潮州刺史。穆宗时为国子监祭酒。历任京兆尹、兵部侍郎、吏部侍郎等职。一生尊崇儒学，主张文以载道，倡导古文运动，使数百年来萎靡浮华文风为之一变。被誉为“文起八代之衰”。文章如长江大河，浑浩流转。对后世影响巨大。诗格宏伟奇崛，“以文为诗”。郡望昌黎，集名《韩昌黎集》。

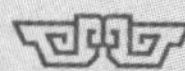

原道

【题解】

《原道》是韩愈“复古尊儒，排斥佛老”的代表作。全文观点鲜明，“破立”结合，引证古今，从历史发展、社会生活等方面层层剖析，驳斥佛老之缺点，论述儒学之优点，最后归结到恢复古道、尊崇儒学的宗旨，是唐代古文的杰出作品。

【原文】

博爱之谓仁，行而宜之之谓义，由是而之焉之谓道，足乎己无待于外之谓德。仁与义为定名，道与德为虚位。故道有君子小人，而德有凶有吉。老子之小仁义，非毁之也，其见者小也。坐井而观天，曰天小者，非天小也。彼以煦煦为仁，孑孑为义，其小之也则宜。其所谓道，道其所道，非吾所谓道也；其所谓德，德其所德，非吾所谓德也。凡吾所谓道德云者，合仁与义言之也，天下之公言也；老子之所谓道德云者，去仁与义言之也，一人之私言也。

周道衰，孔子没，火于秦〔1〕，黄、老于汉〔2〕，佛于晋、魏、梁、隋之间〔3〕。其言道德仁义者，不入于杨〔4〕，则入于墨〔5〕；不入于老，则入于佛。入于彼，必出于此。入者主之，出者奴之；入者附之，出者污之。噫！后之人其欲闻仁义道德之说，孰从而听之？老者曰：“孔子，吾师之弟子也。”佛者曰：“孔子，吾师之弟子也。”为孔子者，习闻其说，乐其诞而自小也，亦曰“吾师亦尝师之”云尔。不惟举之于其口，而又笔之于其书。噫！后之人虽欲闻仁义道德之说，其孰从而求之？甚矣，人之好怪也！不求其端，不讯其末，惟怪之欲闻。

古之为民者四，今之为民者六；古之教者处其一，今之教者处其三。农之家一，而食粟之家六；工之家一，而用器之家六；贾之家一，而资焉之家六，奈之何民不穷且盗也！

古之时，人之害多矣。有圣人者立，然后教之以相生相养之道，为之君，为之师，驱其虫蛇禽兽而处之中土。寒然后为之衣，饥然后为之食。木处而颠，土处而病也，然后为之宫室。为之工，以赡其器用；为之贾，以通其有无；为之医药，以济其夭死；为之葬埋祭祀，以长其恩爱；为之礼，以次其先后；为之乐，以宣其湮郁；为之政，以率其怠倦；为之刑，以锄其强梗[6]。相欺也，为之符玺、斗斛、权衡以信之[7]；相夺也，为之城郭、甲兵以守之。害至而为之备，患生而为之防。今其言曰："圣人不死，大盗不止。剖斗折衡，而民不争。"呜呼！其亦不思而已矣！如古之无圣人，人之类灭久矣。何也？无羽毛鳞介以居寒热也，无爪牙以争食也。

是故君者，出令者也；臣者，行君之令而致之民者也；民者，出粟米麻丝，作器皿，通货财，以事其上者也。君不出令，则失其所以为君；臣不行君之令而致之民，则失其所以为臣；民不出粟米麻丝，作器皿，通货财，以事其上，则诛。今其法曰："必弃而君臣，去而父子，禁而相生相养之道。"以求其所谓清净寂灭者。呜呼！其亦幸而出于三代之后[8]，不见黜于禹、汤、文、武、周公、孔子也[9]；其亦不幸而不出于三代之前，不见正于禹、汤、文、武、周公、孔子也。

帝之与王，其号虽殊，其所以为圣一也。夏葛而冬裘，渴饮而饥食，其事虽殊，其所以为智一也。今其言曰："曷不为太古之无事[10]？"是亦责冬之裘者曰："曷不为葛之之易也？"责饥之食者曰："曷不为饮之之易也？"传曰："古之欲明明德于天下者，先治其国；欲治其国者，先齐其家；欲齐其家者，先修其身；欲修其身者，先正其心；欲正其心者，先诚其意。"然则古之所谓正心而诚意者，将以有为也。今也欲治其心，而外天下国家，灭其天常。子焉而不父其父，臣焉而不君其君，民焉而不事其事。孔子之作《春秋》也，诸侯用夷礼则夷之[11]，进于中国则中国之[12]。经曰："夷狄之有君，不如诸夏之亡[13]。"《诗》曰："戎狄是膺，荆舒是惩[14]。"今也，举夷狄之法，而加之先王之教之上，几何其不胥而为夷也？

夫所谓先王之教者，何也？博爱之谓仁，行而宜之之谓义，由是而之焉之谓道，足乎己，无待于外之谓德。其文《诗》《书》《易》《春秋》，其法礼、乐、刑、政，其民士、农、工、贾，其位君臣、父子、师友、宾主、昆弟、夫妇，其服麻丝，其居宫室，其食粟米、果蔬、鱼肉。其为道易明，而其为教易行也。是故以之为己，则顺而祥；以之为人，则爱而公；以之为心，则和而平；以之为天下国家，无所处而不当。是故生则得其情，死则尽其常；郊焉而天神假[15]，庙焉而神鬼飨[16]。曰："斯道也，何道也？"曰："斯吾所谓道也，非向所谓老与佛之道也。"尧以是传之舜，舜以是传之禹，禹以是

孔子

传之汤，汤以是传之文、武、周公，文、武、周公传之孔子，孔子传之孟轲；轲之死，不得其传焉。荀与扬也[17]，择焉而不精，语焉而不详。由周公而上，上而为君，故其事行；由周公而下，下而为臣，故其说长。

然则如之何而可也？曰："不塞不流，不止不行。人其人，火其书，庐其居，明先王之道以道之。鳏、寡、孤、独、废、疾者有养也[18]。其亦庶乎其可也！"

【注释】

〔1〕火于秦：指秦始皇采纳宰相李斯的主张，焚烧《诗》《书》和诸子百家的书。

〔2〕黄、老于汉：黄帝和老子的学说传至西汉初期，又兼采各家学说，比较重视法治，主张守成无为。汉文帝时，曹参推荐盖公讲黄老法术，文帝很信仰，自此道家兴盛发达。

〔3〕佛于晋、魏、梁、隋之间：传说后汉时，明帝夜梦一个金色的人在殿前飞行。傅毅奏说这个人便是佛。明帝派人去天竺国求来佛经和释迦牟尼像。从此佛教传入中国，至晋、魏、梁、隋各朝都有许多人信佛。

〔4〕杨：杨朱，字子居，战国时思想家，主张"为我"。

〔5〕墨：墨翟，战国时思想家，主张"兼爱""非攻"。

〔6〕强梗：强暴不法之徒。

〔7〕符：古代的封牌，双方各执一半，用时相合为证。玺：印章。秦汉后多指皇帝用的印章。斗斛：量粮的两种器具。权衡：称。权，秤锤。衡，秤杆。

〔8〕三代：指夏、商、周三个朝代。

〔9〕禹、汤、文、武：指夏禹王、商汤王、周文王和周武王。周公：姓姬，名旦，周文王的儿子。助周武王灭殷建周，制礼作乐，被儒家尊为圣人。

〔10〕曷不：何不，为什么不。

〔11〕夷礼：夷狄的风俗礼仪。

〔12〕中国：指中原地区的诸侯国。

〔13〕经：此指《论语》。夷狄：古代对外族的通称。诸夏：指中原各诸侯国。

〔14〕戎：指古代西部地区的少数民族。荆舒：泛指古代南部地区的民族。

〔15〕郊：祭天的礼。假：通"格"，到来、降临的意思。

〔16〕庙：宗庙，这里指祭祖。人鬼：人间的鬼，指祖先。飨：通"享"。

〔17〕荀：荀况，战国时期的思想家、教育家。著有《荀子》。扬：扬雄，字子云，西汉哲学家、文学家、语言学家。著有《法言》《太玄》《方言》。

〔18〕鳏、寡、孤、独：《孟子·梁惠王下》说："老而无妻曰鳏，老而无夫曰寡，老而无子曰独，幼而无父曰孤。"

【译文】

广泛的爱叫作仁，联系实际去实行仁就是义，顺着仁义之道上进便是道，内心充满仁义而无欲于外人就叫德。仁与义是有确切含义的名称，道与德是没有实际内容的名称。因此道有君子之道与小人之道，而德有吉德与凶德。老子轻视仁义，并非诽谤仁义，而是他目光短浅。如坐井观天说天小一样，其实天并不小啊！他把待人温顺看作仁，小恩小惠看作义，那么，他小看仁义是必然的了。他说的道，讲了他的道，并不是我说的道。他说的德，讲了他的德，并不是我说的德。凡是我阐述的道德，是与仁义一致的理论，是天下的公论。老子阐述的道德，是背离仁义而讲的，是他个人的见解。

周朝的礼制衰落，孔子死后，儒家书籍被秦始皇烧毁，黄、老之学盛行汉代，佛教盛行于晋、魏、梁、隋之间。这期间那些讲道德仁义的人，不是加入杨朱学派，就是加入墨翟学派；不加入道教，便加入佛教。加入那一派，必须排斥这一派。被信奉的尊为主宰，被排斥的贱做奴仆；尊奉的就附和它，排斥的就诋毁它。唉！后代的人要想了解仁义道德的学说，应该听从哪一派的学说呢？道家信徒讲："孔子，是我们祖师的徒弟。"佛教信徒讲："孔子，是我们祖师的弟子。"信奉孔子学说的人，听惯了这些话，乐于听信他们的荒唐话而自轻自贱，也说"我们的祖师也曾经以老、佛为师"的话。不仅口讲，而且还把这些话写进书里。唉！后代的人虽然想了解仁义道德的学说，可向谁去求教呢？人们喜欢奇谈怪论的风气太严重了！不找它的本源，不问它的结果，只愿听怪诞的说法。

古时候百姓分为士、农、工、商四种，现在又加上僧、道成为六种；古时候施行教化任务的只占其中之一，如今占其中之三。务农的有一家，而吃粮的却有六家；做工匠的只有一家，而使用器皿的却有六家；经商的一家，而花钱的却有六家。老百姓又怎么能不贫困而沦为盗贼呢！

远古时候，人民的灾难多极了。有圣人出现，教给他们互相依附、共同生存的本领。做他们的君主，做他们的导师，统领他们驱逐虫、蛇、禽、兽而让他们定居中原。冷了教他们做衣服，饥了教他们种庄稼。看到他们住在树上常常掉下来，住在野地容易生病，就教他们造了房屋。教他们做工匠，以使他们有器具用；教他们经商，使他们能互通有无；教他们问医求药，帮助他们不至于早亡；教他们葬埋死者、祭祀先人，以增进他们之间的感情；给他们制定礼仪，使他们懂得贵贱老幼的秩序；为他们创造音乐，来抒发他们心中的忧郁之情；给他们制定政令，来约束他们的懒散；给他们设立刑法，来除去他们之中的强暴不法之徒。有欺骗行为，就给他们制定符印、斗斛、权衡来使他们行为处事时有所凭信；有争夺现象，就给他们设城郭、军队来保卫他们。灾害来了使他们早有准备，祸患发生了使他们进行预防。现今道家说："圣人不死，盗贼就不会终止。破了斗，折了秤，百姓就不会互相争夺了。"唉！这不过是没有经过审慎思考说出的话罢了！假如古代没有圣人，人类早已灭亡了。为什么这样说呢？因为人类没有羽毛鳞甲来适应寒冷与炎热的环境，没有尖爪利牙来猎取食物啊！

所以，君王是发布命令的，臣僚是执行并向百姓传达命令的；百姓是生产粮食、麻丝织物，制作器皿，交流财物，来供养君主和百官的。君王不发令，则丧失了君王的权力和职责；臣僚不将君王的命令传达给百姓，则丧失了做臣僚的资格；百姓不生产粮、麻、丝，制作器皿，交流财物，以供奉君主百官，就要受到惩罚。如今佛、道二教的法则说："必须抛弃你们的君臣，远离你们的父子，停止你们相互依存的办法，来求得所谓的清净无欲的境界。"唉！这些佛、道之徒也幸亏生在夏、商、周三代之后，没有被禹、汤、文王、武王、周公、孔子等圣人所贬斥。他们没有出生在三代以前正是他们的不幸，未能受到圣人的指正。

上古时期的五帝与三王，名称虽不同，他们在圣明这一点上是一样的。夏天穿葛布衣裳，冬天穿毛皮衣服，渴了喝水，饥了吃饭，虽然行为方式不一，却都是人类智慧的表现。现在道家却说："为什么不学习上古的无为而治？"这就像责备冬天穿皮衣的人说："为什么不穿轻便的葛布衣服呢？"责备饿了吃饭的人说："为什么不光喝水，那多简单呢？"《礼记·大学》说："古代想要把光明正大的品德发扬于天下的人，就要先治理好自己的国家；想要治理好国家，就要先整顿自己的家族；想要整顿好自己的家族，就要先修养自己本身；想要进行自身修养，就要先端正自己的内心；想要端正自己的内心，就要先使自己确立诚实而坚定的意念。"那么，古代所讲的端正思想而又确定真诚意念的人，目的是要有所作为。现在那些想要修身养性的人，却不顾天下、国家和家庭，毁弃了伦理纲常。儿子不孝顺父亲，臣僚不忠于君主，百姓不做其该做的事。孔子作《春秋》，诸侯中有用夷狄风俗礼仪的就把他们当作夷狄记载，有效法中原风俗礼仪的就把他们当作中原的国家看待。《论语》说："夷狄有君主，还不如中原各诸侯国没有君主。"《诗经》说："夷狄应当抵御，荆国和舒国应当惩罚。"现在来抬举尊崇夷狄之法，把它置于古代先王的政教之上，那我们岂不是全都变为夷狄了吗？

先王的政教到底是什么呢？广泛的爱叫作仁，联系实际实行仁叫作义，顺着仁义之路上进便是道，自己心里充满仁义而无欲于外人，就叫德。记载先王教导的著作有《诗》《书》《易》《春秋》；体现先王政法的有制礼、作乐、定刑、

周文王

周武王

施政；先王治理的百姓是士人、农民、工匠、商贾；先王确立的人伦位次为君臣、父子、师友、宾主、兄弟、夫妇；先王教百姓穿麻布、丝绸衣服，住房屋，吃粟米、果蔬、鱼肉。他们传布的道理简单明了，用它教化天下容易施行。因此，用它修养自身，则顺利而吉祥；用它对待别人，就博爱而公正；用它陶冶心灵，就平和而端正；用它治理天下，就没有不适当的地方。因此，人活着情满意足，死时得以善终；祭祀天神而天神降临，祭祖宗而祖宗享供。若有人问："这种道，是什么道呢？"我说："这是我说的道，不是前面说的道家之道和佛家之道。"尧将此道传给舜，舜将此道传给禹，禹将此道传给汤，汤将此道传给文王、武王和周公，文王、武王和周公又传给孔子，孔子传给孟轲；孟轲死后，没有再传了。荀况与扬雄，从中选取得不精确，论述得不周详。从周公向上追溯，继承道的都身居上位为君主，所以他们的政事能顺利推行；周公以后，道的传承都身处下位为臣子，所以他们的学说能长久流传。

既然如此，怎么去做才可以呢？我认为："不堵塞佛、道邪说，圣人之道便不能畅流；不禁止佛、道邪说，先王之教便不能通行。应让和尚、道士还俗，烧毁佛、道书籍，改庵观寺院为民房，昌明先王之道来教导他们。使鳏夫、寡妇、孤儿、老人、残疾人和病人都得到照顾和抚养。这样做就差不多可以了吧！"

原 毁

【题解】

原毁的意思是探求产生毁谤的根源。作者以儒家的道德观点为依据，比较了"古之君子"和"今之君子"待人待己的两种迥然不同的态度，分析了"事修而谤兴，德高而毁来"的思想根源在于懒惰和嫉妒。高度赞扬了严以律己、宽以待人的"古之君子"，有力地抨击了惯于"怠"与"忌"、好说别人坏话的"今之君子"，呼吁社会改变这种妒贤嫉能的恶劣风气。作者写本文既是对社会风气的谴责，又是为自己受压抑鸣不平。本文较多地运用了对比的手法，古今、人己、毁誉，十分鲜明。

【原文】

古之君子，其责己也重以周，其待人也轻以约。重以周，故不怠；轻以约，故人乐为善。闻古之人有舜者，其为人也，仁义人也。求其所以为舜者，责于己曰："彼，人也；予，人也。彼能是，而我乃不能是！"早夜以思，去其不如舜者，就其如舜者。闻古之人有周公者，其为人也，多才与艺人也。求其所以为周公者，责于己曰："彼，人也；予，人也。彼能是，而我乃不能是！"早夜以思，去其不如周公者，就其如周公者。舜，大圣人也，后世无及焉；周公，大圣人也，后世无及焉。是人也，乃曰："不如舜，不如周公，吾之病也。"是不亦责于身者重以周乎！其于人也，曰："彼人也，能有是，是足为良人矣；能善是，是足为艺人矣。"取其一，不责其二；即其新，不究其旧。恐恐然惟惧其人之不得为善之利。一善易修也，一艺易能也。其于人也，乃曰："能有是，是亦足矣。"曰："能善是，是亦足矣。"不亦待于人者轻以约乎？

今之君子则不然。其责人也详，其待己也廉。详，故人难于为善；廉，故自取也少。己未有善，曰："我善是，是亦足矣。"己未有能，曰："我能是，是亦足矣。"外以欺于人，内以欺于心，未少有得而止矣，不亦待其身者已廉乎？其于人也，曰："彼虽能是，其人不足称也；彼虽善是，其用不足称也。"举其一，不计其十；究其旧，不图其新。恐恐然惟惧其人之有闻也[1]。是不亦责于人者已详乎？夫是之谓不以众人待其身，而以圣人望于人，吾未见其尊己也。

虽然，为是者有本有原，怠与忌之谓也。怠者不能修，而忌者畏人修。吾尝试之矣，尝试语于众曰："某良士，某良士。"其应者，必其人之与也；不然，则其所疏远不与同其利者也；不然，则其畏也。不若是，强者必怒于言，懦者必怒于色矣。又尝语于众曰："某非良士，某非良士。"其不应者，必其人之与也；不然，则其所疏远不与同其利者也；不然，则其畏也。不若是，强者必说于言，懦者必说于色矣。是故事修而谤兴，德高而毁来。呜呼！士之处此世，而望名誉之光，道德之行，难已！

将有作于上者，得吾说而存之，其国家可几而理欤[2]！

【注释】

〔1〕闻（wèn）：名誉，好名声。

〔2〕几：庶几，大概。

【译文】

从前的君子，他们要求自己严格而全面，他们对待别人宽容而简约。严格而全面，所以自己不懒惰；宽容而简约，所以别人乐于做好事。听说古时有一位叫舜的人，他的为人，是大仁大义的。君子探求舜之所以成为舜的原因，责问自己说：“他是个人，我也是个人。他能这样，而我为什么不能这样！”日夜思虑，克服自己不如舜的缺点，发扬与舜一样的长处。听说古时有一位叫周公的人，他的为人，是多才多艺的。君子探求周公之所以成为周公的原因，责问自己说：“他是个人，我也是个人。他能这样，而我为什么不能这样？”日夜思虑，克服自己不如周公的缺点，发扬与周公一样的长处。舜是一位大圣人，后代没有人能赶上他；周公是一位大圣人，后代没有人能赶上他；这些君子却说：“不如舜，不如周公，是我的严重缺点。”这不正是要求自己严格而全面的体现吗？他们对别人总是说：“那个人能有如此品德，足可以称为贤良之人了；能擅长这样的技艺，足可以称为有才能的人了。”肯定别人某一方面的长处，而不去苛求他其他方面的短处；看重他现在的优点和成绩，而不追究他以往的缺点和错误。惶恐地担心他人得不到做善事的好处。一件善事易做，一种技艺易学。这些君子对别人说：“能做这样的善事，也就足够了。”又说：“能有这样的技艺，也就足够了。”这不正是对别人宽容而简约的体现吗？

现今的君子却截然不同了。他们对别人求全责备，对自己却要求很低。求全责备，所以别人难以做善事；对自己要求很低，所以自己收益就少。自己没有什么长处，居然说：“我这方面很好，也就足够了。”自己没有什么技能，竟然说：“我做到这样，也就足够了。”对外以此欺骗别人，对内以此欺骗自己，还没有取得一点成绩就停止不前了。这不正是对自己的要求太低了吗？他对别人，却说：“他虽能够这样，他的为人却是不值得称赞的；他虽擅长这种技艺，但这种技艺的作用却是不足挂齿的。”列举他一个缺点，而不计他的许多优点；追究人家过去的不足，不考虑人家新的进步。惶恐地害怕他人获得好名声。这不正是对别人要求得太周全了吗？这就叫作不以大家的标准来要求自己，而以圣人的标准来要求别人，我看不出他这是在尊重自己啊！

尽管如此，如此做法的人是有其缘由的，这缘由就是懒惰与妒忌。懒惰的人是不求上进的，而妒忌的人又害怕别人上进。我曾试过，试着对众人说：“某人是贤良之士，某人是贤良之士。”那些赞同的人，一定是这人的好朋友；否则，就是跟他关系疏远、同他没有利害关系的人；再不然，就是害怕他的人。如果不是这样，强硬的人必然愤怒地用言语来反驳，懦弱的人也会表现出生气的脸色。我还曾经对人说：“某人不是贤良

早夜以思，去其不如舜者

之士，某人不是贤良之士。”那些不赞同的人，一定是他的朋友；否则，就是跟他关系疏远、同他没有利害关系的人；再不然，就是害怕他的人。如果不是这样，强硬的人必然用言语来表达自己的喜悦，懦弱的人也会在脸上表露出高兴的神色。因为这样，事情做好了，诽谤也就跟着产生了；品德修养提高了，诋毁也兴起了。唉！读书人处于这种时代，期望名誉能够光大，道德能得到推行，太难了！

居高位而想要有所作为的人，如果听到我的话而能够采纳，大概国家就可以治理好了吧！

获麟解

【题解】

本文是一篇托物寓意的文章。文中通过对麒麟的述说，委婉地表达了对封建社会里人才不被赏识和理解的感慨，以及对“圣明之主”的幻想。

【原文】

麟之为灵[1]，昭昭也。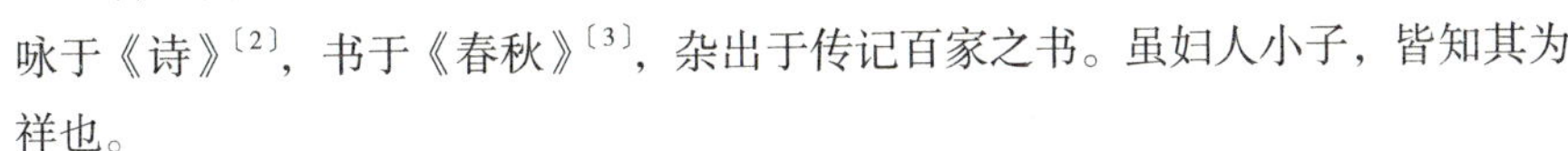咏于《诗》[2]，书于《春秋》[3]，杂出于传记百家之书。虽妇人小子，皆知其为祥也。

然麟之为物，不畜于家，不恒有于天下。其为形也不类，非若马、牛、犬、豕、豺、狼、麋、鹿然。然则虽有麟，不可知其为麟也。角者，吾知其为牛；鬣者[4]，吾知其为马；犬、豕、豺、狼、麋、鹿，吾知其为犬、豕、豺、狼、麋、鹿。惟麟也不可知。不可知，则其谓之不祥也亦宜。虽然，麟之出，必有圣人在乎位，麟为圣人出也。圣人者，必知麟，麟之果不为不祥也。

又曰：麟之所以为麟者，以德不以形。若麟之出不待圣人，则谓之不祥也亦宜。

【注释】

〔1〕麟：麒麟。古代传说中的一种动物，其性柔和，是吉祥的象征。

〔2〕咏于《诗》:《诗经》有《麟之趾》篇。

〔3〕书于《春秋》:《春秋·鲁哀公十四年》有“西狩获麟”的记载。

〔4〕鬣(liè):鬃毛，马颈上的硬长毛。

【译文】

麒麟作为一种灵异动物，大家都是十分清楚的。《诗经》中歌咏过，《春秋》中记载过，散见于历史传记及诸子百家的书中。即使是妇女儿童，也知道它是一种吉祥的动物。

然而麒麟作为动物，不养在家里，天下也不常有。它的形貌不伦不类，不像马、牛、狗、猪、豺、狼、麋、鹿那样。因而即使有麒麟，人们也不认得它就是麒麟。长角的我们认得它是牛，长鬃毛的我们认得它是马，狗、猪、豺、狼、麋、鹿，我们认得它们是狗、猪、豺、狼、麋、鹿，只有麒麟不能辨认出来。既然认不出，人们说它是不祥之物也是自然的了。虽然这样，但麒麟的出现，一定有圣人临朝掌权，因为麒麟是为圣人才出现的。圣人是必定认得麒麟的，所以麒麟果真不是不祥之物啊!

我又认为:麒麟之所以为麒麟，是因为它的德行而不是因为它的形貌。假如麒麟没有等待圣人登上帝位就贸然出现，那么说它是不祥之物也是应该的。

杂说一

【题解】

《韩昌黎集》中共有杂说四篇，这是其中的第一篇，又称为《龙说》。杂说是一种随感性的议论文，内容、形式都较为活泼。本文以云龙做比喻，寓意深刻。清人李光地认为“此篇取类至深，寄托至广”。其主旨大概是借龙能创造出自己所凭借依赖的东西，勉励有志之士要努力为自己创造出可以施展抱负才能的良好条件。

【原文】

龙嘘气成云，云固弗灵于龙也。然龙乘是气，茫洋穷乎玄间，薄日月，伏光景，感震电，神变化，水下土，汩陵谷，云亦灵怪矣哉！

云，龙之所能使为灵也。若龙之灵，则非云之所能使为灵也。然龙弗得云，无以神其灵矣。失其所凭依，信不可欤？异哉！其所凭依，乃其所自为也。

《易》曰："云从龙[1]。"既曰龙，云从之矣。

【注释】

〔1〕《易》:《易经》，中国古代一部占筮用的书。云从龙：语出《易经·乾卦》。

【译文】

龙吐气成云，云本来比不上龙神灵。可是龙乘着这云气，飞游于浩茫无极的太空，逼近日月，遮蔽光芒，触撼雷电，变化神奇，雨注大地，水漫山谷，云也算得上灵异了啊！

云，是龙使它变成有灵的。像龙那样的神灵，就不是云能使它变成有灵的。然而龙得不到云，就没法显示它的神灵了。失去它所依靠的，真的不行吗？奇怪啊！它所依靠的，正是它生成的。

《易经》中说："云跟随着龙。"既然是龙，云必然跟着它了。

杂说四

【题解】

本文系《杂说》的第四篇，后人亦题为《马说》。这是一篇托物寓意之作，作者借千里马不被人所识来比喻奇才异能之士沉沦下僚，慨叹封建统治者不能加以识别和任用。同时，也抒发自己怀才不遇、受到压抑和委屈、郁郁不得志的思想感情。

【原文】

世有伯乐[1]，然后有千里马。千里马常有，而伯乐不常有；故虽有名马，只辱于奴隶人之手，骈死于槽枥之间[2]，不以千里称也。

马之千里者，一食或尽粟一石，食马者不知其能千里而食也。是马也，虽有千里之能，食不饱，力不足，才美不外见，且欲与常马等不可得，安求其能千里也！

策之不以其道，食之不能尽其材，鸣之而不能通其意。执策而临之曰："天下无马。"呜呼！其真无马邪？其真不知马也！

【注释】

〔1〕伯乐：姓孙，名阳，春秋秦穆公时人，以善相马著名。事见《庄子·马蹄》和《列子·说符》。

〔2〕骈（pián）死：谓和普通马一起老死。骈，并列、一同。槽枥：马厩。

【译文】

世上有了伯乐，然后才有千里马。千里马常有，而善相马的伯乐却不常有。所以虽然有好马，也不过是在马夫手里受屈辱，和普通的马一起老死在马厩里，而不能以日行千里著称于世。

有日行千里之马，一顿有时要吃一石米，喂马的人不了解它能日行千里而像喂普通马一样喂养它。这样的马，虽有日行千里的能力，可吃不饱，力量不足，特长不能表现出来，想和平常的马一样表现尚且做不到，怎么可以要求它日行千里呢？

伯乐相马

驾驭使用它又不依据它的特性，喂养它又不能让它吃饱，吆喝驱赶它又不懂得它的心思。拿着马鞭对它叹息："天下无好马。"唉！难道真的没有好马吗？恐怕真的不认识好马吧！

师说

【题解】

这是阐述从师之道的一篇文章，主要论点是“学者必有师”“道之所存，师之所存”，强调老师的作用和从师的重要性。韩愈提出师道在于“传道受业解惑”，主张不拘年龄、地位，向比自己有专长的人学习。他又说“巫医药师百工之人，不耻相师”“师不必贤于弟子”，要求士大夫都能这样。这种看法表明了他不同于世俗的态度，在当时是进步的，对后代也有启发和借鉴作用。当然，他也表现出对“巫医药师百工之人”的轻视。

说是议论文的一种。

【原文】

古之学者必有师。师者，所以传道受业解惑也。人非生而知之者，孰能无惑？惑而不从师，其为惑也，终不解矣。生乎吾前，其闻道也固先乎吾，吾从而师之；生乎吾后，其闻道也亦先乎吾，吾从而师之。吾师道也，夫庸知其年之先后生于吾乎[1]？是故无贵无贱，无长无少，道之所存，师之所存也。

嗟乎！师道之不传也久矣[2]，欲人之无惑也难矣！古之圣人，其出人也远矣，犹且从师而问焉；今之众人，其下圣人也亦远矣，而耻学于师。是故圣益圣，愚益愚。圣人之所以为圣，愚人之所以为愚，其皆出于此乎？

爱其子，择师而教之；于其身也，则耻师焉，惑矣！彼童子之师，授之书而习其句读者也，非吾所谓传其道解其惑者也。句读之不知，惑之不解，或师焉，或不焉，小学而大遗，吾未见其明也。

巫医乐师百工之人，不耻相师[3]。士大夫之族，曰师曰弟子云者，则群聚而笑之。问之，则曰：“彼与彼年相若也，道相似也。位卑则足羞，官盛则近谀。”呜呼！师道之不复可知矣。巫医乐师百工之人，君子不齿。今其智乃反不能及，其可怪也欤！

圣人无常师[4]。孔子师郯子、苌弘、师襄、老聃[5]。郯子之徒，其贤不及孔子。孔子曰："三人行，则必有我师。"是故弟子不必不如师，师不必贤于弟子。闻道有先后，术业有专攻，如是而已。

李氏子蟠，年十七，好古文，六艺经传皆通习之[6]，不拘于时，学于余。余嘉其能行古道，作《师说》以贻之。

【注释】

〔1〕庸知：不需知，哪里管。

〔2〕师道：从师求学的风尚。

〔3〕相师：相互为师，互相学习。

〔4〕常师：固定的老师。

〔5〕郯（tán）子：春秋时郯国（山东郯城）的国君。孔子曾向他请教过少皞（hào）氏时代的官职名称。事见《左传·昭公十七年》。苌弘：春秋时周敬王的大夫。孔子至周，曾向他学习弹琴。事见《孔子家语·观周》。师襄：周太师（乐官）。孔子曾向他学习弹琴。事见《史记·孔子世家》。老聃（dān）：姓李，名耳，字聃，即老子。春秋时楚国人，曾做过周守藏室的史官。孔子至周，曾向他请教周礼。事见《孔子家语·观周》。

〔6〕六艺经传：六艺的经文和传文。六艺，也称六经，指《诗》《书》《礼》《乐》《易》《春秋》六种经书。传，释经的著作。

【译文】

古时候求学问的人一定要有老师。老师，是靠他来给学生传授道理、教授学业、解释疑难问题的。人不是生下来就懂得道理和知识的，谁能没有疑难呢？既然有疑难却不跟老师学，那些成为疑难问题的，就始终得不到解决了。生在

师者，所以传道受业解惑也

我前面的人，他懂得道理本来比我早，我就虚心向他学习，拜他为师；生在我后面的人，如果他懂得道理也比我早，我也虚心向他学习，拜他为师。我是为了学得知识啊，哪管他生的年代在我的前面还是后面呢？因此，无论他地位高低，无论他年岁大小，道理和知识在谁那儿，谁就是我的老师。

唉！从师求学的风尚已经很久不流传了！当然想要人没有疑惑也就很难了！古代的圣人，他们的水平远远超过一般人，尚且跟着老师虚心求教；现在的一般人，他们的水平远远低于那些圣人，却以从师求学为耻。因此，圣人就更加圣明，愚人就更加愚昧。圣人之所以成为圣人，愚人之所以成为愚人，大概都是出于这种原因吧。

有人爱他的孩子，就选择一个好老师去教他；但对他自己呢，却以从师求学为羞耻，这真糊涂啊！那些教孩子的老师，教给他们读书并帮他们学习其中的字句知识的，还不是我前面所说的给人传授道理、解除疑难的老师。一个是不懂得句读，一个是不能解决疑难，前者向老师请教，后者却不向老师请教；小的方面学习而大的方面却丢弃不学，我看不出他明白这个道理。

巫医、乐师、各种工匠，他们还不以互相学习为耻。而士大夫之类，一听到称别人“老师”称自己“弟子”等等的话，就凑在一块儿议论耻笑人家。问他们为什么要这样，就说什么：“某人和某人年龄差不多，学问知识也很相近嘛！以地位低的人为老师，就实在羞耻；以官职高的人为老师，就近乎巴结。”唉！从师求学的风尚不容易恢复，从这就可想而知了。那些巫医、乐师、各种工匠，本是上流人物所瞧不起的，可现在“君子”的智慧竟反而不如他们，这真是很奇怪的现象啊！

那些圣人都没有固定的老师。例如孔子就曾经向郯子、苌弘、师襄、老聃请教过。像郯子这些人，他们的品德才智都不如孔子。孔子说过：“三人同行，其中就一定有可以当我老师的人。”所以说，学生不一定不如老师，老师也不一定样样都比学生强，这是因为掌握知识有早有晚，学术技能各有各的专门研究，就是这个道理罢了。

李家的孩子叫蟠，十七岁，喜欢古文，六艺的经文和传文都普遍地学习过，而且不受时俗的限制，跟着我求学。我赞许他能实行古人从师的正道，写下这篇《师说》来赠送给他。

进学解

【题解】

《进学解》是对增进学业问题的辨析。韩愈自以“才高”几次遭受贬斥，就在宪宗元和七年（812）再度降为国子博士后，模仿汉代东方朔《答客难》、扬雄《自嘲》一类的文章，假设师生对话，借学生的口为自己鸣不平。这样，不仅表达了对自己不得重用的不满，也表达了朝廷应该“拔去凶邪，登崇俊良”的一贯主张。文章曲折地揭露了唐代统治阶级不以才德取人的错误，也反映了作者在当时统治阶级内部斗争中所处的困境。作者提出的“业精于勤，荒于嬉；行成于思，毁于随”的意见，是值得重视的。

本文属于辞赋一类，骈偶句多，用韵也多，但文章布局还是有散文的长处。

【原文】

国子先生晨入太学，招诸生立馆下，诲之曰：“业精于勤，荒于嬉；行成于思，毁于随。方今圣贤相逢，治具毕张[1]，拔去凶邪，登崇俊良。占小善者率以录，名一艺者无不庸。爬罗剔抉，刮垢磨光。盖有幸而获选，孰云多而不扬？诸生业患不能精，无患有司之不明；行患不能成，无患有司之不公[2]。”

言未既，有笑于列者曰：“先生欺余哉！弟子事先生，于兹有年矣。先生口不绝吟于六艺之文，手不停披于百家之编，纪事者必提其要，纂言者必钩其玄。贪多务得，细大不捐。焚膏油以继晷，恒兀兀以穷年[3]。先生之业，可谓勤矣。抵排异端，攘斥佛老。补苴罅漏，张皇幽眇，寻坠绪之茫茫，独旁搜而远绍。障百川而东之，回狂澜于既倒。先生之于儒，可谓劳矣，沉浸酴郁，含英咀华，作为文章，其书满家。上规姚姒[4]，浑浑无涯，周《诰》、殷《盘》[5]，佶屈聱牙，《春秋》谨严[6]，《左氏》浮夸[7]，《易》奇而法[8]，《诗》正而葩[9]；下逮《庄》《骚》[10]，太史所录[11]，子云、相如[12]，同工异曲。先生之于文，可谓闳其中而肆其外矣。少始知学，勇于敢为。长通于方，左右具宜。先生之于为人，可谓成矣。然而公不见信于人，私不见助于友。跋前疐后[13]，动辄得咎。暂为御史，遂窜南夷。三年博士，冗不见治。命与仇谋，取败几时。冬暖而儿号寒，年丰而妻啼饥。头童齿豁[14]，竟死何裨？不知虑此，反教人为？”

先生曰：“吁，子来前！夫大木为宗[15]，细木为桷[16]，欂栌、侏儒[17]，椳、闑、扂、楔[18]，各得其宜，施以成室者，匠氏之工也。玉札、丹砂、赤箭、青芝[19]，牛溲、马勃、败鼓之皮[20]，俱收并蓄，待用无遗者，医师之良也。登明选公，杂进巧拙，纡余为妍，卓荦为杰，校短量长，惟器是适者，宰相之方也。昔者孟轲好辩，孔道以明，辙环天下，卒老于行。荀卿守正，大论是弘，逃谗于楚，废死兰陵。是二儒者，吐辞为经，举足为法，绝类离伦，优入圣域，其遇于世何如也？今先生学虽勤而不由其统，言虽多而不要其中，文虽奇而不济于用，行虽修而不显于众。犹且月费俸钱，岁縻廪粟。子不知耕，妇不知织。乘马从徒，安坐而食。踵常途之役役，窥陈编以盗窃。然而圣主不加诛，宰臣不见斥，非其幸欤？动而得谤，名亦随之。投闲置散，乃分之宜。若夫商财贿之有亡，计班资之崇庳，忘己量之所称，指前人之瑕疵，是所谓诘匠氏之不以杙为楹[21]，而訾医师以昌阳引年[22]，欲进其豨苓也[23]。”

【注释】

〔1〕治具毕张：法令健全完备。

〔2〕有司：主管官员或官府。

〔3〕兀兀：劳苦的样子。

〔4〕规：作为典范。姚姒：指《尚书》中的《虞书》和《夏书》。姚，虞舜的姓。姒，夏禹的姓。

〔5〕周《诰》：指《尚书》中《周书》的《大诰》《康诰》《酒诰》《召诰》《洛诰》等。殷《盘》：指《尚书》中《商书》的《盘庚》上、中、下三篇。

〔6〕《春秋》：是孔子根据鲁国史写成的史书。

〔7〕《左氏》：指《左传》，相传是鲁国史官左丘明根据《春秋》写成的一部史书。

〔8〕《易》：《易经》。相传为周人所作，通过八卦的形式推演阴阳变化。

〔9〕《诗》：《诗经》。

〔10〕《庄》：《庄子》。战国时思想家庄周作。《骚》：《离骚》。战国时伟大诗人屈原所作的抒情诗。

〔11〕太史所录：指汉太史令司马迁所作的《史记》。

〔12〕子云：西汉时的辞赋家扬雄，字子云。相如：西汉时的辞赋家司马相如。

〔13〕跋前疐（zhì）后：比喻进退两难。

〔14〕头童齿豁：谓头发掉尽，牙齿脱落。

〔15〕宗（máng）：房屋的正梁。

〔16〕桷（jué）：椽子。

〔17〕欂栌（bó lú）：柱上的短方木，即斗拱。侏儒：指梁上的短柱。

〔18〕椳（wēi）：门枢臼。闑（niè）：古代门中央所树短木。扂（diàn）：门闩等。楔（xiē）：门两旁的长木柱。

〔19〕玉札：即地榆。丹砂：朱砂。赤箭：即天麻。青芝：又名龙芝。以上都属贵重药物。

〔20〕牛溲：即车前草。马勃：又名马屁菌。败鼓之皮：破鼓上面的皮。以上属于粗贱药物。

〔21〕杙（yì）：小木桩。楹：柱。

〔22〕訾（zǐ）：指责。昌阳：即菖蒲，据说是一种久服可以延年益寿的药物。

〔23〕豨苓（xī líng）：即猪苓，可作利尿逐水剂的药物，无延年益寿之功能。

【译文】

国子先生早上来到太学，召集学生站在学舍之前，教导他们说："学业的精通是靠勤奋，而它的荒废则是由于游荡玩乐；德行的养成源于不断的思考，而它的败坏则是由于因循苟且。现在圣君有贤臣辅助，法令健全完备，除掉了凶恶奸邪之人，提拔了才智贤良之人。有一点优点的人都被录用，有一技之长的人无不任用。悉心搜罗人才犹如沙里淘金，精心造就人才犹如打磨宝器。大概会有平庸之人侥幸被选上的，谁能因此说博学多才的人不被举用呢？你们只要担心自己学业不够精湛，不必担心主管官员选才不明；只需担心自己德行未成，不必担心主管官员处事不公。"

话未说完，有人在队列里笑着说："先生骗我们呢！我们就学于先生，到现在已经好几年了。先生口不停地吟诵六经的文章，手不停地翻阅百家书籍。阅读记事的史传一定列出提要，研究论理的文章一定搜索其中的深奥宗旨。贪恋博杂的学识，务求有所得，大小都不舍弃。点上灯烛夜以继日，勤学苦读而终

年不止。先生治学，真可以说勤奋了。抵制异端邪说，驳斥佛教与道教。补正儒学的缺漏，阐发圣道的精微。寻找那茫无头绪的失传的正道，独自广泛地搜求，远接那先贤的遗教。拦堵百川使归大海，挽住那狂涛巨澜使它复归故道。先生对于弘扬儒学，可真算得上辛苦了。沉浸于意味浓郁的典籍中，体味那书中的精华。写起文章，书稿摆满了屋子。向上学习《虞》《夏》之书，深奥无边；《周诰》《盘庚》艰涩难读；《春秋》文辞严谨；《左传》记事夸张；《周易》变化奇妙却有定则；《诗经》端正而华美；往下一直到《庄子》《离骚》《史记》及扬雄和司马相如的同工异曲之辞赋。先生的文章，可以说内容博大而文采狂放雄奇了。少年时知道学习，就勇于实践，成年后通明大义，处事为人无不合宜。先生的为人，可以说老练周全了。然而在为官方面不被人信任，为私方面得不到朋友的帮助。进退两难，稍一动就惹祸。刚任御史，就获罪被贬于边远的阳山。做了三年国子博士，闲散而没能显示出政绩。命中注定要与仇敌打交道，败兴倒霉的事随时出现。在暖和的冬天，儿女衣单都喊冷；在丰收的年份，妻子还啼哭挨饿。您头秃齿落，直到老死，难有什么补益改善的。您不知考虑这些，反而却以此去教导别人吗？”

先生说：“吁，你到前面来！就如同建房子大木料做梁，细小的木料做椽，做那梁上的斗拱、短柱，做那门枢、门框、门闩及门前的竖木等，各自得到恰当的使用，用来建成整个房子，这是工匠的高明技巧。贵重的地榆、朱砂、天麻、青芝，粗贱的车前草、马屁菌、破鼓皮，都收存了，以备用时没有遗缺，这正是医生的精明。选才贤明，用人公正，巧拙之人，各都选用，为人处事周备而有涵养乃是佳士，旷达刚直是俊杰，比较长短，各样人才做出恰当安排，这是宰相应具备的用人原则。从前孟轲能言善辩，儒学因此得以阐明，他周游列国，车辙遍布天下，在奔波中度过了一生。荀况信守儒学正道，把儒学发扬光大，他逃避谗言到了楚国，丢了官职，老死在兰陵。这两位大儒士，言论成为经典，行为成为楷模，他们超越了一般儒士，升达圣人的境界。可是他们在世上的遭遇又怎样呢？现今我学业虽然勤奋，却不能一切都遵循儒家的道统，言论虽多却不得要领，文章虽奇巧华丽，却不切实用，品行虽有一定修养，却未超凡出众。尚且每月领取俸钱，年年耗费禄米。儿子不会种田，妻子不会织布。骑着马带了随从，安坐家中，不劳而食。拘谨地走着寻常之路，翻阅古书模仿古人的文辞而无创见。然而圣明的君主不加责罚，宰相不予斥逐，这不是我的幸运吗？稍有行动就遭到诽谤，名声随之败坏，安置在闲散的位子上，是理所应当的。至于考虑利禄的有无，计较官职的高低，忘掉了自己的能力和地位相称，喜欢挑出高于自己者的毛病，这就是所谓指责工匠不用小木桩去做屋柱，指责医师用菖蒲作长寿药，却想推荐他用利尿的猪苓呀！”

圬者王承福传

【题解】

王承福是长安的一个泥瓦匠。他原来有过官勋，却放弃俸禄回来做了个自食其力的泥瓦匠。本文用传记的形式，借王承福的口，提出“各致其能以相生”的主张；文章末尾作者进行了评论，表明了自己的看法。文章肯定了自食其力的人，用以对比当时社会上的“富贵之家”，认为王承福的事可以“自鉴”。但韩愈从维护封建制度出发，说“用力者使于人，用心者使人”，却是一种错误的认识。

【原文】

圬之为技，贱且劳者也。有业之，其色若自得者。听其言，约而尽。问之，王其姓，承福其名，世为京兆长安农夫[1]。天宝之乱[2]，发人为兵，持弓矢十三年，有官勋，弃之来归。丧其土田，手镘衣食[3]。余三十年，舍于市之主人，而归其屋食之当焉。视时屋食之贵贱，而上下其圬之佣以偿之。有余，则以与道路之废疾饿者焉。

又曰：“粟，稼而生者也；若布与帛，必蚕绩而后成者也；其他所以养生之具，皆待人力而后完也，吾皆赖之。然人不可遍为，宜乎各致其能以相生也[4]。故君者，理我所以生者也；而百官者，承君之化者也。任有大小，惟其所能，若器皿焉。食焉而怠其事，必有天殃。故吾不敢一日舍镘以嬉。夫镘，易能可力焉。又诚有功，取其直，虽劳无愧，吾心安焉。夫力，易强而有功也；心，难强而有智也。用力者使于人，用心者使人，亦其宜也。吾特择其易为而无愧者取焉。

“嘻！吾操镘以入富贵之家有年矣。有一至者焉，又往过之，则为墟矣；有再至三至者焉，而往过之，则为墟矣。问之其邻，或曰：‘噫！刑戮也。’或曰：‘身既死，而其子孙不能有也。’或曰：‘死而归之官也。’吾以是观之，非所谓食焉怠其事而得天殃者邪？非强心以智而不足，不择其才之称否而冒之者邪？非多行可愧，知其不可而强为之者邪？将富贵难守，薄功而厚飨之者邪？抑丰悴有时，一去一来而不可常者邪？吾之心悯焉，是故择其力之可能者行焉。乐富贵而悲贫贱，我岂异于人哉？”

又曰：“功大者，其所以自奉也博。妻与子皆养于我者也，吾能薄而功小，不有之可也。又吾所谓劳力者，若立吾家而力不足，则心又劳也。一身而二任焉，虽圣者不可为也。”

愈始闻而惑之，又从而思之，盖贤者也，盖所谓独善其身者也。然吾有讥焉，谓其自为也过多，其为人也过少。其学杨朱之道者邪[5]？杨之道，不肯拔我一毛而利天下。而夫人以有家为劳心，不肯一动其心以畜其妻子，其肯劳其心以为人乎哉？虽然，其贤于世之患不得之而患失之者，以济其生之欲，贪邪而亡道，以丧其身者，其亦远矣。又其言有可以警余者，故余为之传，而自鉴焉。

【注释】

〔1〕京兆：唐时府名，治所在长安（今陕西西安）。

〔2〕天宝之乱：又称“安史之乱”。指唐玄宗天宝十四年（755），平卢、范阳、河东三镇节度使安禄山和史思明，以诛杨国忠为名，在范阳（今北京）起兵叛乱，攻陷洛阳，进入长安等地，玄宗逃往四川成都；历时7年多，才被平定。

〔3〕手镘（màn）衣食：手操瓦刀谋得衣食费用。镘，瓦刀。

〔4〕相生：相互依存。

〔5〕杨朱：战国时期思想家，魏国人。主张“重生贵己”，宣扬“为我”，不肯拔一毛以利天下。

【译文】

泥瓦匠作为一种职业，是低贱而劳苦的。有个人干这种职业，神色安然，好像很满足。听他讲话，扼要而透彻。问他，他说姓王，名承福，他家世代是京城长安的农民。天宝之乱时，朝廷招兵，他手持弓矢十三年，立功受勋，他却放弃了，回到家乡。家里的田地已经丧失，就拿起瓦刀谋得衣食费用。三十多年来，他住在雇用他干活的主人那里，付给主人房租与饭钱。房租饭价有涨有降，他的工钱也有增减，用来偿付房租饭钱。剩余的钱，送给路上那些病残饥饿的人。

他又说：“谷米，是经过耕种才生长的；至于麻布与丝绸，一定得养蚕纺织才能得到；其他用来维持生活的物品，都要经过劳动才能制成。我依赖这一切而生活。但一个人不可能什么都做，应各尽其能以便相互依存。所以，君主的责任是治理我们，使我们得以生存；而各级官吏，是辅佐君主施行教化的。责任有大小，根据各人的能力而定，就像各种器皿作用不同一样。饱食终日而又懒于做事，一定会天降大灾！所以我一天也不敢放下泥瓦刀去闲游。抹灰刷墙是容易掌握的技能，只要出力就行。又确实干出了成效，获得了报酬，虽劳累却心里无愧，我的心是安然的。体力活儿是容易通过强化劳动来取得成效的，而心就难以强行使它有才智了。用力的受人支配，用心的支配别人，也是应该的。我不过是选择那种容易做而又问心无愧的事来取得报酬。

“唉！我手拿瓦刀进出富贵人家干活已有多年了。有去过一次的，再一次去那里，已变成废墟了。有去过两次三次的，后来经过那里，也已变成废墟了。问他们的邻居，有的说：‘唉！坐牢杀头了！’有的说：‘主人死后，子孙们不能保住家业了。’有的说：‘主人死后家产充公了。’我从这些情况看到：这不就是那种光享受俸禄却怠忽职事而遭了天灾的事例吗？不就是勉强自己去干才智达不到的事，不选择自己才能与职务相称的工作去做的结果吗？不就是老干那于心有愧的事，明知做不到而硬要勉强去做的下场吗？还是由于富贵本来难以守住，而享受富贵的人功劳小而俸禄厚的缘故呢？或者是兴旺与衰败有一定时限，一去一来难以长久的原因呢？我心里怜惜他们，因此就选择力所能及的事来做。为富贵高兴，为贫贱忧愁，我哪里与别人不一样呢？”

又说：“功劳大的，他供养自己的物资就多。妻子儿女都靠自己养活，我能力弱而功劳小，没有妻子儿女也是可以的。再说我是劳力之人，如果成了家而力量不够，那么心就又要操劳了。一个人身负劳力与劳心两种责任，即使是圣人也难以做到。”

我开始听到这话不明白，接着根据他的言行再思量，他可能是一个贤人，大概是人们所说的“独善其身”的人。然而我要批评他，认为他为自己考虑得太多，为他人考虑太少。他莫非是位信奉杨朱学说的人？杨朱学说，不愿拔自己一根毫毛以利于天下。而此人认为有家是劳神费心，不愿花费一点心思来养活妻儿，难道还肯劳心去为别人服务吗？虽然这样，他比世上那些患得患失，为了满足个人生活中的欲望，贪图不义之财而不走正道并丧命的人，要强出许多。另外，他的话有许多可以警戒我的地方，因此我为他立传，自己从中借鉴。

讳辩

【题解】

李贺是唐代杰出的诗人，很有才华。二十一岁时被推选去考进士。他的父亲名晋肃，晋肃的“晋”与进士的“进”同音，嫉妒他的人扬言李贺考进士犯了他父亲的名讳，即没有避讳父亲的名字，因而不宜参加进士的考试。为此，韩愈特地写作本文替李贺辩护。本文先引律，后引经，再引国家之典，指出李贺举进士既不犯二名律，也不犯嫌名律。辩驳非常有力，语调也很幽默。但后来李贺仍未能破除社会的偏见，还是被迫放弃了进士考试。

【原文】

愈与李贺书，劝贺举进士。贺举进士有名，与贺争名者毁之，曰：“贺父名晋肃，贺不举进士为是，劝之举者为非。”听者不察也，和而倡之，同然一辞。皇甫湜曰〔1〕：“若不明白，子与贺且得罪。”愈曰：“然。”

律曰〔2〕：“二名不偏讳〔3〕。”释之者曰〔4〕：“谓若言‘徵’不称‘在’，言‘在’不称‘徵’是也〔5〕。”律曰：“不讳嫌名〔6〕。”释之者曰：“谓若‘禹’与‘雨’，‘丘’与‘蓲’之类是也。”今贺父名晋肃，贺举进士，为犯二名律乎？为犯嫌名律乎？父名晋肃，子不得举进士；若父名“仁”，子不得为人乎？

夫讳始于何时？作法制以教天下者，非周公、孔子欤？周公作诗不讳，孔子不偏讳二名，《春秋》不讥不讳嫌名。康王钊之孙，实为昭王〔7〕。曾参之父名皙，曾子不讳“昔”〔8〕。周之时有骐期，汉之时有杜度〔9〕，此其子宜如何讳？将讳其嫌，遂讳其姓乎？将不讳其嫌者乎？汉讳武帝名“彻”为“通”，不闻又讳车辙之“辙”为某字也。讳吕后名“雉”为“野鸡”，不闻又讳治天下之“治”为某字也。今上章及诏，不闻讳“浒”“势”“秉”“机”也〔10〕。惟宦官宫妾，乃不敢言“谕”及“机”〔11〕，以为触犯。士君子立言行事，宜何所法守也？今考之于经，质之于律，稽之以国家之典，贺举进士为可邪，为不可邪？

凡事父母，得如曾参，可以无讥矣。作人得如周公、孔子，亦可以止矣。今世之士，不务行曾参、周公、孔子之行，而讳亲之名，则务胜于曾参、周公、孔子，亦见其惑也。夫周公、孔子、曾参，卒不可胜。胜周公、孔子、曾参，乃比于宦官宫妾。则是宦官宫妾之孝于其亲，贤于周公、孔子、曾参者邪？

【注释】

〔1〕皇甫湜（shí）：字持正。唐宪宗元和年间进士，曾从韩愈学古文，与李翱、张籍齐名。

〔2〕律：这里指《礼记》。

〔3〕二名不偏讳：两个字的名字不避讳其中的一个字。

〔4〕释之者：指为《礼记》做注释的汉代的郑玄。

〔5〕言“徵”不称“在”，言“在”不称“徵”：谓孔子母亲名徵在，孔子不讳单称。如《论语·八佾》：“夏礼吾能言之，杞不足徵也。”又《卫灵公》：“某在斯，某在斯。”

〔6〕不讳嫌名：谓臣避君主的名讳时，不避讳声音相近的字。

〔7〕“康王钊之孙”二句：周康王，姓姬，名钊。其子周昭王，名瑕。“昭”和“钊”同音，周人不讳。原文“孙”应为“子”。

〔8〕“曾参之父名皙”二句：曾参，即曾子，春秋时鲁国人，孔子的学生。他事亲极孝。他父亲名点，字皙，也是孔子的学生。《论语·泰伯》记曾子的话：“昔者吾友，尝从事于斯矣。”“昔”和“皙”同音，曾参不讳。原文“名”应为“字”。

〔9〕“周之时”二句：骐期，春秋时楚国人。杜度，汉章帝时齐国的相。两人的姓与名皆同音。

〔10〕“浒”“势”“秉”“机”：唐太祖名虎，太宗名世民，世祖名昞，玄宗名隆基，其浒、势、秉、机四字分别与虎、世、昞、基四字同音。

〔11〕谕：唐代宗名豫。“谕”与“豫”同音。

【译文】

我写信给李贺，劝他参加进士考试。李贺已有点名气，准备考进士，与他争名的人攻击他，说：“李贺的父亲名叫晋肃，李贺不参加进士考试是对的，劝他应试的人是不对的。”听了这话的人也不加分析考虑，随声附和，异口同声。皇甫湜对我说：“如果不把这件事说清楚，您与李贺将蒙受罪名。”我回答：“是这样。”

嫌名律规定：“两个字的名字不必对两个字都避讳。”解释律令的人说：“孔子的母亲名‘徵在’，讲到‘徵’字时不说‘在’字，讲到‘在’字时不

说‘徵’字。”律令又说：“不避讳同音字。”解释的人说：“是指例如‘禹’字与‘雨’字，‘丘’字与‘[illegible]’字这一类。”如今李贺的父亲名晋肃，李贺去参加进士考试，是犯了“二名律”呢，还是犯了“嫌名律”呢？父亲名叫晋肃，儿子就不能考进士；如果父亲名字叫“仁”，儿子就不能做人了吗？

避讳是从什么时候开始的呢？创立礼法制度来教化天下的人，不就是周公、孔子吗？周公作诗不避讳父兄之名，孔子对母亲名字中的两个字并不同时避讳，《春秋》中对人名相近不避讳的情况也不加以讥讽。周康王姬钊的儿子，谥号为昭王。曾参的父亲名叫皙，曾参也不讳“昔”字。周朝有个人叫骐期，汉朝有个人叫杜度，像这种情况他们的儿子应如何去避讳？是避讳同音，连姓都改了呢？还是不避讳与名字同音的字呢？汉朝为避讳武帝刘彻的名字“彻”，就将“彻”改为“通”，但没听说他们将车辙的“辙”改成别的字。为了避讳吕后的名字“雉”而把它改称“野鸡”，但没听说再将治理天下的“治”字改成别的字。现在的奏章和诏书，没有听到避讳“浒”“势”“秉”“机”这几个字。只有宦官宫女们才不敢说“谕”字和“机”字，认为说了就是触犯了代宗与玄宗的名讳。君子谈话做事，应遵守什么礼法呢？现经过对律令的质询，对国家典章的稽考，李贺去考进士是可以呢，还是不可以呢？

凡是侍奉父母能如曾参那样的，就无可指责了。做人能够像周公、孔子，也算是到顶点了。现今的读书人，不努力学习曾参、周公、孔子的品行，却在避讳父母名字这一点上要超过曾参、周公、孔子，足见他们的糊涂了。那周公、孔子、曾参，终究是超越不了的。要在避讳上超越周公、孔子、曾参，就是在与宦官宫女攀比了。那么，这些宦官宫女对他们亲人的孝顺，还能胜过周公、孔子、曾参吗？

争臣论

【题解】

本文从忠于封建帝王，维护封建统治出发，针对德宗时谏议大夫阳城不认真履行自己的职责，采取敷衍应付态度的不良表现，用四问四答的形式，对阳城其人其事进行直截了当的批评，指出人们应当认真对待自己的官职，忠于职守，不能敷衍塞责，得过且过。文章有的放矢，确也使阳城改变了自己的作风，这是后话。

文题一本作《诤臣论》。诤臣，指能以直言规劝帝王的臣子。

【原文】

或问谏议大夫阳城于愈[1]："可以为有道之士乎哉？学广而闻多，不求闻于人也。行古人之道，居于晋之鄙，晋之鄙人，薰其德而善良者几千人。大臣闻而荐之，天子以为谏议大夫。人皆以为华，阳子不色喜。居于位五年矣，视其德，如在野，彼岂以富贵移易其心哉？"

愈应之曰："是《易》所谓'恒其德贞'而'夫子凶'者也[2]。恶得为有道之士乎哉[3]？在《易·蛊》之上九云：'不事王侯，高尚其事[4]。'《蹇》之六二则曰：'王臣蹇蹇，匪躬之故[5]。'夫亦以所居之时不一，而所蹈之德不同也。若《蛊》之上九，居无用之地，而致匪躬之节；以《蹇》之六二，在王臣之位，而高不事之心，则冒进之患生，旷官之刺兴。志不可则，而尤不终无也。今阳子在位，不为不久矣，闻天下之得失，不为不熟矣，天子待之，不为不加矣，而未尝一言及于政。视政之得失，若越人视秦人之肥瘠，忽焉不加喜戚于其心。问其官，则曰：'谏议也。'问其禄：'则曰下大夫之秩也。'问其政，则曰：'我不知也。'有道之士，固如是乎哉？且吾闻之：有官守者，不得其职则去；有言责者，不得其言则去。今阳子以为得其言乎哉？得其言而不言，与不得其言而不去，无一可者也。阳子将为禄仕乎？古之人有云：'仕不为贫，而有时乎为贫。'谓禄仕者也。宜乎辞尊而居卑，辞富而居贫，若抱关击柝者可也。

盖孔子尝为委吏矣，尝为乘田矣，亦不敢旷其职，必曰：‘会计当而已矣。’必曰：‘牛羊遂而已矣。’若阳子之秩禄，不为卑且贫，章章明矣，而如此，其可乎哉？”

或曰：“否，非若此也。夫阳子恶讪上者，恶为人臣招其君之过而以为名者。故虽谏且议，使人不得而知焉。《书》曰：‘尔有嘉谟嘉猷，则入告尔后于内，尔乃顺之于外，曰：“斯谟斯猷，惟我后之德[6]”。’夫阳子之用心，亦若此者。”

愈应之曰：“若阳子之用心如此，滋所谓惑者矣。入则谏其君，出不使人知者，大臣宰相者之事，非阳子之所宜行也。夫阳子，本以布衣隐于蓬蒿之下，主上嘉其行谊，擢在此位，官以谏为名，诚宜有以奉其职，使四方后代，知朝廷有直言骨鲠之臣，天子有不僭赏、从谏如流之美。庶岩穴之士[7]，闻而慕之，束带结发，愿进于阙下，而伸其辞说，致吾君于尧舜，熙鸿号于无穷也。若《书》所谓，则大臣宰相之事，非阳子之所宜行也。且阳子之心，将使君人者恶闻其过乎？是启之也。”

或曰：“阳子之不求闻而人闻之，不求用而君用之，不得已而起，守其道不变，何子过之深也？”

愈曰：“自古圣人贤士，皆非有求于闻用也。闵其时之不平[8]，人之不乂[9]，得其道，不敢独善其身，而必以兼济天下也。孜孜矻矻，死而后已。故禹过家门不入[10]，孔席不暇暖，而墨突不得黔[11]。彼二圣一贤者，岂不知自安佚之为乐哉？诚畏天命而悲人穷也。夫天授人以贤圣才能，岂使自有余而已，诚欲以补其不足者也。耳目之于身也，耳司闻而目司见，听其是非，视其险易，然后身得安焉。圣贤者，时人之耳目也；时人者，圣贤之身也。且阳子之不贤，则将役于贤以奉其上矣；若果贤，则固畏天命而闵人穷也。恶得以自暇逸乎哉？”

或曰：“吾闻君子不欲加诸人，而恶讦以为直者。若吾子之论，直则直矣，无乃伤于德而费于辞乎？好尽言以招人过，国武子之所以见杀于齐也[12]，吾子其亦闻乎？”

愈曰：“君子居其位，则思死其官；未得位，则思修其辞以明其道。我将以明道也，非以为直而加人也。且国武子不能得善人，而好尽言于乱国，是以见杀。《传》曰：‘惟善人能受尽言[13]。’谓其闻而能改之也。子告我曰：‘阳子可以为有道之士也。’今虽不能及已，阳子将不得为善人乎哉？”

【注释】

〔1〕谏议大夫：官名。唐时隶属门下省。常侍从规谏。阳城：字亢宗，唐定州北平（河北顺平东南）人。家贫好学，为集贤院写书吏，唐德宗时中进士。曾隐居中条山，由李泌推荐，召为谏议大夫。任谏官五年，每日饮酒，未尝言事，韩愈为此

写下了这篇《争臣论》。

〔2〕恒其德贞、夫子凶：见《易经·恒卦》。意思是，在“恒其德”的原则下，有所占问，妇人则吉，丈夫则凶。

〔3〕恶（wū）：怎么，哪里。

〔4〕不事王侯，高尚其事：是蛊卦中“上九”爻辞。前一个“事”为动词，谓侍奉；后一个“事”为名词，指行为、节操。

〔5〕王臣蹇蹇，匪躬之故：蹇卦中“六二”爻辞。意思是王臣屡屡直谏，并非为自己，而是为君为国。

〔6〕《书》：《尚书》。本段话出自《尚书·君陈》。

〔7〕岩穴之士：指隐居山林的知识分子。

〔8〕闵：通“悯”，忧虑。

〔9〕乂（yì）：安定。

〔10〕禹：即夏禹。他治理洪水非常勤劳，十三年里三过家门而不入。

〔11〕“孔席不暇暖，而墨突不得黔”二句：出自汉班固《答宾戏》。大意是说孔子和墨子热心世事，周游列国，整天奔忙不休，座席还未坐暖，灶上烟囱还未烧黑，又离家出行了。

〔12〕国武子：名佐，春秋时齐国的大夫。《国语·齐语》：“柯陵之会，单襄公见国武子，其言尽。襄公曰：‘立于淫乱之间，而好尽言以招人过，怨之本也。’鲁成公十八年，齐人杀武子。”

〔13〕“《传》曰”句：《传》，指《国语》。《国语》又称《春秋外传》。引文见《国语·周语下》。

【译文】

有人向我问起谏议大夫阳城，说：“此人可以算作有道德的人吗？他博学广识、见闻甚多，却不求出名。继承古人遗风，隐居在晋国边远乡野，那里的人，受他的道德熏陶而心性善良的已有几千人。有的大臣听后就推荐他，天子任命他为谏议大夫。人们都认为这是很荣耀的，而阳城脸无喜色。他任职五年了，看他的品德如同隐居时一样，难道他会因为富贵而改变自己的心志吗？”

我回答说：“这就是《易经》所说的‘长久地保持一种美德’，‘对男子来说却是坏事’。阳城哪能算得上是有道德的人呢？《易经·蛊》上九的爻辞说：‘不去侍奉王侯，使自己的行为高尚。’《易经·蹇》六二的爻辞却说：‘王臣不断直言进谏，并不是为了他自身的利益。’这就是因为所处的时代不一样，而所遵循的道德标准也不相同。如果像《易经·蛊》上九的爻辞所说，处于闲职无用的位子上，却要表现出公而忘私的节操；照《易经·蹇》六二的爻辞所说，处在大臣的地位，却以不侍奉君主的志向为高尚，那么，贸然求仕带来的灾患就会产生，旷废职守造成的责难就会兴起。这种志向不能去效法，而他的过失最终是不可避免的。如今阳子在谏官位子上的时间不能说不长，他对天下利弊得失的了解，不能算不熟悉，天子对待他不能说不重视，他却没说一句有关朝政的话。看朝政的得失，就像越国人看待秦国人的胖瘦一样，毫不在意，无动于衷。问他官位，他就说：'谏议大夫。'问他的俸禄，他就说：'与下大夫一样。'问他朝政，他却说：'我不知道。'有道德的人，能是这个样吗？而且我听说：有官职的人，不称职则应辞去；有进言责任的人，不向君王提出规劝就要辞职。如今阳子认为自己尽了向君王进言的职责了吗？应该进言而不进言，与不进言而又不辞职，没有一种是对的。恐怕阳子是为俸禄做官的吧。古人说过：'做官不是因为贫穷，但有时是因为贫穷。'指的就是为俸禄做官的人。他应该辞掉高位而担任卑职，放弃富贵而甘居贫贱，做做守门、打更一类的差事足够了。孔子曾当过仓库小吏，曾当过管畜牧的小吏，也不敢玩忽职守，一定说：'财物账目一定要核对准确才行。'一定说：'使牛羊顺利成长才可以。'像阳子的官级俸禄，不算官小而钱少，这很明显了，而他这样做事，难道合适吗？"

有人说："不，不是这样。阳子厌恶诽谤君主的人，厌恶做臣僚的去公开指责君主的过失而因此出名。因此他虽然规劝和评议，却不让人知道。《尚书》说：'你有好计良策，就进宫告诉你的君王，而在外面却附和着说："这个好计良策，都是由于我主的贤德圣明，才做出的。"'大概阳子的用心，正是如此。"

我回答说："如果阳子的用心真是如此，那就更加让人迷惑了。进宫规劝君王，出来却不让别人知道，这是大臣宰相们的事，不是阳子应该干的。阳子本是隐居于乡野的平民，君主赏识他的德行，把他选拔在这个职位上。官职既以谏议为名，实在应当有所作为以履行自己的职责，让天下人和后代子孙知道朝廷有直言刚正的臣子，天子有不滥加赏赐而又能从谏如流的美名。这样，就可使山野隐士听到后羡慕，系了衣带，盘住头发，自愿到朝廷陈述自己的意见和建议，使君主成为尧舜那样的圣君，传美名于千秋万代。如《尚书》所说的，那是大臣宰相们的事，不是阳子应该做的。而且阳子的用心，不是让君临天下的圣上厌恶听到自己的过失吗？这是对君王不好的启发和诱导！"

有人说："阳子不求出名而人们都知道他，不求任用而君王用了他，是不得已才做官的，又保持他的德行不变，为什么您那样苛刻地指责他呢？"

我说："自古以来的圣人贤士，都不是追求出名与当官的。他们忧虑时势不太平，百姓不安定，具有道德学问，不敢独善其身，一定要为天下人谋利益，勤奋劳苦，到死方休。所以大禹治水三过家门而不入；孔子周游列国，席位都坐不暖；墨子奔走四方，家里烟囱都来不及烧黑。这两位圣人、一位贤人，难道不知道安闲自在是快乐的吗？实在是敬畏天命而又同情百姓的贫苦啊！上天授予人以智慧和才能，难道只是让他自己优裕有余？实在是想让他来补救天下的不足。耳目对于身体，耳管听，目管看，听清是非，看明安危，然后身体才能得以安康。圣贤，好像世人的耳目；世人，恰似圣贤的身体。如果阳子不是贤人，就应被贤者役使来侍奉上级；如果是贤人，那么就应该敬畏天命而同情人们的穷困，怎么能只贪图自己安闲自在呢？”

有人说：“我听说君子不想强加于人，厌恶那种攻讦别人以显示自己正直的人。像您这种说法，直率是够直率的了，不是有损于德且又浪费口舌吗？喜欢直言不讳来揭露人家的过失，这就是国武子在齐国被杀的原因，您大概也知道吧？”

我回答说：“君子担任职务，就要想到献身于这个职位；还未当官，就要想到修练文辞以阐明自己的主张。我要阐明的道理，不是为了显示正直而强加于人。国武子没有遇到善良的人，却喜欢在乱国中直言不讳，因此被杀。《国语》说：‘只有善人能接受直言规劝。’这是说他们听到规劝或批评的意见后能改正过失。你告诉我说：‘阳子可以算作一个有道德的人了。’阳子虽然现在还算不上有道德的人，难道他将来就不能成为善人了吗？”

后十九日复上宰相书

【题解】

韩愈在唐德宗贞元九年（793）中进士，以后又参加了礼部的博学宏词科的考试，但一直没有得到官职。贞元十一年年初，韩愈连续三次给宰相上书求仕，都毫无结果。本文是第二封书信，因距写第一封信的时间为十九天，故题为《后十九日复上宰相书》。

文章首先陈述自己的窘迫之状，然后设喻取譬，用一般人在他人情势危急之时尚且不顾个人安危救人于水火，说明身居高位之人应动仁爱怜惜之心，解救穷困危难中的士子。接着借

驳他人之言，说明是否提拔后进之士并不因时而异，人才任用的时机是身处高位的人提供的。全文紧扣“势”“时”二字着笔，步步深入；又善于设事立言，语言婉曲而深沉。本文在客观上表现了当时统治集团不能举贤授能的社会现实，但同时也表现出封建文人为求官禄而对上层统治者“俯首帖耳，摇尾而乞怜”的丑态。

【原文】

二月十六日，前乡贡进士韩愈[1]，谨再拜言相公阁下：

向上书及所著文后，待命凡十有九日，不得命。恐惧不敢逃遁，不知所为。乃复敢自纳于不测之诛[2]，以求毕其说，而请命于左右。

愈闻之，蹈水火者之求免于人也，不惟其父兄子弟之慈爱，然后呼而望之也。将有介于其侧者，虽其所憎怨，苟不至乎欲其死者，则将大其声，疾呼而望其仁之也。彼介于其侧者，闻其声而见其事，不惟其父兄子弟之慈爱，然后往而全之也。虽有所憎怨，苟不至乎欲其死者，则将狂奔尽气，濡手足，焦毛发，救之而不辞也。若是者何哉？其势诚急，而其情诚可悲也。

愈之强学力行有年矣。愚不惟道之险夷，行且不息，以蹈于穷饿之水火，其既危且亟矣，大其声而疾呼矣，阁下其亦闻而见之矣。其将往而全之欤？抑将安而不救欤？有来言于阁下者曰：“有观溺于水而爇于火者，有可救之道而终莫之救也。”阁下且以为仁人乎哉？不然，若愈者，亦君子之所宜动心者也。

或谓愈：“子言则然矣，宰相则知子矣，如时不可何？”愈窃谓之不知言者，诚其材能不足当吾贤相之举耳。若所谓时者，固在上位者之为耳，非天之所为也。前五六年时，宰相荐闻，尚有自布衣蒙抽擢者，与今岂异时哉？且今节度、观察使及防御、营田诸小使等，尚得自举判官，无间于已仕未仕者。况在宰相，吾君所尊敬者，而曰不可乎？古之进人者，或取于盗[3]，或举于管库[4]；今布衣虽贱，犹足以方于此。情隘辞蹙，不知所裁，亦惟少垂怜焉。

愈再拜。

【注释】

〔1〕乡贡：唐时士人由州县举选而不经过学馆举选的叫“乡贡”。进士：唐时士人参加礼部考试的叫作“进士”；进士得第，叫作“前进士”。

〔2〕诛：责备，责罚，惩处。

〔3〕取于盗：在盗贼中选取人才（事见《礼心·杂记》）。

〔4〕举于管库：在管理仓库的人中选拔人才（事见《礼记·檀弓下》）。

【译文】

二月十六日，前科乡贡进士韩愈，恭敬地再次拜伏进言于相公阁下：

前些日子曾向您呈上书信和所做的文章，等了十九天，还没等到您的赐复。我心中惶恐不安却不敢逃避，不知该怎么办。便再次甘冒不可预料的责备，以求得能充分陈述我的意见，而恳请阁下指教。

我听说，陷水火之灾的人向人呼救时，不只是因为别人和自己有父母、兄弟、子女般的慈爱之情，才呼唤并盼望他们来救助。如果有人就在旁边，哪怕是自己憎恶和怨恨的人，只要这人还不至于希望自己死去，就会向他大声疾呼，希望那人发善心来救援。那个在他旁边不远处的人，听见这声音，看见这情况，也并不考虑他是否和自己有父母、兄弟、子女般的慈爱之情，然后才前去救他。即使他对呼救的人心存憎恶和怨恨，只要还不至于希望他死去，就会一口气飞奔过去，哪怕湿了手足，烧焦毛发，也救出他来而不会推辞。这样做是为什么呢？那是因为呼救的人的处境实在危急，他的情况实在可怜啊！

我勤奋好学、身体力行已经多年了。我没有考虑道路的艰险和平坦，一直前进不息，以至于陷于穷愁饥饿的水深火热之中，处境既危险又急迫，只好大声疾呼，您也许听到和看到了。您是前来救助我呢，还是坐视不救呢？有人对您说："有人看到别人被水淹或被火烧，他有救的办法却终于不去救。"您认为这人是仁人君子吗？如果认为不是，那么，像我这种情况，仁人君子也该动心了吧。

有人对我说："你的话是对的，宰相是了解你的，只是时机不成熟，有什么办法呢？"我认为那些言论不被宰相所了解和赏识的人，是他的才能不值得我们贤相的荐举罢了。至于所谓时机，本来就是身处高位的人提供的，不是上天造成的。五六年前，因为宰相的荐举，尚且有从平民百姓中提拔的人，那时与现今难道有什么不同吗？况且现在的节度使、观察使及防御使、营田使等各种小使，尚可自选判官，不论是做过官还是没做过官的都同等对待，何况是宰相，我们君主所尊敬的人，怎么能说不行呢？古代推荐人才，有的从盗贼中选取，有的从库管员中选拔，现在我这个平民虽然身份低微，还是足与这些人相比的。我心情郁塞，言辞急切，不知写些什么好，只是祈求您稍加怜惜垂顾罢了。

韩愈再拜。

后二十九日复上宰相书

【题解】

此书是韩愈三上宰相书的第三封。与前封书信比，虽然同是出自求荐的动机，但文辞内容与表现手法多有不同。前者自诉穷困以求“垂怜”，重在以情动人；此信则引典析理以求“垂察”，重在以理服人。立意的角度从作者个人的利益得失转变为朝廷用人的得与失，把宰相对待他上书的态度提到是否重视人才的高度。信的第一段赞颂周公“吐哺握发”、求贤若渴这一正面典范；第二段将今之宰相与古之周公的两种用心对比，以显示出宰相的错误态度；第三段从当时情况与古代情况、自己的行为与隐士的作风的两相比较中，说明自己反复上书是缘于“忧天下之心”。

【原文】

三月十六日，前乡贡进士韩愈，谨再拜言相公阁下：

愈闻周公之为辅相，其急于见贤也，方一食三吐其哺，方一沐三握其发。当是时，天下之贤才，皆已举用；奸邪谗佞欺负之徒，皆已除去；四海皆已无虞；九夷八蛮之在荒服之外者皆已宾贡；天灾时变，昆虫草木之妖，皆已销息；天下之所谓礼、乐、刑、政教化之具，皆已修理；风俗皆已敦厚；动植之物，风雨霜露之所沾被者，皆已得宜；休征嘉瑞[1]，麟凤龟龙之属[2]，皆已备至。而周公以圣人之才，凭叔父之亲，其所辅理承化之功，又尽章章如是。其所求进见之士，岂复有贤于周公者哉？不惟不贤于周公而已，岂复有贤于时百执事者哉[3]？岂复有所计议、能补于周公之化者哉？然而周公求之如此其急，惟恐耳目有所不闻见，思虑有所未及，以负成王托周公之意，不得于天下之心。如周公之心，设使其时辅理承化之功，未尽章章如是，而非圣人之才，而无叔父之亲，则将不暇食与沐矣，岂特吐哺握发为勤而止哉？维其如是，故于今颂成王之德，而称周公之功不衰。

今阁下为辅相亦近耳。天下之贤才，岂尽举用？奸邪谗佞欺负之徒，岂尽除去？四海岂尽无虞？九夷八蛮之在荒服之外者，岂尽宾贡？天灾时变、昆虫草木之妖，岂尽销息？天下之所谓礼、乐、刑、政教化之具，岂尽修理？风俗岂尽敦厚？动植之物、风雨霜露之所霑被者，岂尽得宜？休征嘉瑞、麟凤龟龙之属，岂尽备至？其所求进见之士，虽不足以希望盛德，至比于百执事，岂尽出其下哉？其所称说，岂尽无所补哉？今虽不能如周公吐哺握发，亦宜引而进之，察其所以而去就之，不宜默默而已也。

愈之待命，四十余日矣。书再上，而志不得通。足三及门，而阍人辞焉〔4〕。惟其昏愚，不知逃遁，故复有周公之说焉。阁下其亦察之。古之士，三月不仕则相吊，故出疆必载质〔5〕。然所以重于自进者，以其于周不可则去之鲁，于鲁不可则去之齐，于齐不可则去之宋，之郑，之秦，之楚也。今天下一君，四海一国，舍乎此则夷狄矣，去父母之邦矣。故士之行道者，不得于朝，则山林而已矣。山林者，士之所独善自养，而不忧天下者之所能安也。如有忧天下之心，则不能矣。故愈每自进而不知愧焉，书亟上〔6〕，足数及门，而不知止焉。宁独如此而已，惴惴焉惟不得出大贤之门下是惧。亦惟少垂察焉！渎冒威尊〔7〕，惶恐无已。

愈再拜。

【注释】

〔1〕休征嘉瑞：吉祥的征兆。

〔2〕麟凤龟龙：古代认为代表吉祥的四种动物。

〔3〕百执事：指公卿百官。

〔4〕阍（hūn）人：看门的人。

〔5〕质：通“贽（zhì）”，古代的见面礼。

〔6〕亟（qì）：屡次。

〔7〕渎（dú）：轻慢，对人不恭敬。

【译文】

三月十六日，前科乡贡进士韩愈，恭敬地再次拜伏进言于相公阁下：

我听说周公担任宰相时，他急于会见贤良之士，吃一顿饭要多次吐出口中食物，洗一次头要多次用手把解开的头发挽住。那时，天下的贤士良才都已被选拔任用；奸诈邪恶、搬弄是非、巧言谄媚、背信弃义之徒，全都已被清除；天下太平无事；边远的少数民族都已归顺纳贡；天灾人祸，昆虫草木的各种妖异现象，都已销声匿迹；天下称为礼仪、音乐、刑法、政令等教化人的制度，都已整治齐备；风俗已朴实淳厚；动物植物，受到风雨霜露滋润养育的，都已各得其宜；吉祥的征兆，如麟、凤、龟、龙之类，都已出现。而周公以圣人的才智，靠着身为天子叔父的亲情关系，辅佐天子治理国家、教化百姓的功绩，又都这样显著，那些请求进见的人，难道贤明有超过周公的吗？不仅不能超过周公，难道还有比当时的百官更贤能的吗？难道还有计谋与建议能补益于周公教化的吗？然而周公求贤是这样急迫，只担心有看不见、听不到的，思虑有不周全的，以致辜负了周成王托付他治理国家的心意，失去天下人心。像周公的用心，假设那时辅佐天子治理国家、教化百姓的功绩，没有这样显著，而且也没有圣人的才智，又无天子叔父这种亲情关系，那么将会连吃饭、洗头都没时间了，怎么只是吐哺握发这样勤勉就够了呢？正因为他这样，所以人们至今颂扬周成王的德行，同时称赞周公的功德而没有停止。

现在您任宰相也与周公的地位相近。天下的贤才，难道全已选用？奸诈邪恶、搬弄是非、巧言谄媚、背信弃义的人，难道都已清除？天下难道已太平无事？边远的少数民族，难道都已归顺纳贡？天灾人祸，昆虫草木的各种妖异现象，难道都已消灭？天下称为礼仪、音乐、刑法、政令等教化人的制度，难道都已整治齐备？风俗难道已经朴实淳厚？动物植物，受着风雨霜露滋润养育的，难道都已各得其宜？美好的征兆，如麟、凤、龟、龙之类，难道都已出现？那些请求进见的人，虽不指望他们有您这样的盛德，但与那些朝廷百官相比，难道他们的才德都在百官之下吗？他们提出的计谋建议，难道对朝廷没有一点补益吗？如今您虽不能像周公那样吐哺握发，也应当召见并举荐他们，考察他们的才能然后决定去留，不应沉默不语。

我等着您的回音已有四十多天了。信一再呈上，可心愿不被您理解。多次登门，都被看门的人挡住。只因我生性愚鲁，不知识趣地离开，所以又有了一通关于周公的议论。希望您能明察。古代的读书人，三个月不出任官职就要互相慰勉，所以出国界一定要带上见面的礼物。但是他们之所以看重自我推荐，是因为他们如果在周朝不被任用，便前往鲁国；如果在鲁国不被任用，就前往齐国；如果在齐国不被任用，就前往宋国，前往郑国，前往秦国，前往楚国。现今天下只有一个君主，四海之内只是一个国家，离开这里就是少数民族的土地，也就离开故国了。因此读书人坚持自己抱负的，如果不能得志于朝廷，就只能隐居山林了。山林，是读书人中那些独善其身、注重自我修养、不为天下人忧的人才能安居的。如有忧虑天下的心思，就不能安居了。因此我多次自我推荐而不感到羞愧，屡次奉上书信，多次登门求见而不知停止。又哪里能仅仅这样罢了，我还惴惴不安地担心不能出自您的门下。也希望您稍微地俯身留心察

周公

看！亵渎冒犯了您的威望和尊贵，惶恐不安。

韩愈再拜。

与于襄阳书

【题解】

于襄阳，即于頔（dí），贞元十四年为山南东道节度使，守襄阳，是很受唐德宗李适器重的地方大军阀。韩愈为求仕进，曾两次上书于頔，此为第一篇，写于唐德宗贞元十七年（即801年）。信的首段言“先达”与“后进”必须互相依赖；次段分析二者不能“相须”的原因；末段希望于頔做个名副其实的“先达”，能赏识提拔自己。信中多有无聊吹捧之辞，气格不高，后世较耿介的封建文人如欧阳修、顾炎武等对此都有所批评。

【原文】

七月三日，将仕郎守国子四门博士韩愈[1]，谨奉书尚书阁下：

士之能享大名、显当世者，莫不有先达之士、负天下之望者为之前焉；士之能垂休光、照后世者，亦莫不有后进之士、负天下之望者为之后焉。莫为之前，虽美而不彰；莫为之后，虽盛而不传。是二人者，未始不相须也[2]，然而千百载乃一相遇焉。岂上之人无可援，下之人无可推欤？何其相须之殷而相遇之疏也？其故在下之人负其能，不肯谄其上，上之人负其位，不肯顾其下。故高材多戚戚之穷，盛位无赫赫之光。是二人者之所为，皆过也。未尝干之，不可谓上无其人；未尝求之，不可谓下无其人。愈之诵此言久矣，未尝敢以闻于人。

侧闻阁下抱不世之才，特立而独行，道方而事实，卷舒不随乎时，文武唯其所用。岂愈所谓其人哉！抑未闻后进之士，有遇知于左右、获礼于门下者。岂求之而未得邪？将志存乎立功，而事专乎报主，虽遇其人，未暇礼邪？何其宜闻而久不闻也！

愈虽不材，其自处不敢后于恒人。阁下将求之而未得欤？古人有言：“请自隗始[3]。”愈今者惟朝夕刍、米、仆、赁之资是急[4]，不过费阁下一朝之享而足也。如曰：“吾志存乎立功，而事专乎报主，虽遇其人，未暇礼焉。”则非愈之所敢知也。世之龊龊者，既不足以语之；磊落奇伟之人，又不能听焉。则信乎命之穷也！谨献旧所为文一十八首，如赐览观，亦足知其志之所存。

愈恐惧再拜。

【注释】

〔1〕将仕郎：唐代的文职散官。守：署理。国子：国子监，唐代国家教育管理机构和最高学府。总辖国子、太学、广文馆、四门等学。四门博士：学官名。北魏初设于京师四门。唐代四门学的大学，隶国子监，置博士六人，传授儒家经典。韩愈于贞元十六年（800）任国子监四门博士。

〔2〕未始：未尝。须：等待。

〔3〕请自隗（wěi）始：隗，即郭隗，战国时燕人。燕昭王欲攻齐，拿黄金四处访求贤人问计，郭隗说：“今王欲致士，先从隗始，隗且见事，况贤于隗者乎？”燕昭王就为他筑宫而敬以为师，于是乐毅等相继而至。

〔4〕刍、米、仆、赁（lìn）之资：柴草、粮食、仆役及租赁的费用等。刍，草。赁，租用。

【译文】

七月三日，将仕郎守国子四门博士韩愈，恭敬地将此信呈送尚书阁下：

读书人能享有盛名、显耀于当世的，无一不是靠德行高、学问深的知名前辈和有广泛声望的人为他做先导。读书人能够流传美名、照耀后世的，也无一不是依靠杰出的后辈、有广泛声望的人来做他的后继之人。如果没有人做先导，后辈即使才华横溢也不能彰明；如果没有人做后继之人，前辈即使声名显赫也不能流芳百世。这两种人，未曾不互相等待，然而千百年才相逢一次。难道是上面没有可以施以援手的人，下面没有可以举荐的人吗？为什么他们互相期待如此殷切，而相互知遇的机会又如此稀少呢？其原因是下面的人恃才傲物而不肯奉迎上司，上面的人自恃尊贵而不肯顾怜属下。所

以才高者往往郁郁而不得志，位尊者无显赫的声名。这两种人的做法都不对。未曾去拜谒，就不能说上面没有可托付的人；未曾去搜求贤才，就不能说下面没有值得推荐的人。我念叨这样的话已经很久了，却从不敢冒昧地说给别人听。

从侧面了解到您具有稀世之才能，人品独特而行为出众，遵儒家正道而处世务实，进退不随世俗，文治武备之道只有您能自如运用。莫非我说的那先达之士就是您吗？可是还没有听说有为您所赏识的后辈受到您的礼遇。难道是搜求而未得吗？还是您立志于建功立业，而办事专注以报答君主，即使遇到那样的贤士，也没空闲对他以礼相待呢？为什么本该听到您提携后辈的事却长久没有听到呢？

我虽才能平庸，但对自己的要求却不敢低于一般人。阁下是不是想求贤士而没有找到？古人曾这样说："请从我郭隗开始吧！"我现在每天为衣食住行和雇用人的费用着急，这些不过花费您一顿早饭的费用就够了。如果您说："我立志于建功立业，而办事专心以报答君主，即使遇到这样的人才，也没空闲以礼相待。"这就不是我敢于理解赞同的了。世上那些气量狭小的人，不值得向他们谈论这些；而刚直高尚的人，又听不见我的话。那么我命中注定穷困是无疑的了。谨此献上过去所写的文章一十八篇，如蒙赐阅，也就足以了解我的志向所在。

韩愈惶恐地再次拜礼。

与陈给事书

【题解】

唐德宗贞元十九年（803）冬，韩愈被贬为阳山县令。他在离京之前，给新迁给事中的陈京写了这封信。信的首段陈述首次谒见后不得复见的缘由；次段陈说去年两次进见后不敢复见的原因；末段反省检讨、自责谢罪以求再度获见。全信围绕一个“见”字落笔，历叙几次进见的情况，就陈给事态度的冷热变化诉说自己的苦衷，请求对方谅解。这篇文章从侧面反映出封建官场等级森严、奔竞成风的陋习和地位低微的小官仰人鼻息、承人颜色的艰难处境。

给事，官名，即给事中。唐代的给事中是中央机构门下省的重要官员，仅次于门下省的长官侍中和副长官侍郎，掌管驳正政令之违失。陈给事，名京，字庆复。

孟郊

【原文】

韩愈再拜：

愈之获见于阁下有年矣。始者亦尝辱一言之誉。贫贱也，衣食于奔走，不得朝夕继见[1]。其后，阁下位益尊，伺候于门墙者日益进[2]。夫位益尊，则贱者日隔；伺候于门墙者日益进，则爱博而情不专。愈也道不加修，而文日益有名。夫道不加修，则贤者不与；文日益有名，则同进者忌。始之以日隔之疏，加之以不专之望，以不与者之心，而听忌者之说，由是阁下之庭，无愈之迹矣。

去年春，亦尝一进谒于左右矣。温乎其容，若加其新也[3]；属乎其言[4]，若闵其穷也[5]。退而喜也，以告于人。其后，如东京取妻子[6]，又不得朝夕继见。及其还也，亦尝一进谒于左右矣。邈乎其容[7]，若不察其愚也；悄乎其言[8]，若不接其情也。退而惧也，不敢复进。

今则释然悟，翻然悔曰：其邈也，乃所以怒其来之不继也；其悄也，乃所以示其意也。不敏之诛[9]，无所逃避。不敢遂进，辄自疏其所以，并献近所为《复志赋》以下十首为一卷，卷有标轴[10]。《送孟郊序》一首[11]，生纸写[12]，不加装饰，皆有揩字、注字处[13]，急于自解而谢，不能竢更写[14]。阁下取其意，而略其礼可也。

愈恐惧再拜。

【注释】

〔1〕继：一直，连续。

〔2〕伺候：等候，守候。

〔3〕加：对待。新：新交的朋友。

〔4〕属：连续不断。

〔5〕闵：同“悯”，怜恤，同情。

〔6〕如：到。东京：即今河南洛阳。

〔7〕邈（miǎo）：远，形容表情冷漠。

〔8〕悄（qiǎo）：沉默寡言。

〔9〕诛：责备。

〔10〕标轴：标明题号的书轴子。古代书画用卷子，卷子中有棍杆，两头叫轴。

〔11〕孟郊：字东野，湖州武康（浙江德清）人。唐代诗人，和韩愈交情很深。

〔12〕生纸：未经加工精制的纸。

〔13〕揩字：涂抹的字。注字：添加的字。

〔14〕竢（sì）：等待。

【译文】

韩愈再次拜礼。

我认识阁下已经好几年了。开始时也曾经得到您的赞扬。因我贫贱，为了谋生而东奔西走，不能早晚连续拜见您。此后阁下的地位越来越高，守候在您门前的人越来越多。地位越来越高，那么与贫贱的人就会日益隔绝；守候在您门前的人越来越多，那么您所喜爱的人多了，情意也就不专注了。我的品德修养没有多大进步，文章却日益出名，道德方面没有加强，那么贤人就不会赏识我；文名越来越高，那么同进的人便会妒忌。您我开始因为不经常见面而疏远，后来又加上您的感情不能专注，您又带着不再赏识我的态度，加上听信妒忌我的那些人的谗言，这样阁下的门庭就慢慢没有我的足迹了。

去年春天，我也曾拜见过您一次，您面容和蔼可亲，好像对待新交的朋友；说话连续不断，似乎很同情我的困窘处境。我回来后十分高兴，便把这些情况告诉了别人。后来我到东京洛阳接家眷，又不能天天去拜访您。等从洛阳回来，也曾拜见过您一次。您表情冷漠，似乎不体谅我的隐衷；话语不多，好像不领受我的情意。我回来后十分不安，不敢再来拜见您了。

如今我恍然大悟，马上懊悔地对自己说：冷淡，那是生气我不经常去拜望您；沉默，正是暗示了这种意思。您对我生性迟钝的责备，我是没有地方可逃避了。因此，不敢贸然去拜见，于是特呈此信申述情由，并呈献上近来写的《复志赋》等十篇诗文，编为一卷，卷轴上都有标记。《送孟郊序》一篇，是用生纸写的，未加装饰，都有涂抹与加字的地方，因为急于解释误会并致歉意，所以未来得及重新抄写清整。阁下领我心意，不计较我的礼节不周，我便心满意足了。

韩愈诚惶诚恐地再一次拜礼。

应科目时与人书

【题解】

本篇题一作《应科目时与韦舍人书》，是贞元九年（793）韩愈参加博学宏词科考试时写给当权者的一封信，目的是希望身居上位者“怜察之”。文章以水中“怪物”为喻，表现了一个怀才不遇之士的困窘、忧愤和渴望有人救助、一展才能的急切心情。虽为请托求荐，但作者态度不卑不亢，很有分寸。

【原文】

月日，愈再拜：

天池之滨[1]，大江之濆[2]，曰有怪物焉，盖非常鳞凡介之品汇匹俦也[3]。其得水，变化风雨，上下于天不难也。其不及水，盖寻常尺寸之间耳[4]。无高山、大陵、旷途、绝险为之关隔也，然其穷涸，不能自致乎水，为猵獭之笑者[5]，盖十八九矣。如有力者，哀其穷而运转之，盖一举手、一投足之劳也。然是物也，负其异于众也，且曰：“烂死于沙泥，吾宁乐之。若俯首帖耳，摇尾而乞怜者，非我之志也。”是以有力者遇之，熟视之若无睹也。其死其生，固不可知也。

今又有有力者当其前矣。聊试仰首一鸣号焉，庸讵知有力者不哀其穷[6]，而忘一举手、一投足之劳，而转之清波乎？其哀之，命也；其不哀之，命也。知其在命，而且鸣号之者，亦命也。愈今者实有类于是。是以忘其疏愚之罪，而有是说焉。阁下其亦怜察之。

【注释】

〔1〕天池：指南海。《庄子·逍遥游》中说：“南冥者，天池也。”

〔2〕大江：这里指长江。濆（fén）：水边。

〔3〕鳞、介：泛指有鳞和介甲的水生动物。匹俦（chóu）：相比。

〔4〕寻常尺寸：指范围狭小。古代八尺叫寻，二寻叫常。

〔5〕狭獭（bīn tǎ）：兽名。《汉书·扬雄传》："蹈獱獭。"颜师古注："獱，小獭也。"

〔6〕庸讵：岂，怎么，哪里。

【译文】

某月某日，韩愈再拜：

在南海之畔，长江的岸边，传说有一种怪物，它不是平常生鳞长甲的水生动物所能相比的。如果它得到水，就能兴风作雨，在天空上下翻飞毫无困难。如果它得不到水，便只能在尺寸见方之间活动了。就算没有高山、大陵、远途险碍的阻隔，它却困于干涸之处，不能使自己抵达有水的地方，被小小的水獭所嘲笑，这是非常可能的。如果有一个有力量的人，同情它的困境而把它运到水里，只是一举手一抬脚的功夫罢了。可是这个怪物，自负于自己的与众不同，还说："烂死在泥沙中，我甘愿这样。像那俯首帖耳、摇尾乞怜的样子，不是我的志向。"所以有力量的人遇到它，虽常见却像没看见一样。它是死是活，根本不能预料。

现在，又有个有力量的人出现在它面前，它姑且抬头大喊一声，哪里知道有力量的人一定不会哀怜它的困境，而忘记一举手一抬脚的辛劳，就将它转送到清水中去呢？有力量的人哀怜它，是命运安排的；不哀怜它，也是命运安排的。明知道这都由命运决定，仍要大喊呼叫，这也算是命运安排吧。我现在确有与这个怪物处境相似之处，因此，不顾自己粗疏愚鲁的过失，说了这么多话。请阁下怜惜和体察我。

送孟东野序

【题解】

孟郊字东野，与韩愈为忘年之交。孟郊一生穷愁潦倒，屡试不第。46岁始中进士，50岁时才被任为溧阳县尉，颇感郁郁不得志。在好友即将就道赴任之时，韩愈特写此文以示劝勉和宽慰，文中充满了对孟郊的同情和对当权者的不满。

这是一篇赠别朋友的序文，也是一篇著名的文论。全篇以“物不得其平则鸣”立论，由物及人，从古到今，用一系列自然和社会现象论证一切文章多为“不平则鸣”的产物，揭示并强调了文学作品与社会时代的密切关系。文中虽有不合于科学之处，但其基本观点是正确的，很有价值，在文学批评史上有重要地位。

【原文】

大凡物不得其平则鸣。草木之无声，风挠之鸣；水之无声，风荡之鸣。其跃也，或激之；其趋也，或梗之；其沸也，或炙之。金石之无声，或击之鸣。人之于言也亦然，有不得已者而后言，其歌也有思，其哭也有怀。凡出乎口而为声者，其皆有弗平者乎？

乐也者，郁于中而泄于外者也，择其善鸣者而假之鸣。金、石、丝、竹、匏、土、革、木八者[1]，物之善鸣者也。维天之于时也亦然，择其善鸣者而假之鸣。是故以鸟鸣春，以雷鸣夏，以虫鸣秋，以风鸣冬。四时之相推敚，其必有不得其平者乎？

其于人也亦然。人声之精者为言，文辞之于言，又其精也，尤择其善鸣者而假之鸣。其在唐、虞，咎陶、禹[2]，其善鸣者也，而假以鸣。夔弗能以文辞鸣[3]，又自假于《韶》以鸣[4]。夏之时，五子以其歌鸣[5]。伊尹鸣殷[6]，周公鸣周。凡载于《诗》《书》六艺，皆鸣之善者也。周之衰，孔子之徒鸣之，其声大而远。传曰[7]：“天将以夫子为木铎[8]。”其弗信矣乎？其末也，庄周以其荒唐之辞鸣[9]。楚，大国也，其亡也，以屈原鸣。臧孙辰、孟轲、荀卿[10]，以道鸣者也。杨朱、墨翟、管夷吾、晏婴、老聃、申不害、韩非、慎到、田骈、邹衍、尸佼、孙武、张仪、苏秦之属[11]，皆以其术鸣。秦之兴，李斯鸣之。汉之时，司马迁、相如、扬雄最其善鸣者也。其下魏、晋氏，鸣者不及于古，然亦未尝绝也。就其善者，

乐也者，郁于中而泄于外者也，择其善鸣者而假之鸣

其声清以浮，其节数以急，其辞淫以哀，其志弛以肆，其为言也，乱杂而无章。将天丑其德，莫之顾邪？何为乎不鸣其善鸣者也？

唐之有天下，陈子昂、苏源明、元结、李白、杜甫、李观[12]，皆以其所能鸣。其存而在下者，孟郊东野始以其诗鸣。其高出魏、晋，不懈而及于古，其他浸淫乎汉氏矣[13]。从吾游者，李翱、张籍其尤也[14]。三子者之鸣信善矣。抑不知天将和其声，而使鸣国家之盛邪？抑将穷饿其身，思愁其心肠，而使自鸣其不幸邪？三子者之命，则悬乎天矣。其在上也，奚以喜？其在下也，奚以悲？东野之役于江南也，有若不释然者，故吾道其命于天者以解之。

【注释】

〔1〕金、石、丝、竹、匏（páo）、土、革、木：古代八种做乐器的材料，叫作“八音”，常用来泛指各种乐器。

〔2〕唐、虞：指唐尧和虞舜的时代。咎陶（gāo yáo）：也作“皋陶”。传说是虞舜时的狱官，曾制定法律。

〔3〕夔（kuí）：传说为虞舜时的乐官。

〔4〕《韶》：传说为虞舜时的乐曲。

〔5〕五子：夏朝君主太康的五个弟弟。太康游乐无度，被有穷后羿所废。五子怨太康失国，作歌追述夏禹的告诫，称为《五子之歌》。

〔6〕伊尹：名挚，商初的贤相，曾辅助商汤灭夏建国，作过《伊训》《太甲》《咸有一德》等。

〔7〕传：这里指《论语》。

〔8〕天将以夫子为木铎：语出《论语·八佾》。夫子，对孔子的尊称。木铎，以木为舌的大铃。古代宣布政教法令或有战事时，就摇动大铃召集百姓。这里是说孔子不被诸侯所用，将要退而著书，传于弟子，其力量如同帝王发布政令。

〔9〕庄周：字子休，战国时宋国蒙人，著名的哲学家、文学家。著有《庄子》一书。荒唐：广大无边。

〔10〕臧孙辰：即臧文仲。春秋时鲁国执政者。

〔11〕慎到：战国时赵人。著有《慎子》。田骈：战国时齐人。齐宣王时做过上大夫。邹衍：战国末期齐人。阴阳家，曾为燕昭王师。尸佼：战国时鲁人。杂家。著有《尸子》。

〔12〕苏源明：字弱夫，初名预，京兆武功人。唐代诗人。李观：字元宾，陇西人。唐代文学家。

〔13〕浸淫：逐渐接近。汉氏：指汉朝。这里指汉朝的诗歌。

〔14〕李翱：唐陇西成纪人，一说赵郡人。他是韩愈的学生，是古文运动的积极参加者。

【译文】

大凡物体不能平稳时就会发出鸣声。草木无声，风摇动它就发出声音；水无声，风吹动使它激荡发出声音。水跃波浪是因为有东西阻挡了它，水流湍急是因为有东西堵塞了它，水沸腾是因为火在烧它。金钟石磬无声，有人敲击它才发出声音。人们说话也是这样，心中有不平之事而后才说出来，唱歌是为了寄托情思，哭泣是为了怀念。一切出口而成为声音的，也许是心中都有所不平吧！

音乐，是人们郁结在心中的情感向外发泄而成的，它选择善于发音的物体来表现。钟、磬、琴瑟、箫管、笙、埙、鼓、柷敔等八种乐器，是器物中善于发出声音的。自然界对时令的更替也是这样，它常常选择那些善于发出声音的事物，借助它们来表现。所以鸟儿鸣春，雷声示夏，虫声唤秋，风声号冬。四季的推移变化，必定是因为有所不平这个原因吧！

这一点对人类也是同样的。人的声音之精华是语言，文辞对于语言来说，又是它的精华了，特别要选择那些善于文辞的人来表达。在唐尧、虞舜时代，咎陶、大禹是最善于表达的人，便以他们为时代的喉舌。夔不能用文辞来表达思想，就创制《韶》乐，借助于它来表达情感。夏朝时，太康的五个弟弟用他们的歌声来表达思想。伊尹表达了殷商王朝的兴盛。周公的著作表达了周王朝的昌明。凡是记载在《诗》《书》等六经中的著述，都是文辞最好的。周朝衰败的时候，孔子那一班人发出呼喊之声，那声音洪大而悠远。《论语》中说："上天要把孔子当作宣传教化的木铎。"这难道不是真实可信的吗？周朝末年，庄周用他的汪洋恣肆、夸张比喻的言辞来表现自己的时代。楚，是一个大国，到灭亡的时候，以屈原作《楚辞》来哀痛国破家亡的惨景。臧孙辰、孟轲、荀卿等人是用学说来表达的。杨朱、墨翟、管夷吾、晏婴、老聃、申不害、韩非、慎到、田骈、邹衍、尸佼、孙武、张仪、苏秦这些人，都是以自己的学术主张来表达的。秦朝的兴盛，李斯用言辞来表现它。汉朝的时候，司马迁、司马相如、扬雄是特别善于文辞的人。汉代以后的魏、晋两代，文辞虽然比不上古代，但也从来没有间断过。就其中优秀的来看，他们的声音清淡而浮夸，他们的节奏繁杂而急促，他们的文辞轻浮而哀怨，他们的思想空虚而放纵，他们的言论文章杂乱而没有章法。可能是老天爷认为他们的德行丑陋而不肯照顾他们吧。为什么不让那些善于表达的人出来抒发自己的情怀呢？

唐朝统治天下以后，陈子昂、苏源明、元结、李白、杜甫、李观，都以他们的才华来表达心声。那些活在世上而地位低下的人中，孟郊孟东野开始以他的诗鸣响于世。他的诗高出魏、晋人的水平，有些无懈可击的作品已经赶上古人的水平，其他的作品也逐渐接近汉代人的水平了。跟我交游的人，李翱和张籍是其中突出的。这三人的文辞确实是有水平的。但不知道上天欲使他们的声音和谐，以便让他们鸣国家的兴盛呢，还是要使他们的身体遭到贫穷饥饿的折磨，使他们的内心蒙受忧愁苦恼的煎熬，让他们鸣自己的不幸呢？三个人的命运都掌握在上天的手里。那么，如果他们身居高位，有什么值得高兴的？如果屈居下层，又有什么值得悲伤的呢？东野这次到江南去任职，心中好像有解不开的郁结，因此我讲了这些命运取决于天意的话来安慰他。

送李愿归盘谷序

【题解】

友人李愿“不遇于时”，欲往盘谷隐居，韩愈赞赏其不羡利禄、洁身自爱的高尚行为，特作此文以送之。文章首段写朋友将往之地——盘谷的地名由来；中间三段对比三种人的生活，揭示李愿归隐山林的缘由；末段歌赞隐居之乐以示鼓励。中间三段为文章主体，作者借李愿之口行文，对声势显赫、穷奢极欲的达官贵人作了辛辣嘲讽，对热衷于功名利禄、投机钻营的无耻之徒作了无情鞭挞，对怀才不遇而退隐山林的高洁之士予以由衷赞美，表现了作者对黑暗官场的强烈不满和愤世嫉俗的批判精神。

【原文】

太行之阳有盘谷。盘谷之间，泉甘而土肥，草木丛茂，居民鲜少。或曰：谓其环两山之间，故曰盘。或曰：是谷也，宅幽而势阻，隐者之所盘旋。友人李愿居之。

愿之言曰：“人之称大丈夫者，我知之矣。利泽施于人[1]，名声昭于时。坐于庙朝，进退百官而佐天子出令[2]。其在外，则树旗旄，罗弓矢，武夫前呵，从者塞途，供给之人，各执其物，夹道而疾驰。喜有赏，怒有刑。才畯满前[3]，道古今而誉盛德，入耳而不烦。曲眉丰颊，清声而便体，秀外而惠中，飘轻裾，

坐茂树以终日，濯清泉以自洁

翳长袖，粉白黛绿者，列屋而闲居，妒宠而负恃，争妍而取怜。大丈夫之遇知于天子，用力于当世者之所为也。吾非恶此而逃之，是有命焉，不可幸而致也。

“穷居而野处，升高而望远，坐茂树以终日，濯清泉以自洁。采于山，美可茹[4]；钓于水，鲜可食[5]。起居无时，惟适之安。与其有誉于前，孰若无毁于其后；与其有乐于身，孰若无忧于其心。车服不维，刀锯不加，理乱不知，黜陟不闻。大丈夫不遇于时者之所为也，我则行之。

“伺候于公卿之门，奔走于形势之途，足将进而趑趄，口将言而嗫嚅，处污秽而不羞，触刑辟而诛戮，侥幸于万一，老死而后止者。其于为人贤不肖何如也？”

昌黎韩愈，闻其言而壮之。与之酒而为之歌曰：“盘之中[6]，维子之宫[7]；盘之土，可以稼；盘之泉，可濯可沿；盘之阻[8]，谁争子所？窈而深，廓其有容；缭而曲，如往而复。嗟盘之乐兮，乐且无央。虎豹远迹兮，蛟龙遁藏。鬼神守护兮，呵禁不祥。饮且食兮寿而康，无不足兮奚所望？膏吾车兮秣吾马，从子于盘兮，终吾生以徜徉。”

【注释】

〔1〕利泽：利益和恩泽。

〔2〕进退：升降，任免。

〔3〕畯（jùn）：同“俊”，有才能的人。

〔4〕美：用作名词，指甘美的果蔬。茹：吃。

〔5〕鲜：用作名词，指鲜美的鱼虾。

〔6〕盘：盘谷的省称。

〔7〕维：是。

〔8〕阻：险阻。

【译文】

太行山南面有个盘谷。盘谷之中，水甘土肥，草木繁茂，居民稀少。有人说：“因为它环绕于两山之间，所以叫作盘。”又有人说：“此处之所以叫盘谷，是因为深幽而地势险阻，是隐士们居留盘旋的地方。”我的朋友李愿就住在这里。

李愿的话是这么说的：“人们称之为大丈夫的人，我了解他们。布施给他人利益和恩泽，显赫的名声在当代传扬。身处朝廷，升降百官而辅佐天子发号施令。他奉命外出，就旌旗高树，排列弓箭仪仗，武士在前面吆喝开路，随从的人填满了道路，负责供给服侍的人，各自拿着物品，在道路两旁来回奔跑。他们高兴时就随意赏赐，发怒时任情处罚。有才能的人聚集在他们周围，谈古论今赞扬他们的美德，让对方听起来很入耳而不会觉得厌烦。那些有弯弯的眉毛、丰腴的面颊、清脆的声音、轻盈的体态、秀美的外貌、聪明的头脑的美女，飘动着薄薄的衣襟、拖曳着长长的衣袖，浓妆艳抹，在一排排的后室中悠闲地居住着，她们妒忌被宠幸的人，各自倚仗自己的才貌，争娇斗艳以博取主人的怜爱。这就是得到皇上重用，在当代掌有大权的大丈夫的所作所为啊。我不是讨厌这些而逃避它，只是命中注定不能侥幸地得到啊。

“处境穷困而隐居于山野，登上高山眺望远处，坐在茂密的林木中悠闲度日，用清水沐浴来保持自身的清洁。去山上采摘，果蔬甘美能吃；到水边垂钓，鱼虾鲜美可口。起居没有定时，只求舒适安逸。与其当面被称赞，倒不如背后不受毁谤；与其形体享受欢乐，倒不如心中无忧无虑。赏赐不会来，罪罚也没有，治乱不关心，官吏升降不去问，这就是当代不得志的大丈夫的作为，我便是这样做的。

“去公卿门下侍候，在通往权势的路上奔忙，脚欲进而不行，口欲说却吞吐，处于污秽环境之中却不觉得耻辱，触犯了刑法就遭杀戮，求侥幸于万一，直到老死为止。他们的为人处事，是贤明呢，还是不贤明呢？”

昌黎韩愈听了他的话认为十分豪壮，向他斟酒作歌：“盘谷之中，是你的居室；盘谷的土地，可以耕种；盘谷的清泉，可以洗浴游赏；盘谷地势险阻，谁来争夺你的住处？盘谷幽静深远，广阔而宽容，迂回而曲折，行人将要前行，却好像又绕回原处。啊！这盘谷的乐趣，真是无穷无尽。虎豹远逃啊，蛟龙逃遁躲藏；鬼神守护啊，没有灾殃；有饮有食啊，长寿健康。没有不满足的啊，还有什么奢望？保养好我的车子啊，喂好我的马，随你去盘谷啊，让我终生在这里悠闲游赏。”

送董邵南序

【题解】

本篇约写于唐宪宗元和初年，题亦作《送董邵南游河北序》。董邵南，寿州安丰（今安徽寿县西南）人，与韩愈交谊甚厚。因举进士多次落第而抑郁不得志，将要赴河北一带寻找出路。当时割据河北的藩镇正招纳士人增强实力以抗拒朝廷。韩愈既对董生“连不得志于有司”的遭遇抱有深切同情，而又担心他误入歧途、助长藩镇势力，所以对董生往游河北，按情不能不送，按理却不能不劝。文章首段慰勉董生，说此去必有机遇；次段笔锋一转，说此去是否有好机遇还不一定；末段借临别嘱托表明：有才能之士应出来为“天子”效力而不应归依藩镇。全篇隐含规劝之意，看似送之，实则留之；名为送行，实则劝阻。话外有音，言外传意，极为委婉含蓄。

【原文】

燕赵古称多感慨悲歌之士〔1〕。董生举进士，连不得志于有司，怀抱利器，郁郁适兹土，吾知其必有合也。董生勉乎哉！

夫以子之不遇时，苟慕义强仁者，皆爱惜焉。矧燕赵之士出乎其性者哉〔2〕！然吾尝闻风俗与化移易，吾恶知其今不异于古所云邪？聊以吾子之行卜之也〔3〕。董生勉乎哉！

吾因之有所感矣。为我吊望诸君之墓〔4〕，而观于其市，复有昔时屠狗者乎〔5〕？为我谢曰：“明天子在上，可以出而仕矣！”

【注释】

〔1〕燕赵：战国时期的两个国家。燕，在今河北、辽宁一带。赵，在今河北南部和山西北部。感慨悲歌之士：指荆轲、高渐离、乐毅一类豪侠人物。

〔2〕矧（shěn）：何况，况且。

〔3〕吾子：对董邵南的亲切称呼。卜：检验，验证。

〔4〕望诸君：战国时燕国名将乐毅的封号。他替燕昭王攻齐，先后取七十余城。昭王死后，惠王中了齐国的反间计，派骑劫接替乐毅的职务，乐毅害怕，投奔赵国。赵王封乐毅于观津（河北武邑东南），称为"望诸君"。

〔5〕屠狗者：指高渐离。战国末期燕国人。他隐于屠夫之中，荆轲同他结成好友。荆轲刺秦始皇未成被杀，高渐离替荆轲报仇也被杀。

【译文】

燕赵一带自古就传说有许多感慨悲歌的豪侠之士。董生考进士，接连没有被主考官选中，只好怀着杰出的才能，郁郁不乐地到燕赵这个地方去，我预料他在那里一定会有比较好的际遇。董生得努力呀！

像你这样怀才不遇，只要是仰慕正义、力行仁德的人都会同情爱怜你。何况燕赵侠义之人本来就具有慷慨豪放的性格呢！然而我曾经听说社会风俗是随着教化而发展变化的，我怎么能料到那里的社会风俗现今与古代所说的没有差异呢？暂且以你这次的出行遭际来验证吧。董生再努力呀！

我对你的出行不禁有所感慨。请你替我吊祭望诸君乐毅的坟墓，并到那儿的市镇上去观察观察，还有没有从前那隐没于屠夫中的豪侠壮士呢？替我向他们恳切致意："圣明的天子在位，可以出来任职了！"

送杨少尹序

【题解】

这是韩愈为送同僚杨巨源告老还乡而写的一篇赠序。文章先宕开笔墨叙述西汉广、受二贤告老辞官时，百官送行、路人泣下的故事，紧接着把杨巨源辞职还乡、公卿送别的情景与二贤的故事具体比较，以突出杨老品德之美，同样受人敬重；末段说杨先生如此乡情浓重、至老不忘家乡，必将受到乡人的景仰。反复咏叹之中，可见作者无限的惜别、仰慕、赞叹之情。

【原文】

昔疏广、受二子[1]，以年老，一朝辞位而去。于时公卿设供张[2]，祖道都门外[3]，车数百两[4]。道路观者，多叹息泣下，共言其贤。汉史既传其事，而后世工画者又图其迹，至今照人耳目，赫赫若前日事。

国子司业杨君巨源，方以能《诗》训后进，一旦以年满七十，亦白丞相去归其乡。世常说古今人不相及，今杨与二疏，其意岂异也？

予忝在公卿后[5]，遇病不能出。不知杨侯去时，城门外送者几人、车几两、马几匹，道边观者亦有叹息知其为贤与否？而太史氏又能张大其事，为传继二疏踪迹否？不落莫否？见今世无工画者，而画与不画，固不论也。然吾闻杨侯之去，丞相有爱而惜之者，白以为其都少尹，不绝其禄。又为歌诗以劝之，京师之长于诗者，亦属而和之。又不知当时二疏之去，有是事否？古今人同不同未可知也。

中世士大夫以官为家，罢则无所于归。杨侯始冠[6]，举于其乡，歌《鹿鸣》而来也[7]。今之归，指其树曰："某树吾先人之所种也。某水某丘，吾童子时所钓游也。"乡人莫不加敬，诫子孙以杨侯不去其乡为法。古之所谓乡先生，没而可祭于社者，其在斯人欤！其在斯人欤！

【注释】

〔1〕疏广、受二子：西汉东海兰陵人。宣帝时，疏广任太子太傅；疏受是疏广的侄子，同时任太子少傅。在职五年，疏广对疏受说："知足不辱，知止不殆。宦成名立，如此不去，惧有后悔。"于是同时称病告退。

〔2〕公卿：指三公九卿，亦泛指高官。供张（zhàng）：亦作"供帐"，陈设帷帐等用具。

〔3〕祖道：在道旁祭祀路神并设宴饯行。

〔4〕两（liàng）：同"辆"，量词。

〔5〕忝（tiǎn）：谦辞，有愧于。

〔6〕冠：男子二十岁行冠礼，表示成年。

〔7〕《鹿鸣》：《诗经·小雅》有《鹿鸣》篇，是宴会时用的歌。唐代乡举考试后，州县长官宴请中举者，宴会上歌《鹿鸣》诗，后因称鹿鸣宴。

【译文】

从前疏广、疏受二位先生，因为年老，就在某一天一同辞官离开朝廷。当时，朝廷官员陈设帷帐，在京城门外为他们设宴饯行，送行的车有数百辆。路两旁观看的人，多为他们叹息流泪，无不称颂他们的贤德。汉朝的史书已经记载了他们的事迹，后世擅长绘画的人，又把当时的情景画成了画像，时至今日还那么光彩照人，清清楚楚，仿佛前天发生的事。

国子监司业杨巨源，起先以他精通的《诗》学在国子监教授学生，年纪一满七十，也禀白丞相离职回故乡。世人常说今人与古人不能相提并论，现在杨巨源与疏氏叔侄相比，他们去官的心意难道有什么不同吗？

我很惭愧地排列在公卿之后，正赶上生病不能出去送行。不知杨少尹离京的时候，城门外送行的有多少人、多少辆车、多少匹马？路两旁的观看者，是不是也有人为他的贤德赞叹？史官是不是也能广泛宣扬这件事，为他立传以接续二疏的事迹，不让他冷落寂寞？现在世上没有擅长绘画的人，而画还是不画，姑且不必管它。但我听说杨少尹离京的时候，宰相有表示赏识和惋惜他的意思，奏明圣上任命他为故乡河中府的少尹，不中断他的俸禄。宰相还写诗来慰勉他，京城里擅长写诗的人，也作诗应和宰相。也不知道古时二疏离京归乡时，有没有这样的事情？古人与今人究竟相同还是不同，我不得而知。

中古时的士大夫，是以官为家的，一旦罢官，就无归宿之处。杨侯刚成年，就通过乡试中举，乡亲们歌唱《鹿鸣》诗欢送他来京。现在他回到故乡，指着乡间的树说："这棵树是我的先人种的，这条溪流、那座小山，是我童年时钓鱼、玩耍的地方。"家乡的人没有不对他表示尊敬的，而且告诫子孙要以杨侯不舍故土的美德为楷模。古人所说的"乡先生"，死后能够进入宗祠享受祭供的，大概是指杨侯这样的人吧！大概是指杨侯这样的人吧！

送石处士序

【题解】

石处士，名洪，字浚川，洛阳人。曾任黄州录事参军，后退居洛阳十年不仕。与温造同有隐士名，因其居洛水之北，故称"水北

山人”。唐宪宗元和五年（810），应河阳军节度使乌重胤的聘请，任节度参谋。本文即为送石洪赴任而写。文章前半部分记叙乌公和从呈的对话，通过几问几答，表现出石洪的品德才学；后半部分写饯别宴席上东都士人的祝词和石洪的答词，实际上是韩愈对乌重胤和石洪的期望。本文主旨是宣扬选用贤才，并鼓励贤才“以道自任”，为国出力。

【原文】

河阳军节度、御史大夫乌公〔1〕，为节度之三月，求士于从事之贤者。有荐石先生者。公曰：“先生何如？”曰：“先生居嵩、邙、瀍、穀之间〔2〕，冬一裘，夏一葛。食，朝夕饭一盂、蔬一盘。人与之钱，则辞；请与出游，未尝以事免；劝之仕，不应。坐一室，左右图书。与之语道理，辨古今事当否，论人高下，事后当成败，若河决下流而东注；若驷马驾轻车、就熟路〔3〕，而王良、造父为之先后也〔4〕；若烛照、数计而龟卜也〔5〕。”大夫曰：“先生有以自老，无求于人，其肯为某来邪？”从事曰：“大夫文武忠孝，求士为国，不私于家。方今寇聚于恒，师环其疆，农不耕收，财粟殚亡。吾所处地，归输之途，治法征谋，宜有所出。先生仁且勇，若以义请而强委重焉，其何说之辞？”于是撰书词，具马币，卜日以受使者，求先生之庐而请焉。

先生不告于妻子，不谋于朋友，冠带出见客，拜受书礼于门内。宵则沐浴，戒行李，载书册，问道所由，告行于常所来往。晨则毕至，张上东门外〔6〕。酒三行〔7〕，且起，有执爵而言者曰〔8〕：“大夫真能以义取人，先生真能以道自任，决去就〔9〕。为先生别。”又酌而祝曰：“凡去就出处何常？惟义之归。遂以为先生寿。”又酌而祝曰：“使大夫恒无变其初，无务富其家而饥其师，无甘受佞人而外敬正士，无昧于谄言，惟先生是听。以能有成功，保天子之宠命。”又祝曰：“使先生无图利于大夫，而私便其身图。”先生起拜祝辞曰：“敢不敬早夜以求从祝规〔10〕！”于是东都之人士咸知大夫与先生果能相与以有成也〔11〕。遂各为歌诗六韵〔12〕，遣愈为之序云。

【注释】

〔1〕节度：节度使的省称。唐代设置，统辖一个道或几个州，有军政、民政、用人理财等权，世称藩镇。御史大夫：主管弹劾、纠察以及掌管图籍秘书。乌公：名重胤，字保君，唐张掖人。唐宪宗元和五年，任河阳军节度使、御史大夫。

〔2〕嵩：也作“崧”，山名，古称中岳，又名嵩高。在河南登封北。邙（máng）：山名，在河南西部。瀍（chán）：水名，即瀍河。穀：水名，出河南渑池，经渑池合渑水。

〔3〕驷马：古代车辆，一车四马，两服两骖，称为驷马。

〔4〕王良：传说为春秋时晋国善御马的人。造父：传说是周穆王时的善御马者。先后：指帮助驾驭车马。

〔5〕烛照、数计：用烛光照它，用数理算它。比喻见事之明，料事精确。龟卜：用龟壳占卜吉凶。卜时用火灼龟壳，由壳上的裂纹来断吉凶。比喻料事如神。

〔6〕张："供张"的略语，意为设宴饯行。

〔7〕三行：三巡，行酒三遍。

〔8〕执爵：执掌酒器。爵，这里指酒器。

〔9〕去就：谓离去或就职。

〔10〕祝规：祝愿和规劝。

〔11〕咸：全部，都，统统。

〔12〕六韵：六个韵脚。旧体诗一般两句押一个韵，六韵应是十二句。

【译文】

河阳军节度使、御史大夫乌公，任节度使职务的第三个月，向属僚中的贤者访求人才。有人推荐了石先生。乌公问："石先生怎么样？"回答说："石先生隐居于嵩、邙两山和瀍、谷两水之间，冬天穿一身皮衣，夏天穿一身葛服，早晨、晚上都是一碗饭、一盘蔬菜。别人送他钱，他坚辞不受；请他出游，从来不因为别的事情而失约；劝他出来做官，他不肯答应。独坐一室，室内摆满了图书。同他议论道理，分析古今事情的得与失，评论人物的高下，预卜事情的成败，他讲话好像黄河决堤向东奔流直下那样滔滔不绝；又好像四马拉着轻车在熟路上奔驶，而且是王良和造父这样的高手驾驭；又好像用烛光照、用数理算、用龟甲占卜那样准确而富有预见性。"乌大夫问道："石先生志在隐居终老，对他人没有什么期求，难道他愿意为了我而出来吗？"幕僚答道："大夫您有文才武略而且忠义孝敬，是为国求贤，不是为私利。现在叛贼集结在恒州，大军部署在边境，农民无法耕种收获，钱粮都快用完了。我们所处的地方，是输送军需粮草的要道，治理的办法与征讨的计谋，都应当有出谋划策的人。石先生又仁德又勇猛，如能以大义去请而且竭力委以重任，他有什么理由推辞呢？"于是写了礼聘的书信，备了马匹与礼物，选了吉日交给使者，寻访石先生的住处，恳请他出山。

石先生没有将这事告诉妻子儿女，也没跟朋友商量，就戴帽更衣出来会见客人，在家中恭敬地接受了聘书和礼物。当晚就洗澡，整理好行李，装了书籍，问清道路怎么走，这才到经常往来的亲友处告别。第二天早晨，亲友们都来到东门外，设宴为他饯行。酒过三巡，石先生就要动身，有一人手持酒杯说："乌大夫真正能以大义选拔人才，石先生真正能够以大义作为自己的使命来决定去留。这杯酒为先生送行。"又有人斟酒祝愿说："隐居或做官没有定规，只要以大义为目标就行。就以这杯酒祝先生长寿。"又有人斟酒祝愿说："希望乌大夫永远不要改变他的初衷，不要做使自己家里富裕而让将士挨饿的事情，也不要内心喜欢花言巧语的人，而外表上假装敬重正直的人，不要被谗言迷惑，只愿他听从石先生的话，以便建功立业，保持住天子恩赐的光荣使命。"又有人祝愿说：

“希望石先生不要从乌大夫那里谋取私利，有方便自己的打算。”石先生站起来拜谢说：“我怎敢不时时刻刻勉励自己，按照诸位祝愿和规劝的话去做呢？”由此，洛阳的人都预见到乌大夫和石先生一定能相互配合而有所成就。于是在座的各位都写下六韵十二句的诗歌，委托我写了这篇序文。

送温处士赴河阳军序

【题解】

温处士，名造，字简舆，河内人。曾为节度使张建封幕府，后隐居洛阳不仕，与石洪同有隐士名，因其居洛水之南，故称水南山人。唐宪宗元和六年，应河阳军节度使乌重胤聘请，又出山做官。此时韩愈为河南县令，这篇赠序即为送温造赴任而写。文章极力称颂温造的品德才学，极力赞扬乌重胤之重用贤才，与《送石处士序》为姊妹篇。同是宣扬重用人才的文章，然而写法自有不同。作者匠心独运，用“伯乐一过冀北之野，而马群遂空”比喻“大夫乌公一镇河阳，而东都处士之庐无人”，赞颂乌重胤慧眼识贤、善于荐拔人才；又用“私怨于尽取”反衬乌公“为天子得文武士于幕下”的难能可贵，似“怨”而实颂，且比正面称赞更为有力。文中也不直接写温造之贤能，而是从多方面叙说温处士出仕后给东都带来的“不良”影响，反面衬出其过人之才，十分含蓄而巧妙。

【原文】

伯乐一过冀北之野，而马群遂空。夫冀北马多天下，伯乐虽善知马，安能空其群邪？解之者曰：“吾所谓空，非无马也，无良马也。伯乐知马，遇其良，辄取之，群无留良焉。苟无良，虽谓无马，不为虚语矣。”

东都[1]，固士大夫之冀北也。恃才能深藏而不市者[2]，洛之北涯曰石生，其南涯曰温生。大夫乌公，以𫓧钺镇河阳之三月，以石生为才，以礼为罗，罗而致之幕下。未数月也，以温生为才，于是以石生为媒，以礼为罗，又罗而致之幕下。东都虽信多才士，朝取一人焉，拔其尤，暮取一人焉，拔其尤。自居守、河南尹以及百司之执事[3]，与吾辈二县之大夫，政有所不通，事有所可疑，奚所谘而处焉[4]？士大夫之去位而巷处者，谁与嬉游？小子后生，于何考德而问业焉？缙绅之东西行过是都者，无所礼于其庐。若是而称曰："大夫乌公一镇河阳，而东都处士之庐无人焉。"岂不可也？

夫南面而听天下[5]，其所托重而恃力者，惟相与将耳。相为天子得人于朝廷，将为天子得文武士于幕下，求内外无治，不可得也。愈縻于兹[6]，不能自引去，资二生以待老[7]。今皆为有力者夺之，其何能无介然于怀邪[8]？生既至，拜公于军门，其为吾以前所称，为天下贺；以后所称，为吾致私怨于尽取也。留守相公[9]，首为四韵诗歌其事[10]，愈因推其意而序之。

【注释】

〔1〕东都：指洛阳。唐都长安，以洛阳为东都。

〔2〕市：做买卖。这里指出仕、求官。

〔3〕居守：指东都留守。河南尹：河南府长官。司：官署。

〔4〕奚所：哪里。

〔5〕南面：这里指皇帝。古代以坐北朝南为尊位，皇帝见群臣时面南而坐。听：治理。

〔6〕縻（mí）：羁留。

〔7〕资：依赖。

〔8〕介然：耿耿，有心事。

〔9〕留守相公：指当时的东都留守郑余庆。相公：指宰相。郑余庆曾经两次做过相公。

〔10〕四韵：古诗隔行押韵，故此指八行诗。

【译文】

伯乐一经过冀北的原野，马群就空了。冀北的马多于天下各地的马，伯乐虽善于识马，哪能使那里的马群空了呢？解释的人说："我说的空，不是没有马，而是无良马。伯乐善于识马，遇到好马，就挑走了，马群里没有留下好马了。如果没有好马，就说没有马了，也并不算是假话。"

东都洛阳，本来是士大夫的"冀北"。有才学却隐居不出仕的人，住在洛水北岸的那位是石先生，住在洛水南岸的那位是温先生。御史大夫乌公以节度使的身份镇守河阳的第三个月，认为石先生是个人才，就备办礼物，把他网罗到自己的幕下。没过几个月，乌公又认为温先生是个有真才实学的人，于是通过石先生的介绍，备办礼物，又把他网罗到自己的幕下。东都洛阳虽然确实人才济济，但早晨挑走一人，选拔了其中的优秀者；晚上挑走一人，又选拔了其中的优秀者。照此下去，从东都留守、河南尹及各官署的官员，到洛阳、河南二县的官员，如果处理政事遇到障碍，事情有疑难不解之处，到哪里去商议并能够得到解决呢？士大夫中辞去官位而居里巷的，跟谁去嬉戏交游？年轻的晚辈，到什么地方去考核德行、请教学业呢？东来西往经过这个都城的达官显贵们，也无法登门拜访了。鉴于这种情况，就说："御史大夫乌公一到河阳镇守，而东都隐居者的住宅里就没有人了。"难道不可以吗？

君主治理天下，委以重任并依靠其出力的人，只有宰相和将军而已。宰相替天子选用人才到朝廷任职，将军为天子选用能文能武的人到幕下，这样的话，天下得不到治理，那是不可能的。我羁留在这里，不能以自己的力量引退，全依赖石、温二位先生的帮助以度余年。现在他们都被有权力的人夺走了，怎么能不使我耿耿于怀呢？温先生到河阳后，在军门之前拜见了乌公，这正如我前面所说的那样，为天下人所祝贺；如我后面所说的那样，因乌公把人才搜罗净尽而招致我的抱怨。留守相公首先写了一首四韵的诗来赞颂这件事，我就势顺承他的诗意而写了这篇序文。

祭十二郎文

【题解】

十二郎名老成，是韩愈的二哥韩介的次子。韩愈的大哥韩会没有儿子，便以十二郎为嗣子。韩愈三岁丧父，由大哥韩会和大嫂郑氏抚养长大，从小就和老成生活在一起，两人感情深厚。后来韩愈的大哥、大嫂、二哥以及二哥的长子百川相继去世，只剩下韩愈和老成。韩愈又因长期官游在外，叔侄俩异地难聚。正当韩愈做了监察御史，情况好转，筹划与侄儿久相共处时，突然传来十二郎去世的噩耗。韩愈悲痛万分，写下了这篇凄楚动人的祭文。

文章诉说幼年相依、形单影只的孤苦，成长后几经离合、不能相顾的缺憾，未老先衰的感慨，生离死别的痛苦，以及对死者身后事务的安排等，表达了作者深挚的骨肉之情和对宦海浮沉的人生感叹。文章用纯净的散文语言自由表达，洋洋千言，抒写尽致。叙事和抒情紧密结合，融而为一，情注笔端，情至笔随，字字句句皆从肺腑中自然流出，如泣如诉，感人至深。

【原文】

年、月、日，季父愈闻汝丧之七日[1]，乃能衔哀致诚，使建中远具时羞之奠[2]，告汝十二郎之灵：

呜呼！吾少孤，及长，不省所怙，惟兄嫂是依。中年，兄殁南方，吾与汝俱幼，从嫂归葬河阳。既又与汝就食江南，零丁孤苦，未尝一日相离也。吾上有三兄，皆不幸早世。承先人后者，在孙惟汝，在子惟吾，两世一身，形单影只。嫂尝抚汝指吾而言曰："韩氏两世，惟此而已！"汝时尤小，当不复记忆。吾时虽能记忆，亦未知其言之悲也。

吾年十九，始来京城。其后四年，而归视汝。又四年，吾往河阳省坟墓，遇汝从嫂丧来葬。又二年，吾佐董丞相于汴州，汝来省吾，止一岁，请归取其孥[3]。明年，丞相薨，吾去汴州，汝不果来。是年，吾佐戎徐州，使取汝者始行，吾又罢去，汝又不果来。吾念汝从于东，东亦客也，不可以久。图久远者，莫如西归，将成家而致汝。呜呼！孰谓汝遽去吾而殁乎[4]！吾与汝俱少年，以为虽暂相别，终当久相与处，故舍汝而旅食京师，以求斗斛之禄。诚知其如此，虽万乘之公相，吾不以一日辍汝而就也！

去年，孟东野往，吾书与汝曰："吾年未四十，而视茫茫，而发苍苍，而齿牙动摇。念诸父与诸兄，皆康强而早世，如吾之衰者，其能久存乎？吾不可去，汝不肯来，恐旦暮死，而汝抱无涯之戚也。"孰谓少者殁而长者存，强者夭而病者全乎？呜呼！其信然邪？其梦邪？其传之非其真邪？信也，吾兄之盛德而夭其嗣乎？汝之纯明而不克蒙其泽乎？少者强者而夭殁，长者衰者而存全乎？未以为可信也！梦也，传之非其真也！东野之书[5]，耿兰之报[6]，何为而在吾侧也？呜呼！其信然矣！吾兄之盛德而夭其嗣矣！汝之纯明宜业其家者，不克蒙其泽矣！所谓天者诚难测，而神者诚难明矣！所谓理者不可推，而寿者不可知矣！

虽然，吾自今年来，苍苍者或化而为白矣，动摇者或脱而落矣，毛血日益衰，志气日益微，几何不从汝而死也！死而有知，其几何离？其无知，悲不几时，而不悲者无穷期矣！汝之子始十岁，吾之子始五岁，少而强者不可保，如此孩提者，又可冀其成立邪？呜呼哀哉！呜呼哀哉！

汝去年书云："比得软脚病[7]，往往而剧。"吾曰："是疾也，江南之人常常有之。"未始以为忧也。呜呼！其竟以此而殒其生乎？抑别有疾而致斯乎？汝之书，六月十七日也。东野云，汝殁以六月二日；耿兰之报无月日。盖东野之使者，不知问家人以月日；如耿兰之报，不知当言月日。东野与吾书，乃问使者，使者妄称以应之耳。其然乎？其不然乎？

今吾使建中祭汝，吊汝之孤与汝之乳母。彼有食可守，以待终丧[6]，则待终丧而取以来；如不能守以终丧[8]，则遂取以来。其余奴婢，并令守汝丧。吾力能改葬，终葬汝于先人之兆[9]，然后惟其所愿。呜呼！汝病吾不知时，汝殁吾不知日，生不能相养以共居，殁不能抚汝以尽哀，敛不凭其棺[10]，窆不临其穴[11]。吾行负神明，而使汝夭，不孝不慈，而不得与汝相养以生，相守以死。一在天之涯，一在地之角，生而影不与吾形相依，死而魂不与吾梦相接，吾实为之，其又何尤？彼苍者天，曷其有极！

自今以往，吾其无意于人世矣！当求数顷之田于伊、颍之上[12]，以待余年。教吾子与汝子，幸其成；长吾女与汝女，待其嫁。如此而已。呜呼！言有穷而情不可终，汝其知也邪？其不知也邪？呜呼哀哉！尚飨[13]。

【注释】

〔1〕季父：最小的叔父。

〔2〕建中：韩愈派往祭十二郎的家人。

〔3〕孥（nú）：妻子儿女的统称。

〔4〕遽（jù）：突然。

〔5〕东野：孟东野。

〔6〕耿兰：人名，十二郎的仆人。

〔7〕比：近来。

〔8〕终丧：服满父母去世后的三年之丧。

〔9〕兆：墓地。

〔10〕敛：通“殓”，把尸体装入棺材。

〔11〕窆（biǎn）：下葬，安葬。

〔12〕伊、颍：指伊水和颍水。

〔13〕尚飨：希望死者能享用祭品。飨，通“享”。

【译文】

某年某月某日，小叔叔韩愈听到你去世消息的第七天，才能忍痛含悲向你倾诉衷肠，派建中从远道送来时鲜祭品，祭告十二郎的灵魂。

唉！我从小成为孤儿，等到长大，早不记得父亲的样子，只有依靠兄嫂抚养。哥哥中年死于南方任所，我和你还小，跟随嫂嫂把哥哥的灵柩送回河阳安葬。后来又和你一块儿到江南谋生，虽然孤苦伶仃，但没有分离过一天。我上边有三个哥哥，都不幸早亡。作为祖先的后代，在孙子辈中只有你一人，在儿子辈中只有我一人，两代都是一个人，形影如此孤单！嫂嫂曾一手抚摸着你、一手指着我说：“韩家两代，只有你们两个了。”你当时还很小，当然不会记得。我当时虽能记得，可并不能体会嫂嫂的话有多么悲哀啊。

我十九岁时，初次来到京城。此后第四年，回去看望了你。又过了四年，我去河阳扫墓，碰上你送嫂嫂的灵柩来安葬。又过了两年，我在汴州辅佐董丞相，你来看望我，只住了一年，要回去接家眷。第二年，董丞相去世，我离开汴州，你没来成。这一年，我在徐州协理军务，派去接你的人刚出发，我又离职，结果你又没来成。我考虑你随我去东边，东边也是客居，不可能长久住下去。考虑作长远打算，还不如回西边，打算安好家后接你来。唉！谁想到你会这么突然地离开我而去世呢！我和你都还年轻，以为虽暂时分别，终归要长久在一起的，所以我才离开你而去京城谋生，以便求得微薄的俸禄。如果知道事情会变成这样，即使是让我做高官领厚禄，我也不会离开你一天而去就职！

去年，孟东野去你那边，我写了信带给你，信中说："我不到四十岁，却视力模糊，头发花白，牙齿松动。想起父辈与兄长，都是身强体壮就过早地去世，像我这样衰弱的人，还能活多久呢？我不能到你那里去，你又不肯到我这里来，担心早晚有一天我会死去，你就要长怀无穷的悲哀了。"谁能想到今日却是年少的死了而年长的活着，强壮的夭亡而病弱的生存着。唉！这是现实呢，还是梦呢？还是消息不真实呢？如果这是真的，我哥哥有高尚的德行，而他儿子怎么会短命呢？你纯真聪明，却不能承受他的德泽吗？年轻强壮的早逝，年长衰弱的反而健在，这是不能让人相信的啊！这是做梦，传来的消息不真实吧！那么东野的信、耿兰的丧报，为何又明明在我身边呢？唉！可能是真实的了！我哥哥有高尚的德行而他儿子短命了啊！你有纯真聪明的品质，适于操持家业，如今却不能蒙受先人的德泽了！所以说天命确实难以估测，而神意确实难以明白啊！所谓理不能推究，而寿命也不能知晓啊！

虽是这样，我从今年以来，斑白的头发有的变成全白了，松动的牙齿有的脱落了，毛发气血一天天枯衰，神志精神一天天减退，还能有多久就随你死去呢！死后若有知觉，那么现在的分离又能有几天呢？若无知觉，悲痛也就不会有多久，而没有悲痛的时间就没有尽头了啊！你的儿子才十岁，我的儿子才五岁，年轻而强壮的不能保全，像这样的小孩子，还能希望他们长大成人吗？唉！真是悲哀啊！唉！真是悲哀啊！

你去年来信说："近来得了脚气病，而且越来越厉害了。"我回信说："这种病是江南人经常得的。"并没有为此担心。唉！难道你竟是因此病而丧命的吗？还是有别的病导致这样的呢？你的来信，是六月十七日写的。东野信上说，你是六月二日死的；耿兰报丧时没有说你死的日期。可能是东野派去的人没有向家人问明死期；至于耿兰的丧报，是不懂得应该说清死期。东野写信的时候，大概才问使者，使者就胡乱说了一个你死的日期来应付罢了。是这样，还是不是这样？

现在我派建中来祭奠你，吊慰你的遗孤和你的乳母。他们如果有吃的可以待到三年丧满，丧满后再将他们接来；如果不能到丧满，就马上接他们来。其余的奴婢，都让他们为你守丧。等到我有能力为你改葬，一定要把你安葬在祖坟墓地才算了却我的心意。唉！你生病我不知道时间，你去世我不知道日期，你活着我不能照管你和你共同居住，你死后我又不能抚你遗体致哀，你入殓时不能挨着你的灵柩，你安葬时不能亲临你的墓穴。我的行为有负于神灵，因而使你夭亡；我不孝不慈，不能与你互相照顾着生活，伴守以待终。我们一个在天涯，一个在地角，活着的时候你的身影不同我的形体相依随，死了以后你的魂灵又不与我的梦境相亲近，这都是我造成的，又有什么可怨恨的呢？那苍茫无边的天啊，我的悲痛哪有尽头！

从今以后，我对人世再没有什么留恋了！我打算在伊水、颍水之畔买几顷地，以度余年。教养我的儿子与你的儿子，希望他们长大成人；教养我的女儿与你的女儿，等待她们出嫁。不过如此罢了。唉！话有说完的时候，而情思不能终结，你知道吗？还是不知道呢？唉！伤心啊！希望你的灵魂来享用这些祭品啊！

祭鳄鱼文

【题解】

唐宪宗元和十四年（819），韩愈因谏阻拜迎佛骨被贬为潮州刺史。到任后问民生疾苦，听说有鳄鱼为患，于是命属官秦济用一羊一猪投入鳄鱼出没的溪水中，并作了这篇祭文，对鳄鱼晓之以理，威之以势，限定时日，命其迁徙南海。传说数日后溪水尽涸，西徙六十里，从此潮州再无鳄鱼之患。这当然是荒诞不经的附会，自不可信。鳄鱼本是“冥顽不灵”的动物，而作者郑重祭告，企图使之顺从听命，今天看来也自然有些滑稽。但作为一个封建官吏，韩愈这种关心民生疾苦，希望为民除害的精神是值得充分肯定的。

【原文】

维年月日[1]，潮州刺史韩愈[2]，使军事衙推秦济，以羊一、猪一投恶溪之潭水，以与鳄鱼食，而告之曰：

昔先王既有天下，列山泽[3]，罔绳擉刃[4]，以除虫蛇恶物为民害者，驱而出之四海之外。及后王德薄，不能远有，则江、汉之间[5]，尚皆弃之以与蛮、夷、楚、越。况潮，岭海之间[6]，去京师万里哉？鳄鱼之涵淹卵育于此[7]，亦固其所。

今天子嗣唐位，神圣慈武，四海之外，六合之内，皆抚而有之。况禹迹所揜[8]，扬州之近地[9]，刺史、县令之所治，出贡赋以供天地宗庙百神之祀之壤者哉！鳄鱼其不可与刺史杂处此土也！

刺史受天子命，守此土，治此民，而鳄鱼睅然不安溪潭[10]，据处食民畜、熊、豕、鹿、獐，以肥其身，以种其子孙，与刺史亢拒[11]，争为长雄。刺史虽驽弱，亦安肯为鳄鱼低首下心，伈伈睍睍[12]，为民吏羞，以偷活于此邪？且承天子命以来为吏，固其势不得不与鳄鱼辩。

鳄鱼有知，其听刺史言：潮之州，大海在其南，鲸鹏之大，虾蟹之细，无不容归，以生以食，鳄鱼朝发而夕至也。今与鳄鱼约，尽三日，其率丑类南徙于海，以避天子之命吏。三日不能，至五日；五日不能，至七日；七日不能，是终不肯徙也，是不有刺史、听从其言也。不然，则是鳄鱼冥顽不灵，刺史虽有言，不闻不知也。夫傲天子之命吏，不听其言、不徙以避之，与冥顽不灵而为民物害者，皆可杀。刺史则选材技吏民，操强弓毒矢，以与鳄鱼从事，必尽杀乃止。其无悔！

【注释】

〔1〕维：用在句首，起强调时间的作用。

〔2〕潮州：唐代州名。州治在今广东潮安。

〔3〕列：同“迾（liè）”，阻挡，封锁。

〔4〕罔：同“网”，张网捕捉。擉（chuō）：同“戳”，刺杀。

〔5〕江、汉：长江和汉水。

〔6〕岭海之间：五岭以南，南海以北。五岭，指越城、都庞、萌渚、骑田、大庾。

〔7〕涵淹：潜游。

〔8〕禹迹：大禹的足迹。传说大禹治水，足迹遍及九州，所以称九州大地为“禹迹”。揜（yǎn）：覆盖。这里是踏涉的意思。

〔9〕扬州：传说夏禹所分的九州中的一个州。潮州在古扬州境内。

〔10〕睅（hàn）然：凶狠的样子。睅，眼睛突出。

〔11〕亢：同“抗”，对抗。

〔12〕伈伈（xǐn）睍睍（xiàn）：恐惧不敢正视的样子。

【译文】

某年某月某日，潮州刺史韩愈，派军事衙推官秦济将一只羊、一头猪投进恶溪的潭水中，喂给鳄鱼，并警告它说：

上古帝王统治天下之后，封锁山林水泽，用罗网捕，用利刃刺，来铲除毒虫、毒蛇、凶兽等危害百姓的害物，把它们赶到四海之外。到了后代帝王，德望浅薄，不能统治远方，连长江、汉水一带都丢弃了，将它们让给蛮、夷、楚、越等族。何况潮州在五岭以南、南海以北，离京都遥遥万里呢？鳄鱼在这儿潜游繁殖，本来也是它的自然处所。如今的天子继承了大唐帝位，神明、仁慈、威武，四海之外，宇宙之内，都在他安抚统治之下。何况潮州是大禹到过的地方，扬州所辖之区，刺史、县令管理之地，出贡品、赋税用来供奉天地、宗庙、百神的区域呢！鳄鱼与刺史不能在此混杂居住啊！

刺史受了天子的命令，守护这个地方，治理这里的百姓，而鳄鱼却十分凶狠，不安居于潭溪之中，盘踞在这里吞食家畜、熊、野猪、鹿和獐等动物，来养肥自己，繁衍它的后代，与刺史对抗，一争高下。刺史虽愚鲁懦弱，又怎能在鳄鱼面前俯首帖耳，畏畏缩缩，给百姓和官吏丢脸，在这里苟且偷生呢？况且是奉了天子的诏命来此做官，形势使得刺史不得不跟鳄鱼讲清道理。

鳄鱼如有灵性，请听刺史的宣告：潮州，大海在它的南边，鲸鱼、鲲鹏这些庞然大物，鱼虾、螃蟹这一类小动物，没有不依靠大海生育寻食的，你们鳄鱼早晨出发，晚上就可到达那里。现在我与你们约定，三天之内，要率领你的同类向南远迁于大海，避开天子任命的刺史。三天不行，可宽延到五天；五天不行，再宽延到七天。七天还不能做到，那是终不肯迁走了，那就是不把刺史的话放在心上，不听从他的告诫了。不然，就是鳄鱼冥顽无知，刺史虽然有言在先，你们却听不见、听不明白。凡是蔑视天子任命的刺史、不听刺史的话、不肯迁徙以回避刺史，和冥顽无知危害百姓、牲畜的一切祸害生物，都应杀掉！刺史就要挑选武艺高强的官吏和民丁，操起强弓毒箭，来与鳄鱼较量，一定要斩尽杀绝才住手。你们可不要后悔！

柳子厚墓志铭

【题解】

韩愈和柳宗元同为中唐古文运动的倡导者，两人交谊深厚。柳宗元于元和十四年（819）冬去世后，韩愈写了几篇哀悼纪念文章，此为其中之一。本文除概述柳宗元的家世和生平事迹外，着重论述

了他的人品政绩和文学成就。文中充分肯定其才华、积极从政的态度和在柳州的政绩，深切同情其“材不为世用，道不行于时”的遭际，极力称赞其高尚品德，特别是对其“文学辞章”的成就予以高度评价。但由于政治见解的不同，作者对柳宗元早年参加王叔文倡导的政治改革活动颇有微词，认为是“不自贵重顾藉”，这种批评是不恰当的。

墓志铭，即埋入墓穴中的石刻文字，是古代的一种文体。一般包括两部分：“志”记述死者的姓氏、家世、经历、卒葬年月及子孙等；“铭”是用韵语写的赞颂之辞。

【原文】

子厚，讳宗元。七世祖庆，为拓跋魏侍中，封济阴公[1]。曾伯祖奭[2]，为唐宰相，与褚遂良、韩瑗[3]，俱得罪武后[4]，死高宗朝。皇考讳镇[5]，以事母弃太常博士[6]，求为县令江南。其后以不能媚权贵，失御史；权贵人死，乃复拜侍御史。号为刚直，所与游皆当世名人。

子厚少精敏，无不通达。逮其父时，虽少年，已自成人，能取进士第，崭然见头角，众谓柳氏有子矣。其后以博学宏词[7]，授集贤殿正字[8]。俊杰廉悍，议论证据今古，出入经史百子，踔厉风发[9]，率常屈其座人[10]，名声大振，一时皆慕与之交。诸公要人，争欲令出我门下，交口荐誉之[11]。

贞元十九年，由蓝田尉拜监察御史[12]。顺宗即位，拜礼部员外郎。遇用事者得罪[13]，例出为刺史。未至，又例贬州司马[14]。居闲益自刻苦，务记览，为词章泛滥停蓄，为深博无涯涘，而自肆于山水间。元和中[15]，尝例召至京师，又偕出为刺史，而子厚得柳州[16]。既至，叹曰：“是岂不足为政邪[17]？”因其土俗，为设教禁，州人顺赖。其俗以男女质钱[18]，约不时赎，子本相侔[19]，则没为奴婢。子厚与设方计，悉令赎归。其尤贫力不能者，令书其佣，足相当，则使归其质。观察使下其法于他州，比一岁，免而归者且千人。衡、湘以南为进士者，皆以子厚为师。其经承子厚口讲指画为文词者，悉有法度可观。

其召至京师而复为刺史也，中山刘梦得禹锡亦在遣中[20]，当诣播州[21]。子厚泣曰：“播州非人所居，而梦得亲在堂，吾不忍梦得之穷，无辞以白其大人，且万无母子俱往理。”请于朝，将拜疏，愿以柳易播，虽重得罪，死不恨。遇有以梦得事白上者，梦得于是改刺连州[22]。呜呼！士穷乃见节义。今夫平居里巷相慕悦，酒食游戏相征逐，诩诩强笑语以相取下[23]，握手出肺肝相示，指天日涕泣，誓生死不相背负，真若可信。一旦临小利害，仅如毛发比，反眼若不相识，落陷阱，不一引手救，反挤之，又下石焉者，皆是也。此宜禽兽夷狄所不忍为，而其人自视以为得计。闻子厚之风，亦可以少愧矣。

子厚前时少年，勇于为人，不自贵重顾藉，谓功业可立就，故坐废退。既退，又无相知有气力得位者推挽，故卒死于穷裔，材不为世用，道不行于时也。

使子厚在台、省时[24]，自持其身，已能如司马、刺史时，亦自不斥；斥时，有人力能举之，且必复用不穷。然子厚斥不久，穷不极，虽有出于人，其文学辞章，必不能自力以致必传于后，如今，无疑也。虽使子厚得所愿，为将相于一时，以彼易此，孰得孰失，必有能辨之者。

子厚以元和十四年十一月八日卒，年四十七。以十五年七月十日，归葬万年先人墓侧[25]。子厚有子男二人：长曰周六，始四岁；季曰周七，子厚卒乃生。女子二人，皆幼。其得归葬也，费皆出观察使河东裴君行立[26]。行立有节概，重然诺，与子厚结交，子厚亦为之尽，竟赖其力。葬子厚于万年之墓者，舅弟卢遵。遵，涿人，性谨慎，学问不厌。自子厚之斥，遵从而家焉，逮其死不去。既往葬子厚，又将经纪其家，庶几有始终者。

铭曰：是惟子厚之室，既固既安，以利其嗣人。

【注释】

〔1〕“七世祖庆”三句：柳庆曾任北魏侍中，入北周。他的儿子柳旦为北周中书侍郎，被封为济阴公，并非柳庆封济阴公。拓跋魏，指南北朝时的北魏，鲜卑族，姓拓跋，故称“拓跋魏”。侍中，官名，秦置，是宰相的属员。魏晋以后相当于宰相。

〔2〕曾伯祖奭（shì）：柳奭，字子燕，唐中书令。武后时，为许敬宗、李义府等诬陷，被杀。柳奭是柳宗元的高伯祖。

〔3〕褚遂良：字登善，唐钱塘（今属浙江杭州）人。官至尚书右仆射。因劝阻唐高宗立武则天为皇后，被贬斥，忧愤而死。韩瑗：字伯玉，京兆三原人。官至侍中，因救褚遂良遭贬。

〔4〕武后：名曌（zhào），唐高宗的皇后。高宗死后，曾自称帝，并改国号为“周”，在位十六年。中宗复位后，上尊号为则天大圣皇帝。

〔5〕皇考：旧时儿子对已死父亲的尊称。镇：柳宗元的父亲。

〔6〕太常博士：太常寺的属官，掌管礼仪祭祀和议定王公大臣的谥号。

〔7〕博学宏词：唐代科举制度中的一种，由吏部在进士中考选博学能文之士，录取后就授予官职。贞元十二年，柳宗元考中博学宏词科。

〔8〕集贤殿：集贤殿书院的省称。正字：官名，掌校勘图书、刊正文字的工作。

〔9〕踔（chuō）厉风发：精神奋发，言论纵横，气势蓬勃。

〔10〕率：常常。

〔11〕交口：众口，齐声。

〔12〕蓝田：县名。今属陕西。尉：官名。县官的助手，掌管全县的治安。监察御史：官名。属御史台的察院，掌监察百官、巡按州县、视察刑狱和纠正朝仪等职务。

〔13〕用事者：谓当权者，指王叔文。

〔14〕司马：刺史的属官。

〔15〕元和：唐宪宗年号。

〔16〕柳州：唐时州名，治所在今广西柳州。

〔17〕是：这里，指柳州。

〔18〕以男女质钱：指以子女为贷款的抵押。

〔19〕子本：利息和本钱。

〔20〕中山：古郡名，在今河北唐县、定县一带。刘梦得：名禹锡，唐东都洛阳人。德宗贞元年间进士，官至太子宾客、加检校礼部尚书。世称“刘宾客”。是唐著名的文学家、哲学家。著有《刘梦得文集》。

〔21〕播州：唐置州名。今贵州遵义。

〔22〕连州：治所在今广东连州。

〔23〕诩诩（xǔ）：象声词。说大话。

〔24〕台、省：御史台、尚书省。均为中国古代官署名。

〔25〕万年：在今陕西长安境内。

〔26〕河东：郡名，治所在今山西永济蒲州。裴君行立：裴行立，唐绛州稷山人。当时任桂管观察使。

【译文】

子厚，名宗元。他的七世祖柳庆担任过北魏的侍中，封为济阴公。曾伯祖柳奭做过唐朝的宰相，与褚遂良、韩瑗都因为得罪了武则天，死于高宗朝。父亲柳镇因为要侍养他的母亲，放弃了太常博士的官职，请求到江南去做县令。此后因不能谄媚权贵，丢掉了殿中侍御史之职。直到权贵之人死了，才又被任命为侍御史。他刚毅正直是出了名的，同他交往的都是当时很有名望的人。

子厚小时候就精明敏捷，学业事理没有不明白通晓的。当他父亲在世的时候，他虽然很年轻，却已独立成才，能够考中进士，突出地显露了才华，大家都说柳家出了个好儿子。这以后又参加博学宏词科考试，被任命为集贤殿正字。他才能出众，正直勇敢，发表议论时引古证今，融会贯通经史和诸子百家的学说，见识高超，精神奋发，常使在座的人心悦诚服，由此名声大振，当时的人都敬慕他，同他交往。那些达官要人，争着要他做自己的门生，异口同声地赞誉并举荐他。

贞元十九年，他由蓝田县尉升任监察御史。顺宗继位后，改任礼部员外郎。碰上当权者获罪而受到牵连，照例被贬出去做刺史。还未到任，又被贬为永州司马。处于闲职，他便更加刻苦地读书写作，写的诗文，如汪洋泛滥、湖海蓄存，诗文的造诣是那样博大精深而无拘无束，而自己只能纵情于山水之间。元和年间，他和同时被贬的人依例被召回京城，又一起被派到外地做刺史。子厚被派到柳州。到任以后，他慨叹说："这里难道不值得做出一番政绩吗？"于是依据当地的风俗，为他们制定了教令与禁令，柳州的人民都顺从、信赖他。那里有个风俗习惯，常以子女为人质抵押借钱，约定期限不能按时赎还，等到利息和本钱相等时，子女就沦为债主的奴婢。子厚为借债的人想方设法，让他们全部都能把抵押出去的子女赎回家。那些特别贫穷无力办到的，就责令债主记下被抵押为人质的人的工钱，等到工钱与借款数额相等时，就让债主归还人质。观察使将他的这个办法推广到其他州，过了一年，免为奴婢而回到家的将近千人。衡山、湘江以南打算考进士的，都拜子厚做老师。那些经过子厚当面讲授指点的，他们的文章都能看出可观的章法技巧。

子厚被召到京城又被派出去做刺史时，中山人刘梦得名叫禹锡的也在被派人员之中，应当前往播州做刺史。子厚流着泪说："播州不适宜人居住，而梦得家中又有老母亲，我不忍心看到梦得这样困窘，使他没有恰当的话去安慰母亲，而且也万万没有母子一块被贬到荒远之地去的道理。"他准备上朝，上疏请求，情愿用柳州刺史之职去换播州刺史之职，纵使再次获罪，也死而无怨。刚巧遇上有人将梦得的情况奏明朝廷，梦得因此被改任连州刺史。唉！人在困境中才能表现出高尚的节操和道义。现今，有些人平时居住在里巷的时候，彼此爱慕喜悦，你来我往彼此宴请，追逐游戏，讨好假笑装出谦和的样子，握手言欢倾吐肺腑之言，指着苍天白日落泪，发誓无论生死都不做对不起对方的事，似乎像真的一样可信。然而，一旦碰到极小的利害冲突，不过像毛发那样细小，也会立即翻脸，像从不认识的样子，朋友掉到陷阱里，不仅不施以援手，反而趁势排挤，落井下石，这种人到处都有啊！这种事连禽兽及异族都不忍心去做，而那种人却自以为做得很对。他们听到子厚的为人风度，也应该感到有些羞愧吧！

子厚以前年轻时，勇于帮助别人，不晓得保重和爱惜自己，认为功业可以很快取得成就，结果反受牵连而遭贬斥。遭贬斥以后，又没有一个赏识他并有权力、有地位的人对其加以推荐提拔，所以终于死在荒远的边地，才能不被当世所用，理想不能实现。假使子厚在御史台、尚书省任职的时候，能够严格约束自己，能够像后来做司马、刺史时那样，自然也就不会遭到贬斥；遭到贬斥之后，如果能有个有力的人保举他，必然会被不断擢用。然而，子厚如果被贬斥的时间不长，困窘不到极点，虽然会出人头地，但他的文章学识、诗词歌赋，一定不能像现在这样通过刻苦钻研，达到流传于后世的境界，这是毫无疑义的。虽然使子厚实现了自己的愿望，在一个时期内担任将相要职，拿文学上的成就来换取功名富贵，哪个合算，哪个失算，一定有人能分辨清楚。

子厚于元和十四年十一月初八日去世，终年四十七岁。于元和十五年七月十日，安葬在万年县祖先的坟墓旁边。子厚有两个儿子：长子叫周六，刚四岁；次子叫周七，子厚去世后才出生。两个女儿，都还很小。他得以回乡安葬，费用都是由观察使河东人裴行立君出的。裴行立有气节，重信义，与子厚结交，子厚也为他尽过心力，最终竟然全靠他料理后事。将子厚安葬在万年县墓地的人，是其姑舅表弟卢遵。卢遵是涿州人，生性谨慎，学习从来不知厌倦。从子厚被贬斥时起，卢遵就跟他住在一起，直到他去世也没有离开。既前去安葬了子厚，又打算安顿好他的家室，可算是个有始有终的人。

铭文：这是子厚的墓室，既牢固又安宁，必定会有利于他的后代。

送穷文

【题解】

《送穷文》是韩愈模仿汉代文学家扬雄所作《逐贫赋》而作，设想更为诡异，含意更为深刻。在文章中假借穷鬼发泄满腹牢骚，嘲骂世道不平，讽刺丑恶的世态，表明自己的志节。所谓“矫矫亢亢”“傲数与名”“不专一能”“影与形殊”等话，都是自我表白，自画形象，表示自己蔑视庸俗，不肯趋附，以致屡受怨谤，常处困顿。

【原文】

元和六年正月乙丑晦[1]，主人使奴星结柳作车，缚草为船，载糗舆粻[2]，牛系轭下[3]，引帆上樯[4]，三揖穷鬼[5]，而告之曰：“闻子行有日矣，鄙人不敢问所涂，窃具船与车，备载糗粻，日吉时良，利行四方。子饭

一盂，子啜一觞[6]，携朋挈俦，去故就新，驾尘彍风[7]，与电争先，子无底滞之尤[8]，我有资送之恩。子等有意于行乎？”

屏息潜听，如闻音声，若啸若啼，砉欻嘎嘤[9]，毛发尽竖，竦肩缩颈，疑有而无，久乃可明，若有言者曰：“吾与子居，四十年余，子在孩提[10]，吾不子愚，子学子耕，求官与名，惟子是从，不变于初。门神户灵，我叱我呵。包羞诡随[11]，志不在他。子迁南荒[12]，热烁湿蒸，我非其乡，百鬼欺陵。太学四年，朝齑暮盐[13]，惟我保汝，人皆汝嫌。自初及终，未始背汝，心无异谋，口绝行语。于何听闻，云我当去？是必夫子信谗，有间于予也[14]。我鬼非人，安用车船？鼻齅臭香[15]，糗粻可捐。单独一身，谁为朋俦？子苟备知，可数已不[16]？子能尽言，可谓圣智，情状既露，敢不回避。”

主人应之曰：“子以吾为真不知也邪？子之朋俦，非六非四[17]，在十去五，满七除二，各有主张，私立名字，捩手覆羹[18]，转喉触讳[19]。凡所以使吾面目可憎、语言无味者，皆子之志也。其名曰智穷：矫矫亢亢[20]，恶圆喜方[21]，羞为奸欺，不忍害伤。其次名曰学穷：傲数与名[22]，摘抉杳微[23]，高挹群言[24]，执神之机[25]。又其次曰文穷：不专一能，怪怪奇奇，不可时施，祇以自嬉。又其次曰命穷：影与形殊，面丑心妍，利居众后，责在人先。又其次曰交穷：磨肌戛骨[26]，吐出心肝，企足以待[27]，寘我仇冤。凡此五鬼，为吾五患，饥我寒我，兴讹造讪[28]，能使我迷，人莫能间。朝悔其行，暮已复然。蝇营狗苟[29]，驱去复还。”

言未毕，五鬼相与张眼吐舌，跳踉偃仆[30]，抵掌顿脚，失笑相顾，徐谓主人曰：“子知我名，凡我所为，驱我令去，小黠大痴。人生一世，其久几何？吾立子名，百世不磨。小人君子，其心不同，惟乖于时，乃与天通。携持琬琰[31]，易一羊皮，饫于肥甘，慕彼糠糜。天下知子，谁过于予？虽遭斥逐，不忍子疏，谓予不信，请质《诗》《书》。”

主人于是垂头丧气，上手称谢，烧车与船，延之上座。

【注释】

〔1〕元和六年：即811年。晦：阴历每月的最后一天。

〔2〕载糗（qiǔ）舆粻（zhāng）：用车运载干粮。糗，炒米。粻，干粮。

〔3〕轭：车前面扼在牛马颈上的用具。

〔4〕樯：船的桅杆。

〔5〕穷鬼：唐《四时宝鉴》言，高阳氏（《文宗备问》作高辛）有一子，喜欢穿破衣、吃稀粥，号为穷子，死于正月的最后一天。于是每逢此日世人备稀粥，扔破衣，谓之“除贫”。“穷鬼”即由穷子而来。

〔6〕啜：饮。

〔7〕驾尘：指牛车奔驰扬起尘土。彍（guō）风：指风鼓船帆，顺势而行。彍，张满。

〔8〕底滞：滞留。尤：担忧。

〔9〕砉（huā）欻（chuā）：形容微小而飘忽不定的声音。嘎（yōu）嘤：低而杂的声音。

〔10〕孩提：2 至 3 岁的孩子。泛指幼儿时期。

〔11〕包羞：忍受羞辱。诡随：任人所为。

〔12〕子迁南荒：指韩愈贬为阳山令事。

〔13〕齑（jī）：切碎的腌菜或酱菜。

〔14〕间：疏远。

〔15〕鼻臭：同“嗅”。臭（xiù）：气味。

〔16〕数：一一列举。已不：同“以否”。

〔17〕非六非四：连同下二句均言五个，如此行文只为诙谐而已。

〔18〕捩（liè）手：转手。捩，扭转。

〔19〕转喉：指说话。

〔20〕矫矫：刚强。亢亢：正直。

〔21〕恶圆喜方：厌恶圆滑，喜欢方正。

〔22〕傲数与名：傲视命运与名声。

〔23〕摘抉：发掘。

〔24〕挹：取。

〔25〕执神之机：掌握了自然规律的关键。神，这里指自然规律。机，枢机，比喻事物运动的关键。

〔26〕磨肌戛骨：抚摩肌肉，敲击骨头，形容人内外反省，待人至诚。

〔27〕企足：踮起脚跟，表示盼望。

〔28〕讹：谣言。讪：诽谤。

〔29〕蝇营狗苟：像苍蝇一样飞来飞去，像狗一样苟且为生。

〔30〕跳踉（liáng）：跳跃。

〔31〕琬琰：泛指美玉。

【译文】

元和六年（811）正月三十日，主人吩咐仆人星用柳条编成车，用草扎成船，船和车上装好干粮，把牛套在车辕上，把帆升上桅杆，对着穷鬼作了三个揖并祷告说：“听说您就要走了，我不敢问您走陆路还是水路，私下里备好了车船，上面装满了干粮，请选个黄道吉日，以利于行走四方。请您吃上一盂饭，请您饮上一觞酒，带上您的朋友与同伴，离开老住处去个新地方。牛车扬尘船只鼓帆，一路顺风与电光争个高下。你们没有长期滞留的担忧，我有资助车船、干粮送行的恩情。你们是否打算马上起程呢？”

屏住呼吸静静细听，仿佛听到了一些声音，好像是长啸，又好像是啼哭，飘忽不定，低而嘈杂。我不禁毛发都竖立了起来，耸起肩膀缩着脖子。像是有声音，听听又没有，很久很久才能听得分明，像是有人在说："我和你一起生活已经四十多年了：你还是两三岁的孩子时，我不嫌你无知；你学诗书，你耕田，你求官职与功名，我一直跟随着你，从没有改变初衷。把守门户的神灵，对着我呵斥责骂，我忍受羞辱，任其所为，心中也从无他求。你被贬官到南方荒远之地，气候闷热又潮湿，那里不是我乡土，众鬼都来欺负我。你在太学做官四年，早晚用腌菜下饭，别人都嫌弃你，只有我在保护你。自始至终，我都没有背叛你，心中没有别的打算，口中也没说过要走的话。你是从何处听到，说我将要离开你？这一定是你听信了谗言，有意同我疏远。我是鬼而不是人，哪里用得着车船？我只是用鼻子闻一闻香味，干粮也无须置办。我只是独身一人，谁是我的朋友？你如果全都知道，可否一一列举出来？如果你能全说出，就可以算得上是最有智慧的人了，真实情况既已显露，我又怎敢不回避？"

主人回答他说："你以为我真的不知道吗？你的朋友，不是六个也不是四个，是十去掉五个，整七减去二个，各有自己的主张，各有自己的名字，让我一转手就弄翻羹汤，一开口就触犯忌讳。凡是使我面目可憎、语言乏味的，都是你们的愿望。第一个名叫智穷：刚强正直，厌恶圆滑，喜欢方正，视奸邪欺骗为羞耻，不忍心去伤害别人。第二个名叫学穷：傲视命运与名声，发掘深奥精微之理，博取众家言论之长，掌握了自然规律的关键。第三个名叫文穷：不只专长一种技巧，文章显得怪怪奇奇，它在当世不能施用，只好靠写作自娱。第四个名叫命穷：影子和形体不相符合，面容丑陋，心灵美好，有好处的时候在众人之后，受斥责的时候在别人之前。第五个名叫交穷：抚摩肌肉，敲击骨头，直至吐出自己的心肝，翘足盼望真心交往，对方却待我如仇人。正是以上五个穷鬼，成了我的五大祸害，让我挨饿让我受冻，引来别人造谣诽谤，使我迷茫，谁也不能拉我离开。早上刚为行为后悔，晚上就又恢复了原样，投机钻营不择手段，赶走之后立刻回还。"

主人话还没有说完，五个鬼一起瞪眼吐舌，跳跃翻滚，拍手跺脚，相视大笑，慢慢地对主人说："你既知我们名字，又知我们的所作所为，却赶我们离开，你这是在小的方面聪明，却在大的方面糊涂。人生在世，能有多久？我给你树立名声，使你能流传百世。对照小人和君子，彼此心思大不相同，只有不合于时俗，才能与天道相通。手里拿着块美玉，去兑换一张羊皮，吃饱了珍馐美味，反羡慕别人的糠粥。天下了解你的人，谁还能超过我们？即使受到你的斥责和驱逐，我们还是不忍心同你疏远，如果不信我的话，去请教《诗经》《尚书》。"

主人于是垂头丧气，拱手表示感谢，把柳车、草船烧毁，请五鬼坐于上座。

论佛骨表

【题解】

唐宪宗元和十四年（819）正月，宪宗令人将藏于凤翔的佛骨迎入宫中，供养三日。韩愈对此极力反对，于是写下本表，冒死进谏，结果是"一封朝奏九重天，夕贬潮州路八千"。

在本文中，韩愈以正反两方面的历史事实说明了"事佛求福，乃更得祸"，有力地批判了当时社会上狂热的信奉佛教的愚昧行为，以大无畏的精神直斥佛骨为"朽秽之物"，应将其"投诸水火，永绝根本"，从而直接将矛头指向了大肆提倡佛教的以皇帝为首的统治者。

【原文】

臣某言：伏以佛者[1]，夷狄之一法耳，自后汉时流入中国[2]，上古未尝有也。昔者黄帝在位百年[3]，年百一十岁；少昊在位八十年[4]，年百岁；颛顼在位七十九年[5]，年九十八岁；帝喾在位七十年[6]，年百五岁；帝尧在位九十八年[7]，年百一十八岁；帝舜及禹[8]，年皆百岁。此时天下太平，百姓安乐寿考，然而中国未有佛也。其后殷汤亦年百岁[9]，汤孙太戊[10]，在位七十五年，武丁在位五十九年[11]，书史不言其年寿所极，推其年数，盖亦俱不减百岁。周文王年九十七岁[12]，武王年九十三岁[13]，穆王在位百年[14]。此时佛法亦未入中国，非因事佛而致然也。

汉明帝时始有佛法，明帝在位才十八年耳[15]。其后乱亡相继，运祚不长[16]。宋、齐、梁、陈、元魏以下[17]，事佛渐谨[18]，年代尤促[19]。惟梁武帝在位四十八年[20]，前后三度舍身施佛，宗庙之祭不用牲牢[21]，昼日一食，止于菜果。其后竟为侯景所逼[22]，饿死台城，国亦寻灭。事佛求福，乃更得祸。由此观之，佛不足事，亦可知矣。

高祖始受隋禅，则议除之[23]。当时群臣材识不远[24]，不能深知先王之道。

古今之宜，推阐圣明[25]，以救斯弊，其事遂止。臣常恨焉。

伏惟睿圣文武皇帝陛下[26]，神圣英武，数千百年已来，未有伦比[27]。即位之初[28]，即不许度人为僧、尼、道士，又不许创立寺观。臣常以为，高祖之志，必行于陛下之手。今纵未能即行，岂可恣之转令盛也？

今闻陛下令群僧迎佛骨于凤翔[29]，御楼以观，舁入大内[30]，又令诸寺递迎供养[31]。臣虽至愚，必知陛下不惑于佛，作此崇奉，以祈福祥也。直以年丰人乐[32]，徇人之心[33]，为京都士庶设诡异之观、戏玩之具耳[34]。安有圣明若此，而肯信此等事哉！然百姓愚冥[35]，易惑难晓，苟见陛下如此，将谓真心事佛。皆云："天子大圣，犹一心敬信；百姓何人，岂合更惜身命？"焚顶烧指[36]，百十为群，解衣散钱，自朝至暮，转相仿效，惟恐后时，老少奔波[37]，弃其业次[38]。若不即加禁遏，更历诸寺，必有断臂脔身[39]，以为供养者。伤风败俗，传笑四方，非细事也。

夫佛本夷狄之人，与中国言语不通，衣服殊制，口不言先王之法言，身不服先王之法服，不知君臣之义、父子之情。假如其身至今尚在，奉其国命，来朝京师，陛下容而接之，不过宣政一见[40]，礼宾一设[41]，赐衣一袭[42]，卫而出之于境，不令惑众也。况其身死已久，枯朽之骨，凶秽之余，岂宜令入宫禁？

孔子曰："敬鬼神而远之。"古之诸侯，行吊于其国，尚令巫祝先以桃茢[43]，祓除不祥[44]，然后进吊。今无故取朽秽之物，亲临观之，巫祝不先，桃茢不用，群臣不言其非，御史不举其失，臣实耻之。乞以此骨付之有司，投诸水火，永绝根本，断天下之疑，绝后代之惑。使天下之人，知大圣人之所作为，出于寻常万万也[45]。岂不盛哉！岂不快哉！佛如有灵，能作祸祟，凡有殃咎，宜加臣身。上天鉴临，臣不怨悔。无任感激恳悃之至[46]，谨奉表以闻。臣某诚惶诚恐。

【注释】

〔1〕伏以：下对上的敬辞。伏，俯首向下。以，以为。佛：此指佛教。佛教创始人为释迦牟尼（意为"释迦族的圣人"），姓乔答摩，名悉达多。他原为天竺迦毗罗卫城主净饭王的儿子，因见到生老病死诸苦相，加上天竺社会黑暗，便产生厌世思想。传说他二十九岁出家求道，苦修六年，无所收获，于是在菩提树下独坐冥想，忽然成就天上正觉（即成佛）。后在中印度各地传教，说苦、集、灭、道"四谛"及"八正道"。七十九岁时在拘尸那城跋提河畔娑

释迦牟尼佛

罗双树下入灭（逝世）。

〔2〕后汉：东汉。佛教传入中国，早在西汉末年就开始了。汉哀帝元寿元年（前2），西域佛教国大月氏使臣伊存来汉，博士弟子景卢曾向他学习《浮屠经》。但佛学在中国的兴盛却始于东汉。《后汉书·西域传》记载："世传明帝梦见金人，长，大，顶有光明，以问群臣。或曰：'西方有神，名曰佛，其形长丈六尺而黄金色。'帝于是遣使天竺，问佛道法，遂于中国图画形象焉。楚王英始信其术，中国因此颇有奉其道者。后桓帝好神，数祀浮屠、老子，百姓稍有奉者，后遂转盛。"

〔3〕黄帝：传说中中原各族的共同祖先。姬姓，号轩辕氏。先是打败扰乱各部落的炎帝，后又击杀蚩尤，被众部落拥戴为领袖。

〔4〕少昊：传说中古部落首领。黄帝子，己姓，名挚，字青阳。邑穷桑，都曲阜，号穷桑帝。

〔5〕颛顼：传说中古部落首领。黄帝之子昌意之后，号高阳氏，居于帝丘（今河南濮阳东南）。

〔6〕帝喾（kù）：传说中古部落首领，黄帝之子玄嚣之后，号高辛氏，居西亳（今河南偃师）。

〔7〕帝尧：传说中古部落联盟领袖，帝喾之子，号陶唐氏，居平阳（今山西临汾）。

〔8〕帝舜：传说中古部落联盟领袖，颛顼的七世孙，姚姓，号有虞氏，名重华，居蒲坂（今山西永济东南）。禹：传说禹原为夏后氏部落领袖，后因治水有功，舜死后为部落联盟领袖。

〔9〕殷汤：帝喾之子契之后，子姓，原为商族领袖。后用伊尹，陆续灭掉邻国和夏的盟国，最后一举灭夏，建立商朝，号武王。

〔10〕太戊：即大太戊，殷汤第四代孙。

〔11〕武丁：殷汤第十代孙。

〔12〕周文王：相传为帝喾之子后稷之后，姬姓，名昌。亦称西伯，史称其"积善累德，诸侯皆向之"。纣王曾囚西伯于羑（yǒu）里（故址在今河南汤阴北）。

〔13〕武王：周武王，名发，文王次子。率众诸侯伐纣灭商，建立周朝。

〔14〕穆王：名满，周昭王子。《史记》言"穆王立五十五年崩"，此言"穆王在位百年"依《尚书·周书·吕刑》"王享国百年耄荒"说。

〔15〕汉明帝：即刘庄，光武帝刘秀第四子，58—75 年在位。

〔16〕运祚：国运福祚，即世运。东汉自明帝后，经十一帝共一百四十四年。中间皇帝短命、被杀、被废者不乏其人。和帝以后，外戚宦官相继弄权，党锢之祸迭起，乱事不已。末代皇帝完全成了军阀手中的傀儡。

〔17〕宋：开国皇帝刘裕，或称刘宋，立国五十九年。前后八个皇帝，四人被杀。齐：开国皇帝萧道成，或称南齐，立国二十三年。前后七个皇帝，三人被杀。梁：或称萧梁，开国皇帝萧衍，立国五十六年。前后四个皇帝，三人被杀，一人饿死。陈：开国皇帝陈霸先，立国三十四年。前后五个皇帝，一人被俘。元魏：即北魏。鲜卑人

拓跋珪建立北魏，魏孝文帝时改姓元氏，故称元魏。立国一百六十年。前后十七个皇帝，八人被杀。

〔18〕谨：恭敬虔诚。

〔19〕促：短。

〔20〕梁武帝：即萧衍。字叔达，502年至549年在位。即位后大兴寺庙，自己曾于大通元年（527）、中大通元年（529）和太清元年（547）三次舍身同泰寺，由他的儿子和臣子用重金赎回。

〔21〕牲牢：指作祭品用的牲畜牛、羊、猪。其中太牢指牛、羊、猪俱全，少牢只有羊、猪。梁武帝事佛，不杀生，故祭宗庙以面为牲作祭。

〔22〕侯景：字万景，怀朔镇（今内蒙古包头东北）人。先属北魏，后为东魏大将，大同二年降梁。后二年在寿阳（今安徽寿县）谋反，一直打到建康，太清三年（549）攻下台城（南朝台省、宫殿所在地，故址在今南京鸡鸣山南乾河沿北），梁武帝饿死宫中。韩愈上面一段文字本之于傅奕。傅奕于武德七年（624）上疏极诋浮屠法曰："五帝三王，未有佛法，君明臣忠，年祚长久。至汉明帝始立胡祠，然惟西域桑门（沙门）自传其教。西晋以上，不许中国髡发事胡。至石、苻乱华，乃弛厥禁，主庸臣佞，政虐祚短，事佛致然。梁武、齐襄尤足为戒。"他还说过："帝王无佛则大治年长，有佛则政虐祚短。"（《广弘明集》十一，《释法琳对傅奕废佛僧表》）

〔23〕"高祖"二句：唐高祖李渊在位时，傅奕七次上疏请除佛法，高祖于武德九年四月废浮屠、老子法。五月下诏沙汰僧尼及道士，精勤练行守戒律者，并令大寺观居住，给衣食，其他并令还俗。京城留寺三所，观二所，天下诸州各留一所，余悉罢之。六月高祖退位，太宗摄政，大赦天下，复浮屠、老子法。

〔24〕当时群臣：系指杜如晦、陈子良、萧瑀、裴寂等人，他们袒佛，斥责傅奕禁佛，言辞激烈。材识：才能见识。

〔25〕推阐：推广阐发。圣明：对皇帝的美称，此指高祖禁佛的主张。

〔26〕睿圣文武皇帝：是元和三年正月群臣给宪宗皇帝上的尊号。

〔27〕伦比：匹敌。

〔28〕即位之初：宪宗皇帝一贯信佛，此处所言似为元和二年三月所下诏令。诏谓"男丁女工，耕织之本，雕墙峻宇，耕蠹之源。天下百姓或冒为僧道士，苟避徭役，有司宣备为科制"。

〔29〕佛骨：《旧唐书》说是释迦牟尼的一节指骨，有的认为是佛的一粒牙齿（北京西山佛牙舍利塔确实供奉着一粒佛牙），近年有人著文言韩愈这里提到的佛骨实为一块化石。凤翔：府名，治所在天兴（今陕西凤翔）。《旧唐书·本传》言：凤翔法门寺有护国真身塔。塔内有释迦文佛指骨一节。"上令中使杜英奇押宫人三十人。持香花赴临皋驿迎佛骨。自光顺门入大内，留禁中三日，乃送诸寺。"

〔30〕舁（yú）：抬。大内：指皇帝宫殿。

〔31〕递迎：一个接一个迎接。

〔32〕直：只是。

〔33〕徇：顺从。

〔34〕诡异：怪异。

〔35〕愚冥：愚昧。

〔36〕焚顶烧指：以火烧头顶，烧灼手指。

〔37〕奔波：忙碌地往来奔走。

〔38〕业次：生业，常业。此处指本职工作，如做工、经商等。

〔39〕脔（luán）身：把身上的肉割下一块。脔，切成小块的肉。

〔40〕宣政：宫殿名，位于大明宫含元殿后。

〔41〕礼宾：礼宾院，元和九年设礼宾院于长安长兴里，以待四夷之使。设：指设宴。

〔42〕袭：一套。

〔43〕巫：能以舞降神的人。祝：祠庙中司祭礼的人。一说为祭祀时主持祝告的人。桃苅：桃木与笤帚，古人用以驱除不祥。用桃木者，是因为传说东海度朔山有大桃树，其下有神荼、郁儡神，能食百鬼。

〔44〕祓（fú）除：驱除。

〔45〕寻常：指普通人。万万：谓远远胜过。

〔46〕无任：即不胜。

【译文】

臣韩愈恭呈圣上：臣以为佛教本是来自夷狄的一种宗教，从东汉时才传入中国，上古时代是未曾有过的。从前，黄帝在位一百年，活了一百一十岁；少昊在位八十年，活了一百岁；颛顼在位七十九年，活了九十八岁；帝喾在位七十年，活了一百零五岁；帝尧在位九十八年，活了一百一十八岁；帝舜和夏禹都活到了一百岁。这个时期，天下太平，百姓安乐长寿，可是这时的中国并没有佛教。这之后殷汤也活了一百岁，汤的四世孙太戊在位七十五年，武丁在位五十九年，史书上虽然没有记载他们活了多少岁，但是推测他们的年龄，大概也都不会少于一百岁。周文王活了九十七岁，武王活了九十三岁，穆王在位一百年，这时佛教也还没有传入中国，他们并不是因为信奉佛教才在位时间这样长、享年这样久的。

东汉明帝时中国开始有了佛教，可是明帝在位却不过十八年而已。这之后，社会动荡不安，朝代更迭接连不断，帝王在位都不长久。宋、齐、梁、陈、北魏以来，皇帝信奉佛教的态度越来越恭敬虔诚，而统治的时间却比过去更加短促。梁武帝在位四十八年，前后三次舍身给佛寺；祭祀宗庙不用牛、羊、猪，一天只吃一顿饭，而且只吃蔬菜水果，最后却被侯景所围逼，饿死在宫城之中，国家也很快就灭亡了。信奉佛教的本意是求福，得到的却反而是祸患。从这些事实看来，佛教不值得去信奉，也就可以明白了。

高祖在取代隋朝、登上帝位不久，就曾经议论过除去僧尼寺院的事情。由于当时群臣的才能不高，见识短浅，不能深刻理解先王治理国家的大道理，懂得古今的事理，推广并阐发圣主的英明意图，来挽救迷信佛教的弊病，讨论除去僧尼寺院的事也就停了下来。我常常为此而深感遗憾。

臣想睿圣文武皇帝陛下，您的神圣英武，在数千百年以来，是没有人能同您相比的。陛下即帝位不久，就下令不准剃度百姓去做僧尼道士，又不准新建僧寺道观。我常常认为，高祖的心愿一定能在陛下的手中得以实现。

现在纵然不能马上实现，又怎么能够放任它反而让佛教更为兴盛呢？现在听说陛下命令众僧到凤翔去迎取佛骨，还要亲自登上宫楼观看，并把它抬进皇宫内，而且下令让各个寺院依次迎接供奉。我虽然是个极为愚钝的人，但也知道陛下自己一定不是被佛教所迷惑才做出如此隆重供奉佛骨的行动来祈求幸福吉祥。陛下这样做，只是因为连年丰收，百姓安乐，于是顺从百姓的心意，为京城的百姓增添一处奇特怪异的景观，提供一个娱乐游戏的器具罢了。不然的话，怎么会有如此圣明的陛下，竟肯相信这样的事情呢？可是老百姓愚昧无知，容易被迷惑而难以通晓事理，如果看到陛下这样做，就会认为您是真心诚意地信奉佛教，就都会说："天子是大圣人，尚且一心崇敬、信仰佛教，我们老百姓是何等低下之人，怎么能比帝王更珍惜自己的身子和性命呢？"于是就会焚烧自己的头顶和手指，或几十人或上百人地聚在一起，施舍衣物钱财，从早到晚，互相仿效，唯恐落在了后边，老老少少，忙忙碌碌四处奔走，把从事的本职工作丢在一边。对于这种现象如果不立刻加以禁止，还让各个寺庙都迎敬佛骨，必定会出现割断自己的手臂或从身上割肉供奉佛祖的。这样的事有伤风化、败坏习俗，一旦传扬出去，会受到四周国家的嘲笑，绝不是小事情。

佛祖，本来是外国人，他和中国语言不通，衣服的式样也不相同，他嘴里不说合于先王礼法的话，身上不穿合于先王礼法的衣服，他不懂得君臣之间的大义，不讲父子之间的感情。如果佛祖本人至今仍然健在，奉他国君的使命，到大唐京师来朝拜，陛下宽容准许接见他，也不过是在宣政殿会见一次，由礼宾院设宴招待一番，然后赏赐给他一套衣服，派人护送他离开国境，不让他在我国蛊惑百姓。更何况佛祖本人已经死了很久，已经变成了一堆枯朽的骨头，佛骨不过是不祥尸骨的残余，怎么能让它进入陛下居住的宫廷禁地呢？

孔子说："对待鬼神的态度要尊敬他却不去接近他。"古代的诸侯在他们国内举行吊唁活动，尚且还要让巫祝先用桃木与笤帚清除不祥，然后才进行吊唁。现在您无缘无故拿来这污秽不祥的东西，还要亲自去看它，不先请巫祝用桃木与笤帚驱除不祥，群臣不说这样做不应当，御史不指出这样做的过错，我实在替他们感到羞耻。我请求把这块佛骨交付主管官员，把它投到水里永沉河底或扔到火里焚毁，永远消灭它，断绝天下人的疑虑，根除后代人的迷惑。让天下的人都知道大圣人的所作所为远远超过普通人，这难道不是最大的盛事吗？这难道不大快人心吗？佛祖如果真有灵验，能制造灾祸，那么所有的灾难，都应该加在我一个人的身上。请上天亲临鉴察，我绝不怨恨后悔。不胜感激恳切，谨奉此表上呈陛下。臣韩愈实在惶恐不安。

答李翊书[1]

【题解】

李翊，唐德宗时人，贞元十八年（802）中进士。他写信向韩愈请教写古文的途径和要领，韩愈写了这封答书。在此书中，他介绍自己学习古文的经验，提出“气盛言宜”的主张，强调学习古文的根本在于加强道德修养。韩愈自述写作古文的三个阶段：深入钻研古代经典，作文务去陈言，不顾时人的议论嘲笑，此为第一阶段；识别古书正伪，然后加以继承扬弃，文思汩汩涌流，此为第二阶段；功夫臻于成熟，笔墨纵横淋漓，又能省察检讨，去除不纯，此为第三阶段。贯彻始终的主导思想则是写作以气为本，实开论文重气的先河。文章结构严谨，比喻贴切，说理深刻精当，而又透着谆谆教导、奖掖后进的深挚情意。

【原文】

六月二十六日[2]，愈白李生足下[3]：

生之书辞甚高[4]，而其问何下而恭也[5]！能如是，谁不欲告生以其道？道德之归也有日矣[6]，况其外之文乎[7]？抑愈所谓望孔子之门墙而不入于其宫者[8]，焉足以知是且非邪？虽然，不可不为生言之。

生所谓立言者[9]，是也；生所为者与所期者[10]，甚似而几矣[11]。抑不知生之志，蕲胜于人而取于人邪[12]？将蕲至于古之立言者邪？蕲胜于人而取于人，则固胜于人而可取于人矣[13]。蒋蕲至于古之立言者，则无望其速成，无诱于势利[14]，养其根而竢其实[15]，加其膏而希其光。根之茂者其实遂[16]，膏之沃者其光晔[17]。仁义之人，其言蔼如也[18]。

抑又有难者，愈之所为，不自知其至犹未也。虽然，学之二十余年矣。始者，非三代两汉之书不敢观，非圣人之志不敢存。处若忘，行若遗，俨乎其若思[19]，茫乎其若迷[20]。当其取于心而注于手也[21]，惟陈言之务去[22]，戛戛乎其难哉！其观于人，不知其非笑之为非笑也[23]。如是者亦有年，犹不改。然后识古书之正伪，与虽正而不至焉者，昭昭然白黑分矣，而务去之，乃徐有得也。当其取于心而注于手也，汩汩然来矣[24]。其观于人也，笑之则以为喜，誉之则以为忧，以其犹有人之说者存焉。如是者亦有年，然后浩乎其沛然矣。吾又惧其杂也[25]，迎而距之[26]，平心而察之，其皆醇也，然后肆焉[27]。虽然，不可以不养也。行之乎仁义之途，游之乎《诗》《书》之源，无迷其途，无绝其源，终吾身而已矣[28]。

气，水也[29]；言，浮物也。水大而物之浮者，大小毕浮。气之与言犹是也，气盛则言之短长与声之高下者皆宜。虽如是，其敢自谓几于成乎？虽几于成，其用于人也奚取焉？虽然，待用于人者，其肖于器邪？用与舍属诸人。君子则不然，处心有道，行己有方，用则施诸人，舍则传诸其徒，垂诸文而为后世法。如是者，其亦足乐乎？其无足乐也？

有志乎古者希矣[30]。志乎古必遗乎今，吾诚乐而悲之[31]。亟称其人[32]，所以劝之[33]，非敢褒其可褒，而贬其可贬也。问于愈者多矣，念生之言不志乎利，聊相为言之。愈白。

【注释】

〔1〕答李翊（yì）书：或作《答李翱书》。李翊，贞元十八年进士。贞元十七年，韩愈曾作《与祠部陆员外书》，向陆员外荐举李翊，称其为“出群之才”。

〔2〕六月二十六日：指唐德宗贞元十七年（801）六月二十六日。是年韩愈三十四岁。

〔3〕生：古时前辈对弟子的称呼，也指读书人。足下：对人的敬称。

〔4〕书辞：书信中的文辞。

〔5〕下：指态度谦逊。

〔6〕有日：指日可待，言为期不远。

〔7〕其外之文：作者认为文是道德的外在表现，故言“其外之文”。其，指道德。

〔8〕抑：转折连词。如同现代汉语中的“但”“不过”“可是”。望孔子之门墙而不入于其宫者：意谓自己只是望见了孔子的门墙还没有登堂入室，这是作者自谦的话，说自

子贡

己道德学问还未修养到家。《论语·子张》："子贡曰：'譬之宫墙，赐之墙也及肩，窥见室家之好。夫子之墙数仞，不得其门而入，不见宗庙之美，百官之富。'"

〔9〕立言者：指李翊来信中关于"立言"的说法。立言，著书立说。

〔10〕期：期望。

〔11〕几：近，接近。

〔12〕蕲（qí）：同"祈"，求，希望。取于人：被人取而用之，被人学习。

〔13〕固：已经。

〔14〕无诱于势利：当时官场和科举考试皆用时文（骈文），故韩愈说欲说古文便须"无诱于势利"。诱，诱惑。

〔15〕竢（sì）：等待。实：结果。

〔16〕遂：指果实成熟，饱满。

〔17〕晔（yè）：明亮。

〔18〕蔼如：温厚和顺的样子。如，用法同"然"。

〔19〕俨乎：庄重的样子。乎，用法同"然"。

〔20〕茫乎：茫茫然。迷：迷惑。

〔21〕"当其取于心"句：把心里的想法用手写出来。

〔22〕陈言：陈旧的观点和言辞。

〔23〕非笑：非议和讥笑。

〔24〕汩汩（gǔ）：水流迅急的样子，比喻文思涌动。

〔25〕杂：指内容不纯。

〔26〕迎而距之：言反过来让"浩乎其沛然"的文思停止下来。迎，逆。距，止。

〔27〕肆：指放手去写。

〔28〕《诗》《书》：《诗经》《尚书》，这里代指各种儒家经典著作。下面"无迷其途"承"行之乎仁义之途"而言，"无绝其源"承"游之乎《诗》《书》之源"而言。

〔29〕气：指文章的思想内容。

〔30〕希：同"稀"，少。

〔31〕"志乎"二句："乐"因其"志乎古"而发，"悲"因其"遗乎今"而发。

〔32〕亟（qì）：屡次。其人：指有志于学古人立言的人。

〔33〕劝：鼓励。

【译文】

六月二十六日，韩愈告陈李生足下：

你信中的文辞立意高雅，而询问的态度又是多么谦逊、恭敬啊！能像这样，谁不愿把他所懂得的道理告诉你呢？看来，你成为一个有道德的人已经指日可待了，何况是作为道德的外在表现的文章呢？但我只是古人所谓的望见孔子的门墙而没有登堂入室的人，哪能分清道理是对还是不对呢？尽管这样，我还是不能不跟你谈谈自己对这个问题的看法。

你所讲的志在立言的话，是正确的；你所写的文章和你所期望的，很相似而且很接近了。但是我不知道你立言的志向，是希望胜过一般人而被人学习呢，还是希望达到古代人著书立说的标准呢？如果希望胜过一般人而被人学习的话，那你现在本来已经胜过一般人而可以被人学习了。如果希望达到古代人著书立说的标准的话，就不能指望很快成功，也不能受权势和功利的诱惑，而要像栽培果树一样，先培养它的根，再等待它结果；又要像燃灯一样，先添进油脂，再希望它发出光亮。根长得茂盛的树木，它的果实就饱满，油脂充足，灯自然就会明亮。奉行仁义之道的人，他说起话来总是温厚和顺的样子。

可是还有为难的地方，我的所作所为，自己也不知道是否已经达到了古代著书立说的标准。虽然如此，但我学习古文已有二十多年了。起初，不是夏、商、周和两汉时代的书我不敢看，不是圣人的观点我不敢记。无论是在静处的时候还是行动的时候，我都像忘掉了世上的一切，成天一副庄重的样子，总像在思索问题，茫茫然像被什么东西迷惑住了。当我把心里的想法用手写出来时，凡是陈旧的观点和言辞都一定要去掉，真是困难啊！我把写好的文章给别人看，不把人们的非议和讥笑当作是非议和讥笑。像这样过了好些年，我还是没有改变自己的主张和态度。然后才识别出古书中哪些讲的是真正的儒家之道，哪些讲的不是儒家之道，以及虽然讲的是儒家之道却还没有达到完美境界的地方，对这些区别得清清楚楚如同黑白分明一样。而后务必去掉自己文章中不可取的地方，这才渐渐地有所收获。当把自己的想法写出来时，文思勃发就像流水奔涌一样不可遏止。当把写好的文章给别人看时，别人讥笑它，我就感到高兴；别人称赞它，我便感到担忧，因为这说明文章中还保留着一般人的观点。像这样也过了好些年，然后文思就像大水浩浩荡荡地奔流。这时我又担心内容不纯，便让文思的奔流停止下来，平心静气地以客观眼光考察一下，使内容都纯正了，然后放手去写。虽然如此，自己不能不继续加强修养。要在仁义的大道上行进，在《诗经》《尚书》等儒家经典著作的源泉中畅游，不迷失仁义这条道路，不离开儒家经典的源泉，我终身如此。

文章的思想内容好比是水，语言好比是浮在水面的物体。水势大，那么能浮在水面的物体大大小小都能浮起来。气和语言的关系也是这样，气盛，那么语句的长短、声调的高低便都会恰到好处。虽然到了这种地步，难道自己敢认为自己的文章已经接近成功了吗？即使自己的文章接近成功了，待到为人所用时，人家从中能得到什么呢？虽说如此，大概一般等待别人任用的人就像器物是否被取用一样吧。用和不用都取决于别人。君子就不是这样，他思考问题有一定的方法，自己行事有一定的原则，能为人所用，就把自己的道德表现出来，给人们带来好处；不能为人所用，就把自己的道德传给他的弟子，把它写在文章中让后人学习。像这样，是值得高兴呢，还是不值得高兴呢？

现在有志于学古人立言的人太少了。有志于学古人立言必然会被今人遗弃，我真的为他们既感到高兴又感到悲哀。我多次称赞这些人，是为了鼓励他们，并不是我敢表扬那些应该表扬的人，敢批评那些应该批评的人。向我求学的人很多，我考虑到你说话的意图不在于求取功利，姑且对你讲了以上这些看法。韩愈诚告。

柳宗元

柳宗元（773—819），唐代著名散文家、诗人，哲学家。字子厚，河东解（今山西运城西南）人。少精敏通达。德宗贞元九年（793）进士。后以博学宏词，授集贤殿正字，蓝田尉。贞元十九年（803），任监察御史。顺宗永贞元年（805），为尚书礼部员外郎。主张并实行政治革新。宪宗即位，革新失败，被贬为永州司马。十年后，转为柳州刺史，死于柳州。

与韩愈共同倡导了唐代古文运动，主张文以载道。韩愈称其文“雄深雅健似司马子长（迁）”，苏轼称其文“发纤浓于古简，寄至味于淡泊”。

驳复仇议

【题解】

《驳复仇议》是柳宗元针对初唐陈子昂的《复仇议状》所作的奏议。本文反驳了陈子昂对徐元庆为报父仇而杀县尉事应“诛而后旌”的矛盾主张，认为礼和法是不矛盾的，关键在于“穷理以定赏罚，本情以正褒贬”，辨明报仇杀人的是非曲直。他指出如果官吏仗其权势，挟私怨违法杀人，而又没有得到惩处，受害者的子弟在含冤莫伸时可以复仇，这是合乎礼义的，也就不应受到惩处。这种主张在当时对人民反抗官府的黑暗政治是有利的。文章引经据典，文字简练。

【原文】

臣伏见天后时[1]，有同州下邽人徐元庆者[2]，父爽，为县尉赵师韫所杀，卒能手刃父仇，束身归罪。当时谏臣陈子昂建议[3]，诛之而旌其闾，且请“编之于令，永为国典”。臣窃独过之。

臣闻礼之大本，以防乱也。若曰无为贼虐，凡为子者杀无赦。刑之大本，亦以防乱也。若曰无为贼虐，凡为治者杀无赦。其本则合，其用则异，旌与诛莫得而并焉。诛其可旌，兹谓滥，黩刑甚矣。旌其可诛，兹谓僭[4]，坏礼甚矣。果以是示于天下，传于后代，趋义者不知所向，违害者不知所立，以是为典可乎？

盖圣人之制，穷理以定赏罚，本情以正褒贬，统于一而已矣。向使刺谳其诚伪，考正其曲直，原始而求其端，则刑、礼之用，判然离矣。何者？若元庆之父，不陷于公罪，师韫之诛，独以其私怨，奋其吏气，虐于非辜，州牧不知罪，刑官不知问，上下蒙冒，吁号不闻；而元庆能以戴天为大耻，枕戈为得礼，处心积虑，以冲仇人之胸，介然自克，即死无憾，是守礼而行义也。执事者宜有惭色，将谢之不暇，而又何诛焉？其或元庆之父，不免于罪，师韫之诛，不愆于法[5]，是非死于吏也，是死于法也。法其可仇乎？仇天子之法，而戕奉法之吏，是悖骜而凌上也。执而诛之，所以正邦典，而又何旌焉？

且其议曰："人必有子，子必有亲，亲亲相仇，其乱谁救？"是惑于礼也甚矣。礼之所谓仇者，盖其冤抑沉痛，而号无告也；非谓抵罪触法，陷于大戮。而曰"彼杀之，我乃杀之"，不议曲直，暴寡胁弱而已。其非经背圣，不亦甚哉！《周礼》："调人，掌司万人之仇。""凡杀人而义者，令勿仇，仇之则死。""有反杀者，邦国交仇之[6]。"又安得"亲亲相仇"也？《春秋公羊传》曰："父不受诛，子复仇可也。父受诛，子复仇，此推刃之道，复仇不除害[7]。"今若取此以断两下相杀，则合于礼矣。且夫不忘仇，孝也；不爱死，义也。元庆能不越于礼，服孝死义，是必达理而闻道者也[8]。夫达理闻道之人，岂其以王法为敌仇者哉？议者反以为戮，黩刑坏礼，其不可以为典，明矣。

请下臣议，附于令，有断斯狱者，不宜以前议从事。

谨议。

【注释】

〔1〕天后：唐高宗的皇后武则天。

〔2〕同州：州治在今陕西大荔。

〔3〕陈子昂（659—700）：初唐著名文学家，武则天执政时，他官至右拾遗。

〔4〕僭：越过。

〔5〕愆（qiān）：失误，违背。

〔6〕《周礼》：原名《周官》，是周朝的官制汇编，西汉末列为儒家经典，而属于礼，故称《周礼》。这里的引文见《周礼·地官》。调人：古代官名，后来把调解纠纷的人也称为"调人"。

〔7〕《春秋公羊传》：专门阐释《春秋》的书，相传是战国时齐人公羊高所作。属儒家经典之一。这里的引文见《公羊传·定公四年》。推刃：指用刀一来一往没完没了地互相仇杀。

〔8〕道：道理，思想体系。这里是指儒家"圣人"的思想。

【译文】

臣敬闻在武后时，同州下邽有一个叫徐元庆的人，他的父亲徐爽被县尉赵师韫所杀害。后来徐元庆亲手杀死了父亲的仇人赵师韫，然后到官府自首认罪。当时谏官陈子昂向武后建议，将徐元庆定罪斩首，然后在他的家乡立旌题匾，以表彰他的孝道，并且请求朝廷将"此建议编入律令，永远作为国家的定法"。臣私下认为陈子昂的主意是错误的。

臣听说礼的根本目的是防止为祸作乱。比如说，不能杀人行凶，儿子为报仇杀人就不能赦免。刑法的根本目的，也是为了防止祸乱。如果说，不能杀人行凶，凡当政为官吏的人，不应当随便杀人，杀了人也不能赦免。礼和刑两者的根本原是相合的，其使用的方法是相异的。旌表和诛杀是不能并行的，如果诛杀可以旌表的人，就是滥杀，用刑过分了；如果旌表可以诛杀的人，就是越礼，破坏礼义过分了。要是真的那样告示天下，传到了后代，趋于礼义的人不知道何去何从，想躲避刑罚的人不知道自己如何作为。用这个作为典章，可以吗？

圣人订立制度的时候，深入研究义理来定出赏罚，推断实际情况而做出公正褒贬，不过是为了统一罢了。假如当初弄清它的真伪，考证它的曲直，推论它的原因，究其结果，那么用刑遵礼的区别，就是很明白的了。这是为什么呢？如果元庆的父亲没有违反法律而获罪，师韫却将他诛杀，那是为了私人的怨恨。师韫依靠官吏的势力虐待无罪之人。州官不知道将他加罪，刑官也不知道去加问审讯。上下左右，蒙蔽不清。无辜黎民的叫喊呼号，没有人能够听见。而元庆将不共戴天的杀父之仇作为奇耻大辱，把时刻不忘杀父之仇作为礼法，处心积虑，拿着刀去刺入仇人的胸腹，坚定不移地去做这件事，就是死了也不感到遗憾，是遵守礼法而行孝义的行为。执政的人应该感到惭愧，对他表示感谢还来不及，又为什么将他诛杀呢？如果元庆的父亲犯法有罪，师韫将他定罪诛杀，是根据法律办事。这不是死在县官手中，而是死于法律。法律是可以仇视的吗？仇视天子治国的法律，而杀死执行法律的官吏，这是大逆不道，犯上作乱。将这样的人捉拿诛杀，明正国家的典章制度，又有什么可以旌表的呢？

陈子昂的奏议还说："人必然有儿子，儿子必然有双亲，因为爱自己的亲人而互相报仇，这样循环往复的乱子谁能救助呢？"这是对礼法的认识太过模糊了！礼法上所谓的仇敌，大都是他们的冤仇难解，沉痛难申，呼号无应，求告无门。并不是说犯法当获死刑的那种情况；反倒说他杀了人，我去杀他，不论是非曲直。这是以众欺寡、以强凌弱罢了，这样离经叛道，违背圣人的意愿，不是太过分了吗？《周礼》设置了"调人"的官员，处理万民的冤仇之事。凡是杀人而合乎义理的，教他不要报仇，如果报仇，就犯了死罪。有反而杀人的，全国都把他看作仇敌。这样之后又怎么会出现因为爱自己的亲人而去互相仇杀的事情呢？《春秋公羊传》说："父亲没有犯死罪却被人杀死，儿子可以报仇；父亲犯有死罪被人杀死，儿子前去报仇，这是相互报私仇，杀仇人不能又去杀他的儿子。"现在如依此来论断师韫、元庆的相杀，就合乎礼法了。不忘记父仇，这是孝道；不惜一死，这是义。元庆如能不越过礼法，服从孝道死于礼义，他就是明礼守道的人。凡是明礼守道的人，怎能将王法视为仇敌呢？议论这事的人反而将元庆诛杀，这是滥用刑法。不能依此为典章，是很明白的了。

请颁布下臣这个奏议，并附于有关法令，以后如有审判类似狱讼的，就不应该照以前的意见办事了。

臣恭敬地建议。

桐叶封弟辨

【题解】

辨是一种辨察是非的论说文。本文针对史书记载的“桐叶封弟”一事进行辩证，借题发挥地批判了把君主言行绝对化的谬论，认为对君主的言行要看其实际效果，如果不恰当，“虽十易之不为病”。文章破立结合，结构谨严，对要辩证的问题，设想了各种情况，并一一辩证，有较强的说服力。

【原文】

古之传者有言[1]，成王以桐叶与小弱弟[2]，戏曰：“以封汝。”周公入贺。王曰：“戏也。”周公曰：“天子不可戏。”乃封小弱弟于唐[3]。

吾意不然。王之弟当封邪，周公宜以时言于王，不待其戏而贺以成之也；不当封邪，周公乃成其不中之戏，以地以人与小弱弟者为之主，其得为圣乎？且周公以王之言不可苟焉而已，必从而成之邪？设有不幸，王以桐叶戏妇、寺，亦将举而从之乎？凡王者之德，在行之何若。设未得其当，虽十易之不为病；要于其当，不可使易也，而况以其戏乎！若戏而必行之，是周公教王遂过也。

吾意周公辅成王，宜以道[4]，从容优乐，要归之大中而已，必不逢其失而为之辞。又不当束缚之，驰骤之，使若牛马然，急则败矣。且家人父子尚不能以此自克，况号为君臣者邪！是直小丈夫缺缺者之事，非周公所宜用，故不可信。

或曰：封唐叔，史佚成之[5]。

【注释】

〔1〕古之传：古代的书传，指《吕氏春秋·重言》、刘向《说苑·君道》中所记载的桐叶封弟的话。

〔2〕成王：周成王姬诵，周武王的儿子。他即位时因年幼，由他的叔父周公姬旦摄政。

〔3〕唐：古国名，在今山西翼城西。

〔4〕道：道理，儒家的“圣人”之道。这里指中庸之道，与下文“大中”同义。

〔5〕“封唐叔”两句：太史佚促成桐叶封弟的故事，见《史记·晋世家》。史佚（yì），周武时太史佚。

【译文】

古书上说：西周成王诵拿着一片梧桐叶给幼弟，开玩笑说：“凭着这个给你封国。”周公旦知道了，就前来道贺。成王说：“我这是和他开玩笑呀。”周公说：“天子口中无戏言。”成王就把唐这个地方封给幼弟。

以我的看法，这是不对的。成王的弟弟如果理该受封，周公应及时向成王进言，不应该等他开了玩笑再去道贺，以促成此事。如其幼弟不该受封，而周公竟然将一句不合适的戏言变成事实，拿土地、百姓交给年幼的孩子做主，周公这样做可以称为圣人吗？周公只是想到帝王为万民之尊，出言必行，不可苟且从事罢了，哪需要因为一句戏言而去认真执行呢？假如不幸，成王拿桐叶跟妃嫔宦官开玩笑，难道也以戏言去分封他们吗？大凡君王的德行治化，要看他如何施政。假若做法不得当，就是更改十次也不过分。如果做法妥当，那就不能更改，何况他是游戏之言呢！假若开玩笑的话也要实行，这是周公教成王犯错误了。

我认为周公辅佐成王，应当以礼义之道从容和缓地加以劝导，必须指引他到不偏不倚的中正地位。不要等到成王有了错失，才替他文过饰非。也不必处处束缚他、驱迫他，像对待牛马一样，操之过急则会坏事。况且平常家庭父子之间，尚且不能用这种不妥的管理方法，更何况成王、周公在名分上是君臣呢！这是小丈夫做的小聪明的事，不是周公所应该做的事，所以古书上说的此事不足凭信。

也有人说：成王封唐叔的事，是那时的太史佚促成的。

箕子碑

【题解】

本文是为箕子庙写的碑文。纣王无道，箕子劝谏不从，反遭迫害，却能忍辱负重，建立功业，作者对他表示了极大的推崇和同情。作者以伟大人物三个标准“正蒙难”“法授圣”“化及民”来评价箕子的出发点，依次展开论述，彰扬箕子的人品、功业，也表达了对自己、对一切仁人志士的勉励。

【原文】

凡大人之道有三：一曰正蒙难，二曰法授圣，三曰化及民。殷有仁人曰箕子，实具兹道，以立于世。故孔子述六经之旨[1]，尤殷勤焉。

当纣之时，大道悖乱，天威之动不能戒，圣人之言无所用。进死以并命，诚仁矣，无益吾祀，故不为；委身以存祀，诚仁矣，与亡吾国[2]，故不忍。具是二道，有行之者矣。是用保其明哲，与之俯仰，晦是谟范[3]，辱于囚奴，昏而无邪，隤而不息。故在《易》曰：“箕子之明夷[4]。”正蒙难也。及天命既改，生人以正，乃出大法，用为圣师，周人得以序彝伦而立大典[5]。故在《书》曰：“以箕子归，作《洪范》[6]。”法授圣也。及封朝鲜[7]，推道训俗，惟德无陋，惟人无远，用广殷祀，俾夷为华，化及民也。率是大道，藂于厥躬，天地变化，我得其正，其大人欤！

於虖！当其周时未至，殷祀未殄，比干已死[8]，微子已去[9]，向使纣恶未稔而自毙，武庚念乱以图存[10]，国无其人，谁与兴理？是固人事之或然者也。然则先生隐忍而为此，其有志于斯乎？

唐某年，作庙汲郡[11]，岁时致祀。嘉先生独列于《易》象，作是颂云。

【注释】

〔1〕六经：即《诗》《书》《礼》《乐》《易》《春秋》。

〔2〕与：参与。

〔3〕谟：谋略。范：法则，原则。

〔4〕明夷：卦名。《易经·明夷》"明入地中"，象征昏君在上，明臣在下，明臣虽不敢显露自己的明智，但能正其志，坚持正道。

〔5〕彝（yí）伦：指人与人之间的伦理道德关系。

〔6〕《洪范》：《尚书》篇名。相传箕子曾向周武王陈述《洪范》，其实它是后人拟作。

〔7〕朝鲜：古地名。

〔8〕比干：纣王的叔父，相传因直言劝谏纣王，被剖心而死。

〔9〕微子：纣王的庶兄，因劝谏纣王不听而出走。后降周，被封于宋，保存了商宗族。

〔10〕武庚：纣王的儿子，殷亡后因叛乱被杀。

〔11〕汲郡：郡名，治所在今河南汲县西南。

【译文】

凡是有德行的人遵从的道理有三种：第一是蒙受祸难而坚守正道，第二是把大道传授与圣王，第三是教化万民。在殷朝时有一位仁人叫箕子，他实实在在地完备了此三道，以大德行立于世上。所以孔子在叙述六经的要旨大意时，对他尤其推崇。

在殷纣王之时，大道逆乱，上天的震怒不能引起人们警戒，圣人的言论无所用处，臣下拼死进谏，把自身的生死置之度外，诚然是仁者的作为了。但无益于延续殷朝的社稷，所以箕子不这样做；委身于别的君王，以求保住先人的宗祀，也称得上仁了，但等于参与灭亡自己的国家，箕子也不忍心去这样做。这两条路，都有人行了。这样的作为，是保其贤明，与世俗人一同俯仰屈伸，隐藏自己的谋略，在奴隶中间受凌辱。虽然卑微不得意，但也不肯乱来；虽然颓废失落，但忠心不熄灭。所以《易经》上说："箕子之明夷。"正是说他蒙受祸难而能坚守正道。到了天命归周，世人已经走上正轨，箕子就拿出大法《洪范》以传授圣人，而周人才能借此规范社会伦常，后来设立国家典章制度。所以《书经》说："箕子归来作《洪范》。"这就是把大道传授圣王。到了箕子受封于朝鲜，他推行王道，训民化俗，崇尚德行而不问出身鄙陋，爱重人才而不论亲疏远近，光大殷朝的宗祀，使得夷狄蛮荒变为华夏，这就是教化万民。这些大道聚集于箕子一身，天地之变化，箕子独得其正气，这真是有大道德的人了！

啊呀！当周朝还没有建立，殷商还没有灭亡的时候，殷大臣比干已死，微子也已离去。假如殷纣还没有恶贯满盈，竟然自毙，纣王之子武庚忧虑乱世，图谋保存殷朝，此时国中若没有贤明之人，谁能辅佐治理呢？这是人事中可能会有的情况。那么箕子先生隐忍受辱为奴，也许是有志于此吧。

唐朝某年，建箕子庙于汲郡，岁岁祭祀。我钦佩先生之德行能独列入《易经》的卦象之中，所以作了这篇颂词。

捕蛇者说

【题解】

说，是古代就事论理的一种文体，本文是柳宗元被贬永州之后写的。文中通过三代以捕蛇为业的蒋氏一家及其乡邻的悲惨遭遇，揭露了当时民不聊生的残酷现实，指出苛政赋敛比毒蛇猛兽更毒，说明了革除弊政、减轻赋役的必要，表达了对劳动人民的同情。文章组织严密，对比反衬运用出色，风格朴实深沉，有较强的感染力。

【原文】

永州之野产异蛇[1]，黑质而白章，触草木尽死，以啮人，无御之者。然得而腊之以为饵，可以已大风、挛踠、瘘、疠，去死肌，杀三虫[2]。其始，太医以王命聚之[3]，岁赋其二，募有能捕之者，当其租入，永之人争奔走焉。

有蒋氏者，专其利三世矣。问之，则曰："吾祖死于是，吾父死于是，今吾嗣为之十二年，几死者数矣。"言之，貌若甚戚者。

余悲之，且曰："若毒之乎？余将告于莅事者[4]，更若役，复若赋，则何如？"蒋氏大戚，汪然出涕曰："君将哀而生之乎？则吾斯役之不幸，未若复吾赋不幸之甚也。向吾不为斯役，则久已病矣。自吾氏三世居是乡，积于今六十岁矣，而乡邻之生日蹙，殚其地之出，竭其庐之入，号呼而转徙，饥渴而顿踣，触风雨，犯寒暑，呼嘘毒疠，往往而死者相藉也[5]。曩与吾祖居者[6]，今其室十无一焉；与吾父居者，今其室十无二三焉；与吾居十二年者，今其室十无四五焉。非死则徙尔，而吾以捕蛇独存。悍吏之来吾乡，叫嚣乎东西，隳突乎南北，哗然而骇者，虽鸡狗不得宁焉。吾恂恂而起，视其缶[7]，而吾蛇尚存，则弛然而卧。谨食之，时而献焉。退而甘食其土之有，以尽吾齿[8]。盖一岁之犯死者二焉，其余则熙熙而乐，岂若吾乡邻之旦旦有是哉？今虽死乎此，比吾乡邻之死则已后矣，又安敢毒邪？”

余闻而愈悲。孔子曰：“苛政猛于虎也[9]。”吾尝疑乎是，今以蒋氏观之，犹信。呜呼！孰知赋敛之毒，有甚是蛇者乎！故为之说，以俟夫观人风者得焉[10]。

【注释】

〔1〕永州：治所在今湖南零陵。

〔2〕三虫：说法不一，这里泛指人体内的寄生虫。

〔3〕太医：皇宫里的医师，掌管医药的政令。

〔4〕莅（lì）：临，管理。

〔5〕相藉：相互叠压。

〔6〕曩（nǎng）：从前，以往。

〔7〕缶：口小腹大的瓦罐。

〔8〕齿：这里指年龄。

〔9〕苛政猛于虎也：见《礼记·檀弓》。

〔10〕人风：即民风，民情风俗。唐朝人为了避唐太宗李世民讳，凡写到“民”字的，改为“人”。

【译文】

永州野外出产一种异蛇，通体黑色而长有白色的花纹。草木碰到它便会死去；人被咬，无药可医。但是把它捉来杀死，挂起风干，做成药饵，可以治疗风病、曲肢、肿疡、恶疮，去除坏死的肌肉，杀死人体的寄生虫。起初太医官以皇上的命令来收购，每年向朝廷进贡两次，征募能捕蛇的人，可以代替其税赋，于是永州的人争相奔走去捕捉。

有蒋姓人家独占这个差事已经三代了，问他，则说：“我的祖父死于捕蛇，我的父亲也死于蛇口，我至今继承此业已十二年了，有几次险些丧命。”他说话的时候面色很是悲戚。

永州之野产异蛇，黑质而白章

我听了很伤心，

很可怜他，就对他说："如果你怨恨捕蛇这件事，我将去告诉地方官，更换你捕蛇的差事，恢复你原来的赋税，你认为如何？"听了我的话，蒋氏大为悲伤，泪眼汪汪地说："您是可怜我而要救我吗？那么，我捕蛇这差事的不幸，远远不如让我纳赋税的不幸厉害。假如我不干这差事，我早已穷困不堪了！我蒋氏三代居住在这个地方，到现在已六十多年了。而我的乡邻生计日益困苦，其土地的出产，以及家中全部收入都被搜刮一空，呼喊叫苦，转徙迁出，饥渴交迫，颠沛流离，风吹雨淋，冒着寒暑，呼吸着瘴毒之气，他们往往因此而死去，尸体相枕于道。过去与我祖父居住在一起的邻居，如今十家之中只剩下一家了；与我父亲同住一起的邻居，如今十家之中只有两三家了；和我十二年来同居住的邻居，如今十家之中只有四五家了。他们不是死了就是搬走了，只有我因捕蛇还住在这里。凶狠的官吏差役来到我乡，从东头叫喊到西头，从南头冲撞到北头，喧哗吵嚷，使人提心吊胆，闹得鸡犬不宁。我小心翼翼地爬起来，看那装蛇的罐子，我捕的蛇还活着，便安然去睡觉。平时小心地喂养蛇，到时供献给官府。回来后舒舒服服享用土地上的出产，以尽我的天年。大约一年之中，只有两次冒着死的危险去捕蛇，其余的时间，则快快乐乐地过日子。哪里像我的邻居，天天都要受穷苦的煎熬呢。现在就是死于蛇口，比起乡间已死的邻居来，也已经晚得多了，又怎么敢有怨言呢？"

我听了蒋氏的话，更觉得悲伤。孔子说："苛刻的政令比老虎还厉害。"我以前常怀疑这句话。现在从蒋氏的遭遇看，才相信了。唉！哪里知道苛捐杂税的残酷，比这种毒蛇还要毒！所以写了《捕蛇者说》这篇文章，以待那观察民情的官吏，作为一个参考吧。

种树郭橐驼传

【题解】

这是一篇寓言体的政论性散文。作者通过描述郭橐驼栽培、管理树木的方法，阐明自己的政治主张，即做官治民也应顺乎自然，减少繁杂的政令滋扰，这样老百姓才能安居生息。文章层次井然，对比生动，特别是论种树的一段话富含哲理，耐人深思。

【原文】

郭橐驼，不知始何名，病偻，隆然伏行，有类橐驼者，故乡人号之“驼”。驼闻之曰：“甚善，名我固当。”因舍其名，亦自谓“橐驼”云。其乡曰丰乐乡，在长安西[1]。驼业种树，凡长安豪家富人为观游及卖果者，皆争迎取养。视驼所种树，或迁徙，无不活，且硕茂，蚤实以蕃[2]。他植者，虽窥伺效慕，莫能如也。

有问之，对曰：“橐驼非能使木寿且孳也，能顺木之天，以致其性焉尔。凡植木之性，其本欲舒，其培欲平，其土欲故，其筑欲密。既然已，勿动勿虑，去不复顾。其莳也若子[3]，其置也若弃，则其天者全而其性得矣。故吾不害其长而已，非有能硕茂之也，不抑耗其实而已，非有能蚤而蕃之也。他植者则不然，根拳而土易，其培之也，若不过焉则不及。苟有能反是者，则又爱之太殷，忧之太勤，旦视而暮抚，已去而复顾。甚者爪其肤以验其生枯，摇其本以观其疏密，而木之性日以离矣。虽曰爱之，其实害之；虽曰忧之，其实仇之。故不我若也，吾又何能为哉？”

问者曰：“以子之道，移之官理可乎？”驼曰：“我知种树而已，官理非吾业也。然吾居乡，见长人者好烦其令[4]，若甚怜焉，而卒以祸。旦暮吏来而呼曰：‘官命促尔耕，勖尔植，督尔获[5]，蚤缫而绪，蚤织而缕，字而幼孩[6]，遂而鸡豚[7]。’鸣鼓而聚之，击木而召之。吾小人辍飧饔以劳吏者[8]，且不得暇，又何以蕃吾生而安吾性邪？故病且怠。若是，则与吾业者其亦有类乎？”

问者嘻曰：“不亦善夫！吾问养树，得养人术。”传其事以为官戒也[9]。

【注释】

〔1〕长安：现在的陕西西安。

〔2〕蚤：通“早”。

〔3〕莳（shì）：栽植或移植。

〔4〕长人者：指官吏。长（zhǎng），官长。人，百姓。

〔5〕尔：你们。

〔6〕字：养育。

〔7〕豚（tún）：小猪。

〔8〕辍（chuò）：中止。飧（sūn）：晚饭。饔（yōng）：早饭。

〔9〕传（zhuàn）：记载。

【译文】

郭橐驼这个人，不知原来叫什么名字。因为患了佝偻病，背上突起，走路时低头弯腰，像驼背一样，所以乡间人叫他郭橐驼。他听了说："好吧，这样叫很合适。"于是舍去了原来的姓名，也自称橐驼。其居住的地方叫丰乐乡，在都城长安之西。驼以种树为业，凡是长安豪门富室以树木为观赏的，以及卖水果为营生的，都争着迎他来奉养。驼栽种的树木，移植到别的地方，没有不成活的，而且枝繁叶茂，早生果实，果子结得又大又多。别的种树人，虽然窥伺着百般仿效他，但没有能比得来的。

有人去问他有什么诀窍，他回答说："橐驼并没有能使树木常活而且繁茂的诀窍，只不过顺应树木自然的习性罢了。种植树木的方法是：树之根要舒展，培土要均匀，树根要带旧土，土要捣得密实。树既种好，就不要再动，也不必考虑它，走时不要再回顾。栽种时就像抚育子女一样细心，种完后就像丢弃它那样不管，那么它的天性就得到了保全，从而按它的本性生长。所以我从不去妨害它的生长，不过如此，并非是我能使它高大繁茂起来。我只不过不抑制损毁它的果实罢了，并非是我能使它早结果多结果。别的种树人却不是这样，使树根卷曲，不培旧土。培土不是太过分，就是很不够。有不是这样做的人，便因爱护过度，忧虑过分，早晨看晚上摸，走时又不放心，转回来又看几次。更有过分的人，竟剥下一块树皮来看它的生死，用力摇动树干来看培土的疏密，这样树木的本性一天天被背离了，虽说是爱它，其实是害它；虽说是忧虑它，其实是仇视它。所以他们都比不上我，我哪里又有什么能耐呢？"

问他的人说："以你种树的道理，转移到官府的行政治理上，可以吗？"郭橐驼说："我只知道种树，官府政治不是我的本业。但我居住在乡间，见官吏喜欢发布烦琐的政令，好像是怜惜百姓似的，结果却祸害了百姓。早晚官吏来呼喊道：'长官命令你耕田，勉励你种庄稼，督促你收获，早些缫丝，早些织布，养育你的幼孩，喂你的鸡和猪。'鸣鼓聚集他们，敲着木梆子召集他们，我们小民顾不得吃早晚饭，忙着接待这些官吏，不得闲暇，又怎样去治家立业，安身立命呢？所以才患病疲惫不堪。如果我说的这些切中事实，就和我种树的道理有些相似吧？"

问的人笑着说："这不就很好吗？我问养殖树木的方法，而知道了治民的道理。"现在我把这件事记载下来，以此作为做官之人的警戒。

梓人传

【题解】

本文借梓人（建筑师）的故事说明做宰相的道理。作者认为做宰相要抓大事，顾全局，不宜事必躬亲，陷入事务、文牍的圈子里去；做宰相还应坚守其道，合则用，不合则去，不应贪恋爵禄，苟忍屈从。文章前半部分细写梓人事迹，句句为论述埋下伏线；后半部分剖析相道，句句照应前文的描写，以事论理，别具一格。

【原文】

裴封叔之第[1]，在光德里[2]。有梓人款其门，愿佣隙宇而处焉。所职寻引、规矩、绳墨[3]，家不居砻斫之器[4]。问其能，曰："吾善度材，视栋宇之制，高深、圆方、短长之宜，吾指使而群工役焉。舍我，众莫能就一宇。故食于官府，吾受禄三倍；作于私家，吾收其直大半焉。"他日，入其室，其床阙足而不能理，曰："将求他工。"余甚笑之，谓其无能而贪禄嗜货者。

其后，京兆尹将饰官署[5]，余往过焉。委群材，会众工。或执斧斤，或执刀锯，皆环立向之。梓人左持引，右执杖，而中处焉。量栋宇之任，视木之能举，挥其杖曰："斧！"彼执斧者奔而右。顾而指曰："锯！"彼执锯者趋而左。俄而斤者斫，刀者削，皆视其色，俟其言，莫敢自断者。其不胜任者，怒而退之，亦莫敢愠焉。画宫于堵，盈尺而曲尽其制，计其毫厘而构大厦，无进退焉[6]。既成，书于上栋曰"某年某月某日某建"，则其姓字也，凡执用之工不在列。余圜视大骇，然后知其术之工大矣。

继而叹曰：彼将舍其手艺，专其心智，而能知体要者欤？吾闻劳心者役人，劳力者役于人。彼其劳心者欤？能者用而智者谋，彼其智者欤？是足为佐天子相天下法矣！物莫近乎此也。彼为天下者本于人。其执役者，为徒隶[7]，为乡师、里胥[8]；其上为下士，又其上为中士、为上士[9]；又其上为大夫、为卿、为公[10]。

离而为六职[11]，判而为百役。外薄四海，有方伯、连率[12]。郡有守，邑有宰，皆有佐政。其下有胥吏[13]，又其下皆有啬夫、版尹[14]，以就役焉，犹众工之各有执技以食力也。彼佐天子相天下者，举而加焉，指而使焉，条其纲纪而盈缩焉，齐其法制而整顿焉。犹梓人之有规矩、绳墨以定制也。择天下之士，使称其职；居天下之人，使安其业。视都知野，视野知国，视国知天下，其远迩细大，可手据其图而究焉，犹梓人画宫于堵而绩于成也。能者进而由之，使无所德；不能者退而休之，亦莫敢愠。不衒能，不矜名，不亲小劳，不侵众官，日与天下之英才讨论其大经，犹梓人之善运众工而不伐艺也[15]。夫然后相道得而万国理矣。相道既得，万国既理，天下举首而望曰："吾相之功也。"后之人循迹而慕曰："彼相之才也。"士或谈殷、周之理者，曰伊、傅、周、召[16]，其百执事之勤劳而不得纪焉，犹梓人自名其功而执用者不列也。大哉相乎！通是道者，所谓相而已矣。其不知体要者反此。以恪勤为公，以簿书为尊，衒能矜名，亲小劳，侵众官，窃取六职百役之事，听听于府庭，而遗其大者、远者焉，所谓不通是道者也。犹梓人而不知绳墨之曲直、规矩之方圆、寻引之短长，姑夺众工之斧斤刀锯以佐其艺，又不能备其工，以至败绩，用而无所成也，不亦谬欤？

或曰："彼主为室者，傥或发其私智，牵制梓人之虑，夺其世守而道谋是用，虽不能成功，岂其罪邪？亦在任之而已。"余曰：不然。夫绳墨诚陈，规矩诚设，高者不可抑而下也，狭者不可张而广也。由我则固，不由我则圮。彼将乐去固而就圮也，则卷其术，默其智，悠尔而去，不屈吾道，是诚良梓人耳。其或嗜其货利，忍而不能舍也；丧其制量，屈而不能守也。栋桡屋坏，则曰："非我罪也。"可乎哉？可乎哉？

余谓梓人之道类于相，故书而藏之。梓人，盖古之"审曲面势"者，今谓之"都料匠"云[17]。余所遇者，杨氏，潜其名。

【注释】

〔1〕裴封叔：作者的姐夫，唐德宗时的进士，做过长安县令。

〔2〕光德里：旧址在今西安西南郊。

〔3〕寻引：古代八尺为"寻"，十丈为"引"。这里是泛指测量长度的工具。规矩：校正圆形的工具叫"规"，校正方形的工具叫"矩"。绳墨：木匠画线用的墨绳、墨斗。

〔4〕砻（lóng）：磨刀石。斫（zhuó）：砍削用的工具。

〔5〕京兆尹：管理京都地方的长官。唐京兆尹府治所在今陕西西安。

〔6〕进退：即出入。这里是相差的意思。

〔7〕徒隶：原指犯人，这里泛指各种劳动者。

〔8〕乡师：乡长。里胥：里长。

〔9〕下士、中士、上士：古代较低级的官职名。

〔10〕大夫、卿、公：古代较高级的官职名。

〔11〕六职：即指以上六种官职。一说，六职为王公、士大夫、百工、商旅、农夫、妇工。

〔12〕方伯：殷周时一方诸侯中的领袖。连率：古代统帅十国的诸侯。率，同“帅”。

〔13〕胥吏：古代官府中办理文书的小吏。

〔14〕啬夫：古代乡官。版尹：古代管户籍的小吏。

〔15〕伐：自吹自夸。

〔16〕伊：伊尹，商初的功臣。傅：傅说，帮助商王武丁中兴的功臣。周：周公，周成王时的摄政王。召：召公，与周公共同辅佐周成王。

〔17〕都料匠：大木匠。

【译文】

裴封叔的住宅在京城光德里，一天有一个木匠来叩门，要租借一间空房子住。这位木匠有尺子、圆规、角尺、墨斗，却没有刀、锯、斧头等家伙。问他的本领，他说：“我善于度量选用木材。观察高楼大厦的规模，其高深、圆方、短长如何布置，我指挥而众工人做工，没有我，众人连一间房也盖不起来。所以在官府做事，我拿三倍的工钱。给私人做事，我拿工钱的一多半。”一天，到了他的卧室，他的床脚坏了，他却不能修理，说：“要叫别的工人来。”我觉得很可笑，认为他没有什么本领，是一个贪求财物的人。

后来京城的太守要修理官署，我从路上经过，看见那里堆积了很多木材，聚集了很多工人，有的拿着斧子，有的拿着刀锯，都围着那个木匠。木匠左手持着引绳、右手拿着木杖站在中间，量栋梁的大小，看木材能否合用。挥着木杖说：“拿斧子！”执斧的工人就奔到右面；又回头指着说：“拿锯来！”那执锯的工人就奔向左面。过了一会儿，执斧子的人忙着砍，执刀的人忙着削，都看着木匠的眼色行事，等着他发话，没有人敢自作主张。有不胜任工作的，木匠发怒将其赶走，也没有人敢抱怨。他在墙上画出房屋的图样，虽然只有一尺见方，却详尽地画出了房屋的规格，以图上的毫厘尺寸构建，没有一点差错。大厦建好了，木匠在栋梁上面写上：“某年某月某日某某建造。”某某便是他的姓名，凡是参加建造的工役一个都没有写上。我四面一看，大惊失色，这才知道木匠的本领实在太大了。

后来我叹息道：他或许是个抛弃了技艺，专门培习他的智力，而又能懂得体势要领的人吗？我听说：劳心的人役使人，劳力的人被人役使。木匠是劳心的人吧。有技能的人具体操作，而有智慧的人就去商量谋划，木匠是有智慧的人吧。木匠足以让辅佐天子、治理天下的人效法了。天下的事情没有比这二者更相近了。治理国家以人为根本。执差役的人为徒隶，为乡师、小吏、里长，这以上

为下士，再上为中士、上士，这些人之上为大夫、为卿、为公，合并起来为六官，分开来为百役。从京城推广到四方边境，有方伯、连率等官职，一郡有郡守，一个地方有邑宰，都有辅佐的官。这下面有管文书的小吏，再下面有乡官啬夫、管户籍的版尹去执行差役，就像众多的工人，各有一种技艺，可以自食其力。那些辅佐天子治理天下的人，推荐并提拔他们，指挥并任用他们，整理纲纪以增加正确减少差误，规范法律制度而加以整顿，就好像木匠有规矩、绳墨以确定尺寸长短一样。选择天下的士人，使各称其职；聚集天下的民众百姓，使他们安居乐业。看见都城，便知道乡间田野；看见乡野，便知道一个国家；看见一国，便知道天下如何。天下地方的远近大小，可以用手按着地图来研究。就好像木匠把房屋的图样画在墙上，最后建成了高楼大厦一样。使用有才能的人，叫他们不必感激；罢免无才能的人，他们也不敢抱怨。不向别人夸张自己的才能，不称誉自己的名声，不亲自做那些细微的小事，不去过问百官的政事。经常与天下的卓越人才讨论治国的大道，就像木匠善于调派许多工匠，而不称赞自己的功劳一样。以如此的才能去做宰相，即使万国的事情，也能治理。得到做宰相的道理，万国也已治理，天下人都仰着头观望说："这是我们宰相的功劳！"后世的人看着政绩而钦慕说："这就是那个有才能的宰相的伟绩！"士人有谈论殷、周治理政绩的，都说这是伊尹、傅说、周公、召公的功劳，其他百官执政的勤劳，都没有记载流传下来，就好比木匠自己题名记功，其他执役做事的人名全都没记一样，宰相之功大得很啊！能通达明白这事理的人，就是所谓宰相了。那些不懂得纲要体势的人则完全相反。他们将恭谨、劳苦当作功业，把处理公文作为重任，炫耀自己的才能，夸大自己的声名，亲自去做细小的事，侵犯众官员行使权力，窃取六官百役的政事，在公庭广众之前大声争辩，但却忘掉了远大的宏图，这就是所谓不通达事理的人了。好像木匠不知道绳子墨斗的曲直，圆规角尺之方圆，尺子之短长，夺取众工人的斧子刀锯，以帮助他们施展技艺，但又不能完成工程，以至失败，没有成功，岂不是荒谬的事吗？

有人说："那主持建造房屋的主人，假若以自己的见解，处处牵制木匠的主张谋划，夺取他积累的经验，听从道旁人的话，假使不能成功，难道是木匠的罪过？只在信不信任木匠罢了。"我说：这不对！绳子墨斗已经齐备，规矩已经设立，高的不能压低，窄的不能扩大。按这个办则房屋坚固，不按这个办房屋就要倒塌。如果建屋的主人宁愿放弃房屋坚固而选择房屋倒塌，那么，木匠只有藏起本事，不说出智谋，悠然离去，不屈辱背离他的道理，这才是真正的好木匠；如果贪图屋主的财物，忍气吞声舍不得离去，丧失其制度尺寸，屈从而不能坚持，结果栋梁弯曲，房子倒塌，反而说："不是我的罪过。"这可以吗？这可以吗？

我认为木匠的道理，类似做宰相的道理，所以写下来留存。木匠大概是古书上说的"审曲面势"的人，现在称为"都料匠"。我所遇见的那位木匠姓杨，不说出他的名字了。

愚溪诗序

【题解】

本文是作者被贬永州后为其所作《八愚诗》写的序。序里述说他命名溪、丘、泉、池等八物为"愚"的原因，通篇扣紧一个"愚"字，借愚溪以自喻，既写山水，又发议论，抒发了在美丑智愚颠倒的社会现实下，自己因"违理""悖事"而被贬斥的愤懑之情。

【原文】

灌水之阳有溪焉[1]，东流入于潇水[2]。或曰："冉氏尝居也，故姓是溪为冉溪。"或曰："可以染也，名之以其能，故谓之染溪。"余以愚触罪，谪潇水上，爱是溪，入二三里，得其尤绝者家焉。古有愚公谷[3]，今余家是溪，而名莫能定，土之居者犹龂龂然，不可以不更也，故更之为愚溪。

愚溪之上，买小丘，为愚丘。自愚丘东北行六十步，得泉焉，又买居之，为愚泉。愚泉凡六穴，皆出山下平地，盖上出也。合流屈曲而南，为愚沟。遂负土累石，塞其隘，为愚池。愚池之东为愚堂，其南为愚亭，池之中为愚岛。嘉木异石错置，皆山水之奇者，以余故，咸以愚辱焉。

夫水，智者乐也[4]。今是溪独见辱于愚，何哉？盖其流甚下，不可以灌溉；又峻急，多坻石，大舟不可入也；幽邃浅狭，蛟龙不屑，不能兴云雨。无以利世，而适类于余，然则虽辱而愚之，可也。

宁武子“邦无道则愚”[5]，智而为愚者也；颜子“终日不违如愚”[6]，睿而为愚者也。皆不得为真愚。今余遭有道而违于理，悖于事，故凡为愚者莫我若也。夫然，则天下莫能争是溪，余得专而名焉。

溪虽莫利于世，而善鉴万类，清莹透澈，锵鸣金石，能使愚者喜笑眷慕，乐而不能去也。余虽不合于俗，亦颇以文墨自慰，漱涤万物，牢笼百态，而无所避之。以愚辞歌愚溪，则茫然而不违，昏然而同归，超鸿蒙，混希夷[7]，寂寥而莫我知也。于是作《八愚诗》，记于溪石上。

【注释】

〔1〕灌水：湘江的支流，在今广西壮族自治区东北部。

〔2〕潇水：湘江的支流，在湖南永州入湘江。

〔3〕愚公谷：在今山东临淄西。它是春秋时一位老人按照他的情况为一个山谷起的名字。事见汉刘向《说苑·政理》。

〔4〕“夫水”二句：见《论语·雍也》。

〔5〕宁武子：名俞，春秋时卫国的大夫。《论语·公冶长》说：“宁武子，邦有道则知，邦无道则愚。”

〔6〕颜子：颜回，字子渊，孔子弟子。事见《论语·为政》，孔子说：“吾与回言终日，不违如愚。退而省其私，亦足以发。回也，不愚。”

〔7〕希夷：无形无声的虚空境界。语见《老子》。全句是“视之不见名曰夷，听之不闻名曰希。”

【译文】

灌水的北面有一条小溪，向东流入潇水。有人说：“古时有一个姓冉的老人曾居住在这里，所以把这条溪叫冉溪。”另有人说：“这条溪水可以用来染色，以它的用处命名，所以叫染溪。”我因为愚笨犯了罪，贬居在潇水旁边，喜爱这条溪水，沿着溪水走了二三里，到一处风景绝佳的地方安了家。古代有一个愚公谷，如今我的家在这条溪水旁，但是溪名至今没有定下来，本地的居民还在争辩这条溪的名字，看来不能不改溪名了，所以我更改为愚溪。

我又在愚溪之上买了一个小丘，命名为愚丘。从愚丘向东北走六十步，有一个小泉，又买了下来，名为愚泉。愚泉有六个泉眼，都涌出于山丘下面的平地处，原来泉水是由地下涌出的。泉水合为一处弯曲折流到南面，称为愚沟。在这个地方堆积泥土，垒起石块，塞住狭隘的地方，成为愚池。愚池之东建有愚堂，其南面修了愚亭，池水中间有愚岛，美好的树木、奇异的石头错落放置。这些都是山水之间奇异的景物，因为我的缘故，全以“愚”为名，受到屈辱。

古语说聪明人喜欢水。现在这条溪水却被以愚字玷辱，为什么呢？因为溪水流到很低的地方，不能灌溉田地；溪流高峻湍急，水中多高地滩石，大船不能进入；幽深及浅近狭隘处兼而有之，蛟龙不屑居住在此，因为不能兴云行雨。对于世间没有一点可利用之处，倒是和我有些类似，所以用愚字称呼它也是可以的。

春秋时卫国大夫宁武子，在卫国政治无道的时候便装作愚笨，那是聪明人装愚笨；孔子的学生颜渊，终日不违背师长的话，像是很愚笨的样子，那是睿智通达的人貌似愚笨。都不是真的愚笨。如今我逢着国家政治有道的时候，违反常理，违背世事，所以凡是称为愚笨的人，没有比得上我的了。那么，天下没有人能与我争这条溪，我得以专用愚来命名它了。

此溪虽然对世上没有可以利用之处，却能倒映万物如镜，清莹透澈。溪流锵然鸣响，发出金石般的声音，能使愚笨者喜笑、眷恋、钦慕，快乐得不忍离去。我虽然不合世俗，颇能以吟诗作文自我安慰，洗涤万物，映括百态，而没有什么避讳的。以我的愚诗歌咏愚溪，则茫茫然不知忌讳，昏昏然和它同归并融为一体，超越天地宇宙，融入空虚玄妙的境界，在寂寥空阔中达到了忘我的境地。于是作了《八愚诗》，刻在溪边石壁之上。

永州韦使君新堂记

【题解】

使君是汉以来对州郡长官的尊称。韦使君是当时的永州刺史。本文作于元和七年（812），又名《永州新堂记》，作者通过赞美新刺史和他所兴建的新堂，表达了自己的政治见解，即希望州郡长官治政时能做到因俗成化，除残佑仁，废贪立廉，抚谕百姓。

【原文】

将为穹谷、嵁岩、渊池于郊邑之中，则必辇山石[1]，沟涧壑[2]，陵绝险阻，疲极人力，乃可以有为也。然而求天作地生之状，咸无得焉。逸其人，因其地，全其天，昔之所难，今于是乎在。

永州实惟九疑之麓[3]。其始度土者，环山为城。有石焉，翳于奥草；有泉焉，伏于土涂。蛇虺之所蟠[4]，狸鼠之所游。茂树恶木，嘉葩毒卉，乱杂而争植，号为秽墟。

韦公之来既逾月，理甚无事。望其地，且异之。始命芟其芜，行其涂，积之丘如，蠲之浏如。既焚既酾，奇势迭出。清浊辨质，美恶异位。视其植，则清秀敷舒；视其蓄，则溶漾纡余。怪石森然，周于四隅，或列或跪，或立或仆，窍穴逶邃，堆阜突怒。乃作栋宇，以为观游。凡其物类，无不合形辅势，效伎于堂庑之下[5]。外之连山高原，林麓之崖，间厕隐显，迩延野绿，远混天碧。咸会于谯门之内[6]。

已，乃延客入观，继以宴娱。或赞且贺曰："见公之作，知公之志。公之因土而得胜，岂不欲因俗以成化？公之择恶而取美，岂不欲除残而佑仁？公之蠲浊而流清，岂不欲废贪而立廉？公之居高以望远，岂不欲家抚而户晓？夫然，则是堂也，岂独草木、土石、水泉之适欤？山原、林麓之观欤？将使继公之理者，视其细，知其大也。"

宗元请志诸石，措诸壁，编以为二千石楷法[7]。

【注释】

〔1〕辇：车，这里作动词用，用车载运的意思。

〔2〕沟：这里作动词用，开凿，疏通。

〔3〕九疑：即九嶷山，在今湖南宁远南。

因其地，全其天，昔之所难，今于是乎在

〔4〕蟠：同"盘"。

〔5〕伎：同"技"，这里是特色、美的意思。

〔6〕谯门：古时建筑在门楼上用以瞭望的楼。

〔7〕二千石：汉代郡守的俸禄为二千石。这里指州刺史。

【译文】

如要人工造就深谷、小高山、深池于郊外或城中，必然要运来山石，疏通山谷深涧，跨越险阻，费尽人力，才可以成功。但是想以此得到天然的景观，那是办不到的。不耗费人力，依照本地的原貌，保存天然的样子，这是从前难以做到的，如今却在永州这里实现了！

永州地处九嶷山山脚。起始测量土地的人，围绕着山修筑城池。许多石头埋没在荒草中，泉水隐藏在泥土里。毒蛇盘踞，狸鼠出没。茂林中夹着恶木，奇花中夹着毒草，杂乱地争着生长，人们称为污秽的地方。

永州刺史韦宙到了这里，过了一个多月，治理政事井井有条。闲暇无事，观望此地，觉得很奇异，就命令工役清除荒草，清理泉边的污泥，堆积的杂草像小山一样，除去了污秽，水流始清。焚烧掉积草，疏通流水，这里奇异的景况才显现出来。清流浊水才得以分明，美丽丑恶调换了位置。看那树木清秀舒畅；望这池水，碧波荡漾。怪石成排耸立，遍布四周，或并列，或如跪拜，或如站立，或像仆倒地下。石间的空穴，弯曲幽深，堆积的土如小丘山，突出如怒目相视。就于此修建了厅堂，作为观光游览的地方。所有的景物，都是顺应各处自然的形势，在厅堂各自展露风姿。城外面，山连着高原，树林覆盖着石崖，隐约显现，近映野草的绿影，远照一天的碧色，仿佛汇集在城楼处，要奔涌进来。

新堂建成以后，韦刺史请了客人入内观看，接着饮酒娱乐。有人赞美并祝贺说："见了韦公的建造，就知道韦公的志向。公因地制宜建成胜迹，岂不是沿用习俗以教化众人？公除恶取美，岂不是驱除残暴，保佑仁德？公清理污秽，疏通澄清流水，岂不是废弃贪婪，倡导清廉？公登高望远，岂不是想安抚百姓，家喻户晓？果真如此，那么建这个新堂何止是为了草木、土石、泉水令人惬意，山原、林麓便于观赏？这将使继承韦公治理本地的人，从这细小处看到韦公的大节。"

宗元请求将之刻于石碑上，嵌置于政事厅壁上，作为后任刺史效法的楷模。

钴鉧潭西小丘记

【题解】

柳宗元被贬永州后，郁郁不得志，于是寄情于山水，写下了优美的山水游记《永州八记》，本文是其中一篇。作者借小丘的遭遇来抒发自己的感慨：小丘虽奇，却处于僻地，又为秽草恶木所蔽，故不被人重视，贱价且久

不能售；自己虽有才能抱负，却被贬荒远小州，为人所轻视。本文写景抒情紧密结合，达到了寄情于景、情景交融的境界，是写景小品中的佳作。

【原文】

得西山后八日[1]，寻山口西北道二百步，又得钴鉧潭。潭西二十五步，当湍而浚者为鱼梁[2]。梁之上有丘焉，生竹树。其石之突怒偃蹇，负土而出，争为奇状者，殆不可数。其嵚然相累而下者，若牛马之饮于溪；其冲然角列而上者，若熊罴之登于山。

丘之小不能一亩，可以笼而有之。问其主，曰："唐氏之弃地，货而不售。"问其价，曰："止四百。"余怜而售之。李深源、元克己时同游[3]，皆大喜，出自意外。即更取器用，铲刈秽草，伐去恶木，烈火而焚之。嘉木立，美竹露，奇石显。由其中以望，则山之高，云之浮，溪之流，鸟兽之遨游，举熙熙然回巧献技，以效兹丘之下。枕席而卧，则清泠之状与目谋，瀯瀯之声与耳谋，悠然而虚者与神谋，渊然而静者与心谋。不匝旬而得异地者二，虽古好事之士，或未能至焉。

噫！以兹丘之胜，致之沣、镐、鄠、杜[4]，则贵游之士争买者，日增千金而愈不可得。今弃是州也，农夫渔父过而陋之，价四百，连岁不能售。而我与深源、克己独喜得之，是其果有遭乎？书于石，所以贺兹丘之遭也。

【注释】

〔1〕西山：在今湖南零陵西。

〔2〕鱼梁：垒石阻水的堰，中间留有缺口，放上捕鱼工具可捕鱼。

〔3〕李深源、元克己：柳宗元的朋友，生平不详。

〔4〕沣、镐、鄠、杜：都是地名，全在唐朝首都长安（今陕西西安）附近，为当时豪门贵族居住的地方。

【译文】

寻得西山后的第八天，寻到一个山口，入内向西北行二百步，又探得钴鉧潭。由潭西行二十五步，在水流湍急的地方筑有开口的鱼梁，鱼梁上面有一个小丘，丘上竹子、树木丛生，丘石像人一样怒目而视，高高耸立，拔地而出，显露出来，争着扮出各种各样奇形怪状的样子，不可胜数。那耸立相接到下面的石头，像牛马在溪里饮水；那冲天排列而上的石头，像熊罴在爬高山。

小丘的大小不到一亩，各种景物统统包容在其中了。问此地的主人是谁，说："是姓唐的废弃的土地，想卖而没有买主。"问售价，说："不过四百个钱。"我很喜欢这小丘，就买了下来。一同游玩的李深源、元克己都大喜，认为是意外的收获。于是大家拿了工具，铲除杂草，砍掉有害的树木，用烈火将杂草恶木烧掉。这样，好看的树木耸立，美丽的竹林显露出来，奇异的石头排列着。从这里举目瞭望，则山势高峻，云彩飘浮，溪水流溅，鸟兽鱼虫遨游其中，和谐快乐，纷纷呈献技艺于丘下。就着小丘枕石席地而卧，眼睛看到的是清明的景色，耳边听到的是溪流的声音，精神接触的是空虚缥缈的境界，心意接触的是深沉恬静的状态。不到十天时间，而得到了两处奇异的地方，即使是古时好山水的人，也未必能有这样的机遇呢！

唉！如把小丘的胜景，放在都城长安周围沣、镐、鄠、杜这些地方，那么喜好观赏游乐的士人必然争相购买，即使每天增价千金，也未必能够买到。现在弃置于永州这地方，农夫渔父都很轻视。售价只有四百个钱，却好几年卖不出去。我和深源、克己偏偏为获得了它而高兴，果真是有所谓机遇这种事吗？写在石壁上，以祝贺小丘逢到了时运。

小石城山记

【题解】

这是《永州八记》中的最后一篇。小石城山在今湖南永州境内。文中记述了小石城山奇异的景致，并感叹这样奇妙的山水，不在繁华的大都市附近，却置于偏远荒凉的地方。由此让人自然想起作者怀才不遇的遭遇。后一段用存疑的语气表达了对“造物主”的质疑。

【原文】

自西山道口径北，逾黄茅岭而下，有二道：其一西出，寻之无所得；其一少北而东，不过四十丈，土断而川分，有积石横当其垠[1]。其上为睥睨、梁欐之形[2]；其旁出堡坞，有若门焉。窥之正黑，投以小石，洞然有水声，其响之激越，良久乃已。环之可上，望甚远。无土壤而生嘉树美箭，益奇而坚，其疏数偃仰，类智者所施设也。

噫！吾疑造物者之有无久矣。及是，愈以为诚有。又怪其不为之于中州[3]，而列是夷狄[4]，更千百年不得一售其伎，是固劳而无用。神者傥不宜如是，则其果无乎？或曰：“以慰夫贤而辱于此者。”或曰：“其气之灵，不为伟人，而独为是物。故楚之南少人而多石[5]。”是二者，余未信之。

【注释】

〔1〕垠（yín）：边界。

〔2〕睥睨（pì nì）：城上有缺口的矮墙。也叫“女墙”。梁槅（lì）：栋梁。

〔3〕中州：中原地区，经济、文化较发达。

〔4〕夷狄：古称我国东方少数民族为“夷”，北方少数民族为“狄”。他们均住在边远地区。此处泛指边远地区。

〔5〕楚之南：指永州等地。春秋时楚国的南部疆域到达今湖南南部。

【译文】

自西山山道口一直朝北走，越过黄茅岭向下而行，有两条小路：一条向西面去，走过去看看，没有看到任何东西；另一条路稍微偏北向东，走不到四十丈远，路就被阻断了，河水从此地分开，有许多石头堆积，横为边际。石山上面的形状如城墙、房屋栋梁，旁边有一为守卫而筑的堡坞，好像有一道门。朝里面看去，里面一片漆黑。我试着投下一块石头，空洞洞地响起水声，其音激越响亮，过了很久才逐渐停息。环绕着小路，可以走到上面，四面望得很远。这里没有泥土，却生长着许多好树美竹，形状奇特质地坚硬，树竹的疏密俯仰，好像是智者精心布置的。

其气之灵，不为伟人，而独为是物

唉！我怀疑造物主的有无已经很久了。看到了这一切，我更加相信造物主确实存在。但又奇怪为什么不把它生在中原地区，而将它生在夷狄之处，隔了千百年也不能呈现其风姿，这真的是劳而无用。造物主好像不应当干这样的事，那么他果真不存在吗？有人说：“这是为了安慰受辱被贬的贤人。”又有人说：“天地的灵气不钟情于伟人，而独钟情于景物。所以楚地的南面，少出贤人而多怪石。”这两种说法，我都不相信。

贺进士王参元失火书

【题解】

王参元，濮阳（今属河南）人。鄜坊节度使王栖曜少子。唐宪宗元和二年（807）进士。家富多财，不幸遭火灾，家产荡然无存。本文就是柳宗元被贬永州时听到他家失火后写的一封祝贺信。朋友家里遭到火灾，不去慰问，反而祝贺，立意很奇特，却不是故弄玄虚。作者分析了坏事变好事的道理，既快语惊人，又入情入理。十年相知，不如一夕大火之助，充分显示了作者愤世嫉俗和不向厄运屈服的精神。文章在立意、行文上都似《国语》中“叔向贺贫”的故事。

【原文】

得杨八书[1]，知足下遇火灾，家无余储。仆始闻而骇，中而疑，终乃大喜，盖将吊而更以贺也。道远言略，犹未能究知其状，若果荡焉泯焉而悉无有，乃吾所以尤贺者也。

足下勤奉养，乐朝夕，惟恬安无事是望也。今乃有焚炀赫烈之虞，以震骇左右，而脂膏滫瀡之具[2]，或以不给，吾是以始而骇也。

凡人之言皆曰：盈虚倚伏，去来之不可常。或将大有为也，乃始厄困震悸，于是有水火之孽，有群小之愠。劳苦变动，而后能光明。古之人皆然。斯道辽阔诞漫，虽圣人不能以是必信，是故中而疑也。

以足下读古人书，为文章，善小学[3]，其为多能若是，而进不能出群士之上，以取显贵者，盖无他焉。京城人多言足下家有积货，士之好廉名者，皆畏忌，不敢道足下之善，独自得之心，蓄之衔忍，而不出诸口。以公道之难明，而世之多嫌也。一出口，则嗤嗤者以为得重赂。

仆自贞元十五年见足下之文章[4]，蓄之者盖六七年未尝言。是仆私一身而负公道久矣，非特负足下也。及为御史、尚书郎，自以幸为天子近臣，得奋其舌，思以发明足下之郁塞，然时称道于行列，犹有顾视而窃笑者。仆良恨修己之不亮，素誉之不立，而为世嫌之所加，常与孟几道言而痛之[5]。

乃今幸为天火之所涤荡，凡众之疑虑，举为灰埃。黔其庐，赭者垣，以示其无有，而足下之才能，乃可以显白而不污，其实出矣。是祝融、回禄之相吾子也[6]。则仆与几道十年之相知，不若兹火一夕之为足下誉也。宥而彰之，使夫蓄于心者，咸得开其喙[7]；发策决科者[8]，授子而不慄。虽欲如向之蓄缩受侮，其可得乎？于兹吾有望于子！是以终乃大喜也。

古者，列国有灾，同位者皆相吊。许不吊灾，君子恶之。今吾之所陈若是，有以异乎古，故将吊而更以贺也。颜、曾之养[9]，其为乐也大矣，又何阙焉？

【注释】

〔1〕杨八：名敬之，排行第八。柳宗元的亲戚，王参元的朋友。

〔2〕滫瀡（xiǔ suǐ）：淀粉一类的调料。这里泛指饭食。

〔3〕小学：文字学、音韵学、训诂学的总称。

〔4〕贞元：唐德宗的年号（785—804）。

〔5〕孟几道：孟简。唐平昌（在今山东德州东）人。进士，官至山南东道节度使。

〔6〕祝融、回禄：传说中的火神名。

〔7〕喙：鸟兽的嘴。这里借指人的嘴。

〔8〕策：策问，科举考试的方法之一。决科：通过科举考试录取、授予官职。科，科举。

〔9〕颜、曾：颜回、曾参，均是孔子的学生。

【译文】

收到杨八寄来的书信，知道足下遭遇火灾，家中没剩下一件东西。听了这一消息，我开始吓了一跳，中间又起了疑心，最后又大喜。原本打算前去慰问你，现在改作向你道贺。道路遥远，言辞简略，我还不了解详细的情况，如果真的烧得精光，所有的财物都没有了，那我要格外地向你道贺了！

足下勤劳奉养父母，早晚和乐，只求安逸无事。如今有烈火焚烧的灾难，使家人受到惊吓，饮食等日用品或者不能供给，所以开始时我很惊恐。

一般人们都会说：盛衰福祸相互倚伏，去来没有一定。或者将来大有作为的，起初反而困苦惊悸。于是有水火的灾害，有众多小人的愤恨，劳累辛苦的变动，后来却前途光明远大，古代的许多人都是这样。但这个道理，深奥甚至有些荒诞，即使圣人也不一定讲得透彻，使人相信，所以我对你这次遭灾，是否能用得上祸福相依的道理，不免有所疑虑。

像足下这样能读古人书，又能写文章，擅长“小学”，多才多艺，但是在仕途中不能超出群士之上，达到显赫的地位，没有其他的原因，在于京城的人多说足下家里广积钱财，士人中爱好清廉名声的，都害怕忌讳，而不敢称道足下的才能，自己内心明白，忍着不说出来。因为公道难求，而世上的人多猜忌，一旦有人说出称赞你的话，那些以讽刺攻击为能事的小人就以为那人得到了你的重金贿赂。

颜回

我从德宗贞元十五年就读到了足下的文章，隐忍不发约有六七年了，没有说过一句话，这是我只顾自己，违背了公道，不止是对不起足下一人。等我做了御史、尚书郎，自以为有幸做了天子近臣，可以大发议论，想要表明足下的郁塞，但向同事说起这个想法，仍有人相视而笑，偷偷嘲笑我。我实在恨自己修养的德行不明，素来清白的名声还未能确立，因而遭到猜忌，经常和孟几道说起此事，内心很痛苦。

如今你的家财幸好被天火涤荡干净，凡是众人的种种疑虑，都化作了灰尘。焦黑的房屋，赤褐色的墙，显示足下的家已一无所有。而足下的才能可以明白显示出来而不致被辱没。足下的真才实学显出了，这是火神祝融、回禄在帮助你呢。我和孟几道与你十多年的相知，还不如大火一夜之间成就了足下的名誉啊！从此大家原谅你、称赞你，使那些将赞美含忍在心里的人可以开口说话，主持考试的官员可以授予你官职而不害怕。像过去那样顾虑重重不敢出头，怕受到讥笑的情形，还会出现吗？我对你此后的发展充满信心，所以最后大为欢喜。

古代如果一个诸侯国有了灾难，其他诸侯国要来慰问。春秋时许国不吊慰邻国，君子对此十分厌恶。现在我陈述的这些事，和古时的立意看法有所不同，所以把慰问改成道贺了。孔子的学生颜渊安于清贫，曾参奉养父母，认为是人生中最快乐的事，又怎么会觉得有所欠缺呢？

封建论

【题解】

这是一篇杰出的政治论文。中唐时期，藩镇割据，连年内战，严重地破坏了中央集权和国家统一。而要求恢复分封制的反动主张，则又加剧了政治上和思想上的混乱。针对这种现实状况，作者提出了一个朴素的唯物主义观点——“势”，从理论和实践上阐明了分封制的产生和郡县制代替分封制，都是历史发展的必然结果，而不是什么“圣人之意”。历史发展演变的规律，不是个人的主观意志所能左右的。同时从正反两方面的历史经验论证了郡县制的优越性，提出了巩固并发挥郡县制进步作用的政治措施，在于“使贤者居上，不肖者居下”，彻底废除“继世而理”的世袭制。这就从根本上动摇了主张恢复分封制的理论基础，为持续多年的论争做了一个历史总结。文章辩难有力，逻辑严密，层次分明，笔锋犀利。作者以高屋建瓴之势，纵论千古兴亡，如长江大河滚滚东流，充分显示出他对历史发展规律的非凡见识。本文立论之超拔，见解之卓越，气势之俊伟，是当时同类论著所不及的，因而受到历代进步文人的高度赞扬。苏轼说：“宗元之论出，而诸子之论废矣。虽圣人复起，不能易也。”

【原文】

天地果无初乎[1]？吾不得而知之也。生人果有初乎[2]？吾不得而知之也。然则孰为近[3]？曰：有初为近。孰明之？由封建而明之也[4]。彼封建者，更古圣王尧、舜、禹、汤、文、武而莫能去之。盖非不欲去之也，势不可也。势之来，其生人之初乎？不初，无以有封建；封建，非圣人意也。

彼其初与万物皆生，草木榛榛[5]，鹿豕狉狉[6]，人不能搏噬，而且无毛羽，莫克自奉自卫[7]，荀卿有言：“必将假物以为用者也[8]。”夫假物者必争，争而不已，必就其能断曲直者而听命焉[9]。其智而明者，所伏必众[10]；告之以直而不改[11]，必痛之而后畏[12]；由是君长刑政生焉[13]。故近者聚而为群；群之分，其争必大，大而后有兵有德。又有大者，众群之长又就而听命焉，以安其属。于是有诸侯之列，则其争又有大者焉。德又大者，诸侯之列又就而听命焉[14]，以安其封[15]。于是有方伯、连帅之类[16]，则其争又有大者焉。德又大者，方伯、连帅之类又就而听命焉，以安其人，然后天下会于一。是故有里胥而后有县大夫，有县大夫而后有诸侯，有诸侯而后有方伯、连帅，有方伯、连帅而后有天子。自天子至于里胥，其德在人者，死必求其嗣而奉之。故封建非圣人意也，势也。

夫尧、舜、禹、汤之事远矣，及有周而甚详。周有天下，裂土田而瓜分之，设五等[17]，邦群后[18]，布履星罗[19]，四周于天下，轮运而辐集[20]。合为朝觐会同[21]，离为守臣扞城[22]。然而降于夷王[23]。害礼伤尊，下堂而迎觐者。历于宣王[24]，挟中兴复古之德[25]，雄南征北伐之威[26]，卒不能定鲁侯之嗣[27]。陵夷迄于幽、厉[28]，王室东徙[29]，而自列为诸侯矣。厥后，问鼎之轻重者有之[30]，射王中肩者有之[31]，伐凡伯、诛苌弘者有之[32]，天下乖盭[33]，无君君之心[34]。余以为周之丧久矣，徒建空名于诸侯之上耳！得非诸侯之盛强，末大不掉之咎欤[35]？遂判为十二[36]，合为七国[37]，威分于陪臣之邦[38]，国殄于后封之秦[39]。则周之败端[40]，其在乎此矣。

秦有天下，裂都会而为之郡邑[41]，废侯卫而为之守宰[42]，据天下之雄图，都六合之上游[43]，摄制四海[44]，运于掌握之内，此其所以为得也。不数载而天下大坏，其有由矣。亟役万人，暴其威刑，竭其货贿。负锄梃谪戍之徒[45]，圜视而合从[46]，大呼而成群。时则有叛人而无叛吏，人怨于下而吏畏于上，天下相合，杀守劫令而并起[47]。咎在人怨，非郡邑之制失也。

汉有天下，矫秦之枉，徇周之制[48]，剖海内而立宗子、封功臣[49]。数年之间，奔命扶伤之不暇[50]。困平城[51]，病流矢[52]，陵迟不救者三代[53]。后乃谋臣献画[54]。而离削自守矣[55]。然而封建之始，郡邑居半，时则有叛国而无叛郡。秦制之得，亦以明矣。继汉而帝者，虽百代可知也。

烽火戏诸侯

唐兴，制州邑，立守宰，此其所以为宜也。然犹桀猾时起，虐害方域者，失不在于州而在于兵。时则有叛将而无叛州，州县之设，固不可革也。

或者曰："封建者，必私其土，子其人[56]，适其俗，修其理[57]，施化易也[58]。守宰者，苟其心，思迁其秩而已[59]，何能理乎？”余又非之。

周之事迹，断可见矣[60]：列侯骄盈，黩货事戎[61]。大凡乱国多，理国寡[62]；侯伯不得变其政，天子不得变其君。私土、子人者，百不有一；失在于制，不在于政，周事然也。

秦之事迹，亦断可见矣：有理人之制[63]，而不委郡邑，是矣。有理人之臣，而不使守宰，是矣。郡邑不得正其制，守宰不得行其理。酷刑苦役，而万人侧目。失在于政，不在于制，秦事然也。

汉兴，天子之政行于郡，不行于国；制其守宰[64]，不制其侯王。侯王虽乱，不可变也。国人虽病，不可除也。及夫大逆不道[65]，然后掩捕而迁之、勒兵而夷之耳[66]。大逆未彰，奸利浚财[67]，怙势作威[68]，大刻于民者[69]，无如之何。及夫郡邑，可谓理且安矣。何以言之？且汉知孟舒于田叔[70]，得魏尚于冯唐[71]，闻黄霸之明审[72]，睹汲黯之简靖[73]，拜之可也。复其位可也，卧而委之以辑一方可也[74]。有罪得以黜，有能得以赏。朝拜而不道，夕斥之矣；夕受而不法，朝斥之矣。设使汉室尽城邑而侯王之。纵令其乱人，戚之而已。孟舒、魏尚之术，莫得而施，黄霸、汲黯之化，莫得而行；明谴而导之，拜受而退已违矣；下令而削之，缔交合从之谋，周于同列[75]，则相顾裂眦，勃然而起[76]。幸而不起，则削其半。削其半，民犹瘁矣，曷若举而移之以全其人乎[77]？汉事然也。

今国家尽制郡邑，连置守宰，其不可变也固矣。善制兵，谨择守，则理平矣。或者又曰：“夏、商、周、汉封建而延[78]，秦郡邑而促[79]。”尤非所谓知理者也。魏之承汉也，封爵犹建；晋之承魏也，因循不革；而二姓陵替[80]，不闻延祚[81]。今矫而变之，垂二百祀[82]，大业弥固，何系于诸侯哉[83]？

或者又以为：“殷、周，圣王也，而不革其制，固不当复议也。”是大不然。夫殷、周之不革者，是不得已也。盖以诸侯归殷者三千焉，资以黜夏，汤不得

而废；归周者八百焉，资以胜殷，武王不得而易。徇之以为安，仍之以为俗，汤、武之所不得已也。夫不得已，非公之大者也，私其力于己也，私其卫于子孙也。秦之所以革之者，其为制，公之大者也；其情，私也，私其一己之威也，私其尽臣畜于我也[84]。然而公天下之端自秦始。

夫天下之道，理安[85]，斯得人者也[86]。使贤者居上，不肖者居下，而后可以理安。今夫封建者，继世而理[87]。继世而理者，上果贤乎？下果不肖乎？则生人之理乱未可知也。将欲利其社稷，以一其人之视听[88]，则又有世大夫世食禄邑[89]，以尽其封略[90]，圣贤生于其时，亦无以立于天下，封建者为之也。岂圣人之制使至于是乎？吾固曰："非圣人之意也。势也。"

【注释】

〔1〕果：果真。初：开始，这里指原始阶段。

〔2〕生人：生民。这里指人类。

〔3〕近：指接近事实。

〔4〕封建：指三代和以后曾实行过的"封国土、建诸侯"的贵族领主制度。

〔5〕榛榛（zhēn）：草木丛杂的样子。

〔6〕狉狉（pī）：兽类成群走动的样子。

〔7〕奉：供养。

〔8〕必将假物以为用者也：出自《荀子·劝学篇》。

〔9〕曲直：是非。

〔10〕伏：服从，此处当"使人服从"解。

〔11〕直：正确的道理。

〔12〕痛之：使其痛苦。

〔13〕刑政：刑法、政令。

〔14〕诸侯之列：很多诸侯。列，行列。

〔15〕封：指封地。

〔16〕方伯：一方诸侯的领袖。连帅：十国诸侯的领袖。

〔17〕五等：周代诸侯爵位分为公、侯、伯、子、男五等。

〔18〕邦群后：言分封很多诸侯。邦，诸侯的封国，引申为分封。后，君主，此处指诸侯。

〔19〕布履：足迹遍布天下，说明到处都是诸侯的封地。星罗：繁星罗列，形容诸侯国之多。

〔20〕轮运而辐集：比喻诸侯听从中央的指挥如同车轮运转，轮上辐条集中于车毂上一样。

〔21〕朝觐（jìn）：诸侯春天朝见帝王为朝，秋天朝见帝王为觐。会同：诸侯朝见天子，随时朝见为会，众人一齐朝见为同。

〔22〕扞（hàn）城：保卫城池。

〔23〕降（jiàng）：下传。夷王：周夷王。名燮（xiè）。公元前885—前877年在位。西周到懿王时便已衰微。夷王为诸侯所立，故下文言其“下堂而迎觐者”（按周礼规定，天子只在堂上会见朝觐者）。

〔24〕宣王：周宣王，名静，公元前827—前782年在位。

〔25〕中兴：复兴。复古：指恢复武王、成王的大业。

〔26〕南征北伐：宣王即位后，曾大举讨伐西边的西戎、北方的猃狁以及南方、东南方的荆蛮、淮夷等部族。

〔27〕不能定鲁侯之嗣：公元前817年，鲁武公带儿子括、戏朝见宣王，宣王立戏为武公的继承人。武公死，鲁人杀戏，立括为君。

〔28〕陵夷：逐渐衰颓。幽、厉：周幽王宫涅，公元前781年即位，后被犬戎杀死于骊山。周厉王胡，公元前877年即位，暴虐侈傲。国人暴动，被迫逃亡，死于彘地（今山西霍县）。幽王、厉王均为周代有名的昏君。从文意看来，此处“厉”似当作“平”。平王为幽王太子。

〔29〕王室东徙：幽王死，平王宜臼即位，迁都于洛邑，是为东周。

〔30〕问鼎：《史记·周本纪》记载：“定王元年（前606），楚庄王伐陆浑之戎，次洛，使人问九鼎，王使王孙满应设以辞，楚兵乃去。”楚庄王问九鼎之重，意在取周而代之。九鼎，九个鼎，传为夏禹所铸，象征九州，三代时奉为传国之宝。

〔31〕射王：公元前707年，周桓王林攻讨郑国，郑庄公寤生派兵迎战，射中桓王之肩。

〔32〕伐凡伯：桓王四年（前716），桓王使卿士凡伯出使鲁国，凡伯回朝途经楚丘（今山东曹县东南），遭到戎人的绑架。伐，击而取之。诛苌弘：周敬王二十八年（前492），晋国贵族范吉射和赵鞅相攻，范吉射败，赵鞅不满意周大夫苌弘支持范吉射，责问周王室，敬王不得已杀苌弘。

〔33〕乖盭（lì）：违反常规。

〔34〕君君：尊重天子。前“君”字作动词用，后“君”是名词。

〔35〕末大不掉：语出《左传·昭十一年》：“末大必折，尾大不掉。”形容上弱下强，指挥不灵。

〔36〕判：分。十二：春秋时的十二诸侯国，即鲁、齐、晋、秦、楚、宋、卫、陈、蔡、曹、郑、燕。

〔37〕七国：战国时代的七个强国，即秦、楚、齐、燕、韩、魏、赵。

〔38〕陪臣之邦：指韩、魏、赵、齐等国。周天子以诸侯为臣，以诸侯的大夫为陪臣。韩、赵、魏三国的祖先原为晋国大臣，周威烈王二十三年（前403），韩虔、魏斯、赵籍分晋自为诸侯。齐原为吕尚的封国，周安王十六年（前386），齐大夫田和篡齐自为齐侯。

〔39〕殄（tiǎn）：灭绝。后封之秦：秦本为周的附属小国，平王东迁时，秦襄公

护送有功，才被封为诸侯国。后来秦昭襄王在公元前256年灭掉了东周。

〔40〕端：开头，起因。

〔41〕都会：指原诸侯国的都城。郡邑：郡县。

〔42〕侯卫：拱卫天子的诸侯。守宰：守卫地方的长官。

〔43〕上游：秦都咸阳，位于西北高地，居高临下，故称上游。

〔44〕摄制：控制。

〔45〕负锄梃谪戍之徒：指陈胜、吴广等前往渔阳防守边地的戍卒。梃，木棍。

〔46〕圜（huán）视：看看周围的情况。圜，环绕。合从：合纵，联合起来。

〔47〕守、令：郡、县长官。

〔48〕矫秦之枉，徇周之制：汉初曾部分恢复分封制，故有此说。矫，纠正。枉，偏差、错误。徇，从。

〔49〕立宗子：刘邦统一中国，曾分封自己的儿子、兄弟、侄子为王。宗子，正妻所生长子，此处指同一宗族的子弟。封功臣：刘邦曾封异姓功臣为王，如封韩信为楚王、英布为淮南王等。

〔50〕奔命扶伤：意谓忙于应付挽救战乱造成的伤害。

〔51〕困平城：高祖七年（前200），韩王信勾结匈奴作乱，刘邦率军攻讨，结果在平城（今山西大同东）被匈奴围困了七天。

〔52〕病流矢：高祖十一年（前196），淮南王英布谋反，刘邦前往平叛，被飞箭射中，次年逝世。

〔53〕三代：指汉惠帝、汉文帝和汉景帝三代。三代常有诸侯对抗朝廷的事发生。

〔54〕谋臣献画：汉文帝时，贾谊曾建议把一个诸侯国分成若干小国，分封给最早受封者的子孙；汉景帝时，晁错曾献策削减吴、楚七国的封地；汉武帝时，主父偃曾上书让诸侯王把领地分封给自己的子弟。这些谋略都是为了削弱、分散诸侯王的权势。画，计策。

〔55〕离削：分散、削弱。

〔56〕子其人：对待人民像对待子弟一样。

〔57〕修其理：搞好政治。理，治，此处做名词用，政治。

〔58〕施化：实行教化。

〔59〕秩：官阶、品级。

〔60〕断：决然无疑。

〔61〕黩货：贪财。事戎：好战。

〔62〕理国：治理得好的国家。

〔63〕理人之制：治理人民的政策、法令。

〔64〕制：控制。

〔65〕大逆不道：指犯上作乱。

〔66〕掩捕：乘人不备，突然逮捕。勒兵：统率军队。夷：平定。

〔67〕奸利：非法取利。浚财：榨取财物。

〔68〕怙（hù）势：倚仗权势。

〔69〕大刻：非常苛刻。

〔70〕汉知孟舒于田叔：《汉书·田叔传》言："孝文帝初立，召叔问曰：'公知天下长者乎？'对曰：'臣何足以知之？'上曰：'公，长者，宜知之。'叔顿首曰：'故云中守孟舒，长者也。'"于是文帝复召孟舒为云中守。

〔71〕得魏尚于冯唐：汉文帝时，魏尚为云中守，与匈奴战屡有战功。一次报功，所报杀敌人数多了六个，魏尚因此获罪。冯唐替他辩明功过，魏尚方复原职。

〔72〕黄霸：阳夏（jiǎ）（今河南太康）人，汉宣帝时任颍川郡太守，为政宽和。深得人民拥护，后为京兆尹，官至丞相，封建成侯。

〔73〕汲黯：濮阳（今河南濮阳南）人，汉武帝时任东海郡太守。政绩很好，官至主爵都尉。

〔74〕卧而委之：汉武帝命汲黯为淮阳太守，汲黯因病不受印绶。武帝曰："君薄淮阳邪？吾今召君矣，顾淮阳吏民不相得，吾徒得君之重，卧而治之。"辑：安抚，安定。

〔75〕同列：指地位相同的诸侯国。

〔76〕勃然：盛怒的样子。

〔77〕举而移之：指把诸侯王全部废除。全其人：指保全诸侯王本人及其子弟（不因乱致死）。

〔78〕延：长久。

〔79〕促：短促。

〔80〕二姓：指曹氏、司马氏。陵替：衰落。

〔81〕祚（zuò）：国统，皇位。

〔82〕垂：将近。

〔83〕何系：有何关系。

〔84〕臣畜：臣服顺从。

〔85〕理安：社会安定，国家治理得好。

〔86〕斯：那么，就。

〔87〕继世：代代相传。

〔88〕一其人之视听：统一人们的思想。视听，见闻，此处指思想、看法。

〔89〕世大夫：诸侯国内分封的世袭大夫。禄邑：大夫的封地。

〔90〕封略：封疆。

【译文】

天地的形成真的没有初级阶段吗？我没有办法知道。人类果真有原始阶段吗？我不知道。那么哪一个更接近现实呢？回答是：有原始阶段比较接近现实。怎么知道的呢？通过"封邦建国"这一制度可以明确知道。"封邦建国"这一制度，远古的圣贤先王尧、舜、禹、汤、周文王、周武王没人能革除它。他们不是不想革除，只是社会发展趋势不允许。这种形势的产生，大概就出现在人类的原始阶段吧！没有那个原始阶段，就不会产生“封邦建国”这一制度。分封诸侯并不是圣人本来的意愿。

人类最初与万物一起出现之时，草木杂乱丛生，野兽成群往来，人没有能力捕捉猎取，而且人没有羽毛，不能供养自己保护自己。荀子曾经说：一定要借助外物维持生存。借助外物就一定会产生争斗，争斗不止，便一定会找出能判断是非的人，而听从他的命令。那些有智慧并且能够明断是非的人，会有许多人服从他们。这些人把正确的判断或命令告诉别人。而后者仍不知悔过，所以一定要让这些愚人吃一些苦头，他们才会认识到智者的威慑力。这样就产生了君主、刑法和政令。所以，彼此相邻的人聚结成为群体，群体的区分，就会使彼此之间的争斗加大，争斗大了，就出现了用武力和恩德治服人的办法。这时就出现了很有威德的人，许多群体的首领又去听从他的命令，来安定自己的部属。于是就产生了诸侯，而彼此之间的争斗又会有所增大。诸侯们就又会去听命于一个能力更高的人，使自己封地之内安定。于是就有了方伯、连帅这一阶层，当他们之间的争斗再增大时，还有德行高于方伯、连帅的人，方伯、连帅就会听命于他，使自己的人民安定，然后天下的权力就集中到一个人手中。所以先有里胥然后有了县一级的长官，有了县一级的官员后再有诸侯，诸侯产生后又有了方伯、连帅，然后才产生天子。从天子到里胥，如果这些有德能的人死了，别人一定会找到他的子嗣并尊奉他为首领。所以说封邦建国不是圣人的意志，而是由形势决定的。

尧、舜、禹、汤的事迹太遥远了，至于周朝的事情，我们却知道得很详细。西周得到天下，把土地田亩分割开来，设了五个等级，然后分封给诸侯们，天下的疆土像棋盘一样被割裂开来，大家都统一服从于天子，聚在一起在朝堂朝觐天子，分开后各自守卫自己的城池和封地。但是后来外族入侵，破坏了礼法，辱没了天子的尊严，天子走下朝堂，反过来迎接诸侯。到周宣王时，虽倚仗着复兴古圣先王的德政，南征北伐那些狄戎少数民族，逞雄逞威，但最终却还是不能确定鲁侯的继承人。周王室受到屈辱始于周幽王、周厉王，周王室（从镐京）向东迁移（到洛邑），自己把地位降低到与诸侯平起平坐。此后，诸侯中有人通过询问鼎的轻重大小这种方式向王室示威，有人用箭射伤了周天子的肩膀，有人借天子名义征伐凡伯、诛灭苌弘，天下诸侯背叛天子，没有人尊重天子。我认为周王室很早就已丧失了控制诸侯的实权了，只是名义上还是天子，地位比诸侯高罢了！这难道不是因为诸侯强大了，成了尾大不掉之势吗？于是天下分裂为十二个国家，又逐渐合并为七个国家，权力被原来周王室的臣属获得，王权最终落在最后分封的秦国手中。可见周王室败亡的原因就在于诸侯们的过于强大。

秦统一天下后，废分封制而实行郡县制，废除诸侯而设立守卫地方的长官，拥有统治天下的雄图伟略，建都咸阳，居高临下，威慑控制全国，一切都在秦始皇一人的掌握之中，这是秦做得对的地方。但没过多久而天下大乱，这是有缘由的。屡次征发数万人的劳役，残暴地施用酷刑，搜刮尽老百姓的钱财。那些扛着木棒锄头被征发去防守边疆的人，汇集成群，原来崤山以东的六国贵族重又联合抗秦，一呼应就结成同盟。当时只有人民叛乱却没有官吏发起反叛，人民在下面怨恨朝廷，官吏却害怕朝廷，天下百姓云集相互响应，杀太守捉县令，纷纷起来造反。秦亡的原因在于人们怨恨朝廷，而不是实行郡县制的过错。

汉朝得到天下后，改正秦的过错，遵循周的制度，把国家领土分割封赏给本宗族的人，分封给一些异姓的有功之臣。数年内，忙于紧急增援平定诸侯王叛乱。汉高祖被匈奴兵围困在平城，被飞箭射伤，如此衰落不振一直延续到文、景二帝。后来谋臣献计削藩，诸侯的封地被削割后，他们才安分守己。而当初分封诸侯国的时候，郡县和封国各占一半，当时有反叛的诸侯王但没有郡县反叛，秦朝实行郡县的正确性，也由此得以证明。继汉称帝的人，经历若干朝代也可以验证秦的郡县制优于分封制。

唐朝建立，实行州郡制，设置郡守县宰，这是适合当时的政治要求的。但还是有人反叛，扰乱地方百姓，过失不在于设立州郡而在于那些手握重兵的节度使。当时只有发动叛乱的将领，但没有叛乱的州县。所以州县的设置，是一定不能废除的。

有人说："分封诸侯，诸侯王一定会把封地当作自己的土地精心管理，安抚人民如同对待自己的兄弟子侄一样，适应当地的习俗，修明政治，这样有利于施行教化。做地方官的人，如果总抱着得过且过的思想，以升迁为目的，怎么能治理好呢？"这又是不对的。

周代的事情已经很清楚了，各个诸侯骄傲自满，贪财好战。基本上乱国多，政治较清明的国家少。诸侯们无法改变士大夫专政的局面，天子也无法使诸侯们服从自己。认真管理封地、爱民如子的诸侯大夫，一百个里找不出一个。过失在于制度的不合理，而不在于治理。周的情况就是这样。

从秦朝的事情中也可以看出来，有治理百姓的制度，但权力不下放到郡邑，这是正确的；有管理百姓的中央官吏，但地方官不能独立行使权力，也是正确的。设了郡县却不能真正好好行使这个制度，地方官吏不能很好地行使权力。实行残酷的刑罚，征发苦役，受到百姓的怨恨，过失在于治理方法不对，而不在于制度的好坏。秦的情况就是这样的。

汉朝建立，天子的政令贯彻到诸侯国，中央控制了郡县长官，却未制约住诸侯王。诸侯王虽然胡作非为，但国家没有能力管辖他们；百姓虽然遭受祸害，但没法摆脱。等到那些诸侯王作乱谋反，才把他们逮捕流放，发兵平叛。阴谋暴露之前，他们非法牟利搜刮钱财，倚仗权势作威作福，对百姓十分苛刻，中央却拿他们没有办法。等到实行郡县制了，可以说是政治清明、国家安定了。为什么这么说呢？汉文帝从田叔那里听说孟舒在治理百姓方面很有才能，又听从了冯唐的劝说，才得到魏尚这个将才；汉宣帝听说了黄霸的明察审慎、看到了汲黯的简政安民，对待有才能的人可以拜官，可以恢复原职，甚至可以让他们带着病在床上处理政务。犯了法被罢黜，有本领的人受到奖赏。早晨拜了官但有失德之处，晚上就会被罢斥；晚上被任命却做了违法之事，第二天早上就撤换掉。如果汉王朝把所有的城池都分封给诸侯王，纵使诸侯王危害人民，也只能发愁罢了，却没有办法。孟舒、魏尚的本领无法施展，黄霸、汲黯治国的办法也无法推行。朝廷谴责这些诸侯王，劝导他们，他们会恭恭敬敬地接受，但到了自己封国就不执行了。皇帝刚要下令削弱各诸侯王，他们就阴谋缔结盟约，很多诸侯都参加了，对于中央颁布的削弱诸侯的命令，非常怨恨。幸好在他们没发起叛乱之前，一部分诸侯王的势力已被削弱。即使这样，百姓仍然困苦不堪。为什么不把诸侯王全部废除以保全那里的百姓呢？汉代的事情就是这样的。

现在国家完全实行郡县制，设置官吏，这是肯定不会变的了。只要善于治理军队，谨慎选择军队将领，那么国家政权就安定了。有人又说：“夏、商、周和汉代延续实行封邦建国制，秦实行郡县制的时间太短促了。”说这句话的人也不能算是明白其中道理的。曹魏继承汉代，仍然封爵建诸侯国；晋继承曹魏，继承沿袭其制度不改。而这两个朝代相互接替，都不得长久。现在纠正、改变旧制度，至今已二百年了，国家基业愈来愈牢固，与分封诸侯有什么关系呢？

又有人认为：“殷商、西周的圣贤先王，没有取消分封制度，所以这个问题没有必要再讨论了。”这种说法是很不对的。殷商、西周不改变分封制，是不得已的。因为原来夏代有三千诸侯归附商，帮助商汤打败夏，汤不能废黜他们；归附周的诸侯也有八百，帮助周打败商，周武王也不能改变这个制度。既然遵循这个制度可以保持安定，那么就延续这个制度作为习俗，这是商汤和周武王迫不得已的。这个迫不得已，不是为了国家与公共的利益；利用这些诸侯的力量为自己服务，同时也就保证了后代子孙的安全。秦代之所以要革除分封制，建立郡县制，这是为了整个国家的利益；但是秦的初衷也是自私的，要树立个人权威，使天下的人都臣服于他。但是用公心来治理天下，却是从秦朝开始的。

治理天下的常理，就是天下安定了百姓才会支持。让贤能的人处于领导的地位，不贤的人处于被领导的地位，然后才能使百姓安定。封国中的诸侯王们，是一代继承一代来治理自己的封国。像这种情况，管理国家的人难道真的就很有本领吗？被压制在下层的人难道都是不贤能的吗？所以人民究竟得到太平了，还是遭祸害了，就不得而知了。如果想要有利于国家，统一人民的思想，而又使士大夫世袭其爵禄、封地，即使是圣贤在世，也没有办法立足，这都是因为实行了分封制。难道是圣人的制度使天下成为这个样子吗？我还是坚持说：“不是圣人的本意，而是由形势决定的。”

三戒并序

【题解】

这是柳宗元的三则著名寓言。题名"三戒"，意在告诫当时，警诫将来。作者借用三种动物：恃宠骄纵，得意忘形的麋麑；外强中干，虚张声势的驴子；仗势欺人，贪残暴虐的老鼠，深刻而形象地揭露了反动官僚及其爪牙的愚蠢虚弱，逞强肆虐和缺乏自知之明的阶级本性，以及他们终于自取灭亡的悲惨下场。文章的批判锋芒直接指向包庇纵容类似这些劣物的统治者，切中时弊，饱含哲理，具有典型的社会意义和长远的认识意义，至今仍给人以有益的思想启迪。三则故事均短小精粹，情节曲折，首尾完整。麋、驴、鼠的形态、动作和神情的描绘，特征鲜明，风趣生动。不知自量的麋麑与心怀杀机的家犬，愚蠢无能的驴子与勇敢机智的老虎，肆无忌惮的老鼠与姑息养奸的主人，在强烈的对比关系中，相反相成，形神毕现。全文遣词造句，朴实无华，简练准确。

【原文】

吾恒恶世之人，不推己之本[1]，而乘物以逞[2]，或依势以干非其类[3]，出技以怒强[4]，窃时以肆暴[5]，然卒迨于祸[6]。有客谈麋、驴、鼠三物[7]，似其事，作《三戒》。

临江之麋[8]

临江之人，畋得麋麑[9]，畜之。入门，群犬垂涎，扬尾皆来。其人怒，怛之[10]。自是日抱就犬[11]，习示之[12]，使勿动，稍使与之戏[13]。积久，犬皆如人意。麋麑稍大，忘己之麋也，以为犬良我友[14]，抵触偃仆[15]，益狎[16]。犬畏主人，与之俯仰甚善，然时啖其舌。三年，麋出门，见外犬在道甚众，走欲与为戏。外犬见而喜且怒，共杀食之，狼藉道上。麋至死不悟。

黔之驴[17]

黔无驴，有好事者船载以入。至则无可用，放之山下。虎见之，庞然大物也，以为神。蔽林间窥之，稍出近之，慭慭然莫相知。

他日，驴一鸣，虎大骇，远遁，以为且噬己也，甚恐。然往来视之，觉无异能者。益习其声，又近出前后，终不敢搏。稍近，益狎，荡倚冲冒，驴不胜怒，蹄之。虎因喜，计之曰："技止此耳！"因跳踉大㘎，断其喉，尽其肉，乃去。

噫！形之庞也类有德，声之宏也类有能。向不出其技[18]，虎虽猛，疑畏，卒不敢取[19]。今若是焉，悲夫！

永某氏之鼠

永有某氏者，畏日[20]，拘忌异甚。以为己生岁直子[21]，鼠，子神也，因爱鼠。不畜猫犬，禁僮勿击鼠。仓廪庖厨，悉以恣鼠不问。由是鼠相告，皆来某氏，饱食而无祸。某氏室无完器，椸无完衣，饮食大率鼠之余也。昼累累与人兼行[22]，夜则窃啮斗暴，其声万状，不可以寝。终不厌。

数岁，某氏徙居他州。后人来居，鼠为态如故。其人曰："是阴类恶物也[23]，盗暴尤甚，且何以至是乎哉！"假五六猫，阖门撤瓦，灌穴，购僮罗捕之。杀鼠如丘，弃之隐处，臭数月乃已。

呜呼！彼以其饱食无祸为可恒也哉！

【注释】

〔1〕推：推究。本：指本来面目。

〔2〕乘：凭借，依靠。逞：放纵逞强。

〔3〕干：犯。

〔4〕怒：激怒。

〔5〕窃时：利用时机。肆暴：肆无忌惮，横行霸道。

〔6〕迨（dài）：及，至。

〔7〕麋（mí）：麋鹿。

〔8〕临江：地名，在今江西清江。

〔9〕畋（tián）：打猎。麋麑（ní）：小鹿。

〔10〕怛（dá）：恐吓。之：指代群犬。

〔11〕就：接近。

〔12〕示：给……看。

〔13〕稍：逐渐。

〔14〕良：的确。

〔15〕抵触：碰撞。偃仆：在地上打滚的样子。偃，向后倒。仆，向前倒。

〔16〕狎（xiá）：亲近而随便的样子。

〔17〕黔：指今贵州一带，唐时今贵州一带属黔中道（治所在今重庆彭水）西境。

〔18〕向：假使。

〔19〕取：攻取，指吃掉驴子。

〔20〕畏日：怕犯忌日。旧日迷信者以为日有吉日、凶日之分，对不吉利的日子要避忌。

〔21〕直子：正当子年。按十二生肖，子年属鼠，故言“鼠，子神也”。

〔22〕累累：连贯成串的样子，即成群结队。

〔23〕阴类：指躲在阴暗地方活动的动物。

【译文】

我一直厌恶世上一些人，不知道考虑自己的实际能力，却依靠外界力量任意逞强，他们有的依靠外来势力触犯和自己不同类的人，有的使出本事惹怒强大的对手，有的利用机会放肆作恶，但最终都遭到了灾祸。有位客人谈到麋鹿、驴、老鼠三种动物的故事，有些像前面提到的事，于是我写了《三戒》。

临江之麋

临江有个人，打猎时捕获了一只小鹿，打算把它带回家饲养。他刚进门，一群狗就流着涎水，摇着尾巴跑过来，猎人很生气，就吓唬狗让它们走开。从此他每天抱着小鹿让它接近狗，使它们熟悉起来，并示意群狗不准动它，渐渐地还让狗和小鹿玩一玩。时间久了，狗都能按主人的意思办。小鹿逐渐长大了，竟忘了自己是一只鹿，认为这些狗的确是自己的朋友，和它们相互顶撞、在地上打滚，越来越亲昵。狗惧怕主人，便顺从小鹿的意思应付它，显出很友好的样子，可是却时常舔舌头。这样过了三年，鹿出门到了外边，见到路上有许多别家的狗，便跑过去想和它们玩一玩。那些外面的狗见到后又高兴又生气，便一起过去把它咬死，吃掉了，吃剩的皮毛骨头散在路上。小鹿到死还不明白这是怎么回事。

黔之驴

贵州一带没有驴，有一个多事的人用船装了一头驴运到了贵州。运到那里后又没有什么用处，就把它放养在山下。一只老虎看见了驴，见到驴那高大的样子，以为是什么神物。它就躲在林子里偷偷观看，渐渐地它又走出来同驴靠近一点，小心谨慎，不知道这究竟是个什么怪物。

有一天，驴叫了一声，把老虎吓了一跳。于是它逃得远远的，以为驴要吃掉自己，非常害怕。然而它来回观察驴，觉得它并没有什么特殊的本领。老虎对驴的叫声也习惯了，便再离它近一点，在它的面前来回走动，结果还是不敢攻击它。

虎又慢慢地接近驴，进一步戏弄它，碰它一下，往它身上靠一靠，撞撞它，顶顶它，驴非常恼火，就踢了老虎一脚。老虎因此高兴起来，心里盘算：它的本事只不过这样罢了！于是跳跃而起，大吼一声，咬断了驴的喉管，吃光了驴的肉，然后走开了。

唉！形体庞大看上去具备了好的德行；声音洪亮，好像是很有本领。假使它不使出自己的本事，老虎即使凶猛，也会心中疑惧，始终不敢吃掉它。现在落得这般模样，真是可悲呀！

虎虽猛，疑畏，卒不敢取

永某氏之鼠

永州有个人怕犯忌日，禁忌特别厉害。他认为自己出生那一年恰逢子年，老鼠是子年的神，因而喜爱老鼠。他家中不养猫狗，还告诫仆人不要打鼠。谷仓、米仓和厨房都随老鼠任意糟蹋，从不过问。因此老鼠相互转告，都到某人家中来，吃得饱饱的而没有危险。结果，某人家中没有一件完好的器具，衣架上没有一件完好的衣裳，吃的喝的大都是老鼠吃喝剩下的东西。白天成群结队的老鼠和人同行，夜里就偷咬东西，相互争斗打闹，发出各种各样的响声，使人不能睡觉。某人却完全不厌恶。

几年以后，某人迁移到别的州去了。后来另有个人住进了他的房子，老鼠照旧胡作非为。新主人说："这些老鼠都是躲在阴暗地方活动的坏东西，偷咬东西、争斗打闹特别厉害，是什么原因让它们闹到这种地步呢？"于是他借来五六只猫，关上门窗，揭开屋瓦，用水灌洞，又雇人用网围起来捕捉。杀死的老鼠堆积如山，把它们扔在偏僻的地方，臭气几个月才消失。

唉！这些老鼠还以为吃得饱饱的而没有危害是可以长久的呢！

罴说

【题解】

中唐时期，藩镇割据，各自为政。朝廷软弱无力，只得采取“以藩制藩”的策略，企图利用藩镇之间的矛盾，分化瓦解，加以节制，但是收效甚微。本文通过一个猎人在鹿、貙、虎、罴之间玩弄权术，结果被罴吃掉的悲剧故事，讽喻朝廷如不革除弊政，加强中央集权的实力，只靠外部条件以侥幸取胜，势必陷入各地藩镇的四面夹击之中而自取灭亡。唐王朝最后灭亡于藩镇混战之中，完全证实了柳宗元的预见。这则政治寓言，文字简朴，含义深刻，揭示了一个具有普遍意义的生活真理。

【原文】

鹿畏貙[1]，貙畏虎，虎畏罴。罴之状，被发人立，绝有力而甚害人焉。

楚之南有猎者[2]，能吹竹为百兽之音。昔云持弓矢罂火而即之山[3]，为鹿鸣以惑其类，伺其至，发火而射之。貙闻其鹿也，趋而至[4]。其人恐，因为虎而骇之。貙走而虎至，愈恐，则又为罴，虎亦亡去[5]。罴闻而求其类，至则人也，捽搏挽裂而食之[6]。

今夫不善内而恃外者[7]，未有不为罴之食也。

【注释】

〔1〕貙（chū）：形状像狗，花纹像猫的一种野兽。

〔2〕楚：今湖北、湖南一带，战国时属楚国。

〔3〕罂（yīng）火：装在瓦罐里的灯火。罂，一种腹大口小的瓦罐。

〔4〕趋：快跑。

〔5〕亡：逃走。

〔6〕捽（zuó）：抓住。挽：拉开，即撕开。

〔7〕恃（shì）：倚仗。

【译文】

鹿害怕貙，貙害怕虎，虎又害怕罴。罴的外形，看上去好像一个披着皮毛站立的人，非常有力量，对人的危害是很大的。

湖南、湖北一带有一个猎人，能用竹子吹出很多种动物的声音。一天夜晚这个人悄悄地拿着弓箭、用瓦罐拢着灯火，靠近山脚，吹出鹿鸣叫的声音招引鹿群，等鹿群来了，猎人打开灯火照明，用箭射鹿。貙听到了鹿的声响，很快地跑过来。猎人害怕，急忙吹出老虎的声音吓唬貙。貙跑掉了而老虎来了。猎人更加害怕了，就又吹出罴的声音。虎也吓跑了。罴听到它同类的声音就来寻找，但见到的却是人，于是抓住那个猎人把他撕碎吃掉了。

现在那些不注重加强自身力量却总是依靠外部力量的人，没有不被像罴这样凶残的动物吃掉的。

段太尉逸事状

【题解】

状，即行状，是一种人物传记体裁。在这篇人物传记中，作者采集段秀实的三件散失了的事迹，歌颂了段秀实同情人民、不畏强暴、廉洁奉公的高尚品德。同时从一个侧面反映出中唐时期军阀横行，残酷压榨，人民群众痛苦无告的社会现实，具有一定的认识意义和史料价值。作者曾经对段秀实的事迹做过认真的调查研究，力求在事实确凿的基础上，表现出人物的精神风貌。文章始终把段秀实置于各种具体的矛盾中心，通过主动赴邠州，只身见郭晞，借故宿郭营，羞杀焦令谌等典型环境和典型情节，突出了段秀实勇毅果敢，沉着机智，谦逊温和等性格特征，形象丰满生动。

【原文】

太尉始为泾州刺史时[1]，汾阳王以副元帅居蒲[2]。王子晞为尚书[3]，领行营节度使，寓军邠州，纵士卒无赖。邠人偷嗜暴恶者，卒以货窜名军伍中[4]；则肆志，吏不得问。日群行丐取于市[5]，不嗛[6]，辄奋击折人手足，椎釜、鬲、瓮、盎盈道上[7]，袒臂徐去，至撞杀孕妇人，邠宁节度使白孝德以王故[8]，戚不敢言[9]。

太尉自州以状白府[10]，愿计事。至则曰："天子以生人付公理，公见人被暴害，因恬然；且大乱，若何？"孝德曰："愿奉教。"太尉曰："某为泾州，甚适，少事。今不忍人无寇暴死，以乱天子边事。公诚以都虞侯命某者[11]，能为公已乱[12]，使公之人不得害。"孝德曰："幸甚！"如太尉请[13]。

既署一月[14]，晞军士十七人入市取酒，又以刃刺酒翁，坏酿器，酒流沟中。太尉列卒取十七人，皆断头注槊上[15]，植市门外。晞一营大噪，尽甲[16]。孝德震恐，召太尉曰："将奈何？"太尉曰："无伤也，请辞于军[17]。"孝德使数十人从太尉，太尉尽辞去，解佩刀，选老躄者一人持马[18]，至晞门下，甲者出。太尉笑且入曰："杀一老卒，何甲也？吾戴吾头来矣！"甲者愕。因谕曰："尚书固负若属耶[19]？副元帅固负若属耶？奈何欲以乱败郭氏？为白尚书，出听我言。"

晞出，见太尉。太尉曰："副元帅勋塞天地，当务始终。今尚书恣卒为暴，暴且乱，乱天子边，欲谁归罪？罪且及副元帅。今邠人恶子弟以货窜名军籍中，杀害人，如是不止，几日不大乱？大乱由尚书出，人皆曰，尚书倚副元帅不戢士[20]，然则郭氏功名其与存者几何？"言未毕，晞再拜曰："公幸教晞以道，恩甚大，愿奉军以从。"顾叱左右曰："皆解甲，散还火伍中[21]，敢哗者死！"太尉曰："吾未晡食[22]，请假设草具[23]。"既食，曰："吾疾作，愿留宿门下。"命持马者去，旦日来[24]。遂卧军中。晞不解衣，戒候卒击柝卫太尉[25]。旦，俱至孝德所，谢不能，请改过。邠州由是无祸。

先是太尉在泾州，为营田官。泾大将焦令谌取人田[26]，自占数十顷，给与农，曰："且熟，归我半。"是岁大旱，野无草。农以告谌，谌曰："我知入数而已，不知旱也。"督责益急。且饥死，无以偿，即告太尉。太尉判状，辞甚巽[27]，使人求谕谌。谌盛怒，召农者曰："我畏段某耶？何敢言我！"取判铺背上，以大杖击二十，垂死[28]，舆来庭中[29]。太尉大泣曰："乃我困汝！"即自取水洗去血，裂裳衣疮[30]，手注善药[31]，旦夕自哺农者，然后食。取骑马卖，市谷代偿[32]，使勿知。淮西寓军帅尹少荣，刚直士也，入见谌，大骂曰："汝诚人耶？泾州野如赭[33]，人且饥死，而必得谷，又用大杖击无罪者。段公，仁信大人也，而汝不知敬。今段公唯一马，贱卖市谷入汝，汝又取不耻。凡为人，傲天灾、犯大人、击无罪者，又取仁者谷，使主人出无马，汝将何以视天地？尚不愧奴隶耶？"谌虽暴抗，然闻言则大愧流汗，不能食，曰："吾终不可以见段公！"一夕，自恨死。

及太尉自泾州以司农征，戒其族：过岐[34]，朱泚幸致货币[35]，慎勿纳。及过[36]，泚固致大绫三百匹。太尉婿韦晤坚拒，不得命[37]。至都，太尉怒曰："果不用吾言！"晤谢曰："处贱，无以拒也。"太尉曰："然终不以在吾第[38]。"以如司农治事堂，栖之梁木上。泚反，太尉终。吏以告泚，泚取视，其故封识具存[39]。

太尉逸事如右。元和九年月日[40]，永州司马员外置同正员柳宗元谨上史馆[41]：今之称太尉大节者出入[42]，以为武人一时奋不虑死，以取名天下，不知太尉之所立如是。宗元尝出入岐、周、邠、斄间[43]，过真定[44]，北上马岭[45]，历亭障堡戍[46]，窃好问老校退卒，能言其事。太尉为人姁姁[47]，常低首拱手行步，言气卑弱，未尝以色待物[48]。人视之，儒者也。遇不可，必达其志，决非偶然者。会州刺史崔公来[49]，言信行直，备得太尉遗事，复校无疑。或恐尚逸坠，未集太史氏[50]，敢以状私于执事[51]。谨状。

【注释】

〔1〕太尉：唐代最高武官官衔，指段太尉。泾（jīng）州：在今甘肃泾川北。刺史：州的长官。

〔2〕汾阳王：郭子仪以平定安史之乱有功，唐肃宗至德二年（757）封为司空、天下兵马副元帅。乾元元年（758），为兴平定国副元帅，进封汾阳郡王。唐代宗广德二年（764），为关内河东副元帅、河中节度使。蒲：蒲州，在今山西永济，唐代河东道河中府的府治。

〔3〕王子晞（xī）：郭晞，汾阳王郭子仪的三儿子。当时郭子仪入朝，郭晞兼任郭子仪的行营节度使，驻军邠（bīn）州（今陕西彬县）。郭晞当时的官衔是御史中丞，不是尚书，死后追赠为兵部尚书，作者有误。

〔4〕窜名：把名字藏匿在军籍中，即混进军队中。

〔5〕丐（gài）取：白拿，勒索。

〔6〕嗛（qiè）：满足。

〔7〕椎（chuí）：敲击，砸破。釜（fǔ）：锅。鬲（lì）：三足锅。瓮（wèng）：盛水、酒的陶器。盎（àng）：大腹敛口的瓦盆。

〔8〕白孝德：安西（今新疆库车）人，当时任邠宁节度使，受郭子仪节制。

〔9〕戚：忧愁。

〔10〕状：公函。白：报告。府：

郭子仪

指邠宁节度使府。

〔11〕都虞侯：军中执法官。

〔12〕已：制止。

〔13〕如：按照，允许。

〔14〕署：署理，即暂时代理官职。

〔15〕注：附在……上面，这里是挂、插的意思。槊（shuò）：长矛。

〔16〕甲：铠甲，作动词用，披上铠甲。

〔17〕辞：说辞，作动词用，解说。

〔18〕躄（bì）：瘸腿，跛脚。

〔19〕固：难道。若属：你们。若，你。

〔20〕戢（jí）：管束，制止。

〔21〕火伍：队伍。唐朝兵制，十人为火，五人为伍。

〔22〕晡（bū）食：晚饭。晡，下午三时至五时。

〔23〕假设：代为准备。草具：简单粗糙的食品。

〔24〕旦日：次日早晨。

〔25〕柝（tuò）：打更用的木梆子。

〔26〕焦令谌（chén）：人名，生平不详。

〔27〕巽（xùn）：谦逊。

〔28〕垂：将要，临近。

〔29〕舆（yú）：车，作动词用，抬，举。

〔30〕衣（yī）：作动词用，包裹。

〔31〕注：敷，涂。

〔32〕市：买。

〔33〕赭（zhě）：赤土。

〔34〕岐：岐州，今陕西凤翔。

〔35〕朱泚：与段秀实同时的大军阀，当时任凤翔尹。唐德宗建中四年（783）十月，泾原节度使姚令言的军队在长安哗变，德宗逃往奉天（今陕西乾县），朱泚乘机自立为帝。后被唐将李晟（shèng）击败，为部将所杀。

〔36〕及：介词，等到。

〔37〕命：命令，指示。这里是应允的意思。

〔38〕第：府第，住宅。

〔39〕识（zhì）：同“志”，标记。

〔40〕元和九年：814年。元和，唐宪宗年号（806—820）。

〔41〕永州司马：当时柳宗元的官职，州刺史的佐官。员外置：在定员以外设置的官，实为虚职。同正员：地位待遇同正员一样。

〔42〕出入：不符之处，差距。

〔43〕周：指周朝的发祥地周原，在今陕西岐山南，凤翔境内。斄（tái）：同“邰”，在今陕西武功西。

〔44〕真定：今河北正定。位置与文中所叙内容不符，疑有误。

〔45〕马岭：山名，在今甘肃庆阳西北。

〔46〕亭障：边塞上的堡垒。堡戍（shù）：小城堡和岗楼等。

〔47〕姁（xǔ）姁：温和，谦恭。

〔48〕物：人。

〔49〕崔公：崔能，唐宪宗元和九年（814）任永州刺史。

〔50〕太史：史官名。

〔51〕执事：官员手下的办事人员。这里是表示尊敬对方的一种说法，意为不敢直接送给对方，而由对方的办事人员转呈。当时韩愈任史官，这篇行状是送给韩愈的。

【译文】

太尉段秀实刚刚出任泾州刺史的时候，汾阳郡主郭子仪正以副元帅的身份驻军蒲州。汾阳王的儿子郭晞出任尚书，代理郭子仪统领军务。驻军在邠州时，纵容那些军士们肆意横暴、胡作非为，邠州那些懒惰、贪婪、残恶的暴徒，大都用钱财贿赂元帅，想办法把名字混在军队里，就可以放肆地为所欲为，地方官吏都不敢过问。一日他们成群在市场上勒索，还不满足，就大打出手，打折了市人的手足，打碎锅、碗、器皿，大小容器被打得满街碎片后，光着膀子大摇大摆地离去，甚至伤及怀孕的妇女。邠宁节度使白孝德因为上有汾阳王的缘故，有所忧虑而不敢言语。

段太尉从泾州写来文书，将这些情况禀告到白孝德府上，愿意筹划处理这些事。太尉来到这里就说：“皇上把百姓交给你治理，你看见百姓遭到残害，仍心安理得，一旦引起大乱，那时怎么办？”白孝德说：“希望听听你的指教。”太尉说：“我在泾州治理，十分安逸，很少有事，今天不忍心见到百姓在没受到外敌入侵的时候而无故丧生，使国家的边境陷入混乱。你如果以都虞侯的名义命令我去治理，我可以为你平息暴乱，使你的百姓不受伤害。”白孝德说：“那太好了。”就应允了太尉的请求。

太尉代理都虞侯一个月左右，郭晞的士兵有十七人到市场上去拿酒，又用刀刺伤酿酒的工人，毁坏了盛酒的器皿，酒流到水沟中。段太尉布置士兵拿下这十七人，全部杀掉，将人头插在丈八长矛上，竖立在城门之外。郭晞的整个军营大为骚动，全都披上战甲，白孝德为此震惊而恼怒，召见段太尉说：“你有什么办法？”太尉说：“没关系，我请求到郭晞军营去解释。”白孝德派遣了几十个人跟随段太尉，段太尉把他们全辞退了，解掉了自己佩带在身上的战刀，只挑选了一位跛足的老人替他牵马。来到郭晞军营门外，军中有一披着铠甲的人出来相迎，太尉笑着进入军营中说：“只杀死一位老兵，何必披铠甲呢？我自己顶着我的头来了！”披着铠甲的兵士非常惊愕，太尉于是开导他们说：“郭晞尚书难道辜负了你们吗？副元帅郭子仪难道也亏待了你们？你们为什么要以这种谋乱来败坏郭家的名声呢？请为我禀告尚书，请他出来听我说说。”

郭晞出来会见段太尉，太尉对他说：“副元帅郭子仪的功劳充满天地之间，应当做到有始有终。今天尚书你放纵士卒为非作恶，作恶的结果导致暴乱，破坏了国家边地安宁，将要归罪于谁呢？这罪过必将牵连副元帅啊。今天邠州的邪恶暴徒，以钱财贿赂，把自己的名字混入军队中，再去杀害百姓。这样无止境地伤害下去，用不了几天不就会大乱了吗？这么大的暴乱由尚书你而起，人们都会说：尚书是倚仗副元帅来当官的，不管束自己的战士，这样的话，郭氏家族的功名还能剩下多少呢？”太尉的话还未说完，郭晞一再拜谢说：“有幸承蒙你用这样正确的大道理来教导我，恩德太大了，我愿意让全军都来听从你的教导。”于是环视左右大声命令说：“大家全都解除战甲，都解散回到自己的队伍里去。还有敢喧哗吵闹的，处死！”段太尉说：“我还未吃晚饭，请代为预备一顿便饭。”吃完晚饭，又说：“我的疾病发作了，希望在你门下留宿。”并命令拉马的老人回去，明天再来。于是便在军营中睡了下来。郭晞未脱衣服睡觉，并告诫警卫兵仔细巡夜，打梆子守卫着太尉。第二天，郭晞和段太尉一起到白孝德的府上，谢罪说自己无能，请求给予改正过失的机会，从此邠州就没有祸乱了。

在此之前，段太尉在泾州担任负责垦田的营田副使。泾州大将焦令谌霸取百姓的田地，多达数十顷，并租给农民耕地，说：“等粮食成熟后，交一半给我。”这一年遇上大旱，田野里草都不长，农民将此事告诉了焦令谌。焦令谌说：“我只知道你应交纳的粮食数，不管天旱的事。”于是催促得更加紧急。农民都快要饿死了，没有东西可以抵偿，便去告诉段太尉。段太尉写了判书，用十分委婉温和的言辞批示，派人去将实际情况告诉焦令谌，请求他宽免纳租。焦令谌十分恼怒，召见了农民，对他们说：“我怕段某人吗？你们怎么敢到他那里指责我？”取来太尉批阅过的状纸铺在农民背上，打了他二十大棒，农民快要被打死了，又被抬到段秀实衙门的庭院里。太尉看后哭泣着说：“是我害得你吃苦了。”随即拿来清水洗去他身上的血渍，撕下衣服为他包扎伤口，亲手为他涂抹上最好的伤药。每日早晚亲自喂这个农民吃饭，然后自己再去用餐。又把自己骑的马卖掉，到市上买回稻谷代替农民交纳租谷，还不让那个农民知道。从淮西地区调防驻扎到泾州的将领尹少荣，是个刚直的勇士，来这里见到焦令谌，大声叱骂他说：“你还算得上人吗？泾州的田野大旱得一片赤地，人都快饿死了，而你一定要人交纳租谷，又用刑杖惩击无罪的人。段太尉是个仁慈而又注重信义的有德之人，你却不知道敬重他。如今段公仅有的一匹马也低价卖了，买来谷子交纳给你，你又收下了还不以为耻。像你这种轻视天灾、触犯长者、欺压无罪百姓的人，还收取仁义之人送来的谷子，使营田副使出门没有马骑，你将如何面对苍天？你面对下人而不感到惭愧吗？”焦令谌虽然傲慢无礼，但是听了尹少荣的一席话后十分惭愧，直冒冷汗，吃不下东西。他说：“我终生都无脸面见段公了！”终于有一天，自己为此悔恨而死。

等到段秀实从泾州刺史又调任去当掌管钱粮的朝官时，他告诫家族中的人说：“经过岐州的时候，岐州县尹朱泚可能送来钱财礼物，你们千万不能收。”待路过岐州时，朱泚坚决要送来丝织绫缎三百匹，段秀实的女婿韦晤坚决拒纳，但送礼者说没有得到朱泚的命令，不能带回，终于推辞不掉。来到都城长安后，段秀实大怒说：“你们果然没有听从我的话！”韦晤谢罪说：“我的地位低，没有办法拒绝啊。”段太尉说：“这些东西是不可以放在我家里的。”便把这些绫缎送到办公的大堂，安放在房梁上。后来朱泚在京师被哗变的军队拥立为皇帝，段秀实被杀，官吏们把这绫缎在梁上之事告诉朱泚，朱泚取下来看，见他原来写在包装封条上的字还都在。

以上是段太尉为官时为百姓做的几件好事。元和九年某日，出任永州司马的柳宗元把它记载下来，恭恭敬敬地呈交史馆。如今人们称段太尉是识大节的人，与事实不太相符，他们多认为段太慰不过是一介武夫，他之所以为朱泚及叛军之事一时奋不顾身，不考虑生死，不过是以此博取名誉，这是因为他们并不了解段太尉素来的立身之道。柳宗元经常在岐州、周原、邠州、邰州等地往来，经过真定，北上到马岭山，去过边防的堡垒，访问过边防兵士的驻地，喜好私下询访年老的校官和退役的士卒。说段太尉对人非常和悦，经常低着头、拱着手慢慢踱步，说话低声细气，从不以严词厉色待人接物。人们看他的样子更像一个斯文的读书人。遇到不合理的事，他一定要管到底，与朱泚奋击之事绝不是一时冲动。恰逢永州刺史崔能上任，他说话守信用，行为正直，了解很多段太尉过去的事情，这些事都经他反复核实，无误。我恐怕关于段太尉的有些事实会散失遗漏，没有收集进太史那里，所以斗胆以行状的方式私下送交给史馆执事的人。（柳宗元）郑重地写下这篇逸事状。

始得西山宴游记

【题解】

柳宗元被贬为永州司马后，自元和四年至七年，陆续写了八篇山水游记，总称“永州八记”，本文是八记中的第一篇。全文从“始得”二字入手，写西山的奇特景象和始游时的独特感受。作者遭受政治迫害后，心力交瘁，处境险恶，只好寄情林泉，自我排遣，力图从山水之美中寻求精神慰藉，从极度苦闷中超脱出来。这种悲愤抑郁的思想情绪，贯穿于全部“永州八记”之中。首段写自己忧惧而游，游而饮，饮而醉，醉而梦，但所见山水不如西山“怪特”，主观感受尚未达到物我合一的境界，情绪状态仍是蒙胧郁闷的，从而为下文写始得西山之乐作了主客观两方面的铺垫。次段着重描绘作者登高远眺，千里山河尽收眼底，从侧面衬托出西山的雄奇高峻；又以西山的高出尘世，抒发自己的形象与西山同高，胸怀与天地同阔的主观感受；再从醉眼蒙眬中观看“苍然暮色，自远而至”的景象，生动地再现了黄昏时人们的视野逐渐缩小的过程，创造出一个“心凝形释，与万化冥合”的理想境界，暂时忘却了人世的烦恼。最后用“向之游”与“今之游”作比，寄托了身处逆境而幸有山水之乐的无限感慨。

【原文】

自余为僇人〔1〕，居是州，恒惴慄〔2〕。其隙也〔3〕，则施施而行〔4〕，漫漫而游〔5〕，日与其徒上高山，入深林，穷回溪〔6〕。幽泉怪石，无远不到。到则披草而坐，倾壶而醉。醉则更相枕以卧，卧而梦，意有所极〔7〕，梦亦同趣。觉而起，起而归。以为凡是州之山水有异态者，皆我有也，而未始知西山之怪特〔8〕。

今年九月二十八日，因坐法华西亭〔9〕，望西山，始指异之。遂命仆人过湘江〔10〕，缘染溪〔11〕，斫榛莽〔12〕，焚茅茷〔13〕，穷山之高而止。攀援而登，箕踞而遨〔14〕，则凡数州之土壤，皆在衽席之下〔15〕。其高下之势，岈然洼然〔16〕，若垤若穴[17]；尺寸千里，攒蹙累积，莫得遁隐[18]。萦青缭白，外与天际，四望如一。然后知是山之特立，不与培塿为类[19]。悠悠乎与颢气俱[20]，而莫得其涯！洋洋乎与造物者游[21]，而不知其所穷！引觞满酌[22]，颓然就醉[23]，不知日之入。苍然暮色，自远而至，至无所见，而犹不欲归，心凝形释[24]，与万化冥合[25]。然后知吾向之未始游[26]，游于是乎始。故为之文以志。

是岁，元和四年也[27]。

【注释】

〔1〕僇（lù）人：即遭刑辱的人，这里指受贬谪的人。

〔2〕惴（zhuì）慄：战战兢兢，恐惧不安。

〔3〕隙：缝隙，引申为闲暇，空闲。

〔4〕施（yí）施：形容走路缓慢的样子。

〔5〕漫漫：随便，没有目的。

〔6〕穷：尽头，这里作动词用。

〔7〕极：至，到达。

〔8〕未始：未曾，从未。

〔9〕法华西亭：法华寺在永州城东，柳宗元曾于寺内筑亭，名曰“西亭”。

〔10〕湘江：又名湘水，发源于广西兴安，流入湖南洞庭湖。

〔11〕染溪：又名冉溪，在湖南零陵西南，潇水的支流。

〔12〕斫（zhuó）：砍伐。榛（zhēn）莽：丛生的荆棘草木。

〔13〕茅茷（fá）：茅草。

〔14〕箕踞：叉开双腿坐在地上，含有傲视旁人或不拘礼节的意思。遨（áo）：游逛。这里是观赏的意思。

〔15〕衽（rèn）：睡卧所用的席子。

〔16〕岈（yá）然：山谷空阔的样子。

〔17〕垤（dié）：蚂蚁做窝时所堆的小土堆，又称蚁封，文中泛指小土堆。

〔18〕遁（dùn）隐：隐藏。

〔19〕培塿（pǒu lǒu）：小土堆，小山丘。

〔20〕颢（hào）气：大自然之气。

〔21〕造物者：创造万物的神灵，指大自然。

〔22〕引觞（shāng）：拿起酒杯。酌：斟酒。

〔23〕颓然：昏昏沉沉，醉倒的样子。

〔24〕凝：凝结，停止。释：消散。

〔25〕万化：万物，古人认为万物都是阴阳二气化合而成。

〔26〕向：从前，过去。

〔27〕元和四年：809 年。元和，唐宪宗年号（806—820）。

【译文】

自从我受到刑辱，贬到永州以来，就常常感到恐惧不安。有空闲的时候，就慢慢地散步，随意而没有目的地游赏。每天都和同伴、随从一同走到山上，进入林子里，沿着曲折的溪水一直找到它的源头。清幽的泉水、奇异的石头，无论它们在多遥远的地方，我都会去看看。到了那里，我们就拨开杂草，席地而坐，喝尽了壶里的酒，大醉。喝醉后，众人就相互枕靠着躺了下来，躺下睡着了便梦见自己意想中最好的境界，在梦中得到了这境界的相同趣味。梦醒之后，便起身回去。我认为但凡永州的奇山异水，都是我曾见过的了，而从不知道西山有这样奇异的景观。

今年的九月二十八日，因为坐在法华寺西边的亭子里，远望看见西山，才觉得西山特别奇异。于是就吩咐仆人越过湘江，沿着染溪，砍伐掉杂乱丛生的荆棘草木，焚烧掉茅草，一直清除到高山之顶才停止。我们攀缘着登上高山，叉开双腿坐在地上游赏四方，就看见周围各州的土地，都在我们座席下面了。这里的地势有高有低，有的山谷深邃，地势凹陷，有的看去像蚁封和小洞；千里之遥的大片土地，看上去只有尺寸大小，千里以内的美丽景色，全都聚集在眼前，没有什么隐藏看不见的。在视线以外，缭绕着一道青白的光，远处与天相连接成一片。这才知道，西山山势奇特耸立，不是小山丘之类的土堆。它长久地和天地间浩然之气在一起，而没有人能看得到它的边际。与大自然做朋友，而没有尽头。我们举起酒杯，斟满酒一饮而尽，颓然醉倒了，都不知道太阳已入山。黄昏时的天色，慢慢地从远处过来了，一直到什么也看不见了还不想回去。整个心像凝结住了什么都没有想，整个身体完全放松了像消散了一样，与万物融为一体。这才知道我过去从未真正游览过胜景，真正的游赏是从这里开始的。所以写下这篇文章作为记载。

这一年是宪宗元和四年。

送薛存义序

【题解】

这是一篇赠序体的政论文。作者针对中唐时期贪官污吏遍布天下，阶级矛盾日益加剧的社会现状，提出了“官为民役”的进步观点。他认为人民与官吏应当是雇佣与被雇佣，主人与奴仆的关系。官吏必须“早作而夜思，勤力而劳心”，以便做到“讼者平，赋者均”。官吏如果消极怠惰，甚至贪污受贿，徇私

舞弊，人民就有权像对待不称职的奴仆那样惩罚和罢免他们。这种政治理想在地主阶级专政的封建社会中，虽然是无法实现的主观臆想，它却反映了人民群众的强烈愿望，是政治思想发展史上的珍贵资料。文章从送别始，以送别结，中间借送别论吏治，首尾呼应，紧扣文题。“官为民役”的比拟，合情合理，见解卓越。

【原文】

河东薛存义将行[1]，柳子载肉于俎[2]，崇酒于觞[3]，追而送之江之浒[4]，饮食之[5]，且告曰：“凡吏于土者[6]，若知其职乎[7]？盖民之役，非以役民而已也。凡民之食于土者，出其什一佣乎吏[8]，使司平于我也。今受其直怠其事者[9]，天下皆然。岂惟怠之，又从而盗之。向使佣一夫于家[10]，受若直，怠若事，又盗若货器，则必甚怒而黜罚之矣。以今天下多类此，而民莫敢肆其怒与黜罚者，何哉？势不同也。势不同而理同，如吾民何？有达于理者，得不恐而畏乎！”

存义假令零陵二年矣[11]。早作而夜思，勤力而劳心。讼者平，赋者均，老弱无怀诈暴憎，其为不虚取直也的矣[12]！其知恐而畏也审矣！

吾贱且辱，不得与考绩幽明之说[13]；于其往也，故赏以酒肉而重之以辞[14]。

【注释】

〔1〕薛存义：河东（今山西永济）人，在永州零陵（今湖南永州零陵）代理县令。离职前，柳宗元送他这篇序。

〔2〕柳子：作者自称。俎（zǔ）：古代盛肉的木盘。

〔3〕崇酒：斟满酒。觞：古代盛酒的器具。

〔4〕浒（hǔ）：水边。

〔5〕饮食（sì）之：请他喝，请他吃。

〔6〕吏：用为动词，为吏，做官。

〔7〕若：人称代词，你。

〔8〕什一：十分之一。

〔9〕直：同“值”，指俸禄。

〔10〕向使：连词，假如。

〔11〕假令：代理县令。假，代理。

〔12〕的：的确，确实。

〔13〕考绩：考核官吏的成绩。

〔14〕重（chóng）之以辞：再加上这些话，指这篇赠序。

【译文】

山西永济人薛存义将要离开零陵了。柳宗元在盘子里盛上肉、把酒杯斟满，在江边为他设宴送行，而且对他说："凡在地方上做官的人，你知道他们的职责吗？全都是百姓的仆役，并不是奴役百姓的。凡是在这块地方生活劳作的人，拿出他们收入的十分之一，雇佣一些小吏，让这些官为百姓公道地办事。如今的官吏中，拿了俸禄而不认真为百姓办事的，到处都是。哪里只是办得怠慢、不认真啊，还有敲诈勒索、从中巧取豪夺百姓的钱财。假如，你家中雇佣一个仆人，他拿了你的工钱，却不认真为你干活儿，又偷窃你的钱财器物，那么你一定十分愤怒而且要赶走并处罚他了。如今天下太多这类的人了，但是百姓都不敢表示自己的愤怒并驱逐责罚这些人，这是为什么呢？这是因为民与吏的关系跟主与仆的权势和地位不同啊！百姓的权势地位与主人的权势地位虽不同，但道理是相同的，如果百姓真要起来驱逐处罚官吏，那官吏又能对百姓怎么样呢？那些懂得这一道理的地方官，能不感到恐惧害怕吗？"

存义代理零陵县令已经两年了。起早贪黑地为百姓工作，深夜还不停地思考问题，勤勤恳恳，费尽心思，让告状的得到公平处理，使百姓非常合理地纳税，百姓无论老少都没有人心怀狡诈，表现憎恨的。他的作为的的确确不是白拿俸禄啊，他确实知道畏惧惶恐，所以严格要求自己。

载肉于俎，崇酒于觞，追而送之江之浒

我地位卑贱，又遭受贬谪的耻辱，不能参与考查官吏的功过业绩。在他调离之时备些酒肉，留下这篇序作为临别赠言。

骂尸虫文并序

【题解】

这是一篇赋体杂文。文中以虫喻人，把阴险狠毒、陷害忠良的宦官和反动官僚比作“尸虫”，揭露了其丑恶灵魂和虚弱本质。尤其可贵的是，作者故意以颂为讽，把皇帝比作所谓“聪明正直”的“天帝”，旁敲侧击，明捧暗骂，对他纵容包庇“尸虫”，不辨贤愚妍媸的昏庸面貌，进行了辛辣的嘲讽。文章先用散文小序介绍故事梗概，把“天帝”与“尸虫”联系起来，然后发挥赋体文语言精练、整饰、协韵等艺术功能，生动地描绘出“尸虫”的阴暗处所、肮脏外形、卑鄙心理、诡秘行迹和可耻下场，以及作者对“天帝”的祝祷。“尸虫”形象的刻画，细致生动，蕴含丰富。

【原文】

有道士言[1]：“人皆有尸虫三[2]，处腹中，伺人隐微失误[3]，辄籍记[4]。日庚申[5]，幸其人之昏睡[6]，出谗于帝以求飨[7]。以是人多谪过、疾疠、夭死[8]。”

柳子特不信，曰：“吾闻聪明正直者为神。帝，神之尤者，其为聪明正直宜大也，安有下比阴秽小虫[9]，纵其狙诡[10]，延其变诈，以害于物，而又悦之以飨？其为不宜也殊甚[11]！吾意斯虫若果为是，则帝必将怒而戮之[12]，投于下土[13]，以殄其类[14]，俾夫人咸得安其性命而苛慝不作[15]，然后为帝也。”

余既处卑，不得质之于帝[16]，而嫉斯虫之说[17]，为文而骂之：

来，尸虫！汝曷不自形其形[18]？阴幽诡侧而寓乎人[19]，以贼厥灵[20]！膏肓是处兮[21]，不择秽卑；潜窥默听兮，导人为非；冥持札牍兮[22]，摇动祸机；卑陬拳缩兮[23]，宅体险微！以曲为形，以邪为质；以仁为凶，以僭为吉[24]；以淫谀谄诬为族类[25]，以中正和平为罪疾；以通行直遂为颠蹶[26]，以逆施反斗为安佚[27]。潛下谩上[28]，恒其心术，妒人之能，幸人之失。利昏伺睡，旁睨窃出[29]，走谗于帝，遽入自屈[30]，幂然无声[31]，其意乃毕。求味己口，胡人之恤[32]！

彼修蛔恙心[33]，短蛲穴胃[34]，外搜疥疠[35]，下索瘘痔[36]，侵人肌肤，为己得味。世皆祸之，则惟汝类。良医刮杀，聚毒攻饵[37]，旋死无余[38]，乃行正气。

汝虽巧能，未必为利。帝之聪明，宜好正直，宁悬嘉飨[39]，答汝谗慝？叱付九关[40]，贻虎豹食[41]。下民舞蹈，荷帝之力[42]。是则宜然，何利之得！速收汝之生，速灭汝之精。蓐收震怒[43]，将敕雷霆[44]，击汝酆都[45]，糜烂纵横。俟帝之命[46]，乃施于刑。群邪殄夷[47]，大道显明，害气永革[48]，厚人之生，岂不圣且神欤！

祝曰：尸虫逐，祸无所伏，下民百禄。惟帝之功，以受景福[49]。尸虫诛，祸无所庐[50]，下民其苏[51]，惟帝之德，万福来符[52]。臣拜稽首[53]，敢告于玄都[54]。

【注释】

〔1〕道士：道教徒。道教产生于东汉末年，以老子为始祖，以《道德经》为经典。

〔2〕尸虫：道教徒认为人体内有三条尸虫。实为寄生于人体的病虫。唐段成式《酉阳杂俎》："人有三尸：上尸青姑，伐人眼；中尸白姑，伐人五脏；下尸血姑，伐人胃命。凡庚申日，言人过于帝。"

〔3〕伺（sì）：等待，窥探。

〔4〕辄（zhé）：就，总是。籍：簿子。

〔5〕日庚申：即庚申日。古时用天干（甲、乙、丙、丁、戊、己、庚、辛、壬、癸）与地支（子、丑、寅、卯、辰、巳、午、未、申、酉、戌、亥）相配，记年、月、日、时。

〔6〕幸：庆幸，引申为等待，趁着。

〔7〕谗（chán）：说别人的坏话。飨（xiǎng）：用酒食款待别人。这里是赏赐的意思。

〔8〕谪（zhé）过：惩罚，谴责。疾疠（lì）：患瘟疫。夭死：早死。

〔9〕比：勾结，亲近。

〔10〕狙（jū）诡：狡猾奸诈。

〔11〕也：置于主语之后，表示停顿。

〔12〕戮（lù）：杀。

〔13〕下土：地上，人间。

〔14〕殄（tiǎn）：消灭。

〔15〕俾（bǐ）：使。苛：通"疴"，疥疮，这里泛指疾病。慝（tè）：灾害。

〔16〕质：证实，查询。

〔17〕嫉（jí）：痛恨。

〔18〕曷（hé）：何，为什么。形其形：第一个"形"字作动词用，暴露。

〔19〕阴幽：暗地里，暗中。诡侧：潜伏。

〔20〕厥（jué）：其，指人。灵：生命。

〔21〕膏肓（huāng）：古代医学家把心尖脂肪叫"膏"，心脏与隔膜之间叫"肓"，

均为药力达不到的地方。兮：语气词，啊。

〔22〕冥（míng）：暗中。札：古时写字用的小木片。牍（dú）：古时写字用的狭长木板。

〔23〕卑陬（zōu）：惭愧恐慌的样子。拳缩：蜷曲。

〔24〕僭（jiàn）：非分的行为。

〔25〕淫：过度，无节制。谀（yú）：奉承。谄（chǎn）：巴结。

〔26〕直遂：直达。颠蹶（jué）：跌倒。这里是颠簸危险的意思。

〔27〕反斗：叛乱，捣乱。安佚（yì）：安逸。

〔28〕谮（zèn）：诽谤。谩（màn）：欺骗。

〔29〕睨（nì）：斜视，偷看。

〔30〕遽（jù）：急忙，迅速。

〔31〕幂（mì）：遮盖。

〔32〕恤（xù）：体谅，关心。

〔33〕修：长。恙（yàng）：伤害。

〔34〕蛲（náo）：蛲虫，人体内的一种寄生虫。

〔35〕疥疠：疥疮，皮肤病。

〔36〕瘘痔（lòu zhì）：瘘管，痔疮，均为肛门疾病。

〔37〕攻饵（ěr）：制作药物。

〔38〕旋：很快，立即。

〔39〕宁：副词，意同“岂”，难道。

〔40〕叱（chì）：大声呵斥。九关：天门。古代神话传说天门有九重，均有虎豹把守。

〔41〕贻（yí）：送给。

〔42〕荷：衷心感激。

〔43〕蓐收：古代神话传说中天上掌管刑法的官。

〔44〕敕（chì）：命令。

〔45〕酆（fēng）都：古代迷信传说中的地狱所在地。

〔46〕俟（sì）：等待。

〔47〕夷（yí）：削平。

〔48〕革：除掉。

〔49〕景：大。

〔50〕庐：房舍。用为动词，躲藏。

〔51〕苏：苏醒。这里是解救的意思。

〔52〕符：引申为降临。

〔53〕稽（qǐ）首：叩头。

〔54〕玄都：天帝的住处。

【译文】

有个道士说："每一个人身上都有三种尸虫，它们钻在人肚子里，专等人有了一点细小的过错，就用簿子记下来。每逢庚申这一天，便趁人们昏睡的空儿，悄悄地溜出去到天帝面前讲人家的坏话，以此来求得赏赐一顿酒饭。因此人们常常受到天帝的惩罚，发生瘟疫，或者不幸早死。"

我偏不相信这些话，说："我听说聪明正直的叫作神。天帝，是众神中最高尚的，他的聪明正直应该是最杰出的，怎么会降低身份，去亲近见不得阳光的肮脏小虫，纵容它的奸猾，助长它的狡诈，来陷害好人，而又因欣赏它犒赏酒饭呢？这太不应该了。我认为如果尸虫真的干了这种罪恶勾当，那么天帝一定会愤怒地杀掉它们，把它们扔到地下，以消灭这种丑类；使人们的生命安全都能得到保障，不再发生疾病和灾害，这才算是天帝呢。"

我既然处在卑贱的地位，不能向天帝查询这件事，但又痛恨这类关于尸虫受到天帝宠信的说法，便写了这篇文章来咒骂尸虫：

过来，尸虫！你们为什么不暴露自己的原形？却暗中潜伏在人体之中，去残害人们的生命！你们隐藏在人体药力不能达到的地方啊，不管那里多么污秽肮脏；你们又偷看又窃听啊，就是想获得人们的过错；你们暗地里拿着本子记录别人的隐私啊，存心制造祸端；你们惶恐不安地蜷缩成一团啊，藏身之处是多么险隘阴暗！你们把屈曲不直作为正常的体形，把邪恶不正作为天生的品质；你们把胸怀仁爱当作坏事，却把不守本分当作好事；你们把大肆吹牛拍马、造谣陷害的人当作同伙，却把行为公正，性情和善的行为当作罪过；你们把畅通无阻、直达目的的坦途当作颠簸危险，却把倒行逆施、捣乱破坏的行为当作平安快乐。诬告下面的好人，蒙骗上面的天帝，你们一贯地心肠狠毒。你们嫉妒别人的才能，又庆幸别人的失误。趁着夜晚等人们睡熟的时候，你们便贼头贼脑地东张西望，偷偷溜出去，跑到天帝面前进谗言，又急忙钻进人体缩成一团，遮掩得无声无息，这时才感到心满意足。你们只求用美味满足自己的馋嘴，哪里会体谅别人的疾苦！

那种长长的蛔虫能伤害人的心脏，短短的蛲虫能钻透人的肠胃。你们在人的皮肤上搜寻疥疮，在人的肛门里寻找痔疮，钻进人的肌肉皮肤，为了给自己弄到一顿美味。世上的人们都看作祸害的东西，就是你们这一伙丑类。高明的医生有的用刀子把你们挖出来杀死，有的制成药饵进行攻治，尸虫很快就全部死光，体内正气才能畅通。

你们虽然有投机取巧的伎俩，却未必能捞到什么好处。天帝是很英明的，理应喜爱正直的人，怎么会用好酒好饭作赏赐，来酬谢你们这种诬陷好人的丑恶之类！他将喝令把你们推出天门，扔给守门的虎豹去饱餐一顿。天下万民都高兴得手舞足蹈，衷心感激天帝的威力。这就是你们应得的下场，有什么好处可捞？快快结束你们的生命，快快毁灭你们的幽灵。执法天神蓐收一旦震怒，将会命令雷霆，把你们劈死在地狱里，让你们粉身碎骨，尸首纵横。只等天帝一声令下，就对你们执行死刑。于是各种邪魔外道都消灭干净了，治国大道发扬光大了，害人的邪气永远清除了，人民生活富裕起来了。这难道不是天帝的圣德神明吗？

我向天帝祈祷说：尸虫被赶走了，祸患就无处潜伏，天下万民就能得到福气。唯有靠天帝的功业，才享受到这样的洪福。尸虫被杀掉了，灾祸就无处躲藏，天下万民就能得到解放。唯有靠天帝的恩德，才有无穷的幸福降临下方。臣下我在这里作揖叩头，冒昧地向天庭祷告祈求。

蝜蝂传

【题解】

这是一篇寓言小品。小虫蝜蝂善背东西，好向上爬，贪婪成性，至死不悟。作者通过这个丑恶可笑的形象，辛辣地讽刺了那班达官贵人为追逐利禄而不顾死活的阶级本性。本文前段写蝜蝂的习性，刻画精细，生动诙谐；后段写人的贪欲，以虫喻人，笔锋犀利，议论警策。

【原文】

蝜蝂者[1]，善负小虫也。行遇物，辄持取[2]，卬其首负之[3]。背愈重，虽困剧不止也[4]。其背甚涩[5]，物积因不散，卒踬仆不能起[6]。人或怜之，为去其负。苟能行[7]，又持取如故。又好上高，极其力不已，至坠地死。

今世之嗜取者[8]，遇货不避，以厚其室，不知为己累也，唯恐其不积。及其怠而踬也[9]，黜弃之[10]，迁徙之[11]，亦以病矣。苟能起，又不艾[12]。日思高其位，大其禄，而贪取滋甚[13]，以近于危坠，观前之死亡不知戒。虽其形魁然大者也[14]，其名人也，而智则小虫也。亦足哀夫[15]！

【注释】

〔1〕蝜蝂（fù bǎn）：一种黑色小虫，背部有隆起的部分，背上东西自己放不下来。

〔2〕辄（zhé）：就，总是。

〔3〕卬（yǎng）：仰。音义亦同“昂”。

〔4〕困剧：疲乏到极点。

〔5〕涩（sè）：不光滑。

〔6〕踬仆（zhì pū）：跌倒。

〔7〕苟：如果，表示假设。

〔8〕嗜取者：贪得无厌的人。

〔9〕及：介词，等到。

〔10〕黜（chù）弃：罢免。

〔11〕迁徙：迁移。这里指流放到远方。

〔12〕艾：停止。

〔13〕滋：更加，越发。

〔14〕魁然：高大的样子。

〔15〕夫：语气词，表示感叹。

【译文】

蝜蝂是一种擅长背东西的小虫。它爬行时一旦遇到东西，总是把东西捡起，抬起头背着。背的东西越来越重，即使疲乏到了极点，仍是不停地往背上加东西。蝜蝂的后背很涩，东西可以堆积起来而不会散落，最终会被压倒爬不起来。有人可怜它，帮它把背上的东西取下来。如果能走了，它就又像以前那样捡起遇到的东西背着。蝜蝂又爱爬高，力量用尽也不停止，直到掉在地上摔死为止。

现在世间那些贪得无厌的人，遇到财物决不轻易放过，并拿来作为自己的财产。他们不知道这是给自己找麻烦，反而唯恐搜集得不够多。等这些钱物给他们带来了危害，罢官，流放，也吃尽了苦头。可是他们一旦重新得势，还是不肯罢休，每天总在想谋求更高的职位，增加俸禄。贪婪和索取得更加厉害，等到近乎要坠地的程度，看到前人的教训还是不知道引以为戒。虽然他们形体高大，号称为“人”，但其智慧水平就像一只小虫一样。这种人也真够可悲呀！

童区寄传[1]

【题解】

少年儿童被抢劫贩卖，以供朝廷和官僚、地主们奴役驱使，是唐代边远地区人民的一大苦难。这篇传记通过牧童区寄横遭劫持，智杀豪强的英勇事迹，歌颂了区寄勇于反抗，善于自救的斗争精神，揭露了官吏纵容豪强掠卖人口，致使边地户口日益减少的罪恶行径。本文依据真人真事，首先介绍了掠卖人口的社会背景，然后着力塑造牧童区寄机智勇敢、不畏强暴的动人形象。区寄从智杀二贼到胜利还乡的情节发展，惊险紧张；伪装啼哭的细节和讨好对方的对话描写，真实生动；结尾处点出众盗“侧目莫敢过其门”，更加衬托出区寄的凛然可畏。

【原文】

柳先生曰[2]：越人少恩[3]，生男女，必货视之[4]。自毁齿已上[5]，父兄鬻卖[6]，以觊其利[7]。不足[8]，则取他室，束缚钳梏之[9]。至有须鬣者[10]，力不胜，皆屈为僮[11]。当道相贼杀以为俗[12]。幸得壮大，则缚取么弱者[13]。汉官因以为己利，苟得僮，恣所为，不问。以是越中户口滋耗[14]。少得自脱，惟童区寄以十一岁胜，斯亦奇矣。桂部从事杜周士为余言之[15]。

童寄者，柳州荛牧儿也[16]。行牧且荛，二豪贼劫持反接[17]，布囊其口[18]，去逾四十里之墟所卖之[19]。寄伪儿啼，恐栗为儿恒状。贼易之，对饮酒醉。一人去为市，一人卧，植刃道上。童微伺其睡[20]，以缚背刃[21]，力下上[22]，得绝，因取刃杀之。逃未及远，市者还，得童大骇。将杀童，遽曰：“为两郎僮[23]，孰若为一郎僮耶？彼不我恩也。郎诚见完与恩，无所不可。”市者良久计曰：“与其杀是僮，孰若卖之；与其卖而分，孰若吾得专焉。幸而杀彼，甚善。”即藏其尸，持童抵主人所，愈束缚牢甚。夜半，童自转，以缚即炉火烧绝之，虽疮手勿惮[24]，复取刃杀市者。因大号，一墟皆惊。童曰：“我区氏儿也，不当为僮。贼二人得我，

越人少恩，生男女，必货视之

我幸皆杀之矣，愿以闻于官。”

墟吏白州[25]，州白大府[26]，大府召视，儿幼愿耳[27]。刺史颜证奇之[28]，留为小吏，不肯。与衣裳，吏护还之乡。乡之行劫缚者，侧目莫敢过其门[29]。皆曰：“是儿少秦武阳二岁[30]，而讨杀二豪[31]，岂可近耶！”

【注释】

〔1〕童：童子，小孩子。区（oū）寄：人名，姓区，名寄。

〔2〕柳先生：作者自称。

〔3〕越人：古代南方少数民族。文中指桂、粤、闽一带的百姓。恩：情义。

〔4〕货：财物。

〔5〕毁齿：指小儿七八岁时换牙。

〔6〕鬻（yù）：出卖。

〔7〕觊（jì）：贪图。

〔8〕不足：指孩子未到“毁齿”之年。

〔9〕钳：用铁箍把颈子套住。梏（gù）：把手铐起来。

〔10〕有须鬣（liè）者：指成年人。须鬣，胡须。

〔11〕僮：奴仆。

〔12〕当道：在大路上。贼杀：残杀。贼，作动词用。

〔13〕么（yāo）：同“幺”，小。

〔14〕滋耗：更加减少。

〔15〕桂部：桂管经略观察使的衙门，其辖区在今广西桂林一带。杜周士：贞元十七年（801）进士，贞元末、元和初曾为桂管观察留后。曾入湖南使幕，后仍为官岭外，历佐五管诸府，长庆初年，以监察御史使安南卒。

〔16〕柳州：众本作“郴州”，《文苑英华》作“柳州”。作《柳州》是，作《郴州》非，理由见韩景云《柳集点勘》，或见章士钊《柳文指要》。荛（ráo）牧儿：打柴放牛的孩子。

〔17〕劫持：绑架。反接：把双手绑在背后。

〔18〕布囊其口：指用布蒙住他的口。

〔19〕墟所：集市所在地。

〔20〕微伺：暗地观察等候。

〔21〕缚：指绑手的绳子。背刃：靠在刀口上。

〔22〕下上：指上下摩擦。

〔23〕郎：奴仆对主子的称呼。

〔24〕疮手：伤手。惮（dàn）：畏惧。

〔25〕墟吏：管理集市的官吏。白：下对上陈述情况。

〔26〕大府：指桂管观察使衙门。

〔27〕幼愿：年幼老实。

〔28〕颜证：颜杲卿之孙，贞元二十年（804）任桂州刺史、桂管观察使。

〔29〕侧目：不敢正视，形容畏惧的样子。

〔30〕秦武阳：战国时燕国人，《战国策》上说他十三岁时杀人，燕太子丹派他做荆轲的助手前往秦国刺杀秦王。

〔31〕讨杀：一作“计杀”。

【译文】

柳先生说：东南沿海一带的人寡恩薄情，生下儿女，都把他们当作货物看待。小孩刚换牙，就被父兄卖掉，用以谋取钱财。如果得不到满足，就偷捉别人家的孩子，用枷锁捆绑住手脚。甚至有些成年人，力量敌不过别人，都被逼做了奴仆。拦路掠夺和残杀的现象经常出现，并渐渐成了风气。有幸能够长成壮汉的，就抓住弱小的来卖。汉族官吏利用这些恶习为自己谋私利，只要能得到僮仆，就放任这种罪恶行为而不加追究。因此东南沿海的人口越来越少。这些被贩卖的小孩很少有能够自己逃脱的，只有十一岁的幼童区寄逃脱了，这真是个奇迹啊。桂州都督府属下的官吏杜周士把这件事告诉了我。

区寄是柳州的一个打柴放牧的小孩。（一天）他正在放牧打柴，被两个强盗劫持并反绑着两手，用布塞住了口，被带到四十里以外的集市上去卖。区寄装出小孩啼哭的样子，表现出小孩害怕颤抖的常态。强盗觉得他好对付（放松了警

惕），两人喝酒直到大醉。之后一个人到集市上去进行交涉，一个人躺下了，把刀插在地上。区寄暗中窥察，等这个人睡着了，背靠着刀刃，把绑缚双手的绳子用力一上一下地磨，磨断了绳子，随后用刀把睡觉的强盗杀了。还没来得及跑远，到集市上谈价钱的那个人回来了，抓住了他，区寄非常恐惧。那人要杀他，区寄急忙说："做你们两个的奴仆，怎么比得上给一个人做奴仆？那个人对我不好，你如果确实能保全我的性命，对我好一些，让我干什么都可以。"这个强盗想了很久说："与其杀了这个小孩，不如卖了他；与其和那个人一起分卖小孩所得的钱，怎么比得上我一个人独得？幸好小孩把他杀了，很好。"他把尸体埋好，带着区寄到了买主家。又把他绑上，并且绑得更加牢固了。半夜，区寄转过身，用炉火把绑手的绳子烧断了，虽然烧伤了手也不害怕，随后又拿刀把第二个强盗杀了。接着大声呼喊，整个集市都被惊动了。区寄说："我是区家的小孩，不应当被卖为奴。这两个强盗抓住了我，幸好我把他们都杀了！希望能让官府知道。"

管集市的官吏报告了州官，州官又报告上级，知府召见他，发现他只是一个幼弱老实的小孩。刺史颜证认为区寄是神童，想把他留下做个小吏，区寄不肯，刺史只好送给他一些衣服，并派官吏保护他还乡。乡里那些专门从事绑架的人贩子，不敢正视他，也没有敢从他家门口走过的，都说："这个小孩比秦武阳小两岁，却杀了两个强盗，谁还敢去招惹他呢！"

欧阳修

欧阳修（1007—1072），字永叔，自号醉翁，晚年号六一居士。宋朝庐陵（今江西吉安）人。欧阳修出身贫寒，四岁死了父亲，二十四岁时考中进士，曾参加范仲淹领导的政治革新运动，因直言敢谏，而屡遭保守派排斥打击。后官至枢密副使、参知政事，政治态度渐趋保守，专于学术研究。欧阳修是北宋中期诗文革新运动的领袖，“唐宋八大家”之一，在诗、词方面也很有成就。他好贤才，奖掖后进，团结和培养了王安石、曾巩、苏轼等许多著名文学家。作品甚丰，有《欧阳文忠公集》一百五十三卷。

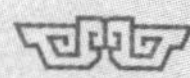

朋党论

【题解】

本文是欧阳修批驳保守派攻击范仲淹等革新派“引用朋党”的政治论文。文章列举各个朝代的事例，来论述兴亡治乱和朋党的关系，提出“朋党”“自古有之”，只有“退小人之伪朋，用君子之真朋”，才能治理好国家。文章中正反事例充分，逻辑严密，说理平和而又颇有锋芒。

【原文】

臣闻朋党之说，自古有之，惟幸人君辨其君子小人而已。大凡君子与君子，以同道为朋；小人与小人，以同利为朋。此自然之理也。

然臣谓小人无朋，惟君子则有之。其故何哉？小人所好者利禄也，所贪者货财也。当其同利之时，暂相党引以为朋者，伪也；及其见利而争先，或利尽而交疏，则反相贼害，虽其兄弟亲戚，不能相保。故臣谓小人无朋，其暂为朋者，伪也。君子则不然，所守者道义，所行者忠信，所惜者名节。以之修身，则同道而相益；以之事国，则同心而共济，终始如一，此君子之朋也。故为人君者，但当退小人之伪朋，用君子之真朋，则天下治矣。

尧之时，小人共工、驩兜等四人为一朋〔1〕，君子八元、八恺十六人为一朋〔2〕。舜佐尧，退四凶小人之朋，而进元、恺君子之朋，尧之天下大治。及舜自为天子，而皋、夔、稷、契等二十二人〔3〕，并列于朝，更相称美，更相推让，凡二十二人为一朋，而舜皆用之，天下亦大治。

《书》曰：“纣有臣亿万，惟亿万心；周有臣三千，惟一心。”纣之时，亿万人各异心，可谓不为朋矣，然纣以亡国。周武王之臣三千人为一大朋，而周用以兴。

后汉献帝时〔4〕，尽取天下名士囚禁之，目为党人。及黄巾贼起〔5〕，汉室大乱，后方悔悟，尽解党人而释之，然已无救矣。唐之晚年，渐起朋党之论。

及昭宗时[6]，尽杀朝之名士，或投之黄河，曰："此辈清流，可投浊流。"而唐遂亡矣。

夫前世之主，能使人人异心不为朋，莫如纣；能禁绝善人为朋，莫如汉献帝；能诛戮清流之朋，莫如唐昭宗之世。然皆乱亡其国。更相称美推让而不自疑，莫如舜之二十二臣，舜亦不疑而皆用之，然而后世不诮舜为二十二人朋党所欺，而称舜为聪明之圣者，以能辨君子与小人也。周武之世，举其国之臣三千人共为一朋，自古为朋之多且大莫如周，然周用此以兴者，善人虽多而不厌也。

嗟乎！治乱兴亡之迹，为人君者，可以鉴矣。

【注释】

〔1〕四人：指共工、驩兜、鲧、三苗，即下文所说的"四凶"。

〔2〕八元：传说是高辛氏（帝喾）的八个有德才的臣子，即伯奋、仲堪、叔献、季仲、伯虎、仲熊、叔豹、季狸。八恺：传说是高阳氏（颛顼）的八个有德才的臣子，即苍舒、隤敳、梼戭、大临、尨降、庭坚、仲容、叔达。

〔3〕皋、夔、稷、契：即皋陶、后夔、后稷、契，相传是尧、舜时管刑法、音乐、农事、文教的贤臣。

〔4〕汉献帝：名刘协。东汉最后一个皇帝。

〔5〕黄巾：即黄巾军，汉末以黄巾裹头为标志的农民起义军。

〔6〕昭宗：名李晔，889—904 年在位。

【译文】

臣欧阳修听到关于朋党的说法，是从古以来就有的，只希望君主能辨明君子与小人罢了。一般君子与君子，因为志同道合结为朋党；小人与小人，因为利害相同结为朋党，这是很自然的道理。

但是我断言小人没有朋党，只有君子才有。原因是什么呢？因为小人所喜爱的是利禄，所贪图的是财物，当他们利益相同时，会暂时互相勾结为朋党，这是假的朋党。到有了利益就会争夺起来，或者利益尽了，就会相互疏远，甚至会互相残害，即使是兄弟亲戚，也不能互相保护，所以臣说小人没有朋党，他们暂时结成的朋党是假的朋党。君子却不是这样，他们所信守的是道义，所奉行的是忠信，所爱惜的是名节，

帝尧

以这些来修养自身，就会因志同道合而互相促进；以这些来为国家做事，就会同心而共济，始终如一，这就是君子的朋党。所以当君王的，就应当斥退小人的假朋党，而信任君子的真朋党，那么天下就会大治了。

尧的时候，小人共工、驩兜、鲧、三苗四人结为一朋党，君子八元（伯奋、仲堪、叔献、季仲、伯虎、仲熊、叔豹、季狸）、八恺（苍舒、隤敳、梼戭、大临、龙降、庭坚、仲容、叔达）十六人结为一朋党。舜辅佐尧，斥退共工等四凶小人朋党，而进用八元八恺君子朋党，所以帝尧的天下得到了大治。等到舜自己做了天子的时候，皋、夔、稷、契等四岳、九官、十二牧共二十二人，并立在朝廷，他们互相赞誉，互相推让，这二十二人为一朋党，而舜对他们都加以重用，天下也得到了大治。

《尚书》上说："殷纣有臣子亿万，但有亿万条心；周有臣子三千，但只有一条心。"殷纣的时候，亿万人各有各的心，可以说不是朋党了，然而殷纣却因此亡国身死。周武王的臣子，三千人结为一个大朋党，而周武王任用他们，周朝因此兴盛起来。

东汉献帝的时候，把天下的贤人名士都囚禁起来，认为他们是朋党。到了黄巾军起义，汉朝大乱以后，才后悔起来，等到明白觉悟了，解除了党禁，把党人全部释放出来，然而汉朝的天下已经不可救药了。唐朝末期，又渐渐兴起了有关朋党的议论。到昭宗时，杀尽了朝廷中的名士，或者捆住他们的手脚，投入黄河，并说："这些人自称清流，可以投进黄河的浊流之中。"此后唐朝便灭亡了。

那些前代的君主，能使人人心怀异心不结为朋党的，没有谁比得上殷纣的了；能禁绝贤人结为朋党的，都比不上汉献帝；能诛杀清流名士的朋党，都比不上唐昭宗时期，然而他们都因此使天下大乱，最终导致国家灭亡。互相赞美称誉，你推我让而不疑心，都比不上舜的二十二臣，舜也毫不怀疑而任用他们。后世人并不讥讽舜为二十二人的朋党所欺瞒，反而称赞舜是聪明的圣君，因为舜能辨别君子和小人。周武王的时候，国中的三千臣子共为一个朋党，古时朋党人数之多、范围之大，都比不上周朝，但是周朝因任用他们而兴盛起来，良善的君子即使再多也不会让人厌倦啊。

唉！天下大治大乱、兴起衰亡的史迹，做君王的人可以引以为鉴了。

纵囚论

【题解】

唐太宗放三百死囚出狱探亲，到期后，犯人都如数回到狱中就死，这件事一直被人称赞。欧阳修则认为这事不足为法，甚至批评唐太宗这个举动是沽名钓誉。他认为治国必须严肃法治，“不立异以为高，不逆情以干誉”。文章反复辩驳，逐层深入，具有较强的论辩力量。

【原文】

信义行于君子，而刑戮施于小人。刑入于死者，乃罪大恶极，此又小人之尤甚者也。宁以义死，不苟幸生，而视死如归，此又君子之尤难者也。

方唐太宗之六年[1]，录大辟囚三百余人，纵使还家，约其自归以就死；是以君子之难能，期小人之尤者以必能也。其囚及期，而卒自归无后者，是君子之所难，而小人之所易也。此岂近于人情哉?

或曰：罪大恶极，诚小人矣。及施恩德以临之，可使变而为君子。盖恩德入人之深而移人之速，有如是者矣。曰：太宗之为此，所以求此名也。然安知夫纵之去也，不意其必来以冀免，所以纵之乎？又安知夫被纵而去也，不意其自归而必获免，所以复来乎？夫意其必来而纵之，是上贼下之情也[2]；意其必免而复来，是下贼上之心也。吾见上下交相贼以成此名也，乌有所谓施恩德与夫知信义者哉！不然，太宗施德于天下，于兹六年矣，不能使小人不为极恶大罪。而一日之恩，能使视死如归而存信义。此又不通之论也。

然则何为而可？曰：纵而来归，杀之无赦。而又纵之，而又来，则可知为恩德之致尔。然此必无之事也。若夫纵而来归而赦之，可偶一为之尔。若屡为之，则杀人者皆不死。是可为天下之常法乎？不可为常者，其圣人之法乎？是以尧、舜、三王之治，必本于人情，不立异以为高，不逆情以干誉。

【注释】

〔1〕唐太宗：李世民。627—649 年在位。六年：即贞观六年（632）。贞观是唐太宗的年号。

〔2〕贼：偷窃，这里引申为窥测。

【译文】

对君子奉行信义，而刑罚诛戮施加于小人。若刑罚重到判死罪，那就是罪大恶极，这种罪犯，又是小人中尤其恶劣的了。宁愿守信义而死，不苟且偷生，视死如归，这在君子中也是难能可贵的。

而唐太宗在即位的第六年，审察选录了死刑犯三百余人，放他们暂时回家团圆，约定了时间，叫他们自己返回狱中受死。这是君子都尚且难以做到的事，却希望小人中罪大恶极的一定能做到。那三百多囚犯到了约定的时期，全部都回来了，没有人失约。这是君子都很难做到的，而小人却轻易做到了。这样的做法近于人情吗？

有人说："罪大恶极的死囚，的确是小人了，但如对他施以恩德，就可以使他变成君子。因为恩德深入他的身心，而改变他是很迅速的，所以才会出现这样的现象。"我说：太宗这样做，是要求取名声。怎知他放犯人回家，不是预先料到犯人必然回来，以希望得到赦免，因此放走他们呢？又怎知囚犯被放回家，他们不是事先料到自动返回后必然被赦免，所以才如期返回的呢？意料到犯人必定归来而放走他们，是在上的太宗窥探到了下面囚犯们的隐情；料想必然得到赦免而返回，是囚犯们窃得了太宗的心思。我只看到上下互相窥探，成就了各自的美名，根本就没有所谓施恩德与守信义的事！如果不是这样，太宗施行恩德于天下，已经六年了，不能使小人不犯极其凶恶的大罪；而仅用一天的恩德，就能使他们视死如归，保存了信义，这是说不通的。"

然而怎么办才好呢？我认为：放犯人回去，回来的仍然杀死而不赦免。再放其他犯人回去，如再有回来的，那就是因为施以恩德深厚的缘故，然而必定没有这种事。像这样放走后归来而赦免的事，可以偶然试一下罢了。假如屡次这样做，那么杀人的人都不会死了，这可以作为治理天下的法令吗？不能作为法令，那它还算圣人的法令吗？所以尧、舜和三王治理天下，总是以人情为根本，不标新立异来求得高尚，不违背人情伦理来求得名誉。

唐太宗

《释祕演诗集》序

【题解】

本文是欧阳修给友人祕演和尚的诗集所写的序文。作者一反诗序俗套，对诗只数笔带过，却通过述说石曼卿、祕演两人的境遇，表现他们的高风亮节，并明确指出他们"伏而不出"的原因是"时人不能用其材"，表达了对他们的强烈同情。

【原文】

予少以进士游京师[1]，因得尽交当世之贤豪。然犹以谓国家臣一四海，休兵革，养息天下以无事者四十年，而智谋雄伟非常之士，无所用其能者，往往伏而不出，山林屠贩，必有老死而世莫见者，欲从而求之不可得。

其后得吾亡友石曼卿[2]。曼卿为人，廓然有大志，时人不能用其材，曼卿亦不屈以求合；无所放其意，则往往从布衣野老，酣嬉淋漓，颠倒而不厌。予疑所谓伏而不见者，庶几狎而得之，故尝喜从曼卿游，欲因以阴求天下奇士。

浮屠祕演者[3]，与曼卿交最久，亦能遗外世俗，以气节自高。二人欢然无所间。曼卿隐于酒，祕演隐于浮屠，皆奇男子也，然喜为歌诗以自娱。当其极饮大醉，歌吟笑呼，以适天下之乐，何其壮也！一时贤士，皆愿从其游，予亦时至其室。十年之间，祕演北渡河[4]，东之济、郓，无所合[5]，困而归。曼卿已死，祕演亦老病。嗟夫！二人者，予乃见其盛衰，则予亦将老矣。

夫曼卿诗辞清绝，尤称祕演之作，以为雅健有诗人之意。祕演状貌雄杰，其胸中浩然，既习于佛，无所用，独其诗可行于世，而懒不自惜。已老，胠其橐，尚得三四百篇，皆可喜者。

曼卿死，祕演漠然无所向。闻东南多山水，其巅崖崛峍，江涛汹涌，甚可壮也，遂欲往游焉。足以知其老而志在也。于其将行，为叙其诗[6]，因道其盛时，以悲其衰。

【注释】

〔1〕京师：国都。这里指北宋京城汴梁（今河南开封）。

〔2〕石曼卿：名延年，北宋宋城（今河南商丘南）人，当时的有名诗人。

〔3〕浮屠：指佛，是梵文佛陀的音译。这里指和尚。

〔4〕河：黄河。

〔5〕济：济州。治所在巨野（今山东巨野南）。郓：郓州，治所在须昌（今山东东平）。

〔6〕叙：通“序”，这里是作序。

【译文】

我在少年时候，因为考中了进士而游历京师，所以得以普遍结交当时的贤人豪杰。我还认为国家四海统一，停止战争，使天下休养生息、太平无事有四十年了。而那些智谋雄伟非常的贤士，因为没有发挥其才能的机会，往往隐藏而不肯出来。住在山林中的屠夫商贩，必定有到死而世上也不知道其才能的。想要寻找他们也见不到。

后来认识了我死去的朋友石曼卿。曼卿为人豁达而有大志，当时的人不能重用他的才能，曼卿也不肯卑躬曲求去苟合。他无处抒发自己的苦闷情怀，就经常和平民野老开怀畅饮嬉戏，尽情大醉而不厌倦。我怀疑隐藏而不露面的贤士，也许会在接近这些人时遇到，所以常喜欢和曼卿交游，想由此暗中访求天下的奇才。

和尚祕演，与曼卿结交的时间最久，也能抛弃世俗凡事，以气节来自守高洁。两人亲密无间，没有一点隔阂。曼卿沉溺在酒中，祕演则隐匿于佛门，他们都是天下的奇男子，又都喜欢吟诗作歌赋来自我娱乐。当痛饮大醉的时候，他们歌唱诵诗，欢笑呼喊，来寻找天下的快乐，是多么地慷慨雄壮。当时的贤人名士，都愿意跟他们交游，我也常常到他们的居所。十年之间，祕演向北渡过黄河，东面到过济州、郓城，没有遇上知己，困倦归来。这时曼卿已经死了，祕演也年老多病。唉！我亲眼看到他们的盛衰，那么我也将要老了。

曼卿的诗词清绝，但是他更称赞祕演的诗作，认为其诗雅致雄健，有诗人的情意。祕演的相貌雄伟杰出，胸怀宽阔，有浩然之气。然而他已经入佛门，也就没有用武之地，只有他的诗可以行世，但他懒散而又自己不爱惜。年老的时候，搜寻他的行囊，还有三四百篇诗文，都是十分令人喜爱的作品。

曼卿死后，祕演很寂寞，又无处可去，听说东南一带多山水，其地山峰高峻，江中波涛汹涌，景色甚为雄壮，所以想要去游览。这就可以知道他虽然年老了，但远大的志向还在。在他将要出发的时候，我为他的诗集写了这篇序文，以此称道他的盛年，悲叹他的衰老。

《梅圣俞诗集》序

【题解】

梅尧臣（1002—1060），字圣俞，北宋时著名的现实主义诗人。他的诗以质朴、清新称美，在荡涤宋初浮靡晦涩诗风中起了很大作用。欧阳修是梅的好友，梅死后，欧阳修将他的诗编为《梅圣俞诗集》，并写了这篇序。序中对梅尧臣穷困的一生表示了深切的痛惜和不平，对他的诗给予了很高的评价，并提出了“诗穷而后工”的理论，较为深刻地概括了我国古代优秀诗人创作和生活的关系。

【原文】

予闻世谓诗人少达而多穷，夫岂然哉？盖世所传诗者，多出于古穷人之辞也。凡士之蕴其所有，而不得施于世者，多喜自放于山巅水涯之外，见虫鱼草木、风云鸟兽之状类，往往探其奇怪。内有忧思感愤之郁积，其兴于怨刺，以道羁臣寡妇之所叹，而写人情之难言。盖愈穷则愈工。然则非诗之能穷人，殆穷者而后工也。

予友梅圣俞，少以荫补为吏，累举进士，辄抑于有司，困于州县凡十余年。年今五十，犹从辟书，为人之佐。郁其所蓄，不得奋见于事业。其家宛陵，幼习于诗，自为童子，出语已惊其长老。既长，学乎六经仁义之说[1]。其为文章，简古纯粹，不求苟说于世。世之人徒知其诗而已。然时无贤愚，语诗者必求之圣俞。圣俞亦自以其不得志者，乐于诗而发之。故其平生所作，于诗尤多。世既知之矣，而未有荐于上者。昔王文康公尝见而叹曰[2]：“二百年无此作矣！”虽知之深，亦不果荐也。若使其幸得用于朝廷，作为雅、颂，以歌咏大宋之功德，荐之清庙，而追商、周、鲁颂之作者，岂不伟欤？奈何使其老不得志而为穷者之诗，乃徒发于虫鱼物类、羁愁感叹之言？世徒喜其工，不知其穷之久而将老也，可不惜哉！

圣俞诗既多，不自收拾。其妻之兄子谢景初[3]，惧其多而易失也，取其自洛阳至于吴兴以来所作，次为十卷。予尝嗜圣俞诗，而患不能尽得之，遽喜谢氏之能类次也，辄序而藏之。

其后十五年，圣俞以疾卒于京师。余既哭而铭之，因索于其家，得其遗稿千余篇，并旧所藏，掇其尤者六百七十七篇，为一十五卷。呜呼！吾于圣俞诗，论之详矣，故不复云。

庐陵欧阳修序。

【注释】

〔1〕六经：指儒家经典著作《诗》《书》《易》《礼》《乐》《春秋》。

〔2〕王文康公：王曙，字晦叔，河南人，仁宗时累官至枢密使、同中书门下平章事，卒谥文康。

〔3〕谢景初：字师厚，富阳人。庆历进士，博学能文，尤长于诗。

【译文】

我听到世人常说：诗人命运通达的少，穷困的多。难道真的是这样吗？大概是世人所传诵的诗，多出自古时穷困人的笔下吧。大凡士人胸中蕴藏着广博的学问，而又不能在世上施行运用，就多喜欢放浪于山峰水涯之外，见了虫鱼草木鸟兽的形状，以及风云的变幻，往往爱探索其奇怪的原因。忧思、感伤和愤慨郁积于内心，就兴起了怨恨讽刺的诗情，以表达在远方做官的臣子、寡妇所叹息感慨的思绪，抒发一般人难以言明的情感和心情。大概是人越穷困而诗就越工巧雅致。但是并不是作诗能使人穷困，而是人穷困时才能作出工巧雅致的诗。

我的朋友梅圣俞，少年时候，以祖上的庇荫，照例补做了一个小官吏。屡次考进士，总不被主考官喜欢，穷困落魄于州县十几年。至五十岁，还要接受聘书，做人家的幕僚，满腹的才能只能郁结，不能在事业上有所作为。他的家乡在宛陵郡，幼年时就习学诗文，孩童时他写的诗文就已使父老长辈惊异。长大后，又学习研究六经仁义的学说。他写的文章，简洁古朴纯粹，不苟且迎合世俗人的一般见识，因此世人也只知道他的诗歌而已。然而在当时不论贤者或愚笨之人，谈论到作诗，必然去求教梅圣俞。圣俞因为自己不得志，也乐于通过诗歌抒发情感，所以他平生所作，以诗歌为多。可惜世人虽然知道他，却没有人向朝廷举荐他。以前王文康公，曾经看到圣俞的诗篇，叹息说："二百年来没有出现过这样的诗作了！"虽然对他了解得很深，但也没有举荐他。假如他幸运，被朝廷所任用，作雅、颂之诗来歌咏大宋朝的功德，进献到祭祀德高望重者的清庙中去，追随那《商颂》《周颂》《鲁颂》的作者，岂不是很伟大吗？为什么会使他到老都不得志，只能写些困窘者的诗，通过虫鱼鸟兽之类发点羁旅愁苦的感叹呢？世人只是喜欢他的诗写得工巧雅致，却不知道他已经穷困很久了，而且快要老死了，岂不是很可惜？

圣俞的诗很多，却不肯自己收集整理。他的内侄谢景初担心因诗数目多而遗失，就将他从洛阳到吴兴以来的诗作分编为十卷。我很喜欢圣俞的诗，一直担心得不到他的全部作品。庆幸现在突然得到谢氏分编的诗集，所以就作了这篇序，并把这部书珍藏起来。

从那以后，十五年过去了，圣俞因病死于京城，我失声痛哭，并为他作了墓志铭。又向他家里求索到他的遗作千余篇，加上原来珍藏的旧作，从中选摘了六百七十七篇，编为十五卷。唉！我对梅圣俞的诗作，过去已经评论得很详细了，所以就不再重复了。

庐陵欧阳修作此序。

送杨寘序

【题解】

欧阳修的朋友杨寘，怀才不遇，屡试不第，后来还是由“恩荫”才获得偏远地方的一个小小官职，但他又体弱多病，很难适应那里的风俗饮食。当他赴任时，欧阳修以真挚的友情送给他一张琴，并写了这篇序。序中着力描写琴声陶冶情感的力量，以自己弹琴疗疾的体会，劝慰杨寘用弹琴来寄托情怀，排遣愁绪，去战胜恶劣的环境，度过异乡的艰难岁月。文章写得含蓄真切，对琴声的描写形象生动，带有浓厚的感情色彩。

【原文】

予尝有幽忧之疾，退而闲居，不能治也。既而学琴于友人孙道滋[1]，受宫声数引，久而乐之，不知其疾之在体也。夫疾，生乎忧者也。药之毒者，能攻其疾之聚，不若声之至者，能和其心之所不平。心而平，不和者和，则疾之忘也宜哉。

夫琴之为技小矣，及其至也，大者为宫，细者为羽，操弦骤作，忽然变之，急者凄然以促，缓者舒然以和。如崩崖裂石，高山出泉，而风雨夜至也。如怨夫寡妇之叹息，雌雄雍雍之相鸣也。其忧深思远，则舜与文王、孔子之遗音也[2]；悲愁感愤，则伯奇孤子、屈原忠臣之所叹也[3]。喜怒哀乐，动人必深。而纯古淡泊，与夫尧舜、三代之言语、孔子之文章、《易》之忧患、《诗》之怨刺无以异。其能听之以耳，应之以手。取其和者，道其湮郁，写其幽思，则感人之际，亦有至者焉。

予友杨君，好学有文，累以进士举，不得志。及从荫调，为尉于剑浦[4]，区区在东南数千里外，是其心固有不平者。且少又多疾，而南方少医药，风俗饮食异宜。以多疾之体，有不平之心，居异宜之俗，其能郁郁以久乎？然欲平其心以养其疾，于琴亦将有得焉。故予作《琴说》以赠其行，且邀道滋酌酒，进琴以为别。

【注释】

〔1〕孙道滋：作者友人，善琴，生平不详。

〔2〕舜：又称虞舜，传说中的古代贤君，曾作五弦琴，歌南风。文王：周文王姬昌，被殷纣王拘禁，作琴曲《拘幽操》。孔子：孔丘，字仲尼，春秋时思想家，曾向师襄学琴，作曲《龟山操》。

〔3〕伯奇：周宣王大臣尹吉甫之子，母死，遭后母谗言被逐，弹琴作《履霜操》，自尽。屈原：名平，战国时楚人，被谗逐，作《离骚》，投汨罗江死。

〔4〕剑浦：在今福建南平。

【译文】

我曾经患过忧郁病，退职闲居静养，总是治不好。后来跟友人孙道滋学琴，学了宫调式和几首乐曲，久而久之，乐在其中，也就不觉得疾病在身了。疾病很多是因为郁闷产生的。药物凭借强烈的药性，能治疗积聚的重病，不如乐声传到内心，能使内心压抑的情绪变得平和。心境平和了，原本不平的郁结都解开了，那么，把疾病遗忘也就是顺理成章的事了。

弹琴是一种小技艺，等到学到了很高深的地步，大的为宫音，细小的为羽音，按着弦一下子弹起来，忽然音调随着感情而改变，急的因声音凄切而急促，缓的因声音舒畅而和谐，好像山崖崩塌、岩石碎裂，高山上泉水潺潺流出，狂风暴雨在夜晚降临；又如同怨愁的男人、独居的寡妇发出的叹息，雌雄成对的鸟儿鸣叫相和。琴所表现的忧愁之深、思念之远，简直是舜帝与周文王、孔子所留下来的声音；表现的悲愁感慨愤怒，简直是孤子伯奇、忠臣屈原所发出的叹息之音。喜怒哀乐的情感，一定能深刻地感动人。而纯正古雅、朴实淡泊，与尧、舜、禹三代时的言语，孔子的文章，《易经》的忧患，《诗经》的怨愤讽刺，没有什么不同的。如果能听在耳里，感应在手上，取其和谐音调，抒发其胸中的郁闷，泄出其心中的幽思之情，那么它在感动人的时候，也能使人悟得人生的真谛。

我的朋友杨寘君，非常好学，并作得一手好文章，但屡次去考进士，在科场都不能如意。后来靠祖上的庇荫，在剑浦做一个县尉。那是东南数千里外的一个小地方，所以他的内心愤愤不平。他从小就体弱多病，而南方缺医少药，风俗饮食同中原也有很大差异。他以多病的身体、愤愤不平的内心，居住在风俗饮食相异的地方，哪里能够长久呢？然而想要平定安抚他的内心，静养他的病，只有使他在弹琴中得到益处。所以我写了这篇说琴的文章为他送行，并且邀请了孙道滋来饮酒，赠一张琴为他送别。

五代史伶官传序

【题解】

《新五代史》是欧阳修编撰的一本史书，记载了自后梁（907）始，经后唐、后晋、后汉至后周显德七年（960）共五十三年的历史。《伶官传》记载了后唐庄宗李存勖宠幸伶官，沉溺酒色，最后死于兵变的史实。这篇序便是对此而发的议论。作者通过对后唐盛衰过程的分析，总结出“忧劳可以兴国，逸豫可以亡身”的历史教训，强调了“人事”对国家兴亡所起的重要作用。文章叙事、说理紧密结合，反复运用盛衰对比、欲扬先抑的手法，有较强的说服力。

【原文】

呜呼！盛衰之理，虽曰天命，岂非人事哉？原庄宗之所以得天下[1]，与其所以失之者，可以知之矣。

世言晋王之将终也[2]，以三矢赐庄宗而告之曰：“梁[3]，吾仇也；燕王[4]，吾所立；契丹[5]，与吾约为兄弟，而皆背晋以归梁。此三者，吾遗恨也。与尔三矢，尔其无忘乃父之志！”庄宗受而藏之于庙。其后用兵，则遣从事以一少牢告庙，请其矢，盛以锦囊，负而前驱，及凯旋而纳之。

方其系燕父子以组[6]，函梁君臣之首[7]，入于太庙，还矢先王，而告以成功，其意气之盛，可谓壮哉！及仇雠已灭，天下已定，一夫夜呼，乱者四应，仓皇东出，未见贼而士卒离散，君臣相顾，不知所归，至于誓天断发，泣下沾襟[8]，何其衰也！岂得之难而失之易欤？抑本其成败之迹，而皆自于人欤？

《书》曰：“满招损，谦得益。”忧劳可以兴国，逸豫可以亡身，自然之理也。故方其盛也，举天下之豪杰，莫能与之争；及其衰也，数十伶人困之，而身死国灭[9]，为天下笑。夫祸患常积于忽微，而智勇多困于所溺，岂独伶人也哉！

【注释】

〔1〕庄宗：李存勖消灭后梁，建立后唐，自为皇帝，是为庄宗。

〔2〕晋王：指庄宗之父李克用，本沙陀部族首领，助唐镇压黄巢起义有功，封为晋王。

〔3〕梁：梁太祖朱全忠，曾在上源驿宴请李克用，阴谋放火将李烧死，未成，结怨。

〔4〕燕王：刘仁恭得李克用之助，崛起于燕，后叛归梁。

〔5〕契丹：辽太祖耶律阿保机，曾与李克用约为兄弟，共同攻梁。

〔6〕系燕父子以组：乾化元年（911），刘仁恭之子刘守光自称大燕皇帝，李存勖攻燕，至三年灭之，燕王父子被擒。

〔7〕函梁君臣之首：龙德三年（923），李存勖攻梁，梁末帝朱友贞被其部将皇甫麟杀死，麟亦自杀，梁亡。

〔8〕一夫夜呼……泣下沾襟：同光四年（926），一介武夫皇甫晖，拥兵作乱，攻入邺都（河南安阳），庄宗派李嗣源平乱，李嗣源到邺都后亦叛，引兵攻洛阳，庄宗仓皇东出，逃往汴州（河南开封），诸军离散，狼狈不堪，仅亲信百余人拔刀断发，表示誓死效忠，君臣相对哭泣。

〔9〕数十伶人困之，而身死国灭：庄宗灭梁后，纵情声色，宠信伶人。同光四年，伶人郭从谦作乱，庄宗中流矢死。

【译文】

唉！历代兴亡盛衰的道理，虽然说是天命，难道不也是人为的原因吗？考证唐庄宗李存勖之所以得到天下，与其所以失去天下的原因后，就可以知道了。

李存勖

世人都说庄宗之父晋王李克用临死的时候，把三支箭赐给庄宗，告诉他说：“梁国是我的仇敌，燕王是我亲手扶立起来的，契丹与我结为兄弟，但他们都背叛了晋而归附了梁国。这三件事是我的遗恨，给你三支箭，你一定不要忘记父亲的志向！”庄宗接受了箭，把它们珍藏在宗庙里。后来逢到用兵打仗，就派遣主事的人，用一只羊贡献到宗庙，祭告祖先，请出三支珍藏的箭放在锦囊之中，背负上锦囊作为大军的先导。等到大军凯旋，仍然恭敬地把箭珍藏于宗庙。

当庄宗把燕王父子用绳子捆缚起来，把梁国君臣的首级装在木匣中，贡献在太庙里，缴还先王李克用的三支箭，敬告列祖列宗大功告成的时候，那种精神气概可以说是很雄壮的了！到了仇敌已经消灭，天下已经平定，一个人夜间大声呼喊，作乱的人就四方响应，庄宗仓皇起来向东逃去，还没有见到贼人，士卒就纷纷离开散去。君王臣子面面相觑，不知奔到何处，甚至对天发誓，割下头发，眼泪掉下来沾湿了衣襟，这时是多么衰弱颓败呀！难道真是得天下艰难，失天下容易吗？或者说追究庄宗成功与失败的事迹，都是出自人为的原因吗？

《尚书》上说：“骄傲自满招致损失，谦虚谨慎得到利益。”忧虑辛劳可以兴盛国家，安逸享乐可以伤害身体。这是自然的道理。所以在他兴盛的时候，天下所有的豪杰都不能和他争雄；到他衰败时，几十个伶人围困他，就能把他杀死，后唐从此灭亡，成为天下人的笑柄。凡是祸患，常常积累于细微的事情，而智勇的人，多困陷于他沉迷的事物之中，难道只有宠幸伶人才会这样吗？

五代史宦者传论

【题解】

这是《新五代史·宦者传》评论中的一部分，题目是后人加的，主要是讲宦官之祸深于女祸。文章详细分析了宦官是怎样通过小善、小信而逐步把持政权的，指出了宦官专权的严重后果，从而警告帝王们不要渐积养祸。不过，宦官专政是中国封建专制主义的必然产物。本文把王朝衰亡的原因归咎于宦官、女祸，显然还未触及问题的本质。

【原文】

自古宦者乱人之国，其源深于女祸。女，色而已；宦者之害，非一端也。

盖其用事也近而习，其为心也专而忍。能以小善中人之意，小信固人之心，使人主必信而亲之。待其已信，然后惧以祸福而把持之。虽有忠臣、硕士列于朝廷，而人主以为去己疏远，不若起居饮食、前后左右之亲为可恃也。故前后左右者日益亲，则忠臣、硕士日益疏，而人主之势日益孤。势孤，则惧祸之心日益切，而把持者日益牢。安危出其喜怒，祸患伏于帷闼，则向之所谓可恃者，乃所以为患也。

患已深而觉之，欲与疏远之臣图左右之亲近，缓之则养祸而益深，急之则挟人主以为质。虽有圣智，不能与谋。谋之而不可为，为之而不可成，至其甚，则俱伤而两败。故其大者亡国，其次亡身，而使奸豪得借以为资而起，至抉其种类，尽杀以快天下之心而后已。此前史所载宦者之祸常如此者，非一世也。

夫为人主者，非欲养祸于内，而疏忠臣、硕士于外，盖其渐积而势使之然也。夫女色之惑，不幸而不悟，则祸斯及矣，使其一悟，捽而去之可也。宦者之为祸，虽欲悔悟，而势有不得而去也。唐昭宗之事是已〔1〕。故曰“深于女祸”者，谓此也。可不戒哉？

【注释】

〔1〕唐昭宗：李晔，本僖宗之弟，被宦官杨复恭等拥立为帝，是为昭宗，后宦官权势更大，昭宗欲谋尽诛宦官，反被宦官刘季述等幽禁，宰相崔胤得神策军指挥使孙德昭之助，杀刘季述迎昭宗复位。后来朱全忠领兵入京，尽诛宦官，复弑昭宗，唐朝灭亡。

【译文】

自古以来，宦官扰乱国家，比女子造成的祸患还要深。妇人女子，不过使君王好色罢了，但是宦官的危害，何止一条。

因为宦官做事情，经常在君王左右，亲近服侍。他们的心思专一，善于忍耐，能讨好以迎合君王的心意，能在小处表现诚实以稳固君王的心，使得君王必定相信而亲近他们。等到取得君王的信任，然后拿福祸来恐吓君王以把持朝政。这时虽然有忠臣贤士列于朝廷，而君王以为他们与自己疏远，宦官却服侍起居饮食，不离自己前后左右，显得更为亲近可靠。所以君王与前后左右的宦官日益亲近，与忠臣贤士日益疏远，君王的势力就日益孤立。势力越孤立，则恐惧祸乱的心情就一天天更厉害。而把持君王的宦官，地位日益牢固，国家的安危出于他们的喜怒，祸患隐伏于宫门帷幄之中。这样昔日所谓可以依赖信任的人，就是现在祸患的起源。

待君王觉得祸患已深，想与被疏远的忠臣贤士策划，除掉左右亲近的宦官时，如果行动迟缓，则祸患更加深重，如果操之过急，宦官会挟持君王为人质，这时虽然有圣贤的智慧，也不能与之谋划，即使谋划了也不能实行，实行了也不能成功。如果事情发展到了极端，则两败俱伤。所以大的祸患会导致国家灭亡，小祸患会导致君王身死，直至奸雄借机起事，围捕宦官一党，将他们斩尽杀绝来快愉天下人之心才罢休。以前史书上所记载的关于宦官的祸患，常常就是这样，并不是一朝一代如此。

为君王的人，也不想养祸患在宫内，而疏远忠臣贤士于宫外，只是渐渐积累而成的情势使他那样。女色媚惑人，如果不幸一直执迷不悟，那么祸患就会来临。但假使他一旦觉悟，将她驱逐就可以了。宦官为祸患，虽然想悔悟，但时势使君王不能将他们赶走，唐昭宗的事就是这样。所以说“宦官的祸患深于女色”，即指如此。怎么能不引以为戒呢?

相州昼锦堂记

【题解】

古人把富贵而归故乡，比作白昼穿锦，无比荣耀。韩琦功绩显赫，名重一时，却不以威风排场为荣，而志在“德被生民而功施社稷”，为此，他在回家乡担任知州时特建“昼锦堂”，以表心态，对此，欧阳修极为赞叹。他在本文中围绕“昼锦”二字层层发挥，用苏秦、朱买臣等炫耀富贵的庸俗行为作陪衬，盛赞韩琦不同凡俗的品行与心态。

【原文】

仕宦而至将相，富贵而归故乡，此人情之所荣，而今昔之所同也。

盖士方穷时，困厄闾里，庸人孺子皆得易而侮之。若季子不礼于其嫂[1]，买臣见弃于其妻[2]。一旦高车驷马，旗旄导前而骑卒拥后，夹道之人，相与骈肩累迹，瞻望咨嗟；而所谓庸夫愚妇者，奔走骇汗，羞愧俯伏，以自悔罪于车尘马足之间。此一介之士，得志于当时，而意气之盛，昔人比之衣锦之荣者也。

惟大丞相魏国公则不然[3]。公，相人也，世有令德，为时名卿。自公少时，已擢高科，登显士。海内之士闻下风而望余光者，盖亦有年矣。所谓将相而富贵，皆公所宜素有；非如穷厄之人侥幸得志于一时，出于庸夫愚妇之不意，以惊骇而夸耀之也。然则高牙大纛，不足为公荣；桓圭衮裳，不足为公贵。惟德被生民而功施社稷，勒之金石，播之声诗，以耀后世而垂无穷，此公之志，而士亦以此望于公也。岂止夸一时而荣一乡哉！

公在至和中[4]，尝以武康之节来治于相[5]，乃作昼锦之堂于后圃[6]。既又刻诗于石，以遗相人。其言以快恩仇、矜名誉为可薄，盖不以昔人所夸者为荣，而以为戒。于此见公之视富贵为何如，而其志岂易量哉！故能出入将相，勤劳王家，而夷险一节。至于临大事，决大议，垂绅正笏，不动声色，而措天下于泰山之安，可谓社稷之臣矣！其丰功盛烈，所以铭彝鼎而被弦歌者，乃邦家之光，非闾里之荣也。

余虽不获登公之堂，幸尝窃诵公之诗，乐公之志有成，而喜为天下道也。于是乎书。

【注释】

〔1〕季子：苏秦，字季子，战国时著名政治家，游说秦惠王不成，狼狈回家，嫂不为炊。后佩六国相印，路过家乡，其嫂跪迎。

〔2〕买臣：朱买臣，西汉吴人，家贫，砍柴为生，不忘读书，其妻不耐贫苦，离婚另嫁。买臣后任会稽太守，回乡时，故妻羞愧自缢。

〔3〕大丞相魏国公：韩琦，字稚圭，北宋相州人，二十岁中进士，累官至宰相，历佐仁宗、英宗、神宗三朝，封魏国公，卒谥忠献。

〔4〕至和：宋仁宗年号（1054—1056）。

〔5〕武康之节：韩琦曾任武康军节度使知并州（山西太原）。

〔6〕昼锦之堂：项羽曾说："富贵不归故乡，如衣锦夜行。"韩琦知相州，为其故乡，因而改夜为昼，以昼锦名堂，以示荣耀。

【译文】

为官到做了将军宰相，富贵了荣归故乡，这是人情所向往荣耀的事，在过去和现在都是相同的。

大概读书的士人在失意的时候，在乡里艰难困苦，就连没有见识的常人和儿童都轻视他，欺侮他。如战国时苏秦，其嫂子不以礼相待；汉朝的朱买臣，其妻因他贫穷离弃而去。士人一旦做了官，坐着四匹马拉的华贵车子，仪仗旗帜为前导开路，骑士兵卒簇拥在后，沿途百姓夹道观看，相互并肩比足，瞻望着，叹息羡慕。而那些被称为庸夫愚妇的人，东奔西走，惊恐得汗流浃背，羞愧得

苏秦

俯伏在地上，在车尘马足之间暗自悔罪。这是一个士人得志后盛气逼人的阵势，过去的人将其比作衣锦荣归。

只有大丞相魏国公韩琦不是那样。公是相州人，世代都有美好的德行，祖上是当时有名的公卿。公在少年的时候，就已经高中科第，做了显耀的大官。海内的士人，闻风下拜，瞻仰他的风采，也有很多年了。所谓的出将入相尊荣富贵，都是公所应当有的，并非像那些穷困的人，侥幸而一时得志，出于庸夫愚妇意料之外，以此夸耀于世间。如此说来，仪仗中的高大旗帜，不足以当作公的荣耀；朝廷中地位最尊贵的三公（司徒、司马、司空）手执的桓圭和礼服衮裳，不足以当作公的尊贵。只有用恩德施于百姓，有功勋于国家，将功绩刻在钟鼎碑石上，作出乐章诗赋颂扬天下，以光耀后世直至无穷，才是公的志向，而天下的士人也因此仰望魏公，岂止夸耀于一时而荣耀于一乡呢？

公在仁宗至和年间，曾经以武康节度使的身份做相州知州，这时便在后花园中修建了昼锦堂。后来又刻诗于石上，以留传给相州的百姓观看。诗中鄙视那些计较恩仇、夸耀浮名声誉的行为，不以过去的人所夸耀的事为光荣，反而引以为戒。以此可知公是怎样看待荣华富贵的，而公远大的志向岂是可以度量的？所以公能出将入相，为君王效力，不管天下太平与动乱，都是一样。面临国家疑难大事，果断地做出决议，垂下袍服的带子，双手执正了笏板，不动声色，将天下治理得稳如泰山，可说是以一己之身关系天下安危的大臣了！公的伟业丰功，因而被刻在钟鼎上，谱在弦歌中，是国家的光辉，而不止于一乡一里的荣耀。

我虽然没有登上公的庭堂，但有幸曾经私下诵读过公的诗文，为公的志向得以实现而快乐，并且欣然向天下人讲述公的事迹，于是写了这篇文章。

丰乐亭记

【题解】

丰乐亭位于安徽滁县丰山北麓，是欧阳修被贬到滁州后建造的，这篇文章写于此亭建成之时。文章的主旨是歌颂宋王朝统一中国，结束战乱，使人民能休养生息的功德。文章运用今昔对比的手法，既描述此时滁州山高水清，民乐岁丰，又回顾百年前这里战乱的往事，在记叙中反复抒发感慨，写得很有感情。

【原文】

修既治滁之明年，夏，始饮滁水而甘。问诸滁人，得于州南百步之近。其上则丰山[1]，耸然而特立；下则幽谷，窈然而深藏；中有清泉，滃然而仰出。俯仰左右，顾而乐之。于是疏泉凿石，辟地以为亭，而与滁人往游其间。

滁于五代干戈之际，用武之地也。昔太祖皇帝[2]，尝以周师破李景兵十五万于清流山下，生擒其将皇甫晖、姚凤于滁东门之外，遂以平滁。修尝考其山川，按其图记，升高以望清流之关，欲求晖、凤就擒之所，而故老皆无在者。盖天下之平久矣。自唐失其政，海内分裂，豪杰并起而争，所在为敌国者，何可胜数？及宋受天命，圣人出而四海一。向之凭恃险阻，铲削消磨。百年之间，漠然徒见山高而水清。欲问其事，而遗老尽矣。

今滁介江淮之间，舟车商贾、四方宾客之所不至；民生不见外事，而安于畎亩衣食，以乐生送死。而孰知上之功德，休养生息，涵煦于百年之深也！

修之来此，乐其地僻而事简，又爱其俗之安闲。既得斯泉于山谷之间，乃日与滁人仰而望山，俯而听泉。掇幽芳而荫乔木，风霜冰雪，刻露清秀，四时之景，无不可爱。又幸其民乐其岁物之丰成，而喜与予游也。因为本其山川，道其风俗之美，使民知所以安此丰年之乐者，幸生无事之时也。

夫宣上恩德，以与民共乐，刺史之事也。遂书以名其亭焉。

【注释】

〔1〕丰山：在今安徽滁州城西。

〔2〕太祖皇帝：指宋朝开国皇帝赵匡胤，本是周世宗的部将，曾奉命率周师攻南唐，唐中主李璟命其将皇甫晖、姚凤守滁州。两军在滁州城西南的清流山下交战，唐兵败，周遂平滁。

【译文】

欧阳修治理滁州的第二年夏天，才发现滁州的水味道非常甘甜。于是去问滁人泉水的发源地，后在州城南百步之近的地方找到了泉水，泉水之上是高高耸立的丰山，下面是深远潜藏的幽谷，中间有清泉涌出，我上下左右观看，心旷神怡。于是开凿石头，疏通泉流，整平地面，建造了一个亭子，与滁州百姓在此地游乐。

滁州这个地方，在五代战乱的时候，是兵家必争的用武之地。过去宋太祖皇帝赵匡胤，曾经率领后周军队，大破南唐中主李璟的军队十五万人，于清流关山下，活捉了南唐军将领皇甫晖、姚凤于滁州东门之外，从而平定了滁州。修曾经考查过滁州的山川地理，按照滁州地图，登上高处瞭望清流关，想找到皇甫晖、姚凤被擒的地方，但是当地经历过此事的老人都去世了，一个也没有找到。大概天下太平的时间已很久了，大家已经忘记这件事了。自从唐朝末年政治腐败，海内分崩离乱，英雄豪杰四起相争，所在的地方今为此国、明为敌国，简直数不过来。到了大宋朝承受天命，圣人出世而四海统一，一向凭借地势险要的割据，都削平消磨掉了。一百多年间，战乱的痕迹都不见了，只见到山高水清，山川依旧。想问以前的事，而遗老都不在人世了。

现在滁州介于长江、淮河之间，船只车马、商贾行贩、四方宾客不到这个地方来，百姓看不到外面的事情，却安逸舒畅地耕种田地，取得衣食，愉快地生活并老死于此。哪里知道这是皇上的恩泽，让百姓休养生息，生儿育女，世代相传，已有百年之久了。

我来到滁州，很喜欢此地偏僻，诸事简单，又爱民风民俗的安闲舒逸。既然于山谷之间得到了泉水，就每天和滁人向上仰望高山，向下听泉水的声音。采取幽香芬芳的花草，在高大的树木下乘荫凉。秋冬时的风霜冰雪，山势峻峭，露水滴滴，更觉清爽宜人。四时的景致，没有不可爱的。幸运的是当地百姓因年成好五谷丰登，喜欢和我一道游乐。所以我依据这里的山川地形，道说其风俗的淳朴，使百姓知道之所以能安享丰年的快乐，是因为有幸生在太平无事的年月。

宣扬皇上的恩德，以此与百姓共享快乐，是刺史本职的事情，遂做了这篇文章来记载并命名这个亭子。

醉翁亭记

【题解】

本文是欧阳修被贬为滁州太守后写的一篇近于赋体的山水游记。作者以精练、生动的语言，描述了自己与游客在醉翁亭中开怀畅饮的欢快情景以及亭外变化多姿的自然风光，表达了“与民同乐”的思想情怀。

【原文】

环滁皆山也。其西南诸峰，林壑尤美。望之蔚然而深秀者，琅琊也[1]。山行六七里，渐闻水声潺潺，而泻出于两峰之间者，酿泉也。峰回路转，有亭翼然临于泉上者，醉翁亭也。作亭者谁？山之僧智仙也。名之者谁？太守自谓也。太守与客来饮于此，饮少辄醉，而年又最高，故自号曰醉翁也[2]。醉翁之意不在酒，在乎山水之间也。山水之乐，得之心而寓之酒也。

若夫日出而林霏开，云归而岩穴暝，晦明变化者，山间之朝暮也。野芳发而幽香，佳木秀而繁阴，风霜高洁，水落而石出者，山间之四时也。朝而往，暮而归，四时之景不同，而乐亦无穷也。

至于负者歌于途，行者休于树，前者呼，后者应，伛偻提携，往来而不绝者，滁人游也。临溪而渔，溪深而鱼肥；酿泉为酒，泉香而酒洌；山肴野蔌，杂然而前陈者，太守宴也。宴酣之乐，非丝非竹，射者中，弈者胜，觥筹交错，起坐而喧哗者，众宾欢也。苍颜白发，颓然乎其间者，太守醉也。

已而夕阳在山，人影散乱，太守归而宾客从也。树林阴翳，鸣声上下，游人去而禽鸟乐也。然而禽鸟知山林之乐，而不知人之乐；人知从太守游而乐，而不知太守之乐其乐也。醉能同其乐，醒能述以文者，太守也。太守谓谁？庐陵欧阳修也[3]。

【注释】

〔1〕琅琊：山名，在今安徽滁州西南十里，相传东晋琅琊王司马睿曾避难于此，故名。

〔2〕醉翁：欧阳修别号，其《题滁州醉翁亭》诗说："四十未为老，醉翁偶题篇。醉中遗万物，岂复记吾年。"在《赠沈遵》中又说："我年四十犹强力，自号醉翁聊戏客。"反映了他遭贬来到滁州后的愤懑心情。

〔3〕庐陵：郡名，东汉置，宋改名吉州（今江西吉水）。欧阳修为吉州永丰（今江西吉安）人，其先代为庐陵大族，故自称如此。

【译文】

滁州城的四面被山环绕着。城西南的许多山峰，树林壑谷尤其美丽。远远望去草木茂盛而深秀的地方，是琅琊山。沿着山路行走六七里，渐渐听到水声潺潺，从两个山峰之间泻出水流，即是酿泉。山峰回环，山路随着旋转，有一个亭子像鸟儿张开的翅膀一样，建在泉水之上，这就是醉翁亭。修造亭子的是谁？是山中的和尚智仙。为亭子命名的是谁？是太守自己。太守与众宾客来此地设宴饮酒，往往喝了少量的酒就醉了，而太守的年纪又最大，所以自己称号为醉翁。醉翁的本意并不在酒，在于山水之间。游山玩水的快乐，在心灵中得到感受，而寄寓于饮酒之中。

等到太阳升起，林中的雾气散开；白云飘来，山里的幽谷和岩洞便黑暗了，阴暗与明亮交替变化，这是山间的早晨和晚上。野花开放，发出阵阵幽香；佳木深秀，枝叶繁盛而有庇荫；风霜高而洁净；泉水落下而岩石现出，这是山间四时的景色。早晨出游，夜晚回家，春夏秋冬四时的景致不同，而乐趣也是无穷无尽的。

至于背负东西的人在路上边走边唱歌，行路的人在树下休息，前面的人呼喊，后面的人答应。老年人弯着腰走，小孩由大人搀扶着，来来往往不绝的，是滁人在游乐。面临着溪水钓鱼，溪水幽深而鱼儿肥大；以酿泉的水造酒，泉水清香而酒味清醇；把山里出产的野兽、蔬菜做成菜肴，交错着在桌上陈列，是太守设的宴席。酒宴酣畅的乐趣，不在于弹奏琴瑟、吹奏箫笛，而是玩投壶游戏，有人把箭投进了壶中；下起围棋，有人取胜；行起酒令，酒杯酒筹交错。有人坐着，有人立起，一片喧哗声，这是众宾客在欢喜作乐。容颜苍老、满头白发，倒伏在中间，这是太守吃酒醉了。

不久夕阳快要落山，人的影子凌乱四散，太守归去而宾客相从。树林浓密遮蔽成荫，鸟儿上上下下鸣叫，游人已离去而禽鸟快乐。然而禽鸟只知道山林中的快乐，而不知道人的快乐；滁人只知道跟着太守游玩的快乐，而不知道太守的快乐在滁人的快乐之中。醉酒时能和大家一起快乐，酒醒时能写文章记述此事的，是太守。太守是谁？就是江西庐陵的欧阳修。

秋声赋

【题解】

肃杀的秋景，常常是古代文人借以抒写感伤、惆怅心情的题材，《秋声赋》正是这一类作品的代表作。作者把秋色写得可见可闻，由秋风的来临，联想到万物的凋零，继而联想到人生的易老，抒发出对于世事艰难、人生道路坎坷的感慨。本文写景、抒情、叙事、议论浑然一体，在句法上，整齐而富于变化，参差而不散乱，并善用独白来表达思想感情的波折与自我解脱，体现了散文赋的重要特点。

【原文】

欧阳子方夜读书，闻有声自西南来者，悚然而听之，曰："异哉！"初淅沥以潇飒，忽奔腾而砰湃，如波涛夜惊，风雨骤至。其触于物也，鏦鏦铮铮，金铁皆鸣；又如赴敌之兵，衔枚疾走，不闻号令，但闻人马之行声。予谓童子："此何声也？汝出视之。"童子曰："星月皎洁，明河在天，四无人声，声在树间。"

予曰："噫嘻，悲哉！此秋声也，胡为乎来哉？盖夫秋之为状也，其色惨淡，烟霏云敛；其容清明，天高日晶；其气栗冽，砭人肌骨；其意萧条，山川寂寥。故其为声也，凄凄切切，呼号奋发。丰草绿缛而争茂，佳木葱茏而可悦；草拂之而色变，木遭之而叶脱。其所以摧败零落者，乃其一气之余烈。

"其夫秋，刑官也，于时为阴[1]；又兵象也[2]，于行为金[3]；是谓天地之义气[4]，常以肃杀而为心。天之于物，春生秋实，故其在乐也，商声主西方之音[5]，夷则为七月之律[6]。商，伤也，物既老而悲伤；夷，戮也，物过盛而当杀。

"嗟夫！草木无情，有时飘零。人为动物，惟物之灵；百忧感其心，万事劳其形；有动乎中，必摇其精。而况思其力之所不及，忧其智之所不能；宜其渥然丹者为槁木，黟然黑者为星星。奈何以非金石之质，欲与草木而争荣？念谁为之戕贼，亦何恨乎秋声！"

童子莫对，垂头而睡。但闻四壁虫声唧唧，如助予之叹息。

【注释】

〔1〕“其夫秋……为阴”：周朝以天、地、春、夏、秋、冬作为官名，秋官大司寇，掌管刑法。古人又以春夏为阳，秋冬为阴。春为阳中，万物以生；秋为阴中，万物以成。

〔2〕兵象：古代征伐多在秋季，故秋为兵象。

〔3〕于行为金：古人以金、木、水、火、土五行分属四季，秋季属金。

〔4〕义气：《礼记·乡饮酒义》：“天地严凝之气，始于西南，而盛于西北，此天地之尊严气也，此天地之义气也。”

〔5〕商声主西方之音：古人以五声（宫商角徵羽）和四季相配，商为秋声。又以四方（东南西北）和四季相配，秋为西方。

〔6〕夷则：古人以十二律（黄钟、大吕、太簇、夹钟、姑洗、仲吕、蕤宾、林钟、夷则、南吕、无射、应钟）和十二月相配，夷则为七月。

【译文】

欧阳子正在夜间读书，只听到有声音从西南方传来，惊恐地去听，说道：“奇怪得很啊！”开始像淅淅沥沥的雨声，其中还夹杂着萧瑟的风声，后来又忽然如波浪奔腾汹涌，像是夜间的惊涛骇浪，暴风雨骤然而至。接触在物体之上，发出鏦鏦铮铮的声音，犹如铜铁金属相击的声音。又好像出发去和敌人打仗的兵士，嘴里衔着竹枚快速行走，听不到号令，只听得人和马的行走之声。我对书童说道：“这是什么声音？你出去看一看。”书童返回来告诉我：“明月星光皎洁，银河横在天上，四处没有人声，声音是从树木之间发出的。”

我说：“哎呀！可悲哪！这是秋天的声音，它为什么来的呢？秋天的形状，它的颜色惨淡，烟气云气收敛；它的容色清明，天高而日光明亮；它的气候阴冷，刺人肌骨；它的意象萧条，山川冷清寥廓。所以它的声音凄凄切切，呼号声奋起。秋天来临的时候，野草繁盛争荣，佳木郁郁葱葱，十分可爱。然而秋风一到，拂过花草，花草的颜色就要改变；树木遭遇到，树叶便脱落了，其之所以能使草木摧折败坏，是因为肃杀秋气的余威。

“秋天，是代表刑罚的官职，性质属阴；它是用兵之象，在五行上为金。是所谓的天地肃杀之气，经常以摧残杀死万物为本意。上天对于万物，春天萌生，秋天结出果实。所以在音乐方面，秋天为五音中的商声，是西方的音律，七月的律令是一年十二律令中的夷则之律。商声，是悲伤的意思，万物渐渐老去，接近死亡，使人悲伤；夷，是杀戮的意思，万物过了繁盛期，就会遭遇杀戮摧折。

“唉！草木无情，不时飘零沦落，人是一种动物，是万物中最有灵性的。千百种忧虑感动他的心，万般事务劳累他的形体。凡是能感动他的，必定会动摇他的精神。何况还要思考自己的力量办不到的事情，忧虑自己的智力不能解决的问题！于是满面红光的容貌，忽然变成了枯木一般，如漆一般光亮的黑发，忽然变得雪白，并非金石质的形体，怎么能与草木争一日之荣？仔细思量自己到底被什么伤害摧残，又何必怨恨这秋天的声音呢？”

童子没有应答，已经低头睡着了。只听见四壁秋虫唧唧鸣叫，好像在呼应我的叹息声。

祭石曼卿文

【题解】

这是作者为悼念诗友石曼卿而作的一篇祭文。作者避免了一般祭文的呆板格式，内容不是为死者作平生概括，而是通过三呼曼卿，先称赞其声名不朽，再写其死后凄凉，特别是渲染墓地的悲凉景象，表达出作者对死者强烈的哀悼之情。文章大体押韵，句式灵活，情调凄婉，体现出作者真挚的感情。

【原文】

维治平四年[1]，七月日，具官欧阳修[2]，谨遣尚书都省令史李敭，至于太清[3]，以清酌庶羞之奠，致祭于亡友曼卿之墓下，而吊之以文，曰：

呜呼曼卿！生而为英，死而为灵。其同乎万物生死，而复归于无物者，暂聚之形；不与万物共尽，而卓然其不朽者，后世之名。此自古圣贤，莫不皆然，而著在简册者，昭如日星。

呜呼曼卿！吾不见子久矣，犹能仿佛子之平生。其轩昂磊落，突兀峥嵘而埋藏于地下者，意其不化为朽壤；而为金玉之精。不然，生长松之千尺，产灵芝而九茎。奈何荒烟野蔓，荆棘纵横，风凄露下，走磷飞萤！但见牧童樵叟，歌吟而上下，与夫惊禽骇兽，悲鸣踯躅而咿嘤。今固如此，更千秋而万岁兮，安知其不穴藏狐貉与鼯鼪？此自古圣贤亦皆然兮，独不见夫累累乎旷野与荒城！

呜呼曼卿！盛衰之理，吾固知其如此，而感念畴昔，悲凉凄怆，不觉临风而陨涕者，有愧乎太上之忘情。尚飨！

【注释】

〔1〕治平：宋英宗年号（1064—1067）。

〔2〕具官：唐宋以来，公文函牍的底稿上，常将应写明的官爵品位简写为具官。

〔3〕太清：石曼卿的故乡，在今河南商丘东南。曼卿死后就葬在那里。

【译文】

在英宗治平四年七月某日，欧阳修差遣尚书都省令史李敭到太清，以清酒和各种美味的菜肴作奠仪，致祭于亡友石曼卿的墓前，并作一篇文章吊祭说：

曼卿呀！你在世时是英雄，死后成为神灵。同万物一道生死，最后又回归到无物的地方的，是暂时相聚的形体；不与万物一道灭亡，卓越挺立，永垂不朽的，是流传后世的英名。你会同从古至今的圣贤们一样，留名于史册，像日月星辰一样明亮。

曼卿呀！我没有看见你已经很久了，还能依稀记得你生前的容貌。你气宇轩昂，襟怀坦白，光明磊落，高大英俊，虽然埋藏在地下，想来不会腐朽化为泥土，而会变成金玉的精华。如果不是这样，此地为什么会生长着高达千尺的松树，出产有九根茎的灵芝草。无奈荒烟野草，藤蔓缠绕，荆棘纵横；风雨凄凉，霜露下降；磷火飘动，飞萤明灭；只见牧童与老樵夫唱着山歌，上上下下；惊恐的飞禽与害怕的野兽，前后徘徊，发出悲切的鸣叫声。今天已经是这样，再过了千秋万岁，怎知道不会有狐狸、貉子、鼯鼠和黄鼠狼在此挖洞藏身？而自古以来，连圣贤都要遭遇这种情形，看看远方那累累相连的旷野和荒城吧！

曼卿呀！古今盛衰的道理，我本来就知道是这样的，而思念从前的情景，越发悲凉凄惨，不觉得要临风流泪，想来自己远没有达到古代圣贤那种忘情的境地，很惭愧。希望你能够来享用这祭礼！

泷冈阡表

【题解】

泷冈在今江西永丰的凤凰山，欧阳修的父亲死后就埋葬在这里，本文是欧阳修在他父亲死后六十年所作的墓表。在表文中，作者盛赞父亲的孝顺与仁厚，母亲的俭约与安于贫贱。本文言辞清新质朴，率意写出，用具体的琐事、琐谈，表现父母生前的美德，不尚空泛的溢美之词，这深刻影响到了明代归有光的家庭纪事小品。

【原文】

呜呼！惟我皇考崇公[1]，卜吉于泷冈之六十年，其子修，始克表于其阡。非敢缓也，盖有待也。

修不幸，生四岁而孤。太夫人守节自誓，居穷，自力于衣食，以长以教，俾至于成人。太夫人告之曰：“汝父为吏，廉而好施与，喜宾客。其俸禄虽薄，常不使有余，曰：‘毋以是为我累！’故其亡也，无一瓦之覆，一垄之植，以庇而为生。吾何恃而能自守耶？吾于汝父，知其一二，以有待于汝也。自吾为汝家妇，不及事吾姑，然知汝父之能养也。汝孤而幼，吾不能知汝之必有立，然知汝父之必将有后也。吾之始归也，汝父免于母丧方逾年。岁时祭祀，则必涕泣曰：‘祭而丰，不如养之薄也。’间御酒食，则又涕泣曰：‘昔常不足，而今有余，其何及也！’吾始一二见之，以为新免于丧适然耳。既而其后常然，至其终身，未尝不然。吾虽不及事姑，而以此知汝父之能养也。汝父为吏，尝夜烛治官书，屡废而叹。吾问之，则曰：‘此死狱也，我求其生不得耳！’吾曰：‘生可求乎？’曰：‘求其生而不得，则死者与我皆无恨也；矧求而有得邪！以其有得，则知不求而死者有恨也。夫常求其生，犹失之死，而世常求其死也。’回顾乳者抱汝而立于旁，因指而叹曰：‘术者谓我岁行在戌将死。使其言然，吾不及见儿之立也，后当以我语告之。’其平居教他子弟，常用此语，吾耳熟焉，故能详也。其施于外事，吾不能知；其居于家，无所矜饰，而所为如此，是真发于中者邪！呜呼！其心厚于仁者邪！此吾知汝父之必将有后也。汝其勉之！夫养不必丰，要于孝；利虽不得博于物，要其心之厚于仁。吾不能教汝，此汝父之志也。”修泣而志之，不敢忘。

先公少孤力学，咸平三年[2]进士及第，为道州判官，泗、绵二州推官；又为泰州判官，享年五十有九，葬沙溪之泷冈[3]。太夫人姓郑氏，考讳德仪，世为江南名族。太夫人恭俭仁爱而有礼，初封福昌县太君，进封乐安、安康、彭城三郡太君。自其家少微时，治其家以俭约，其后常不使过之，曰：“吾儿不能苟合于世，俭薄所以居患难也。”其后修贬夷陵，太夫人言笑自若，曰：“汝家故贫贱也，吾处之有素矣。汝能安之，吾亦安矣。”

自先公之亡二十年，修始得禄而养。又十有二年，列官于朝，始得赠封其亲。又十年，修为龙图阁直学士、尚书吏部郎中，留守南京。太夫人以疾终于官舍，享年七十有二。又八年，修以非才，入副枢密，遂参政事。又七年而罢。自登二府[4]，天子推恩，褒其三世[5]。盖自嘉祐以来[6]，逢国大庆，必加宠锡。皇曾祖府君累赠金紫光禄大夫、太师、中书令。曾祖妣累封楚国太夫人。皇祖府君累赠金紫光禄大夫、太师、中书令，兼尚书令。祖妣累封吴国太夫人。皇考崇公累赠金紫光禄大夫、太师、中书令，兼尚书令。皇妣累封越国太夫人。今上初郊[7]，皇考赐爵为崇国公，太夫人进号魏国。

于是小子修泣而言曰："呜呼！为善无不报，而迟速有时，此理之常也。惟我祖考，积善成德，宜享其隆。虽不克有于其躬，而赐爵受封，显荣褒大，实有三朝之锡命。是足以表见于后世，而庇赖其子孙矣。"乃列其世谱，具刻于碑。既又载我皇考崇公之遗训，太夫人之所以教而有待于修者，并揭于阡。俾知夫小子修之德薄能鲜，遭时窃位，而幸全大节，不辱其先者，其来有自。

熙宁三年，岁次庚戌，四月辛酉朔，十有五日乙亥，男推诚、保德、崇仁、翊戴功臣，观文殿学士，特进，行兵部尚书，知青州军州事，兼管内劝农使，充京东路安抚使，上柱国，乐安郡开国公，食邑四千三百户，食实封一千二百户，修表。

【注释】

〔1〕皇考：旧时对亡父的敬称。崇公：欧阳观因儿子欧阳修当了宰相，追封为崇国公。

〔2〕咸平：宋真宗年号（998—1003）。

〔3〕沙溪：地名，在今江西永丰凤凰山北。

〔4〕二府：宋以枢密院掌军政，为西府；中书门下掌政务，为东府。合称二府，为最高国务机关。

〔5〕褒其三世：据《宋史·职官志》十赠官：宰相、中书令、侍中、枢密使，并赠三世。

〔6〕嘉祐：宋仁宗年号（1056—1063）。

〔7〕今上：指宋神宗。

【译文】

唉！想我先父崇国公，占卜选择吉地安葬于泷冈以后的六十年，他的儿子欧阳修才能够作了墓表，并刻在碑上竖立于墓道。这并不是敢有意拖延，而是因为有所期待。

我很不幸，生下来四岁，父亲就去世了，太夫人（母亲）发了誓愿守节，家境贫寒，她靠着自己的力量谋取衣食，抚养我，教育我，使我长大成人。太夫人谆谆告诫我说："你的父亲做官清廉，喜欢布施别人，又喜爱宾客。他的俸禄虽然微薄，常常没有剩余。说：'不要让金钱连累了我的清白！'所以他去世后，没有留下一间房子、一亩地，让你赖以生活，我依靠什么自守呢？我对你的父亲，大概能知道一二，所以对你有所期待。自从我嫁到你家做媳妇，没有来得及侍奉婆婆，但知道你父亲是很孝敬老人的。你幼年丧父，我不能预料你将来有什么成就，但我相信你父亲一定后继有人。我开始到你家的时候，你父亲服满祖母的丧，才过了一年，逢年过节祭祀祖先的时候，必然会哭泣说：‘祭祀即使很丰盛，也比不上活着时薄薄地奉养啊！’有时他自己吃着酒食，又哭泣说：‘从前常嫌酒食不够，现在有余了，但来不及供养母亲了！’我开始见到一两次，以为他是才服满了丧，偶然有所感遇罢了。但以后他也经常是这样，一直到他去世，没有不如此的。我虽然来不及侍奉婆婆，但从这些事也知道你父亲是孝顺供养祖母的。你父亲做官，经常在夜里点着蜡烛，审理刑事案卷，屡次发出长长的叹息。我问起原因，他说：‘这是要判死刑的案卷，我想放一条生路但办不到！’我说：‘生路可以求吗？’他说：‘放一条生路而办不到，那么死者和我都没有遗恨。也确实有求一条生路，因而救活一个人的，就知道不去求生路而死者会有遗恨。就这样经常求生路，一不小心，仍旧会处死刑，而世上人常常希望这些人死去。’回头看看，发现乳娘抱着你站在一旁，因而指着你叹息说：‘占卦的人说我在年岁有戌的一年，将会死去。如果占卦人说的话是真的，我就见不到儿子长大成才了，以后你应当把我的话告诉儿子！’他平时在家教育子弟，常常说起此话，我听熟了，所以能详细地说给你听。他在外面办事，我不知道。在家中的时候，没有一点矜持文饰，不摆架子，之所以这样，是真正发于内心的仁人！唉！他的心地厚道而又注重仁义！这就是我知道你父亲必定后继有人的原因，你也应当勉励自己才对。供养长辈不在于丰厚，而在于孝顺；利益虽然不能普及于万物，而在于心地厚道内存仁义。我没有什么可教导你的，这些都是你父亲的心愿。”修哭泣着，牢牢记住，永不敢忘。

先父崇国公少年时便没有了父亲，但能坚持刻苦勤奋学习。在真宗咸平三年考中进士，出任道州判官，泗、绵二州推官，又继任泰州判官，享年五十九岁，葬在沙溪的泷冈。太夫人姓郑，她父亲名德仪，世代为江南名门大族。太夫人恭顺节俭仁爱知礼，起初封为福昌县太君，又进封乐安、安康、彭城三郡太君。自从家贫时起，她就以节俭治理家务，后来家里过日子也不超过当初的标准，她说：“我的儿子不能苟且以迎合世俗人，要俭朴节约，以预备有患难的时候。”后来我被贬官到夷陵，太夫人谈笑自若，说：“咱们家原来是贫贱的，我已经过得习惯了。你能安心，我也能安心！”

先父崇国公死后二十年，我才得到朝廷的俸禄来奉养太夫人。又过了十二年，才位列朝官，使父母获得封赠。又过十年，我任职龙图阁直学士、尚书吏部郎中，留守南京，这时候太夫人因病逝世于官舍中，享年七十二岁。再过了八年，我这种没有才能的人，竟出任副枢密使，遂参与国家大政要事，又有七年才罢免职务。自从进入中书省、枢密院二府以来，天子推广他的恩德，褒扬我的三代，自从仁宗嘉祐年间以来，逢到国家庆贺大典，必定予以宠幸，大加封赏。先曾祖父，累赠金紫光禄大夫、太师、中书令；先曾祖母，累封楚国太夫人。先祖父，累赠金紫光禄大夫、太师、中书令兼尚书令；先祖母，累封吴国太夫人。先父崇国公，累赠金紫光禄大夫、太师、中书令兼尚书令；先母累封越国太夫人。当今神宗皇帝，第一次到郊外祭天，赐先父爵位为崇国公，太夫人进封号为魏国太夫人。

于是我哭泣着说：“唉！行善没有不报的，只是迟早罢了，天理经常是这样的！我的祖先，积行善事成就了德行，应该享受这隆重的待遇。虽然不能活在世上享受，但赏赐封赠爵位，显示荣耀，褒扬光大，实在有三朝的宠幸诰封，足以扬名于后世，荫庇于子孙了！”所以序列世系家谱，刻在碑石上，后又记载先父崇国公的遗言训诫，以及太夫人所教导、希望我做到的话，一道揭示于墓表上。使大家知道我的德行浅薄，才能低小，逢到时运才窃取了官位，幸而能保全大节，没有辱没先人，其实是有原因的。

神宗熙宁三年，即庚戌年四月初一辛酉日，十五乙亥日，儿子推诚、保德、崇仁、翊戴功臣，观文殿学士，特进，行兵部尚书，知青州军州事兼管内劝农使，充京东路安抚使，上柱国，乐安郡开国公，食邑四千三百户，食实封邑一千二百户，欧阳修敬撰此表。

送徐无党南归序[1]

【题解】

皇祐年间徐无党以南省第一人考中进士，知名文坛。及第以后返回故乡，这是作者为他所写的临别赠序。徐生新科及第，名列前茅，不免会有骄矜得意之色，因此赠序论述立德、立功、立言三者的关系，强调历久不朽，修身第一，感叹只靠文章是难以不朽的，终身在文字上用功夫是可悲的，从中反映关于道德重于文章的观点。这些看法，既是勉励他的学生，也是自我警戒，更见语意深挚。文中运用对比手法，显出文章传世之难；引用事例，精当明确；生发议论，自然生动。

【原文】

文章丽矣，言语工矣，无异草木荣华之飘风，鸟兽好音之过耳也

草木鸟兽之为物，众人之为人，其为生虽异，而为死则同，一归于腐坏澌尽泯灭而已〔2〕。而众人之中，有圣贤者，固亦生且死于其间，而独异于草木鸟兽众人者，虽死而不朽，逾远而弥存也。其所以为圣贤者，修之于身，施之于事，见之于言〔3〕，是三者所以能不朽而存也。

修于身者，无所不获；施于事者，有得有不得焉；其见于言者，则又有能有不能也。施于事矣，不见于言可也。自《诗》《书》《史记》所传，其人岂必皆能言之士哉？修于身矣，而不施于事，不见于言，亦可也。孔子弟子，有能政事者矣，有能言语者矣。若颜回者，在陋巷曲肱饥卧而已〔4〕，其群居则默然终日如愚人。然自当时群弟子皆推尊之，以为不敢望而及，而后世更百千岁，亦未有能及之者。其不朽而存者，固不待施于事，况于言乎？

予读班固《艺文志》、唐《四库书目》，见其所列，自三代秦汉以来，著书之士，多者至百余篇，少者犹三四十篇，其人不可胜数；而散亡磨灭，百不一二存焉。予窃悲其人，文章丽矣，言语工矣，无异草木荣华之飘风，鸟兽好音之过耳也。方其用心与力之劳，亦何异众人之汲汲营营〔5〕？而忽然以死者，虽有迟有速，而卒与三者同归于泯灭〔6〕。夫言之不可恃也盖如此。今之学者，莫不慕古圣贤之不朽，而勤一世以尽心于文字间者，皆可悲也。

东阳徐生，少从予学为文章，稍稍见称于人。既去，而与群士试于礼部，得高第〔7〕，由是知名。其文辞日进，如水涌而山出。予欲摧其盛气而勉其思也，故于其归，告以是言。然予固亦喜为文辞者，亦因以自警焉。

【注释】

〔1〕徐无党：婺州永康（今浙江永康）人。曾从欧阳修学古文，并为其所撰《新五代史》作注。南归：徐及第后自京都回乡，故曰南归。

〔2〕一：全部。澌尽：消失净尽。澌，消解、融化。

〔3〕见：同“现”。

〔4〕曲肱：弯曲胳膊当作枕头。

〔5〕汲汲营营：不停地追求、经营，多贬义。

〔6〕三者：草木、鸟兽、众人。

〔7〕高第：名列前茅。徐以南省第一人登进士第。

【译文】

草木、鸟兽被归为动物，芸芸众生被归为人，人与物在生存的时候是有区别的，但在死后却是相同的：那就是都会走向肉体的腐烂、精神的消亡，一切化为乌有。但是在茫茫人海中有称为圣贤的人，他们虽然也在天地间生存、死亡，但跟草木、鸟兽、普通人有着不同的独到之处：即使死了也永垂不朽，时代越远越显示出他们存在的价值。他们成为圣贤的原因是：修养自身的品德，施展才能干一番事业，有言论著作流传于世，这三者就是圣贤之人能不朽的原因。

修养自身的品德，就一定会有收获；干一番事业，有的人能成功，有的人失败；言论著作，有的人能做到，有的人不能做到。若有的人干了一番事业，即使没有著书立说也可以。从《诗经》《尚书》《史记》以来的书中所记载的那些人，难道一定都是善于言辞的人吗？修养自身的品德，却没有干一番事业，也没有用言辞表现出来，也是可以的。孔子的弟子中，有善于政事的人，有善于言辞的人。像颜回，住在陋巷之中，忍饥挨饿，弯着臂膀当枕头睡觉，和大家在一块整天沉默寡言，貌似蠢笨无能。但是，在当时，孔门的弟子们都敬重他，认为自己远远落后于他，难以望其项背。就是他死后过了百年、千年，也没有人能赶上他。因此，不朽永存的原因，本来就不在于要干一番突出的事业，何况是言辞呢？

我读班固的《汉书·艺文志》和唐代的《四库书目》书籍的标目，看到其中所列的夏、商、周、秦、汉以来的著书人士，写得多的达到百余篇，写得少的也有三四十篇。著书人更是不计其数。但他们的著作大都散失毁灭，流传下来的不到百分之一二。我私下为那些人感到悲痛：文章够华丽了，语言够工巧了，但这些东西就像草木的花朵随风飘散，鸟兽的叫声过耳即逝。当他们用尽精力写作的时候，又与别人为生计匆忙奔走有什么差别呢？而转眼间死去，虽然速度有快有慢，却最终要与草木、鸟兽、众人一样归于泯灭，看来言辞不足以依靠，大抵都是这样。现在的学者，没人不向往古代圣贤的不朽，但是把一生的精力全部都花在写文章上，真是可悲的事啊！

东阳郡的徐生，少年时跟随我学写文章，以后逐步得到人们的赞赏。他离开我以后，跟一群读书人在礼部参加进士考试，获得高第，因而出了名。他的文章言辞日益进步，好像水波滚滚，高山耸立。我想压抑一下他得意的神气，勉励他多多思考。所以在他南归回家的时候，用这些话来告诫他。而我自己本来也是喜欢写文章的人，因此也是用这篇文章来警诫自己啊。

与尹师鲁书

【题解】

这是欧阳修写给好朋友尹师鲁的信。尹师鲁本名尹洙，字师鲁，后因范仲淹牵连被贬到夷陵、郢州等地。在此信中，欧阳修向他表达了深切的慰藉之情，表示了自己坚守正道、勇于作为的高尚气节和不因成败得失变易其志的坦荡襟怀，从而展示了一个倾向进步、为人正直的知识分子身处逆境、坚贞不渝的光辉人格。语言浅明，行文自然，直抒胸臆，亲切有味。

【原文】

某顿首，师鲁十二兄书记[1]：

前在京师相别时，约使人如河上。既受命，便遣白头奴出城，而还言不见舟矣。其夕，及得师鲁手简，乃知留船以待，怪不如约，方悟此奴懒去而见给[2]。

临行，台吏催苛百端[3]，不比催师鲁人长者有礼，使人惶迫不知所为。是以又不留下书在京师，但深托君贶因书道修意以西[4]。始谋陆赴夷陵[5]，以大暑，又无马，乃作此行。沿汴绝淮[6]，泛大江，凡五千里，用一百一十程才至荆南[7]。在路无附书处，不知君贶曾作书道修意否？

及来此问荆人，云去郢止两程[8]，方喜得作书以奉问。又见家兄[9]，言有人见师鲁过襄州[10]，计今在郢久矣。师鲁欢戚不问可知，所渴欲问者[11]，别后安否？及家人处之如何，莫苦相尤否[12]？六郎旧疾平否[13]？

修行虽久，然江湖皆昔所游，往往有亲旧留连，又不遇恶风水。老母用术者言[14]，果以此行为幸。又闻夷陵有米、面、鱼，如京、洛[15]；又有梨、栗、桔、柚、大笋、茶荈[16]，皆可饮食，益相喜贺。昨日因参转运[17]，作庭趋[18]，始觉身是县令矣，其余皆如昔时。

师鲁简中言，疑修有自疑之意者，非他，盖惧责人太深以取直尔。今而思之，自决不复疑也。然师鲁又云暗于朋友[19]，此似未知修心。当与高书时，盖已知其非君子，发于极愤而切责之，非以朋友待之也，其所为何足惊骇？路中来，颇有人以罪出不测见吊者，此皆不知修心也。师鲁又云非忘亲[20]，此又非也。得罪虽死，不为忘亲，此事须相见可尽其说也。

五六十年来[21]，天生此辈，沉默畏慎，布在世间，相师成风。忽见吾辈作此事，下至灶间老婢，亦相惊怪，交口议之。不知此事古人日日有也，但问所言当否而已。又有深相赏叹者，此亦是不惯见事人也。可嗟世人不见如往时事久矣！往时砧斧鼎镬[22]，皆是烹斩人之物，然士有死不失义，则趋而就之，与几席枕藉之无异[23]。有义君子在傍，见有就死，知其当然，亦不甚叹赏也。史册所以书之者，盖特欲警后世愚懦者，使知事有当然而不得避尔，非以为奇事而诧人也。幸今世用刑至仁慈，无此物[24]，使有而一人就之，不知作何等怪骇也。然吾辈亦自当绝口不可及前事也[25]。居闲僻处，日知进道而已[26]。此事不须言，然师鲁以修有自疑之言，要知修处之如何，故略道也。

安道与予在楚州，谈祸福事甚详，安道亦以为然。俟到夷陵写去，然后得知修所以处之之心也。又常与安道言，每见前世有名人，当论事时，感激不避诛死，真若知义者，及到贬所，则戚戚怨嗟，有不堪之穷愁形于文字，其心欢戚无异庸人，虽韩文公不免此累[27]。用此戒安道慎勿作戚戚之文。师鲁察修此语，则处之之心又可知矣。近世人因言事亦有被贬者，然或傲逸狂醉，自言我为大不为小[28]。故师鲁相别，自言益慎职[29]，无饮酒，此事修今亦遵此语。咽喉自出京愈矣，至今不曾饮酒。到县后勤官[30]，以惩洛中时懒慢矣[31]。

夷陵有一路，只数日可至郢，白头奴足以往来。秋寒矣，千万保重，不宣。修顿首。

【注释】

〔1〕十二兄：师鲁在同辈排行十二，朋友之间以行弟相称，表示亲切。书记：尹洙当时任山南东道节度掌书记官衔。

〔2〕见绐：欺骗。

〔3〕台吏：御史台的吏卒。

〔4〕君贶（kuàng）：王拱辰，字君贶。

〔5〕夷陵：今湖北宜昌。

〔6〕沿汴：沿着汴河，横渡淮河。绝：横渡。

〔7〕荆南：今湖北江陵。

〔8〕郢：郢州，今湖北江陵等地。

〔9〕家兄：欧阳昞，字晦叔，欧阳修的异母兄。

〔10〕襄州：在今湖北襄阳。

〔11〕渴：急切。

〔12〕尤：埋怨，责备。

〔13〕六郎：指尹洙的儿子。

〔14〕术者：算命相面者。

〔15〕京、洛：开封、洛阳。

〔16〕荈（chuǎn）：茶叶老了叫荈。

〔17〕转运：这里指荆南节度使。

〔18〕庭趋：亦称庭参，下级谒见上级官员的礼节，需跪拜。

〔19〕暗于朋友：对朋友的品行看不清楚。

〔20〕忘亲：古人认为，子女犯罪，令父母亦蒙恶名，是不孝。尹洙安慰他说他“非忘亲”。

〔21〕五六十年：宋太宗从太平兴国元年（976）即位，到欧阳修写信时（1036）正好六十年。

〔22〕砧斧：古代杀人的刑具。砧，砧板。鼎镬：古代杀人的刑具。

〔23〕几席：古代的炕桌和座席。这里用作动词，指赴宴。枕藉：枕头、草垫。这里用作动词，指睡卧。

〔24〕此物：指砧斧、鼎镬。

〔25〕前事：指范仲淹、尹洙、余靖、欧阳修同时被贬之事。

〔26〕进道：进行道德修养。

〔27〕韩文公：韩愈，谥号“文公”。此累：这种缺点。

〔28〕为大不为小：专注做大事而不拘小节。

〔29〕益慎职：更加谨慎地做好本职工作。

〔30〕勤官：工作勤奋。

〔31〕懒慢：指任西京留守推官时，与洛阳文人的游宴生活。

【译文】

欧阳修叩拜，师鲁兄：

前不久在京城分别的时候，你嘱我派人到河边。我按照你的嘱咐，派了一个老仆人出城，他回来却说看不到你的船。当天晚上，我收到了你亲手写的便条，才知道你停船靠岸等待，怪我没有实践约定。我这才知道是那个仆人偷懒没有去，用谎话来欺骗我。

我动身之时，御史台的官员使出各种苛刻手段来催促我动身。不像催你的人那么宽厚懂礼，使我匆匆忙忙、手足无措。因此，我没来得及给你留下书信，只好再三托付王君贶让他写信告诉你我的情况，我接着就向西出发上路了。开始我想走旱路去夷陵，但因为天气太热，又没有马匹，于是便走水路。我沿着汴河前进，渡过淮河，再渡过长江，一共走了五千里路，用了一百一十天才到达荆南。在途中没有寄信的地方，也就不知道君贶有没有给你写信说明我的情况。

等到我到达荆南后问明了当地人，他们说距离郢州只有两天的路程，我这

沿汴绝淮，泛大江，凡五千里

才赶忙给你写信加以问候。又遇到我哥哥，他说有人看到你已经过了襄州，估计现在你早已到达郢州了。你现在是高兴还是忧愁，不问我也知道。我急于想问的是，你分别后身体还好吗？家里人如何看待这件事？有没有人苦苦埋怨你呢？你的儿子六郎的旧病好了吗？

我虽然在路上走了好久，但好在这些水路都是我从前曾游历过的地方，到处有老朋友和亲戚加以款待，又没有遇见大风大浪。我的老母亲很相信算命先生的话，认为这次旅途是幸运的。又听说夷陵出产稻米、麦子、鲜鱼，就像京都和洛阳一样，还出产梨、栗子、柑橘、柚子、竹笋、茶叶等，皆是适于食用的东西。于是我也为你感到高兴。昨天，因为去见转运使，行了下级对上级的参拜礼节，方才觉出自己确实被贬为县令了。其他的倒是和过去都一样。

你给我留的便条说怀疑我内心有后悔之意，没有别的事，大概是担心对高司谏的责备太过分，说我有想获取忠直名声的嫌疑。现在我想清楚了，不再后悔自己的所作所为了。不过你说我对朋友的为人不清楚，这种看法好像是不了解我的。我给高某写信的时候，已经知道他不是君子了。但由于极度的愤慨必须抒发，才深深地责备他，并不是把他当作朋友对待，他后来的所作所为哪里值得我惊奇和害怕呢？自出发以来，人们用“料想不到的罪”来安慰我，其实他们都不了解我的内心。你又说这不算忘了父母的恩情，这也是说错了。由于坚持正义而受到处罚，即使是被杀，也不能算是忘了父母。这件事是要等相见后才能完全说清楚。

五六十年来，上天造就了这么一批人，他们身为官吏却沉默不语，不敢说话，畏畏缩缩。这些人全国到处都有，互相模仿，形成了一股风气。现在，忽然看到我们几个人做出的事，就连烧饭的老女人都感到很惊异，异口同声地议论，却不知道这种事古人天天都在做，他们只问说的话是对还是不对。还有人对我们表示深深的赞赏，他们也是见识不多的人。如今世人已很久没有见到过古人那样的行为了。这倒是值得深深叹息。古代时，人们常用砧板、斧头、大鼎、大锅来杀害、烹煮正直敢言的人，但那些正直敢言的人宁可死也不牺牲正义。他们走向这些刑具就像去赴宴、睡觉那样从容。坚持正义的人在旁边看到有人慷慨就义，知道这是应该做的，并不十分惊讶感叹。史书上写下他们的行为，也不过是为了警戒后人中愚蠢软弱之人，好让他们知道这样做是对的而不能逃避。古人记载这些事不是认为他们的行为奇特，写下来令人惊诧用的。所幸的是，现在朝廷讲究仁慈，不再用砧板、斧头、大鼎、大锅这类的刑具，假如仍有这类刑具，一个人走上前去，不知大家要惊奇到什么地步。不过，我们这些人也绝口不再谈以往之事了。我们将会住在清静偏僻的地方，每天只注意加强自身的道德修养。这些事本来是不必说的，不过你信中以为我内心时时刻刻有疑虑，因此需要了解我对贬官之事的看法，所以略微在这里说几句。

余安道同我在楚州相遇时，曾把人间祸福谈论得很详细，余安道也认为我们这次的行为是对的。等到了夷陵后再写信给你，这样就可以更好地让你了解我对这件事的态度了。我又常对余安道说，每当看到前代某些有名的人物，他们讨论政事慷慨激昂，不怕杀头的举止，俨然一副坚持正义之人的样子，可一到了贬谪的地方，却开始悲伤怨悔，那种不能忍受穷困的忧愁情绪便表现在了文字上。他们的内心喜乐哀伤竟和普通人没什么两样，即使像韩愈这样的人物，也存在这种缺点。我则用这种情况来提醒余安道，叫他切莫悲伤地写这种文章。你考虑一下我这些话，就可以更好地了解我对这件事的态度了。近代也有因为正直敢言而被贬的人，但某些人被贬后便放荡不羁，痛饮大醉，还自称只注意大事，不拘小节。所以，我们相别时你告诉我“要更勤俭地尽本职之责，不要酗酒”。在这件事上，我也一直遵守你的话去做。出京城后我咽喉的病就已经好了，直到现在也从没喝酒。到夷陵后，我对本职工作也很勤劳，改掉了在洛阳时散漫的习惯。

夷陵有一条路可通郢州，几天就能到，这样老仆人就可以为我们往来送信了。秋天气候变冷，你千万要保重身体。想说的话表达不完，欧阳修叩拜。

与高司谏书

【题解】

任左司谏的高若讷（字敏之，并州榆次人），在范仲淹等人因直言进谏遭贬一事上，不但不敢主持公道，反而附和权奸，毁谤贤士，认为范仲淹等人当被斥逐。这使欧阳修义愤填膺，于是他给高若讷写了此信，揭露他的自私卑鄙、

趋炎附势的可耻面目，表现了富有正义感的知识分子疾恶如仇、刚直不阿的高尚气节。此文言词简明而锋利，行文曲折而晓畅，在深刻剖析当中含有讽刺嘲骂，处处击中对方要害，具有战斗风貌。

【原文】

修顿首再拜，白司谏足下：某年十七时，家随州[1]，见天圣二年进士及第榜[2]，始识足下姓名。是时予年少，未与人接[3]，又居远方，但闻今宋舍人兄弟与叶道卿、郑天休数人者[4]，以文学大有名，号称得人[5]。而足下厕其间[6]，独无卓卓可道说者[7]，予固疑足下不知何如人也。

其后更十一年，予再至京师。足下已为御史里行[8]，然犹未暇一识足下之面，但时时于予友尹师鲁问足下之贤否[9]。而师鲁说足下正直有学问，君子人也。予犹疑之。夫正直者，不可屈曲；有学问者，必能辨是非。以不可屈之节，有能辨是非之明，又为言事之官，而俯仰默默[10]，无异众人，是果贤者耶？此不得使予之不疑也。

自足下为谏官来，始得相识。侃然正色，论前世事，历历可听，褒贬是非，无一谬说。噫！持此辩以示人，孰不爱之？虽予亦疑足下真君子也。

是予自闻足下之名及相识，凡十有四年，而三疑之。今者，推其实迹而较之[11]，然后决知足下非君子也[12]。

前日范希文贬官后[13]，与足下相见于安道家[14]，足下诋诮希文为人。予始闻之，疑是戏言；及见师鲁，亦说足下深非希文所为，然后其疑遂决[15]。希文平生刚正，好学通古今，其立朝有本末[16]，天下所共知；今又以言事触宰相得罪[17]，足下既不能为辩其非辜[18]，又畏有识者之责己，遂随而诋之，以为当黜，是可怪也。夫人之性，刚果懦软，禀之于天，不可勉强，虽圣人亦不以不能责人之必能。今足下家有老母，身惜官位，惧饥寒而顾利禄，不敢一忤宰相以近刑祸，此乃庸人之常情，不过作一不才谏官尔。虽朝廷君子，亦将闵足下之不能，而不责以必能也。今乃不然，反昂然自得，了无愧畏，便毁其贤以为当黜，庶乎饰己不言之过[19]。夫力所不敢为，乃愚者之不逮[20]；以智文其过[21]，此君子之贼也。

且希文果不贤邪？自三四年来，从大理寺丞至前行员外郎、作待制日[22]，日备顾问，今班行中无与比者[23]。是天子骤用不贤之人[24]？夫使天子待不贤以为贤，是聪明有所未尽。足下身为司谏，乃耳目之官[25]，当其骤用时，何不一为天子辩其不贤，反默默无一语，待其自败，然后随而非之？若果贤邪，则今日天子与宰相以忤意逐贤人，足下何得不言。是则足下以希文为贤，亦不免责；以为不贤，亦不免责。大抵罪在默默尔。

昔汉杀萧望之与王章，计其当时之议，必不肯明言杀贤者也，必以石显、王凤为忠臣，望之与章为不贤而被罪也[26]。今足下视石显、王凤果忠邪？望之与章果不贤邪？当时亦有谏臣，必不肯自言畏祸而不谏，亦必曰当诛而不足谏也。今足下视之，果当诛邪？是直可欺当时之人，而不可欺后世也。今足下又欲欺今人，而不惧后世之不可欺邪？况今之人未可欺也！

伏以今皇帝即位以来[27]，进用谏臣，容纳言论。如曹修古、刘越，虽殁犹被褒称[28]。今希文与孔道辅皆自谏诤擢用。足下幸生此时，遇纳谏之圣主如此，犹不敢一言，何也？前日又闻御史台榜朝堂，戒百官不得越职言事，是可言者惟谏臣尔。若足下又遂不言，是天下无得言者也。足下在其位而不言，便当去之，无妨他人之堪其任者也。

昨日安道贬官，师鲁待罪，足下犹能以面目见士大夫，出入朝中称谏官，是足下不复知人间有羞耻事尔！所可惜者，圣朝有事，谏官不言，而使他人言之。书在史册，他日为朝廷羞者，足下也。《春秋》之法，责贤者备[29]。今某区区犹望足下之能一言者[30]，不忍便绝足下，而不以贤者责也。若犹以谓希文不贤而当逐，则予今所言如此，乃是朋邪之人尔。愿足下直携此书于朝，使正予罪而诛之，使天下皆释然知希文之当逐，亦谏臣之一效也[31]。

前日足下在安道家，召予往论希文之事，时坐有他客，不能尽所怀，故辄布区区，伏惟幸察。不宣[32]。修再拜。

【注释】

〔1〕家随州：欧阳修四岁丧父，母亲带他去随州（今湖北隋县）投靠叔父欧阳晔，遂定居于此。

〔2〕天圣二年：公元 1024 年。天圣，宋仁宗年号。

〔3〕接：交往。

〔4〕宋舍人兄弟：指宋庠、宋祁兄弟，均为北宋文学家。舍人，官名。

〔5〕得人：在进士考试中被录取的优秀人才。

〔6〕其间：置身其中。

〔7〕卓卓：突出的样子。

〔8〕御史里行：唐初时期官职名称。

〔9〕尹师鲁：即尹洙，字师鲁，河南府（今河南洛阳）人。以提倡古文著称。

〔10〕俯仰默默：跟从别人，没有主见。

〔11〕推：推敲。实迹：实际行为。

〔12〕决：确切，断然。

〔13〕范希文：即范仲淹，字希文，吴县（江苏苏州）人，北宋著名文学家、政治家。

〔14〕安道：余靖，字安道，韶州曲江（今广东韶关）人。

〔15〕疑遂决：疑问于是有了定论。

〔16〕本末：在朝做官行事有始终如一的原则。

〔17〕宰相：指宰相吕夷简。

〔18〕非辜：无罪。

〔19〕饰己不言之过：掩饰自己不进言的过错。

〔20〕不逮：不及，比不上。

〔21〕智文：巧妙地掩饰。

〔22〕大理寺丞：司法官。前行员外郎：指吏部员外郎。前行，唐宋时六部分为前行、中行、后行三等，吏部属前行。待制：宋朝于各殿阁皆设待制之官，备皇帝顾问之用。

〔23〕班行：指同僚。

〔24〕骤用：破格快速提升。

〔25〕耳目之官：指御史、谏官等，担任监察、弹劾、进谏等职，犹如人的耳目。

〔26〕望之：萧望之，字长倩，东海兰陵（今山东苍山西南）人。汉宣帝时任太子太傅，后受宣帝遗诏辅佐幼主（元帝）。被宦官弘恭、石显诬陷，废为庶人。服毒自杀。章：王章，字仲卿，钜平（今山东宁阳）人。汉成帝时为京兆尹。因论帝舅大将军王凤专权，被诬死于狱中。

〔27〕皇帝：指宋仁宗。

〔28〕曹修古：字述之，建州建安（今福建建瓯）人。刘越：字子长，大名（今属河北）人。曾上疏请章献太后还政。仁宗亲政时，二人已死，思其忠直，追赠曹为右谏议大夫，刘为右司谏。

〔29〕责贤者备：孔子作《春秋》的义法，对贤者求其全备。

〔30〕区区：诚恳的意思。

〔31〕亦谏臣之一效也：这也算作你做谏官的一件功劳。这是讽语。

〔32〕不宣：旧时书信末尾的常用套语，指言不尽意。

【译文】

我恭恭敬敬地向司谏先生拜上两拜，向司谏报告。我十七岁时，全家定居随州，看到天圣二年的进士及第榜，才知道了您的姓名。当时我年纪尚轻，没有机会跟名人交往，又住在远离京城的偏僻地方，只听说那年中进士的宋舍人兄弟和叶道卿、郑天休等人都因文章出色，名声很大，所以人们称道那年的考试录取真是人才济济。但是，您名列其中，却唯独没有很突出而值得人们称道的，我本就怀疑，不知您到底是位什么样的人物。

那以后的十一年之间，我第二次到京城，您已经担任了御史里行之职，但我仍没有机会和您认识一下。只是经常向我的朋友尹师鲁说起您的为人好坏。师鲁说您正直有学问，是一位君子。不过我还是怀疑。那种正直的人，是不可能屈服的；有学问的人，一定是能明辨是非的。凭着不屈服的品格，有能辨别是非的才智，您又担任着议论政事的官职，却随声附和，不敢直言进谏，跟普通人没有什么不同，这果真是贤人吗？这不能不使我怀疑啊！

从您担任谏官以来，我才与您认识。您刚正严肃，评论前代政事，思路十分清晰，表扬好的，批评错的，没有一点谬误。啊，用这种言论在众人面前显示，谁不敬爱呢？即使是我，也曾猜想您是一位真正的君子呢。

我从听说您的姓名到与您相识，经历十四年，对您曾有三次怀疑，现在，考察您的实际行为并与您平时的言论相对照，然后断然肯定您不是一位君子。

前几天，范希文被贬官以后，在余安道家我和您相见。您攻击、责备范希文的为人。我那时听到，怀疑是开玩笑的话。等到见了尹师鲁，他也说您对范希文所作所为大加斥责，我的怀疑这才打消。然而范希文一生刚正、好学、通达古今，他在朝廷办事能坚持原则，这是天下人都知道的。现在他又因为讨论国事而触犯了宰相被定了罪。您既不能替他辩白无罪，又害怕有识之士责备自己，于是附和他人诋毁他，认为他应当罢免，这实在太让人吃惊了。人的性格，有的刚强，有的软弱，这是天生的，不可以勉强。即使圣人也不能要求别人去做他根本无法办到的事。现在，您家中有老母亲，自己又贪恋官位，害怕饥寒，贪恋利禄，不敢触犯宰相，害怕刑罚灾祸，这也是人之常情。您这样做，不过算一个不称职的谏官罢了。就是朝中的君子们，也会可怜您，不会要求您一定去办您不能办到的事。可是，您却不只这样，反而趾高气扬，自鸣得意，一点儿也不羞愧恐惧，并且肆意诋毁贤能的范希文，说他应该被贬，想要以此掩饰自己不进言的过错。有力量却不敢干，连愚人也不及，用小聪明来掩饰自己的过错，这便是君子中的败类啊。

再者，范希文果真不是贤能之人吗？近几年来，他从大理寺丞很快被提拔为吏部员外郎，他担任天章阁待制时，每天供皇帝咨询各种事，现在朝中同列的官员没有人能比得上他。难道皇上是错把不贤的人破格提升了吗？如果皇上把不贤的人当作贤德之人，那正是你们没有尽到使皇上耳聪目明的责任。您身为司谏，充当皇帝耳目，当范希文突然得到破格提拔时，为什么您一次也不向皇上声辩他的不贤，反而沉默一言不发，等他被贬斥了，然后才随声附和攻击他呢？如果范希文果然贤德，那么，今天皇上与宰相因为违反自己意志就把好人赶出去，您为何不说话啊。这样看来，您认为范希文贤能，也逃不脱别人责备你；认为他不贤，也逃不脱别人的责备。总之，您的罪过就是不敢直言，没有尽到谏官的职责。

过去，西汉末年曾先后杀害了萧望之、王章，猜想当时的议论，一定不肯明白地说是杀害了贤德之人，而一定是把萧、王的敌人石显、王凤当成了忠臣，说萧、王是因为不贤而遭到刑罚。现在再看，您认为石显、王凤是忠臣吗？萧望之、王章不贤吗？当时也有谏官，他们一定不肯说自己因为贪生怕死不敢谏言，也一定会说萧望之、王章该杀，不值得进谏劝阻。现在，您看果真该杀萧、王二人吗？这只能欺骗当时的人，不可能欺骗后世的人啊。现在，您又想欺骗现在的人，而不害怕后世是欺骗不了的吗？何况，现在的人也不会被您欺骗啊！

我认为现今的皇上即位以来，提拔任用谏官，广开言路。如谏官曹修古、刘越，尽管他们已死，还能受到表彰称赞。现在范希文与孔道辅都是从谏官提拔起来的。您幸运地生活在这个时代，遇到这样肯接受谏言的圣明皇上，还不敢说一句话，为什么呢？前天，又听说御史台在朝堂公布范希文同党的名字，警告百官不能越职议论这件事，这么看来，能说话的只有谏官，像您作为谏官又不敢说一句话，这么一来，天下便没有能说话的人了。您担任这个职位却不开口，就应该自动离职，不要妨碍能担任这个职位的其他人。

昨天，余安道因议论这件事而被贬官，尹师鲁也因这件事等待处理。您却还厚着脸皮见士大夫，在朝廷上进进出出号称是谏官，阁下这样的表现，简直不知道人间还有羞耻之事！可惜的是，我大宋朝出了事，谏官不说话，却叫别人不得不说。此事写在史书上，将来是朝廷的耻辱，罪人就是您啊。《春秋》的记事原则，要求贤者道德必须完美。现在，我还是诚恳希望您能出来说一句话，不忍心便从此与您断绝关系，不再按贤德之人的标准来要求您。您如果仍认为范希文不贤德，应该驱逐，那么像我今天这样，就成为范希文的朋党。希望您马上带着这封信到朝堂上去，叫朝廷定我的罪名，处罚我，让天下的人们都清楚地知道范希文应当驱逐，那也是您做谏官的一件“功劳”呢。

前天，您在余安道家里叫我去讨论范希文被贬的事，当时在座的还有别的客人，我不便畅所欲言，所以写了这封信特地表达我的意见，希望您能明察。意思不能表达详尽，欧阳修拜陈。

答吴充秀才书

【题解】

吴充，字冲卿，建州浦城（故城在今福建松溪北）人，应考进士来到京城（开封），写信作文向欧阳修请教。在给他的回信中，欧阳修阐述了对“文”“道”关系的基本观点。主张文士应该努力提高自己的道德修养，关心现实生活中的“百事”，反对埋头于书斋之中，“弃百事不关于心”，这样才能“其充于中者足，而后发乎外者大以光”（《与乐秀才书》）。在这封答书中，作者强调“道胜者文不难而自至”，只是从“文”的角度论述“道”的重要，实际就是阐明现实生活对文学创作的决定作用，但绝不是说“有德者必有言”。作者不仅充分肯定了吴充在写作上的成就，并且指出对方这种追求上进的精神也使自己受到激励，处处体现了他的关怀青年、奖掖后进的热诚态度。

【原文】

修顿首白，先辈吴君足下[1]：

前辱示书及文三篇[2]，发而读之[3]，浩乎若千万言之多[4]，及少定而视焉[5]，才数百言尔。非夫辞丰意雄，沛然有不可御之势[6]，何以至此！然犹自患伥伥莫有开之使前者[7]，此好学之谦言也。

修材不足用于时，仕不足荣于世，其毁誉不足轻重[8]，气力不足动人。世之欲假誉以为重[9]，借力而后进者，奚取于修焉[10]！先辈学精文雄，其施于时，又非待修誉而为重，力而后进者也。然而惠然见临[11]，若有所责[12]，得非急于谋道[13]，不择其人而问焉者欤？

夫学者未始不为道，而至者鲜焉[14]，非道之于人远也，学者有所溺焉尔[15]。盖文之为言[16]，难工而可喜，易悦而自足。世之学者往往溺之，一有工焉[17]，则曰：“吾学足矣！”甚者至弃百事不关于心，曰：“吾，文士也，职于文而已[18]。”此其所以至之鲜也。

昔孔子老而归鲁[19]，六经之作[20]，数年之顷尔。然读《易》者如无《春秋》，读《书》者如无《诗》，何其用功少而至于至也！圣人之文虽不可及，然大抵道胜者文不难而自至也。故孟子皇皇[21]，不暇著书[22]，荀卿盖亦晚而有作[23]。若子云、仲淹[24]，方勉焉以模言语，此道未足而强言者也。后之惑者，徒见前世之文传，以为学者文而已，故愈力愈勤而愈不至。此足下所谓“终日不出于轩序[25]，不能纵横高下皆如意”者，道未足也。若道之充焉，虽行乎天地，入于渊泉，无不之也[26]。

先辈之文浩乎沛然，可谓善矣。而又志于为道，犹自以为未广，若不止焉，孟、荀可至而不难也。修学道而不至者，然幸不甘于所悦，而溺于所止。因吾子之能不自止[27]，又以励修之少进焉。幸甚幸甚！修白。

【注释】

〔1〕先辈：敬称。

〔2〕辱：表谦辞。

〔3〕发：展开。

〔4〕浩乎：文章很有气势。

〔5〕少：稍微。

〔6〕沛然：盛大的样子。御：阻挡。

〔7〕伥伥（chāng chāng）：无所适从的样子。

〔8〕轻重：如说分量。用为动词，是说能使（对方文名）有所升降。

〔9〕假：凭借，借助。

〔10〕奚：疑问代词，用法同“何”。

〔11〕惠然：表示谦敬之词。

〔12〕责：讨求。

〔13〕得非：副词，表示推测或反诘。

〔14〕鲜（xiǎn）：极少。

〔15〕溺：沉迷。

〔16〕盖：副词，大概。

〔17〕工：善，好。

〔18〕职：专门从事。

〔19〕昔孔子老而归鲁：根据《史记》记载，孔子五十六岁离开鲁国，十四年后回国，从事著述。

〔20〕六经：即《诗》《书》《礼》《乐》《易》《春秋》。

〔21〕皇皇：同“遑遑”。奔走四方，匆忙不定。

〔22〕不暇：没有空闲。

〔23〕荀卿盖亦晚而有作：荀卿由齐至楚，春申君（黄歇）任他为兰陵令。后来春申君失势死去，他被免官，晚年著书。

〔24〕子云、仲淹：即西汉扬雄（字子云）和隋代王通（字仲淹）。扬雄模仿《易》著《太玄》，模仿《论语》著《法言》。王通模仿《论语》著《中说》。

〔25〕轩序：指屋子。轩，有窗的长廊。序，房子中堂两旁的隔墙。

〔26〕之：往，到。

〔27〕吾子：比称“子”更为亲切。

【译文】

欧阳修拜上，先辈吴君足下：

前些日子，荣幸地接到您的书信和三篇文稿，展开读了，觉得很有气势，如汪洋恣肆，等到稍为平静下来再看，只有几百字罢了。如果不是这些文章词汇丰富，意蕴雄厚，有不可阻挡之势，怎么会到这种程度！然而，您还自己担忧方向不明，没有人来引导自己继续前进，这是因为好学而讲出来的谦虚之词啊。

我的才能不值得被现时所任用，官职不值得让人觉得光荣，不管对人做出好的坏的评论都没有作用，本身的力量不能提携别人。世人想要凭借别人的声誉来提高自己地位的，想要凭借别人的力量求得晋升的，能从我这里取得什么呢？先辈学问精深，文章雄健，在现时社会上发挥作用，不需要借助我的赞誉来得到士子们的尊重，而是靠先辈自己的努力而取得的。可是您却肯跟我接近，似乎有所讨求，恐怕正是急于探求为文之道，顾不上精挑细选，急切地想请教吧？

学习写作的人未尝不是在探求圣人之道，可是达到这一目标的是很少的。并不是大道跟人离得太远，只是学习写作的人太沉迷于片面罢了。大概文学在所有著述中，很难达到完美而令人喜爱，有了成绩容易沾沾自喜。世上学习写作的人往往沉迷在现有成绩中不再进取，一旦有了成绩，就说：“我的学习已经足够了！”甚至抛弃一切实际工作不予过问，说：“我是文人，专门从事文学写作罢了。”这就是他们之中很少有人达到目标的原因。

从前孔子到了老年才回到鲁国，六经的编纂，只有几年的工夫罢了。然而人们读到《易经》之时，好像不知道还有《春秋》，人们读到《尚书》之时，好像不知道还有《诗经》。为什么他花费时间短，却能达到登峰造极的地步呢？圣人的文章虽然不能赶上，然而想以大道取胜的文章一定不难写好。所以，孟子周游列国，匆忙奔走，没有空闲著书，荀子据说也是晚年才有所著述。至于扬雄、王通，他们只是勉强靠语言形式模仿圣人，这些都是道德不足却勉强要写作的文人。后世被迷惑的人们，只是看到前代的文章流传下来，就以为文人只要努力写作就足够了，因而越是努力越是勤奋，可是越达不到效果。这就是足下信中所说的，整天不出书斋，下笔之时还是不能随心所欲、挥洒自如，这是因为道德不够充足啊。假如道德已经充盈于心，即使驰骋天地之间，潜入深泉之中，没有到达不了的。

先辈的文章气势浩大，犹如江河奔泻，可以说是写得很好了。同时又有志于探求道理，自己仍然不自我满足，如果继续努力不肯停顿，孟子、荀子那样的高峰并不困难。我虽是一个学习道德却没有达到高境界的人，然而所幸并没有因为有了成绩就自我满足，也没有陷溺在现有的成绩中不再进取。您能不肯停顿，从而又激励我使我稍有进步，十分荣幸，十分荣幸！欧阳修敬上。

樊侯庙灾记[1]

【题解】

作者写此文破除迷信，针对荒唐可笑的“显灵”说，反复进行诘问和驳斥，有理有据，足以服人。但是文中承认自然灾害是上天惩戒政事失措的唯心观点，有其局限性。此文欲擒故纵，笔法灵巧；转折顿挫，气势逼人。结尾一句，似作退让，实含讥讽，更加显得余味无穷。

【原文】

郑之盗，有入樊侯庙刳神像之腹者。既而大风雨雹，近郑之田，麦苗皆死。人咸骇曰：“侯怒而为之也！”

余谓樊侯本以屠狗立军功，佐沛公至成皇帝，位为列侯，邑食舞阳[2]，剖符传封[3]，与汉长久[4]，《礼》所谓“有功德于民则祀之”者欤？舞阳距郑既不远，又汉、楚常苦战荥阳、京、索间，亦侯平生提戈斩级所立功处，故庙而食之，宜矣。方侯之参乘沛公[5]，事危鸿门[6]，瞋目一顾[7]，使羽失气，其勇力足有过人者，故后世言雄武称樊将军，宜其聪明正直，有遗灵矣。

然当盗之傅刃腹中[8]，独不能保其心腹肾肠，而反贻怒于无罪之民[9]，以骋其恣睢[10]，何哉？岂生能万人敌，而死不能庇一躬邪[11]？岂其灵不神于御盗，而反神于平民以骇其耳目邪？风霆雨雹，天之所以震耀威罚有司者[12]，而侯又得以滥用之邪？

盖闻阴阳之气，怒则薄而为风霆[13]；其不和之甚者，凝结而为雹。方今岁且久旱，伏阴不兴[14]，壮阳刚燥，疑有不和而凝结者，岂其适会民之自灾也邪？

不然，则喑呜叱咤[15]，使风驰霆击，则侯之威灵暴矣哉！

【注释】

〔1〕樊侯庙：为纪念因功封舞阳（今河南舞阳）侯的樊哙，后人立此庙。

〔2〕邑：封地。

〔3〕剖：剖开。符：封侯时的凭信。古时以金、玉、铜或竹、木做成，上刻封文，剖为两半，朝廷与受封者各持一半。

〔4〕长久：樊哙的后代在汉永享爵位权利。

〔5〕方：当。参乘：古代乘车，尊者居左，御者居中，又有一名武士居右，防止车子倾斜，一般称参乘。

〔6〕鸿门：项羽驻扎军队的地方。

〔7〕瞋目：瞪眼睛。

〔8〕倳（zì）：插，刺入。

〔9〕贻怒：迁怒。

〔10〕恣睢：凶暴。

〔11〕庇：保护。躬：身体。

〔12〕有司：管理机构的官吏。

〔13〕薄：逼迫。

〔14〕伏阴：潜伏着的阴气。

〔15〕叱咤：发怒呼喝。

樊哙

【译文】

郑州有个强盗闯入了樊侯庙中，把樊哙神像的腹部剖开。不久，刮起了大风，下起了冰雹，以至郑州一带农民种的麦苗都被砸死了。人们都很惊恐地说：“这是樊侯发怒了，降下这场灾害。”

我认为，樊哙本是杀狗的屠夫，以后立了军功，辅佐沛公做皇帝，被封为侯，把舞阳定为封地，剖符作为封赐的凭证，世代相传，与汉代一样长久，这便是《礼记》上所说的“对百姓有功德的人便受到祭祀”吧？他的食邑封地舞阳离郑州不远，而且汉、楚两军常在荥阳、京、索一带激战，舞阳也是樊侯指挥征战杀敌立功的地方，所以立庙祭祀他是应该的。当年樊侯给沛公当参乘的时候，在鸿门宴上的危急时刻，他瞪眼怒视，竟使楚霸王项羽害怕，可见他的勇猛与气力大大超过常人，因此后人讲到人英武勇猛时，都会称赞他像樊哙将军。人们说他聪明正直，难怪死后会显灵。

但是，当强盗将刀插入他神像的肚子时，难道他连五脏都保不住吗？却把怒气迁到无罪的百姓头上，来放纵他的凶暴，这是为什么呢？难道说活着的时候可以力敌万人，死了连自己的躯体也不能保护了吗？难道说他的威灵不能对盗贼显示，却反而对普通百姓显示，以此使百姓为之惊恐吗？大风大雨、雷电冰雹，是上天用来显示威力、惩罚官吏的东西，樊侯又怎能随便使用呢？

听说阴阳二气突然爆发，会互相逼近才形成了风和雷电，当它们冲击到极点时便凝结成冰雹。今年长期干旱，潜伏的阴气不能散发，而阳气却猛烈而干燥。我猜想一定是阴阳二气产生巨大冲击，凝结形成了冰雹，大概是正好碰到樊侯这件事，怎么能说是百姓自己导致的灾害呢？

不然的话，如果樊哙大声怒吼，就能使得狂风大作，雷电交加，那么他的威灵就太残暴了。

苏洵

苏洵（1009—1066），宋代著名散文家。眉州眉山（今四川眉山）人，字明允，号老泉，年二十七始发愤为学。仁宗庆历七年（1047）举进士及茂才异等科，均不中。归家悉焚以前所作文章，闭门读书五六年，遂通六经百家之说，下笔顷刻千言。嘉祐元年（1056）与二子苏轼、苏辙同至汴京。张方平荐其父子于宰相韩琦、翰林学士欧阳修。欧阳修上其文二十二篇于仁宗，受到赏识。士大夫争传之，一时学者竟效苏氏为文章，授秘书省校书郎。不久，以霸州文安县主簿参加修纂建隆以来礼书。成《太常因革礼》一百卷，又更定《谥法》三卷。英宗治平三年卒。长于古文，曾巩称其为“英雄壮俊伟，若决江河而下也；其辉光明白，若引星辰而上也”。与苏轼、苏辙并称“三苏”。有《嘉祐集》。

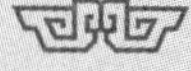

管仲论

【题解】

本文强调“荐贤”对国家长治久安的重要作用，批评管仲临死不能推荐贤人代替自己，因而给小人以可乘之机，留下齐国内乱的祸根。在高度专权的封建社会，一个有影响力的政治家的去世，往往影响政局的稳定，作者提出荐贤自代的主张是有见地的。

【原文】

管仲相桓公[1]，霸诸侯，攘夷狄，终其身齐国富强，诸侯不敢叛。管仲死，竖刁、易牙、开方用[2]，桓公薨于乱，五公子争立[3]，其祸蔓延，讫简公，齐无宁岁。

夫功之成，非成于成之日，盖必有所由起；祸之作，不作于作之日，亦必有所由兆。故齐之治也，吾不曰管仲，而曰鲍叔[4]；及其乱也，吾不曰竖刁、易牙、开方，而曰管仲。何则？竖刁、易牙、开方三子，彼固乱人国者，顾其用之者，桓公也。夫有舜而后知放四凶[5]，有仲尼而后知去少正卯。彼桓公何人也？顾其使桓公得用三子者，管仲也。仲之疾也，公问之相。当是时也，吾意以仲且举天下之贤者以对，而其言乃不过曰“竖刁、易牙、开方三子，非人情，不可近”而已。

呜呼！仲以为桓公果能不用三子矣乎？仲与桓公处几年矣，亦知桓公之为人矣乎？桓公声不绝于耳，色不绝于目，而非三子者，则无以遂其欲。彼其初之所以不用者，徒以有仲焉耳。一日无仲，则三子者，可以弹冠而相庆矣。仲以为将死之言，可以絷桓公之手足耶？夫齐国不患有三子，而患无仲。有仲，则三子者，三匹夫耳；不然，天下岂少三子之徒哉？虽桓公幸而听仲，诛此三人，而其余者，仲能悉数而去之耶？呜呼！仲可谓不知本者矣！因桓公之问，举天下之贤者以自代，则仲虽死，而齐国未为无仲也，夫何患三子者？不言可也。

五伯莫盛于桓、文[6]。文公之才不过桓公，其臣又皆不及仲；灵公之虐[7]，不如孝公之宽厚[8]。文公死，诸侯不敢叛晋。晋习文公之余威，犹得为诸侯之盟主者，百余年。何者？其君虽不肖，而尚有老成人焉。桓公之薨也，一乱涂地，无惑也，彼独恃一管仲，而仲则死矣。

夫天下未尝无贤者，盖有有臣而无君者矣。桓公在焉，而曰天下不复有管仲者，吾不信也。仲之书，有记其将死，论鲍叔、宾胥无之为人[9]，且各疏其短。是其心以为数子者，皆不足以托国，而又逆知其将死，则其书诞谩，不足信也。吾观史鳝，以不能进蘧伯玉而退弥子瑕，故有身后之谏[10]；萧何且死，举曹参以自代[11]。大臣之用心，固宜如此也。夫国以一人兴，以一人亡。贤者不悲其身之死，而忧其国之衰，故必复有贤者，而后可以死。彼管仲者，何以死哉？

【注释】

〔1〕桓公：齐桓公，前685年至前643年在位，为春秋时五霸中的第一位霸主。

〔2〕竖刁、易牙、开方：三人皆桓公宠信的近臣，竖刁为了进入内宫便自己阉割，易牙为了取得信任曾杀子做羹献给桓公，开方本卫国公子，抛弃父母到齐国求官。都违背了人之常情。

〔3〕五公子争立：齐桓公生前立公子昭（后来的孝公）为继承人，死后其他五个公子（武孟、元、潘、商人、雍）也来争位，齐国大乱。继齐桓公之后的是孝公（公子昭）、昭公（公子潘）、懿公（公子商人）、惠公（公子元）、顷公、灵公、庄公、景公、悼公，然后是简公，上距桓公之死，已经一百六十多年了。

〔4〕鲍叔：鲍叔牙，少时与管仲相友，在公子小白与公子纠的争权斗争中，他佐小白，管仲佐纠，小白胜利做了国君，是为齐桓公，任他为卿，他辞谢，荐举管仲，齐国大治。

〔5〕四凶：传说舜为部落联盟首领时，四个凶人（共工、三苗、驩兜、鲧）作乱，被舜放逐。

〔6〕五伯：五霸。春秋时期，齐桓公、晋文公、宋襄公、楚庄王、秦穆公五人先后称霸。以齐桓公、晋文公为最盛。

〔7〕灵公：指晋灵公，晋文公之子。

〔8〕孝公：指齐孝公，齐桓公之子。

〔9〕宾胥无：齐国大夫，桓公时贤臣。

〔10〕史鳝：春秋时卫国大夫。卫灵公不用蘧伯玉而任弥子瑕，史鳝数谏不从，病将卒，命其子以尸谏，灵公悟，从之。

〔11〕萧何：汉高祖和惠帝时的宰相，虽与曹参不和，但临终时仍推参为相，称“死无恨矣！”参继相后全遵何制，史称“萧规曹随”。

【译文】

管仲辅佐齐桓公，称霸诸侯，排斥夷狄，直到他死，齐国都很强盛，诸侯都不敢背叛。管仲一死，竖刁、易牙、开方受到重用，结果致使齐桓公于动乱中死去，五位公子争着继承王位，这个祸乱不断蔓延，直到简公即位，齐国没有安宁过一年。

功业的成就，并不是成在宣告成功的那一天，一定有它的起因；祸乱的发生，不是发生在发生的那一天，也一定有它的迹象。因此，齐国的强盛安定，我认为不是管仲的功劳，而是鲍叔牙的功劳。齐国的祸乱，我认为不是竖刁、易牙、开方的罪过，而是管仲的罪过。为什么呢？竖刁、易牙、开方三个人，他们固然是搅乱国家的人，但任用他们的却是齐桓公。有了舜帝，然后才知道流放四个坏人；有了仲尼，然后才知道杀掉少正卯。那齐桓公是什么人呢？但是使齐桓公能够任用这三个人的却是管仲啊。管仲病危的时候，齐桓公问他宰相的人选。在这个时候，我以为管仲会以推举天下的贤明之士来回答，可他却不过说“竖刁、易牙、开方三个人，不近人情，不可信用”罢了。

唉！管仲以为齐桓公真的能不重用那三个人吗？管仲与齐桓公相处多少年了，也该了解齐桓公的为人吧？齐桓公是个音乐在耳畔不能停止，女色在眼前不能断绝的人，如果没有这三个人，就没有办法满足他的欲望。齐桓公最初不重用他们的原因，只是因为有管仲罢了。一旦没有了管仲，那三个人便可以弹去帽子上的灰尘相互庆贺将受重用了。管仲认为临终前的遗言，就能够缚住桓公的手脚吗？齐国不怕有这三个人，只怕没有管仲。如果管仲在的话，这三个人不过是三个平常人罢了。否则，天下难道还缺少像这三个人一样的人吗？即使齐桓公有幸听从管仲的话，杀掉这三个人，但其余的这种人，管仲能够把他们全都除掉吗？唉！管仲可以说是个不懂得治本的人啊。假如趁齐桓公询问之际，推举天下的贤人来接替自己，那么，管仲虽然死了，齐国也并不是没有管仲那样的人才啊。这三个人有什么可怕的呢？这中间的道理即使不说世人也都明白。

五霸之中，没有比齐桓公、晋文公更强盛的了。晋文公的才能，超不过齐桓公，他的臣下又都比不上管仲；晋灵公是个暴君，不如齐孝公宽容仁厚。晋文公死后，诸侯各国不敢背叛晋国，晋国凭晋文公留下的威力，还能够做各国的盟主一百多年。为什么呢？因为晋国的国君虽然无能，但还有一些老成持重的臣下在呢。齐桓公死后，齐国却一败涂地，没有什么好疑惑的，因为他仅仅只靠一个管仲，而管仲却已经死了。

天下从不曾缺少贤能的人，只是有贤臣而没有英明的君主重用他。齐桓公在世的时候，却说天下不再有管仲那样的人，我是不相信的。管仲的书中有记载他快去世时，评论鲍叔牙、宾胥无的为人，并分别指明了他们的短处。这是他自己心里认为这几个人都不足以托付治理国家的重任，并且又预料到自己将要死亡，可见这本书荒诞无稽，不值得相信。我看史鳝，因为生前未能劝卫灵公进用蘧伯玉而斥退弥子瑕，所以有死后的尸谏；萧何将死，推举曹参来接替自己。大臣的用心，本来应该这样啊。国家因为一个人而兴盛，又因为一个人而灭亡。贤能的人不担心自己的死亡，而担忧他的国家衰弱，所以一定要再推举出贤明的人来接替自己，然后才能够放心死去。那管仲，怎能没有做到这一点就死去了呢？

辨奸论

【题解】

“见微知著”，从某些自然现象、社会现象来说，的确有一定道理。但本文从一个人的衣着、生活习惯的“不近人情”，就断定将来必为大奸，则是牵强附会，毫无道理了。本篇据前人考证，是南宋初年道学家为攻击王安石而假托苏洵之名写作的。

【原文】

事有必至，理有固然。惟天下之静者，乃能见微而知著。月晕而风，础润而雨，人人知之。人事之推移，理势之相因，其疏阔而难知，变化而不可测者，孰与天地阴阳之事，而贤者有不知[1]。其故何也？好恶乱其中，而利害夺其外也！

昔者，山巨源见王衍[2]，

曰："误天下苍生者，必此人也！"郭汾阳见卢杞[3]，曰："此人得志，吾子孙无遗类矣！"自今而言之，其理固有可见者。以吾观之，王衍之为人，容貌言语，固有以欺世而盗名者。然不忮，不求，与物浮沉。使晋无惠帝，仅得中主，虽衍百千，何从而乱天下乎？卢杞之奸，固足以败国。然而不学无文，容貌不足以动人，言语不足以眩世，非德宗之鄙暗，亦何从而用之？由是言之，二公之料二子，亦容有未必然也！

今有人[4]，口诵孔、老之言，身履夷、齐之行[5]，收召好名之士、不得志之人，相与造作言语，私立名字，以为颜渊、孟轲复出[6]，而阴贼险狠，与人异趣。是王衍、卢杞合而为一人也，其祸岂可胜言哉？夫面垢不忘洗，衣垢不忘浣，此人之至情也。今也不然，衣臣虏之衣，食犬彘之食，囚首丧面，而谈诗书，此岂其情也哉？凡事之不近人情者，鲜不为大奸慝，竖刁、易牙、开方是也[7]。以盖世之名，而济其未形之患。虽有愿治之主，好贤之相，犹将举而用之。则其为天下患，必然而无疑者，非特二子之比也。

孙子曰："善用兵者，无赫赫之功[8]。"使斯人而不用也，则吾言为过，而斯人有不遇之叹，孰知祸之至于此哉？不然，天下将被其祸，而吾获知言之名，悲夫！

【注释】

〔1〕贤者：有人认为是指欧阳修和文彦博。据说欧阳修见到王安石的文章后，曾"为之延誉，擢进士上第"。文彦博为相，曾"荐安石恬退，乞不次进用"。

〔2〕山巨源：名涛，晋初人，曾任吏部尚书，当时选用官员，他都亲做评论。对王衍评价不高。王衍：晋惠帝时任宰相，终日清谈，不理国家大事。

〔3〕郭汾阳：郭子仪，中唐时屡官太尉、中书令，封汾阳王。卢杞：唐德宗时任宰相，陷害忠良，大肆搜刮，后被贬职。

〔4〕今有人：暗指王安石。

〔5〕夷、齐：伯夷和叔齐，为孤竹国君二子，互相让国，不肯继位，逃往周地。周武王伐纣，二人叩马而谏，不听，隐居首阳山，商亡，耻食周粟，上山采薇，有人指出薇生周地，遂不食而死。

〔6〕颜渊：名回，孔子得意门生，列德行科，不迁怒，不二过，后世称为复圣。孟轲：战国时儒家代表，光大孔子学说，后世尊为亚圣。

〔7〕不近人情者：春秋时齐桓公宠臣竖刁自阉、易牙烹子、开方弃亲，皆不近人情。

〔8〕孙子：名武，春秋时齐人，以兵法求见吴王，受命为将，破楚。著有《孙子兵法》十三篇，其《军形》篇曰："故善战者之胜也，无智名，无勇功。"曹操注："敌兵形未成，胜之，无赫赫之功也。"

【译文】

事物有它必然发展到的程度，道理有它本来就有的规律。只有天下那些冷静睿智的人，才能看到一点苗头就知道事物发展的趋势与结果。月亮周围出现光圈就要刮风，柱石的基础回潮湿润就会下雨，这是人人都懂得的道理。至于人事的变化，情理形势的相互影响，其中曲折复杂而难以了解，千变万化而无法预料，怎能与天地阴阳的变化相比呢？可是贤能的人居然也有不明白的，这是什么缘故呢？因为爱憎扰乱了他的主见，而利害得失又左右着他的行动啊。

从前，山巨源看到王衍，说："将来贻误天下百姓的，一定是这个人。"郭汾阳见到卢杞，说："这个人一旦得志，我的子孙就一个也留不下了。"从今天来说，其中的道理本来是可以预见一些的。在我看来，王衍的为人，容貌清秀，言谈机敏，固然是可以用来欺世盗名的，然而他不嫉妒，不贪婪，只是随波逐流罢了。假如晋朝没有惠帝这样昏庸的皇帝，只要有一个中等才能的君主，即使有成百上千个王衍，又怎能扰乱天下呢？卢杞的奸邪谄佞，固然足以败坏国家，然而他不学无术，容貌不能够使人动心，言谈也不能够迷惑世人，如果不是唐德宗心胸狭窄、不会识人的话，又怎能受到重用呢？从这个角度来说，山巨源、郭汾阳对这两个人的预言，或许是不完全正确的。

现在有的人，口里念着孔子和老子的言论，亲自实践伯夷、叔齐的行为，收罗一批追求虚名的读书人和不得志的人，相互勾结制造舆论，私下互相吹捧，企图树立名望，自以为是颜渊、孟轲再世，而实际上阴险狠毒，与一般人的志趣不同。这是集王衍、卢杞的伎俩于一身的人啊，这种人造成的灾祸难道能够说得完吗？面孔脏了不忘洗脸，衣服脏了不忘洗涤，这是人之常情。如今有人却不是这样，他穿着囚犯般的脏破衣服，吃着猪狗般的粗糙饭食，蓬头垢面，哭丧着脸，却大谈《诗经》《尚书》，这样做难道是他的真实性情吗？大凡为人处世不近人情的，很少有不是大奸大恶的，竖刁、易牙、开方就是这样的人。凭着誉满天下的好名声，来实现他尚未暴露的野心。虽然有希望治理好国家的君主，爱才举贤的宰相，还是会推举、任用他。那么这个人成为国家的祸患，一定是毫无疑问的，而且为祸之烈绝不是王衍、卢杞这二人所能比拟的。

孙子说："善于用兵的人，没有显赫的功勋。"倘若这个人不被重用，那么我庆幸自己的话说错了，这个人会有怀才不遇的慨叹，谁又能知道他造成的灾祸会达到这种地步呢？如果这个人受到重用，国家将会蒙受他的祸害，我得到有远见的名声，那就太可悲了！

心术

【题解】

《权书》是苏洵的一组策论，共十篇，本文是其中一篇。作为用兵策论，本文强调“治心”，即将帅的思想与军事素养，所以标题为“心术”。本文分别从治心、尚义、养士、智愚、料敌、审势、出奇、守备八个方面阐述了战争的战略策略思想，其中包含着一些朴素的辩证法观点，但也有“怀其欲而不尽”“士欲愚”之类的封建权术。

文章每节自成段落，各有中心，又有内在的联系，逻辑很严密。

【原文】

为将之道，当先治心。泰山崩于前而色不变[1]，麋鹿兴于左而目不瞬，然后可以制利害，可以待敌。

凡兵上义；不义，虽利勿动。非一动之为利害，而他日将有所不可措手足也。夫惟义可以怒士，士以义怒，可与百战。

凡战之道，未战养其财，将战养其力，既战养其气，既胜养其心。谨烽燧，严斥堠，使耕者无所顾忌，所以养其财；丰犒而优游之，所以养其力；小胜益急，小挫益厉，所以养其气；用人不尽其所欲为，所以养其心。故士常蓄其怒、怀其欲而不尽。怒不尽则有余勇，欲不尽则有余贪。故虽并天下，而士不厌兵，此黄帝之所以七十战而兵不殆也[2]。不养其心，一战而胜，不可用矣。

凡将欲智而严，凡士欲愚。智则不可测，严则不可犯，故士皆委己而听命，夫安得不愚？夫惟士愚，而后可与之皆死。

凡兵之动，知敌之主，知敌之将，而后可以动于险。邓艾缒兵于蜀中[3]，非刘禅之庸，则百万之师可以坐缚，彼固有所侮而动也。故古之贤将，能以兵尝敌，而又以敌自尝，故去就可以决。

凡主将之道，知理而后可以举兵，知势而后可以加兵，知节而后可以用兵。知理则不屈，知势则不沮，知节则不穷。见小利不动，见小患不避，小利小患，不足以辱吾技也，夫然后有以支大利大患。夫惟养技而自爱者，无敌于天下。故一忍可以支百勇，一静可以制百动。

兵有长短，敌我一也。敢问："吾之所长，吾出而用之，彼将不与吾校；吾之所短，吾蔽而置之，彼将强与吾角，奈何？"曰："吾之所短，吾抗而暴之，使之疑而却；吾之所长，吾阴而养之，使之狎而堕其中。此用长短之术也。"

善用兵者，使之无所顾，有所恃。无所顾，则知死之不足惜；有所恃，则知不至于必败。尺箠当猛虎，奋呼而操击；徒手遇蜥蜴，变色而却步，人之情也。知此者，可以将矣。袒裼而案剑，则乌获不敢逼[4]；冠胄衣甲，据兵而寝，则童子弯弓杀之矣。故善用兵者以形固。夫能以形固，则力有余矣。

【注释】

〔1〕泰山：在今山东泰安北，为五岳之一，古人以泰山为最高的山。

〔2〕黄帝：传说中我国中原各族的共同祖先，本为部落首领，曾打败炎帝，杀死蚩尤，被拥戴为部落联盟首领。

〔3〕邓艾：三国时魏国大将，率兵攻蜀，选择艰险的山路进军，山高谷深，缒绳而下，邓艾以毡裹身滑滚下山，乘蜀兵不备，直抵成都城下，蜀主刘禅出降。

〔4〕乌获：战国时秦国武士，相传能力举千钧，受到秦王信任。

【译文】

作为将领的原则，应当首先锻炼和培养精神与意志。即使泰山在面前突然崩塌也能面不改色，麋鹿在身旁跑过也能不眨眼睛，这样才能够控制战局从而趋利避害，才能够对付敌军。

大凡用兵，崇尚正义。如果不合乎正义，即使有利可图也不要轻举妄动。并不是怕这一次行动会失败，而是怕造成以后手足无措、进退维谷的被动局面。只有正义才能够激励士兵，士兵因为正义而同仇敌忾，就可以连续作战。

大凡作战的原则是，尚未开战时，要发展生产储备物资；将要开战时，要使士兵养精蓄锐；战斗开始后，要使士兵保持锐气；打了胜仗后，要使士兵保持进取精神。谨慎地做好警报工作，严密地做好侦察瞭望工作，让种田人放心生产，用这个办法来积蓄物资；给士兵丰厚的犒劳，使他们充分休息，从而养精蓄锐；打了小胜仗要教育士兵不松劲，遭到小挫折要鼓励士兵不泄气，从而提高士气；用人时不要完全满足他的欲望，以便使他保持进取精神。这样，士兵们经常保持高昂的斗志，满怀希望从而富有进取精神。义愤填膺就会勇气十足，愿望未满足就会继续追求。所以，即使统一了天下，士兵也不会厌战，这就是黄帝经过七十场战争而士兵仍不懈怠的原因。如果不培养和锻炼士兵的精神和意志，打一次胜仗之后就无法再用了。

凡是做将领的要睿智威严，凡是做士兵的要忠厚老实。睿智使人无法测度，威严使人不敢冒犯，因此士兵都愿舍身相随而冲锋陷阵，怎能不忠厚老实呢？只有士兵忠厚老实，这样他们才会同将领一起拼命作战。

凡是行军打仗，必须了解敌军的主帅和将领，然后才可以冒险行动。邓艾用绳子拴住士兵从山顶放下去偷袭蜀国，若不是刘禅昏庸无能，那么纵使有百万大军入侵，也定叫他们束手就擒，邓艾是看准了刘禅，所以才冒险袭击的。所以古时候贤明的将帅，能够用一部分兵力去试探敌人，而且能够通过敌人来检验自己的不足，所以能够正确地决定进退行止。

大凡做主将的原则是，通晓事理才可以出兵作战；了解形势才可以参加战斗，懂得节制才可以指挥军队；通晓事理就不会蒙受耻辱，了解形势就不会失败，懂得节制就不会陷于绝境。见小利不妄动，见小害不躲避；小利小害，不值得我施展本领。只有这样才能够从容自如地应付大利大害的局面。只有善于练好本领而且自爱的人，才能够无敌于天下。所以，一忍能够抵挡多次勇猛的冲击，一静能够制服多次盲目的行动。

军队都有长处和短处，无论敌我都是一样的。试问：“我军的长处，我拿出来运用它，敌军不与我较量；我军的短处，我掩盖而不暴露，敌军却偏要与我较量，怎么办呢？”回答说：“我军的短处，我有意暴露出来，使敌军疑惑不定而退却；我军的长处，我要暗中隐藏，精心培养它，使敌军大意而落入我的手中。这就是运用长处和短处的技巧。”

善于用兵的人，能够使士兵无所顾虑而有所倚仗。没有顾虑，士兵就不怕死；有所倚仗，就相信打仗不至于必然失败。拿着短棍，碰上老虎，也可以大声呼喊奋力打击；空着两手，即使遇到蜥蜴，也会吓得变颜失色不敢前进，这是人之常情。明白这个道理，就能统率军队了。光着脊梁手握利剑，即使古代的大力士乌获也不敢靠近；戴着头盔穿着铠甲，却靠在武器上睡觉，就是小孩也能射箭杀死他。所以，善于用兵的人能利用形势来巩固自己的力量。能利用形势来巩固自己力量的人，那么他的力量就会绰绰有余了。

张益州画像记

【题解】

张益州，即张方平，字道安，北宋南京（今河南商丘）人。曾在宋仁宗至和元年（1054）成功地平息了益州的混乱局面，得到当地人民的爱戴，为他建立了殿堂画像。

本文追述了张方平安抚蜀地军民的功绩，极力赞扬张方平处变不惊，以仁爱待人，恰当地平息了一次可能发生的动乱。全文分四段，第四段以拟古四言诗概括与歌颂张方平的政绩。

【原文】

至和元年秋，蜀人传言[1]，有寇至。边军夜呼，野无居人。妖言流闻，京师震惊。方命择帅，天子曰："毋养乱，毋助变。众言朋兴，朕志自定。外乱不作，变且中起。既不可以文令，又不可以武竞，惟朕一二大吏，孰为能处兹文武之间，其命往抚朕师？"乃推曰："张公方平其人。"天子曰："然。"公以亲辞，不可，遂行。冬十一月至蜀。至之日，归屯军，撤守备。使谓郡县："寇来在吾，无尔劳苦。"明年正月朔旦，蜀人相庆如他日，遂以无事。又明年，正月，相告留公像于净众寺[2]，公不能禁。

眉阳苏洵言于众曰[3]："未乱易治也，既乱易治也。有乱之萌，无乱之形，是谓将乱。将乱难治，不可以有乱急，亦不可以无乱弛。惟是元年之秋，如器之攲，未坠于地。惟尔张公，安坐于其旁，颜色不变，徐起而正之。既正，油然而退，无矜容。为天子牧小民不倦，惟尔张公。尔繄以生，惟尔父母。且公尝为我言：'民无常性，惟上所待。人皆曰，蜀人多变，于是待之以待盗贼之意，而绳之以绳盗贼之法。重足屏息之民，而以砧斧令，于是民始忍以其父母妻子之所仰赖之身，而弃之于盗贼，故每每大乱。夫约之以礼，驱之以法，惟蜀人为易。至于急之而生变，虽齐、鲁亦然[4]。吾以齐、鲁待蜀人，而蜀人亦自以齐、鲁之人待其身。若夫肆意于法律之外，以威劫齐民，吾不忍为也。'呜呼！爱蜀人之深，待蜀人之厚，自公而前，吾未始见也。”皆再拜稽首，曰：“然。”

苏洵又曰：“公之恩在尔心；尔死，在尔子孙。其功业在史官，无以像为也。且公意不欲，如何？”皆曰：“公则何事于斯？虽然，于我心有不释焉。今夫平居闻一善，必问其人之姓名，与其乡里之所在，以至于其长短大小美恶之状。甚者，或诘其平生所嗜好，以想见其为人。而史官亦书之于其传。意使天下之人，思之于心，则存之于目。存之于目，故其思之于心也固。由此观之，像亦不为无助。”苏洵无以诘，遂为之记。

公，南京人，为人慷慨有大节，以度量雄天下。天下有大事，公可属。系之以诗曰：

天子在祚，岁在甲午〔5〕。西人传言，有寇在垣。庭有武臣，谋夫如云。天子曰嘻，命我张公。公来自东，旗纛舒舒。西人聚观，于巷于涂。谓公暨暨，公来于于。公谓西人：“安尔室家，无敢或讹。讹言不祥，往即尔常。春尔条桑，秋尔涤场。”西人稽首，公我父兄。公在西囿，草木骈骈。公宴其僚，伐鼓渊渊。西人来观，祝公万年。有女娟娟，闺闼闲闲。有童哇哇，亦既能言。昔公未来，期汝弃捐。禾麻芃芃，仓庾崇崇。嗟我妇子，乐此岁丰。公在朝廷，天子股肱。天子曰归，公敢不承？作堂严严，有庑有庭。公像在中，朝服冠缨。西人相告，无敢逸荒。公归京师，公像在堂。

【注释】

〔1〕蜀人传言：据《宋史·张方平传》：当时蜀人传言，广源（今广西邕州）蛮夷首领侬智高即将进犯，地方官员急忙调兵筑城，日夜不息，民大惊扰。张方平认为必皆妄言，遣归戍卒，尽罢诸役，时逢元宵佳节，令张灯结彩，城门三夜不闭，捕获造谣奸人，枭首示众，蜀人遂安。

〔2〕净众寺：又名万福寺，在今成都西北。

〔3〕眉阳：眉州。苏洵是眉州眉山（今属四川）人。该地西汉时曾置武阳县。

〔4〕齐、鲁：古代的齐国和鲁国。齐为姜尚所封，鲁为周公旦之子伯禽所封，最受周礼影响。鲁后来又出孔子，故齐鲁被称为礼仪之邦。

〔5〕甲午：古代以干支纪年。宋仁宗时的甲午年，即至和元年，也就是公元1054年。

【译文】

至和元年的秋天，蜀地一带人传说，有敌寇侵入边境。守卫边疆的驻军夜里惊呼起来，附近的百姓都逃光了。谣言到处流传，京城大为震惊。朝廷正在物色、选派将帅，皇帝说：“不要酿成动乱，不要助成叛乱。各种谣言纷纷兴起，但我自有主意。外患倒不足为虑，就怕叛乱从内部发生。这事既不能用发布文告的形式来劝止，又不能用武力来解决，只能由几个大臣来解决。谁能够处理好这件需要文治武功的事情，我就派他去安抚军队。”于是众人一致推荐说：“张方平先生就是这样的人。”皇帝说：“对。”张先生以父母年事已高为由来辞让，未被准许，于是出发。这年冬天的十一月，张先生抵达蜀地。上任当天，他便命令驻军撤回原来的驻地，撤除防御设施。派人告诉地方长官：“敌寇来了由我对付，不劳你们辛苦。”第二年正月初一早上，蜀地百姓像往年一样欢度春节，于是得以安定无事。第三年的正月，百姓相互商量要在净众寺里留下张先生的画像。张先生阻挡不住。

眉州人苏洵对众人说：“祸乱尚未发生时是容易治理的，已经发生了也是容易治理的。有祸乱的苗头而没有祸乱的表现，这叫作将乱。将乱未乱最难治理。既不能因为有祸乱的苗头而急躁，也不能因为没有祸乱发生就放松警惕。只是至和元年秋季的局势，蜀地就好像一件器具已经倾斜，但还尚未掉到地上。只有你们的张先生，镇定自若地坐在旁边，处变不惊，不紧不慢地站起来扶正它。扶正之后，又若无其事地退回去，没有一点自命不凡的得意神色。替皇帝管理平民百姓而不知疲倦的，只有你们的张先生啊。你们是因为他才得以保全性命的，他就是你们的再生父母。况且张先生曾经对我说过：‘百姓是没有固定的性情的，只看官吏如何对待他们。人们都说四川人性格多变，于是有的官吏就用对付盗贼的态度来对待他们，用惩罚盗贼的办法来整治他们。对胆小怕事、连大气也不敢出的百姓们，却用残酷的刑罚来整治，这样百姓才狠心把父母妻子所依赖的身体豁出去而加入盗贼的行列，所以常常发生祸乱。其实只要用礼仪来约束他们，用法律来管理他们，那么蜀地的百姓是最容易管理的了。至于逼得他们走投无路而导致发生祸乱，那么即使在齐、鲁那种地方也会同样如此。我用对待齐地、鲁地百姓的方法对待蜀地百姓，蜀地百姓也自觉以齐人、鲁人为榜样来要求自己。像那种为所欲为不按法律办事、用残酷手段威胁百姓的做法，我是不忍心去做的。’啊！怜爱蜀地百姓这样深切，对待蜀地百姓如此厚道，在张先生之前，我还从来不曾看见过呀。”众人听了，都恭恭敬敬地跪拜行礼说：“是啊。”

苏洵接着说：“先生的恩情铭刻在你们心中，你们死后，你们的子孙后代也会永远牢记。他的功绩自会由史官载入史册，不画像也无所谓啊。况且张先生也不同意，怎么办呢？”众人都说：“张先生怎会赞成这事？即使如此，我们心里实在过意不去啊。平日生活中我们如果听说有人做了一件好事，一定要打听这人的姓名与住址以及他的高矮、年龄、相貌，甚至有人还会打听他平生有什么嗜好，以便想象推测他的为人。而且史官也会把这些写到他的传记里，目的是让天下人永远思念他，并使他的形象跃然在眼前。事迹历历如在眼前，那么对他的思念就会越来越深。从这个角度来看，画像也不是没有益处的。”苏洵无法反驳，于是替他们把这件事记载下来。

先生是南京人，为人慷慨，品德高尚，以宽宏大量称誉天下。国家一旦遇到重大事件，先生肯定是众望所归的能够信赖的。文末附诗以记述他的事迹：

天子在朝，太岁在甲午的这一年，四川有谣言传来，说有敌寇要来侵犯边境。朝中多有武将，谋士如云，而天子却说：“嘻，派张公去！”张公从东而来，大旗飘扬，前来观看的四川百姓，堵满了街巷和道路，都说：“以为张公是个威严果敢的人，看起来却从容自得、温良爱人。”张公对四川百姓说：“你们安稳地住在家里吧，不要听信谣言。听信谣言对你们没有好处。还是回去做你们该做的事情吧——春天修剪桑枝，秋天打谷扬场。”四川百姓叩头称谢说：“张公真是我们的父兄！”张公住在西园，那里的草木十分茂盛。张公宴请众官，击鼓的声音很美好。四川的百姓都来观看，祝愿张公长寿。娇美的姑娘们，悠闲地住在闺房；当年哇哇哭叫的儿童，现在已会说话。张公还没来的时候，差一点把你们扔掉去躲祸。如今庄稼长得茂盛，粮食堆满了仓库。啊！我们的妻子儿女，都在为这样的丰年而高兴！张公在朝中的时候，是天子的得力大臣；天子要召张公回朝，他哪里敢不答应呢？而四川百姓为感念张公，便建造了一座宏伟的庙堂，有廊屋，有厅堂。张公的画像挂在当中，穿着朝服，系着冠带。四川的百姓相互告诫说：“不敢贪图安逸，荒废事业。”张公回到了京城，他的画像留在了厅堂。

六国论

【题解】

本篇选自苏洵《嘉祐集·权书》。这是其中的第八篇，历史上论述六国破灭的文章很多，本文是比较著名的一篇。作者抓住“六国破灭，弊在赂秦”这一个侧面，进行了十分严密的论述，借古讽今，提醒北宋统治者应接受历史的教训，不要重蹈六国灭亡的覆辙。

本文立论缜密，结构严谨，论理透彻，全文一气贯通，紧凑严密，具有不可辩驳的说服力。另外，文章叙议相间，笔法多变，叙述则生动形象，议论则雄辩滔滔，其中“六国破灭，非兵不利，战不善，弊在赂秦”更是名句典范。因此，多少年来一直被人们当作范文，广为传诵。

【原文】

六国破灭[1]，非兵不利，战不善，弊在赂秦。赂秦而力亏，破灭之道也。或曰："六国互丧，率赂秦耶[2]？"曰："不赂者以赂者丧，盖失强援，不能独完，故曰'弊在赂秦'也。"

秦以攻取之外，小则获邑，大则得城。较秦之所得，与战胜而得者，其实百倍；诸侯之所亡，与战败而亡者，其实亦百倍。则秦之所大欲，诸侯之所大患，固不在战矣。思厥先祖父[3]，暴霜露，斩荆棘，以有尺寸之地。子孙视之不甚惜，举以予人，如弃草芥[4]。今日割五城，明日割十城，然后得一夕安寝。起视四境，而秦兵又至矣。然则诸侯之地有限，暴秦之欲无厌，奉之弥繁，侵之愈急[5]，故不战而强弱胜负已判矣。至于颠复，理固宜然。古人云："以地事秦，犹抱薪救火，薪不尽，火不灭。"此言得之。

齐人未尝赂秦，终继五国迁灭，何哉？与嬴而不助五国也。五国既丧，齐亦不免矣。燕、赵之君，始有远略，能守其土，义不赂秦。是故燕虽小国而后亡，斯用兵之效也。至丹以荆卿为计，始速祸焉。赵尝五战于秦，二败而三胜。后秦击赵者再，李牧连却之。洎牧以谗诛[6]，邯郸为郡，惜其用武而不终也。且燕、赵处秦革灭殆尽之际，可谓智力孤危，战败而亡，诚不得已。向使三国各爱其地，齐人勿附于秦，刺客不行，良将犹在，则胜负之数、存亡之理[7]，当与秦相较，或未易量。

呜呼！以赂秦之地，封天下之谋臣，以事秦之心，礼天下之奇才，并力西向，则吾恐秦人食之不得下咽也。悲夫！有如此之势而为秦人积威之所劫[8]，日削月割，以趋于亡。为国者勿使为积威所劫哉！

夫六国与秦皆诸侯，其势弱于秦，而犹有可以不赂而胜之之势。苟以天下之大，下而从六国破亡之故事[9]，则又在六国下矣。

【注释】

〔1〕六国：指韩、赵、魏、齐、楚、燕。破灭：灭亡。后文的"迁灭""革灭"都是这个意思。

〔2〕率：全都，一概。

〔3〕厥（jué）：其，他的。

〔4〕草芥（jiè）：小草。言其轻微。

〔5〕奉之弥繁，侵之愈急：送给它越多，侵犯它们就越厉害。第一个"之"代秦国，第二个"之"代六国。

〔6〕洎（jì）：等到，及至。

〔7〕数：命运。

〔8〕劫：胁迫，挟制。

〔9〕故事：旧例。

【译文】

六国灭亡，不是兵器不锋利，仗打得不好，弊病在于拿着土地去贿赂秦国。贿赂秦国而国力亏损，这是灭亡的原因。有人说：“六国相继灭亡，全都是因为割地贿赂秦国吗？”回答是：“不贿赂秦国的国家，因为贿赂秦国的国家而灭亡。因为这些国家失去了强有力的援助，不能独自保全。所以说：‘弊病在于贿赂秦国’啊。”

秦国除了用战争取得土地之外，还能通过他国的贿赂，小的得到邑镇，大的得到城池。比较一下秦国由于六国行贿而得到的土地，与战争取胜而得到的土地，实际数目要多百倍，六国由于贿赂秦国而失去的土地，比他们由于战败而失去的土地，实际数目也要多百倍。秦国的最大欲望，六国的最大祸患，本来就不在于战争。想想他们的祖辈父辈，冒着霜露，披荆斩棘，才得到这么一点点的土地。子孙却不爱惜，拿来送给人，如同丢弃草芥一般。今天割让五座城，明天割让十座城，然后换取一夜的安稳觉。第二天起来环视四周的边境，秦兵又到了。但是六国的土地是有限的，暴虐的秦国的欲望是没有满足的。六国奉送给秦国的土地越多，秦国侵犯六国也就越急。所以，不用作战，谁强谁弱，谁胜谁负，就已经分明了。最终六国到了灭亡的地步，那也是理所当然的了。古人说：“用土地来侍奉秦国，如同抱着柴火去救火，柴不烧尽，火就不灭。”这话说得太对了。

齐国人没有割地贿赂秦国，最后也跟着五国一起灭亡，为什么呢？这是他结交秦国而不帮助五国的缘故。五国已经灭亡，齐国也免不了。燕国和赵国的君主，开始还有远大的谋略，能够守住他们的国土，坚持正义而不贿赂秦国。所以燕国虽然是个小国而后灭亡，这是用兵作战的功效啊。等到燕太子丹以荆轲行刺秦王作为对付秦国的策略，才招致祸害。赵国曾经五次跟秦国作战，两次失败而三次胜利。后来，秦国两次攻打赵国，李牧连续击退秦军。等到李牧由于谗言而被杀，赵都邯郸这才成为秦国的一个郡，可惜赵国运用了武力而没有坚持到底。况且燕国、赵国处在秦国将要把各国消灭殆尽的时候，可以说是智谋穷竭、力量孤单，作战失败而灭亡，实在是不得已。假使当初三国能够各自爱惜他们的土地，齐国不亲附秦国，燕国的刺客不去刺秦王，赵国的良将李牧仍然健在，那么概率上是胜是负，理论上是胜是负，六国与秦国相较量，结局或许很难估量。

唉！如果六国用贿赂秦国的土地来分封天下的谋臣，用侍奉秦国的心来礼遇天下的奇才，合力向西对付秦国，恐怕秦国人连饭也吃不下去了。可悲呀！有这样的形势，却被秦国长久累积的威势所挟制，一天天一月月地削割下去，以至于走向灭亡。治理国家的人不要被积蓄的威势挟制啊！

六国和秦国都是诸侯国，他们各自的势力比秦国弱，但仍然有能够不贿赂秦国而胜过它的可能。如果以据有天下的大国，而重蹈六国灭亡的覆辙，那就又在六国之下了。

广士

【题解】

广士，即广泛地招纳天下的奇士贤才。本文讲述了当时用人路线的弊病，明确提出了广开才路，任人唯贤的正确主张。关于用人方法，认为应当尊重人才，爱护人才，择之以才，待之以礼；尤其强调要从具有丰富政治经验并且深察地方民情风俗的下级官吏中选用人才。以上，不仅对封建时代改革政治很有针对性，而且对今天如何选拔人才、使用人才也有启发性。文章征引古今，反复论证，显示了苏洵政论雄辩遒劲的独特风格。

【原文】

古之取士，取于盗贼，取于夷狄。古之人非以盗贼、夷狄之事可为也，以贤之所在而已矣。夫贤之所在，贵而贵取焉，贱而贱取焉。是以盗贼下人、夷狄异类，虽奴隶之所耻，而往往登之朝廷、坐之郡国，而不以为怍[1]；而绳趋尺步、华言华服者，往往反摈弃不用[2]。何则？天下之能绳趋而尺步、华言而华服者，众也，朝廷之政、郡国之事，非特如此而可治也。彼虽不能绳趋而尺步、华言而华服，然而其才果可用于此，则居此位可也。

古者天下之国大而多士大夫者，不过曰齐与秦也。而管夷吾相齐，贤也，而举二盗焉；穆公霸秦[3]，贤也，而举由余焉。是其能果于是非，而不牵于众人之议也。未闻有以用盗贼、夷狄而鄙之者也。今有人非盗贼、非夷狄而犹不获用，吾不知其何故也。

夫古之用人，无择于势。布衣寒士而贤则用之，公卿之子弟而贤则用之，武夫、健卒而贤则用之。巫医方技而贤则用之，胥史贱吏而贤则用之。今也，布衣寒士持方尺之纸，书声病、剽窃之文，而至享万钟之禄；卿大夫之子弟，饱食于家，一出而驱高车、驾大马，以为民上；武夫、健卒有洒扫之力，奔走之旧，久乃领藩郡、执兵柄；巫医、方技，一言之中，大臣且举以为吏。若此者，皆非贤也，皆非功也，是今之所以进之之途多于古也。而胥史、贱吏独弃而不录，使老死于敲榜趋走[4]，而贤与功者不获一施。吾甚惑也！不知胥、吏之贤优而养之，则儒生、武士或所不若。

昔者汉有天下，平津侯、乐安侯辈[5]，皆号为儒宗，而卒不能为汉立不世大功。而其卓绝隽伟、震耀四海者，乃其贤人之出于吏、胥中者耳。夫赵广汉[6]，河间之郡吏也；尹翁归[7]，河东之狱吏也；张敞[8]，太守之卒史也；王尊[9]，涿郡之书佐也。是皆雄隽明博，出之可以为将，而内之可以为相者也，而皆出于吏、胥中者，有以也。夫吏、胥之人，少而习法律，长而习狱讼，老奸大豪，畏惮慑伏。吏之情状、变化、出入，无不谙究。因而官之，则豪民猾吏之弊、表里毫末毕见于外，无所逃遁。而又上之人择之以才，遇之以礼，而其志复，自知得自奋于公卿，故终不肯自弃于恶，以贾罪戾而败其终身之利。故当此时，士君子皆优为之。而其间自纵于大恶者，大约亦不过几人；而其尤贤者，乃至成功如是。

今之吏、胥则不然，始而入之不择也，终而遇之以犬彘也[10]。长吏一怒，不问罪否，袒而笞之[11]，喜而接之，乃反与交手为市。其人常曰："长吏待我以犬彘，我何望而不为犬彘哉！"是以平民不能自弃为犬彘之行，不肯为吏矣，况士君子而肯俯首为之乎？然欲使之谨饰[12]，可用如两汉，亦不过择之以才，遇之以礼，恕其小过，而弃绝其大恶之不可贯忍者[13]，而后察其贤有功，而爵之、禄之、贵之，勿弃之于冗流之间[14]，则彼有冀于功名，自尊其身，不敢匄夺，而奇才绝智出矣。

夫人固有才智奇绝而不能为章句、名数、声律之学者，又有不幸而不为者。苟一之以进士制策，是使奇才绝智有时而穷也。使吏、胥之人得出为长吏，是使一介之才无所逃也。进士制策网之于上，此又网之于下，而曰天下有遗才者，吾不信也。

【注释】

〔1〕怍（zuò）：惭愧。

〔2〕摈（bìn）弃：排除，抛弃。

〔3〕穆公：春秋五霸之一。德公之第三子。名任公，谥穆。勤求贤士，得由余、百里奚、蹇叔、丕豹、公孙支等贤臣，遂霸西戎，益国十二，开地千里。在位三十九年。殉死者一百七十七人。穆亦作缪。

〔4〕敲榜：棒打鞭打。

〔5〕乐安侯：匡衡。汉东海承人，字稚圭。常夜读书，凿壁以借邻舍之光。淹贯经义，尤善说《诗》，诸儒为之语曰："无说诗，匡鼎来，匡说诗，解人颐。"宣帝时，学士多上书荐其经明当世少双，令为平原文学。元帝时，累官太子少傅，为丞相，封乐安侯。朝廷有政议，衡辄引经以对，成帝时坐事免为庶人。

〔6〕赵广汉：汉代蠡吾人，字子都。宣帝时为京兆尹，发奸擿伏如神，盗贼屏迹，名闻匈奴。及坐法，吏民守阙号泣者数万，曰："臣生无益县官，愿代赵京兆死！"广汉卒坐腰斩。

〔7〕尹翁归：汉代平阳人，字子况。宣帝时为东海太守。后入守右扶风。以清廉闻。

〔8〕张敞：汉代平阳人，字子高。宣帝时为京兆尹，市无偷盗，然无威仪。尝走马章台街，自以便面（扇子）拊马。又为妇画眉，长安中传张京兆眉怃。帝问之，对曰："臣闻闺房之内，夫妇之私，有过于画眉者。"帝不之责。后坐与杨恽厚，免归。数月，京师枹鼓四起，冀州郑盗贼纵横。帝思敞功，召拜冀州刺史，乘传到郑，盗贼屏息。元帝欲以为左冯翊，会病卒。

〔9〕王尊：汉代高阳人，字子赣。为益州刺史。先是，王阳来守是州，行至九折坂，叹曰："奉先人遗体，奈何乘此险！"遂返车。尊至是问吏曰："此非王阳所畏道耶？"叱其驭曰："驱之！"王阳为孝子，王尊为忠臣。在部二岁，徼外服其威信，迁东平相。王所为不中度者，尊辄谏止之。成帝时为京兆尹，被诬免官，吏民多称惜之。湖三老公乘兴等上书讼尊，于是复以为徐州刺史，迁东郡太守。河决金堤，尊投白马祀水神，亲执圭璧，请以身填堤次，吏民数千人争叩头救止，因露宿河干，至水退方还。后卒于官。

〔10〕终而遇之以犬彘也：对待他们终究只像对待猪狗那样。彘（zhì），猪。

〔11〕袒而笞之：袒露出身体来鞭打。笞（chī），用鞭、杖、竹板等来抽打。

〔12〕谨饰（shì）：谨小慎微地来矫饰、掩盖。

〔13〕贳（shì）忍：宽纵而忍让。

〔14〕冗（rǒng）流：多余的人流、人群。

【译文】

古代选拔人才，有的选自盗贼，也有的从夷狄里选拔。古代的人并不是以为盗贼、夷狄的行为是可取的，只是认为他们之中有贤良之才罢了。贤良之才身处贵位的那就从贵位中间选拔，身处贱位的，那就从贱位中间选拔。于是盗贼这些低下的人，夷狄这些异类，虽然连奴隶都瞧不起他们，但他们往往可登上朝廷之要职，或到郡国担负重任，却不当作惭愧的事。相反，那些走起路来都讲求架势，说着华美辞藻，穿着华贵服饰的人，倒往往被摈弃而不受重用。这是为什么呢？普天之下能迈高雅步伐，循规蹈矩，能穿华贵服饰的人很多，而朝廷的政事、郡国的公务，并不是仅仅这样就能治理好。而那些盗贼、夷狄中贤能的人虽不能迈高雅步伐，不说华美辞藻，不穿华贵服饰，他们的才能却胜任要职，那么就可以处在这个职位上。

古时候，天下的国家之中，大而且拥有很多士大夫的，不过秦国和齐国两个国家。而管夷吾出任齐国之宰相，可谓是贤者了，却荐举了两个盗贼；秦穆公使秦国称霸，也可谓是贤者了，却提拔任用了由余等辈。这是他们对是非能够

敢于判断，不受群臣议论牵制的缘故。还没听说过因为用了盗贼、夷狄而使国家卑微的。现在有的贤人并不是盗贼，并不是夷狄，但是仍然未被重用，我真不知是什么缘故。

古代用人，并不看其人是否有权势。布衣寒士只要他们贤能，就重用；公卿贵胄的子弟只要他们贤能，也能得到重用；武夫健卒贤良，也重用他们；巫医、方技只要他们贤良，也能重用；胥史、小吏只要贤良，一样可以重用。而今天呢，布衣寒士只要拿得出方尺之纸，写些规避声病甚至剽窃别人的文章，倒可以坐享万钟的俸禄；那些公卿的子弟们什么好事也没干，终日饱食于家，一旦出门，却能乘坐高贵的车，驾着高大的马，凌驾于民众之上；那些武夫健卒只有洒扫的本领，效一些奔走的劳，干得久了就能镇守边防州郡，执掌兵权；而巫医、方技等辈，只要一句话说中了，大臣便可举荐他们去做官。像这样的人，都不是贤良，都不是有功之人，这正是现在进入仕途的路子多于古代的缘故啊。而那些胥史、贱吏们却被忽视不被任用，让他们老死也只能做卑微的差使，他们中的贤良有功的人，却始终得不到施展才能的机会。我为此感到万分困惑啊！殊不知胥、吏辈中的贤良者要是得到培养的话，往往儒生、武士辈有的还比不上他们呢。

过去汉朝得天下，平津侯、乐安侯等辈，都号称是儒家的正宗，然而最终没能为汉朝立下盖世的功业。相反，那些功绩卓著、才艺超群，能威震四海光耀天下的人，倒是都出自身份低微的文书、小吏的贤士。那时的赵广汉，是河间郡的郡吏；尹翁归，是河东的监狱官吏；张敞，本来是太守手下的卒史；王尊，不过是涿郡的书佐。然而他们都雄强隽伟，精明广博，在外，都可担任将军之职，在内，则可做宰相，要论他们的出身，还都不过是吏、胥等辈而已。这些当吏、胥的人，年轻时就研习法律，长大后又熟读官司狱讼，所以老奸巨猾的大家富豪们见了他们都害怕畏惧，胆寒而敬伏不敢胡作非为。关于官场的情况现状、变化、出入等，没有他们所不熟悉、不知底细的。因此让这等吏、胥来当官，富豪大户、刁猾官吏们的弊端，一丝一毫也瞒不过他们，不能隐藏。如果上面的人能选择他们中有才能的，对待他们以应有的礼遇，那么他们的志向更会成倍增长，他们都自知，必须自我奋斗于仕途，决不能自暴自弃去作恶，因为犯下了罪孽会毁掉自己终身的功名利禄。所以在这样的时候，君子们都能好自为之。他们之中放纵自己终于成为罪大恶极的，大概只有几个人；而他们之中的佼佼者，则能得到这样大的功业。

现在的吏、胥们可不是这样，刚刚入仕途，没有人去选拔他们，始终对待他们像猪狗一般。只要上级官僚一生气，不问问是否有罪，便一顿鞭打；长官高兴的时候就和他们交往，反而在大庭广众之下和他们拱手礼让。所以吏、胥们常常说：“长官对待我们就像对待猪狗一样，我们还有什么希望不成为猪狗呢！”因此平民辈凡是不想自暴自弃为猪狗的，都不肯去做吏、胥，更何况德才兼备的有志之士，又有谁肯去降低身份而做吏、胥呢？要是能让他们谨慎从事，能像两汉时候那样去重用他们，也不过就是选择他们中有才能的予以使用，给他们一定的礼遇，饶恕他们的一些小过失，清除掉他们当中犯过大罪不可饶恕的，从而明察他们中贤能而有功的，给他们爵位、俸禄，使他们贵重起来，而不是抛弃他们到多余的人群中去，那么他们就都感到有希望功成名就，自己看重自己，就不敢出去勒索强夺，于是怀有奇才绝智的自然就会涌现出来。

人们之中本来有怀奇才具绝智而不擅于章句、名数、声律等方面学问的，也有不幸而不肯有所作为的。要是都通过进士科举的方式选拔他们，那么有奇才绝智的人有时就会一个也找不到了。假如让吏、胥之辈升迁做长官，那么任何一个有才之人都不会被埋没。上面用科举策士的方法，下面又用这种方式网罗有才之人，要是再有人说天下有被遗弃的人才，我可不相信啊。

上欧阳内翰第一书[1]

【题解】

本文作于仁宗嘉祐元年，是苏洵给当时翰林学士欧阳修的一封求见信。

史载苏洵少年不学，二十七岁时才开始发愤读书。嘉祐元年，他同两个儿子苏轼、苏辙一同进京，晋谒翰林学士、文坛领袖欧阳修，希望得到引荐，于是写了这封信。欧阳修看了他的书信、文章，大加赏识，认为他的文章超过了汉朝贾谊、刘向之文，并把他的二十二篇文章呈献皇帝。苏洵之名遂大振。这篇书信是使苏洵后来置身仕途至为关键的一封信。

【原文】

内翰执事：洵布衣穷居，尝窃有叹，以为天下之人，不能皆贤，不能皆不肖。故贤人君子之处于世，合必离，离必合。往者天子方有意于治，而范公在相府，富公为枢密副使，执事与余公、蔡公为谏官[2]，尹公驰骋上下[3]，用力于兵革之地。方是之时，天下之人，毛发丝粟之才，纷纷然而起，合而为一。而洵也，自度其愚鲁无用之身，不足以自奋于其间，退而养其心，幸其道之将成，而可以复见于当世之贤人君子。不幸道未成，而范公西，富公北，执事与余公、蔡公分散四出，而尹公亦失势，奔走于小官。洵时在京师，亲见其事，忽忽仰天叹息，以为斯人之去，而道虽成，不复足以为荣也。既复自思，念往者众君子之进于朝，其始也，必有善人焉推之；今也，亦必有小人焉推之。今之世无复有善人也，则已矣！如其不然也，吾何忧焉？姑养其心，使其道大有成而待之，何伤？退而处十年，虽未敢自谓其道有成矣，然浩浩乎其胸中若与曩者异。而余公适亦有成功于南方，执事与蔡公复相继登于朝，富公复自外入为宰相，其势将复合为一。喜且自贺，以为道既已粗成，而果将有以发之也。既又反而思，其向之所慕望爱悦之而不得见之者，盖有六人焉，今将往见之矣。而六人者，已有范公、尹公二人亡焉，则又为之潸然出涕以悲。呜呼，二人者不可复见矣！而所恃以慰此心者，犹有四人也，则又以自解。思其止于四人也，则又汲汲欲一识其面，以发其心之所欲言。而富公又为天子之宰相，远方寒士，未可遽以言通于其前；余公、蔡公，远者又在万里外，独执事在朝廷间，而其位差不甚贵，可以叫呼扳援而闻之以言[4]。而饥寒衰老之病，又痼而留之，使不克自至于执事之庭。夫以慕望爱悦其人之心，十年而不得见，而其人已死，如范公、尹公二人者；则四人之中，非其势不可遽以言通者，何可以不能自往而遽已也！

执事之文章，天下之人莫不知之；然窃自以为洵之知之特深，愈于天下之人。何者？孟子之文，语约而意尽，不为巉刻斩绝之言[5]，而其锋不可犯。韩子之文，如长江大河，浑浩流转，鱼鼋蛟龙，万怪惶惑，而抑遏蔽掩，不使自露；而人望见其渊然之光，苍然之色，亦自畏避，不敢迫视。执事之文，纡余委备，往复百折，而条达疏畅，无所间断，气尽语极，急言竭论，而容与闲易，无艰难劳苦之态。此三者，皆断然自为一家之文也。惟李翱之文[6]，其味黯然而长，其光油然而幽，俯仰揖让，有执事之态。陆贽之文[7]，遣言措意，切近的当，有执事之实；而执事之才，又自有过人者。盖执事之文，非孟子、韩子之文，而欧阳子之文也。夫乐道人之善而不为谄者，以其人诚足以当之也；彼不知者，则以为誉人以求其悦己也。夫誉人以求其悦己，洵亦不为也；而其所以道执事光明盛大之德，而不自知止者，亦欲执事之知其知我也。

虽然，执事之名满于天下，虽不见其文，而固已知有欧阳子矣。而洵也，不幸堕在草野泥涂之中。而其知道之心，又近而粗成。而欲徒手奉咫尺之书，自托于执事，将使执事何从而知之、何从而信之哉？洵少年不学，生二十五岁，始知读书，从士君子游。年既已晚，而又不遂刻意厉行，以古人自期，而视与己同列者，皆不胜己，则遂以为可矣。其后困益甚，然后取古人之文而读之，始觉其出言用意，与己大异。时复内顾，自思其才，则又似夫不遂止于是而已者。由是尽烧曩时所为文数百篇，取《论语》《孟子》、韩子及其他圣人、贤人之文，而兀然端坐，终日以读之者，七八年矣。方其始也，入其中而惶然，博观于其外而骇然以惊。及其久也，读之益精，而其胸中豁然以明。若人之言固当然者，然犹未敢自出其言也。时既久，胸中之言日益多，不能自制，试出而书之。已而再三读之，浑浑乎觉其来之易矣，然犹未敢以为是也。近所为《洪范论》《史论》凡七篇，执事观其如何？噫嘻！区区而自言，不知者又将以为自誉，以求人之知己也。惟执事思其十年之心如是之不偶然也而察之。

【注释】

〔1〕欧阳内翰：欧阳修。当时他任翰林学士，身居朝廷要职，专掌内命，参与机要，故称之为内翰。

〔2〕余公：余靖。蔡公：蔡襄。字君谟，兴化仙游人。天圣进士，累官知谏院，直史馆，兼修起居注。论事无所回挠。进知制诰。每除授非当职，辄封还之。迁龙图阁直学士、知开封府，再知福州，聘郡士周希孟、陈烈等以经术授学者，常至数百人，躬至学舍，执经讲问。徙知泉州，建洛阳桥长三百六十丈，以利济者，闽人刻碑纪德。后以端明殿学士移守杭州。卒谥忠惠。襄善书，为当时第一。后世将之与苏轼、黄庭坚、米芾，合称宋四大书法家。诗文清遒萃美，皆入妙品。著有《茶录》《荔枝谱》《蔡忠惠集》。

〔3〕尹公：尹洙。字师鲁，河南人。天圣进士。迁太子中允。会范仲淹贬，洙奏与仲淹义兼师友，己亦不可苟免。出监唐州酒税。为韩琦所深知。官至起居舍人。自元昊不庭，洙常在兵间，于西事尤练习。作《叙燕》《息戍》二篇，言武备不可弛。性内刚外和，博学有识度，尤深于《春秋》。自唐末历五代，文格卑弱，洙偶为古文，简而有法。世称河南先生。有《河南集》《五代春秋》行世。

〔4〕扳（bān）援：援引，牵引，挽起。

〔5〕巉（chán）刻斩绝：犹言尖刻阴毒。巉刻，原义为高峻，此处转义为尖刻。

〔6〕李翱（áo）：字习之，唐代赵郡人。贞元进士。元和初为国子博士，史馆修

撰。再迁考功员外郎。性峭鲠，仕不得显官，怫郁无所发。尝面斥宰相李逢吉之过，出为庐州刺史。后拜中书舍人，历山南东道节度使卒。翱始从韩愈为文章，辞致浑厚，见推当时，故有司亦谥曰文。有《论语笔解》《五木经》《李文公集》行世。

〔7〕陆贽（zhì）：字敬舆，唐代嘉兴人。年十八登进士第，以博学宏词登科。德宗在东宫时召贽为翰林学士。建中时硃泚叛，从驾幸奉天，时当叛乱，机务填委，一日之内诏书数百，贽挥翰起草，思如泉注，莫不曲尽事情，中于机会。武夫悍卒，莫不感泣。事平，累迁中书侍郎同平章事。后被谗，贬忠州别驾。卒，谥宣。有《陆宣公翰苑集》行世。其奏议尤为著名。

【译文】

内翰执事：我本是乡野平民，生活贫困，曾经私下叹息，觉得天下的人不可能都是贤明的，也不可能都是不贤明的。所以贤明正直的人处在世上，有聚合必有分离，有分离又必有聚合。过去正当天子有意于把国家治理好的时候，范仲淹公任宰相府，富弼公当枢密副使，执事您与余靖公、蔡襄公任谏官，尹洙公奔走于上上下下，在边防要塞施展才能。其时，天下的人，有一丝一毫的才干，都纷纷起来，合成一股力量。而我自认为自己愚笨无用，没有能力自我奋起，参与到众人之间，所以退下来修养身心，寄希望于道德学问方面有所成就，就可以再次见到当代的贤人、君子们。不幸的是，我自己的道德学问还没有修养好，范仲淹公西去，富弼公北上，执事您与余靖公、蔡襄公等，又被分别派到四面八方去，而尹洙公也失去了权势，四处奔走充任小官。我那时正在京城中，亲眼见到了这些事情，无可奈何地仰天长叹，认为这些人离开朝廷，即使自己道德学问有成，也不足以引以为荣了。进而我又想，过去众位君子能够被朝廷任用，一开始，必然是有贤人推荐的；现如今，又必然是有坏人离间的。当今的时势，要是不再有贤人，那就完了啊！而如果不是这样，我又有什么可担忧的呢？姑且继续修养我的心性，使自己的道德学问有更大的进

蔡襄

步，期待着任用的日子，又有什么妨害呢？退下来又过了十年，虽不敢说道德学问已有所成，但是胸中自有一股浩浩荡荡之气，好像与过去不一样了。而余靖公正好在南方有所成功，执事您和蔡襄公又相继登上了朝廷，富弼公又从外任调入朝廷当宰相，这样的形势又可合成一股力量了。真让人高兴，值得祝贺，我自以为道德学问已经略有成绩并且真将有施展的机会了。接着又回过头思考，过去所仰慕爱戴的，但始终未能见到的贤人，约有六位，现在有机会拜见他们了。但这六位之中，范公、尹公二位已经去世，不禁为他们二位暗暗流泪，感到悲伤。唉！这两位已经再也见不到了，而尚可宽慰我心的是，还有四位在，则又正可宽慰自己。想到只剩四位了，所以又急急地想见他们一面，以便把心里想说的话向他们一吐为快。而富弼公又出任了天子的宰相，我这样的边远地方的贫寒之士，不能马上在他面前说上话；而余靖公、蔡襄公，远的还在万里之外，只有执事您身在朝廷，您的地位还不是最高贵，可以通过高声呼喊、扳着您的轿子，而让您听听我的陈述。然而饥寒衰老，疾病缠身，叫我不能亲自到执事您的门庭来拜谒。我以渴慕盼望、爱戴喜悦这几位的心情，十年而不得一见，而他们已有去世的，像范公、尹公二位；剩下四位之中，不是因为其威势不能通以言谈，我又怎么可以因为不能亲自前往拜谒而作罢呢！

执事您的文章，天下的人没有不知道的。但我自以为我知道得特别深刻，是超过了天下之人的。为什么这样说？孟子的文章，语言简约而意思详尽，他不说尖刻阴毒的文辞，然而其犀利的锋芒谁也不敢侵犯。韩愈的文章，好比长江黄河，浑然浩荡，奔流婉转，像是鱼鳖蛟龙、万种精怪，令人惶惶惑惑，却能遏制隐蔽而掩藏起来，不让它们自露于外；而人们远远望见它们渊深的光芒，苍茫的色彩，也就都自我畏惧而去躲避它们，不敢接近它们，正视它们。而执事您的文章，委婉详备，来来回回多曲折变化，却条理清晰通达，疏阔而畅适，无间隔，不折断，气势造极而语言净尽，行文急促，极力论争，却又从容闲适而平易，毫无艰苦费力的表现。这三人的文章，全都能自成一家。只有李翱的文章，味道淡泊而隽永，光彩油然而幽静，典雅谦让，颇有执事您的文章的仪态风貌；陆贽的文章，用词与达意，切近事理，准确恰当，颇近执事您的文章的切实；而执事您的才华，又自有超过别人的地方。大致执事您的文章，不是孟子、韩子的文章，而是您欧阳子的文章。乐于称道人善良而不谄媚于别人，是因为他的为人确实经得起这样的称道；那些不知情的人，则认为赞誉人是为了求得别人的欢欣。赞誉人以求人喜欢的事，我是不那样做的；之所以要称道执事您的光明盛大的道德，而不能自我控制的原因，也是为了想让执事您知晓我是了解您的。

尽管如此，执事您的大名，早已遍知于天下，即使没读过您文章的人，也都早就知道有个欧阳修了。而我却不幸，沦落在草野泥泞的地方。而自己的道德修养，近来粗有所成。想空手奉上不满一尺的书信，把自己托付给执事您，将怎么能让执事您了解我，并相信我呢？我年轻时不学习，活到二十五岁，才知道要读书，和有学问的人一起交往学习。年龄已经老大了，却又不去刻意严厉付诸行动，期望自己效仿古人，但看到和自己同列的人，又都不如自己，于是觉得自己可以了。后来文思困窘得更加严重，就拿古人的文章来读，才开始觉得古人所发言论，与自己的有很大的不同。常常反省自己，自觉一己之才能，又好像还不仅仅只是这些。于是我把旧时所写的文章几百篇悉数烧掉，而拿起《论语》《孟子》，韩愈以及其他伟人、贤士的文章，整天正襟危坐地阅读，花了有七八年时间。刚开始，我读进去只觉惶惶然，广博地观览于其外，感到惊慌失措。时间长了，读得也更精细了，胸中豁然开朗，似乎明白了。好像人家的话本来就该是这样的，但我还是不敢提笔也这样写。时间更久了，胸中想说的话更多了，不能克制自己，便试着把它们写出来。以后又一而再、再而三地读它们，只觉得文思泉涌，好像写出来是很容易的，然而还不敢自以为是啊。近日所作的《洪范论》《史论》等一共七篇，执事您看看，究竟写得怎样？啊！区区一己的言说，不明白的人又会把它看作在自我赞誉，以求得别人来了解自己。只有执事您会念我十年的心血不是偶然，从而来了解我吧。

木假山记

【题解】

本篇是从树木成长过程的变化中喻写到人生命运的沧桑历程。北方有石假山，南方有木假山。树木被风刮倒，被水冲没，经长时间浪击虫蛀，形如山石嶙峋，置于庭院，可供观赏。作者这篇记述，采用借喻手法，表面是写院中三座假山的曲折遭遇和幸运结局，实际是以三峰喻“三苏”，抒发父子三人浮沉世间，际遇难期的感慨，同时表现他们刚正不阿、凛然不屈的节操。

【原文】

木之生，或蘖而殇[1]，或拱而夭[2]。幸而至于任为栋梁则伐；不幸而为风之所拔，水之所漂，或破折，或腐；幸而得不破折，不腐，则为人之所材，而有斧斤之患；其最幸者，漂沉汩没于湍沙之间[3]，不知其几百年，而激射啮食之余，或仿佛于山者，则为好事者取去，强之以为山，然后可以脱泥沙而远斧斤，而荒江之濆，如此者几何？不为好事者所见，而为樵夫野人所薪者，何可胜数？则其最幸者之中，又有不幸者焉。

余家有三峰，余每思之，则疑其有数存乎其间。且其蘖而不殇，拱而不夭，任为栋梁而不伐，风拔水漂而不破折，不腐；不破折，不腐，而不为人所材，以及于斧斤；出于湍沙之间，而不为樵夫野人所薪，而后得至乎此，则其理似不偶然也。

然余之爱之，非徒爱其似山，而又有所感焉；非徒爱之，而又有所敬焉。余见中峰，魁岸踞肆，意气端重，若有以服其旁之二峰。二峰者，庄栗刻削[4]，凛乎不可犯；虽其势服于中峰，而岌然决无阿附意。吁！其可敬也夫！其可以有所感也夫！

【注释】

〔1〕蘖（niè）：树木的新芽。殇（shāng）：未长成而夭折。

〔2〕拱（gǒng）：树干长到双手能合抱那么粗，称为拱。夭：死亡。

〔3〕湍（tuān）沙：急流经过的沙滩。

〔4〕庄栗刻削：庄严险峻，似刻削而成者。

【译文】

树木的生长，有的在刚长出嫩芽就夭折了，有的长到双手合拱那么粗时死了。幸而能长成栋梁之材了，就遭到砍伐；不幸的就被飓风连根拔起，被大水漂走，有的被破坏折断，有的就腐烂了；侥幸而能够不折断不腐烂的，就被人当木材用，于是就要面临刀斧之灾；其中最幸运的，漂流埋没在急流经过的沙滩之中，不知过了几百年，被激流冲击、害虫啃啮剩下的，有的仿佛像座山，就被好事的人拿了去，把它加工做成假山，然后倒可以脱离泥沙，远离斧子的祸害，但荒芜的江河边，像这样的能有几棵呢？不被好事的人发现，而被樵夫野汉砍伐去当柴的，又怎能数得清呢？那么所谓最幸运的树木当中，也还有不幸的啊。

我家里有三座木制假山，我每当想到它们，就怀疑它们也是有命运在起着作用。且说它们在萌芽时没死，合拱粗时没夭折，可做栋梁之材时又没遭砍伐，被风拔起、被水冲走，也没被破坏折断，没有烂掉；没被破坏折断、没烂掉，而又没被人看中做材料，以至于遭斧头的难；被冲出来到了急流经过的沙滩，却又没被樵夫野汉砍去当柴，而后才得以来到此地，那么其中包含的道理似乎看上去不像是偶然的巧合。

然而我之所以爱它们，绝非单单爱它们像座山，而是另有所感；不仅仅是爱它们，而是对它们更有崇敬之情。我看到中间那座山峰，魁伟而傲岸，稳健而恣肆，意态气度既端厚又凝重，好像有能镇服左右两座山峰的气概。而左右两峰呢，庄严而险峻，酷似刻削而成，凛凛然宛如不可侵犯的样子；在形势上像是对中间那座峰表示钦服，而其巍然耸立的神态又绝无阿谀附和的意思。啊！它们真令人敬重啊！它们真令人有所感慨啊！

老翁井铭

【题解】

此文作于嘉祐二年（1057）作者回乡安葬其妻之时。苏洵在一生中长期受到压抑，很不得志。当作者求官未遂，贤妻又身亡，在为亡妻卜葬时，听到有关老翁井的一段传说，于是记述此事。丁酉这年在京城得到妻子病故的消息回到家乡后，仕途的挫跌和家庭的灾难，使他身心猛受打击，心情趋于消沉。于是借着这则泉边老人的民间传说，抒写他的厌倦世俗，表达自己甘愿终老泉边，追求超脱的清高思想。

【原文】

丁酉岁[1]，余卜葬亡妻，得武阳安镇之山[2]。山之所从来甚高大壮伟，其末分而为两股，回转环抱，有泉坌然出于两山之间[3]，而北附右股之下，畜为大井，可以日饮百余家。卜者曰：吉，是在葬书为神之居。盖水之行常与山俱，山止而泉冽，则山之精气势力自远而至者，皆畜于此而不去，是以可葬，无害。

他日，乃问泉旁之民，皆曰：是为老翁井。问其所以为名之由，曰："往岁十年，山空月明，天地开霁，则常有老人，苍颜白发，偃息于泉上；就之，则隐而入于泉，莫可见。盖其相传以为如此者久矣。"

因作亭于其上，又甃石以御水潦之暴[4]，而往往优游其间，酌泉而饮之，以庶几得见所谓老翁者，以知其信否。然余又悯其老于荒榛岩石之间，千岁而莫知也，今乃始遇我而后得传于无穷。遂为铭曰：

山起东北，翼为西南。涓涓斯泉，坌溢以㳽[5]。敛以为井，是饮万夫。汲者告我，有叟于斯。里无斯人，将此谓谁？山空寂寥，或啸而嬉。或千万年，自洁自好。谁其知之，乃讫遇我。惟我与尔，将遂不泯。无溢无竭，以永千祀。

【注释】

〔1〕丁酉岁：宋嘉祐二年（1057）。苏洵之妻于是年四月谢世。

〔2〕武阳：在今四川彭山东十里。

〔3〕坌（bèn）：细末飞撒的样子。

〔4〕甃（zhòu）石：用石块垒井、砌池。

〔5〕㳽（mí）：弥漫。

【译文】

嘉祐丁酉二年，我为了安葬亡妻占卜选择墓地，发现武阳安镇地方的一座山。这座山迎面观看高大而壮伟，它的末尾分成两股，山势回转，环抱着全山，其中有股泉水喷雾似的涌出于两山之间，向北靠着右侧山岗下，泉水积存起来形成了一口大水井，足够每天供给一百多家人饮用。占卜的人说：这里吉祥，这是风水书说的成为神仙所居住的地方。一般水的走向常常和山的走向一致，山终止了，泉水便清冽，那么山的精气势力从远处来的，都积蓄在这里存住不动，所以宜于葬在这里，没有害处。

后来有一天，我问泉旁的居民，都说：这是老翁井。我又问他们这个名字的由来，他们说："几十年前，在天地开阔、山空月明的时候，常有一个老头儿，容颜苍老，头发银白，在泉边仰卧着憩息；人们走近他，他便隐去不见，好似藏进泉中，就看不见了。大概相传都这么说已很久了吧。"

因作亭于其上，又甃石以御水潦之暴

我因此在泉的上方修筑了一个亭子，用石块砌了井围，用来防御井水的突然暴涨，于是常常在那里消闲自在，舀起泉水来喝，期望也许能见到那个老头儿，以便知道此事可信不可信。然而我又可怜他在这布满荒芜榛荆的岩石当中，一年年更加老去而始终不被人知，今天遇到了我，而后可以流传下去直至无穷无尽了。于是写了篇铭文说：

山东从北耸立，两翼伸向西南。泉水涓涓而流，汇成溪流满满。终聚敛成为井，足供饮人千万。汲水的人告诉我，有一老翁常现身井畔。村子里并没这老翁，到底是人是仙？山谷空空而寂寥，常有人长啸嬉戏其间。或许已过了千万年，他自洁自爱不变。有谁知道他呢？遇到我才流传。只有我和你，永远留在世间。井既不满也不枯，永远为人所纪念。

送石昌言为北使引[1]

【题解】

本文作于嘉祐元年九月，是一篇赠序。宋仁宗嘉祐元年（1056）八月，刑部员外郎、知制诰石扬休出使北国前往契丹，庆贺契丹国母生辰。苏洵给他这篇赠序（因为苏洵之父名序，所以不称序，改称引），就是让他借鉴历史经验，不怕强敌威胁，发扬民族正气，夺取外交胜利。文章首段回忆他们之间的亲密交往，感佩扬休奉使强虏实现平生抱负，寄于莫大信任，充满劝勉之情；二段回顾历史情况，剖析强虏本质，指出藐视强虏是唯一正确的态度。

【原文】

昌言举进士时，吾始数岁，未学也。忆与群儿戏先府君侧，昌言从旁取枣栗啖我；家居相近，又以亲戚故，甚狎。昌言举进士，日有名。吾后渐长，亦稍知读书，学句读、属对、声律，未成而废。昌言闻吾废学，虽不言，察其意，甚恨。后十余年，昌言及第第四人，守官四方，不相闻。吾日益壮大，乃能感悔，摧折复学。又数年，游京师，见昌言长安，相与劳苦，如平生欢。出文十数首，昌言甚喜称善。吾晚学无师，虽日为文，中甚自惭；及闻昌言说，乃颇自喜。今十余年，又来京师，而昌言官两制，乃为天子出使万里外强悍不屈之虏，建大旆[2]，从骑数百，送车千乘，出都门，意气慨然。自思为儿时，见昌言先府君旁，安知其至此？富贵不足怪，吾于昌言独有感也！大丈夫生不为将，得为使，折冲口舌之间足矣。

往年彭任从富公使还[3]，为我言曰："既出境，宿驿亭。闻介马数万骑驰过，剑槊相摩，终夜有声，从者怛然失色[4]。及明，视道上马迹，尚心掉不自禁。"凡虏所以夸耀中国者，多此类。中国之人不测也，故或至于震惧而失辞，以为夷狄笑。呜呼！何其不思之甚也！昔者奉春君使冒顿[5]，壮士健马皆匿不见，是以有平城之役。今之匈奴，吾知其无能为也。孟子曰："说大人则藐之。"况于夷狄！请以为赠。

【注释】

〔1〕石昌言：石扬休，字昌言，宋代眉州人。少孤力学，登进士。累官刑部员外郎，知制诰。仁宗朝上疏力请广言路，尊儒术，防壅蔽，禁奢侈。其言皆有益于国，时人称之。石、苏两家均眉州大户，世有通家之谊。昌言进举，洵方五岁。昌言出使契丹，为契丹国母生辰寿，在嘉祐元年（1056）八月。引本应作序，苏洵父名序，避家讳而改。

〔2〕大旆（pèi）：一种末端呈燕尾状之大旗。

〔3〕彭任：宋代岳池人。庆历初富弼使辽，任与偕行，道次语弼曰："朝廷所谓书词，万一与口传异，将何以对？"启视果不同，弼即驰还朝，更书而去。富公：指富弼。

〔4〕怛（dá）然：畏惧惊愕的样子。

〔5〕奉春君：刘敬。汉代齐人。本姓娄，高祖在洛阳，敬献西都关中之策，赐姓刘氏，号为奉春君。寻封关内侯，号为建信侯。冒顿兵强，数苦北边，使敬往结和亲约。还言秦中新破，请徙齐诸田，楚昭、屈、景，燕、赵、韩、魏后，及豪杰名家，居关中，无事可以备胡。乃使敬徙所言者，凡十余万口。冒顿（mò dú）：汉初匈奴族一个单于的名字。

【译文】

昌言考进士科目的时候，我才只有几岁，还没开始学习。回忆当年我跟一群孩子在父亲身边嬉戏玩耍，昌言也在旁边，还曾拿来枣儿栗子给我吃；两家住得很近，又因为是亲戚的缘故，所以彼此十分亲昵。昌言应考进士科目，一天比一天出名。我后来渐渐长大，也稍稍懂得要读书，学习句读、对对子、四声格律，结果没有学成就废弃了。昌言听说我废弃了学习，虽然没有说我什么，而细察他的意思，是很遗憾的。后来过了十多年，昌言进士及第，考中第四名，便到各地去做官，彼此也就断了音讯。我日益成长壮大，才感到荒废学业的悔恨，便痛改前非而恢复学习。又过了几年，我游历京城，在汴京遇见了昌言，便彼此慰劳，畅叙平生以来的欢乐。我拿出文章十多篇，昌言看了很高兴，并且夸我写得好。我学习开始晚，又没有老师指导，虽天天作文，内心一直十分惭愧；等听到昌言的话后，才颇为自喜。到现在又十多年过去了，我再次来到了京城，而昌言已经身居两职，他作为朝廷使者，要出使到万里以外的那些强悍不屈的契丹朝廷，要树立大旌旗，跟随的骑士多达几百骑，送行的车辆有上千辆，走出京城大门，情绪慷慨激昂。我自思忖，孩童时代见到昌言在先父身旁，那时怎么会料想他会走到这一步呢？一个人富贵起来并不奇怪，而我对昌言的富贵特别有所感触啊！大丈夫活着不去当将军，能当一名使臣，用口舌辞令在外交上战胜敌人，就足够了。

前些年彭任跟随富弼公出使契丹回来，曾对我说：“出了国境之后，住宿在驿亭。听到披甲战马几万骑驰骋而过，宝剑和长矛互相撞击，整夜不绝于耳，跟随的使臣惊慌失色。等到天亮了，看见道路上的马蹄印了，心中的余悸还难平息，好像心要跳出来似的。”大凡契丹用来向中原炫耀武力的手段，多似这样。中原去的使者，没有识透他们这类手段，所以有的人甚至震惊害怕到哑口无言，让外族人嗤笑。唉！这是多么的没有思考力啊！古代奉春君刘敬出使匈奴，匈奴把壮士大马都藏起来不让他看见，因此才有平城之战的胜利。现在的匈奴（契丹），我深知他们是没有什么能力与作为的。孟子说：“面对诸侯国君谈话，就得藐视他。”更何况对待外族呢！请把上述的话权作临别赠言吧。

谏论上[1]

【题解】

本文探讨的是臣子进谏的方式方法。作者对孔子提出的讽谏之说，提出疑义，并做出补充，主张用游说之术弥补进谏方法之不足，要求进谏之臣机智勇辩如游说之士。文章列举出游说之术在五个方面值得借鉴：理谕之，势禁之，利诱之，激怒之，隐讽之，并且引用历史上由这五法成功的例子，来证明自己的观点。作者虽然认为游说之术可用，但同时又强调它只是手段，赤诚之心才是臣子进谏的根本，必须以忠臣之心，兼游说之术，才能构成完整的进谏之道。作者精研发明，独抒己见，文势圆活，气势也异常壮阔。

【原文】

古今论谏，常与讽而少直[2]。其说盖出于仲尼[3]。吾以为讽、直一也[4]，顾用之之术何如耳[5]。伍举进隐语，楚王淫益甚[6]；茅焦解衣危论，秦帝立悟[7]。讽固不可尽与[8]，直亦未易少之[9]。吾故曰：顾用之之术何如耳。

然则仲尼之说非乎[10]？曰：仲尼之说，纯乎经者也[11]；吾之说，参乎权而归乎经者也[12]。如得其术，则人君有少不为桀、纣者[13]，吾百谏而百听矣[14]，况虚己者乎[15]？不得其术，则人君有少不若尧、舜者[16]，吾百谏而百不听矣，况逆忠者乎[17]？

然则奚术而可[18]？曰：机智勇辩，如古游说之士而已[19]。夫游说之士，以机智勇辩济其诈[20]；吾欲谏者[21]，以机智勇辩济其忠。请备论其效[22]：周衰[23]，游说炽于列国，自是世有其人[24]，吾独怪夫谏而从者百一[25]，说而从者十九[26]，谏而死者皆是[27]，说而死者未尝闻[28]。然而抵触忌讳[29]，说或甚于谏[30]。由是知不必乎讽，而必乎术也[31]。

说之术，可为谏法者五[32]：理谕之[33]，势禁之[34]，利诱之[35]，激怒之[36]，隐讽之之谓也[37]。

触龙以赵后爱女贤于爱子，未旋踵而长安君出质[38]；甘罗以杜邮之死诘张唐[39]，而相燕之行有日；赵卒以两贤王之意语燕，而立归武臣[40]：此理而谕之也。子贡以内忧教田常，而齐不得伐鲁[41]；武公以麋鹿协顷襄，而楚不敢图周[42]；鲁连以烹醢惧新垣衍，而魏不果帝秦[43]：此势而禁之也。

甘罗

田生以万户侯启张卿，而刘泽封[44]；朱建以富贵饵闳孺，而辟阳赦[45]；邹阳以爱幸悦长君，而梁王释[46]：此利而诱之也。

苏秦以牛后羞韩，而惠王按剑太息[47]；范雎以无王耻秦，而昭王长跪请教[48]；郦生以助秦凌汉，而沛公辍洗听计[49]：此激而怒之也。

苏代以土偶笑田文[50]；楚人以弓缴感襄王[51]；蒯通以娶妇悟齐相[52]：此隐而讽之也。

五者，相倾险诐之论[53]；虽然，施之忠臣，足以成功。何则？理而谕之，主虽昏必悟；势而禁之，主虽骄必惧；利而诱之，主虽怠必奋[54]；激而怒之，主虽懦必立[55]；隐而讽之，主虽暴必容。悟则明，惧则恭，奋则勤，立则勇，容则宽。致君之道[56]，尽于此矣[57]。

吾观昔之臣，言必从，理必济，莫如唐魏郑公[58]。其初实学纵横之说[59]，此所谓得其术者欤？噫！龙逢、比干不获称良臣[60]，无苏秦、张仪之术也[61]；苏秦、张仪不免为游说，无龙逢、比干之心也。是以龙逢、比干，吾取其心，不取其术；苏秦、张仪，吾取其术，不取其心，以为谏法[62]。

【注释】

〔1〕谏：规劝，用于下对上，此指规劝君王。

〔2〕与：嘉许，肯定。讽：讽谏，即不直指其事，而用委婉曲折的语言对上进行规劝。少：与“与”对，做批评或不赞成讲。直：直谏，即直接指出，毫不隐晦。

〔3〕其说：这种说法。指“常与讽而少直”。盖：原来。《孔子家语》载孔子之语：“忠臣之谏君，有五义焉：一曰谲谏，二曰戆谏，三曰降谏，四曰直谏，五曰讽谏。唯度王以行之，吾以其讽乎？”

〔4〕一：一样的。

〔5〕顾：只是。术：技术，方法。何如：怎么样。

〔6〕伍举：楚庄王之臣。进：献上，此作讲述。隐语：不把本意直接说出而借别的词语来暗示的话。《史记·楚世家》载：“（楚）庄王即位三年，不出号令，日夜为乐，令国中曰：‘有敢谏者死无赦！’伍举入谏。庄王左抱郑姬，右抱越女，坐钟鼓之间。伍举曰：‘愿有进。’隐曰：‘有鸟在于阜，三年不蜚不鸣，是何鸟也？’庄王曰：‘三年不蜚，蜚将冲天；三年不鸣，鸣将惊人。举退矣，吾知之矣。’居数月，淫益甚。”

〔7〕茅焦解衣危论，秦帝立悟：秦王政（始皇）因其母亲不贞，迁之咸阳宫，并下令曰：以太后事谏者，戮而杀之，蒺藜其脊。谏而死者二十七人。齐客茅焦愿以太后事谏。秦王欲烹之。焦曰：“迁母咸阳，有不孝之行；蒺藜谏士，有桀纣之治。天下闻之，尽瓦解，无向秦者，臣窃为陛下危之。”言完，解衣赴镬，王悟，自迎太后还，立茅焦为傅，并封为上卿。见刘向《说苑》。

〔8〕讽固不可尽与：讽谏本来是不可以完全肯定的。

〔9〕未易：不要轻易。少之：批评它。

〔10〕然则：那么。

〔11〕纯乎经：完全合于经。

〔12〕参乎权而归乎经者：参用权变而又合于正理。

〔13〕少不为桀、纣者：比桀纣稍好一点的。

〔14〕“吾百”句：规劝一百次，而能听一百次。

〔15〕虚己：虚心准备听受。

〔16〕少不若：稍差一点。

〔17〕逆忠：不接受臣下的忠言。

〔18〕奚：何，什么。可：可以，好。

〔19〕游说之士：古代被称为游说之士的政客，奔走各国，凭着口才劝说君主采纳他的主张。

〔20〕诈：奸诈，诡诈。

〔21〕吾欲谏者：我希望讽谏的人。

〔22〕备：完，尽。效：效验。

〔23〕周衰：周朝衰微。

〔24〕自是：从这以后。

〔25〕谏而从者：采用讽谏方法进行规劝而君主听从的。百一：百个中只有一个。

〔26〕“说而”句：采用直说方法规劝而君主听从的十个中有九个。

〔27〕“谏而”句：因讽谏而被处死的各代均有。

〔28〕未尝闻：没有听说过。

〔29〕抵触忌讳：触犯君主的禁忌。

〔30〕或：有时，有的，有些。

〔31〕必乎术：一定要讲究规劝的办法。

〔32〕可为：可以作为。

〔33〕理谕之：以道理来劝谕他。

〔34〕势禁之：以形势来禁止他。

〔35〕利诱之：以利益来引诱他。

〔36〕激怒之：刺激他使他警醒。

〔37〕隐讽：用隐语来规劝他。

〔38〕“触龙……出质”：秦攻赵，赵求救于齐。齐曰：“必以长安君为质，兵乃出。”太后不肯。触龙求见，终于使太后同意以长安君为质。赵后，指惠文王后。长安君，太后少子。旋踵，指时间短暂。

〔39〕甘罗：古代神童，年十二，事秦相文信侯吕不韦。秦想要使张唐去相燕，唐不肯。经过甘罗之劝，张唐才去相燕。见《史记·甘茂列传》。

〔40〕“赵卒……武臣”：秦亡后，楚汉相争之际，武臣曾为陈涉率张耳、陈余北略赵地，后自立为赵王，以陈余为大将军，以张耳为右丞相。一次赵王间出，为燕军所得，囚之以求赵地。有厮养卒见燕将说：武臣、张耳、陈余攻下赵地数十城，三人都想称王，只因其势初定，未可三分为王，今囚赵王，张耳、陈余必分赵自立；现

在一个赵，尚易对付燕，又何况是两贤王呢？那时，两人出兵讨伐囚禁赵王之罪，灭燕是很容易的。于是燕国释放赵王，养卒驾车，同赵王归还。见《史记·张耳陈余列传》。

〔41〕“子贡……伐鲁”：田常欲作乱于齐，怕高国鲍晏，所以移其兵，欲以伐鲁。孔子听说后，遣子贡前去对田常说：忧在内者攻强，忧在外者攻弱。今君忧在内，吾闻君三封而三不成者，大臣有不听者也。你应伐强大的吴国而不应伐弱小的鲁国。见《史记·仲尼弟子列传》。子贡，姓端木，名赐，卫人，孔子弟子。

〔42〕“武公……图周”：楚欲图西周之地，周赧王使武公谓楚相昭子曰：西周之地，绝长补短，不过百里，虽名为天下共主，但裂其地，不足以肥国；得其众，不足以劲兵，而攻之者，名为弑君。何以有人欲攻之呢？因祭器在也。……现在楚伐周，诸侯正好发兵灭楚，既可裂楚地肥国，又得尊主之名。见《史记·楚世家》。武公，周臣。协，通“胁”，威胁。顷襄，楚王。

〔43〕“鲁连……帝秦”：魏使新垣衍说赵，共尊秦为帝。鲁仲连与赵平原君去见新垣衍说：“吾将使秦王烹醢梁王（魏王）。”后来新垣衍被鲁仲连说服，未尊秦为帝。见《史记·鲁仲连列传》。鲁连，鲁仲连，齐人。新垣衍，魏之使臣。

〔44〕“田生……刘泽封”：田生曾劝张卿，讽诸大臣以闻太后，请立太后兄之子吕产为吕王，太后果封之，赐张卿金千斤。田生又对张卿说，吕产王，诸大臣未服，可言太后封刘泽为王，泽得王，离去，诸吕王更加巩固了。太后封刘泽为琅琊王。见《史记·荆燕世家》。田生，齐人。刘泽，汉高祖刘邦兄弟。

〔45〕“朱建……辟阳赦”：时辟阳侯得幸吕后，有人向孝惠帝告发，帝大怒，欲诛之。朱建乃劝说闳孺，最后辟阳侯得出狱。见《史记·郦生陆贾列传》。朱建，楚人。闳孺，汉孝惠帝幸臣。辟阳，县名。

〔46〕“邹阳……梁王释”：梁王曾希望为汉嗣，爰盎等人反对。梁王怒，令人刺杀盎。上疑梁杀之，遣人责梁王。后梁王之谋事败，恐诛。邹阳往说王信曰：长君之弟得幸于后宫，太后又厚德长君，如通过你向皇帝言梁王事，两宫皆信任你，其荣永固。于是长君言于帝，帝怒才消除。见《汉书·邹阳传》。邹阳，齐人。长君，王信，汉景帝王后兄。梁王，梁孝王，名武，景帝弟。

鲁仲连

〔47〕“苏秦……太息”：惠王欲事秦，苏秦劝曰：宁

为鸡口，无为牛后……臣窃为大王羞之。于是韩王勃然作色，攘臂瞋目，按剑仰天太息曰："寡人虽不肖，必不能事秦。"见《史记·苏秦列传》。苏秦，字季子，东周洛阳人。惠王，韩宣惠王。

〔48〕"范雎……请教"：范雎到秦国后，认为太后、穰侯、华阳、高陵权倾秦王，于昭王不利，为此，昭王曾屏退左右，多次长跪向范雎请教。见《史记·范雎列传》。

〔49〕"郦生……听计"：沛公不好儒，至高阳，召郦生。郦入见，长揖不拜。沛公乃整衣以礼相见。见《史记·郦生陆贾列传》。郦生，陈留高阳人。沛公，刘邦。

〔50〕苏代：一说苏秦兄，一说苏秦弟。以土偶笑田文：用土偶人笑木偶人的例子来说服田文。田文，齐孟尝君。

〔51〕"楚人"句：庄辛对襄王说，黄鹄散游江上，食鱼吃水草，奋翮游于天空，自以为无忧，哪知射鸟的人正向它瞄准。现在襄王你日耽娱乐，哪里知道秦国正在派人来灭掉楚国呢？见《战国策》。楚人，指庄辛。缴，系在箭上的生丝绳，此指弓箭。襄王，指楚顷襄王。

〔52〕"蒯通"句：曹参礼贤下士，请通为客。通劝说曹参将东郭先生、梁石君等隐士待为上宾。见《汉书·蒯通传》。蒯通，汉范阳人。齐相，指曹参，当时为齐悼惠王之相。

〔53〕险诐：邪恶不正。

〔54〕怠：懒惰。

〔55〕懦：怯弱。立：立志发愤。

〔56〕致君之道：求得规劝君主的道理、方法。

〔57〕尽于此矣：完全在这里了。

〔58〕魏郑公：魏徵，字玄成，唐太宗时拜谏议大夫，检校侍中，徵敢于直谏，所言多被唐太宗采纳，封郑国公。

〔59〕纵横：合纵连横的简称。战国时弱国联合起来攻击强国，称为合纵。随从强国去进攻其他弱国，称为连横。

〔60〕龙逄、比干：分别为桀和纣的臣下，因强谏而被杀。

〔61〕张仪：魏人，与苏秦俱事鬼谷先生，学纵横之术。苏秦主合纵，联合六国以拒秦，后为六国相；张仪主张连横，说六国以事秦，后为秦相。

〔62〕以为谏法：我认为这就是规劝君主的方法。

【译文】

不论在古代还是现代，人们议论进谏，都赞成讽谏，而贬低直谏的方式。这种说法大概是由孔子首先提出来的。我认为，讽谏、直谏，是一样的，只看使用的方法怎么样罢了。伍举使用隐语进谏，楚王荒淫放纵更加厉害；茅焦解开衣服，直言进谏，秦帝立即省悟过来。讽谏本来不能一概赞成，直谏也不能轻易贬低。所以我说：只看使用的方法怎么样罢了。

那么，孔子的说法错了吗？我答道：孔子的说法，完全是按照经典理论定式提出的；我的说法，是灵活运用，求得实效，归根结底还要合乎经典。如果能掌握适当的方法，君主比夏桀、商纣稍强一些，我进谏一百次他都会采纳，何况是虚心纳谏的君主呢？如果不能掌握适当的方法，那么君主比唐尧、虞舜还稍差一些，我进谏一百次他会一百次不听从，何况是拒绝忠言的君主呢？

那么什么方法才可以呢？我答道：机智、灵活、勇敢、善辩，就像古代游说诸侯的策士那样就可以了。那般游说诸侯的策士，靠着机智、灵活、勇敢、善辩助成他的诡诈；我希望讽谏的人，靠着机智、灵活、勇敢、善辩助成自己的忠贞。让我全面论述一下它的实际效果吧！周朝衰落，游说之风在诸侯各国间兴盛起来，从此以后，各个地区各个时代都出现这样游说的人。我只是对这种现象感到奇怪：进谏君主而被听从的仅有百分之一，游说君主而被听从的却占十分之九，因为直言相谏而遭杀头之祸的人多得是，游说君主因而丧命的却没有听说过。然而触犯君主的禁忌，戳到君主的痛处，有时游说比进谏还严重呢。这样就不难发现，关键不一定在讽谏上，而一定在方法方式上。

游说的方法，可作为进谏时取法的有五种：讲清道理开导他，用形势禁止他，用利益引诱他，刺激他以便警醒他，含蓄委婉地讽喻他，这五种就是可供进谏的方法。

触龙认为赵太后爱女儿胜过爱儿子，没有多久长安君就去做了别国的人质；甘罗拿武安君死在杜邮这件事诘问张唐，张唐答应去做燕相并且定了出发日期；赵国役卒把两个贤王要分裂赵国的野心告诉燕将，赵王武臣立即就被放回来了。这些就是讲清道理开导他的事例呀。子贡用国内的忧患告诫田常，于是齐国就不征伐鲁国了；武公用麋鹿披上虎皮，必将招来众人攻击威胁顷襄王，于是楚国就不敢再谋划进攻周朝了；鲁连用下油锅、剁肉酱的酷刑来使新垣衍害怕，于是魏王果真放弃了尊奉秦王为帝的打算。这些就是从形势上禁止他的事例呀。

田生用万户侯打动张卿，让他按照吕后的意图暗示群臣，把吕产封为王，并且建议吕后加封刘泽，巩固吕产的地位，于是刘泽被封王了；朱建用富贵引诱闳孺，让他劝说惠帝释放辟阳侯，于是辟阳侯就被赦免了；邹阳用得到宠幸来说得长君高兴，使梁王得到赦免。这些就是使用利益引诱他的事例呀。

苏秦用韩国本是大国，却落了个“牛后”的名义羞辱韩惠王，韩惠王于是拔出宝剑，向天发誓不依附秦国；范雎用四大贵人独断专行，秦国简直等于没有国王耻笑秦昭王，于是秦昭王跪下请教；郦生说刘邦是在帮助秦朝来欺凌诸侯以激怒他，于是沛公停止洗脚，向他道歉，听取意见。这些就是刺激他以警醒他的事例呀。

苏代用土偶人至死不离故土的故事讥笑田文，楚国人用搭弓射箭的比喻来触动顷襄王，蒯通用娶媳妇应娶为丈夫守贞节的女人启发齐相。这些就是含蓄委婉地讽喻他的事例呀。

上面说的这五种方法，都是见解偏颇、不够公平的说法。即使是这样让贤臣来运用它，完全可以成功。什么缘故呢？讲清道理开导他，君主即使昏庸，也一定会省悟；从形势上禁止他，君主即使骄傲，也一定会害怕；使用利益引诱他，君主即使怠惰，也一定会振奋起来；刺激他以警醒他，君主即使懦弱，也一定会坚强起来；含蓄委婉地讽喻他，君主即使凶暴，也一定会接受意见。省悟就会明白，害怕就会谨慎，振奋就会勤劳，坚强就会勇敢，接受就会宽容。辅助君主的正确方法，全都在这里了。

照我看来，从前做臣子的，提出意见必定听从，治理政事必定成功，没有谁比得上唐代的魏徵。当初，他其实就是学的纵横家的学说，大概这就是能够熟练掌握灵活运用方式方法的人。唉！龙逄、比干进谏国君，惹来了杀头的祸端，也不能称为好臣子，因为他们没有苏秦、张仪的得力方法；苏秦、张仪游说国君，取得功名利禄，可是不免被人讥为游说之徒，因为他们没有龙逄、比干的耿耿忠心。因此，对于龙逄、比干，我肯定并学习他们的心地，但是却不学习他们的方法；对于苏秦、张仪，我肯定并学习他们的方法，但是却不学习他们的心地，我认为这就是规劝君主的方法。

谏论下

【题解】

《谏论上》是从臣子角度立论，而本篇是从君主角度立论的。作者认为君主要想臣子进谏，必须用刑赏立法，使勇者、勇怯参半者、怯者都不得不谏。文中用前临深渊、后有猛虎作比，阐述促谏之法，引喻极当。作者曾指出宋朝“赏数而加于无功”，谏官多次被逐，臣下视相府如传舍等诸多不正常现象，可见这篇论纳谏的文字，并非空发议论，而是有所针对的。联系上篇，储欣曾评论道：“上篇标一‘术’字，下篇标一‘势’字，是两篇关键处。”（《评注苏老泉集》）可见二篇虽分论进谏、纳谏，而其以求治理天下的目的却是一致的。

【原文】

夫臣能谏，不能使君必纳谏，非真能谏之臣；君能纳谏，不能使臣必谏，非真能纳谏之君。欲君必纳乎，向之论备矣[1]；欲臣必谏乎，吾其言之。

夫君之大，天也；其尊，神也；其威，雷霆也[2]。人之不能抗天、触神、忤雷霆，亦明矣。圣人知其然[3]，故立赏以劝之，《传》曰“兴王赏谏臣”是也[4]。犹惧其选软阿谀[5]，使一日不得闻其过，故制刑以威之。《书》曰“臣下不正，其刑墨”是也[6]。人之情非病风丧心，未有避赏而就刑者[7]，何苦而不谏哉？赏与刑不设，则人之情又何苦而抗天、触神、忤雷霆哉？自非性忠义，不悦赏，不畏罪，谁欲以言博死者[8]？人君又安能尽得性忠义者而任之？

今有三人焉：一人勇，一人勇怯半[9]，一人怯。有与之临乎渊谷者[10]，且告之曰：能跳而越此谓之勇，不然为怯。彼勇者耻怯，必跳而越焉，其勇怯半者与怯者则不能也。又告之曰：跳而越者予千金，不然则否。彼勇怯半者奔利，必跳而越焉，其怯者犹未能也。须臾，顾见猛虎暴然向逼[11]，则怯者不待告，跳而越之如康庄矣[12]。然则人岂有勇怯哉？要在以势驱之耳[13]。

君之难犯，犹渊谷之难越也。所谓性忠义、不悦赏、不畏罪者，勇者也，故无不谏焉。悦赏者，勇怯半者也，故赏而后谏焉。畏罪者，怯者也，故刑而后谏焉[14]。先王知勇者不可常得，故以赏为千金，以刑为猛虎，使其前有所趋，后有所避[15]，其势不得不极言规失[16]，此三代所以兴也。末世不然，迁其赏于不谏，迁其刑于谏，宜乎臣之噤口卷舌[17]，而乱亡随之也。间或贤君欲闻其过，亦不过赏之而已。呜呼！不有猛虎，彼怯者肯越渊谷乎？此无他，墨刑之废耳。三代之后，如霍光诛昌邑不谏之臣者[18]，不亦鲜哉！

今之谏赏，时或有之；不谏之刑，缺然无矣。苟增其所有，有其所无，则谀者直，佞者忠，况忠直者乎！诚如是，欲闻谠言而不获[19]，吾不信也。

【注释】

〔1〕向之论备矣：前面的论述已经详备了。向之论，指《谏论上》。

〔2〕“夫君”六句：意思是说天子威严不可侵犯。古人称皇帝为天子，是天帝的儿子，受上天委派到人间来统治天下，所以说他理应拥有天下之大，其尊贵如神，其威仪如雷霆一般，不可侵犯。

〔3〕圣人知其然：圣贤的先哲知道这种原因（指人不能违抗天子）。

〔4〕兴王赏谏臣：此语出于《国语·晋语》，意思是励精图治的国君会赏赐勇于进谏的臣子。兴王，指励精图治，有意向上的国君。

〔5〕选软阿谀：任用的大臣软弱无能或者只知阿谀奉承（因而得不到他们的谏言）。

〔6〕臣下不正，其刑墨：见《尚书·伊训》，原文为“臣下不匡，其刑墨”。意思是君主有罪过，臣子不去指出来，使他改正，就应该对臣子执行“墨”的刑罚。墨，

古代在犯人额上刺字并涂墨的严刑。

〔7〕“人之情”二句：按人之常情，不是丧心病狂的话，没有人不想获得赏赐，却愿意去受处罚。人之情，一般人的思想感情。病风，即“病疯”，因病发疯，疯狂的意思。丧心，失去理智。

〔8〕以言博死：用言语去换取死罪，指因进谏触犯君主获死罪。博，换取，取得。

〔9〕勇怯半：勇敢和胆怯各占一半，指有勇气但心存顾忌的人。

〔10〕与之临乎渊谷：使他们（勇者、勇怯半、怯者）面临深渊幽谷。临，面临，站到边沿上。

〔11〕“顾见”句：回头看见凶猛的老虎恶狠狠地扑过来。顾，回头看。暴然，凶狠的样子。

〔12〕康庄：四通八达的大道。古时以五通的道路为康，六通的道路为庄。

〔13〕势驱之：用情势来驱使他们。

〔14〕“畏罪”三句：怕因进谏获罪的大臣，就是那种临深渊而胆怯的人，所以要对他们实行一定的制裁，他们才会进谏。刑，用刑罚的方式逼迫。

〔15〕“先王”五句：这几句是说明赏罚分明的效用。前有所趋，指人若向前则趋向千金之赏。后有所避，指人若后退，必将考虑如何避免猛虎一般的严刑。

〔16〕极言规失：想尽一切办法规劝君主的失误。极言，用尽所有的话。规，规劝，规谏。失，此指君主的失误。

〔17〕噤口卷舌：将嘴闭起来，将舌头卷起来，此指不向君主进谏。

〔18〕“如霍光”句：据《汉书·霍光金日磾传》载，霍光废除了昌邑王，同时认为他的大臣们都没有尽到谏诤主上，使之改正错误的职责，于是就将昌邑王的二百多臣子都杀了。

〔19〕谠（dǎng）言：谏言。谠，正直的话。

【译文】

作为臣子能够做到进谏，可是不能够使君主一定接纳进谏，这还不能称为是真正能够进谏的臣下；作为君主能够接纳进谏，可是不能够使臣下进谏，这还不算真正能够接纳进谏的君主。要让君主一定接纳进谏吗？前面的论说已经详备了。想让臣下一定进谏吗？我来讲讲这个问题。

君主的地位，高如上天；君主的尊贵，犹如神明；君主的威严，犹如雷霆。人不能对抗上天，触犯神明，冲撞雷霆，这是非常明显的。古代圣人知道情况如此，所以用赏赐来勉励他们。史书上说的“兴盛时代，君主赏赐进谏的臣下”，就是说的这个。但是，还是担心人们软弱怯懦，迎合奉承，致使君主们听不见别人指出自己所犯下的错误和过失，所以制定刑罚来强制他们。《尚书》中说“臣下不能纠正君主的过失，那就处以墨刑”，就是说的这个。人之常情，如果不是丧心病狂，失掉理智，谁也不会看见赏赐不接受的，主动去受刑罚，何必自找麻烦，不进谏呢？如果不明确赏罚的标准，那么，人之常情，又何必自找麻烦，去做对抗上天、触犯神明、冲撞雷霆的事呢？如果不是心性忠诚正直，不喜欢赏赐，不畏惧惩治，谁愿意用议论政治来换取一死呢？做君主的，又怎么能把心性忠诚正直的人全都选取出来然后加以任用呢？

如果现在有三个人：一个勇敢，一个勇敢怯懦各占一半，一个怯懦。有人跟他们三个一起走到深渊边上，并且告诉他们说："能够跃过深渊的，才叫勇敢；不能，就是怯懦。"那勇敢的人羞于落个怯懦的名声，一定跳过去了；那既有些勇敢又有怯懦之心的人和怯懦的人，就不能了。又告诉他们说："能跳过去的，赏给千金；不能，那就不给。"那勇敢怯懦各占一半的人追求赏金，一定跳过去了；那怯懦的，还是没能跳过去。过一会儿，回头看见猛虎突然向他逼近，那么，这时那怯懦的人不等别人告诉，就跳过这条深渊去，好像走过平坦大道那样。情况如此，那么人难道真有勇敢怯懦的绝对不同吗？关键在于用形势来驱使他们罢了。

君主的难以触犯，犹如深渊难以越过。所谓心性忠诚正直、不喜欢赏赐、不畏惧惩治的，是勇敢的人，所以没有什么不肯进谏的。喜欢赏赐的，是那半勇敢又半怯懦的人，所以赏赐在前，进谏在后。害怕惩治的，是怯懦的人，所以刑罚在前，进谏在后。古代的先王知道勇敢的人是不能经常得到的，所以把赏赐当作人们贪求的千金，把刑罚当作人们畏惧的猛虎，使得他们前面有所要追求的，后面有所想躲避的，在这种形势下，自然想尽一切办法来规劝君主的过失。这就是三代所以兴盛的原因呀。将近没落的时代是不会这样的，他完全弄颠倒了，把赏赐授予不进谏的人，把刑罚加给进谏的人。结果当然就变成了臣子都不进谏，什么都不说了，不敢吭声，而动乱灭亡也就随着到来！有时贤明君主想要听到人们议论自己的过失，也不过赏赐一下进谏的人罢了。唉！没有猛虎逼近，那怯懦的肯于越过深谷吗？这没有旁的原因，是因为废除墨刑罢了。三代之后，像霍光以不能规谏的罪名处死昌邑王的臣下的那种事情，不也太少见了吗？

现在鼓励进谏的赏赐，有时还有；惩治不肯进谏的刑罚，却彻底废除了。如果增加现在所有的赏赐，建立现在所没有的刑罚，那么，阿谀奉承的臣子也会变得诚实正直，虚伪奸诈的臣子也会变得忠诚，何况本来就忠诚耿直的臣子呢？如果真像这样，想要听到正直的话却办不到，我不相信。

曾巩

曾巩(1019—1083),字子固,建昌南丰(今江西南丰)人。故后人称之为南丰先生。他十二岁就能写文章,“始冠,游太学,欧阳公一见其文而奇之”(《墓志》)。宋仁宗嘉祐二年(1057)中进士,曾长期编校史馆书籍和担任知州。官至中书舍人。曾巩笃于友爱,其父亡后,他对四弟九妹的教养尽心尽力,在古代传为佳话。他在做地方官时能体恤民情,政绩卓然。

曾巩的文学主张和古文风格都和欧阳修相近。曾言“文章之得失,岂不系于治乱哉”(《王子直文集序》),又说“夫道之大归非他,欲其得诸心、充诸身,扩而被之国家天下而已,非汲汲乎辞也。其所以不已乎辞者,非得已也”(《答李沿书》)。这就是他的文道观。他的文章从容周密而有条理,很早就得到欧阳修的赏识。他是“唐宋八大家”之一,著有《元丰类稿》五十卷。

寄欧阳舍人书

【题解】

宋仁宗庆历六年，欧阳修为曾巩的祖父曾致尧写了一篇墓志铭。这是曾巩答谢的书信。欧阳修当时任中书舍人，故尊称为欧阳舍人。文章从铭体的价值说起，并批评了阿谀墓中人的不良习气，然后才向欧阳修表示感谢，在感谢中称颂了欧阳修的才德和影响，行文舒缓委曲而周密有致，体现了曾巩的写作风格。

【原文】

巩顿首再拜，舍人先生：

去秋人还，蒙赐书，及所撰先大父墓碑铭[1]，反覆观诵，感与惭并。

夫铭志之著于世，义近于史，而亦有与史异者。盖史之于善恶无所不书，而铭者，盖古之人有功德材行志义之美者，惧后世之不知，则必铭而见之。或纳于庙，或存于墓，一也。苟其人之恶，则于铭乎何有？此其所以与史异也。其辞之作，所以使死者无有所憾，生者得致其严。而善人喜于见传，则勇于自立；恶人无有所纪，则以愧而惧。至于通材达识，义烈节士，嘉言善状，皆见于篇，则足为后法。警劝之道，非近乎史，其将安近？

及世之衰，为人之子孙者，一欲褒扬其亲，而不本乎理。故虽恶人，皆务勒铭以夸后世。立言者既莫之拒而不为，又以其子孙之请也，书其恶焉，则人情之所不得，于是乎铭始不实。后之作铭者，当观其人。苟托之非人，则书之非公与是，则不足以行世而传后。故千百年来，公卿大夫至于里巷之士，莫不有铭，而传者盖少。其故非他，托之非人，书之非公与是故也。

然则孰为其人而能尽公与是欤？非畜道德而能文章者，无以为也。盖有道德者之于恶人，则不受而铭之，于众人，则能辨焉。而人之行，有情善而迹非，有意奸而外淑，有善恶相悬而不可以实指，有实大于名，有名侈于实。犹之用人，非畜道德者，恶能辨之不惑，议之不徇？不惑不徇，则公且是矣。而其辞之不工，则世犹不传，于是又在其文章兼胜焉。故曰：非畜道德而能文章者，无以为也。岂非然哉？

然畜道德而能文章者，虽或并世而有，亦或数十年、或一二百年而有之。其传之难如此，其遇之难又如此。若先生之道德文章，固所谓数百年而有者也。先祖之言行卓卓，幸遇而得铭其公与是，其传世行后无疑也。而世之学者，每观传记所书古人之事，至于所可感，则往往衋然不知涕之流落也，况其子孙也哉？况巩也哉？其追晞祖德，而思所以传之之由，则知先生推一赐于巩，而及其三世。其感与报，宜若何而图之？

抑又思若巩之浅薄滞拙，而先生进之，先祖之屯蹶否塞以死，而先生显之，则世之魁闳豪杰不世出之士，其谁不愿进于门？潜遁幽抑之士，其谁不有望于世？善谁不为，而恶谁不愧以惧？为人之父祖者，孰不欲教其子孙？为人之子孙者，孰不欲宠荣其父祖？此数美者，一归于先生。

既拜赐之辱，且敢进其所以然。所论世族之次，敢不承教而加详焉。愧甚，不宣。巩再拜。

【注释】

〔1〕先大父：祖父。曾巩的祖父曾致尧，字正臣，太宗时中进士，官至吏部郎中，性格刚直，喜好言事，屡遭贬黜。欧阳修撰《曾公神道铭》载《欧阳文忠公集》卷二十一。又，王安石撰《曾公墓志铭》载《临川集》卷九十二。

【译文】

曾巩叩头再次拜上，舍人先生：

去年秋天我派去的人回来，带回了您赐给我的一封书信和您为先祖父所撰写的墓碑铭文，我反复拜读后，既感激又惭愧。

后之作铭者，当观其人

铭志一类的文章在世上流传，它的意义与史书相近，但也有与史书不一样的地方。史书对于善恶之事全部写入，而碑铭之类的文章，则是古代有功业品德、才能操行、理想节义的人，怕后世的人不知道，就一定篆刻铭文来昭显于后世。或把它放置在祠堂中，或把它竖立在坟墓内，其意义都是一样的。如果那是个坏人，有什么可铭刻的呢？这就是碑铭与史书不同的地方。碑铭的写作，是使死去的人没有什么恨憾，使活在世上的人能表达他们的敬意。好人乐于被后世传颂，就会勇于发愤而有所建树；坏人没有值得彰扬的事迹可记，就会惭愧而恐惧。至于那些才智渊博通达的有识之士、忠义节烈的人，他们的美好言行，都在铭文中显现出来，这就足以成为后世学习的楷模。铭文这种警诫劝化的作用，不与史书相近，那么又与什么相近呢？

等到世风衰败以后，为人子孙的，却都一味地颂扬称赞自己死去的尊长，而不顾实际情理。所以即使是坏人，也都一定要把铭文刻于碑石以向后世夸耀。那些写铭文的人，既不能拒绝去写，又因为逝者子孙的请求，如果直写逝者的恶行，那在情面上过不去，因此铭文便开始不真实了。后代想为亲人写碑铭的人，应当首先看一下作者的为人。假若所托的人不合适，那写出来的东西就会失去公正和真实，那么铭文便不会在世上流传下去。所以千百年来，虽说从公卿大夫到乡里小民，死去后没有不写碑铭的，但流传下来的却很少。原因不是别的，正是所委托的人不合适，所写的铭文失去公正与真实的缘故啊。

那么，什么人为逝者写碑铭能做到公正与真实呢？我认为不具备很高的道德修养并善于写文章的人，是不能做到的。具有很高道德修养的人，不会接受给坏人写碑铭的差事，对于普通人也能分辨清楚。而人们的行为，有心地善良而事迹不见得好的；有内心奸诈而外表贤淑的；有善恶相差很大，不能具体指明的；有实绩高于名声的；有名声超过实绩的。就像使用人才那样，不具备很高的道德修养，又怎么能区分清楚而不被迷惑，评议公正而不徇私情呢？不被迷惑不徇私情，就会公正而且实事求是了。但是倘若文章辞藻不精美，那么还是不能流传于世，因此写铭文的人必须擅长写文章。所以说不具备很高的道德修养并善于写文章的人，是不能写好铭文的。难道不是这样吗？

然而具备很高的道德修养并善于写文章的人，虽然可能有，也可能几十年或一二百年才有一位。铭文的流传如此之难，而遇到能很好地写铭文的人又更难了。像先生您的道德和文章，本来就是几百年才会出现的。先祖父的言语行为卓越高尚，幸而遇到您，才得以有了这篇公正而实事求是的铭文。这篇铭文流传于当代和后世是毫无疑问的了。世上的读书人，每看到传记文章记载的古人的事迹，到了感动人心的地方，就往往会激动得不知不觉间流下眼泪，何况是逝者的子孙呢？更何况是我曾巩呢？从我自己追念仰慕先祖的德行，到虑及铭文流传于世的根由，就知道先生您将碑铭赐给我，将会使我家祖孙三代蒙受恩惠。这种感激与报答之情，我应该怎样表达呢？

转而又想到像我这样学识浅薄、呆滞笨拙的人，先生尚能提拔勉励，像先祖父这样命途多舛、穷困潦倒而死去的人，先生还写了碑铭来彰扬他，那么，世上的雄伟豪杰及才能卓绝的人，哪个不愿投于先生的门下呢？那么避世隐居、潜居山林的读书人，哪个不希望声名流传于世呢？有谁会不去做善事呢？而做恶事的人谁会不惭愧并且恐惧呢？当父亲、祖父的，哪个不想教诲自己的子孙呢？做子孙的，哪个不想尊崇荣显自己的父亲、祖父呢？这几种善德的兴起，全都归功于先生。

既拜领了您的赐予，又冒昧向您陈述我所以感激不尽的原因。信中所论及的我的家族系统的次序，怎敢不遵照您的教诲而详细地增补呢？十分惭愧，不再多言。曾巩再拜上。

赠黎、安二生序

【题解】

本文针对黎生提出写古文遭到当时人嘲笑一事，提出作文要志于道，不取悦于世俗的主张，勉励黎、安二生坚持学习古文，反对只迎合流俗的俗文。文章从“迂阔”二字生发出议论，结合自己的体会娓娓而谈，循循善诱。

【原文】

赵郡苏轼[1]，予之同年友也。自蜀以书至京师遗予，称蜀之士曰黎生、安生者。既而黎生携其文数十万言，安生携其文亦数千言，辱以顾予。读其文，诚闳壮隽伟，善反复驰骋，穷尽事理，而其材力之放纵，若不可极者也。二生固可谓魁奇特起之士，而苏君固可谓善知人者也。

顷之，黎生补江陵府司法参军[2]，将行，请予言以为赠。予曰：“予之知生，既得之于心矣，乃将以言相求于外邪？”黎生曰：“生与安生之学于斯文，里之人皆笑以为迂阔。今求子之言，盖将解惑于里人。”予闻之，自顾而笑。

夫世之迂阔，孰有甚于予乎？知信乎古，而不知合乎世；知志乎道，而不知同乎俗。此予所以困于今而不自知也。世之迂阔，孰有甚于予乎？今生之迂，特以文不近俗，迂之小者耳，患为笑于里之人。若予之迂大矣，使生持吾言而归，且重得罪，庸讵止于笑乎？然则若予之于生，将何言哉？谓予之迂为善，则其患若此；谓为不善，则有以合乎世，必违乎古，有以同乎俗，必离乎道矣。生其无急于解里人之惑，则于是焉必能择而取之。遂书以赠二生，并示苏君，以为何如也。

【注释】

〔1〕赵郡：后魏置，宋初称赵州，今属河北。唐朝武则天时担任宰相的苏味道，是赵郡人，贬为眉州（今四川眉山）刺史，子孙世居眉州。苏轼就是他的后裔。曾巩本文称赵郡苏轼，是指他的祖籍。

〔2〕江陵府：治所在今湖北江陵。司法参军：官名，州府官的属员。

【译文】

赵郡人苏轼，是与我同榜考中进士的朋友。他从四川写信给我，称赞四川的两个年轻人黎生、安生。不久黎生带着自己几十万字的文章，安生也带着自己几千字的文章，来看望我。读他们的文章，确实气势宏壮，意味深远，善于纵横反复，把事理说得很透彻，而且他们的才华自由奔放，好像望不到尽头。两个年轻人可称得上是奇特杰出的人才，而苏先生当然可以说是善于发现人才的了。

不久，黎生补授江陵府司法参军，将要赴任的时候，请我赠给他几句话。我说："我对于你，可以说已经了解到内心深处了，还有必要在语言上表达出来吗？"黎生说："我和安生学习古文，乡里的人都讥笑我们，认为我们的做法不合时宜，现在求您写几句话，是想解除他们的迷惑啊。"我听了他的话，回头想了想自己，不由自主地笑了起来。

世上拘泥固执、不合时宜的，有谁会超过我呢？只知取信于古人，而不知迎合当世；只知有志于圣贤之道，而不知和世俗同流合污，这就是我现在困穷而且还不醒悟的原因。世上拘泥固执而不合时宜的，有超过我的吗？如今你们的不合时宜，仅仅是文章不与世俗相近而已，这只是不合时宜里面的小问题，你却害怕被同乡的人讥笑，而我的不合时宜就更厉害了，倘若你拿了我写的文章回去的话，将会加重你的过错，哪里会只是讥笑呢？那么我应该对你们说什么呢？把我的不合时宜当作正确的，就会有如此之祸患；不当作正确的，就会与世俗同流，那么一定会违于古人；有和世俗同流的东西，就一定违离圣贤之道了。所以，我认为你们先不要急于去解除乡人的迷惑，这样你们就一定能够通过选择而获得正确的东西。于是我写下这段话送给两个年轻人，并且拿给苏先生看，不知道他会认为怎么样。

唐论

【题解】

在这篇史论中，曾巩以所谓“先王之治”为最高标准，分别从治国的志向、才能、成效三方面，评论了唐太宗的政治、经济和军事制度的是非得失。最后归结为即使像初唐这样千载难逢的太平盛世，也远远不如古代的“先王之治”。其用意却在于以此颂古非今，影射北宋政治混乱，慨叹自己生不逢时。文章篇幅不长，却容量极大，中心突出，简繁得当。笔调有时从容舒缓，有时急迫紧凑，有时奔放飘逸；再以长短、奇偶和排比等句式相配合，使文章具有跌宕起伏的节奏和高瞻远瞩的气势。这是本文的价值所在。

【原文】

成、康殁而民生不见先王之治[1]，日入于乱，以至于秦[2]，尽除前圣数千载之法。天下既攻秦而亡之，以归于汉。汉之为汉，更二十四君[3]，东西再有天下，垂四百年[4]。然大抵多用秦法，其改更秦事，亦多附己意，非放先王之法而有天下之志也[5]。有天下之志者，文帝而已[6]。然而天下之材不足，故仁闻虽美矣，而当世之法度，亦不能放于三代[7]。汉之亡，而强者遂分天下之地；晋与隋虽能合天下于一，然而合之未久而已亡，其为不足议也。

代隋者唐，更十八君[8]，垂三百年，而其治莫盛于太宗为君也。诎己从谏[9]，仁心爱人，可谓有天下之志。以租庸任民[10]，以府卫任兵[11]，以职事任官，以材能任职，以兴义任俗，以尊本任众[12]。赋役有定制，兵农有定业；官无虚名，职无废事；人习于善行，离于末作。使之操于上者，要而不烦；取于下者，寡而易供。民有农之实，而兵之备存；有兵之名，而农之利在。事之分有归，而禄之出不浮；材之品不遗，而治之体相承。其廉耻日以笃，其田野日以辟[13]。以其法修，则安且治；废则危且乱。可谓有天下之材。行之数岁，粟米之贱，斗至数钱[14]。居者有余蓄，行者有余资，人人自厚，几致刑措[15]。可谓有治天下之效。

夫有天下之志，有天下之材，又有治天下之效，然而不得与先王并者，法度之行，拟之先王未备也；礼乐之具，田畴之制，庠序之教[16]，拟之先王未备也。躬亲行阵之间[17]，战必胜，攻必克，天下莫不以为武，而非先王之所尚也。四夷万里[18]，古所未及以政者，莫不服从，天下莫不以为盛，而非先王之所务也。太宗之为政于天下者，得失如此。

由唐、虞之治[19]，五百余年而有汤之治[20]；由汤之治，五百余年而有文、武之治[21]；由文、武之治，千有余年而始有太宗之为君。有天下之志，有天下之材，又有治天下之效，然而又以其未备也，不得与先王并，而称极治之时。是则人生于文、武之前者，率五百余年而一遇治世；生于文、武之后者，千有余年而未遇极治之世也。非独民之生于是时者之不幸也。士之生于文、武之前者，如舜、禹之于唐，八元、八恺之于舜[22]，伊尹之于汤[23]，太公之于文、武[24]，率五百余年而一遇；生于文、武之后，千有余年，虽孔子之圣、孟轲之贤而不遇，虽太宗之为君，而未可以必得志于其时也。是亦士民之生于是时者之不幸也！故述其是非得失之迹，非独为人君者可以考焉，士之有志于道，而欲仕于上者，可以鉴矣！

【注释】

〔1〕成：指周成王姬诵。康：指周康王姬钊。殁：死亡。先王之治：指尧、舜、禹、汤、文、武等古代圣明君主的太平盛世。

〔2〕秦：指秦朝。

〔3〕更：经历、经过。二十四君：二十四个皇帝，即西汉高祖、惠帝、文帝、景帝、武帝、昭帝、宣帝、元帝、成帝、哀帝、平帝；东汉光武帝、明帝、章帝、和帝、殇帝、安帝、顺帝、冲帝、质帝、桓帝、灵帝、少帝、献帝。

〔4〕垂：共计。

〔5〕放：通“仿”，效仿。

〔6〕文帝：刘恒，公元前179—前157年在位。

〔7〕三代：指夏、商、周三代。

〔8〕十八君：指唐代的十八个皇帝。实际上共有二十一个皇帝，即高祖、太宗、高宗、武后、中宗、睿宗、玄宗、肃宗、代宗、德宗、顺宗、宪宗、穆宗、敬宗、文宗、武宗、宣宗、懿宗、僖宗、昭宗、哀帝。

〔9〕诎己：委屈自己。

〔10〕租庸：唐初实行的租庸调制，是向受田课丁（人丁）征缴的田租、力庸、户调三种赋役的合称。

〔11〕府卫：府兵制，唐代兵役制。全国共设六百三十四府，分隶十二卫和东宫六率。凡充当府兵的，平日务农，农隙教练，征发时自备兵器资粮，分番轮流宿卫京师，防守边境。

〔12〕本：指农业。封建社会以农业为本，工商业为末。

〔13〕辟：开辟。

〔14〕斗：一斗米。

〔15〕刑措：指刑罚弃置不用。措，废置。

〔16〕庠序：古代官办学校名。商代称“序”，周代称“庠”。

〔17〕躬亲：亲自。

〔18〕四夷：我国古代对四方的少数民族的泛指。

〔19〕唐：唐尧。虞：虞舜。

〔20〕汤：商汤，商朝开国之君。

〔21〕文、武：指周文王姬昌、周武王姬发。

〔22〕八元：古代传说中的八个才子。《左传·文公十八年》：“高辛氏有才子八人，伯奋、仲堪、叔献、季仲、伯虎、仲熊、叔豹、季狸，忠肃共懿，宣慈惠和，天下之民谓之八元。”孔颖达疏：“元，善也，言其善于事也。”八恺：亦指古代传说中的八个才德之士。《左传·文公十八年》：“昔高阳氏有才子八人，苍舒、隤敳、梼戭、大临、尨降、庭坚、仲容、叔达，齐圣广渊，明允笃诚，天下之民谓之八恺。”孔颖达疏：“恺，和也，言其和于物也。”

〔23〕伊尹：名挚，佐商汤灭夏桀，建立了商。

〔24〕太公：名尚，字子牙，本姓姜，因先祖封于吕，又姓吕。辅佐周武王灭商纣。

【译文】

自从周成王、周康王离世之后，百姓就见不到古代先王的太平盛世了，天下一天天地陷入混乱。一直到了秦朝，把前代圣王几千年的治国之法全部废除。天下群雄起义，灭亡了秦朝，使天下被汉朝统一。汉朝建立之后，经历了二十四位皇帝，西汉、东汉二度统治天下，共计四百年。可是汉朝大体上仍然沿用秦朝的法令制度，即使更改一些秦的旧法，也多是根据自己的意愿，而不是仿效先王的制度，而有治理天下的志向。有治理天下的志向的君主，只有文帝一人而已。可是文帝没有足够的才能治理天下，所以虽然有仁政爱民的美名，但他当时施行的法度，也不是仿效夏、商、周三代的先王之法。汉朝灭亡，几个强大的势力分割天下，形成三国鼎立的局面。晋朝与隋朝虽然能够统一天下，但都没有多久便灭亡了，是不值得评价的。

唐朝取代了隋，前后共经历十八位君主，共计三百年，而最为强盛的莫过于唐太宗时代。唐太宗能够委屈自己听从谏议，仁心爱人，可以说他有治理天下的志向。他实行租庸调制均衡百姓的赋税徭役，实行府兵制保养军队，根据职责事务需要设置官位，根据能力大小委任官职，用仁义教化改良风俗，用重视农业调动百姓。赋税徭役有一定的制度，军士农夫有固定的业务，官位没有虚衔冗职，在职官员没有不称职责，人民习惯于做善事，而很少有恶劣的行为。

这样便使得掌管政务的人办事简洁明快有效率；百姓纳税服役量少而易完成。人民既能切实务农，国家的军备又得以储存；军队设置既能保持，又有务农的实力。职事分工明确各有归属，俸禄支出合理不虚，各种合格人才各得所用，没有遗漏，治国的政令制度一体相承。人们的礼义廉耻之心日益深入笃实，国家的土地日益开垦增加，这是因为建立了完备的制度，社会就长治久安，如果废弃，就会动乱。因此，可以说唐太宗有治理天下的才能。实行这套法令制度几年之后，粮食价格低廉，一斗米只要几个钱，居家的人都有剩余积蓄，出门的人也身有余钱，人人都厚道自重，几乎到了可以废置刑罚的程度，因此，可以说他有治理天下的成效。

汉文帝

唐太宗虽然有治理天下的志向，有治理天下的才能，又有治理天下的成效，可是仍然不能跟先王相提并论，这是因为他施行法度还不如先王完善；恢复礼乐典章，制定农业政策，设立学校教育也不如先王完善。他亲临战场指挥打仗，战必胜，攻必克，天下没有人不认为他武功盖世，但这却不是先王主张的。四方万里之外的异族，古代政令没有到达的地方，没有不归附臣服的，天下没有人不认为他强盛，但这并不是先王的目标。唐太宗治理天下的得失就是这样。

从唐尧、虞舜的太平盛世，经历五百多年才有商汤的太平盛世；从商汤的太平盛世，经历五百多年才有周文王、周武王的太平盛世；从周文王、周武王的太平盛世，经历一千多年才有唐太宗这位贤明君主。唐太宗有治理天下的志向，有治理天下的才能，有治理天下的效果，但又因为他制度不完备，不能跟先王相提并论，而称得上最太平时代。这样看来，生活在周文王、周武王之前的人，大概五百年遇到一次太平盛世；生活在周文王、周武王之后的人，经历一千多年也未必能赶上最完美的太平盛世。这就不仅仅是生在这个时代的百姓的不幸了。生在周文王、周武王之前的读书人，就像舜和禹遇到唐尧，“八元”“八恺”遇到虞舜，伊尹遇到商汤，太公遇到文王、武王，大概都是五百多年才遇到一代盛世圣君。生在周文王、周武王之后的读书人，一千多年里，即使像孔子这样的圣人、孟子这样的贤人也遇不到贤明的君主。即使是唐太宗做他们的国君，他们也不一定能够发挥才能实现理想。这也是生在那个时代的读书人的不幸啊！所以论述唐太宗是非得失的原因，不单单作为国君用来考察得失，有志于先王之道而又想为朝廷出力的读书人，也可以从中得到教训。

书魏郑公传

【题解】

文章从唐太宗与魏徵的关系说起，提出君与臣之间应以“大公至正之道”为行动准则，认为君主不应“灭人言以掩己过”，臣下不应“取小亮以私其君”。同时以史实为例，从正反两方面说明了把诤谏之事载入史册，将会产生积极的政治效果和深远的历史影响。然后逐条批驳隐瞒君主过错和掩盖历史真相等封建伦理观念，在君臣关系上提出“诚信”二字，在撰述历史上主张“不欺万世”。文章见解深刻，议论晓畅，确实可称“杰作”。

【原文】

予观太宗常屈己以从群臣之议[1]，而魏郑公之徒[2]，喜遭其时，感知己之遇，事之大小，无不谏诤。虽其忠诚所自至，亦得君以然也。则思唐之所以治，太宗之所以称贤主，而前世之君不及者，其渊源皆出于此也。能知其有此者，以其书存也。及观郑公以谏诤事付史官[3]，而太宗怒之，薄其恩礼，失终始之义，则未尝不反覆嗟惜，恨其不思[4]，而益知郑公之贤焉。

夫君之使臣与臣之事君者何？大公至正之道而已矣。大公至正之道，非灭人言以掩已过[5]，取小亮以私其君[6]，此其不可者也。又有甚不可者，夫以谏诤为当掩，是以谏诤为非美也，则后世谁复当谏诤乎？况前代之君有纳谏之美，而后世不见，则非惟失一时之公，又将使后世之君，谓前代无谏诤之事，是启其怠且忌矣[7]。太宗末年，群下既知此意而不言，渐不知天下之得失。至于辽东之败[8]，而始恨郑公不在世，未尝知其悔之萌芽出于此也。

夫伊尹、周公何如人也[9]？伊尹、周公之谏切其君者，其言至深，而其事至迫也。存之于《书》，未尝掩焉。至今称太甲、成王为贤君[10]，而伊尹、周公为良相者，以其书可见也。令当时削而弃之，成区区之小让[11]，则后世何所据依而谏，又何以知其贤且良与？桀、纣、幽、厉、始皇之亡[12]，则其臣之谏词无见焉，非其史之遗，乃天下不敢言而然也。则谏诤之无传，乃此数君之所以益暴其恶于后世而已矣。

或曰："《春秋》之法[13]，为尊亲贤者讳，与此其戾也[14]。"夫《春秋》之所以讳者，恶也，纳谏净岂恶乎？"然则焚稿者非欤？"曰：焚稿者谁欤？非伊尹、周公为之也，近世取区区之小亮者为之耳，其事又未是也。何则？以焚其稿为掩君之过，而使后世传之，则是使后世不见稿之是非，而必其过常在于君，美常在于己也，岂爱其君之谓欤？孔光之去其稿之所言[15]，其在正邪，未可知也，其焚之而惑后世，庸讵知非谋己之奸计乎[16]？或曰："造辟而言[17]，诡辞而出[18]，异乎此。"曰：此非圣人之所曾言也。令万一有是理[19]，亦谓君臣之间，议论之际，不欲漏其言于一时之人耳，岂杜其告万世也[20]。

噫！以诚信持己而事其君[21]，而不欺乎万世者，郑公也。益知其贤云，岂非然哉！岂非然哉！

【注释】

〔1〕太宗：唐太宗（599—649），即李世民。

〔2〕魏郑公：魏徵（580—643），字玄成，唐朝著名政治家，封郑国公。

〔3〕"及观郑公"句：《旧唐书·魏徵传》载，"徵又自录前后诤谏言辞，往复以示史官起居郎褚遂良。太宗知之愈不悦。先许以衡山公主降其长子叔玉，于是手诏停婚。"《新唐书·魏徵传》载略同而云"帝滋不悦，乃停叔玉昏，而仆所为碑"。所为碑，指徵逝，太宗曾为之作文书碑。但后来太宗"顾其家衰矣"，特别是辽东之役，劳师伐远，太宗怅然于魏徵不在，无人谏议其征伐大事。因而召其家慰问，"赐劳妻子，以少劳祠其墓，复立碑，恩礼加焉"。

魏徵

〔4〕恨：遗憾。

〔5〕灭：灭绝，堵塞。掩：掩盖，遮没。

〔6〕小亮：小聪明。

〔7〕怠：疏慢。忌：避忌，讳饰，掩盖。

〔8〕辽东之败：唐太宗进攻辽东，损失惨重。

〔9〕伊尹：名挚，商初大臣，助汤灭桀，汤去世后又佐继位者。周公：姬旦，文王之子，武王之弟，辅武王伐纣，统一天下，又佐成王开创盛世。

〔10〕太甲：成汤孙，即位三年间暴虐乱德，伊尹放之于桐宫（成汤葬地）；三年后悔过反善，被接回复位。见《史记·殷本纪》。成王：武王子姬诵。

〔11〕让：谦让。

〔12〕桀：夏末代君主。纣：商末代君主。幽：西周末代君主。厉：周厉王，即姬胡。始皇：秦始皇（前259—前210），嬴政。前221年统一中国。

〔13〕《春秋》之法：春秋文字简短，每于一字间寓褒贬，后世即称此为春秋笔法。《春秋》，编年体史书，相传为孔子依鲁国史官所编《春秋》整理修订而成，载鲁隐公元年（前722）至鲁哀公十四年（前481）间计二百四十二年史事。

〔14〕戾：违反，背叛。

〔15〕孔光：字子夏，鲁人，孔子十四代孙，西汉末年大臣。

〔16〕庸讵：反诘之词，难道，哪里。

〔17〕造辟：朝见君主。

〔18〕诡辞而出：用假话敷衍，不泄露实情。

〔19〕令：即令，即使。

〔20〕杜：断绝，阻碍。

〔21〕持己：要求自己。

【译文】

我看到唐太宗常常委屈自己，听从群臣的意见，而魏郑公这些人为碰上了好时代而高兴，感激太宗的知遇之恩，因此事情不论大小，没有不直言进谏的。虽然这是由于他们的忠诚，但也是因为能遇上圣明的君主的结果！那么，我想唐代之所以是太平盛世，唐太宗之所以被称为贤君，前代的君主之所以比不上太宗，根本原因都出在这里啊！能够知道这些，是因为相关史书有记载。等我看到魏郑公把谏诤的事记录下来交付给史官，太宗因此大怒，减轻了对他的恩宠礼遇，丧失了始终如一的君臣道义，我没有一次不反复叹惜，遗憾唐太宗不慎重思考，而更加理解郑公的贤良了。

君王任用臣子与臣子侍奉君王的原则是什么呢？只是遵循公正罢了。公正，不是抹杀别人的话来掩盖自己的过失，不是用小聪明来讨好自己的君主，这样做是不合适的。还有更不可以做的是，认为谏诤是应当掩饰的，这是把谏诤当作不好的事情，那么后代谁还会再去当面谏诤呢？况且前代的君主有纳谏的美德，可是后代看不见，那就不只是掩住一时的公正，还将使后代的君主误以为前代没有谏诤的情况。这是开启引导了惰怠和忌讳进谏的风气。唐太宗晚年，群臣已经知道了他掩盖进谏之事，可是不说，使得太宗慢慢地不知道天下的得失利害了。一直到了辽东战事失败，才开始憾恨魏郑公已经不在人世，还不曾知道他悔恨的萌芽就产生于这件事情上。

伊尹、周公是什么样的人物？伊尹、周公对君主恳切地劝谏，言辞极其深刻，事情又非常紧迫。这些保存在《尚书》里，不曾湮没。到现在，人们还称颂太甲、成王为贤君，伊尹、周公为良相，是因为他们的谏书还能见得到。假使当时就把谏书删减毁弃，成就小小的谦让的名声，那么后世依据什么来谏诤，又根据什么知道他们的贤能和杰出呢？夏桀、商纣、周幽王、周厉王、秦始皇灭亡，他们臣子的谏词就看不到，不是当时史官遗漏没记，而是天下人都不敢进言的结果。那谏诤之事没有载入史册传下来，正是更加暴露这几个国君的恶行罢了。

有人说："《春秋》记史的原则是为君主、父母、贤德之人掩饰隐瞒过错，与你的说法正好相反。"《春秋》里所掩饰、隐瞒的都是缺点、不好的方面，接受谏诤怎么能说是缺点呢？又说："既然如此，是焚毁谏稿的人不对吗？"我说：焚稿的人是谁？这不是伊尹、周公做的，而是近世的人为了显示一点点小聪明而干的，这种事情又不对。为什么？因为他们把焚稿当作替君主掩饰过错的美德，又在世上流传。这就使得后世看不到谏言奏章是否正确，一定认为过错通常在君主，而美德常常在焚稿者身上，怎么能说是爱他们的君主呢？孔光删去他奏章的内容，究竟是正直还是邪僻，已经不清楚了；而那些用焚稿来迷惑后世的人，又怎么知道不是为了实现他们自己的个人私利呢？又有人说："到君主面前说的话，出来不把实话告诉别人，这也与你的观点不同。"我说：这不是圣人说过的话。即使万一有这样的道理，也是说君臣之间，议论国家大事，不想对当时的人泄露他们的话语罢了，怎么会是禁止留言于万世！

唉！用忠诚守义要求自己、侍奉君主，而且也不欺瞒万世的人，就是魏郑公啊！我在前面说过"更加理解了他的贤良"这样的话，难道不是这样吗？难道不是这样吗？

战国策目录序[1]

【题解】

在这篇序言中，作者极力维护儒家正统的政治思想原则，对战国游士的政治和军事策略思想不加具体的历史分析，一概斥之为迎合时主需要的异端邪说，亡国亡身的巨大祸根。这显然是一种思想偏见。但他认为作为治国之方的"法"可以因时而异，而作为基本原则的"道"绝对不能动摇。这种认识具有一定的思想价值。他还认为，对有影响的异端邪说，必须"明其说于天下"，使人人"皆知其说不可从"，

而不能采取禁绝销毁的简单办法。这也是一种有效的政治思想斗争策略。文章的论点明晰，结构紧凑，语言简洁，对《战国策》篇目的考核也很精确。

【原文】

刘向所定《战国策》三十三篇〔1〕，《崇文总目》称第十一篇者阙〔2〕。臣访之士大夫家，始尽得其书，正其误谬，而疑其不可考者，然后《战国策》三十三篇复完。

叙曰：向叙此书，言“周之先，明教化，修法度〔3〕，所以大治，及其后，谋诈用，而仁义之路塞，所以大乱”。其说既美矣。卒以谓“此书，战国之谋士度时君之所能行，不得不然”，则可谓惑于流俗而不笃于自信者也〔4〕。

夫孔、孟之时〔5〕，去周之初已数百岁，其旧法已亡，旧俗已熄久矣。二子乃独明先王之道，以谓不可改者，岂将强天下之主，以后世之所不可为哉？亦将因其所遇之时、所遭之变，而为当世之法，使不失乎先王之意而已。二帝三王之治〔6〕，其变固殊，其法固异，而其为国家天下之意，本末先后〔7〕，未尝不同也。二子之道，如是而已。盖法者，所以适变也，不必尽同；道者，所以立本也，不可不一，此理之不易者也。故二子者守此，岂好为异论哉？能勿苟而已矣。可谓不惑乎流俗而笃于自信者也。

战国之游士则不然〔8〕，不知道之可信，而乐于说之易合，其设心注意〔9〕，偷为一切之计而已〔10〕。故论诈之便而讳其败〔11〕，言战之善而蔽其患。其相率而为之者，莫不有利焉，而不胜其害也；有得焉，而不胜其失也。卒至苏秦、商鞅、孙膑、吴起、李斯之徒以亡其身〔12〕，而诸侯及秦用之者，亦灭其国，其为世之大祸明矣，而俗犹莫之寤也。惟先王之道，因时适变，为法不同而考之无疵、用之无弊，故古之圣贤，未有以此而易彼也。

或曰：“邪说之害正也，宜放而绝之，则此书之不泯其可乎？”对曰：“君子之禁邪说也，固将明其说于天下，使当世之人皆知其说之不可从，然后以禁，则齐；使后世之人皆知其说之不可为，然后以戒，则明。岂必灭其籍哉！放而绝之，莫善于是。是以孟子之书，有为神农之言者，有为墨子之言者，皆著而非之。至于此书之作，则上继《春秋》，下至楚、汉之起，二百四五十年之间，载其行事，固不可得而废也。”

此书有高诱注者二十一篇，或曰三十二篇，《崇文总目》存者八篇，今存者十篇云。

【注释】

〔1〕刘向：前77—前6，本名更生，字子政，沛（今江苏沛县）人。西汉经学家、目录学家、文学家。著有《说苑》《新序》《列女传》等书。《战国策》：书成于战国末年，刘向整理为三十三篇。该书主要记载战国时期各国游说之士的策谋、言论和活动，

反映的是纵横家的思想。该书按国别排列，依次为东周、西周、秦、齐、楚、赵、魏、韩、燕、宋、卫、中山。

〔2〕《崇文总目》：宋代时国家的书目总集。由翰林学士王尧臣等人编撰而成。书目共分六十六卷，著录崇文院（皇家藏书院）所藏书三万六百六十九卷，按类排列，下附叙释。

〔3〕修：修治。法度：制度，规矩。

〔4〕笃：深厚坚定。

〔5〕孔、孟之时：孔、孟分别生活在公元前六世纪、四世纪，距西周初期为五百年到七百年。

〔6〕二帝：指唐尧、虞舜。三王：指夏禹、商汤、周文王。

〔7〕本末：指树木的根本和树梢，引申为主次。

〔8〕游士：游说之士。

〔9〕设心注意：指用意企图。

〔10〕偷：苟且。一切之计：权宜之计。

〔11〕便：便宜，指有好处。讳：忌讳，隐讳。

〔12〕苏秦：字季子，东周洛阳人，战国时著名政治家，纵横代表人物。他主张“合纵”共同对付秦国。后佩六国相印，为纵约长。后被齐人所杀。商鞅：战国时卫国人，姓公孙氏。他帮助秦孝公变法，使秦国得以富强。后被车裂。

【译文】

刘向所编定的《战国策》共三十三篇，《崇文总目》说第十一篇缺失，我访求了一些士大夫家，才得到了全书，校正了书中的谬误，对那些一时无法查考的问题存疑。这样一来，《战国策》三十三篇又恢复完整。

序言说：刘向给这部书作序，说“周朝初期，实行了教育感化，修整了法令制度，因此天下大治。到了后期，盛行阴谋欺骗，推行仁义的道路堵塞了，因此天下大乱”。这种说法已经很高明了。但最后却说“这本书是战国时期的谋臣策士揣摩当时的君主能够做得到的事情，才不得不这样说”。这种说法可以说是被流俗迷惑，而缺少坚定的自信了。

孔子、孟子的时代，距离周朝初年已有几百年了，旧的法令制度早已不存在了，旧的风俗也已绝灭很久了。他们二位却独独宣扬先王的政治，认为是不可改变的，难道他们是要强迫天下的君主去做后世做不成的事情吗？也只是要根据他所生活的历史时代，所遭的变化去制定当时的法令制度，使它不失去先王的治国原则罢了。二帝三王治理天下的时候，他们的时代固然不同，他们的办法固然不同，但是他们治理国家天下的基本原则，什么是根本，什么是末事，什么先做，什么后做，都是一样的。孔、孟二位的主张，只是这样罢了。“法”是用来适应变化的，不一定完全相同；“道”是用来确立根本的原则，不能不一样。这是不可以变更的道理。所以他们二位恪守这个主张，难道是喜欢标新立异、与众不同吗？他们能不随波逐流、随声附和罢了。他们确实可以称得上是不被世俗迷惑而坚于自信的人啊！

战国时期的游说之士却不是这样，不知道“道”的不容置疑，却乐于迎合国君的心意，他们的用意企图，只不过是侥幸谋划权宜之计罢了。所以他们高谈阔论诡谋欺诈的便利，而讳言欺诈的失败；大肆宣扬战争的好处，而竭力掩盖它的祸患。那些个个这样做的，都有一点小利，但是不会超过它的害处；个个有所得，却抵不上它的损失。最后到苏秦、商鞅、孙膑、吴起、李斯这些人，因此而丧生，而任用他们的诸侯和秦国也都灭亡了。这些人是世上的大祸害，是很清楚了，可是世俗之人却仍然执迷不悟。只有先王之道，随着时势适应变化，制定不同的法制，考察它没有缺点，实施它没有弊病，所以古代的圣贤，从来没有人拿先王之道来换取游士的权宜之计的。

有人说：“邪说会妨害正道，应当完全抛弃它、彻底禁绝它，那么，这部书不加销毁行吗？”我回答说：“君子禁绝邪说，一定要揭露它的谬误，使它大白于天下，使得当世的人都知道这种邪说为什么是不可听信跟从的，然后再加以禁止，这样大家的认识就统一了。使得后世的人都知道这种邪说是不能推行的，然后加以警戒，这样就使大家有明确的看法。难道一定要销毁那些书籍吗？摒弃而杜绝邪说，没有比这办法更高明的了。所以，孟子的书中，有研究神农学说的，有研究墨子学说的，都记载下来而加以批驳。至于说到这本书的述作，上和《春秋》相接，下到楚、汉之争的开始，记载了二百四十五年间各国纵横家的事迹，本来就不可能废弃的。”

这本书有高诱作注的二十一篇，也有的说是三十二篇，《崇文总目》记载的只存有八篇，现在保存了十篇。

谢杜相公书

【题解】

曾巩之父曾易占，从江西来汴京途中，在河南安阳忽患重病。杜衍前往探视，多方营救；易占死后，又帮助料理后事，使曾巩摆脱了孤立无援的困境。事隔多年之后，曾巩满怀辛酸与感激的心情写了这封信，诉说自己当时孤独无依，哀苦无告，大祸临头，束手无策，对杜衍的及时援助和热情关怀表示真诚的谢意。本文赞扬了杜衍虽然不在相位，但仍然“爱育天下之人才”的高尚品德。最后作者表示，既然杜衍能以关心天下大事的政治责任感爱护人才，他也要用同样的态度加以报答。

【原文】

伏念昔者[1]，方巩之得祸罚于河滨，去其家四千里之远。南向而望，迅河大淮，埭堰湖江[2]，天下之险，为其阻厄。而以孤独之身，抱不测之疾，茕茕路隅[3]，无攀缘之亲、一见之旧，以为之托；又无至行上之可以感人利势，下之可以动俗。惟先人之医药，与凡丧之所急，不知所以为赖，而旅榇之重[4]，大惧无以归者。明公独于此时[5]，闵闵勤勤，营救护视，亲屈车骑，临于河上，使其方先人之病，得一意于左右，而医药之有与谋。至其既孤，无外事之夺其哀，而毫发之私，无有不如其欲，莫大之丧，得以卒致而南。其为存全之恩，过越之义如此！

窃惟明公相天下之道，唫讼推说者穷万世[6]，非如曲士汲汲一节之善[7]。而位之极，年之高，天子不敢烦以政，岂乡闾新学[8]，危苦之情，蕞细之事[9]，宜以彻于视听[10]，而蒙省察？然明公存先人之故，而所以尽于巩之德如此！盖明公虽不可起而寄天下之政[11]，而爱育天下之人才，不忍一夫失其所之道，出于自然，推而行之，不以进退。而巩独幸遭明公于此时也！

在丧之日，不敢以世俗浅意，越礼进谢[12]；丧除，又惟大恩之不可名，空言之不足陈，徘徊迄今，一书之未进。顾其惭生于心[13]，无须臾废也。伏惟明公终赐亮察[14]！夫明公存天下之义，而无有所私，则巩之所以报于明公者，亦惟天下之义而已。誓心则然，未敢谓能也。

【注释】

〔1〕伏念：恭敬地想。古代敬辞。伏，趴在地上，表示恭敬。

〔2〕埭（dài）：土筑的河堤。堰（yàn）：河堰，比堤小。

〔3〕茕（qióng）茕：孤独无依。隅（yú）：角落。

〔4〕旅榇（chèn）：在旅居之地停放灵柩。榇，棺材。

〔5〕明公：古代对高级官员的尊称，这里指杜衍。

〔6〕唫（yín）讼：通“吟颂”，讴歌颂扬。推说：推崇称道。

〔7〕曲士：见识不广的人。

〔8〕乡闾：乡里。

〔9〕蘩：同“丛”，杂乱。

〔10〕彻：贯通。引申为充塞，灌注。

〔11〕盖：发语词。

〔12〕越礼：违礼。古人在守孝期间，不得拜亲会友。

〔13〕顾：只是。

〔14〕伏惟：祈祷，祈愿。亮察：明鉴，谅解。

【译文】

回想当年，正是我在黄河边遭受灾祸的时候，离家乡有四千里之远。向南眺望，只见迅猛的黄河，宽阔的淮水，连绵不断的土堤水堰、江河湖泊，都是天下的艰险之地，我被这些山川险阻所困，无法顺利回乡送葬。我孤身一人，对着意想不到的灾难，孤单无依，徘徊路旁，没有可以投靠的亲戚和一面之交的朋友，作为生活的依托；对上既没有卓越的品行可以感动官僚绅士，对下也没有财富和权势可以动用一般的人。连先父需用的医药和所有治理丧事急需的物资，也不知道应该依赖谁，而且寄存异乡的灵柩又这样沉重，我非常害怕无法把它运回。唯独您在这个时候，殷勤帮忙，营救看护，亲自屈驾前来，到黄河岸上，使我在先父病重期间，能够在他身边专心致志地护理侍奉，而医药之事也有人一同商量了。直到先父过世之后，没有杂事干扰我为先父尽哀，就连一些微小的内心欲望也没有不如愿的，才使得我家的大丧能回到南方家乡去完成。您对我体恤成全的恩德，是这样的超越常情啊！

我私下认为您辅佐天下的道义，都会受到千秋万世的讴歌颂扬、推崇称道，并非仅仅对我这样的一个普通人的小恩小惠而已。您的地位到了顶点，而且年事已高，皇上也不敢用政事去打扰您，难道我这个来自穷乡僻壤的后生，应当用危急痛苦的心情，杂乱细小的事务，去充塞您的耳目，承蒙您的体贴吗？但是您却念及先父的旧情，尽力援助我，这是多么大的恩情啊！您虽然不能重新掌握天下的政事，但是您那爱护培育天下人才，不忍心让一个人流离失所的道义，都是出于自然的天性，而且继续坚持推行，并不由于任职或退休而有变化。而我唯独在这个时候有幸遇到了您！

在我守丧期间，不敢按照世俗的浅薄人情，违背俗礼去向您表示谢忱；服丧期满后，又想到您对我的大恩无法形容，几句空话不足以详尽地表达我的心意。反复考虑，直到现在，连一封信也没有进献。只是觉得心里很惭愧，一刻也不能忘记。恳望明公体谅明察！您坚守胸怀天下的道义，没有一点私心杂念，那么我用来报答您的东西，也只能是胸怀天下的道义罢了。我发自内心如此真诚地许愿，但不敢说肯定能实现。

王安石

王安石（1021—1086），字介甫，号半山，抚州临川（今江西抚州临川）人。北宋杰出的政治家、思想家和文学家。二十二岁中进士，仁宗嘉祐三年（1058）曾上万言书，主张改革政治。神宗熙宁二年（1069），任参知政事，次年任同中书门下平章事（宰相），积极推行青苗、均输、市易、免役、农田、水利等新法，改革学校科举制度，以期富国强兵，缓和阶级矛盾。这些改革在客观上是有利于社会发展的，但由于触犯了大官僚地主和豪商的特权，遭到了保守派的激烈反对，于熙宁九年（1076）罢相，变法失败。晚年谪居江宁（今江苏南京），不问政事。后被封为舒国公，后又改封为荆国公，所以人们也称他“王荆公”。王安石在我国文学史上占有很重要的地位，他是“唐宋八大家”之一，诗词有其独特的风格，著有《王临川集》。

读《孟尝君传》

【题解】

这篇短文是王安石读《史记·孟尝君列传》后写的随笔，也是一篇短小精悍的读后感。孟尝君一向以广纳人才，手下人才济济为人称道，王安石则一反世俗之见，指出鸡鸣狗盗之徒并不能作为国家栋梁之“士”，提出延揽人才应从政治大局着眼的主张。全文仅八十八个字，却抑扬吞吐、字字警策。

【原文】

世皆称孟尝君能得士，士以故归之，而卒赖其力，以脱于虎豹之秦。

嗟乎！孟尝君特鸡鸣狗盗之雄耳，岂足以言得士？不然，擅齐之强，得一士焉，宜可以南面而制秦，尚何取鸡鸣狗盗之力哉？鸡鸣狗盗之出其门，此士之所以不至也。

【译文】

世人都称孟尝君善于搜罗有才能的人，有才能的人因此都去投奔他，而他终于依靠那些人的力量，从如虎豹一样凶残的秦国逃脱出来。

唉！孟尝君只不过是那些鸡鸣狗盗之徒的头目罢了，哪里能够称得上善于搜罗有才能的人呢？如果不是这样，那么他凭借齐国的强大国力，即使得到一个具有真才实学的人，也应该能够制服秦国而使齐国称霸，哪里还用得上那些鸡鸣狗盗之徒的力量呢？鸡鸣狗盗之徒出现在他的门下，这就是真正的人才不投奔他的原因啊。

同学一首别子固

【题解】

这篇文章是王安石二十三岁时写给朋友曾巩的。当时，两人都年少而怀经世济时之志，他们互相慰勉，以期携手共进。本文扣住“同学”二字立意。同学，便是共同学习圣贤之道，志同道合的意思。作为一篇送别文章，从志同道合上立意，更显示出友谊基础的牢固。

【原文】

江之南有贤人焉，字子固，非今所谓贤人者，予慕而友之。淮之南有贤人焉，字正之[1]，非今所谓贤人者，予慕而友之。

二贤人者，足未尝相过也，口未尝相语也，辞币未尝相接也。其师若友，岂尽同哉？予考其言行，其不相似者何其少也！曰：学圣人而已矣。学圣人，则其师若友必学圣人者。圣人之言行，岂有二哉？其相似也适然。

予在淮南，为正之道子固，正之不予疑也。还江南，为子固道正之，子固亦以为然。予又知所谓贤人者，既相似，又相信不疑也。子固作《怀友》一首遗予，其大略欲相扳以至乎中庸而后已。正之盖亦尝云尔。

夫安驱徐行，辚中庸之庭，而造于其室，舍二贤人者而谁哉？予昔非敢自必其有至也，亦愿从事于左右焉尔，辅而进之，其可也。

噫！官有守，私有系，会合不可以常也。作《同学一首别子固》，以相警，且相慰云。

【注释】

〔1〕正之：孙侔（1019—1084），字正之，吴兴（今属浙江）人，为文奇古，与王安石、曾巩为友，名倾一时。终身不仕，客居江淮间，士大夫敬畏之。

【译文】

长江之南有一位贤人，字子固，他不是当今世俗所说的贤人，我敬慕他，和他成为朋友。淮河之南有一位贤人，字正之，他不是当今世俗所说的贤人，我敬慕他，和他成为朋友。

这二位贤人，从未互相交往过、从未互相交谈过、从未互相赠过钱物。他们的老师和朋友难道都是相同的吗？我考察他们的言语行为，不相似的地方是何等少啊！我说，这恐怕是他们都向圣人学习的结果吧！他们学习圣人，那么他们的老师和朋友也一定是向圣人学习了。圣人的言语行为难道会有两种样子吗？所以，他们二人的相似也是必然的。

我在淮河之南，向正之谈及子固，正之不怀疑我说的话；我回到长江之南，向子固谈及正之，子固也认为我说的话确实有道理。因此，我又知道了所谓的圣贤之人，既很相似，又相互信任，从不猜疑。子固作了一首《怀友》诗赠送给我。意思大概是希望我们能相互勉励，一直到达中庸的境界才罢休。正之也曾经说过类似的话。

驾着车子安稳行进，通过中庸的门庭而到达内室，除了这二位贤人还会有谁呢？我过去不敢肯定自己一定会达到这种境界，不过也愿意跟在他们的左右努力去做，通过他们的帮助使我进入这种境界，应该是可能的。

唉！做官有自己的职守，私下又有别的事牵累，我们的聚会不可能是经常的。因此，我作了这篇《同学一首别子固》，以相互警策，并相互劝勉。

游褒禅山记

【题解】

本篇是游记形式的说理文，作者通过记游褒禅山说明治学的道理：一是反对浅尝辄止，提倡深入探索，并精辟地分析了“志”“力”“物”三个条件及其相互关系；二是反对道听途说，以讹传讹，主张探本索源、深思慎取。这两点虽只讲治学，但不乏普遍的思想意义，在今天仍有启发的意义。本文以具体形象的记游来论证抽象的道理，叙事议论互相呼应，紧密结合，在写作上也是别具一格的。

【原文】

褒禅山亦谓之华山。唐浮图慧褒始舍于其址[1]，而卒葬之，以故其后名之曰“褒禅”。今所谓慧空禅院者，褒之庐冢也。距其院东五里，所谓华山洞者[2]，以其乃华山之阳名之也。距洞百余步，有碑仆道，其文漫灭，独其为文犹可识，曰“花山”。今言“华”如“华实”之“华”者，盖音谬也。

其下平旷，有泉侧出，而记游者甚众，所谓“前洞”也。由山以上五六里，有穴窈然，入之甚寒，问其深，则其好游者不能穷也，谓之“后洞”。余与四人拥火以入，入之愈深，其进愈难，而其见愈奇。有怠而欲出者，曰：“不出，火且尽。”遂与之俱出。盖余所至，比好游者尚不能十一，然视其左右，来而记之者已少。盖其又深，则其至又加少矣。方是时，余之力尚足以入，火尚足以明也。既其出，则或咎其欲出者，而余亦悔其随之，而不得极夫游之乐也。

于是余有叹焉。古人之观于天地、山川、草木、虫鱼、鸟兽，往往有得，以其求思之深而无不在也。夫夷以近，则游者众；险以远，则至者少。而世之奇伟、瑰怪、非常之观，常在于险远，而人之所罕至焉，故非有志者不能至也。有志矣，不随以止也，然力不足者，亦不能至也。有志与力，而又不随以怠，至于幽暗昏惑而无物以相之，亦不能至也。然力足以至焉，于人为可讥，而在己为有悔；尽吾志也，而不能至者，可以无悔矣，其孰能讥之乎？此予之所得也。

余于仆碑，又以悲夫古书之不存，后世之谬其传而莫能名者，何可胜道也哉！此所以学者不可以不深思而慎取之也。

四人者：庐陵萧君圭君玉、长乐王回深父、余弟安国平父、安上纯父[3]。

【注释】

〔1〕慧褒：唐太宗时的高僧，喜欢含山县北山麓的胜景，于是在那儿结庐而居。寒暑不出，当时的人不能测其踪迹。圆寂后，葬于此山。

〔2〕华山洞：一本作“华阳洞”。据《读史方舆纪要》、《含山县志（康熙）》诸书，城北十五里有华山，又东五里有华阳山，亦名兰陵山，山有华阳洞。明人戴重有《褒禅寺记》《华阳洞记》，较详。

〔3〕萧君圭：字君玉，北宋庐陵（江西吉安）人，生平事迹不详。王回：字深父，长乐（福建福州）人，敦行孝友，质直平恕，不求名誉，曾中进士，称病免官。安国（1028—1074）：字平父，王安石的四弟。熙宁初，以才行召试及第，历任西京国子教授、崇文院校书、秘阁校理。安上：字纯父，王安石的七弟。

【译文】

褒禅山也称作华山。唐代的和尚慧褒起初在这个地方建造了房舍，死后又埋葬在这里，因此后人就把这座山叫作褒禅山。今天所说的慧空禅院，就是慧襃的房舍和坟墓的所在地。距慧空禅院东边五里，有个叫华山洞的地方。之所以叫“华山洞”，是因为它在华山南面的缘故。离洞一百余步，有块碑石倒在路上，上边的文字已经看不清楚了，只从残存的文字中还可以辨出“花山”二字。而今天将“华”读作“华实”的“华”，大概是读音错了。

洞的下边平坦而开阔，有一股泉水从洞旁涌出，在这里游览和留字纪念的人很多，这就是被称作“前洞”的地方。由此向山上五六里的地方，有个洞穴很幽深，进入里边非常寒冷。打听它的深度，就是那些喜好游览的人也不能够走到过它的尽头。人们把它称为“后洞”。我与其他四人拿着火把进去，进入越深，就越难行走，但所看到的景色就更加奇异。有个人懈怠了，想出去，就对大家说：“再不出去，火把就要熄灭了。”于是，大家就和他一起出来了。大概我们所到的地方，还不到那些喜好游览的人的十分之一，然而看左右的墙壁，来题字留念的人已经很少了。恐怕进入再深一点，到的人就更加少了。当时，我的力气还可以再深入一些，火把还足够照明。已经出来了，就有人责备那个提议退出的人，而我也后悔跟着他出来，而没能尽情享受游览的乐趣。

因此，我颇有感慨。古人对天地、山川、草木、虫鱼、鸟兽的观察，往往有所收获，这是因为他们对问题探索思考得深刻，没有什么不加以体察的。平坦而近的地方，游览的人就多；艰险而僻远的地方，到达的人就少。而世上奇特雄伟、壮丽怪异、不同寻常的景色，常常在艰险而僻远、一般人很少到达的地方。所以说没有毅力的人是不能到达的。有毅力，不随从别人停止，但体力不足的，也不能到达。有毅力和体力，又不随别人而懈怠，到了幽深黑暗、令人迷惑的地方，若没有什么东西帮助，也不能到达。但是，体力尚可到达的地方（自己却没有到达），不仅会受到他人的讥笑，并且自己也会后悔。尽了自己的努力而不能到达，就没有什么后悔的了，谁还能讥笑呢？这是我从这件事上受到的启发。

我对于那块倒在地上的碑石，又感叹古书没有记录而后世的人以讹传讹，难以弄清真相的事，怎么能说得完呢？这就是做学问的人不能不深刻地思考并谨慎地选取资料的原因啊。

同游的四个人是：庐陵的萧君圭（字君玉）、长乐的王回（字深父）、我的弟弟王安国（字平父）和王安上（字纯父）。

泰州海陵县主簿许君墓志铭

【题解】

许平是个终身不得志的普通官吏。在这篇墓志铭中，作者主要哀悼许平有才能而屈居下位的悲剧。第一段写许君有大才却终不得用的事实；第二段以离俗独行之士和趋势窥利之士的不遇，来衬托许君的不得志；第三段写许君的后事；第四段铭文只二十余字，概括许平一生的遭遇，隐含强烈的悲愤。全文议论较多，基调慷慨悲凉。

【原文】

君讳平，字秉之，姓许氏。余尝谱其世家，所谓今泰州海陵县主簿者也。君既与兄元相友爱称天下[1]，而自少卓荦不羁，善辩说，与其兄俱以智略为当世大人所器。宝元时[2]，朝廷开方略之选，以招天下异能之士。而陕西大帅范文正公、郑文肃公[3]，争以君所为书以荐，于是得召试，为太庙斋郎[4]，已而选泰州海陵县主簿。贵人多荐君有大才，可试以事，不宜弃之州县。君亦尝慨然自许，欲有所为。然终不得一用其智能以卒。噫！其可哀也已！

士固有离世异俗，独行其意，骂讥笑侮，困辱而不悔；彼皆无众人之求，而有所待于后世者也，其龃龉固宜。若夫智谋功名之士，窥时俯仰，以赴势利之会，而辄不遇者，乃亦不可胜数。辩足以移万物，而穷于用说之时；谋足以夺三军，而辱于右武之国，此又何说哉？嗟乎！彼有所待而不悔者，其知之矣！

君年五十九，以嘉祐某年某月某甲子[5]，葬真州之扬子县甘露乡某所之原[6]。夫人李氏。子男瓌，不仕；璋，真州司户参军；琦，太庙斋郎；琳，进士。女子五人，已嫁二人：进士周奉先[7]，泰州泰兴令陶舜元[8]。

铭曰："有拔而起之，莫挤而止之。呜呼许君！而已于斯，谁或使之？"

【注释】

〔1〕元：许元（989—1057），字子春，其祖先为歙人，后寓居宣城（今安徽宣城），因父亲做官，而官至江淮、两浙、荆湖发运判官，历知扬、越、泰三州。

〔2〕宝元：宋仁宗年号（1038—1040）。

〔3〕范文正公：即范仲淹，字希文，谥号文正，苏州吴县（今江苏苏州）人。宝元三年（1040）五月己卯，任陕西经略安抚副使。郑文肃公：即郑戬，字天休，谥号文肃，苏州吴县（今江苏苏州）人。庆历三年（1043）四月甲辰，任陕西四路都部署兼经略安抚招讨使。

〔4〕为太庙斋郎：据《续资治通鉴长编》卷141，许平为太庙斋郎，时间是仁宗庆历三年（1043）五月乙未。

〔5〕嘉祐：宋仁宗年号（1056—1063）。

〔6〕真州：宋时州名。扬子县：宋时真州的治所，在今江苏仪征。

〔7〕周奉先：生平不详。

〔8〕陶舜元：生平不详。

【译文】

先生名平，字秉之，姓许。我曾经编过他的家谱，他就是家谱上边所载的现泰州海陵县主簿。先生不但与兄长许元相互友爱，被天下称赞，而且从少年时就超出一般人，他性格豪放不受约束，擅长辩论，与哥哥都因富有才智谋略而被当世的大人物所器重。仁宗宝元年间，朝廷开设方略科，以招纳天下具有特异才能的人才。当时陕西大帅范文正公、郑文肃公争着拿先生所写的文章来推荐，因此，他被征召进京应试，结果被任命为太庙斋郎，不久被选派做泰州海陵县主簿。朝中的大臣多荐举先生有雄才大略，应该任用他做重要的事以考验他，不应该把他放置在州、县做一般的官吏。先生也曾经意气慷慨地称许自己，想有一番作为。但终究没能有一次显示自己才智的机会就死去了。唉！这是多么令人哀伤啊。

士固有离世异俗，独行其意

读书人当中本来就有那种远离尘世、与世俗不合，只按自己的意图行事的人，即使受到讽刺、谩骂、嘲笑、侮辱，终生穷苦愁困都不后悔。他们都没有一般人那种对名利的营求之心，而对后世有所期望，因此他们的失意、不合时宜本来也是应该的。至于那些富有机智谋略、追求功名利禄的读书人，窥测时局善于应变，去营求权势和物利，却往往不能得志的，也是难以数计的。然而，辩才足以改变万物，却在重用游说的时代遭受困窘；智谋足以夺取三军，却在崇尚武力的国家遭受屈辱，这种情况又怎么解释呢？唉！那些对后世有所期待、遭受困厄却不后悔的人，大概知道其中的原因吧！

先生享年五十九岁，在仁宗嘉祐某年某月某日，葬在真州扬子县甘露乡某地的原上。夫人姓李。长子名瓌，没有做官；次子名璋，任真州司户参军；三子名琦，任太庙斋郎；四子名琳，中了进士。五个女儿，已经出嫁的有两个，一个嫁于进士周奉先，一个嫁于泰州泰兴县令陶舜元。

墓碑上的铭文是：有人提拔而任用他，没有谁排挤而阻碍他。唉！许先生却死在小小的海陵县主簿的官位上，是什么人使他这样的呢？

答司马谏议书[1]

【题解】

这是王安石的一篇驳论名篇。本文是他给当时任翰林学士兼侍读学士，右谏议大夫司马光的答书，针锋相对地驳斥了保守派的污蔑攻击，毫不含糊地表明了打破苟且习气、坚决改革政治的信念。由于作者深信变法事业的正确性与必要性，并且认清他与守旧势力存在根本的分歧，这封答书写得措辞简洁、干净利落，又能抓住要害，深刻犀利。置身新旧党争的旋涡之中，面对非难新法的一片喧嚣，这位厉行改革的政治家和一代文豪的倔强而又自信的性格，理直自然气壮的魄力，令人深为感动。

【原文】

某启[2]：昨日蒙教。窃以为与君实游处相好之日久[3]，而议事每不合[4]，所操之术多异故也[5]。虽欲强聒[6]，终必不蒙见察，故略上报，不复一一自辩[7]。重念蒙君实视遇厚[8]，于反复不宜卤莽[9]，故今具道所以，冀君实或见恕也。

盖儒者所争，尤在于名实，名实已明，而天下之理得矣。今君实所以见教者，以为侵官、生事、征利、拒谏[10]，以致天下怨谤也[11]。某则以谓受命于人主，议法度而修之于朝廷，以授之于有司，不为侵官；举先王之政，以兴利除弊，不为生事；为天下理财[12]，不为征利；辟邪说[13]，难壬人[14]，不为拒谏。至于怨诽之多，则固前知其如此也。人习于苟且非一日，士大夫多以不恤国事、同俗自媚于众为善[15]，上乃欲变此，而某不量敌之众寡，欲出力助上以抗之，则众何为而不汹汹然[16]？盘庚之迁[17]，胥怨者民也[18]，非特朝廷士大夫而已。盘庚不罪怨者，亦不改其度[19]，度义而后动[20]，是而不见可悔故也。

如君实责我以在位久，未能助上大有为，以膏泽斯民[21]，则某知罪矣；如曰今日当一切不事事[22]，守前所为而已，则非某之所敢知[23]。无由会晤[24]，不任区区向往之至[25]。

【注释】

〔1〕司马谏议：即司马光（1019—1086），字君实，陕州夏县（今山西夏县）人。官至尚书左仆射兼门下侍郎，封温国公。在政治上，他是反对王安石变法的守旧派领袖，执政时，曾废弃一切新法。新党执政，他便闭门主编《资治通鉴》。新法推行时，司马光为翰林学士兼侍读学士、右谏议大夫，他曾三次致书王安石反对新法，本文是作者给司马光《与王介甫书》的回信。

〔2〕某：古人写信，起草时常以“某”代替自己的名字，正式抄录时，再写上全名。启：书信用语，陈述。

〔3〕游处：交往相处。作者早年曾与司马光同为群牧司判官。

〔4〕不合：司马光信中亦云：“曩者与介甫议论朝廷事，数相违戾。”

〔5〕操：持。

〔6〕强聒：强作解释。

〔7〕辩：同“辩”，申辩。

〔8〕视遇：看待。

〔9〕反复：指书信往来。卤莽：粗疏草率。

〔10〕侵官：侵犯其他官吏的职责。王

司马光

安石变法，设“制置三司条例司”管理财政，司马光认为这样做侵夺了原来主管财政的盐铁、度支、户部三司的职权。他在给王安石的信中说：“夫侵官，乱政也，介甫更以为治术而先施之。”“财利不以委三司而自治之……是知条例一司已不当置而置之。”生事：制造事端。司马光在信中指责王安石派人“使行新法于四方”，是“骚扰百姓”“生事扰民”。征利：求利。司马光在信中说：“今介甫为政，首建制置条例司，大讲财利之事。又命薛向行均输法于江、淮，欲尽夺商贾之利；又分遣使者散青苗钱于天下而收其息，使人人愁痛，父子不相见，兄弟妻子离散。”拒谏：拒绝规劝。司马光在信中说：“及宾客僚属谒见论事，则唯希意迎合，曲从如流者，亲而礼之；或所见小异。微言新令之不便者，介甫辄艴（fú）然加怒，或诟骂以辱之，或言于上而逐之，不待其辞之毕也。明主宽容如此，而介甫拒谏乃尔，无乃不足于恕乎？”

〔11〕怨谤：埋怨、指责。司马光在信中说：“介甫从政治期年，而士大夫在朝及四方来者，莫不非介甫，如出一日；下至闾阎细民、小吏走卒，亦窃窃怨叹，人人归咎于介甫。”

〔12〕理财：管理财政。

〔13〕辟：排除。

〔14〕难：反驳。壬人：巧言谄媚的人。

〔15〕恤：忧虑。同俗：附和世俗之见。

〔16〕汹汹然：喧闹的样子。

〔17〕盘庚：商代中兴之主，汤的九世孙、阳甲之弟。从汤到盘庚，商迁都五次。盘庚将都城从奄（今山东曲阜）迁到亳之殷地（今河南安阳）时，曾遭到贵族和被贵族鼓动起来的一些人的反对。文中“盘庚之迁”二句出自《尚书·盘庚·序》：“盘庚五迁，将治亳殷，民咨胥怨。”

〔18〕胥怨：相与埋怨。

〔19〕度：计划。

〔20〕度义：考虑到理由正当。

〔21〕膏泽：恩泽，这里作动词用。

〔22〕事事：办事。

〔23〕知：领教。

〔24〕由：缘由，机会。

〔25〕不任：不胜。区区：爱慕、思念。向往：仰慕。

【译文】

鄙人王安石请启：昨日承蒙您来信指教。我私下认为自己与您交往相处友好的日子很长，但议论政事却老是意见不合，这是因为我们所持的主张不同的缘故。虽然我想强作解释，最后一定不能蒙受您考虑我的意见，所以只在信中做简略回复，不打算为自己一一辩解了。又想到您对我的重视厚遇，在书信往来中不应该草率粗疏，所以今天我详细说明一下原因，希望君实您或许能够原谅我吧。

大概儒家学者所争论的，最突出的就是事物的名分和实际情况是否相符的问题。名分和实际情况的关系明确以后，那天下一切道理也就认清了。如今君实指教我的无非是认为我推行新法侵夺了官吏们的职权、扰民生事、征敛财利、拒绝接受不同的意见，因而招来了天下人的埋怨和诽谤。我却认为我是从君主那里接受命令，议订法令制度，又在朝廷上修正，再把它们交给负有专责的官吏去执行，这不是侵夺官吏的职权；实行先王的政策，来兴办有利的事业、革除有害的陋习，不能说是生事扰民；为国家管理财政，这不是与百姓争夺财利；批驳不正确的言论，批驳谄媚之徒的花言巧语，这不能说是拒绝劝告。至于招来这么多的怨恨和诽谤，本来事先我就料到会出现这样的情况。人们习惯于得过且过不只一天了，士大夫们大都不为国事忧虑、随声附和、讨好众人，把这些当作处世良方，因此皇上想改变这种状况，而我不估量反对的人是多是少，准备献出力量帮助皇上和他们对抗，那这班人怎么会不气势汹汹地喧闹呢？盘庚迁都的时候，埋怨他最多的是广大百姓，不只是朝廷里的士大夫反对。盘庚没有加罪于埋怨他的人，也没有改变他迁都的计划。这是他考虑到这样做合适，然后才行动的，因此看不出他有丝毫的后悔。

如果君实您责备我担任宰相时间久了，未能帮助皇上有大的作为，好让人民得到更多的恩惠，那我承认自己的罪过；如果说现在应当一切事情都不要去做，只是墨守成规就行了，那就不是我所敢于认可的了。没有机会与您会面，我对您思念、仰慕到极点的心情实在无法表达啊。

上人书

【题解】

作者在本篇里表达了他对文学和社会的关系、思想内容和艺术技巧的关系的看法。作为一位积极入世、热心改革的政治家，王安石的文学主张确有许多可取之处。“且所谓文者，务为有补于世而已”，这是认为文章要为社会现实服务，成为推行政教的工具，比起所谓明圣人之道的传统观点更为强调实用。“所谓辞者，犹器之有刻镂绘画也”，这是认为艺术技巧是由政治内容所决定的，处于从属地位。但是，他把文章的作用仅仅限制在礼教、政治的范围内，这就未免过于狭隘。而且视艺术技巧为器物上的绘画，可有可无，比喻不妥，容易导致忽略艺术，失之片面，过于绝对。

【原文】

尝谓文者，礼教治政云尔[1]。其书诸策而传之人，大体归然而已[2]。而曰“言之不文，行之不远”云者[3]，徒谓“辞之不可以已也”，非圣人作文之本意也[4]。

自孔子之死久，韩子作[5]，望圣人于百千年中[6]，卓然也[7]。独子厚名与韩并，子厚非韩比也，然其文卒配韩以传，亦豪杰可畏者也[8]。韩子尝语人文矣，曰云云，子厚亦曰云云。疑二子者，徒语人以其辞耳，作文之本意，不如是其已也。孟子曰：“君子欲其自得之也。自得之，则居之安；居之安[9]，则资之深；资之深，则取之左右逢其源。”独谓孟子之云尔，非直施于文而已，然亦可托以为作文之本意。

且所谓文者，务为有补于世而已矣。所谓辞者，犹器之有刻镂绘画也。诚使巧且华，不必适用；诚使适用，亦不必巧且华。要之以适用为本[10]，以刻镂绘画为之容而已。不适用，非所以为器也。不为之容，其亦若是乎？否也。然容亦未可已也，勿先之，其可也。

某学文久，数挟此说以自治[11]。始欲书之策而传之人，其试于事者，则有待矣。其为是非邪，未能自定也。执事正人也，不阿其所好者[12]，书杂文十篇献左右，愿赐之教，使之是非有定焉。

【注释】

〔1〕礼教：封建社会中关于礼法条规和道德标准的教育称为礼教。治政：治理政事，亦可解为政治。

〔2〕大体：大致。归然：归于此，这里指归于礼教治政。

〔3〕而曰……云者：引文见《左传》襄公二十五年，孔子的话，原文是“言之无文，行而不远”。不文，没有文采。

〔4〕圣人：指孔子。

〔5〕韩子：指韩愈。作：兴起，出现。

〔6〕望：仰望，敬慕，这里有学习、继承的意思。

〔7〕卓然：高超、高远的样子。

〔8〕可畏：值得敬畏。

〔9〕安：安稳，牢固。

〔10〕要之：总之。本：根本。

〔11〕自治：这里指用以指导自己的写作。

〔12〕阿：曲从。

【译文】

我曾说过，文章不过是推行礼教、政治的工具罢了。那些写在书上并传授给人阅读的，大致归到这几个方面罢了。所谓“要是文章不加修饰，流传就不会长远”的说法，只是说“修辞藻饰不能不讲究而已”，但这不是圣人写作文章的本来意义。

在孔子死去很久之后，出现了韩愈，继承了相隔千百年的圣人的伟业，真是高超不凡。只有柳宗元能和韩愈齐名。实际上柳宗元的成就并不能与韩愈相比，然而他的文章最终与韩愈的文章匹敌并流传，也是位值得敬畏的豪杰。韩愈曾经告诉别人这样写文章，说是应该如此这般，柳宗元也说应该这样那样。我怀疑这两人所说的只是告诉别人修辞藻饰罢了，至于写文章的根本意义，不是像这样就可以的。孟子说：“君子是要在学问上通过主观努力有所收获，就要求他自己有心得。自己有心得的就能稳当牢固地掌握；稳当牢固地掌握，就能积蓄深厚；积蓄深厚，便能取之不尽，左右逢源。”孟子的这些话，不仅适用于怎么写文章，而且也可以用来说明写文章的根本意义。

我所认为的文章，一定要做到有益于社会。所说的修辞藻饰，好比器具上有雕刻绘画。器具果真精巧而又华丽，不一定适用；器具果真适用，也不一定要精巧华丽。总之，以适用为根本，以雕刻绘画作为它的外表装饰罢了。不适合使用，器具也就不能成为器具了。不装饰它的外表，器具难道就不能成为器具了吗？不是的。然而美观的外表也是不能不要的，只是不要把它放在第一位就可以了。

我学写文章为时已久，经常依照这一观点来指导自己的写作。现在才想把这些写成文章传授给别人，至于在实际中的成效，那还有待于时日。这些文章究竟是对还是错，我自己不能够确定。阁下是位正直的人，不是屈从别人喜好的人。我抄了十篇杂文献给您，希望您能指教，使这些文章的是非好坏有个评定。

伤仲永

【题解】

这篇散文，是以明了流畅的语言记述“神童”的故事。“神童”方仲永幼时聪明过人，操笔成诗，受到乡人称赞；长大以后，由于没有得到培养、教育，学习得不到提高，成了平庸之辈。这生动地说明了后天教育是人才成长的决定条件。聪明颖悟如方仲永，一旦放弃学习，最终也一事无成。至于普通人，不肯努力学习，后果更不堪设想了。文章类似传记的形式，前半部分记述人物事迹，简洁凝练，后半部分发表评论，含义深刻。文中承认世上真有“生而知之”的所谓“神童”，陷入唯心主义的先验论，暴露了他在哲学思想上的不彻底性，但是文中的主要观点是正确、积极的。

【原文】

金溪民方仲永[1]，世隶耕[2]。仲永生五年，未尝识书具[3]，忽啼求之。父异焉，借旁近与之[4]，即书诗四句，并自为其名。其诗以养父母、收族为意[5]，传一乡秀才观之[6]。自是指物作诗立就，其文理皆有可观者。邑人奇之[7]，稍稍宾客其父[8]，或以钱币乞之[9]。父利其然也[10]，日扳仲永环谒于邑人[11]，不使学。

余闻之也久。明道中[12]，从先人还家[13]，于舅家见之，十二三矣。令作诗，不能称前时之闻[14]。又七年，还自扬州，复到舅家问焉。曰：“泯然众人矣[15]！”

王子曰[16]：“仲永之通悟[17]，受之天也。其受之天也，贤于材人远矣[18]。卒之为众人[19]，则其受于人者不至也[20]。彼其受之天也，如此其贤也；不受之人，且为众人[21]。今夫不受之天，固众人，又不受之人，得为众人而已耶？”

【注释】

〔1〕金溪：县名，现江西金溪。

〔3〕隶：属于。

〔3〕书具：写字的工具，指笔、墨、纸、砚。

〔4〕旁近：邻居。

〔5〕以……为意：以……作为诗的内容。

〔6〕秀才：指一般学识优秀的士人。

〔7〕邑人：同乡人。

〔8〕宾客其父：用宾客的礼节款待他的父亲。宾客，把……当成宾客。

〔9〕乞：讨取。

〔10〕利：以……为利。

〔11〕扳：领着。环谒：到处拜访。

〔12〕明道：宋仁宗（赵祯）的年号（1032—1033）。

〔13〕先人：作者死去的父亲，即王益。

〔14〕称：相称，相当。

〔15〕泯然：才华尽灭的样子。

〔16〕王子：作者自称。

〔17〕通悟：通达聪慧。

〔18〕材人：指后天培养起来的人才。

〔19〕卒：最终。

〔20〕受于人：受教育。

〔21〕且：尚且。

【译文】

金溪乡民方仲永，家里世代务农。仲永长到五岁时，还不曾认得笔、墨、纸、砚，一天忽然哭着要这些东西。他的父亲感到奇怪，就从邻居家借来给他，他立刻写了四句诗，并且写上了自己的名字。那诗以奉养父母、和睦本族为内容，传给全乡有学识的人看。从此，人们只要指定某一件物品作诗题，他立刻就能

写成，诗的文采、内容都有许多可取之处。同乡人都把他看作奇才，渐渐有人以宾客之礼款待他的父亲，也有人用钱购买仲永的诗作。他的父亲以为这样有利可图，就每天领着仲永到处去拜访乡人，却不让他学习。

我听到这件事已经很久了。明道年间，我跟随先父回家乡，在舅舅家里见到过方仲永，他已经十二三岁了。叫他作诗，已经比不上过去人们传说的那样好了。又过了七年，我从扬州回来，再到舅舅家，问起仲永的情况。回答说："他的才华已经消失了，和普通人一样了！"

王某认为："仲永的通达聪慧，是先天赋予的。他的天赋比后天培养成才的人优越得多。他最终成为普通的人，是后天没有受到教育的缘故。像他这样天赋才华如此优异，没有受到教育，尚且要沦为普通人；如今那些没有天赋，本来就平庸的人，如果又不接受教育，恐怕会连个普通人都不如吧？"

苏轼

苏轼（1037—1101），北宋著名文学家，书画家。字子瞻，号东坡居士，眉山（今四川眉山）人。曾任短期京官，知密州、徐州、湖州。因反对王安石变法，以作诗“谤讪朝廷”罪贬为黄州团练副使。后又官任翰林学士，并又再度被贬至惠州、儋州，最后病死常州。苏轼在政治上属旧党，但他又有改革弊政的要求，并与旧党有政见分歧。苏轼的文章明白畅达、汪洋恣肆，与其父苏洵、弟苏辙并称“三苏”，同时列入“唐宋八大家”。其诗清新豪健，善用夸张比喻，艺术风格独特。其词豪迈奔放，开豪放派一代词风。此外，苏轼在书法及绘画方面均有很高的造诣。今有苏轼诗文一百余卷，收入《东坡全集》。

刑赏忠厚之至论

【题解】

《刑赏忠厚之至论》是苏轼参加进士考试的论文。文章先列举古代贤君明主“爱民之深，忧民之切”，有善即赏，不善则罚的同时又“哀矜”，极尽忠厚之事；继而以尧的两件事来具体证明；最后论及以忠厚行刑赏之事可以使天下之人都回到宽仁忠厚。这是对儒家“重赏轻罚”“仁政”主张的宣扬，举例精当、论述有力、语言明快，因而得到了当时的主考官、古文运动领袖欧阳修的赞赏。

【原文】

尧、舜、禹、汤、文、武、成、康之际，何其爱民之深，忧民之切，而待天下以君子长者之道也！有一善，从而赏之，又从而咏歌嗟叹之，所以乐其始而勉其终；有一不善，从而罚之，又从而哀矜惩创之，所以弃其旧而开其新。故其吁俞之声，欢休惨戚，见于虞、夏、商、周之书[1]。成、康既没，穆王立而周道始衰[2]，然犹命其臣吕侯[3]，而告之以祥刑。其言忧而不伤，威而不怒，慈爱而能断，恻然有哀怜无辜之心，故孔子犹有取焉。

《传》曰[4]：“赏疑从与，所以广恩也；罚疑从去，所以慎刑也。”当尧之时，皋陶为士，将杀人。皋陶曰“杀之”，三。尧曰“宥之”，三。故天下畏皋陶执法之坚，而乐尧用刑之宽。四岳曰[5]：“鲧可用。”尧曰：“不可，鲧方命圮族。”既而曰：“试之！”何尧之不听皋陶之杀人，而从四岳之用鲧也？然则圣人之意，盖亦可见矣。《书》曰[6]：“罪疑惟轻，功疑惟重。与其杀不辜，宁失不经[7]。”呜呼！尽之矣。可以赏，可以无赏，赏之过乎仁；可以罚，可以无罚，罚之过乎义。过乎仁，不失为君子；过乎义，则流而入于忍人。故仁可过也，义不可过也。

古者赏不以爵禄，刑不以刀锯。赏之以爵禄，是赏之道行于爵禄之所加，而不行于爵禄之所不加也。刑以刀锯，是刑之威施于刀锯之所及，而不施于刀锯之所不及也。先王知天下之善不胜赏，而爵禄不足以劝也；知天下之恶不胜刑，而刀锯不足以裁也。是故疑则举而归之于仁，以君子长者之道待天下，使天下相率而归于君子长者之道。故曰忠厚之至也。

《诗》曰〔8〕：“君子如祉，乱庶遄已；君子如怒，乱庶遄沮〔9〕。”夫君子之已乱，岂有异术哉？时其喜怒，而无失乎仁而已矣。《春秋》之义，立法贵严，而责人贵宽。因其褒贬之义以制赏罚，亦忠厚之至也。

【注释】

〔1〕虞、夏、商、周之书：指《尚书》中的《虞书》《夏书》《商书》和《周书》。

〔2〕穆王：康王之孙，昭王之子，为周朝第五代天子。

〔3〕吕侯：周穆王时的大臣，曾制《吕刑》，用刑较轻。

〔4〕《传》：《孔安国传》。苏轼引文意义虽同，字句稍误。

〔5〕四岳：尧时四方部落的首领，也有人认为是当时掌管祭祀和历法的官员。

〔6〕《书》：指《尚书》。

〔7〕“罪疑惟轻”四句：语出《尚书·大诰》。

〔8〕《诗》：指《诗经》。

〔9〕“君子如祉”四句：语出《诗经·小雅·巧言》。

【译文】

唐尧、虞舜、夏禹、商汤、周文王、周武王、周成王、周康王在位的时候，那是多么无微不至地爱护百姓，深切地为百姓担忧，是用君子长者的态度来对待黎民百姓。有人做了一件好事，便奖赏他，还用诗歌的形式来赞扬他，以此肯定他的做法并勉励他坚持下去；有人做了一件坏事，便惩罚他，并满怀怜悯、痛心地教训他，用这种方式来使他弃恶从善、悔过自新。所以，人们表示赞成或反对的感叹声，喜悦欢欣或悲伤忧愁的感情，在虞、夏、商、周的书里都有记载。周成王、周康王去世以后，周穆王继承王位而周朝开始衰败，但是他仍然召见他的大臣吕侯，告诫他要谨慎地使用刑罚。他的话忧愁而不悲伤、威严而不愤怒、慈爱而又果断，对无辜者充满了同情和怜悯，所以孔子认为有可取之处。

《孔安国传》上说：“对将要奖赏的人即使有所怀疑，也还是照样奖赏他。这是为了推广恩德啊。对将要处罚的人若有疑惑要免于处罚。这是为了谨慎地使用刑罚啊。”尧在位的时候，皋陶担任法官，将要处决犯人。皋陶三次说“杀”，尧帝却三次说“赦免”。所以百姓都畏惧皋陶执法的坚决，而庆幸尧帝量刑的宽大。四岳建议说：“鲧可以用。”尧帝说：“不行。鲧常常违抗命令，毁谤同族。”过后又说：“就试用一下吧。”为什么尧帝不同意皋陶处决犯人的意见，却接受四岳用鲧的建议呢？圣人的用意，从这里大致也能看到了。《尚书》上说："对罪行有疑惑，只能从轻发落；对功绩有疑惑，仍要重奖。与其杀死一个无辜的人，宁可自己承担执法不严的罪责。"唉！再没有比这更仁至义尽的了。既可以奖赏，也可以不奖赏，奖赏他就过于仁厚了；既可以处罚，也可以不处罚，处罚他又过分严厉了。过于仁厚，仍不失为君子；过分严厉，就会成为残酷无情的人。所以仁厚可以过分，严厉却不能过分。

古时候奖赏不单纯用爵位和俸禄，刑罚不单纯用刀锯。用爵位和俸禄作奖赏，那奖赏的作用只局限在能够得到爵位、俸禄的人之中，而无法奖赏这个范围之外的人；用刀锯来处罚，这只能把刑法的威力施加在罪犯头上，而对不致受刀锯之刑的人则无威慑力可言。过去的帝王深知天下做好事的人多得赏不胜赏，如果用有限的爵位和俸禄做奖赏是根本不够奖赏的；也深知天下做坏事的人多得罚不胜罚，光用刀锯是无法制裁的。所以凡是对赏罚对象有所怀疑的都一概用仁人之心来处理，用仁人君子的宽厚仁慈对待黎民百姓，使黎民百姓都回到君子长者的忠厚仁爱之道上来，所以说这是忠厚到了极点啊。

《诗经》说："君子如果喜欢纳谏，祸乱就会迅速止息。君子如果怒斥谗言，祸乱就会很快平定。"君子使祸乱迅速平定，难道有什么奇招异术吗？无非就是使其喜怒始终不违背仁义罢了。《春秋》一书的要点便是，制定法律贵在严肃，而处罚人则贵在从宽。根据其褒贬的原则来把握赏罚的尺度，这也是忠厚到了极点啊。

范增论

【题解】

范增（前277—前204），秦末居鄛（今安徽桐城南）人，先后为项梁、项羽的重要谋士，被项羽尊为亚父。本文抓住项羽中刘邦反间计，疏远范增，范增最后愤而离去这件事而引申发挥，认为范增被项羽怀疑由来已久，他应该早早离开项羽，甚至

于可为义帝早早杀了项羽，而不应幼稚地以为可以凭项羽来成就自己的功名。作为史论，本文认识独特，颇有惊人之论，似有翻案之笔。

【原文】

汉用陈平计[1]，间疏楚君臣[2]。项羽疑范增与汉有私[3]，稍夺其权。增大怒曰："天下事大定矣，君王自为之，愿赐骸骨归卒伍。"归未至彭城[4]，疽发背死。苏子曰：增之去善矣。不去，羽必杀增。独恨其不早耳。

然则当以何事去？增劝羽杀沛公[5]，羽不听，终以此失天下，当于是去耶？曰：否。增之欲杀沛公，人臣之分也；羽之不杀，犹有君人之度也。增曷为以此去哉？《易》曰："知几其神乎[6]！"《诗》曰："相彼雨雪，先集维霰[7]。"增之去，当于羽杀卿子冠军时也[8]。陈涉之得民也[9]，以项燕、扶苏[10]。项氏之兴也[11]，以立楚怀王孙心；而诸侯叛之也，以弑义帝[12]。且义帝之立，增为谋主矣。义帝之存亡，岂独为楚之盛衰，亦增之所与同祸福也。未有义帝亡，而增独能久存者也。羽之杀卿子冠军也，是弑义帝之兆也。其弑义帝，则疑增之本也。岂必待陈平哉？物必先腐也，而后虫生之；人必先疑也，而后谗入之。陈平虽智，安能间无疑之主哉？

吾尝论义帝，天下之贤主也。独遣沛公入关，不遣项羽；识卿子冠军于稠人之中，而擢以为上将，不贤而能如是乎？羽既矫杀卿子冠军，义帝必不能堪。非羽弑帝，则帝杀羽，不待智者而后知也。增始劝项梁立义帝，诸侯以此服从。中道而弑之，非增之意也。夫岂独非其意，将必力争而不听也。不用其言，而杀其所立，羽之疑增，必自是始矣。

方羽杀卿子冠军，增与羽比肩而事义帝，君臣之分未定也。为增计者，力能诛羽则诛之，不能则去之。岂不毅然大丈夫也哉！增年已七十，合则留，不合则去。不以此时明去就之分，而欲依羽以成功名，陋矣！

虽然，增，高帝之所畏也。增不去，项羽不亡。呜呼！增亦人杰也哉！

【注释】

〔1〕陈平（？—前178）：汉初阳武（今河南阳原东南）人，刘邦谋士，建议用反间计使项羽除范增。

〔2〕楚：指项羽的西楚政权。

〔3〕项羽（前232—前202）：秦末下相（今江苏宿迁西南）人，在农民起义的影响下起兵，秦亡，自称西楚霸王，后被刘邦打败，在乌江自刎。

〔4〕彭城：西楚政权的都城，在今江苏徐州。

〔5〕沛公：刘邦，沛（今江苏沛县）人，秦末农民起义中起兵，自称沛公，后打败项羽，建立汉朝。

〔6〕《易》：指《易经》，为古代占卜书，孔子删定，为儒家经典著作之

一。本句见其《系辞》。

〔7〕《诗》：指《诗经》，孔子删定，为儒家经典著作之一。本句见其《小雅·頍弁》。

〔8〕卿子冠军：宋义，楚怀王的上将军，位他将之上，故称冠军，奉命救赵，畏缩不前，次将项羽杀之。

〔9〕陈涉：陈胜（？—前208），秦末农民起义领袖，公元前209年率戍卒九百人在大泽乡（今安徽宿县东南）起义，为争取民心，曾利用项燕、扶苏的名义，各地民众纷纷响应，众至数万，进军陈县（今河南淮阳），建立张楚政权，后被秦军优势兵力打败，退至下城父（今安徽涡阳东南）被叛徒杀害。

〔10〕项燕：战国末年楚国名将。公元前224年，秦始皇派王翦攻楚，项燕在蕲（安徽宿县东南）进行英勇抵抗后，兵败自杀，楚亡。扶苏：秦始皇长子，因劝阻焚书坑儒，被派往上郡监军。始皇死，被赵高矫诏杀害。二人死于无辜，时人哀之。

〔11〕项氏之兴：公元前208年，项燕的儿子项梁在秦末农民起义的浪潮中起兵，范增劝项梁拥立楚怀王的后代，以争取民心。怀王之孙熊心被尊为王，仍称怀王，项氏果大得民心，实力迅速发展，居群雄首位。

〔12〕诸侯叛之也，以弑义帝：项梁在攻秦时战死，项羽继领其众。秦亡，项羽自称西楚霸王，尊楚怀王为义帝，实夺其权，让他徙都长沙，又暗中派人追杀。项羽此举大丧民心。

【译文】

汉王刘邦采用陈平的计谋，离间分化了西楚的君臣关系。项羽果然怀疑范增跟汉王有秘密勾结，于是逐渐削减了范增的权力。范增非常气愤地说："天下差不多已经平定了，君王您就自己治理它吧，希望您能把这把老骨头赏给我，让我回家去养老吧。"范增回乡时还没到彭城，就因背上的痈疽发作而死去。苏子说：范增的离去是正确的。如果他当时不离去，项羽一定会杀死他。只是遗憾他没早些离开罢了。

那么他应当借着哪件事情离去呢？当初范增曾经劝说项王杀掉沛公刘邦，但是项羽没有听从，终于因此而失掉了天下，他应该在那时候离去吗？我说：不对。范增想杀掉刘邦，是他作为大臣的责任；项羽没有杀掉刘邦，也表现了他作为一个君主的度量。范增又何必为这件事而离去呢？《易经》上说："能够见微知著，那真是神明了！"《诗经》上说："观察那下大雪的时候，就会看到先落下来的是小冰糁。"范增的离去，应当在项羽杀掉卿子冠军的时候。陈涉受到百姓的拥护，是因为打着项燕和公子扶苏的旗号。项家的兴盛，是因为拥立楚怀王的孙子熊心为义帝。诸侯背叛项羽，是因为他又谋杀了义帝。况且义帝被拥立，范增是主要的谋划者。义帝的生死存亡，岂止仅仅关系着楚国的盛衰，也同时关系到范增的祸福命运啊。没有义帝被杀而范增却偏偏能够长久生存的道理

鸿门宴

啊。项羽杀害卿子冠军，是谋杀义帝的先兆。他之所以谋杀了义帝，就是因为他开始对范增产生了怀疑，哪里会等到后来陈平用反间计呢？东西一定是先腐朽了，然后虫子才会生出来；人一定是先起了疑心，然后才会听信谗言。陈平虽然很聪明，但他又哪里能够离间没有疑心的君主呢？

我曾经评价过义帝，认为他是天下的贤明君主。他只派刘邦进攻函谷关，而不派项羽；在众多的人之中发现了卿子冠军，并提拔他做大将。若不贤明能这样做吗？项羽假借义帝的命令杀害了卿子冠军，义帝肯定不能容忍。这样，不是项羽谋杀义帝，便是义帝诛死项羽，用不着聪明人点破也能看出来啊。范增当初劝项梁拥立义帝，诸侯因此而服从；中途又谋害义帝，并不是范增的主意。岂但不是他的主意，而且他一定竭力规劝过而未被接受。不接受范增的规劝而谋杀他建议拥立的义帝，项羽对范增的怀疑，一定是从这个时候开始的。

当项羽杀害卿子冠军的时候，范增与项羽同为侍奉义帝的臣子，彼此之间君臣的名分尚未确定。替范增打算，有力量杀掉项羽就杀掉他，否则就离开他，难道不也称得上是一位坚定果敢的大丈夫吗？范增那时已经七十岁了，与项羽合得来就留下，合不来就离去。不在这个时候明智地做出是留是去的选择，却反而想依附项羽来建立功名，真是见识肤浅啊！

虽然如此，范增仍然是汉高祖刘邦所畏惧的人啊。范增如果不离去，项羽就不会灭亡。唉！范增也是一位杰出的人才啊！

留侯论

【题解】

留侯，即张良，字子房，相传为城父（今安徽亳县）人，是刘邦重要的谋士，辅助刘邦灭秦、灭项羽。建汉后，封于留（今江苏徐州附近），故称留侯。后退隐。张良一生为刘邦设计良谋无数，从历史的角度来看，这是张良成就功名之所在。本文论张良，却不以此为重点，而是论张良之所以能成为张良的原因，在于他放弃了以一击刺秦王的匹夫之勇，而接受了圯上老人的试探、警诫，“小忍而就大谋”，不仅成就了自己的功名，并因此影响了高祖，遂成帝王大业。

【原文】

古之所谓豪杰之士，必有过人之节，人情有所不能忍者。匹夫见辱，拔剑而起，挺身而斗，此不足为勇也。天下有大勇者，卒然临之而不惊，无故加之而不怒，此其所挟持者甚大，而其志甚远也。

夫子房受书于圯上之老人也，其事甚怪[1]。然亦安知其非秦之世有隐君子者，出而试之？观其所以微见其意者，皆圣贤相与警戒之义。而世不察，以为鬼物，亦已过矣！且其意不在书。当韩之亡，秦之方盛也，以刀锯鼎镬待天下之士。其平居无事夷灭者，不可胜数。虽有贲、育，无所获施[2]。夫持法太急者，其锋不可犯，而其势未可乘。子房不忍忿忿之心，以匹夫之力，而逞于一击之间。当此之时，子房之不死者，其间不能容发，盖亦危矣！千金之子，不死于盗贼。何哉？其身可爱，而盗贼之不足以死也。子房以盖世之才，不为伊尹、太公之谋[3]，而特出于荆轲、聂政之计[4]，以侥幸于不死。此圯上老人所为深惜者也。是故倨傲鲜腆而深折之。彼其能有所忍也，然后可以就大事。故曰：“孺子可教也。”

楚庄王伐郑[5]，郑伯肉袒牵羊以迎。庄王曰：“其主能下人，必能信用其民矣。”遂舍之。勾践之困于会稽[6]，而归臣妾于吴者，三年而不倦。且夫有报人之志，而不能下人者，是匹夫之刚也。夫老人者，以为子房才有余而忧其度量之不足，故深折其少年刚锐之气，使之忍小忿而就大谋。何则？非有平生之素，卒然相遇于草野之间，而命以仆妾之役，油然而不怪者，此固秦皇之所不能惊，而项籍之所不能怒也[7]。

观夫高祖之所以胜，项籍之所以败者，在能忍与不能忍之间而已矣。项籍惟不能忍，是以百战百胜，而轻用其锋。高祖忍之，养其全锋而待其敝，此子房教之也。当淮阴破齐而欲自王，高祖发怒[8]，见于词色。由是观之，犹有刚强不能忍之气，非子房其谁全之？

太史公疑子房以为魁梧奇伟，而其状貌乃如妇人女子，不称其志气[9]。呜呼！此其所以为子房欤！

【注释】

〔1〕子房受书：张良在下邳（今属江苏邳州）时，在桥上散步，遇一老人故意将鞋落到桥下，老人命他拾起，替自己穿在脚上，经过反复考验，见他能忍耐，认为孺子可教，遂授予兵书。相传即《黄石公兵法》。良终以此成大业。

〔2〕贲、育：孟贲、夏育，皆战国时的著名勇士。

〔3〕伊尹：商初大臣，助商汤灭夏，建立商朝。太公：姜太公吕尚，为周文王和周武王的大臣，助周灭殷，建立周朝。

〔4〕荆轲：战国时刺客，为燕太子丹刺秦王，不中，被杀。聂政：战国时韩人，为严仲子刺韩相韩傀，事成后自杀。

〔5〕楚庄王：春秋时五霸之一。公元前 597 年，率兵伐郑，郑国的君主襄公卑辞谢罪，避免了一场战争。

〔6〕勾践：春秋末年越国君主。公元前 494 年被吴王夫差战败，被俘，质于吴国。受尽屈辱。三年后回国，卧薪尝胆，发愤图强，终于灭吴。

〔7〕项籍：项羽。

〔8〕高祖：汉高祖刘邦，派淮阴侯韩信平齐（今山东），韩信成功后派人给刘邦送信，要求封王，刘邦大怒。张良用脚止其息怒，附耳轻语，刘邦省悟，封韩信真王，避免了韩的叛变。

〔9〕太史公：司马迁自称。在《史记·留侯世家》中说了关于张良的这段话。

【译文】

古时候所说的英雄人物，一定有超过一般人的气度，有能忍受一般人所无法忍受的度量。一般人受到侮辱，拔剑而起，挺身上前搏斗，这不足以被称为勇士。天下有豪杰气概的人，大祸突然降临却不震惊，无缘无故地怪罪他却不恼怒，这是因为他所负的使命很重大，而他的志向也很远大啊。

圯上受书

张子房在圯上老人那里得到赠书，这件事很奇怪。但又怎么知道那位老人不是秦朝时隐居的高士，出来试探、考验他呢？观察那老人从细节体现出来的用心，都是古圣先贤们相互提醒、警诫的道理。可是世人不用心思考，竟认为他是鬼神，也就大错特错了。何况他的用意并不仅在于赠书一事。当韩国灭亡，秦国正强盛的时候，秦国用残酷的刑罚来对待天下的读书人。那些平时足不出户，没有任何罪过却无故被屠杀的，多得数不胜数。即使有孟贲、夏育那样的人，也无法获得施展本领的机会。执法过于严厉的人，他的锋芒是不能触犯的，而且他的势头是不可阻挡的。张子房忍耐不住愤怒的心情，想凭借个人的力量，通过一椎猛击达到杀死秦始皇的目的。当时，张子房虽然侥幸未被抓住杀死，但与死亡之门的距离小得几乎容不下一根头发，这也太危险了。家财万贯的人，决不肯与盗贼死拼硬斗。为什么呢？因为他生命宝贵，觉得死在盗贼手里太不值得。张子房凭着盖世无双的才能，不去筹划伊尹、太公那样的治世大计，却反而做出荆轲、聂政的暗杀下策，只是出于侥幸才没有被秦始皇捉住杀死。这也是桥上老人替他深深惋惜的啊。所以桥上老人才用傲慢无礼的态度来使他经受磨砺。他在这种情况下能隐忍不发，以后就能够成就一番大事业。所以老人才说：“这孩子是可以教导的。”

楚庄王攻打郑国，郑伯光着上身牵着羊来迎接。庄王说：“郑国的君主能谦卑地对待人，也必定能够得到百姓的信任。”于是，他放弃了原来的打算。越王勾践被围困在会稽山，被迫投降，像奴仆一样为吴国服役，历经三年而不倦怠。如果有复仇的决心，却不能暂时忍耐着屈居人下，这只是普通人的刚强。那位老人，认为张子房才能有余，而担心他的度量不够，所以有意深深地挫折他那年轻人特有的刚强锐利之气，使他忍住小怒以成就大事业。为什么要那样做呢？一个与老人素昧平生的人，突然在荒郊野地与老人萍水相逢，却被命令做奴仆婢妾所干的事情，他却若无其事而不见怪，这个人自然是秦始皇吓不倒、项籍也无法激怒的啊。

考察汉高祖胜利的原因，项籍失败的缘故，在于是否能够忍耐罢了。项籍仅仅因为不能忍耐，所以在战争中百战百胜却轻率地消耗自己的兵力；汉高祖敛心收性，养精蓄锐而耐心地等待对方的疲惫衰竭，这是张子房给他出的主意啊。当韩信打败齐国想要自立为王时，高祖大为恼火，言辞和脸色都充满着愤怒。从这里来看，汉高祖也有刚强不能忍耐的脾性，如果不是张子房，还有谁能够成全他呢？

太史公本以为张子房一定长得高大魁梧，却不料他长得竟然宛若妇人女子，与他的志向、气度不相称。啊！这大概就是子房之所以成为子房的原因吧。

贾谊论

【题解】

贾谊（前200—前168），西汉政论家、文学家。洛阳人，时称贾生。本文一反常人认为贾谊不得志的原因主要是汉文帝不能用人的成论，认为贾谊不为汉文帝重用，是因为他“志大而量小”，“不能自用其才”“不善处穷”，而希图一次谋划就被重用，郁闷忧伤，终至自残早逝。作者论贾谊，一是告诫有志之士应胸怀开阔，学会等待和利用时机，从而实现自己的抱负；二在提醒为人君者对贾谊这样的人一定要理解，从而任用之。

【原文】

非才之难，所以自用者实难。惜乎！贾生王者之佐，而不能自用其才也。

夫君子之所取者远，则必有所待；所就者大，则必有所忍。古之贤人，皆负可致之才，而卒不能行其万一者，未必皆其时君之罪，或者其自取也。

愚观贾生之论，如其所言，虽三代何以远过？得君如汉文[1]，犹且以不用死，然则是天下无尧舜，终不可有所为耶？仲尼圣人，历试于天下，苟非大无道之国，皆欲勉强扶持，庶几一日得行其道。将之荆[2]，先之以冉有[3]，申之以子夏[4]。君子之欲得其君，如此其勤也。孟子去齐，三宿而后出昼[5]，犹曰：“王其庶几召我。”君子之不忍弃其君，如此其厚也。公孙丑问曰：“夫子何为不豫[6]？”

孟子曰："方今天下，舍我其谁哉？而吾何为不豫？"君子之爱其身，如此其至也。夫如此而不用，然后知天下果不足与有为，而可以无憾矣。若贾生者，非汉文之不能用生，生之不能用汉文也。

夫绛侯亲握天子玺而授之文帝，灌婴连兵数十万，以决刘、吕之雌雄，又皆高帝之旧将[7]。此其君臣相得之分，岂特父子骨肉手足哉？贾生，洛阳之少年，欲使其一朝之间，尽弃其旧而谋其新，亦已难矣。为贾生者，上得其君，下得其大臣，如绛、灌之属，优游浸渍而深交之，使天子不疑，大臣不忌，然后举天下而唯吾之所欲为，不过十年，可以得志。安有立谈之间，而遽为人"痛哭"哉？观其过湘，为赋以吊屈原，萦纡郁闷，趯然有远举之志[8]。其后以自伤哭泣，至于夭绝，是亦不善处穷者也。夫谋之一不见用，则安知终不复用也？不知默默以待其变，而自残至此。呜呼！贾生志大而量小，才有余而识不足也。

古之人，有高世之才，必有遗俗之累。是故非聪明睿智不惑之主，则不能全其用。古今称苻坚得王猛于草茅之中[9]，一朝尽斥去其旧臣，而与之谋。彼其匹夫略有天下之半，其以此哉！愚深悲生之志，故备论之。亦使人君得如贾生之臣，则知其有狷介之操，一不见用，则忧伤病沮，不能复振。而为贾生者，亦谨其所发哉！

【注释】

〔1〕汉文：即汉文帝（前179—前157在位）。在位时采取了一些进步措施，与民休息，无为而治，稳定政局，促进了社会经济的发展，为封建时代的明君。

〔2〕荆：楚国，原建国于荆山，故称荆楚。

〔3〕冉有：冉求，字子有，孔子的学生。

〔4〕子夏：卜商的字，孔子的学生。

〔5〕昼：齐国边境的一个小地名。

〔6〕公孙丑：孟子的学生。据今本《孟子·公孙丑下》，这句话是另一个学生充虞问的。

〔7〕绛侯：周勃。灌婴：颍阴侯。以上二人皆是随汉高祖刘邦起兵的旧将，为汉初元老重臣。惠帝时，诸吕持吕后之势乱政。吕后死，周勃、灌婴和陈平等共诛诸吕，迎立文帝。

〔8〕观其……之志：贾谊贬长沙，过湘水，作《吊屈原赋》，有"凤缥缥其高逝兮，夫固自引而远去"句，意欲高飞退隐。

〔9〕苻坚：十六国时前秦皇帝（338—385在位）。王猛：字景略，隐居华山，应苻坚之召主谋。

【译文】

并不是具备才能难，而是如何把自己的才能施展出来才的确很难。可惜呀！

贾谊是个辅佐帝王的人才，却不善于使用自己的才能。

君子要想实现远大的志向，就必须等待时机；想要建立伟大的功业，就必须忍辱负重。古时候的贤士，都有建功立业的才能，但最后能够实现的往往不过万分之一，这不一定都是当时君主的过错，也可能是他自己造成的。

我考察贾谊的言论，像他所说的那种美好设想，即便是三代盛世又怎能超过它呢？遇到汉文帝那样贤明的君主，尚且因为未被重用抑郁而死，那么，如果天下没有尧、舜那样圣明的君主，就永远不能有所作为吗？孔仲尼是圣人，曾周游列国多次试求任用，如果不是极其无道的国家，都想尽力扶持，希望有朝一日能推行自己的政治主张。孔子将去楚国时，先派冉有去联系，接着又派子夏去落实。君子想得到君主的重用，是这样的辛勤啊。孟子离开齐国时，住了三夜才离开昼地，还说：“齐王也许会召见我。”君子不忍心离开他的君主，是这样的感情深厚啊。公孙丑问道：“先生为什么不高兴？”孟子说：“如今这种时候，除了我还有谁能负起治理国家的重任呢？我为什么要不高兴？”君子爱惜自己，到达这样的地步。如果做到了这种程度而仍然得不到重用，那么就彻底明白天下真的不值得自己去做什么了，从而就能够毫无遗憾了。像贾谊这个人，并非汉文帝不重用他，而是他本人不能让汉文帝来重用自己啊。

绛侯周勃亲手捧着皇帝的玉玺交给汉文帝，灌婴联合几十万兵力决定过刘、吕两大政治势力的胜败，他们又都是高祖时的老将，这种君臣之间生死与共、相互投合的情分，哪里只是父子兄弟之间的骨肉关系所能比拟的呢？贾谊只是洛阳的一个年轻人，却想在一朝一夕之间，使文帝完全放弃旧的国策而制定新的国策，也太强人所难了。作为贾生本人，应该上面取得君主的信任，下面取得绛侯、灌婴等元老大臣的支持，应该从容地、慢慢地与他们深交，使皇帝不猜疑，大臣不忌恨，这样，整个国家就按照自己的主张治理，用不了十年，就能实现自己的理想。哪里有短时间内就迫不及待地向人家“痛哭”的道理呢？看他路过湘水时所作的凭吊屈原的辞赋，心绪烦乱，忧郁愤懑，大有远走高飞、退隐山林之意。此后又因自怨自艾而常常哭泣，终于短命而死。这也是不善于正确对待逆境啊。建议一次未被采纳，又怎能知道将来最终不会再被采纳呢？不懂得静静地等待事情的变化，却自我摧残到这种地步。唉！贾谊志向远大而气量狭小，才能有余而见识短浅啊。

古时候的人，如果具有超出当时一般人的才能，也一定有不被世俗理解的烦恼。所以如果遇不到聪明睿智不糊涂的君主，便无法充分施展他的才能。自古到今人们称道苻坚在草野百姓中慧眼识人得到了王猛这个人才，很快就把昔日的老臣尽数撇在一边，而只与他商讨治国大计。苻坚以一个普通人而几乎占有了天下的一半，大概就是因为这个原因吧！我深深地为贾谊的抱负未能实现而悲哀，所以才详细地议论此事。也希望做君主的如果得到像贾谊这样的臣子，能够理解他孤傲耿介的性格，一旦不被重用，就会忧伤、沮丧，不能再振作起来。而像贾谊这样的才子，也应该谨慎地发泄自己的情感啊！

晁错论

【题解】

晁错（前200—前154），西汉政论家，景帝时为御史大夫。在七诸侯国以诛晁错为名叛乱时，为袁盎所谮，被杀。本文在总结晁错削藩失败的原因时，对晁错之被杀，是惋惜的，但他认为被杀的根本原因却不是袁盎进谗，而是“自祸”。为什么呢？作者紧紧抓住当景帝起兵镇压诸藩之乱时，晁错欲使天子将兵征伐而自己留守这件事进行分析，说明欲“自全”正是“自祸”的原因，它既使天子为难，亦使袁盎有机可乘。作者还从晁错的身上引申出欲成大事者需具备的一些品格要求。

【原文】

天下之患，最不可为者，名为治平无事，而其实有不测之忧。坐观其变，而不为之所，则恐至于不可救。起而强为之，则天下狃于治平之安，而不吾信。惟仁人君子、豪杰之士，为能出身为天下犯大难，以求成大功。此固非勉强期月之间，而苟以求名之所能也。天下治平，无故而发大难之端。吾发之，吾能收之，然后有辞于天下，事至而循循焉欲去之，使他人任其责，则天下之祸，必集于我。

昔者晁错尽忠为汉，谋弱山东之诸侯[1]。山东诸侯并起，以诛错为名。而天子不之察，以错为之说。天下悲错之以忠而受祸，不知错有以取之也。

古之立大事者，不惟有超世之才，亦必有坚忍不拔之志。昔禹之治水，凿龙门[2]，决大河，而放之海。方其功之未成也，盖亦有溃冒冲突可畏之患。惟能前知其当然，事至不惧，而徐为之图，是以得至于成功。夫以七国之强，而骤削之，其为变岂足怪哉？错不于此时捐其身，为天下当大难之冲，而制吴、楚之命，乃为自全之计，欲使天子自将而己居守。且夫发七国之难者谁乎？己欲求其名，安所逃其患？以自将之至危，与居守之至安，己为难首，择其至安，而遗天子以其至危，此忠臣义士所以愤怨而不平者也。当此之时，虽无袁盎[3]，亦未免于祸。

何者？己欲居守，而使人主自将。以情而言，天子固已难之矣，而重违其议，是以袁盎之说，得行于其间。使吴、楚反，错以身任其危，日夜淬砺，东向而待之，使不至于累其君，则天子将恃之以为无恐。虽有百盎，可得而间哉？

嗟夫！世之君子，欲求非常之功，则无务为自全之计。使错自将而讨吴、楚，未必无功。惟其欲自固其身，而天子不悦，奸臣得以乘其隙。错之所以自全者，乃其所以自祸欤！

【注释】

〔1〕山东：秦汉时称崤山或华山以东的地区为山东。山东诸侯指吴王刘濞、楚王刘戊、赵王刘遂、胶西王刘卬、济南王刘辟光、菑川王刘贤、胶东王刘雄渠七个诸侯王。

〔2〕龙门：山名，在今山西河津西北，黄河流经此处，两岸峭壁对峙，形如阙门，相传为禹所开，故又名禹门口。

〔3〕袁盎：本为游侠，历任齐相、吴相，素与晁错不合，景帝信任晁错，以盎受吴王财物，废为庶人。吴楚七国发动叛乱，晁错说他与吴王同谋，欲治其罪，他先发制人，通过贵戚窦婴诬告晁错，称其逼反七国，请诛晁错以谢天下，七国自可退兵。景帝误信，命晁错穿朝服到东市受斩。

【译文】

天下的祸患，最难处理的是表面上社会安定没有祸乱，而实际上却存在着不安定的因素。消极地看着祸乱发生，却不去想方设法对付它，那么恐怕祸乱就会发展到无可挽回的地步。起来坚决地制止它，又担心天下人已经习惯于这种安定的表象，而不相信我。只有那些仁人君子、豪杰人物，才能够挺身而出，为国家安定而冒天下之大不韪，以求得成就伟大的功业。这本来就不是能够在短时间内一蹴而就的，更不是企图追求名利的人所能做到的。国家安定平静，无缘无故地触发巨大祸患的导火线，我触发了它，我又能制止它，然后才能有力地说服天下人。祸乱发生时却想躲躲闪闪地避开它，让别人去承担平定它的责任，那么天下人的责难，必定要集中到我的身上。

从前晁错殚精竭虑效忠汉室，建议景帝削弱崤山以东各诸侯国的实力。于是崤山以东各诸侯国借着诛杀晁错的名义，共同起兵。可是景帝没有洞察到他们的用心，就把晁错杀了来说服他们退兵。天下人都为晁错因尽忠而遭杀身之祸而痛心，却不明白其中部分的原因却是晁错自己造成的。

自古以来凡是做大事的人，不仅有出类拔萃的才能，也一定有坚忍不拔的意志。从前大禹治水，凿开龙门、疏通黄河，使洪水东流入海。当他的整个工程尚未最后完成时，可能也时有决堤、漫堤等可怕的祸患发生。只是他事先就预料到会这样，祸患发生时就不惊慌失措，而能从从容容地治理它，所以能够最终取得成功。七国那样强大，却突然想削弱它，他们起来叛乱难道值得奇怪吗？晁错不在这个时候豁出自己的性命，为天下人抵挡大难，从而控制吴、楚等国的命运，却为了保全自己的性命，想让景帝御驾亲征平定叛乱，而自己留守京城。再说挑起七国之乱的是谁呢？自己想赢得削藩强国的美名，又怎么能躲避这场祸患呢？拿亲自带兵平定叛乱的极度危险与留守京城的极度安全相比，自己是引发祸乱的主谋，选择最安全的事情去做，却把最危险的事情留给皇帝去做，这就是让忠臣义士们愤怒不平的原因啊。在这个时候，即使没有袁盎，晁错也不可能免于杀身之祸。为什么呢？自己想要留守京城，却叫皇帝御驾亲征，按情理来说，皇帝本来已经觉得这是勉为其难的事情，又加上很多人不同意他的建议，这样正好给袁盎以进谗言的机会，使他的目的能够得逞。假若吴、楚等七国叛乱时，晁错豁出性命承担这一危险的平叛重担，夜以继日像淬火磨刀似的训练军队，向东边严阵以待，让自己的君主不至于受到烦忧，那么皇帝就会放心依靠他，而不觉得七国叛乱有什么可怕。纵使有一百个袁盎，哪里能有机可乘离间他们君臣呢？

唉！世上的君子如果想要建立伟大的功业，那就不要太过考虑保全性命的计策。假如晁错自己亲自带兵去讨伐吴、楚等七国，不一定就不会成功。只因他一心想保全自身，而惹得皇帝不高兴，奸臣正好趁此钻了空子。晁错企图保全自己的性命，正是他招致杀身之祸的原因啊！

上梅直讲书

【题解】

梅直讲，即梅尧臣，字圣俞，北宋诗人。苏轼以《刑赏忠厚之至论》中试时，梅为参评官。苏写此信时，梅为国子监直讲，故称。苏轼在信中以孔子行圣贤之道之乐，来衬托自己得欧、梅赏识而成为知己之乐。作者在夸赞了欧、梅作为主考和考评官实事求是地为人的同时，

也表明了自己行圣贤之道的抱负。这样一篇表述私人感情的文章，却无谀辞逢迎，写得脱俗超凡。

【原文】

轼每读《诗》至《鸱鸮》，读《书》至《君奭》，常窃悲周公之不遇[1]。及观《史》，见孔子厄于陈、蔡之间而弦歌之声不绝[2]；颜渊、仲由之徒，相与问答。夫子曰："'匪兕匪虎，率彼旷野。'吾道非耶？吾何为于此？"颜渊曰："夫子之道至大，故天下莫能容。虽然，不容何病？不容然后见君子。"夫子油然而笑曰："回！使尔多财，吾为尔宰。"夫天下虽不能容，而其徒自足以相乐如此，乃今知周公之富贵，有不如夫子之贫贱。夫以召公之贤，以管、蔡之亲，而不知其心[3]，则周公谁与乐其富贵？而夫子之所与共贫贱者，皆天下之贤才，则亦足以乐乎此矣。

轼七八岁时，始知读书。闻今天下有欧阳公者[4]，其为人如古孟轲、韩愈之徒；而又有梅公者[5]，从之游而与之上下其议论。其后益壮，始能读其文词，想见其为人，意其飘然脱去世俗之乐，而自乐其乐也。方学为对偶声律之文，求升斗之禄，自度无以进见于诸公之间。来京师逾年，未尝窥其门。今年春，天下之士群至于礼部，执事与欧阳公实亲试之。轼不自意，获在第二。既而闻之，执事爱其文，以为有孟轲之风。而欧阳公亦以其能不为世俗之文也而取。是以在此。非左右为之先容，非亲旧为之请属，而向之十余年间，闻其名而不得见者，一朝为知己。退而思之，人不可以苟富贵，亦不可以徒贫贱。有大贤焉而为其徒，则亦足恃矣。苟其侥一时之幸，从车骑数十人，使闾巷小民聚观而赞叹之，亦何以易此乐也！传曰"不怨天，不尤人[6]"，盖"优哉游哉，可以卒岁[7]"。执事名满天下，而位不过五品，其容色温然而不怒，其文章宽厚敦朴而无怨言。此必有所乐乎斯道也，轼愿与闻焉。

【注释】

〔1〕周公：周公旦辅助武王灭殷，建立周朝。武王死，成王即位，年幼，周公与召公共辅之。流言周公将篡位，周公作《鸱鸮》（本诗现存于《诗经·豳风》）献成王以明心志。又作《君奭》（本文现存于《尚书》）向召公表白自己，希望释去怀疑，共辅成王。

〔2〕孔子厄于陈、蔡：据《史记·孔子世家》记载：孔子久留陈蔡之间，不得用，楚王派人来请，陈蔡大夫恐不利于己，发兵困孔子于郊外，久不得行，绝粮，孔子仍坚持讲学，弦歌之声不绝，师生对答，说了许多安于贫贱的话。

〔3〕不知其心：指周公辅成王，管叔和蔡叔散布流言，说周公"将不利于孺子"。召公竟然也对周公产生了误会。

〔4〕欧阳公：指欧阳修。

〔5〕梅公：指梅尧臣。

〔6〕传：泛指经书和解释经书的书。不怨天，不尤人：本句出自《论语·宪问》。

〔7〕优哉游哉，可以卒岁：本句出自《左传·襄公二十一年》。

【译文】

我每次读到《诗经》的《鸱鸮》篇，读《尚书》的《君奭》篇，常常暗暗地为周公不被人理解而悲叹。后来读《史记》，见孔子被困在陈国和蔡国之间，但弹琴、唱歌的声音却没有中断过，并常常与颜回（字子渊）、仲由（字子路）等门生相互问答。孔子说："'不是犀牛，不是老虎，却顺着那空旷的田野到处奔走。'难道是我奉行的学说错了吗？为什么会落到这般地步？"颜回说："先生的学说极其深远广大，所以不被天下人所容纳。即使这样，不被容纳又有什么关系？不被容纳才显现出君子的德范！"孔子不禁笑着说："颜回啊，假使你发了财，我就去做你的管家。"孔子的学说虽然不被天下人所接受，但他与他的门生却能够像这样自足自乐，于是我现在才知道像周公那样的富贵，尚有不及孔子贫贱的地方。像召公那样的贤明，像管叔、蔡叔那样的骨肉之亲，尚且不能知道周公的用心，那么周公能与谁一起享受那富贵的快乐呢？而与孔子一起过贫贱生活的，都是天下的贤能之士，那么在这种情况下也确实值得乐在其中了。

我到七八岁时，才懂得读书。听说现今天下有位欧阳公，他的为人像古代的孟子、韩愈一类人；又有位梅公跟他交游，同他谈古论今。到后来年纪渐长，我才能读到他们的文章词篇，从中好像见到了他们的为人。想到他们已飘然地脱去了那尘世间的欢乐，而自得其乐了。那时，我刚刚学习写作诗篇辞赋一类讲究声律对仗的文章，以期求得一官半职，自己估量难得有机会见欧公、梅公一面。所以到京师一年多了，还没有登门拜见。今年春天，全国的读书人群集礼部应进士试，梅公您与欧阳公亲自主持考试。我没想到自己居然会获得第二名。后来听说梅公您欣赏我应试写的文章，认为有孟子的遗风，而欧阳公也因为我不去写世俗间流行的文章而录取了我，使我能置身于这里。没有先请您身边的人通融介绍，也不是亲戚故友替我求了情，而过去的十多年间，只闻听大名但没有机会见面的人，现在突然间却成为知己。高兴之余我不由得想到，人不能苟且于富贵，但也不能白白贫贱一生。有大贤德的人在世而自己能做他的门生，那就足够值得骄傲了。如果仅凭一时的侥幸做了官，后边有数十个骑马乘车的人跟随，让乡间村舍的百姓相聚观看而赞叹，这怎么能和我与大贤相知的乐趣交换呢！经书上说"不抱怨上天，不怪罪他人"是因为"悠然自得，也能安然度过一生"。梅公您声名传遍天下，但官位不过五品，您却能面色温和安然没有怒容，文章也宽阔深厚、诚恳质朴，而没有怨恨之言，这中间一定有您乐于此道的原因。我希望能够听听您的指教啊。

喜雨亭记

【题解】

苏轼于宋仁宗嘉祐六年（1061）十二月到凤翔府任签判。喜雨亭在凤翔府城东北。文章开头说明命名之由，也指明了文章的主旨，扣一“喜”字而写。第二段主要写“雨”，带出“亭”，后两段写游亭之感。全文写透一个“喜”字，得雨之喜，建亭之喜，而喜中流露出的却是对人民生活的深切关怀，无枯燥说教之感，充满了轻松幽默。

【原文】

亭以雨名，志喜也。古者有喜，则以名物，示不忘也。周公得禾[1]，以名其书；汉武得鼎[2]，以名其年；叔孙胜敌[3]，以名其子。其喜之大小不齐，其示不忘一也。

予至扶风之明年[4]，始治官舍。为亭于堂之北，而凿池其南，引流种树，以为休息之所。是岁之春，雨麦于岐山之阳[5]，其占为有年。既而弥月不雨，民方以为忧。越三月乙卯，乃雨；甲子，又雨，民以为未足；丁卯，大雨，三日乃止[6]。官吏相与庆于庭，商贾相与歌于市，农夫相与忭于野。忧者以喜，病者以愈，而吾亭适成。

于是举酒于亭上，以属客而告之，曰：“五日不雨可乎？”曰：“五日不雨则无麦。”“十日不雨可乎？”曰：“十日不雨则无禾。”“无麦无禾，岁且荐饥，狱讼繁兴，而盗贼滋炽，则吾与二三子，虽欲优游以乐于此亭，其可得耶？今天不遗斯民，始旱而赐之以雨，使吾与二三子得相与优游而乐于此亭者，皆雨之赐也！其又可忘耶？”

既以名亭，又从而歌之，曰：“使天而雨珠，寒者不得以为襦；使天而雨玉，饥者不得以为粟。一雨三日，伊谁之力？民曰太守，太守不有；归之天子，天子曰不然；归之造物，造物不自以为功；归之太空，太空冥冥，不可得而名，吾以名吾亭。”

【注释】

〔1〕周公得禾：相传，成王的弟弟唐叔得到一株生长特殊的嘉禾，两苗合生一穗，认为是一种祥瑞，把它献给成王，成王又把它送给正在东土的周公，周公写了一篇文章，名叫《嘉禾》，纪念此事。本文现已失传，《尚书》仅存篇名。

〔2〕汉武得鼎：汉武帝在公元前116年，得宝鼎于汾水上，遂改年号，以该年为元鼎元年。

〔3〕叔孙胜敌：春秋时，鲁文公十一年（前616）冬，北狄犯鲁，文公命叔孙得臣击之，获其首领侨如，得臣因名其子为侨如。

〔4〕扶风：古郡名，宋为凤翔府，治所在今陕西凤翔。苏轼在仁宗嘉祐六年（1061）任凤翔府签书判官。称凤翔为扶风，为习用旧称。

〔5〕雨麦：下了一场麦雨。

〔6〕丁卯：我国古代以干支纪时。嘉祐七年（1062）三月初一为戊申，则乙卯为初八、甲子为十七日、丁卯为二十日。

【译文】

这座亭子用雨来命名，是为了纪念当时下雨这件喜事。古时候有了什么让人喜庆的事，就用它来命名事物，表示永远不会忘记的意思。当初周公接到周成王赏赐的嘉禾，便用它作为自己文章的篇名；汉武帝获得从汾阴发现的宝鼎，便用它做了自己的年号；战国时鲁国的将领叔孙得臣俘获了敌人侨如，便把自己的儿子改名侨如。虽然他们的喜事大小不一样，但表示他们永不忘记的心志却是一致的。

我到扶风的第二年，才开始建造官邸。在堂屋的北面修了一座亭子，在南面开凿了一口池塘，引来流水，栽种树木，把它作为休息的场所。这年春天，在岐山之南下了一场麦雨，占卜后说是丰年的征兆。然而之后整整一个月没有下雨，百姓因此忧虑起来。时节过了阴历三月八日，才下了雨；三月十七日，又下了雨，而百姓们认为雨下得还不够；到了三月二十日，天降大雨，一连三日才停。官吏们在衙门里一起庆贺，商人们在集市上一起唱歌，农民们在田野中一起欢笑。忧愁的人因此高兴，生病的人因此痊愈，而我的亭子正好在这时建成了。

于是，我便在亭子里设宴，向客人们敬酒并问他们："五天不下雨可以吗？"回答说："五天不下雨就收获不到麦子了。""十天不下雨可以吗？"回答说："十天不下雨就收获不到稻子了。""收不到麦子、稻子，就会出现灾荒，诉讼案件就会增多，而盗贼会愈加猖獗。那么我与诸君即使想悠然从容地在这个亭子里玩乐，难道能够如愿吗？现在上天不遗弃这里的百姓，才显旱象就赐降大雨，使我与诸君能一起在这个亭子里悠闲从容游乐，都是这从天而降的喜雨赏赐的啊！这又怎么能够忘记呢？”

既以“喜雨”命名亭子，又接着歌唱此事。歌词说：“即使上天降下珍珠，受寒的人也不能把它当作短袄来穿；即使上天降下宝玉，饥饿的人也不能把它当作粮食来吃。一连下了三天大雨，这是谁的力量？百姓说是太守，太守说他不曾有这样的力量；归功于天子，天子也否认；归功于造物之主，造物主不认为是自己的功劳；归功于太空，太空深远缥缈，不能够命名，我便用‘喜雨’命名我的亭子吧。”

凌虚台记

【题解】

本文是苏轼任凤翔判官时，为当时的太守所筑的一个名为凌虚的土台子所作的记。文章前半部分记了筑台的原因、过程及命名的原因。后半部分是重点，作者借台子从无到有以至恍然如山，抒发事物的废兴成毁是不能预先知道的，事物如此，历史的兴衰更是如此。正因如此，作者得出不可以一台之得“夸世而自足”“世有足恃者，而不在乎台之存亡也”的结论，“足恃者”为何？苏轼没说，很显然，应该是有益于世的功业。

【原文】

国于南山之下，宜若起居饮食与山接也。四方之山，莫高于终南；而都邑之丽山者，莫近于扶风[1]。以至近求最高，其势必得。而太守之居，未尝知有山焉。虽非事之所以损益，而物理有不当然者。此凌虚之所为筑也。

方其未筑也，太守陈公杖履逍遥于其下[2]。见山之出于林木之上者，累累如人之旅行于墙外而见其髻也。曰：“是必有异。”使工凿其前为方池，以其土筑台，高出于屋之檐而止。然后，人之至于其上者，恍然不知台之高，而以为山之踊跃奋迅而出也。公曰：“是宜名凌虚。”以告其从事苏轼，而求文以为记[3]。

轼复于公曰：“物之废兴成毁，不可得而知也。昔者荒草野田，霜露之所蒙翳，狐虺之所窜伏。方是时，岂知有凌虚台耶？废兴成毁，相寻于无穷，则台之复为荒草野田，皆不可知也。尝试与公登台而望，其东则秦穆之祈年、橐泉也[4]，其南则汉武之长杨、五柞[5]，而其北则隋之仁寿、唐之九成也[6]。计其一时之盛，宏杰诡丽，坚固而不可动者，岂特百倍于台而已哉？然而数世之后，欲求其仿佛，而破瓦颓垣，无复存者。既已化为禾黍荆棘丘墟陇亩矣，而况于此台欤？夫台犹不足恃以长久，而况于人事之得丧，忽往而忽来者欤？而或者欲以夸世而自足，则过矣。盖世有足恃者，而不在乎台之存亡也。”

既以言于公，退而为之记。

【注释】

〔1〕扶风：古郡名，宋称凤翔府，即今陕西凤翔。

〔2〕太守陈公：陈希亮，字公弼，眉州青神（今四川青神）人，天圣进士，曾为京东转运使，于嘉祐八年（1063）正月，移知凤翔府。岁饥，发仓粟贷民，秋熟，以新易旧，官民皆便。为人清静寡欲。王公贵人皆严惮之。所至，奸民猾吏，易心改行。然出于仁恕，故严而不残。

〔3〕求文以为记：苏轼于嘉祐六年（1061）十二月到凤翔，任签书判官。其初知府为宋选。至八年正月，陈希亮接任知府。应陈之请，写作本文。

〔4〕祈年、橐泉：据《汉书·地理志》注：“橐泉宫，孝公起；祈年宫，惠公起。”

〔5〕长杨、五柞：据《三辅黄图》卷一：“长杨宫，在今周至县东三十里，本秦旧宫，至汉修饰之，以备行幸。宫中有垂杨数亩，因为宫名。”据《汉书·武帝纪》：“后元二年二月，行幸周至五柞宫。”注：“有五柞树，因以名宫也。”

〔6〕仁寿：据《隋书·食货志》：“（开皇）十三年，（隋文）帝命杨素出，于岐州北造仁寿宫。”九成：据《唐会要》卷三十九：九成宫，在陕西麟游西，本隋仁寿宫。唐太宗贞观五年重修，为避暑之所，以山有九重，改名九成。

【译文】

州城建造在终南山下，城里的人日常生活应该时常与山接触。州城四面的山，没有高过终南山的，而城市靠着终南山的，没有比扶风更近的。以最近的去眺望最高的，是一定能够做到的。但是太守居住在扶风，却不曾知道眼前还有座终南山。这虽然与治理政事的好坏没有什么关联，但从事理上来说却是不应该的。这就是建造凌虚台的原因。

在还没有筑台的时候，太守陈希亮公拄着手杖在山下面自由自在地散步，突然看见树林上面露出一些山峰的影子，一个接一个的就像人行走在墙外只能看到他的发髻那样，便说：“这里一定有特异的景致。”于是便派人在前边挖了一口方形的池塘，用挖出的土筑起一座台子，台子的高度只稍稍高过人家的屋檐。这样，人走在台上，恍惚之间忽略了台子的高度，却认为山峰是突然腾跃出来的。陈公说："这个台应该起名为凌虚。"就把这个意思告诉给他的属官苏轼，要他写篇文章记下来。

苏轼回复陈公说："一座建筑物的兴盛与衰败，是不能够预料的。过去，这里的荒草野田，是霜雪雨露覆盖遮蔽的地方，是狐狸毒虫潜来窜去的地方。那时，哪里能料到会有座凌虚台呢？兴盛与衰败，是相互循环无穷无尽的，那么凌虚台是否又会变迁为荒草野田，都是不能预料的。我曾经试着和您登台眺望，东边是秦穆公所建的祈年宫、橐泉宫，南边是汉武帝建造的长杨宫、五柞宫，北边是隋文帝建造的仁寿宫、唐太宗建造的九成宫。估计这些盛极一时的建筑物，它们的宏伟杰出、奇异壮丽，坚固到不可动摇的程度，何止超过这个台子的一百倍呢！然而经过几代之后，想要寻求它们的大概形状，却连破瓦断墙也不复存在了，已经变成种庄稼的田亩和长满荆棘的废墟了，更何况这个台子呢？台子尚且不能依靠什么得以长久存在，何况人事方面的得与失本就来去匆匆？倘若有人想通过类似的东西在世上夸耀而自满，那就错了。因为世上真有可以依凭的，但不在于台子之类的存亡啊。"

我把这些话说给陈公后，回来就写了这篇文章。

超然台记

【题解】

本文先议后叙。议论部分先说"物皆有可观"，故能"安往而不乐"。这是从正面说的。接着作者谈到，如不能超然物外，而为物欲所驱使，最终必是求祸避福，乐少愁多。记叙部分谈自己在困苦的环境中是如何超然自乐的。文章宣扬的是一种超然物外、随遇而安的思想。超然台，在宋密州北城上，密州治所在今山东诸城。写此文时，苏轼正任密州知州。

【原文】

凡物皆有可观。苟有可观，皆有可乐，非必怪奇伟丽者也。铺糟啜醨，皆可以醉；果蔬草木，皆可以饱。推此类也，吾安往而不乐？

夫所为求福而辞祸者，以福可喜而祸可悲也。人之所欲无穷，而物之可以足吾欲者有尽。美恶之辨战于中，而去取之择交乎前，则可乐者常少，而可悲者常多。是谓求祸而辞福。夫求祸而辞福，岂人之情也哉？物有以盖之矣！彼游于物之内，而不游于物之外。物非有大小也，自其内而观之，未有不高且大者也。彼挟其高大以临我，则我常眩乱反覆，如隙中之观斗，又乌知胜负之所在？是以美恶横生，而忧乐出焉，可不大哀乎！

予自钱塘移守胶西〔1〕，释舟楫之安，而服车马之劳；去雕墙之美，而庇采椽之居；背湖山之观，而行桑麻之野。始至之日，岁比不登，盗贼满野，狱讼充斥，而斋厨索然，日食杞菊，人固疑予之不乐也。处之期年，而貌加丰，发之白者，日以反黑。予既乐其风俗之淳，而其吏民亦安予之拙也。于是治其园囿，洁其庭宇，伐安邱、高密之木〔2〕，以修补破败，为苟完之计。而园之北，因城以为台者旧矣，稍葺而新之。

时相与登览，放意肆志焉。南望马耳、常山〔3〕，出没隐见，若近若远，庶几有隐君子乎？而其东则卢山，秦人卢敖之所从遁也〔4〕。西望穆陵〔5〕，隐然如城郭，师尚父、齐威公之遗烈〔6〕，犹有存者。北俯潍水〔7〕，慨然太息，思淮阴之功，而吊其不终。台高而安，深而明，夏凉而冬温。雨雪之朝，风月之夕，予未尝不在，客未尝不从。撷园蔬，取池鱼，酿秫酒，瀹脱粟而食之，曰：“乐哉游乎！”

方是时，予弟子由〔8〕，适在济南，闻而赋之，且名其台曰“超然”，以见予之无所往而不乐者，盖游于物之外也。

【注释】

〔1〕自钱塘移守胶西：苏轼原知杭州（治所在钱塘），于神宗熙宁三年（1070）调任知密州（治所在今山东诸城），因地处胶河以西，故称胶西。

〔2〕安邱、高密：二县，都属当时密州管辖。今属山东。

〔3〕马耳：山名，在今山东诸城西南五十里，峰形如马耳。常山：在今山东诸城南二十里。相传，秦汉间多高尚之士来此隐居。

〔4〕卢山：（俗本每多误作庐山）在今山东诸城东南四十里。秦始皇命博士卢敖入东海，寻找仙人羡门子高，卢敖遁入卢山隐居，相传山有卢敖洞。

〔5〕穆陵：在今山东临朐东南大岘山上，山谷峻狭，为“齐南天险”。

〔6〕师尚父：吕望，又称姜子牙，佐周武王灭殷，封于齐。齐威公：齐桓公，春秋时齐国国君，为五霸之首。

〔7〕潍水：在今山东诸城北的安丘境内。秦末，韩信击齐，楚派龙且救齐，两军夹潍水而阵，韩信用沙袋壅潍水上游，带兵渡河，与龙且接战，伪装战败退走，龙且追击，韩信决沙袋，河水猛涨，龙且被杀。韩信先被封为齐王，后有人告其谋反，降为淮阴侯。终被吕后骗入宫中，处斩。

〔8〕子由：苏辙，字子由，苏轼之弟，熙宁三年（1070）授齐州掌书记。齐州治所在济南（今属山东）。

【译文】

凡是世界上的事物都有可观赏的地方。如果有可观赏的地方，就都有令人快乐的地方，不一定非要有怪异稀奇、雄伟瑰丽的特色。吃酒糟、喝薄酒，都可以使人发醉；吃水果蔬菜、野草树皮，都可以使人腹饱。依此而论，我到哪里会不感到快乐呢？

人们之所以追求幸福而躲避祸患，是因为幸福叫人喜悦而祸患令人悲愁。人的欲望没有穷尽，而能满足人的欲望的外物却是有限的。对外物中哪个美好、哪个丑恶的辨别在心中争斗，去求取哪个、舍弃哪个的选择交替出现在眼前，那么，能令人快乐的自然很少，而令人悲叹的自然很多。这叫作求取祸患而舍弃幸福。而求取祸患舍弃幸福，哪里是人的常情呢？这是外物掩蔽了人的心窍啊。那些人只在外物当中求取，而不在外物之外去追求。外物本身并没有大小的分别，从外物的内部去观看，它们没有不是既高又大的。那外物以其高大的气势临近我，则只会令我头晕目眩、犹豫反复了，犹如从细小的缝隙中观看他人争斗，又哪能得知谁胜谁负呢？因此美好丑恶交相产生，忧愁喜乐夹杂出现，能不令人十分悲哀吗？

我从杭州调任胶州任太守，放弃乘船的安逸，而承受坐车骑马的劳困；舍去雕墙画栋的华美住宅，而住在粗木建造的陋室；离开湖山辉映的景致，而行走于种植桑麻的野地。刚到的时候，连年麦谷歉收、盗贼布满郊野，案件繁多，难以计数，而我的厨房里亦空空如也，每天只吃些枸杞、菊花，人们自然怀疑我不会有什么快乐了。然而满一年后，我的容貌却更加丰满，白发也日见变黑。我已经喜欢上了这里民风的淳厚，而这里的官吏、百姓也习惯于我的质朴笨拙了。这时，我便修整了衙门里的花园，清扫庭院屋舍，叫人从安邱、高密砍来一些树木，用以修补屋舍破败的地方，作为苟且安生的打算。且把园子北面原有的靠城建造的一座破旧台子，也稍微修葺，使它焕然一新。

我时时和客人一起登临观赏，以放开心境，以尽志趣。站在台上向南望去，马耳山、常山忽隐忽现，若近若远，或许隐居着有德才的君子吧。向东望去有卢山，是秦朝的博士卢敖奉秦始皇之命入海求仙药不成而逃隐的地方。向西望去有穆陵关，隐隐约约地像座城郭，姜太公、齐桓公的遗迹依然存在。向北可俯视潍水，不由得万分感慨而叹息，回想淮阴侯韩信的功勋，而怀悼他没有落得个好下场。这台子又高大又稳固，深广而明亮，夏天凉爽而冬天温暖。若是下雨降雪的清早，或是有风有月的傍晚，我没有不在这里的，客人也没有不随我而来的。平时采摘园中的蔬菜，捕捞池中的鱼儿，拿出自己酿成的高粱酒，煮熟新脱粒的糙米，大家一块儿吃，口中都赞叹道："真是畅快呀！"

在这时，我的弟弟子由恰巧在济南，听到这件事后就赋诗歌唱，还给这座台子起名叫"超然"，以说明我不论到什么地方都没有不快乐的原因，大概是我能超然于物外吧！

放鹤亭记

【题解】

作者借云龙山人放鹤引申发挥，认为放鹤和饮酒这两种嗜好，可以致祸，也可以为乐，关键是谁行之。为君者可因之而败亡丧国，为隐者却可以因之怡情全真。作者的言外之意很清楚：南面为君不如山林隐居之乐。这是一种典型的出世思想，也是作者政治上失意后消极情绪的反映。放鹤亭，在今江苏徐州云龙山。宋神宗（赵顼）元丰元年（1078）张天骥建，张即文中的"云龙山人"。

【原文】

熙宁十年秋[1]，彭城大水[2]，云龙山人张君之草堂[3]，水及其半扉。明年春，水落，迁于故居之东，东山之麓。升高而望，得异境焉，作亭于其上。彭城之山，冈岭四合，隐然如大环，独缺其西一面，而山人之亭，适当其缺。春夏之交，草木际天；秋冬雪月，千里一色。风雨晦明之间，俯仰百变。山人有二鹤，其驯而善飞。旦则望西山之缺而放焉，纵其所如，或立于陂田，或翔于云表，暮则傃东山而归，故名之曰"放鹤亭"。

郡守苏轼[4]，时从宾佐僚吏，往见山人，饮酒于斯亭而乐之。揖山人而告之曰："子知隐居之乐乎？虽南面之君，未可与易也。《易》曰：'鸣鹤在阴，其子和之[5]。'《诗》曰：'鹤鸣于九皋，声闻于天[6]。'盖其为物清远闲放，超然于尘埃之外，故《易》《诗》人以比贤人君子。隐德之士，狎而玩之，宜若有益而无损者，然卫懿公好鹤则亡其国[7]。周公作《酒诰》[8]，卫武公作《抑》戒[9]，以为荒惑败乱，无若酒者；而刘伶、阮籍之徒[10]，以此全其真而名后世。嗟夫！南面之君，虽清远闲放如鹤者，犹不得好，好之则亡其国。而山林遁世之士，虽荒惑败乱如酒者，犹不能为害，而况于鹤乎？由此观之，其为乐未可以同日而语也。"

山人欣然而笑曰："有是哉！"乃作放鹤、招鹤之歌，曰："鹤飞去兮西山之缺。高翔而下览兮择所适。翻然敛翼，宛将集兮，忽何所见，矫然而复击。独终日于涧谷之间兮，啄苍苔而履白石。鹤归来兮，东山之阴。其下有人兮，黄冠草履，葛衣而鼓琴。躬耕而食兮，其余以汝饱。归来归来兮，西山不可以久留。"

【注释】

〔1〕熙宁：宋神宗年号。

〔2〕彭城：北宋时徐州的治所在彭城县，即今江苏徐州。

〔3〕云龙山：在今徐州云龙，因山出云气，蜿蜒如龙而得名。宋时张天骥隐居于此，号云龙山人。苏轼知徐州时，与其交往甚密。

〔4〕郡守苏轼：苏轼在熙宁十年（1077）四月到任徐州太守，七月河决，洪水围徐州，轼组织军民筑堤救城，十月河复故道。

〔5〕"鸣鹤"二句：引自《易经·中孚》。

〔6〕"鹤鸣"二句：引自《诗经·小雅·鹤鸣》。

〔7〕卫懿公好鹤：据《左传·闵公二年》：卫懿公喜欢鹤，让鹤坐大夫的车子，北狄入侵，国人皆曰："鹤实有禄位，让鹤去打仗吧，我们何必去呢？"懿公战死，卫国遂亡。

〔8〕周公作《酒诰》：殷纣王酗酒，妹邦这个地方受其影响，好酒成为风气。殷亡，武王将此地封给康叔，周公作《酒诰》告诫他。

〔9〕卫武公作《抑》戒：春秋时，卫武公作《抑》以自儆。现存于《诗经·大雅》，其中有两句说："颠覆厥德，荒湛于酒。"

〔10〕刘伶：字伯伦，曾为建威参军。阮籍：字嗣宗，曾为步兵校尉。他们都是西晋"竹林七贤"中人，因对当时政治不满，又恐遭受迫害，常以纵酒沉醉作掩饰，保全性命。

【译文】

宋神宗熙宁十年秋天，彭城一带暴发洪水，大水已淹至云龙山人张君居住的草堂大门一半高的地方。第二年春天，洪水才退落而去，云龙山人即向东迁居至东山脚下。他登上高处眺望，寻得一处景致奇异的地方，就在上面建造了一座亭子。彭城周围的山势，山冈大岭四面围拢，隐约像一个大圆环，而唯独在西面有个缺口，山人的亭子就恰好建在这个缺口上。每年春夏相交之际，山草树木，接天而生；秋冬之时，清亮的月光，洁白的雪花，使得大地银装素裹，千里一色。而在刮风下雨、天阴天晴的日子里，其景色更是瞬息万变。山人有两只鹤，很驯服，又很会飞。每天清早，山人在亭上向西山缺口处放鹤，任凭仙鹤飞翔。仙鹤或站立在池塘边、田野上，或飞翔于层云之外，傍晚则向东山飞回。因此，山人便给亭子起名为“放鹤亭”。

彭城郡守苏轼，时常带领幕僚宾客前去看望云龙山人，在这座亭子上随意饮酒并以此为乐。苏轼斟了杯酒对山人说：“您知道隐居的乐趣吗？即使是面南称尊的皇帝，也是不能和他交换的。《易经》上说：‘仙鹤在阴暗的地方鸣叫，雏鹤在旁边应和着。’《诗经》上说：‘仙鹤在幽深的沼池鸣叫，它的声音传到了天上。’大概是因为仙鹤的性情清高旷远、悠闲安逸，超脱于尘世之外，所以《易经》《诗经》的作者把它比作有才有德的人。隐居的有德之士，与仙鹤亲近、嬉戏，应该是于性情有益而无损的，然而战国时卫懿公十分喜好鹤却丧失了自己的国家。周公作《酒诰》的文章，卫武公作引以自戒的诗篇《抑》，都认为荒废事业、惑乱性情、败坏祸乱国家的，没有比酒更厉害的。然而魏晋时的刘伶、阮籍等人，却因饮酒保全了名节，从而名传后世。唉！面南称尊的帝王，即使如清高旷远、悠闲安逸的鹤，也不能喜好，喜好它们便丧失了国家。然而隐迹山林、远离尘世的人，即使是像酒那样最能荒废事业、迷惑性情、败坏祸乱国家的东西，却不能对他们构成危害，更何况那性情美好的仙鹤呢？由此看来，朝廷上的帝王与山林中隐士的快乐，是不能相提并论的啊！”

山人高兴地笑着说：“真有这样的道理啊！”于是我便作了放鹤、招鹤的歌，道：“仙鹤从西山的缺口一飞而去，在高空中翱翔，向下巡视可供栖息的地方。翻身而下，收起翅膀，仿佛将要栖止，不知看到了什么，忽然又矫健地扇起翅膀一飞冲天。整天独自在涧溪、山谷间来往，嘴啄着青色的苔藓，足踩着洁白的山石。仙鹤归来啊，飞回东山的北面，那下边有个人啊，头戴着黄色的帽子，足穿着草鞋，身披葛布衣，在那里弹琴。他吃自己亲自耕种而收获的粮食，剩余的东西就能喂饱你。回来吧，快回来吧，西山那个地方不能长久地停留。”

石钟山记

【题解】

作者由于怀疑世人所传石钟山命名的原因，便亲自探访石钟山，经过实地调查而得出自己的结论。作者写作此文的目的主要还不在于将石钟山命名的真正原因告之于世，而在于批评“事不目见耳闻，而臆断其有无”的主观作风。虽然有人对苏轼关于石钟山命名原因的结论提出了异议（认为是因山形如覆盖之钟且中空），但文中阐明的道理却是富有启发意义的。石钟山，在今江西湖口。

【原文】

《水经》云[1]：“彭蠡之口[2]，有石钟山焉。”郦元以为下临深潭[3]，微风鼓浪，水石相搏，声如洪钟。是说也，人常疑之。今以钟磬置水中，虽大风浪不能鸣也，而况石乎？至唐李渤[4]，始访其遗踪，得双石于潭上。扣而聆之，南声函胡，北音清越，枹止响腾，余韵徐歇。自以为得之矣。然是说也，余尤疑之。石之铿然有声者，所在皆是也，而此独以钟名，何哉？

元丰七年，六月丁丑，余自齐安舟行，适临汝[5]。而长子迈将赴饶之德兴尉[6]，送之至湖口，因得观所谓石钟者。寺僧使小童持斧，于乱石间择其一二扣之，硿硿然，余固笑而不信也。至其夜月明，独与迈乘小舟，至绝壁下。大石侧立千尺，如猛兽奇鬼，森然欲搏人。而山上栖鹘，闻人声亦惊起，磔磔云霄间。又有若老人咳且笑于山谷中者，或曰此鹳鹤也。余方心动欲还，而大声发于水上，噌吰如钟鼓不绝。舟人大恐。徐而察之，则山下皆石穴罅，不知其浅深，微波入焉，涵澹澎湃而为此也。舟回至两山间，将入港口，有大石当中流，可坐百人，空中而多窍，与风水相吞吐，有窾坎、镗鞳之声，与向之噌吰者相应，如乐作焉。因笑谓迈曰：“汝识之乎？噌吰者，周景王之无射也[7]；窾坎、镗鞳者，魏庄子之歌钟也[8]。古之人不余欺也！”

事不目见耳闻，而臆断其有无，可乎？郦元之所见闻，殆与余同，而言之不详；士大夫终不肯以小舟夜泊绝壁之下，故莫能知；而渔工水师，虽知而不能言。此世所以不传也。而陋者乃以斧斤考击而求之，自以为得其实。余是以记之，盖叹郦元之简，而笑李渤之陋也。

【注释】

〔1〕《水经》：我国古代专记江河水道的地理书，相传为汉代桑钦或晋代郭璞所著。据清代学者考证，作者约为三国时人，其详已不可知。

〔2〕彭蠡：湖名，今鄱阳湖。

〔3〕郦元：郦道元，北魏范阳，今河北涿州人，字善长，曾任御史中尉、关右大使，博览群书，遍游各地，著有《水经注》四十卷，注文二十倍于原书，为我国古代地理学名著之一。

〔4〕李渤：字浚之，唐代洛阳人，宪宗元和年间任江州（今江西九江）刺史，通过寻访，作《辨石钟山记》，认为石钟山是因“奇石”而得名。

〔5〕余自齐安舟行，适临汝：苏轼于元丰三年（1080）贬官黄州（今湖北黄冈）团练使，至七年（1084）奉神宗手札移汝州（今河南临汝）。遂从齐安（今黄州）沿江而下，于元丰七年（1084）六月丁丑（初九日），经过湖口。

〔6〕迈：苏轼长子名迈，字伯达，这时将去饶州（今江西鄱阳）担任德兴（当时属饶州，今属江西）县尉。

〔7〕周景王：东周时天子（前544—前520在位），曾铸钟名“无射（yì）”。

〔8〕魏庄子：春秋时晋国大夫，名绛，因有功，晋悼公赐给他歌钟（编钟）一套（计十六件）。

【译文】

《水经》上说：“彭蠡湖的出口，有一座石钟山。”郦道元给它所作的注释中认为，石钟山的下面是一个很深的水潭，微风吹动湖面掀起波浪，水与石相撞击，发出的声音像大钟一样洪亮。这种说法，人们常常怀疑它。现在把钟磬一类的器物放在水中，即使是大风大浪也不能使它发出声响，更何况是座石山呢？到唐代时，有个叫李渤的人，才探寻到它的遗迹，并在深潭的两边选了两块石头，用鼓槌敲打而仔细地听，结果潭南的石头声音低沉而模糊，潭北的石头声音清亮而激越。鼓槌停止敲击后，石头发出的余音很长时间才停息。他便自认为得到了石钟山得名的原因。但这种说法，我更为怀疑，敲打石头发出的铿锵之声，到哪个地方都是一样的，唯独此处却用“钟”来命名，这是什么原因呢？

宋神宗元丰七年六月初九，我从齐安乘船到临汝，而我的大儿子苏迈也要去饶州的德兴县任县尉。我送他去湖口，因此有机会到了传说中的石钟山。寺庙里的和尚派一个小童拿了斧头，在湖边的乱石丛中选了一两处敲击，结果发出了“硿硿硿”的声音，我只是笑了笑，并不认为它正确。到晚上月亮明亮的时候，我单独与长子苏迈乘坐小船来到湖中的绝壁之下。山石耸立岸边，有千尺之高，犹如凶猛的野兽、奇异的鬼怪，阴冷可怕的样子像要扑击人似的；而山上栖息的鹘鸟，听到人声也忽地惊飞起来，在云霄间“磔磔”地鸣叫，又像老人在山谷中边咳边笑的声音。有人说，这就是所说的鹳鹤。正在我心惊肉跳而想返回之际，忽然听到水上发出一种很大的声响，轰轰隆隆像不断敲击钟鼓而发出的声音一样，船夫很害怕。我慢慢地观察它，才发现山下都是石头形成的洞穴和缝隙，难以探得它的深浅。微小的波浪进入其中，流转激荡而发出这种声音。把船绕至两山之间，将要进入港口的时候，忽见一块大石头挡立在水中间，上边可坐百人左右，大石的里面是空的，并有许多洞眼，微风和波浪冲进其中又击荡返回，发出窾坎、镗鞳的声响，与刚才轰轰隆隆的钟鼓声相呼应，犹如演奏乐器一般。我因此笑着对苏迈说：“你知道吗？轰隆的声音，就像是周景王的无射钟发出的；窾坎、镗鞳的声音，像是魏庄子的歌钟发出的。古人给山起名钟山，并没有欺骗我们啊！”

事情没有经过自己的眼睛所见、耳朵所闻就凭空判断其是否存在，这可以吗？郦道元的所见所闻和我大致相同，但他说得并不详尽；一般士大夫到底不会乘小船夜间停在绝壁之下，所以也不会知道其中的详情；而渔夫船工虽然知道详情，却难以用话准确地表达出来。这就是石钟山得名的真相没有在世间流传的原因。而见识鄙陋的人却用斧头之类的器械敲击石头探求它，自认为得到了真实的情况。因此我写文章把这件事记下来，为的是叹惜郦道元记录的简略，讥笑李渤见识的浅薄啊。

潮州韩文公庙碑

【题解】

宋哲宗元祐七年（1092），潮州知府王涤重修韩愈庙，请苏轼撰写了这篇庙碑文。文章高度颂扬了韩愈在张扬儒家学说、倡导古文运动方面的历史贡献，也表彰了他被贬潮州后的政绩及潮州人对他的深切怀念之情。当然，其中也寄托了作者的身世之感。

韩文公，即韩愈，唐代文学家。他所倡导的古文运动为其主要历史功勋。因上书谏宪宗迎佛骨而被贬为潮州刺史。

【原文】

匹夫而为百世师，一言而为天下法，是皆有以参天地之化，关盛衰之运。其生也有自来，其逝也有所为。故申、吕自岳降[1]，傅说为列星[2]，古今所传，不可诬也。

孟子曰：“我善养吾浩然之气[3]。”是气也，寓于寻常之中，而塞乎天地之间。卒然遇之，则王公失其贵，晋、楚失其富[4]，良、平失其智[5]，贲、育失其勇[6]，仪、秦失其辩[7]。是孰使之然哉？其必有不依形而立，不恃力而行，不待生而存，不随死而亡者矣。故在天为星辰，在地为河岳，幽则为鬼神，而明则复为人。此理之常，无足怪者。

自东汉以来，道丧文弊，异端并起，历唐贞观、开元之盛[8]，辅以房、杜、姚、宋而不能救[9]。独韩文公起布衣，谈笑而麾之，天下靡然从公，复归于正，盖三百年于此矣。文起八代之衰[10]，而道济天下之溺，忠犯人主之怒[11]，而勇夺三军之帅[12]。此岂非参天地、关盛衰、浩然而独存者乎？

盖尝论天人之辨，以谓人无所不至，惟天不容伪。智可以欺王公，不可以欺豚鱼；力可以得天下，不可以得匹夫匹妇之心。故公之精诚，能开衡山之云[13]，而不能回宪宗之惑；能驯鳄鱼之暴[14]，而不能弭皇甫镈、李逢吉之谤[15]；能信于南海之民[16]，庙食百世，而不能使其身一日安于朝廷之上。盖公之所能者天也，其所不能者人也。

始潮人未知学，公命进士赵德为之师[17]。自是潮之士，皆笃于文行，延及齐民。至于今，号称易治。信乎孔子之言：“君子学道则爱人，小人学道则易使也[18]。”

潮人之事公也，饮食必祭，水旱疾疫，凡有求必祷焉。而庙在刺史公堂之后，民以出入为艰。前太守欲请诸朝作新庙，不果。元祐五年[19]，朝散郎王君涤来守是邦[20]，凡所以养士治民者，一以公为师。民既悦服，则出令曰：“愿新公庙者，听！”民欢趋之，卜地于州城之南七里，期年而庙成。

或曰：“公去国万里，而谪于潮，不能一岁而归。没而有知，其不眷恋于潮也，审矣。”轼曰：“不然！公之神在天下者，如水之在地中，无所往而不在也。而潮人独信之深，思之至，焄蒿凄怆，若或见之。譬如凿井得泉，而曰水专在是，岂理也哉？”

元丰元年[21]，诏封公昌黎伯，故榜曰：“昌黎伯韩文公之庙。”潮人请书其事于石，因作诗以遗之，使歌以祀公。其辞曰：“公昔骑龙白云乡[22]，手抉云汉分天章，天孙为织云锦裳[23]。飘然乘风来帝旁，下与浊世扫秕糠。西游咸池略扶桑[24]，草木衣被昭回光。追逐李、杜参翱翔[25]，汗流籍、湜走且僵[26]，灭没倒影不能望，作书诋佛讥君王，要观南海窥衡、湘，历舜九嶷吊英、皇[27]。祝融先驱海若藏[28]，约束蛟鳄如驱羊。钧天无人帝悲伤，讴吟下招遣巫阳[29]。犦牲鸡卜羞我觞，于粲荔丹与蕉黄。公不少留我涕滂，翩然被发下大荒。”

【注释】

〔1〕申：申伯，周宣王时功臣。吕：吕侯，辅周穆王有功。《诗经·大雅·崧高》：“维岳降神，生甫及申。”

〔2〕傅说：商王武丁时的大臣，治国有方，奄有天下，得天道，死后升天，比于列星。

〔3〕孟子：名轲，战国时的思想家。有《孟子》一书传世。“养吾浩然之气”见《孟子·公孙丑上》。

〔4〕晋、楚：为春秋时两个富强的国家，晋文公和楚庄王曾分别为春秋五霸之一。

〔5〕良、平：张良和陈平，都是刘邦的重要谋士，对汉朝的建立起了重要的作用。

〔6〕贲、育：孟贲和夏育，都是古代著名的勇士。据说孟贲“水行不避蛟龙，陆行不避虎兕”。夏育能“力拔牛尾”“叱骇三军”。

〔7〕仪、秦：张仪和苏秦，都是战国时著名的纵横家，他们善于辞辩。

〔8〕贞观、开元之盛：唐太宗的贞观年间（627—649）、唐玄宗的开元年间（713—741），政治经济状况较好，被认为是“盛世”。

〔9〕房、杜：房玄龄和杜如晦，是唐太宗时的宰相。姚、宋：姚崇和宋璟，是唐玄宗时的宰相。以上四人对“贞观之治”和“开元之治”起了重要的作用。

〔10〕八代：东汉、魏、晋、宋、齐、梁、陈、隋八个朝代，流行骈体文，文风绮丽，华而不实。

〔11〕忠犯人主之怒：唐宪宗信佛，迎佛骨入宫，韩愈上《谏迎佛骨表》，有“事佛渐谨，年代尤促”等句，宪宗大怒，欲加死罪，经朝臣挽救，贬潮州。

〔12〕勇夺三军之帅：唐穆宗时，镇州兵变，杀节度使田弘正，另立王廷凑，韩愈奉旨前往抚慰，王陈兵接待，加以威胁，韩愈毫不畏惧，劝王归顺朝廷，不应从逆造反，王感悟以礼送韩回朝。

〔13〕衡山：在湖南衡山西，为五岳之一。

〔14〕驯鳄鱼之暴：韩愈有《祭鳄鱼文》，为到潮州后不久所作，历数鳄鱼之罪，表明了自己为民除害的决心。

〔15〕弭皇甫镈、李逢吉之谤：韩愈贬潮州后，宪宗有悔意，宰相皇甫镈说他狂疏，阻其回朝。另一宰相李逢吉则在韩愈和李绅之间制造矛盾，使他们两败俱伤。

〔16〕南海：潮州。当地民众怀念韩愈，立庙祭祀。

〔17〕命进士赵德为之师：韩愈有《潮州请置乡校牒》，称赞赵德“沉雅专静，颇

通经，有文章，能知先王之道，论说且排异端而宗孔氏，可以为师”，因而推荐他“专勾当州学，以督生徒”。

〔18〕“君子学道”二句：引自《论语·阳货》。

〔19〕元祐：宋哲宗年号。

〔20〕王君涤：即王涤，字长源，莱州人，从学于韩愈，知潮州时，曾造新的韩愈庙。

〔21〕元丰：宋神宗年号。

〔22〕白云乡：《庄子·天地》：“乘彼白云，至于帝乡。”被视为仙乡。

〔23〕天孙：指织女，她是天帝之孙女。

〔24〕咸池：《离骚》：“饮余马于咸池兮，总余辔乎扶桑。”扶桑：日所出之处。

娥皇 女英

〔25〕李、杜：李白与杜甫。

〔26〕籍：张籍，韩愈的好朋友。湜：皇甫湜，韩愈的学生。两人都是中唐时期的文学家。

〔27〕九嶷：九嶷山，在今湖南宁远南，相传舜葬于此山。英、皇：女英和娥皇，为尧之女，后为舜妻。舜死，二女溺于湘江。

〔28〕祝融：南海神。海若：北海神。

〔29〕巫阳：古巫师名。

【译文】

一个普通人却能成为后世千百代人学习的表率，他说出的一句话就成为天下人学习的准则，这种人物能参与天地万物的化育，关系着国家兴盛或衰败的时运。他的出生是有来历的，他的去世也是有缘由的。西周的重臣申伯、吕侯是山神而降至凡世，商代的贤相傅说死后化为星宿，这是从古到今传说的事，不可能凭空捏造啊。

孟子说：“我善于养护我的盛大刚正之气。”这种气，寄托在一般事物当中，又充塞于广阔的天地之间。突然遇上它，王公会失去他们的尊贵，晋国、楚国会失去他们的富有，张良、陈平会失去他们的智慧，孟贲、夏育会失去他们的勇力，张仪、苏秦会失去他们雄辩的才能。是什么使他们这样的呢？这其中一定有不依靠形体就能站立、不凭借力气就能行走、不依恃生命就能存在、不随死亡而消逝的东西吧。所以它在天上便是日月星辰，在地上便是河流山岳，在幽暗处便是鬼魅神灵，而在光明的地方便成为人。这是通常的道理，没有什么值得奇怪的。

自东汉以来，道德沦丧，文风败坏，杂说异端并行而起，虽经历了唐代贞观、开元年间的盛世，又有房玄龄、杜如晦、姚崇、宋璟等名相辅佐，但还没能得以救治。唯独韩文公在普通人中兴起，谈笑间挥动古文运动的大旗，天下的人纷纷倾倒而遵从韩文公，道德文章重新归于正道，到现在差不多三百年了。韩文公在文章方面振起了东汉、曹魏、两晋、宋、齐、梁、陈、隋八个朝代的衰落；在道德方面提倡儒家思想而挽救了天下人的沉迷；在忠诚方面敢于冒犯皇帝；在勇力方面曾折服过三军的元帅。这难道不是参与天地万物的化育、关系国家兴盛衰败的命运、盛大刚正之气独存于其身的巨人吗？

我曾经议论过天与人的分别，认为人是没有什么事做不到的，而天只是不容人弄虚作假。人的智慧可以用来欺骗至尊的王公，但不可能欺骗小猪和鱼这样纯然天性的动物；人的勇力可以获得天下，但不可得到普通百姓的真诚之心。所以韩文公的精忠诚恳，虽能消散衡山之上的层云，却不能挽回唐宪宗那颗受迷惑的心；虽能使凶暴的潮州鳄鱼驯服，却不能消除皇甫镈、李逢吉对他的诽谤；虽能取信于南海的百姓，接受他们后代百世立庙建祠的祭祀，却不能在朝廷上安稳地度过一天。所以说韩文公所能顺应的是天道，他所不能顺应的是人事啊。

当初，潮州人还不知道学习圣贤之道，韩文公派进士赵德做他们的老师。从此潮州的读书人，都专心学习文章，修养品性，并逐渐影响到一般的百姓。直到今天，潮州仍有易于治理的声名。孔子的话确实令人信服：“君子学习了道理，就知道爱护别人；百姓学习了道理，就易于治理。”

潮州人侍奉韩文公，吃喝时必定先祭祀，有了洪涝旱灾，或是出现了疾病瘟疫，凡是有所要求，都一定要到韩文公的庙祠里去向他祷告。可是韩文公的庙祠建在刺史官衙大堂的后边，百姓觉得出出进进很不方便。前任太守想把这个情况报告给朝廷，另建一座新庙，但没有付诸实施。哲宗元祐五年，朝散郎王涤来这里当太守，凡是可以用来养护读书人、治理百姓的办法，全都以韩文公为榜样。百姓既已心悦诚服，他就发布命令说：“愿意重新为韩文公立庙的人来听从我的吩咐。”百姓很高兴，纷纷来参加这项工程。于是在城南七里选了一块地，满一年后新庙就落成。

有人说：“韩文公被贬谪于离都城有万里之遥的潮州，并且不到一年就返回了。即使死后还有灵知，他不会眷念怀恋潮州的情状也是很明显的了。”我说：“这种看法不对！韩文公的神灵在天上，犹如潜行地下的水一样，没有哪里不存在。而唯有潮州的百姓信仰得深厚，想念得真切，人们怀着深厚的感情去祭祀他，在香烟缭绕之中，好像看见了他的形貌。又譬如，凿井的时候得到了涌出的泉水，就说水是专门齐集于此的，这难道合乎情理吗？”

元丰元年，宋神宗诏封韩文公为昌黎伯，所以在新建的庙额上写道：“昌黎伯韩文公之庙”。潮州民众请我把这件事记下来刻于石碑上，于是我作了首诗送给他们，让他们歌唱，以祭祀韩文公。歌词是：“韩文公从前骑着龙翱翔于天上的白云之间，用手挑动银河，区分出日月星辰的文采。织女为他织出云锦的衣裳。他飘飘然乘着轻风来到天帝的身旁，天帝让他降临凡世扫除天下的庸俗文风。韩文公在西边游览了太阳洗浴的咸池，向东巡视了太阳升起的扶桑，他的光辉四散，连草木也受到了教化。韩文公追随李白、杜甫，和他们一起飞翔，与他同时代的张籍和皇甫湜却汗流浃背地在后边追赶不及，快要跌倒了，却连韩文公的背影也无法仰望。韩文公上书斥责崇佛、讥刺君王，结果被贬谪潮州，他顺路观赏了衡山、湘水的景色，并游历了虞舜死后所葬的九嶷山，凭吊了娥皇、女英的遗迹。南海之神祝融在前开路，海若神也率众怪敛迹而藏，韩文公驱逐鳄鱼如同驱赶羊群一般。天上缺少人才，天帝为之悲伤，特遣巫师巫阳从下界召韩文公回去。如今以微薄的祭品而向公敬酒，另备有鲜红的荔枝和黄亮的香蕉。可是韩文公却不肯稍微停留一下就去了，我们伤心得涕泪交流，真诚地希望韩文公翩然飞临大荒，享受我们微薄的祭献。”

乞校正陆贽奏议进御札子

【题解】

陆贽为唐德宗时宰相，著名的政论家。他的奏议往往切中时弊，为后世所推崇。本文写于宋哲宗即位不久，当时旧党上台，而王安石推行的新法被吕惠卿等人弄得面目全非，弊端百出，新旧党之争依然激烈，国无宁日。苏轼进此札子，乞校正陆贽奏议，并建议哲宗反复熟读，从中得到治国的启发。文章认为，陆贽的札子虽当世每不为德宗所用，但已是如“经效于世间”的良药，为“治乱之龟鉴”，若为哲宗熟读，“必能发圣性之高明，成治功于岁月”。文章写得真切动人。

【原文】

臣等猥以空疏，备员讲读。圣明天纵，学问日新。臣等才有限而道无穷，心欲言而口不逮，以此自愧，莫知所为。

窃谓人臣之纳忠，譬如医者之用药，药虽进于医手，方多传于古人。若已经效于世间，不必皆从于己出。

伏见唐宰相陆贽，才本王佐，学为帝师。论深切于事情，言不离于道德。智如子房而文则过[1]，辨如贾谊而术不疏[2]。上以格君心之非，下以通天下之志。但其不幸，仕不遇时。德宗以苛刻为能[3]，而贽谏之以忠厚；德宗以猜忌为术，而贽劝之以推诚；德宗好用兵，而贽以消兵为先；德宗好聚财，而贽以散财为急。至于用人听言之法，治边御将之方，罪己以收人心，改过以应天道，去小人以除民患，惜名器以待有功，如此之流，未易悉数。可谓进苦口之药石，针害身之膏肓。使德宗尽用其言，则贞观可得而复[4]。

臣等每退自西阁，即私相告，以陛下圣明，必喜贽议论。但使圣贤之相契，即如臣主之同时。昔冯唐论颇、牧之贤[5]，则汉文为之太息；魏相条晁、董之对[6]，则孝宣以致中兴。若陛下能自得师，则莫若近取诸贽。

夫六经三史、诸子百家，非无可观，皆足为治。但圣言幽远，末学支离，譬如山海之崇深，难以一二而推择。如贽之论，开卷了然。聚古今之精英，实治乱之龟鉴。臣等欲取其奏议，稍加校正，缮写进呈。愿陛下置之坐隅，如见贽面；反复熟读，如与贽言。必能发圣性之高明，成治功于岁月。

臣等不胜区区之意，取进止。

【注释】

〔1〕子房：张良，字子房，为汉高祖刘邦的主要谋士。

〔2〕贾谊：西汉初年年轻有为的政论家，曾献《治安策》，但未获重用，抑郁而死。

〔3〕德宗：唐德宗李适。

〔4〕贞观：唐太宗年号。

〔5〕冯唐：西汉安陵（今陕西咸阳东北）人，文帝时任中郎署长，向文帝讲述战国时赵国名将廉颇与李牧的故事，文帝听后以得不到如二人者为将而叹息。

〔6〕魏相：西汉定陶（今属山东）人，举贤良，历任州县官，宣帝时官至宰相，经常引用西汉前期著名政治家董仲舒、晁错、贾谊等人的言论，整顿吏治，使西汉后期的政局，有所好转，史称“宣帝中兴”。

【译文】

臣等依凭空虚浅薄的才学，在翰林院侍讲、侍读的职位上充个数目。皇上的聪明睿智是上天赋予的，学问一天比一天深厚。臣等才学有限，然而圣贤之道没有穷尽，心中虽然想表述清楚，可口头上表达不出来，因此自己感到很惭愧，不知道该怎么办才好。

臣等认为作为臣子向皇帝进献忠诚，就像医生对准病症去用药一样，药虽然经医生之手传过去，但药方多是从古人那里留下来的。如果药方在世间证明确实很灵验，那么就不一定都要由医生自己创造出来才可用。

臣等听说唐德宗时的宰相陆贽，才能足可辅佐帝王，学问足可成为帝王的老师。他的议论深刻而切合物事人情，言语从不偏离圣贤的道德规范。智慧与西汉的张良齐肩而文才却要胜过他，议论的才能像西汉的贾谊而方法却不粗疏。对上可以纠正皇帝想法上的错误，对下能够贯通天下人的心志，但他不幸的是做官没能赶上良好的时机。唐德宗以严厉刻薄为能事，陆贽就以忠厚去规谏；唐德宗以猜疑忌恨去对人，陆贽就以诚恳去劝说；唐德宗喜好用兵打仗，陆贽则认为消除战事是当时首先要做到的；唐德宗喜好敛聚财物，陆贽则认为散财于民最为迫切。至于任用人才、接受意见的方法，整治边防、驾驭将帅的策略，归罪于自身以收拢人心，改正过错以顺应天道，斥去小人以消除人民的祸患，珍惜爵位、宝器以授予有功的人，像这类合理的建议，很难列举完。陆贽真可以说是进献了苦口的良药，去诊治危害身体的重病。假使唐德宗能完全按陆贽的进言去实行，那么贞观之治的盛况便会再一次出现。

臣等每次从皇帝听讲的西阁退出，都私下相互议论，认为您是圣明的天子，一定喜欢陆贽的议论。只要使像您这样的圣明天子和像陆贽那样的贤能大臣意见相吻合，那就像圣君和贤臣处于同一时代一样了。当初冯唐高度赞扬战国时廉颇、李牧的贤能，汉文帝则为不能得到这样的良将而深深叹息；魏相陈述了西汉晁错、董仲舒应对当时皇帝的言语，汉宣帝就按这些言语施政而成就了汉室中兴的功业。如果陛下能自己寻求老师，就不如从近一点的唐朝选取陆贽。

那《诗》《书》《礼》《易》《乐》《春秋》六部经书，《史记》《汉书》《后汉书》三部史书以及诸子百家的著作，并不是没有可以效仿的，而且依照这些史籍所阐述的道理都足以治理好国家。然而六经当中的圣贤言论精深奥妙，而史书、子书中存留的圣贤学说却颇不完整，犹如高山大海那样高峻深远，很难从中选择出多少可以直接推广运用的东西。像陆贽的议论，一打开书本就非常明了清楚，汇聚了古往今来的学说精华，确实是国家治乱的一面镜子。臣等想把他向皇帝的进言文章稍微加以整理校对，重新抄好进呈给陛下。希望陛下把它放在自己的座位旁边，就像亲眼见到陆贽的面容一样；反复熟读它，就像和陆贽当面谈话一样。这样，一定能启发陛下的圣明天资，在不长的时间内就能成就强盛国家的功业。

臣等说不尽愚陋的心意，请陛下决定是否采用。

前赤壁赋

【题解】

宋神宗元丰二年（1079），苏轼被贬为黄州（在今湖北黄冈）团练副使。在黄州期间，他曾两次游览城外的赤壁，并写下了《前赤壁赋》和《后赤壁赋》。他所游的赤壁，并非三国时周瑜大破曹操的赤壁。作者却假托为与曹操相关，在借景抒怀的同时，借凭吊古人的兴亡而抒发关于人生的感叹。文章运用了主客问答的形式，其实无论主还是客，所言均是苏轼的内心感慨。一方面，他感叹人生短暂、变化无常、现实苦闷；但另一方面，他最终从苦闷中摆脱出来，阐发了变与不变的哲理，表现了一种旷达乐观的人生态度。

【原文】

壬戌之秋[1]，七月既望，苏子与客泛舟游于赤壁之下。清风徐来，水波不兴。举酒属客，诵明月之诗[2]，歌窈窕之章[3]。少焉，月出于东山之上，徘徊于斗牛之间。白露横江，水光接天。纵一苇之所如，凌万顷之茫然。浩浩乎如冯虚御风，而不知其所止；飘飘乎如遗世独立，羽化而登仙。

于是饮酒乐甚，扣舷而歌之。歌曰："桂棹兮兰桨，击空明兮溯流光。渺渺兮予怀，望美人兮天一方。"客有吹洞箫者，倚歌而和之。其声呜呜然，如怨如慕，如泣如诉，余音袅袅，不绝如缕。舞幽壑之潜蛟，泣孤舟之嫠妇。

苏子愀然，正襟危坐而问客曰："何为其然也？"客曰："'月明星稀，乌鹊南飞[4]'，此非曹孟德之诗乎？西望夏口[5]，东望武昌[6]，山川相缪，郁乎苍苍，此非孟德之困于周郎者乎[7]？方其破荆州，下江陵[8]，顺流而东也，舳舻千里，旌旗蔽空，酾酒临江，横槊赋诗，固一世之雄也，而今安在哉？况吾与子渔樵于江渚之上，侣鱼虾而友麋鹿，驾一叶之扁舟，举匏樽之相属，寄蜉蝣于天地，渺沧海之一粟。哀吾生之须臾，羡长江之无穷。挟飞仙以遨游，抱明月而长终。

知不可乎骤得，托遗响于悲风。”

苏子曰：“客亦知夫水与月乎？逝者如斯，而未尝往也；盈虚者如彼，而卒莫消长也。盖将自其变者而观之，则天地曾不能以一瞬；自其不变者而观之，则物与我皆无尽也，而又何羡乎？且夫天地之间，物各有主。苟非吾之所有，虽一毫而莫取。惟江上之清风，与山间之明月，耳得之而为声，目遇之而成色，取之无禁，用之不竭，是造物者之无尽藏也，而吾与子之所共适。”

客喜而笑，洗盏更酌。肴核既尽，杯盘狼藉。相与枕藉乎舟中，不知东方之既白。

【注释】

〔1〕壬戌：古代历法以干支纪年，宋神宗时的壬戌年为元丰五年，即公元 1082 年。

〔2〕明月之诗：指曹操《短歌行》，因其中有“明明如月”“月明星稀”等句。

〔3〕窈窕之章：指《诗经·关雎》，因其中有“窈窕淑女，君子好逑”等句。或说实指《诗经·月出》篇，因其有“舒窈纠兮”句，“窈纠”即“窈窕”。

〔4〕月明星稀，乌鹊南飞：为曹操《短歌行》中的名句。

〔5〕夏口：汉水入长江处，古称夏口，又称汉口。

〔6〕武昌：今湖北鄂州。三国时，孙权曾迁都于此。

〔7〕周郎：孙权的将领，任中郎将时年仅二十四岁，人称周郎。

〔8〕破荆州，下江陵：建安十三年（208），曹操率大军南攻荆州（治所在今湖北襄阳），刘琮投降；又打败刘备，进军江陵（今属湖北）。

【译文】

宋神宗元丰五年的秋天，农历七月十六日，我与客人划着小船，在赤壁之下游览。这时，清爽的凉风缓缓吹来，江面上水波平静。我举起酒杯向客人劝酒，朗诵明月的诗歌，唱起窈窕的篇章。过了一会儿，月亮从东边山上升起，在斗宿和牛宿之间徘徊不定。白蒙蒙的水汽笼罩着江面，江水的白光与天上的月光相连接。我们放纵小船，任凭它漂来漂去，行驶在茫茫无边的江面上。江面多么宽阔，浩浩荡荡如同凌空驾风一样，而不知道船儿漂到了什么地方；轻飘飘的如同远离尘世，了无牵挂，化为轻举飞升的神仙。

于是，大家欢畅地喝着酒，我不由得敲着船舷唱起歌来。歌词说：“桂木做的船棹啊兰木做的船桨，划开清亮的江水啊迎着江面上浮动的月光。我的心思悠悠怀远啊，盼望的美人远在天的另一边。”客人中有个善吹洞箫的人，依照我的歌声而吹箫相和。箫声呜呜地响着，像是怨恨着什么，又像企盼着什么，像是在哭泣，又像是在诉说，箫声停止了而余音仍在悠扬回荡，很长时间不能断绝，犹如用丝缕相连。箫声使得幽居水底的蛟龙跳起舞来，又使得独守空船的寡妇饮泣流泪。

我顿时面有忧凄之色，整理好衣服，端坐着问客人道：“箫声为什么如此悲凉呢？”客人回答说：“‘明月星稀，乌鹊南飞’，这不是曹孟德《短歌行》里的诗句吗？向西望去是夏口，向东望去是武昌，山水在这中间相互环绕，而草木茂盛，一片苍茫，这不是曹孟德被周瑜围困的地方吗？当时曹操刚刚攻破了刘表据有的荆州，又攻下江陵，顺江流向东而进的时候，战船首尾相连，浩浩荡荡，有千里之长，军中的旗帜遮蔽了天空。他面对大江端起酒杯，横握长矛赋下新诗，确实称得上是一代英豪，但是现在他又在哪里呢？况且我与您在江边捕鱼打柴，以鱼虾为伴侣，以麋鹿为朋友，驾起一只小船，举起酒杯互相祝福，就像一生短暂的蜉蝣寄生于不生不灭的天地间一样，渺小得像大海里的一粒米。哀叹人生的短促，羡慕长江的无穷无尽。希望与天上的神仙一块遨游，怀抱明月而永世长存。知道这些都不可能实现，只有把洞箫的余音吹进这悲凉的秋风中。”

我对客人说：“您也知道那江水和明月的妙处吗？江水是如此滔滔不绝向东而去，但对长江本身而言却不曾流去啊；月亮有圆时有缺时，但对月亮本身而言却不曾增长或消减。所以说从事物变化的角度去看的话，那么天地间的一切就连一眨眼的时间都不曾保持过原貌；从事物不变的角度去看的话，那么事物连同我们自己都是无穷无尽的，又有什么值得羡慕的呢？再说天地之间的东西，都有它们各自的主人。倘若不是我所有的，即使一丝一毫我也不会去取来。只有这江面上清爽的凉风，与那山间皎洁的月光，耳朵听到就有了声音，眼睛看见就有了颜色，取它没有人会禁止，消用它不会穷尽，这是造物所赐予的无尽宝藏啊，而成为我与您共同享受的东西。”

客人高兴得笑了起来，于是洗了酒盏重新斟酒。菜肴和果品已经吃完，杯子、盘子也杂乱地放在一边。我与客人互相枕靠着挤在船中睡着了，不知不觉间东方已经发白，天就要亮了。

后赤壁赋

【题解】

在第一次游赤壁后不久，苏轼再游赤壁，并写下《赤壁赋》的姐妹篇。本篇以记游为序，描写了冬夜赤壁的景色。不仅与前赋所写的景物特色不同，而且所表达的思想感情亦有异。前赋所写景物安谧幽静，本篇写赤壁之景寂寥幽深的同时，更多的还有一种惊险迷离。作者正是借此恍惚之境界，来衬托自己悲伤的情怀。文章最后道士化鹤的幻觉，更是给全文笼上一层缥缈的色彩，带上了浓重的消极处世情调和人世不可捉摸的虚无之感。

【原文】

是岁十月之望[1]，步自雪堂[2]，将归于临皋[3]。二客从予，过黄泥之坂[4]。霜露既降，木叶尽脱。人影在地，仰见明月。顾而乐之，行歌相答。已而叹曰："有客无酒，有酒无肴。月白风清，如此良夜何？"客曰："今者薄暮，举网得鱼，巨口细鳞，状如松江之鲈[5]，顾安所得酒乎？"归而谋诸妇，妇曰："我有斗酒，藏之久矣，以待子不时之需。"

于是携酒与鱼，复游于赤壁之下。江流有声，断岸千尺，山高月小，水落石出。曾日月之几何，而江山不可复识矣！予乃摄衣而上，履巉岩，披蒙茸，踞虎豹，登虬龙，攀栖鹘之危巢[6]，俯冯夷之幽宫[7]。盖二客不能从焉。划然长啸，草木震动，山鸣谷应，风起水涌。予亦悄然而悲，肃然而恐，凛乎其不可留也。反而登舟，放乎中流，听其所止而休焉。

时夜将半，四顾寂寥。适有孤鹤，横江东来。翅如车轮，玄裳缟衣，戛然长鸣，掠予舟而西也。

须臾客去，予亦就睡。梦一道士，羽衣蹁跹，过临皋之下，揖予而言曰："赤壁之游乐乎？"问其姓名，俯而不答。"呜呼噫嘻！我知之矣。畴昔之夜，飞鸣而过我者，非子也耶？"道士顾笑，予亦惊寤。开户视之，不见其处。

【注释】

〔1〕是岁十月之望：苏轼初游赤壁在元丰五年（1082）七月，作《前赤壁赋》。本文（《后赤壁赋》）首称"是岁"，亦当是元丰五年。

〔2〕雪堂：苏轼贬官黄州时所建的住宅，在今湖北黄冈东，堂在大雪中建成，四壁皆绘雪景，因以名"雪堂"。

〔3〕临皋：亭名，在今湖北黄冈南，长江边上。苏轼初到黄州时寓居的地方。

〔4〕黄泥之坂：今黄冈东面的山坡名，又称东坡，苏轼在此建雪堂，自号东坡居士。

〔5〕松江之鲈：松江在今苏州东南，所产鲈鱼，以四鳃著名，肉白如雪，味异他处。曹操宴客，曾以缺少鲈鱼为憾。晋时张翰借口思食鲈鱼归隐。

〔6〕栖鹘：睡在树上的鹘鸟。据《东坡志林·赤壁洞穴》："断崖壁立，江水深碧，二鹘巢其上。"

〔7〕冯夷：水神。据《史记·西门豹传》注："河伯，华阴潼乡人也，姓冯氏，名夷，浴于河中而溺死，遂为河伯也。"

【译文】

这一年的十月十五日，我从雪堂步行出发，准备回临皋亭。有两位客人跟着我，一起走过黄泥坂。这时，霜露已经降过，树木的叶子全部脱落。人的影子映在地上，抬头望见明月当空。大家看到这种景色，都很快乐，不由得边行走边吟诗，互相酬答。过了一会儿，我叹息道："有客人却没有酒，有酒却没有菜肴。面对明月高悬、微风清爽的美好夜晚，怎么度过好呢？"客人说："今天傍晚，我刚用网捕了一尾鱼，宽嘴巴、细鳞片，就像吴淞江的鲈鱼一样。但是从哪里能弄到酒呢？"回家后我与妻子商量，妻子说："我有一斗好酒，藏了很长时间，以备你随时需要。"

于是，我们就带着酒，拿了鱼，再一次划小船到赤壁之下游览。长江的流水发出阵阵响声，岸边的绝壁耸立千尺。抬头仰望，四周的山显得又高又大，而皎洁的月亮却显得很小；江流在秋天水位低落，原来淹在水中的礁石则显露了出来。距上次游览才相隔几天，可江景山色却变得认不出来了。我便撩起衣服离开舟船，踏上险峻的山岩，分开丛生的杂草，蹲在像虎豹形状的怪石上休息一会儿，又拉着像虬龙一样的藤条，攀上鹘鸟做巢栖息的悬崖，俯视水神冯夷居住的神宫。这些都是两位客人不能随我一起玩赏的。站在高处，我长啸一声，周围的草木为之震撼，山谷中激荡着我的回声，随之风刮了起来，水也泛起了波浪。我也不由自主地忧伤悲哀，感到恐惧而静默屏息，觉得这里使人害怕不敢再停留了。返回登上小船，划到江中，任它漂流在什么地方就在什么地方歇息。

当时将到夜半，向四周望望，一片清冷寂静。正在此时，有一只鹤从东边顺着江面横飞而来，翅膀有车轮那般大，尾部的黑羽毛如同黑色的裙子，身上的白羽毛如同白色的衣衫，嘎嘎地鸣叫着，掠过我们的小船向西飞走了。

不一会儿客人走了，我也回家睡觉。梦中见一位道士，穿着羽衣，似飞似舞地来到临皋亭中，向我拱拱手说："赤壁之游很快乐吧？"我问他的姓名，他低着头不予回答。"噢，哎呀！我知道了！昨天晚上，鸣叫着从我身边飞过去的，不就是你吗？"道士回头笑笑，我就从梦中惊醒过来。推开门一看，却没有了他的踪影。

三槐堂铭

【题解】

这篇铭文是赞美王祐及其子孙德行的。文章以槐的“封植之勤”喻人生品德修养之勤，以“槐阴满庭”喻王家子孙兴旺，代有人才。槐既为王祐手植，又被作者恰到好处地用来作喻，比一般的托物言志文章更高一筹。作者宣扬“天道可必”，固然有其“天命论”的一面，但更多的还是劝喻世人多多为善，为为善者颂德。

【原文】

天可必乎？贤者不必贵，仁者不必寿。天不可必乎？仁者必有后。二者将安取衷哉？

吾闻之申包胥曰：“人定者胜天，天定亦能胜人[1]。”世之论天者，皆不待其定而求之，故以天为茫茫。善者以怠，恶者以肆。盗跖之寿[2]，孔、颜之厄[3]，此皆天之未定者也。松柏生于山林，其始也，困于蓬蒿，厄于牛羊；而其终也，贯四时，阅千岁而不改者，其天定也。善恶之报，至于子孙，则其定也久矣。吾以所见所闻考之，而其可必也审矣。

国之将兴，必有世德之臣，厚施而不食其报，然后其子孙能与守文太平之主共天下之福。故兵部侍郎晋国王公[4]，显于汉、周之际[5]，历事太祖、太宗[6]，文武忠孝，天下望以为相，而公卒以直道不容于时。盖尝手植三槐于庭[7]，曰：“吾子孙必有为三公者。”已而其子魏国文正公[8]，相真宗皇帝于景德、祥符之间[9]，朝廷清明、天下无事之时，享其福禄荣名者十有八年。今夫寓物于人，明日而取之，有得有否。而晋公修德于身，责报于天，取必于数十年之后，如持左契，交手相付。吾是以知天之果可必也。

吾不及见魏公，而见其子懿敏公[10]，以直谏事仁宗皇帝[11]，出入侍从将帅三十余年，位不满其德。天将复兴王氏也欤？何其子孙之多贤也！世有以晋公比李栖筠者[12]，其雄才直气，真不相上下。而栖筠之子吉甫[13]，其孙德裕[14]，功名富贵，略与王氏等；而忠恕仁厚，不及魏公父子。由此观之，王氏之福，盖未艾也。

懿敏公之子巩[15]，与吾游，好德而文，以世其家，吾是以录之。铭曰："呜呼休哉！魏公之业，与槐俱萌。封植之勤，必世乃成。既相真宗，四方砥平，归视其家，槐阴满庭。吾侪小人，朝不及夕，相时射利，皇恤厥德。庶几侥幸，不种而获。不有君子，其何能国？王城之东，晋公所庐，郁郁三槐，惟德之符。呜呼休哉！"

【注释】

〔1〕"申包胥曰……胜人"：据《史记·伍子胥列传》：伍子胥为报杀父之仇，帮助吴国灭掉楚国。楚国大夫申包胥决心恢复楚国，派人去对伍子胥说："吾闻之，人众者胜天，天定亦能破人。"苏轼引用这话时稍有变动。

〔2〕盗跖之寿：《庄子·盗跖》记有柳下惠之弟盗跖与孔子的对话。据考证，柳下惠为鲁僖公时人，早于孔子出生约八十余年，盗跖当属高寿。另据《史记·伯夷传》注，跖为黄帝时之大盗。《汉书》注，又为秦时大盗。虽然根据皆来自寓言，但其寿命应该很长。

〔3〕孔、颜之厄：据《史记·孔子世家》记载：孔子与其徒颜回等人被困于陈蔡之间，绝粮，仍弦歌之声不绝。

〔4〕王公：王祜，字景叔，莘县（今属山东）人，官至兵部侍郎，追封晋国公。

〔5〕显于汉、周之际：王祜在五代的后汉初年闻名京师，被邺帅杜重威任为观察支使。在后周时，又担任魏县、南乐县令。

〔6〕历事太祖、太宗：王祜在宋太祖时，历知潞州、大名、襄州、潭州；太宗时，移知河中府、开封府。

〔7〕手植三槐：宋太祖因符彦卿镇守大名，治理不好，命王祜代之，让他观察符的动静。王祜以全家百口，保符无罪。他在院中手植三槐，曾说："我的子孙必会有做三公的。"世人说王祜积有阴德。

〔8〕魏国文正公：王旦，王祜次子，字子明，太平兴国五年（980）进士及第，真宗时拜相，封魏国公，死后谥文正。

〔9〕景德：真宗年号。祥符：真宗年号。

〔10〕懿敏公：王素，王旦子，字仲仪，赐进士出身，累官至工部尚书，死后谥懿敏。

〔11〕直谏：王素曾知谏院，遇事感发。曾请省无名之费，谏仁宗祷雨不诚，谏纳女等。

〔12〕李栖筠：唐代赵州（今河北赵县）人，进士出身，官给事中，浙西观察使，

代宗欲任他为相，被元载阻止。

〔13〕吉甫：李吉甫，李栖筠子，字弘宪，宪宗时任宰相。

〔14〕德裕：李德裕，李吉甫子，字文饶，武宗时任宰相，力行改革，陷于党争，贬死崖州。

〔15〕巩：王素子，字定国，号清虚先生，善诗，与苏轼游，后任宗正丞。有《甲申杂记》《闻见近录》等诗文集行世。

【译文】

上天一定有规律吗？贤能的人却不一定显贵，仁德的人却不一定长寿。上天一定没有规律吗？仁德的人却一定有后代传承。这二者怎样解释才能恰如其分呢？

我听春秋楚人申包胥曾说："人坚定自己的意志就能胜过天，上天依照自己的规律也能胜过人。"而世上的人议论天意，常常等不到天意确定就去研讨人事，因此觉得天意茫然，难以求知。因此好人懒得做好事，坏人则更加横行无忌。其实，盗跖的长寿，孔子、颜回的困厄，这都是天意还没有最后定局的缘故。松柏生长于山林之间，弱小的时候，困于蓬蒿的缠绕，遭受牛羊的践踏；而到它长成的时候，终年四季，甚至经历千年之久，都不会凋零变色，这便是天意确定了的。做好事受到善报，做坏事受到恶报，这种情形一直显现到他们的儿孙身上，这就是天意早已确定了的。我凭自己所见的、所听的去验证，就很清楚上天一定是有规律的。

一个国家将要兴盛之时，一定有世代积德的臣子为国做了很多好事而没有得到回报的情形，这样，他的子孙后代才能够与遵守成法的太平盛世的君主共享天下的福禄。大宋前兵部侍郎、晋国公王祐，在后汉、后周之际就已显贵，又先后在宋太祖、宋太宗两朝任职，能文能武，既忠又孝，天下的人都希望他能当上宰相，但他终因处世忠直而不被当时所容纳。他曾在庭院亲手栽种了三棵槐树，说："我的子孙中一定有位至三公的人。"之后王祐的儿子魏国文正公王旦，在宋真宗皇帝景德、祥符年间当了宰相。在朝政清明、天下太平无事的盛世，享受这种福禄荣誉长达十八年之久。今天在他人那里存了东西，明天就去取，有能拿回的也有没能拿回的。晋国公王祐修养自身的品德，向天索取报答，到获取时必定在几十年之后，犹如手持契约的一半，让对方查验后而互相交换一样。我因此知道天意的回报是必定的了。

我没有赶上见魏国文正公，却见了他的儿子懿敏公王素。王素以直言规劝而侍奉仁宗皇帝，在外则为将帅，在朝则为近臣，有三十多年之久，但他的职位还不能与他的品德相称。这或许是上天将要再一次复兴王氏了吧？要不他的子孙中为什么有那么多的人才呢？世人中有把晋国公王祐比作唐代的李栖筠的，他们雄健的才气与忠正的人格，确实不相上下。然而李栖筠的儿子李吉甫、孙子李德裕，在功名富贵方面都差不多与王氏一样。而在忠诚宽厚、仁爱质朴方面，都比不上魏国文正公王旦父子。由此看来，王氏的福禄，正在方兴未艾之时吧。

懿敏公王素的儿子王巩同我交往，注意品德的修养，也爱好写文章，以继承他们的家世，我因此而作铭歌颂。铭文说："啊，多么美好啊！魏国文正公的功业，同槐树一起萌兴。辛勤地培植功德，也像栽树一样，又过几十年才能长成。魏国公当了真宗皇帝的宰相，天下太平无事，等他再回家时，槐荫已遮满了庭院。像我一般的小人物，目光短浅，在早上不知道晚上该干什么，只会趁时机捞取一点物利，哪有闲暇修养品德？只希望忽然有一天，能侥幸不耕种就有收获。如果没有那德才兼备的君子，又怎么能够治理好国家？在京城的东部，是晋国公的府第，三棵茂盛的槐树，就是王家世代积德的见证啊！啊，多么美好啊！"

方山子传

【题解】

方山子，苏轼的老朋友陈慥（zào），字季常，宋代永嘉（今浙江永嘉）人。仁宗嘉祐七年，其父陈希亮为凤翔知府时，苏轼为凤翔判官，与陈季常结为好友。作者为老朋友方山子作传，极概括性地写了他少年慕游侠，壮年折节读书而不遇，晚年归隐，突出其不慕荣利、舍弃功名而甘愿隐遁贫贱的品格，写得形象鲜明、光彩照人。本文写于苏轼因"乌台诗案"而贬至黄州时，心情难免郁闷。方山子归隐是由于"不遇"，这一点正与作者仕途不顺相通。

【原文】

方山子[1]，光、黄间隐人也[2]。少时慕朱家、郭解为人[3]，闾里之侠皆宗之。稍壮，折节读书，欲以此驰骋当世，然终不遇。晚乃遁于光、黄间，曰岐亭[4]。庵居蔬食，不与世相闻；弃车马，毁冠服，徒步往来山中，人莫识也。见其所著帽，方耸而高，曰："此岂古方山冠之遗像乎[5]？"因谓之方山子。

余谪居于黄，过岐亭，适见焉。曰："呜呼！此吾故人陈慥季常也，何为而在此？"方山子亦矍然，问余所以至此者。余告之故。俯而不答，仰而笑。呼余宿其家。环堵萧然，而妻子奴婢，皆有自得之意。

余既耸然异之，独念方山子少时，使酒好剑，用财如粪土。前十有九年，余在岐山[6]，见方山子从两骑，挟二矢，游西山。鹊起于前，使骑逐而射之，不获；方山子怒马独出，一发得之。因与余马上论用兵及古今成败，自谓一时豪士。今几日耳，精悍之色，犹见于眉间，而岂山中之人哉？

然方山子世有勋阀[7]，当得官，使从事于其间，今已显闻。而其家在洛阳[8]，园宅壮丽，与公侯等；河北有田[9]，岁得帛千匹，亦足以富乐。皆弃不取，独来穷山中，此岂无得而然哉？

余闻光、黄间多异人，往往佯狂垢污，不可得而见。方山子倘见之欤？

【注释】

〔1〕方山子：姓陈名慥，字季常。为太常少卿陈希亮之子。

〔2〕光：光州，治所在今河南潢川。黄：黄州，治所在今湖北黄冈。

〔3〕朱家：西汉时游侠，鲁（今山东曲阜）人，喜为人解救急难。郭解：亦西汉游侠，轵（今河南济源）人，以德报怨，救人性命而不居功。

〔4〕岐亭：宋时镇名，在今湖北麻城西南。

〔5〕方山冠：汉代乐师所戴的帽子，前高后低，以五色绉纱制作，唐宋时之隐士常喜戴之。

〔6〕岐山：在今陕西岐山。宋属凤翔府。苏轼在嘉祐七年（1062）任凤翔府判官。当时陈慥的父亲陈希亮任知府。从那时到苏轼贬谪黄州为十九年。

〔7〕世有勋阀：陈慥的父亲陈希亮（字公弼），官至太常少卿，卒赠工部侍郎。苏轼在《陈公弼传》中说："当荫补子弟，辄先其族人，卒不及其子慥。"

〔8〕洛阳：北宋时的西京。陈希亮任太常少卿时，分管西京的工作，故在洛阳有住宅。

〔9〕河北：指黄河的北岸。

【译文】

方山子，是光州、黄州一带的隐士。年少时他仰慕西汉时的游侠朱家、郭解的为人，乡里讲侠义的人都尊重推崇他。年纪稍大之后，他改变以前的志向，转而潜心读书，想通过这条途径在当世干一番事业，但终究没有遇到机会。晚年便隐居于光州、黄州一带名叫岐亭的镇上。住着茅草搭成的窝棚，吃着粗茶淡饭，不过问社会上的事情。丢弃原有的车子马匹，毁掉原来的衣服和帽子，平日在山中总是徒步往来，没有人认识他。人们因看到他所戴的帽子，方方正正地耸起好高，说："这莫不是古代方山冠的老样式吧？"因此就称他为方山子。

我被贬谪到黄州，路过岐亭镇，正巧碰上他。我惊奇地说："哎呀，这不是我的老朋友陈慥（字季常）吗？怎么会在这个地方呢？"方山子也很吃惊，问我为什么到了这里。我把缘故告诉了他。他低头没有回答，又仰头大笑起来，招呼我住在他家。只见他家四壁空空，显得寂寞冷清，但他的妻子儿女和奴婢都有自得其乐的神态。

我既惊奇于他变成今天这个样子，又想到了他年少时放情饮酒、喜好刀剑、挥钱如土的情形。十九年前，我在岐山做官，曾看到方山子带领两个骑马的随从，背着两副弓箭游猎于西山。见有鸟鹊在前边惊飞而起，他便让随从追逐而用箭去射，结果没有射中。方山子驱马奔驰，单独出击，一箭就射中飞鹊。于是与我在马上谈论用兵之术以及古往今来成功与失败的道理，自认为是当代的豪杰之士。离现在没有多少日子，而且精明强悍的神色，还显露在眉宇之间，这怎么能是山间隐居的人呢？

方山子家中世代建有功勋，按理他也可受到荫庇而做官。倘若让他走这条路子，恐怕到现在已经有地位、有声望了。并且他的家在洛阳，府第园林宏伟华丽，与公侯家一样。在黄河北岸还有田产，每年可得丝帛千匹之多，也足可享受富贵之乐了。可是他把这些都放弃了，却偏偏来到这穷困的山乡之中，这难道不是因为他独有会心之处才会如此吗？

我听说光州、黄州一带多有异人隐居，往往佯装疯癫而打扮污浊，使世人不能看到他们的真实面目。恐怕方山子见过他们吧！

教战守策[1]

【题解】

教战守，意为教民能进攻能防守，具有战斗素养，是苏轼《策别》中的第五篇。先天不足的北宋王朝，一味奉行"守内虚外"的政策：对内集中力量，镇压人民；对外妥协退让，边防空虚。从北宋建国到灭亡的一百六十余年中，历次对外战争几乎均以丧师失地而告终，向辽与西夏求和、送礼以及撤防、割地的屈辱局面，一直未能扭转。这就势必加剧人民群众的经济负担，助长外族侵略者的嚣张气焰。在内外矛盾的夹击之下，宋王朝不灭于农民起义，则亡于外族入侵，而后者则是当时的主要危险。文章一开始就明确指出"知安而不知危，能逸而不能劳"，是当时的最大社会隐患，简捷鲜明地点出论题。然后由古及今，引证史事，巧设比喻，分析形势，从历史教训、生活经验和敌我矛盾几个方面，反复论证武备荒废的严重危害，说明对外战争的不可避免。最后提出教民习战的具体措施，同时批驳了所谓“无故动民”的反对意见，认为这是既可安内又能攘外的正确主张。

【原文】

夫当今生民之患[2]，果安在哉[3]？在于知安而不知危，能逸而不能劳。此其患不见于今，而将见于他日。今不为之计，其后将有所不可救者。

昔者先王知兵之不可去也[4]，是故天下虽平，不敢忘战。秋冬之隙[5]，致民田猎以习武[6]。教之以进退坐作之方[7]，使其耳目习于钟鼓、旌旗之间而不乱，使其心志安于斩刈、杀伐之际而不慑[8]。是以虽有盗贼之变，而民不至于惊溃。及至后世，用迂儒之议，以去兵为王者之盛节[9]，天下既定，则卷甲而藏之。数十年之后，甲兵顿弊[10]，而人民日以安于佚乐[11]，卒有盗贼之警，则相与恐惧讹言[12]，不战而走[13]。开元、天宝之际[14]，天下岂不大治？惟其民安于太平之乐，豢于游戏、酒食之间[15]，其刚心勇气[16]，消耗钝眊[17]，痿蹶而不复振[18]。是以区区之禄山一出而乘之[19]，四方之民，兽奔鸟窜，乞为囚虏之不暇[20]，天下分裂，而唐室固以微矣[21]。

盖尝试论之：天下之势，譬如一身。王公贵人所以养其身者，岂不至哉？而其平居常苦于多疾。至于农夫小民，终岁勤苦，而未尝告病。此其故何也？夫风雨、霜露、寒暑之变，此疾之所由生也。农夫小民，盛夏力作，而穷冬暴露[22]，其筋骸之所冲犯，肌肤之所浸渍[23]，轻霜露而狎风雨[24]，是故寒暑不能为之毒[25]。今王公贵人，处于重屋之下[26]，出则乘舆，风则袭裘，雨则御盖，凡所以虑患之具，莫不备至。畏之太甚，而养之太过，小不如意，则寒暑入之矣。是故善养身者，使之能逸而能劳，步趋动作[27]，使其四体狃于寒暑之变者[28]，然后可以刚健强力，涉险而不伤。夫民亦然。今者治平之日久，天下之人，骄惰脆弱，如妇人孺子，不出于闺门。论战斗之事，则缩颈而股栗；闻盗贼之名，则掩耳而不愿听。而士大夫亦未尝言兵，以为生事扰民，渐不可长[29]。此不亦畏之太甚而养之太过欤？

且夫天下固有意外之患也。愚者见四方之无事，则以为变故无自而有，此亦不然矣。今国家所以奉西、北之虏者[30]，岁以百万计。奉之者有限，而求之者无厌，此其势必至于战。战者，必然之势也。不先于我，则先于彼；不出于西，则出于北。所不可知者，有迟速远近，而要以不能免也[31]。天下苟不免于用兵，而用之不以渐，使民于安乐无事之中，一旦出身而蹈死地[32]，则其为患必有不测，故曰："天下之民，知安而不知危，能逸而不能劳，此臣所谓大患也。"

臣欲使士大夫尊尚武勇[33]，讲习兵法；庶人之在官者[34]，教以行阵之节[35]；役民之司盗者[36]，授以击刺之术。每岁终则聚于郡府，如古都试之法[37]，有胜负，有赏罚。而行之既久，则又以军法从事[38]。然议者必以为无故而动民，又扰以军法[39]，则民将不安。而臣以为此所以安民也。天下果未能去兵[40]，则其一旦将以不教之民而驱之哉[41]。夫无故而动民，虽有不恐，然孰与夫一旦之危哉？

今天下屯聚之兵，骄豪而多怨，陵压百姓而邀其上者[42]，何故？此其心以为天下之知战者，惟我而已。如使平民皆习于兵，彼知有所敌，则固以破其奸谋，而折其骄气。利害之际[43]，岂不亦甚明欤？

【注释】

〔1〕教战守策：苏轼有二十五篇策论。其中"策别"类"安万民"条分为六个细目，《教战守策》为第五条。

〔2〕生民：人民。

〔3〕果：副词，表示探究，究竟。

〔4〕先王：指夏、商、周时的君王。

〔5〕秋冬之隙：秋冬农闲时。隙，空隙，这里指空闲。

〔6〕田猎：打猎，古代秋冬之际，政府招集百姓打猎，讲习武事。

〔7〕进退坐作：前进、后退、跪下、起立。均为战术训练中的科目。《周礼·夏官·大司马》："以教坐作、进退、疾徐、疏数之节。"郑玄注："习战法。"

〔8〕斩刈（yì）：杀戮、战斗。慑：害怕。

〔9〕盛节：伟大的法度、措施。节，制度，引申为规定、办法。

〔10〕顿：通"钝"，不锋利。弊：坏、破。

〔11〕佚乐：安逸游荡。

〔12〕讹言：谣言。

〔13〕走：逃跑。

〔14〕开元、天宝：唐玄宗李隆基的两个年号。开元指713—741年，天宝指公元742—756年。开元、天宝年间为唐朝两个政治、经济、文化高涨时期，史称"开天盛世"。

〔15〕豢（huàn）：颐养、保养。

〔16〕刚心：刚强的意志。

〔17〕钝眊（mào）：动作迟钝，眼睛失神，看东西时模模糊糊。

〔18〕痿（wěi）：萎缩。蹶（jué）：衰竭。

〔19〕禄山：安禄山。唐玄宗天宝年间，安禄山任平卢、范阳、河东节度使。天宝十四年（755）起兵作乱，攻占洛阳、长安。自称燕帝，后为其子安庆绪所杀。乘：趁着。

〔20〕不暇：来不及。

〔21〕微：衰微。

〔22〕穷冬：深冬，冬末。

〔23〕浸渍（zì）：被水泡着。

〔24〕狎：亲切而轻慢。

〔25〕毒：危害。

〔26〕重（chóng）屋：重檐之屋，有两重檐的屋。

〔27〕步趋：行走。

〔28〕四体：指整个身体。狃（niǔ）：习惯。

〔29〕渐：端倪，事物发展的苗头。

〔30〕西、北之虏：西，指西夏。北，指契丹（辽）。

〔31〕要：总之，总归。

〔32〕出身：献身，投身。蹈：踏。死地：指战场。

〔33〕武勇：勇猛、勇敢。

〔34〕庶人：平民。

〔35〕行（háng）阵之节：指把军队摆成行列、阵势的规则。节，节度，规则。

〔36〕役民：从民间抽调来的差役。司：掌管。

〔37〕都试：汉代的一种讲武制度，每年秋八月，各郡太守、都尉召集所属部队在郡府所在地作军事演习，进行考试。都，郡府治所所在地。

〔38〕从事：办事，处理。

〔39〕扰：困扰。一作“悚”，恐惧。

〔40〕果：副词，果然，果真。

〔41〕不教之民：指未经过军事训练的百姓。

〔42〕陵压：欺压。陵，欺侮。邀：同“要”，要挟。

〔43〕际：分际，界限。

【译文】

如今百姓的隐患究竟在哪里呢？在于他们知道自己处于和平的环境中，却不知道有危险存在，过惯了安逸日子，却不能吃苦耐劳。这种隐患今天还没有暴露出来，但总有一天会暴露的。现在不为他们想出对策，以后就将出现不可挽救的祸患。

从前，先王懂得军备是不能解除的，因此天下虽然太平了，却不敢忘记战备。在秋冬农闲的时候，就招集民众，到野外打猎来习武练兵。教会他们如何前进、后退、跪下、起立，使他们的耳朵听惯战鼓的响声、眼睛看惯战旗飘扬，不会一听见鼓响、一看见战旗就心慌意乱，使他们的心志适于攻打杀戮的战争场面而不感到害怕。因此，即使出现了盗贼兴起的变乱，百姓也不会因为惊惧而溃散。等到了后世，君主们采用了迂腐儒生的意见，把解除军备作为君王应该实行的英明措施，天下已经平定，就把武器装备收藏起来。几十年以后，铠甲烂了，兵器钝了，百姓又一天天过惯了安乐的日子，突然出现了盗贼作乱的紧急情况，大家就惊慌失措，谣言四起，没有抵抗就逃跑了。开元、天宝年间，天下难道治理得不好吗？只因百姓习惯于过太平安乐的日子，成天在吃喝玩乐中生活，他们刚强的意志和勇气全都消耗尽了，萎缩衰竭，振作不起来。因此小小的安禄山利用这个时机出来，四处的百姓像鸟兽一样到处奔跑逃窜，争先恐后地要当俘虏，天下四分五裂，唐朝也就因此而急剧衰落了。

我曾经试着分析了一下这个问题：天下的情形，好比是一个人的身体。王公贵人用来保养他们身体的方法，难道还不周到完备吗？可是他们平时却常因多病而苦恼。而种田的百姓们，一年到头辛勤劳苦，却不曾生过病。这是什么缘故呢？风雨、霜露、寒暑的变化，是造成人生病的原因。那些种田的百姓，在酷热的夏天还不停地努力耕作，而到了深冬时节仍然在野外干活儿，风霜冲犯他们的筋骨，雨露浸泡他们的皮肤，可他们却对风霜雨露毫不在乎，因此寒暑冷热都不能给他们带来危害。如今王公贵人住在楼房中，出门就坐车，刮风就加上皮衣，下雨就撑开伞，凡是可以用来防备生病的用具，没有准备得不齐全的。他们对病害怕得太厉害，而对自己保养得太过分，稍微不注意，寒暑之气就侵入了他们的身体。因此会保养身子的人，总是使自己既能过安逸日子，又能吃苦耐劳，经常散步、跑步和运动，使自己的身体能够习惯寒暑的变化。这样才可以使他的身体刚健，强壮有力，经历危险的事情也不会受到损害。百姓的情形也是这样。如今国家太平很久了，天下的人骄傲怠惰，脆弱得很，就像妇女和小孩一样，从没有出过家门。一听到谈论打仗的事，就吓得直缩脖子、大腿发抖；听到盗贼的名字，就用手遮住耳朵不愿意听。而且士大夫也未曾谈到军事方面的事，认为谈论军事就是无端生事来扰乱人民，一有苗头就要制止。这种情况不是对打仗的事害怕得太厉害，和对自己保养得太过分了吗？

况且天下本来就有意外发生的祸患。愚蠢的人见到四方无事，就认为意外的事无从产生，这种看法也是不对的。现在国家进献给辽国和西夏的银绢，每年要以百万两来计算。进献者的财物是有限的，而索取财物的人没有满足的时候，这样双方势必会发生战争。发生战争，这是必然的趋势。不是从我方开始，就是从对方开始；不是从西夏爆发，就是从辽国爆发。不能知道的只是战争发生得慢一些还是发生得快一些，是发生在远处还是发生在近处，总之是不可避免的。如果天下不能避免战争，可又不让打仗的人渐渐适应战争，而是使他们在安乐无事的环境中，一下子就投身到出生入死的战场，那就必然会出现意外的灾祸。所以说：“天下人民只懂得安稳平静却不知道有危险存在，只能够过安逸日子却不能吃苦耐劳，这就是我所说的大祸患。”

我的意见是：要让各级官吏重视提倡武力和勇敢，讲解练习用兵之法，在官府服兵役的百姓，要教给他们编排行列、布置阵势的规则；对那些被征来服役专管缉捕盗贼的公差，教给他们击、刺的本领。每到年底就把他们聚集到州府所在地，像古代那样演习武事，有胜负、有赏罚。实行很久以后，就用军法来要求他们。这样做，评论的人一定会认为是无缘无故地调动百姓，又用军法来约束他们，那百姓将不能过安定日子了。可是我却认为这是用来安定百姓的好办法。天下果真不能消除战争，那么总有一天就要驱使没有受过战争训练的百姓去打仗。这样，无事时训练百姓，虽说他们会有些小的惊恐，但和突然要他们走上战场所面临的危险相比，哪个严重呢？

现在天下屯聚的军队，骄纵强横、怒气冲天，他们欺压百姓、要挟上级军官，是什么原因呢？这是因为他们认为天下会打仗的只有他们罢了。如果让平民百姓都学习军事，他们明白自己有了对手，就一定能破除他们的坏主意，打消他们的骄横气焰。这样做，利和害的界限难道不是也很清楚吗？

答谢民师书

【题解】

谢民师，名举廉，新淦（今江西新干）人，元丰八年（1085）进士，善诗文。元符三年（1100），苏轼遇赦，自儋州（今广东儋州）北归，途经广州。当时谢民师任广州推官，曾携诗文拜见苏轼，深受苏轼赏识。本文是苏轼离开广州后，答谢民师的第二封信。文中着重阐明对“辞达”的理解：一是崇尚自然活泼，不拘一格。作文要像“行云流水”，行于所当行，止于所当止，达到“文理自然，姿态横生”的艺术境界。二是正确理解“文”与“达”的关系。“辞达”不是轻视文采，也不仅是文辞通顺，

而是要把客观事物的奥妙充分表现出来。这样的“辞述”，就是最高水平的文采，二者并不矛盾。三是反对模拟与雕琢。无论散文或辞赋，语言必须明白晓畅、平易近人。故作艰深，务求华丽，往往是为了掩饰思想内容的浅薄。实现以上要求，必须经历一个从“了然于心”到“了然于口与手”的艺术体验过程。就是说，作家对于客观事物的特征既要有全面深刻的认识，又要能加以生动形象的再现。这是作者一生文学创作经验的宝贵总结。全文或论文理，或谈行迹，或叙心绪，均能做到随意挥洒、流转自然、亲切有味，确如天上之行云，山间之流水。

【原文】

近奉违〔1〕，亟辱问讯〔2〕，具审起居佳胜〔3〕，感慰深矣。某受性刚简〔4〕，学迂材下〔5〕，坐废累年〔6〕，不敢复齿缙绅〔7〕。自还海北〔8〕，见平生亲旧，惘然如隔世人，况与左右无一日之雅〔9〕，而敢求交乎？数赐见临，倾盖如故〔10〕，幸甚过望，不可言也。

所示书教及诗赋杂文，观之熟矣。大略如行云流水，初无定质〔11〕，但常行于所当行，常止于所不可不止，文理自然〔12〕，姿态横生。孔子曰：“言之不文，行而不远。”又曰：“辞，达而已矣。”夫言止于达意，即疑若不文，是大不然。求物之妙，如系风捕影〔13〕，能使是物了然于心者，盖千万人而不一遇也，而况能使了然于口与手者乎〔14〕！是之谓辞达。辞至于能达，则文不可胜用矣〔15〕。

扬雄好为艰深之辞，以文浅易之说〔16〕，若正言之〔17〕，则人人知之矣。此正所谓“雕虫篆刻〔18〕”者，其《太玄》《法言》皆是类也，而独悔于赋，何哉？终身雕篆而独变其音节〔19〕，便谓之“经”，可乎？屈原作《离骚经》〔20〕，盖《风》《雅》之再变者〔21〕，虽与日月争光可也，可以其似赋而谓之“雕虫”乎〔22〕？使贾谊见孔子，升堂有余矣，而乃以赋鄙之，至与司马相如同科〔23〕。雄之陋如此比者甚众〔24〕。可与知者道〔25〕，难与俗人言也，因论文偶及之耳。欧阳文忠公言：“文章如精金美玉，市有定价，非人所能以口舌定贵贱也〔26〕。”纷纷多言，岂能有益于左右？愧悚不已。

所须惠力“法雨堂”两字〔27〕，轼本不善作大字〔28〕，强作终不佳；又舟中局迫难写〔29〕，未能如教〔30〕。然轼方过临江〔31〕，当往游焉。或僧有所欲记录，当为作数句留院中，慰左右念亲之意〔32〕。今日至峡山寺〔33〕，少留即去〔34〕。愈远，惟万万以时自爱〔35〕。

【注释】

〔1〕奉违：指别离。苏轼十一月初五、初六离开广州，大约过了七八天即到清远峡，故称“近奉违”。

〔2〕亟（qì）：屡次。问讯：来信问候。

〔3〕具：完全。审：了解，知道。佳胜：美好。

〔4〕受性：生性，禀赋。刚简：刚直简慢，言为人戆直，不谙世故，懒于应酬。

〔5〕迂：迂阔，迂腐，不合时宜。

〔6〕坐：因此。废：指受到贬谪。

〔7〕齿：同列。缙绅：士大夫，也指有地位的人。

〔8〕海北：渡海北还。苏轼于元符三年六月由海南岛渡海北归至海康（今广东雷州）。

〔9〕左右：对人的尊称。无一日之雅：往日没有交往。

〔10〕倾盖如故：初次见面交谈，就像老友一样。

〔11〕初无：从来没有，并没有。定质：固定的格式、形态。

〔12〕文理：文章的条理。

〔13〕系风捕影：比喻事情难以做到。

〔14〕了然于口与手：指用口用手把事理明白透彻地说出来、写出来。

〔15〕不可胜（shēng）用：用不尽，指能写出各种用途的文章。

〔16〕文：文饰，掩饰。

〔17〕正言：正面说出，直接说出。

〔18〕雕虫篆刻：雕绘虫书，篆写刻符。虫书、刻符为秦时八种字体中的两种，纤巧难工，是西汉时学童必须学习的。

〔19〕变其音节：指扬雄写《太玄》《法言》仍未脱模拟雕琢之习，不过把赋的句式改成了散文句式。

〔20〕《离骚经》：西汉人刘向编《楚辞》，尊称屈原的《离骚》为《离骚经》。

〔21〕《风》《雅》之再变者：《诗经》中的《国风》《小雅》《大雅》部分有些表达幽怨感情的诗篇，汉朝学者称之为“变风”“变雅”。《离骚》写“离忧”，故前人说兼有《风》《雅》的精神。

〔22〕似赋：《离骚》为诗体，言其“似赋”是就其句式的严整、声韵的和谐而言。《汉书·艺文志》就把《离骚》称为赋，苏轼亦沿用其说。

〔23〕贾谊：西汉文帝时的政论家，因上书论政，触犯上层统治集团的利益，出为长沙王太傅。渡湘水，贾谊作《吊屈原赋》，借凭吊屈原而抒己愤。谪居长沙时，又作《鹏鸟赋》，赋中虽言“纵躯委命”，但也表现出他对现实的某些不满。他的赋在形式上趋向散体化。升堂：登堂。孔子用升堂、入室来形容做学问的几个阶段。堂是正厅，室为内室。先入门，再升堂，最后入室。科：品类。扬雄《法言·吾子》：“如孔氏之门用赋也，则贾谊升堂、相如入室矣。如其不用何！”苏轼批评扬雄的话指此而言。

〔24〕陋：见识浅薄。

〔25〕知：同“智”。

〔26〕欧阳文忠公言：《欧阳文忠公集》中无此言，唯《苏氏文集序》赞苏舜钦

文说过“斯文，金玉也，弃掷埋没粪土，不能销蚀；其见遗于一时，必有收而宝之于后世者”一类的话。苏轼本人常用金玉说明文章价值，其《答毛滂书》：“文章如金玉，各有定价，先后进相汲引，因其言以信于世，则有之矣。至其品目高下，盖付之众口，决非一夫所能抑扬。”又《答刘沔都曹书》：“以此知文章如金玉珠贝，未易鄙弃也。”

〔27〕须：同“需”，求。惠力：寺名，一作“慧力寺”，位于今江西清江南，建于南唐。苏轼曾为惠力寺书《金刚经》碑，此碑清代尚存一半。法雨堂：惠力寺中殿堂名。两字：指“法雨”二字。谢民师家乡新淦和清江县毗邻，可能他曾在寺中为其父母祈福，故替寺向苏轼求字。

〔28〕不善作大字：此为苏轼谦语。他是北宋书法大家。

〔29〕局迫：窄小紧迫。

〔30〕教：命。

〔31〕临江：临江军（军为宋代行政区划名。有两种情况：一与州、府同级，隶属于路；二与县同级，隶属于州、府。临江军隶属江南路），治所在今江西宜春清江。

〔32〕念亲：挂念亲善。

〔33〕峡山寺：广庆寺，古代名刹之一，位于今广东清远的清远峡。

〔34〕少：同“稍”。

〔35〕自爱：自己保重。

【译文】

分别不久，就承蒙你多次来信问候，得知你近来生活得很好，我深感欣慰。我生性刚直简慢，学问迂阔，才质低下，因此被贬谪多年，不敢再和士大夫同列。自从渡海北归以来，见到往日的亲戚朋友，恍惚像是隔世的人，何况我和你从前没有一天的来往，哪敢要求和你交往呢？承蒙你几次来看我，交谈时间虽短，却像老朋友一样，真是幸运之至，出乎意料，不是用言语表达得了的。

自还海北，见平生亲旧，惘然如隔世人

你给我看的书信以及诗、赋和各类文章，我已经反复熟读了。大体说来，作文像舒卷自如的云霞、自然流淌的溪水，原本没有什么固定的格式。只是常常在它应当落笔的时候就落笔，常常在它不能不停下来的时候就停下来，文章的条理自然，姿态富于变化。孔子说：“言辞没有文采，就传播得不远。”又说：“言辞，能够把意思表达清楚就行了。”言辞能够把意思表达清楚就行了，就怀疑这种说法是不重视文采，这种怀疑是很不对的。要把事物的精妙之处探求出来，就像要拴住风、捉住影子那样困难，能做到在心里透彻了解事物特点的人，大概在千万个人中也遇不到一个，更何况能在语言和文字上都表达清楚呢！能够做到这样，才能称为言辞表达出了意思。能使言辞清楚地表达出意思来，那他写各种文章也就得心应手了。

扬雄喜欢用一些深奥难懂的言辞来文饰浅薄简单的道理，如果直接说出来，那人人都能明白。这正是他所说的雕绘虫书、篆写刻符一类的文字游戏，他的《太玄》《法言》都是这类作品，可他只悔恨写了赋，这是为什么呢？终生都在搞雕虫篆刻的玩意，只是把句子的音节改变一下，便称为“经”，这可以吗？屈原作《离骚经》，那是承继《风》《雅》的精神，加以变化而形成的，即使说它能和日月争夺光辉也是可以的，能因为它形式上像赋而把它称为雕虫一类的作品吗？假使贾谊和孔子同时，他的道德和才能达到“进入厅堂”的水平也是绰绰有余的，而扬雄竟然因为贾谊作过赋而鄙视他，甚至把他和司马相如列为一类。扬雄像这类见识浅陋的例子很多。这些可以和聪明人谈，很难和平庸的人说清楚，这里因为谈论文章，不过偶然提到罢了。欧阳文忠公说过：“文章如同精美的金玉，市场上自有定价，不能凭着人们的一张嘴来决定它的贵贱。”胡乱讲了这么多，哪能对你有益处呢？我感到非常惭愧、惶恐。

你要我给惠力寺“法雨堂”写两个字，我本来不善于写大字，勉强写来到底不好；又因为船中地方窄小很难动笔，所以没有完成你的嘱托。但我将要经过临江，到那里后，我会去寺中游览。可能寺中僧人要我写点什么留下来，我就在寺院写几句话，来答谢你挂念亲善之意。今日到了峡山寺，稍稍停留一下就离开。我们相距越来越远，只希望你千万随时保重自己。

文与可画筼筜谷偃竹记[1]

【题解】

这是一篇出色的画论和悼文。作者总结了亡友文与可的绘画理论和技法，认为画竹必须“先得成竹于胸中”，对竹子的形态特点和生长规律要有深入的观察体味，并且经过长期的创作实践，掌握了熟练的绘画技巧，才能顺利地进入艺术构思，迅速捕捉并表现出竹子的天然神韵，达到心手相应、一挥而就的高妙境界。文中把创作灵感忽然而至的情形，比作“如兔起鹘落，少纵则逝”，

是深有艺术体验的见解。作者同时用几件日常琐事，赞扬了文与可不慕名利、不喜应酬的高洁情操和爽直风趣的性格，与一些附庸风雅的士大夫形成对照；又通过书诗应答、睹物伤情等生活情节，表现了他们“亲厚无间”的友谊和对亡友的沉痛悼念。文章前半部分议论画理，流露出对文与可的敬佩之情；后半部分叙述他们的情谊，仍紧扣画理推究，谈笑风生，幽默轻松；末段突然点出文与可之死，情调骤变，畴昔嬉笑之言竟成如今之失声痛哭，言简情深，倍加伤感。全文叙事、抒情、议论熔于一炉，信笔挥洒、舒卷自如，其势如行云流水，曲折生动。

【原文】

竹之始生，一寸之萌耳[2]，而节叶具焉。自蜩腹蛇蚹[3]，以至于剑拔十寻者[4]，生而有之也。今画者乃节节而为之，叶叶而累之，岂复有竹乎？故画竹必先得成竹于胸中[5]，执笔熟视，乃见其所欲画者，急起从之，振笔直遂[6]，以追其所见，如兔起鹘落[7]，少纵则逝矣。与可之教予如此。予不能然也，而心识其所以然。夫既心识其所以然，而不能然者，内外不一，心手不相应，不学之过也。故凡有见于中，而操之不熟者，平居自视了然，而临事忽焉丧之，岂独竹乎？

子由为《墨竹赋》以遗与可[8]，曰：“庖丁[9]，解牛者也，而养生者取之[10]；轮扁[11]，斫轮者也，而读书者与之[12]。今夫夫子之托于斯竹也[13]，而予以为有道者，则非耶？”子由未尝画也，故得其意而已。若予者，岂独得其意，并得其法。

与可画竹，初不自贵重。四方之人，持缣素而请者[14]，足相蹑于其门[15]。与可厌之，投诸地而骂曰：“吾将以为袜材！”士大夫传之，以为口实。及与可自洋州还，而余为徐州。与可以书遗余曰：“近语士大夫：‘吾墨竹一派，近在彭城，可往求之。’袜材当萃于子矣。”书尾复写一诗，其略曰：“拟将一段鹅溪绢[16]，扫取寒梢万尺长[17]。”予谓与可：“竹长万尺，当用绢二百五十匹[18]，知公倦于笔砚，愿得此绢而已！”与可无以答，则曰：“吾言妄矣！世岂有万尺竹哉？”余因而实之[19]，答其诗曰：“世间亦有千寻竹，月落庭空影许长。”与可笑曰：“苏子辩矣[20]，然二百五十匹绢，吾将买田而归老焉！”因以所画《筼筜谷偃竹》遗予，曰：“此竹数尺耳，而有万尺之势[21]。”筼筜谷在洋州，与可尝令予作《洋州三十咏》，《筼筜谷》其一也。予诗云：“汉川修竹贱如蓬[22]，斤斧何曾赦箨龙[23]？料得清贫馋太守，渭滨千亩在胸中。”与可是日与其妻游谷中，烧笋晚食，发函得诗，失笑喷饭满案。

元丰二年正月二十日，与可殁于陈州[24]。是岁七月七日，予在湖州[25]，曝书画，见此竹，废卷而哭失声。

昔曹孟德祭桥公文[26]，有“车过”“腹痛”之语，而予亦载与可畴昔戏笑之言者[27]，以见与可于予亲厚无间如此也[28]。

【注释】

〔1〕文与可：名同，字与可，自号笑笑先生、锦江道人，梓潼（今四川梓潼）人，一说梓州永泰之。官司封员外郎，出任洋州（今陕西洋县）、湖州（今浙江吴兴）知州。文同长苏轼十八岁，既是他的从表兄，又是他的好友。苏轼说：“文与可有四绝：诗一、楚词二、草书三、画四。”（《文与可墨竹并序》）文同善画山水石竹，尤工竹，是“文湖州竹派”的开创者。《图画见闻志》卷三称其“善画墨竹，富萧洒之姿，逼檦栾之秀，疑风可动不笋而成者也。复爱于素屏高壁，状枯槎老，风旨简重，识者所多”。著作有《丹渊集》。筼（yún）筜（dāng）谷：位于洋州西北五里，其地多筼筜竹。文同《筼筜谷》言其“池通一谷波溶溶，竹夹两岸烟濛濛！”偃竹：斜立风中、状若倒伏的竹子。“筼筜谷偃竹”是文同画的一幅墨竹。

〔2〕一寸之萌：指小竹笋。萌，植物的芽。

〔3〕蜩（tiáo）腹蛇蚹（fù）：形容竹笋出土后的形状。笋小时竹节纹路甚密，形如蝉腹上的横纹、蛇腹上的横鳞。

〔4〕剑拔：形容竹子长得快。

〔5〕成竹于胸中：指胸中先要有完整的竹子形象（包括竹的神韵）。这里强调的是画竹前，画家对竹要多观察、多了解，“能使是物了然于心”（《答谢民师书》）。

〔6〕振笔：挥笔。遂：完成。

〔7〕兔起鹘落：兔子刚一出现，鹘鸟就从空中冲下来抓住它。这里形容运笔神达。

〔8〕子由：苏辙。

〔9〕庖丁：《庄子·养生主》篇所说的善于解牛的人物。

〔10〕养生者：讲求养生之道的人，此指文惠君。

〔11〕轮扁：《庄子·天道》篇所说的擅长治轮的人物。

〔12〕读书者：指齐桓公。与：赞许。

〔13〕今夫：《墨竹赋》中作“况夫”，且“况夫”前有“万物一理也，其所从为之者异尔”数字。

〔14〕缣（jiān）素：白色细绢，供书画用。

〔15〕足相蹑：形容人一个接一个地来。蹑，踩。

〔16〕鹅溪：位于今四川盐亭西北。鹅溪产的绢很著名，唐时作为贡品，宋人视为名贵书画材料。

〔17〕扫取：用笔画成，挥洒成。扫，抹。寒梢：因竹耐寒，故称寒梢。

〔18〕二百五十匹：古以四十尺为一疋，故言“竹长万尺，当用绢二百五十匹”。

匹，同“疋”。

〔19〕实：坐实，落实。

〔20〕苏子辩矣：一本作“苏子辩则辩矣”。辩，巧言善辩，会说话。

〔21〕万尺之势：这句是说画上竹只数尺长，却具有高达万尺的气势。文同的话说明画竹要有高度的概括性，通过有限的形象反映出无限的神韵来。

〔22〕汉川：汉水，洋州州治位于汉水北侧。蓬：草名。

〔23〕箨（tuò）龙：竹笋的别称。

〔24〕陈州：治所在今河南淮阳。元丰二年正月，文同病逝于陈州宛丘驿。

〔25〕湖州：文同卸湖州知州任在元丰元年十月，继任者即为苏轼。

〔26〕桥公：桥玄，字公祖，睢阳（今河南商丘）人。曾为太尉，拜中散大夫。

〔27〕畴（chóu）昔：从前。

〔28〕无间（jiàn）：没有隔阂。

【译文】

竹子开始生长的时候，只有一寸来长的幼芽而已，但是节和叶都已经在芽内具备了。从它像蝉腹蛇鳞般的小笋，直到它长成像宝剑出鞘那样挺拔，高达七八十尺的竹子，生来就有竹节和竹叶。现在作画的人竟一节一节描摹它，一叶一叶堆叠它，难道还会有生机勃勃的竹子吗？所以画竹子，一定要先在胸中有完整的竹子形象，拿着画笔仔细地观察、想象，才能在构思中发现所要画的形象特点，这时就要急忙振作精神，按照构思，挥动画笔一气呵成，以便捉住自己看到的那个竹子，就像兔子跃起，老鹰快速落下，稍一放松时机就消失了。文与可就像这样教我画竹子。我不能做到这样，但心里却懂得这样做的原因。心里既然明白为什么这样做，却又不能这样做，是由于心里想的与手上做的不一样，心和手不能密切配合，这是不学习的过错呀。所以凡是心里有所领悟，而实际做起来却不熟练的人，平时自己看来很明白清楚的事，临到做的时候却又恍恍惚惚地把握不住它，这种手不从心的情况，难道只是画竹时才有的吗？

子由作了一篇《墨竹赋》送给文与可，说：“庖丁，是个宰牛的人，而讲求养生之道的人（文惠君）却从庖丁解牛的技巧中领悟到了养生的道理。轮扁，是个砍削制作车轮的人，而读书人（齐桓公）却赞许轮扁所说的道理。现在从先生您在画竹上所寄寓的道理看，我认为您也是个深知事物规律的人，难道不是吗？”子由从未作过画，所以只领会了他的意思罢了。至于我，就不仅能领会他的意思，并且学到了他的画法。

文与可画竹子，起初自己看得并不那么贵重。四面八方的人，拿着素绢求他作画的，一个接着一个地找上门来。文与可对此很厌烦，把绢扔到地上，骂道：“我要拿它做袜子！”士大夫口耳相传这句话，把它当成笑柄。等到文与可从洋州回来，我在徐州做知州，文与可给我写了一封信，信中说：“近来我告诉士大夫，我们画墨竹这个流派的人，就近在彭城，你们可以去求他作画。做袜子的材料将汇集到你那里了。”信的后边还写了首诗，诗中大致说：“打算拿一块鹅溪名绢，挥笔画出万尺长的竹子。”我对文与可说：“画万尺长的竹子，应当用绢二百五十匹，我知道你懒得动笔作画，只不过希望得到这些绢罢了！”文与可无话可答，就说：“我的话说得过头了，世间哪有万尺长的竹子呢？”我借着他的话来证明所讲是事实，于是在回答他的诗中说：“世间也有千寻长的竹子，当月光落在空寂的庭院里时，竹子的影子就有这么长。”与可笑着说：“苏轼真会巧辩啊，但是如果真有二百五十匹绢的话，我将用它买田地养老了。”于是把他所画的一幅《筼筜谷偃竹》送给我，说：“这幅竹子只不过几尺罢了，然而却有万尺长的气势。”筼筜谷在洋州，文与可曾经让我作《洋州三十咏》，《筼筜谷》是其中的一首。我的诗中说：“汉江长长的竹子贱得像蓬草，你的刀斧何曾饶过那里的竹笋？想必是清贫而嘴馋的太守，要把渭水之滨千余亩的竹子吞在肚里以求一饱。”文与可这天正和妻子在谷中游玩，恰巧正烧竹笋吃晚饭，打开信看到这首诗，禁不住笑得喷了满桌子的饭。

元丰二年正月二十日，文与可在陈州去世。这年七月七日，我在湖州晾晒书画，看见这幅竹子，忍不住放下画卷失声痛哭。

从前曹操祭桥玄的文中有“车过”“腹痛”这样的话，而我也记下文与可昔日的嬉笑之言的原因，就是想表现我和文与可之间也有这样亲密无间的友情啊！

记承天寺夜游

【题解】

这篇游记，仅有八十四字，寥寥几笔，就点染出一个明净幽静的夜景，传达出一种恬淡自适的心境。月色如水，上下空明，幽人漫步，竹柏弄影，宛如一幅用淡墨挥洒的月夜游人图。天上有明月，庭中有竹柏，身边有知己，作者把自己政治失意后的孤高情怀寄托于其中，情与景如水乳交融，实难分辨。他的情怀也像天光月影一般，表里澄澈、纤尘不染、无忧无虑、潇洒自如。此情此景，岂是嚣嚣官场可与相比？

【原文】

元丰六年十月十二日夜[1]，解衣欲睡，月色入户，欣然起行。念无与为乐者，遂至承天寺寻张怀民[2]。怀民亦未寝，相与步于中庭[3]。

庭下如积水空明，水中藻、荇交横[4]，盖竹柏影也。

何夜无月？何处无竹柏？但少闲人如吾两人者耳[5]。

【注释】

〔1〕元丰六年：1083 年。元丰，宋神宗赵顼年号。

〔2〕承天寺：故址在今湖北黄冈南。张怀民：又名张梦得，清河（今河北清河）人。元丰六年，张怀民被贬黄州，初到时寓居承天寺。

〔3〕中庭：庭中，院子里，与下文“庭下”义同。

〔4〕藻（zǎo）：水藻。荇（xìng）：荇菜。藻、荇，均为水生植物，根生水底，枝叶浮于水面。

〔5〕闲人：苏轼与张怀民均为贬官，只有虚衔而无实权，故称“闲人”。

【译文】

元丰六年十月十二日夜里，我脱了衣服正要睡觉，忽然看见月光透进门窗，睡意全消，便高兴地起身走出来。想到没有一个同我共享这月夜乐趣的人，我就到承天寺去找张怀民。正好怀民也没睡，我们就一同在寺院里散起步来。

院子里像贮满了水一样，澄澈透明，水里面的藻、荇枝叶，纵横交错，其实是竹子和柏树的影子。

哪儿的夜里没有月亮？哪个地方没有竹子和柏树？只是少有像我和怀民这样清闲的人罢了。

书蒲永升画后[1]

【题解】

我国绘图理论的精髓，是“形似”与“神似”的完美结合。在这篇短小精悍的题画文中，作者通过“死水”与“活水”的对比，形象地说明了“形似”

与“神似”的结合，对绘画创作实践有重要指导意义。怎样才能达到形神兼备、气韵飞动的艺术境界呢？一要有“随物赋形”——对自然形态的山水景物具有深刻的观察和忠实的再现能力。二要能“性与画会”——把主观感情与客观景物融为一体。这样就会有灵感的爆发，创作的冲动，用一种不可遏制的激情表现出山水景物的形状和神理，取得情景合一、物我难分的最高艺术真实。作者还把绘画创作与画家的个性特征和品德修养联系起来，说明绘画艺术是画家思想品格的自然外现，蒲永升笔下的“活水”具有一种逼人的凛凛生气，正是因为他具有放浪不羁的性格和不畏权贵的节操。如果仅能摹写出水的“平远细皱”的表面形状，而没有画家的思想品格在内，就只能是毫无生气的一潭“死水”。印画工匠的复制品，算不上什么艺术。苏轼深知艺术的奥妙，这篇随意挥洒的“戏书”，实在是一篇生动深刻的画论。

【原文】

古今画水，多作平远细皱〔2〕，其善者不过能为波头起伏，使人至以手扪之〔3〕，谓有洼隆，以为至妙矣。然其品格〔4〕，特与印板水纸争工拙于毫厘间耳〔5〕。

唐广明中〔6〕，处逸士孙位始出新意〔7〕，画奔湍巨浪〔8〕，与山石曲折，随物赋形〔9〕，尽水之变，号称神逸〔10〕。其后蜀人黄筌、孙知微皆得其笔法〔11〕。始，知微欲于大慈寺寿宁院壁作湖滩水石四堵〔12〕，营度经岁〔13〕，终不肯下笔。一日，仓皇入寺，索笔墨甚急，奋袂如风〔14〕，须臾而成，作输泻跳蹙之势，汹汹欲崩屋也。知微既死，笔法中绝五十余年〔15〕。

近岁成都人蒲永升，嗜酒放浪，性与画会〔16〕，始作活水，得二孙本意。自黄居寀兄弟、李怀衮之流〔17〕，皆不及也。王公富人或以势力使之，永升辄嘻笑舍去；遇其欲画，不择贵贱，顷刻而成。尝与余临寿宁院水〔18〕，作二十四幅，每夏日挂之高堂素壁，即阴风袭人，毛发为立。永升今老矣，画亦难得，而世之识真者亦少。如往时董羽、近日常州戚氏画水〔19〕，世或传宝之。如董、戚之流，可谓死水，未可与永升同年而语也〔20〕。元丰三年十二月十八日夜，黄州临皋亭西斋戏书。

【注释】

〔1〕蒲永升：成都人，宋画家，善画水。据郭若虚《图画见闻志》卷二记载，苏轼此文是写给“成都僧惟简”的。

〔2〕皱（zhòu）：皱纹，形容水的波纹。

〔3〕扪（mén）：摸。古人观画，有手摸一法。

〔4〕品格：高下等级。

〔5〕特：仅，只。争工拙于毫厘间：指在毫厘间的距离内比高低，即相差无几，不相上下。工拙，工巧笨拙，即优劣，文中指绘画技法而言。

〔6〕广明：唐僖宗李儇的年号。

〔7〕孙位：唐末画家，初名位，改名遇，居会稽山，号会稽山人。黄巢攻克长安，孙位由长安入蜀，居成都。他擅长画人物、鬼神、龙水、松石、墨竹。画龙水尤其著名，笔势超逸、气象雄放。

〔8〕奔湍：奔腾的急流。

〔9〕随物赋形：随着山石的自然形态而画出不同的形状。赋，赋予。

〔10〕神逸：神采奔放，不同凡响。

〔11〕黄筌：字要叔，成都人。五代后蜀画家，为翰林待诏，累官至如京副使。黄筌工禽鸟山水，花、竹师滕昌祐。龙水学孙位。他与江南徐熙并称“黄徐”，成为五代时画花鸟画的两大流派。他画的宫中珍禽异卉，格调富丽。北宋初，翰林图画院曾将他和他儿子黄居寀（cǎi）的画作为评画的标准。孙知微：字太古，眉州彭山（今四川彭山）人，宋代画家。范镇《东斋记事》卷四：“蜀有孙太古知微，善画山水、仙官、星辰、人物。其性高介，不娶，隐于大面山，时时往来导江、青城，故二邑人家至今多藏孙画，亦藏画于成都。”

〔12〕堵：墙的量度单位，长高各一丈为一堵。

〔13〕营度：谋求、计算，这里指构思、布置。

〔14〕奋袂（mèi）如风：言挥臂作画，衣袖摆动，犹如风吹。

〔15〕中绝：中途断绝。

〔16〕性与画会：言性情与画融合。

〔17〕自：即使。黄居寀：黄筌第三子，字伯鸾，他承继家法，工画花竹翎毛。曾在后蜀、北宋担任过宫廷画师。其兄黄居实、黄居宝亦善画。李怀衮：宋画家。《东斋记事》卷四：“又存李怀衮者，成都人，亦善山水，又能为木石，翎毛。”

〔18〕临寿宁院水：指以寿宁院中孙知微画的水为范本，把它临摹下来。

〔19〕董羽：字仲翔。俗呼董哑子，毘（pí）陵（治所在今江苏常州）人，善画龙水海鱼。曾在南唐和北宋担任过宫廷画师。戚氏：戚文秀，宋画家，善画水。曾作《清济灌河图》，长五丈，自边际起，通贯于波浪中间。又常州有戚化元，亦善画水。

〔20〕同年而语：相提并论。

【译文】

古今画家画水多半都是用细小的纹路把水画成平静广远的样子，那些画得好的也不过是能画出波浪起伏的样子，以至使人用手摸画时，认为有高低不平的感觉，便认为是画得最好的了。但这种画的品格，只不过在技法的工拙上和印版纸争个优劣罢了。

唐代广明年间，隐士孙位才在山水方面画出了新的意境。他画奔腾的流水、巨大的波浪和山石的曲折，随着山石形态的变化赋予水不同的形状，把水的种种变化都画尽了，被人称为“神采奔放，不同凡响”。后来的四川人黄筌、孙知微都学会了他的笔法。起初，知微打算在大慈寺寿宁院四堵墙上画湖滩水石的壁画，规划、构思了一年，始终不肯下笔。有一天，他慌慌张张地跑进寺内，急急忙忙地索取笔墨，挥笔时衣袖摆动，如同风吹，一会儿就画成了。画面上的水有一股奔腾倾泻、急促跳跃的势头，波涛汹涌，就像要将房屋冲塌似的。知微死后，这种笔法中断了五十多年。

近年成都人蒲永升，喜欢饮酒，为人放纵不拘，性情与画融合一道。他开始学前人画活水，掌握了二孙作画的原意。即使是黄居寀兄弟、李怀衮一类人都赶不上他。王公富人有时凭仗势力要他作画，蒲永升就嘻嘻哈哈取笑他们一番，扔下笔扬长而去。碰上他想作画时，便不选择要画人地位的贵贱，顷刻间就画好了。他曾给我临摹寿宁院壁画中的水，画了二十四幅，每当夏天把它们挂在高堂里洁白的墙壁上，就感到冷风袭人，使人毛发竖立。永升如今老了，他的画很难得到，而世上能鉴别出真画的人也少。像从前董羽、近时常州人戚氏画的水，世上的人你传给我，我传给你，当作宝贝。董、戚一类人画的水，可以说是死水，不能和永升画的水相提并论。元丰三年十二月十八日夜，戏写于黄州临皋亭西斋。

记游松风亭[1]

【题解】

本篇选自《东坡志林》，与后文《游白水书付过》是前后之作。苏轼以戴罪之身被安置在惠州，政治处境极为险恶。将来的结局如何，也是吉凶未卜、生死难料。他就像挂在钓钩上的活鱼一样，不论怎样挣扎，也无法掌握自己的命运，在进退维谷的情况下，他只好采取随遇而安的生活态度：既然无力攀登山上的亭子，山腰间又何尝不可以休息；既然远在千里之外的朝廷不能归去，荒僻的惠州又何尝不可以安居？在他看来，一个人只要放弃了某种执着的追求，把个人的生死利禄置之度外，那么一切烦恼都会解除的。作者在仕宦生涯中悟出的这番生

活哲理，显然是他借以自我排遣的精神支柱。文中写他思绪变化的过程，跌宕起伏、顿挫有致。深刻的道理能用家常话说出，十分真率亲切。其间几处宋时口语的运用，更能收到如见其人、如闻其声的艺术效果。

【原文】

余尝寓居惠州嘉祐寺〔2〕，纵步松风亭下，足力疲乏，思欲就亭止息。望亭宇尚在木末，意谓是如何得到？良久忽曰："此间有甚么歇不得处？"由是如挂钩之鱼，忽得解脱。若人悟此，虽兵阵相接，鼓声如雷霆，进则死敌，退则死法〔3〕，当恁么时也不妨熟歇〔4〕。

【注释】

〔1〕记游松风亭：此文选自《东坡志林》卷一。松风亭在今广东惠阳。绍圣元年（1094），苏轼贬居惠州时作。

〔2〕惠州：今广东惠阳。

〔3〕"进则死敌"二句：前进则死于敌人之手，后退则死于自己的军法。

〔4〕恁（nèn）么时：这时。熟歇：好好休息。

【译文】

我曾经暂居惠州嘉祐寺，有一次放开脚步向松风亭走去，途中觉得两脚疲乏无力，想赶到亭子上休息一会儿。可是远远望着亭子檐，还在山上树林的梢头，心中暗自思忖这该怎样到达呢？过了很长时间，忽然说："这儿有什么不能休息的呢？"于是，我如同上了钩的鱼儿，突然得到了解脱那样轻松。如果人们领悟了这点，即使置身两军对阵交锋之中，击鼓进军的声音即使像隆隆雷声那样震耳，前进就会被敌人杀死，后退就会被军法处决，在这个时候，也不妨美美地睡上一觉。

游白水书付过[1]

【题解】

苏轼晚年被贬到惠州（今广东惠阳）后不久，为了排遣心中的苦闷，求得精神解脱，即开始游览当地风光。“人间何者非梦幻，南来万里真良图”“日啖荔枝三百颗，不辞长作岭南人”。他一生屡遭贬斥，却始终保持着旷达乐观的情绪，这与他能主动积极地开拓欢愉自适的生活领域有很大的关系。他承认自己的失败，但决不被失败情绪所压倒。本篇选自《东坡志林》，写他初到惠州任时，与幼子苏过游览白水山的经过：浴温泉、观瀑布、赏佛迹、看山火、江边望月、舟中戏水、深夜饮酒。自昼至夜，一路游来，逸兴愈游愈浓，以至于长夜不寐，表现了一种旺盛的生活欲望和充沛的精神力量。篇幅虽小而内容丰富，用词简短而形神毕现，按时间顺序结构全文，层次分明，堪称游记中的小幅佳作。

【原文】

绍圣元年十月十二日[2]，与幼子过游白水佛迹院[3]，浴于汤池[4]，热甚，其源殆可熟物。循山而东，少北，有悬水百仞[5]。山八九折，折处辄为潭，深者缒石五丈[6]，不得其所止。雪溅雷怒，可喜可畏。水崖有巨人迹数十，所谓佛迹也。暮归倒行，观山烧，火甚。俯仰度数谷[7]，至江，山月出，击汰中流，掬弄珠璧[8]。到家二鼓，复与过饮酒，食余甘等煮菜，顾形颓然，不复甚寐，书以付过。东坡翁。

【注释】

〔1〕游白水书付过：此文选自《东坡志林》卷一。白水，指惠州白水山。此文是苏轼与幼子苏过游览白水山后写的一篇游记。苏轼有三子：长子苏迈，二子苏迨，三子苏过。贬居时仅苏过陪侍。

〔2〕绍圣元年：1094年。绍圣，宋哲宗年号。

〔3〕幼子过：最小的儿子苏过。

〔4〕汤池：温泉。

〔5〕悬水：瀑布。百仞：古代八尺为一仞。百仞形容很长。

〔6〕缒（zhuì）：把东西系在绳子上放下去。此处写潭水之深。意思是五丈长的绳子系着东西放下去还不到底。

〔7〕俯仰：上下。

〔8〕击汰：击打水波。此处指划船到了中流。汰，水波。掬弄珠璧：将水捧起来，水珠滴落，日光之下，晶莹有如珍珠玉石。

【译文】

宋哲宗绍圣元年十月十二日，我同小儿子苏过去白水山佛迹院游览，顺便在温泉洗浴，水特别热，温泉源头的水几乎能使食物烫熟。顺着山往东，稍北一点，有一条近百丈高的瀑布。山势曲折，拐八九个弯，拐弯处就是一个水潭，深的地方把石头用五丈长的绳子系着放下去，还到不了底。瀑布像雪花飞溅，如雷神震怒，既让人高兴，又让人可怕。水崖上有几十个巨人的脚印，传说是佛的脚印。傍晚回家，沿原路边走边看烧山，火势很大。高高低低，越过了几个山谷，来到江边，山月升起，到中流击水，水花迸溅，手捧水珠，如玩弄珍珠玉璧一般。到家已经二更天了。又与苏过饮酒，吃着煮橄榄菜。灯光下看着自己的身影，晃晃悠悠地快要醉倒了，却又睡不安稳，于是写了这篇游记交给过儿。东坡老翁。

黠鼠赋

【题解】

人是最有智慧的，而智慧的发挥有待于意志的专一。当人的精神高度集中、心无旁骛的时候，就能够降龙伏虎、主宰万物、无所畏惧；当人的精神松懈涣散、疏忽大意的时候，就会变得神经脆弱、怯懦无能，闻锅破而失声惊呼，见蜂蝎而红颜变色，堂堂万物之灵甚至对付不了一只小小的老鼠。可见目标明确、用心专一、态度严谨、工作认真是人类征服自然、取得成功的关键所在。事无大小，莫不如此。这就是作者从一个捉老鼠的小故事中，引申出来的生活真理。文章前半部分描写老鼠装死，趁机逃脱，形象狡猾诡诈；写人的漫不经心，乍喜乍惊，受骗上当，情节曲折生动；笔墨简练幽默，表现出状物写事的高超技巧。后半部分抒发感慨，因事论理，先提出问题，再加以辨析，步步深入，以小见大，寓庄于谐，发人深思。从“坐而假寐，私念其故”到“余俯而笑，仰而觉”，作者在睡意蒙眬中自我对话，在心灵搏动中自我反省，最后疑团顿开，恍然大悟，这一段心理活动的描写尤其别致。

【原文】

苏子夜坐，有鼠方啮[1]。拊床而止之[2]，既止复作。使童子烛之[3]，有橐中空[4]。嘐嘐聱聱[5]，声在橐中。曰：“噫，此鼠之见闭而不得去者也。”发而视之，寂无所有。举烛而索[6]，中有死鼠。童子惊曰：“是方啮也，而遽死耶？向为何声，岂其鬼耶？”覆而出之，堕地乃走。虽有敏者，莫措其手。苏子叹曰：“异哉，是鼠之黠也。闭于橐中，橐坚而不可穴也。故不啮而啮，以声致人；不死而死，以形求脱也。吾闻有生，莫智于人。扰龙、伐蛟、登龟、狩麟[7]，役万物而君之，卒见使于一鼠。堕此虫之计中，惊脱兔于处女，乌在其为智也[8]？”坐而假寐，私念其故。若有告余者曰：“汝惟多学而识之，望道而未见也。不一于汝，而二于物，故一鼠之啮而为之变也。人能碎千金之璧而不能无失声于破釜；能搏猛虎，不能无变色于蜂虿[9]。此不一之患也。言出于汝，而忘之耶？”余俯而笑[10]，仰而觉。使童子执笔，记余之作。

【注释】

〔1〕啮：咬。

〔2〕拊床：拍床。

〔3〕烛：用蜡烛照。

〔4〕橐（tuó）：箱子一类的器具。

〔5〕嘐嘐（jiāo）聱聱（áo）：象声词，形容老鼠咬的声音。

〔6〕索：寻找。

〔7〕扰龙：驯龙。伐蛟：擒杀蛟。蛟，龙的一种。登龟：捉取神龟。狩麟：猎取麒麟。

〔8〕乌在其为智也：怎么能说有智慧呢？乌，怎么。

〔9〕虿（chài）：蝎子一类的毒虫。

〔10〕俯：低首。

【译文】

苏子夜里坐起身，听到一只老鼠正在啃咬东西。拍拍床沿吓唬它，它停了下来，停了一会儿又咬起来。我让童子用烛光照照，原来有一只空箱子。老鼠咬东西的声音是从那里传出来的。我说：“嘻，这老鼠被封闭在里面跑不出来了。”打开箱子一看，里面静静的什么也没有。举烛寻找，发现里面有只死老鼠。童子惊奇地说：“刚才还在咬东西，怎么突然死了？刚才的是什么声音，难道有鬼吗？”翻过箱子把死鼠倒了出来，老鼠落地就逃跑了。即使行动再敏捷的人，对老鼠的突然逃跑也措手不及。我叹息说：“奇怪呀！这是老鼠狡猾的地方。被封闭在箱子里时，箱子结实咬不开窟窿，所以老鼠不是为的真咬箱子，而是要用咬声招来人；不是真的死了，而是借假死脱身。我听说有生命以来，没有比人更聪明的了。人能驯服龙、擒住蛟、捉取神龟、猎取麒麟。役使万物而主宰它们的人，却被一只老鼠骗了。中了老鼠的计，狡猾的老鼠看来像处女一样安稳，却像脱手的兔子一样逃掉了。这怎么还能算是聪明的呢？”我一边坐着闭目打盹，一边想其中的原因。仿佛有人告诉我说：“你只不过多读了点书，记住些知识，离道还远着呢。你自己的精神不集中，因而受到外物的干扰，所以才会被一只老鼠的啃咬声弄得坐立不安。人有时砸碎了价值千金的璧玉倒不动声色，却不能做到不在摔破锅时大声惊叫；人有时能与猛虎搏斗，却不能做到不在蜂虿面前吓变了脸色。这就是不专一带来的危害。这些话是从你嘴里讲出来的，如今你忘了吗？”我低下头暗自发笑，又抬起头来有所醒悟。于是让童子拿笔来，记下自己的这篇文章。

苏辙

苏辙（1039—1112），宋代著名的文学家。眉州眉山（今四川眉山）人。字子由，一字同叔，晚年号颍滨遗老。苏洵次子。与兄苏轼同为仁宗嘉祐二年（1057）进士。授商州军事推官。神宗熙宁二年（1069）实行变法，为三司条例司检详文字，力陈青苗法不可行，出为河南府留守推官。历陈州教授、齐州掌书记、著作佐郎、签书南京判官。元丰二年因苏轼以诗得罪，坐谪监筠州盐酒税。哲宗元祐初，司马光等先后执政，召为秘书省校书郎，改右司谏，历中书舍人、翰林学士、御史中丞等。官至尚书右丞、门下侍郎。绍圣元年（1094）哲宗新政，章惇为相，恢复新法。辙落职知汝州。后责授化州别驾、雷州安置。徽宗时，提举宫观，致仕。政和二年卒。擅为文，汪洋淡泊，有秀杰之气。与父苏洵、兄苏轼并称“三苏。”

六国论

【题解】

六国，指战国时韩、赵、魏、齐、楚、燕六国。作者分析了六国先后被秦灭亡的历史，指出六国诸侯目光短浅、胸无韬略，不能联合一致，共同对敌，以致先后灭亡。此文可与苏洵的《六国论》并读，二者都是总结六国灭亡的历史教训。洵文着眼于政治形势，批评苟安的国策；辙文着眼于战略形式，批评六国没有战略眼光，不能联合抗敌，却互相残杀。

【原文】

尝读六国世家，窃怪天下之诸侯以五倍之地、十倍之众，发愤西向，以攻山西千里之秦[1]，而不免于灭亡。常为之深思远虑，以为必有可以自安之计。盖未尝不咎其当时之士，虑患之疏，而见利之浅，且不知天下之势也。

夫秦之所与诸侯争天下者，不在齐、楚、燕、赵也，而在韩、魏之郊；诸侯之所与秦争天下者，不在齐、楚、燕、赵也，而在韩、魏之野。秦之有韩、魏，譬如人之有腹心之疾也。韩、魏塞秦之冲，而蔽山东之诸侯[2]，故夫天下之所重者，莫如韩、魏也。

昔者范雎用于秦而收韩[3]，商鞅用于秦而收魏[4]。昭王未得韩、魏之心，而出兵以攻齐之刚、寿，而范雎以为忧，然则秦之所忌者可见矣。秦之用兵于燕、赵，秦之危事也。越韩过魏，而攻人之国都，燕、赵拒之于前，而韩、魏乘之于后，此危道也。而秦之攻燕、赵，未尝有韩、魏之忧，则韩、魏之附秦故也。夫韩、魏，诸侯之障，而使秦人得出入于其间，此岂知天下之势耶？委区区之韩、魏，以当强虎狼之秦，彼安得不折而入于秦哉？韩、魏折而入于秦，然后秦人得通其兵于东诸侯，而使天下遍受其祸。

夫韩、魏不能独当秦，而天下之诸侯，藉之以蔽其西，故莫如厚韩亲魏以摈秦。秦人不敢逾韩、魏以窥齐、楚、燕、赵之国，而齐、楚、燕、赵之国，因得以自完于其间矣。以四无事之国，佐当寇之韩、魏，使韩、魏无东顾之忧，而为天下出身以当秦兵。以二国委秦，而四国休息于内，以阴助其急。若此，可以应夫无穷，彼秦者将何为哉？不知出此，而乃贪疆埸尺寸之利，背盟败约，以自相屠灭。秦兵未出，而天下诸侯已自困矣。至于秦人得伺其隙，以取其国，可不悲哉？

【注释】

〔1〕山西：这里指崤山（今河南洛宁西北）以西，秦国处于这一地区。

〔2〕山东：这里指崤山以东。

〔3〕范雎用于秦：据《史记·范雎传》记载，范雎对秦昭王说："今夫韩魏，中国之处，而天下之枢也。王其欲霸，必亲中国以为天下枢。"要昭王亲魏收韩。

〔4〕商鞅用于秦：据《史记·商君列传》记载，商鞅劝秦孝公出兵伐魏，"魏不支秦必东徙，东徙，秦据河山之固，东向以制诸侯，此帝王之业也"。后来终于使魏割河西之地与秦讲和。

【译文】

我曾经读《史记》齐、楚、燕、韩、赵、魏六国世家的故事，私下奇怪这些各霸天下一方的诸侯以比秦国大五倍的地域，比秦国多十倍的军队，奋发向西而进，去攻打崤山之西不过千里之大的秦国，却没能免于灭亡的命运。我常常为这件事作深远的考虑，认为他们一定会找到一条能保全自己的计策。因此不得不责备当时的谋士们防备祸患之策的疏漏，目光看不到长远利益，并且不了解天下的大势。

秦国要和诸侯们争夺天下的要害之地，不是在齐国、楚国、燕国和赵国之内，而是在韩国、魏国的郊外；诸侯各国要与秦国争夺的关键之地不是在齐国、楚国、燕国、赵国之内，而同样是在韩国、魏国的边境。对秦国来说，韩国、魏国的存在，就像人患有腹心的疾病一样。韩国、魏国堵塞着秦国东进的要道，而遮蔽着崤山之东的各诸侯国，所以天下最重要的战略位置，没有比得过韩、魏两国的。

从前范雎被秦国任用就提出收服韩国的主张，商鞅被秦国任用就提出收服魏国的主张。秦昭王在没有得到韩国、魏国的真心降服之前，就出兵攻打齐国的刚、寿之地，范雎因此很是担心。因此，秦国所忌惮的事情很明白就看出来了。秦国对燕国、赵国用兵，对秦国来说就是很危险的事了。跨越韩国、魏国而攻击他国的都城，那么燕国、赵国在前边抵抗它，韩国、魏国乘机在后面偷袭它，这就很危险了。但秦国攻击燕国、赵国，却不曾对韩国、魏国的存在感到担忧，这是因为韩国、魏国依附于秦国的缘故。韩国、魏国作为诸侯各国的屏障，而秦国能在其中进进出出，这难道能说那些谋士了解了天下的大势吗？

把小小的韩国、魏国推出去，以抵御强暴如虎狼一般的秦国，那韩国、魏国怎么能不屈服投入秦国的怀抱呢？韩国、魏国依附了秦国，从此以后秦国便能派兵通过其地而向东进攻诸侯各国，从而使整个天下的诸侯国面临着被秦国灭亡的祸害。

韩国、魏国不能独自抵挡秦国，可是天下的各诸侯国可以凭借韩国、魏国而挡住秦国向西进攻的道路，因此，还不如亲近厚待韩国和魏国以抵挡秦国。秦国既然不敢轻易越过韩国、魏国以谋取齐国、楚国、燕国和赵国，那么，齐国、楚国、燕国和赵国，便可以因此保全自身了。凭着四个没有战事的国家，帮助面对强敌的韩国和魏国，使韩国、魏国没有来自东面的后顾之忧，而为天下各诸侯国的安全挺身而出，去抵挡秦兵。用韩国、魏国对付秦国，而其他四个国家在内部休养生息，并在暗中帮助韩国、魏国的危难，这样的话，便可以对付一切变故，那强大的秦国还能有什么作为呢？诸侯们不知道出此计策，却只贪图边土上的尺寸小利，违背誓言破坏协约，来自相残杀。秦兵还没有出击，而天下的诸侯国已把自己搞得困顿不堪了。致使秦国能乘虚而入，攻取他们的国家，这能不令人悲叹吗？

上枢密韩太尉书

【题解】

这是苏辙为求见枢密使韩琦而呈上的一封书信。本意为求见，立意却巧妙，先从作文养气说到游历名山大川，再从名山大川的壮观说到晋见欧阳修，又由欧阳修再说到愿见韩太尉，既表达对韩的敬仰，又显得自然妥帖，不低声下气。

文中提出“文者气之所形”的观点，认为作者应从游览山川、扩大交游、开拓见闻中培养、提高自己的精神气质，是有可借鉴之处的。

【原文】

太尉执事：辙生好为文，思之至深。以为文者气之所形，然文不可以学而能，气可以养而致。孟子曰：“我善养吾浩然之气。”今观其文章，宽厚宏博，充乎天地之间，称其气之小大。太史公行天下〔1〕，周览四海名山大川，与燕、赵间豪俊交游，故其文疏荡，颇有奇气。此二子者，岂尝执笔学为如此之文哉？其气充乎其中而溢乎其貌，动乎其言而见乎其文，而不自知也。

辙生年十有九矣。其居家所与游者，不过其邻里乡党之人。所见不过数百里之间，无高山大野，可登览以自广。百氏之书，虽无所不读，然皆古人之陈迹，不足以激发其志气。恐遂汩没，故决然舍去，求天下奇闻壮观，以知天地之广大。过秦、汉之故都，恣观终南、嵩、华之高；北顾黄河之奔流，慨然想见古之豪杰。至京师，仰观天子宫阙之壮，与仓廪府库城池苑囿之富且大也，而后知天下之巨丽。见翰林欧阳公，听其议论之宏辩，观其容貌之秀伟，与其门人贤士大夫游，而后知天下之文章聚乎此也。太尉以才略冠天下，天下之所恃以无忧，四夷之所惮以不敢发，入则周公、召公，出则方叔、召虎〔2〕。而辙也未之见焉。

且夫人之学也，不志其大，虽多而何为？辙之来也，于山见终南、嵩、华之高，于水见黄河之大且深，于人见欧阳公，而犹以为未见太尉也。故愿得观贤人之光耀，闻一言以自壮，然后可以尽天下之大观，而无憾者矣。

辙年少，未能通习吏事。向之来，非有取于斗升之禄。偶然得之，非其所乐。然幸得赐归待选〔3〕，使得优游数年之间，将以益治其文，且学为政。太尉苟以为可教而辱教之，又幸矣！

【注释】

〔1〕太史公：指司马迁。

〔2〕方叔、召虎：都是周宣王（姬静）时的大臣。方叔曾平定荆蛮、猃狁的叛乱。召虎曾平定淮夷的叛乱。

〔3〕赐归待选：苏辙在嘉祐二年（1057）十九岁时中进士。当年母亲病故，奔丧回蜀。服除回京，于六年八月，应贤良方正直言极谏策问，授商州军事推官，上奏乞留京师养亲。获准赐归待选。直到治平二年（1065）三月，方出任大名府推官。

【译文】

太尉执事：我生性喜好写文章，对怎样写好文章考虑得很深刻。我认为文章是人内在气质的体现，文章虽然不是学习了就能写好，而人的内在气质却可以通过加强自身的修养而得到。孟子说：“我善于培养我的盛大刚正之气。”如今看他的文章，宽阔厚重，宏伟博大，充塞于天地之间，同他的内在气质大小相称。

太史公司马迁游历天下，看遍了整个中国的名山大川，和燕国、赵国一带的豪侠俊杰交游，所以他的文章疏放不羁，很有奇伟的气魄。这两个人，难道曾经专门提笔学习过写这样的文章吗？那种浩然之气充塞于他们的心胸之中而自然流露于他们的容貌之上，从他们的口中表达出来而在他们的文章中再现出来，只是他们并没有察觉而已。

我出生已经十九年了。平常在家中与我交游的，不外乎乡里邻居这类人；所看到的也不过几百里之内的景物，没有高大的山脉、空旷的平野来登览，以增加自己的见识；诸子百家的书，虽然没有不去读的，但那都是古人的陈迹，不能激发自己的志气。我害怕这样会埋没了自己，因此断然离开家乡，去寻求天下的珍奇传说和壮观景色，以便感知天地间的广阔博大。我路过了秦、汉时的故都，尽情地观览了终南山、嵩山、华山的高大雄伟；向北眺望了黄河奔腾而去的壮观气势，深有感触地想起了古代的英雄豪杰。到京城，瞻仰了皇帝宫殿的壮丽宏伟以及粮仓、府库、城池、苑囿的富庶和巨大，这才知道天下的广阔和美丽。我见到了翰林学士欧阳修先生，聆听了他宏伟雄辩的议论，看见了他秀美奇伟的容貌，和他的门生贤士大夫交游，这才知道天下的优秀文章都汇聚在这里。太尉您以雄才大略而名冠天下，国家依靠您才没有忧患，周边的各族害怕您才不敢轻举妄动，在朝廷上就如周公、召公那样辅佐君王，在外用兵就像方叔、召虎一样御侮安边。可我至今还没能见到您呢。

再说，一个人的学习，不有志于最高境界，即使学得再多又有什么作为呢？我来到京城，对于山，看到了终南山、嵩山、华山的高大雄伟；对于水，看到了黄河的广大深远；对于人，看到了欧阳修先生；然而还以没有见到太尉您而深为遗憾。因此，希望能亲睹您的风采，聆听您的一点教诲以激发自己的雄心壮志，这样才会认为看到了天下所有的壮观景致而没有什么遗憾了。

我还年少，没能通晓做官的事务。先前来京应试的时候，并不一定要谋取一点点俸禄。偶然考中得了官，也不是自己喜欢的。然而有幸得到恩赐让我还乡等候选拔，使我能悠闲几年，我将进一步钻研作文之道，并且学习为政之道。太尉您如果认为我可以教诲而屈尊教诲我，那我就更感到幸运了。

黄州快哉亭记

【题解】

本文是作者在宋神宗元丰六年（1083）谪居筠州（今江西高安）时所作。文章借快哉亭来述说张梦得能够随遇而安的旷达胸怀，实际上也是抒发作者自己的思想感情。作者描述了快哉亭上所见的景物，说明只有像亭主人一样胸怀坦荡，不因个人的遭遇而影响心境，才能“无所不快”。这实际上是作者在不利处境下的自勉。这种思想在封建社会的知识分子中很具有普遍性。

【原文】

江出西陵[1]，始得平地，其流奔放肆大。南合湘、沅[2]，北合汉、沔[3]，其势益张。至于赤壁之下[4]，波流浸灌，与海相若。清河张君梦得[5]，谪居齐安，即其庐之西南为亭，以览观江流之胜。而余兄子瞻名之曰“快哉[6]”。

盖亭之所见，南北百里，东西一合，涛澜汹涌，风云开阖。昼则舟楫出没于其前，夜则鱼龙悲啸于其下。变化倏忽，动心骇目，不可久视。今乃得玩之几席之上，举目而足。西望武昌诸山[7]，冈陵起伏，草木行列，烟消日出，渔夫樵父之舍，皆可指数，此其所以为快哉者也。至于长洲之滨，故城之墟，曹孟德、孙仲谋之所睥睨，周瑜、陆逊之所驰骛[8]，其流风遗迹，亦足以称快世俗。

昔楚襄王从宋玉、景差于兰台之宫[9]，有风飒然至者，王披襟当之，曰：“快哉此风！寡人所与庶人共者耶？”宋玉曰：“此独大王之雄风耳，庶人安得共之！”玉之言盖有讽焉。夫风无雄雌之异，而人有遇不遇之变。楚王之所以为乐，与庶人之所以为忧，此则人之变也，而风何与焉？士生于世，使其中不自得，将何往而非病？使其中坦然，不以物伤性，将何适而非快？今张君不以谪为患，收会计之余，而自放山水之间，此其中宜有以过人者。将蓬户瓮牖，无所不快，而况乎濯长江之清流，揖西山之白云[10]，穷耳目之胜以自适也哉！不然，连山绝壑，长林古木，振之以清风，照之以明月，此皆骚人思士之所以悲伤憔悴而不能胜者，乌睹其为快也？

【注释】

〔1〕西陵：西陵峡，为长江三峡之一，在今湖北宜昌和巴东之间。

〔2〕湘、沅：二水名，即湘江和沅江，都在长江南岸，为湖南主要河流，北流入江。

〔3〕汉：汉水，出陕西宁强北潘冢山，初出山时名漾水，东南经过勉县，会合沔水。沔：沔水，出陕西留坝西，进入勉县。另有一源出自陕西略阳，东南流至勉县。诸水会合，东经褒城再合褒水，始称汉水。

〔4〕赤壁：一名赤鼻矶，在今湖北黄冈。并非三国赤壁之战的地方。苏氏据民间传说，姑且记之，未做定论。

〔5〕张君梦得：张梦得，字怀民，清河（今属河北）人，贬官齐安，即黄州。元丰六年（1083）七月，营新居于江上。

〔6〕子瞻：苏轼，为作者之兄，当时亦贬居黄州，与张梦得交往。元丰六年十月十二日夜访张怀民，有《记承天寺夜游》记其事。

〔7〕武昌：今湖北鄂州。

〔8〕曹孟德……驰骛：此指三国时的赤壁之战，曹操（字孟德）与孙权（字仲谋）在此交锋。周瑜，字公瑾。陆逊，字伯言，皆东吴的名将。

〔9〕楚襄王：战国时楚国的君主。相传他曾梦见巫山神女。宋玉：楚国的大夫，善作辞赋。下文故事即见他所著的《风赋》。景差：楚国的大夫，亦善辞赋。兰台之宫：在今湖北钟祥。

〔10〕西山：又名樊山。《东坡志林·吉迹》有樊山的记载。在今湖北鄂城西。

【译文】

长江流出西陵峡，开始进入平坦的旷野，江流变得奔放浩荡起来。在南边汇合了湘江、沅水，在北边汇聚了汉江、沔水，水势更加盛大。到了赤壁之下，江流侵蚀两岸，犹如大海一样宽阔。清河张梦得君被贬官后居住在齐安，他在住处的西南边建了一座亭子，用来观览长江横流浩瀚的胜景。我的哥哥苏轼给这座亭子起名为“快哉”。

从亭上所能看到的，南北之间有百余里，东西之间约三十里。长江波涛汹涌，时而风起云涌，时而风静云消。白天则有船只往来于眼前，晚上可听鱼龙在亭下江水中悲声长啸。景物变化迅疾、动人心魄、惊人眼目，使人不能长时间地观看。如今我能坐在亭子间的案几上观览，只要一抬头就可以看个够。向西望去，武昌一带的山脉，山冈丘陵，高低起伏，草木成行成列，烟雾消散，红日东出，渔夫、樵客的屋舍，都历历在目，举手可数。这就是把亭子起名为“快哉”的原因吧。至于那长江长长的沙洲沿岸，故城的废墟，曹操、孙权曾经窥视谋取的地方，周瑜、陆逊曾经驰骋作战的场所，他们的风流遗迹，也足以使一般世俗之人称快啊。

从前，宋玉、景差陪伴楚襄王在兰台宫游玩，有阵清风忽然吹来，楚襄王迎风敞开衣襟，说：“这风真令人痛快啊！大概寡人和百姓们可共同享受吧？”宋玉回答说：“这仅是大王独享的雄风罢了，百姓怎能与您共同享有呢？”宋玉说的话包含有讽谏的意思。风并没有雄雌的分别，而人却有得志与不得志的不同。楚襄王所感到的快乐，对百姓而言所感到的是忧愁，只是由于人的境遇不同造成的，与风又有什么关系呢？读书人生活在世上，假使他心中有不得意的地方，那么到哪里没有忧愁呢？假使他心中坦然自安，不因为外物的影响而伤害到性情，到哪里又不会快乐呢？如今张君不以贬谪异乡为愁苦，利用征收钱谷的公务之后的闲余时间，而在山水之间尽情享乐，这说明他心中应有超过常人的地方。即使让他生活在用蓬草编成门户、瓮片做成窗子那样艰苦的环境中，他也不会有不快乐的，更何况是可于长江中的清流中洗濯，能在西山上尽情观赏悠悠的白云，而让耳目充分地感受美好的景色，从中来自求安适呢！如果不是这样，那么连绵的山脉、幽深的峡谷、一眼望不到边的森林、古老的树木、清风在其间回荡，又有明月照临，这些景物都是令失意之士悲伤甚至憔悴而不能忍受的，怎么能从中看到什么快乐呢？

为兄轼下狱上书[1]

【题解】

元丰二年（1079），当时苏轼任湖州知州，谏官何正臣、舒亶、李定等人摘取苏轼诗文表章词句，弹劾苏轼攻击新法，诽谤朝政。七月，御史台派人将苏轼逮捕，八月下御史台狱，十二月结案出狱，这就是历史上的“乌台诗案”。

苏轼获释后被贬为黄州团练副使，苏辙也由应天府判官被贬为筠州监盐酒税。苏轼下狱后，苏辙上书宋神宗赵顼，请求用自己的官爵为苏轼赎罪。文章首先肯定苏轼确有狂妄急躁、轻议时政的过错，但苏轼对此早有悔悟，谏官摘报的诗句是苏轼悔悟以前所作，隐含旧事重提、罚不当罪之意。然后转述苏轼的话，表明他确有改过自新、报效王朝的耿耿忠心。最后以缇萦救父为例，提出用自己的官职为苏轼赎罪的请求，希望神宗念及苏轼秉性愚直，而免其一死。文章情与理兼备，言辞哀婉，恳切简明，既不触犯谏言皇帝，又能辩明事理，这是文章的难得之处。

【原文】

臣闻困急而呼天，疾痛而呼父母者，人之至情也。臣虽草芥之微，而有危迫之恳，惟天地父母哀而怜之。

臣早失怙恃[2]，惟兄轼一人相须为命。今者，窃闻其得罪逮捕赴狱，举家惊号，忧在不测。臣窃思念，轼居家在官无大过恶。惟是赋性愚直，好谈古今得失，前后上章论事，其言不一。陛下圣德广大，不加谴责。轼狂狷寡虑，窃恃天地包含之恩，不自仰畏；顷年通判杭州，及知密州，日每遇物，托兴作为歌诗，语或轻发。向者，会经臣僚缴进陛下，置而不问。轼感荷恩贷，自此深自悔咎，不敢复有所为。但其旧诗已自传播，臣诚哀轼愚于自信，不知文字轻易，迹涉不逊，虽改过自新，而已陷于刑辟，不可救止。轼之将就逮也，使谓臣曰：“轼早衰多病，必死于牢狱，死固分也。然所恨者，少抱有为之志，而遇不世出之主，虽龃龉于当年，终欲效尺寸于晚节。今遇此祸，虽欲改过自新，洗心以事明主，其道无由。况立朝最孤，左右亲近必无为言者。惟兄弟之亲，试求哀于陛下而已。”

臣窃哀其志，不胜手足之情，故为冒死一言。昔汉淳于公得罪[3]，其女子缇萦[4]，请没为官婢以赎其父。汉文因之遂罢肉刑。今臣蝼蚁之诚，虽万万不及缇萦，而陛下聪明仁圣过于汉文远甚。臣欲乞纳在身之官，以赎兄轼，非敢望末减其罪，但得免下狱死为幸。兄轼所犯，若显有文字，必不敢拒抗不承，以重得罪。若蒙陛下哀怜，赦其万死，使得出于牢狱，则死而复生，宜何以报；臣愿与兄轼洗心改过，粉骨报效，惟陛下所使，死而后已。

臣孑孓孤危，迫切无所告诉，归诚陛下，惟宽其狂妄，特许所乞。臣无任祈天请命激切陨越之至。

【注释】

〔1〕元丰二年（1079），苏轼因“乌台诗案”被李定、舒亶等人罗织罪名，以“诋毁新法”而下狱。此书为苏辙为营救哥哥而作。

〔2〕怙恃（hù shì）：依靠。一般指父母的依靠。

〔3〕淳于公：指汉临淄人淳于意，精通医术，世称仓公。文帝时因故获罪当刑。其女缇萦上书救之，得免。

〔4〕缇萦：淳于意小女儿的名字。

【译文】

我听说在困难危险的时候人常常呼喊上天，在有疾病疼痛时，就呼喊父母，这是人最深的情感。我虽然如同草籽一样渺小，现在的愿望危急紧迫，只有请求天地和父母同情可怜我。

我在很早的时候就失去父母的照顾，只与兄长苏轼一人相依为命。现在，我听说他因犯罪被逮捕送到监狱了，我全家人惊哭，担心他遭到意想不到的惩罚。我私下里想，苏轼无论是在家还是做官并没有很大的过错和恶性，只是秉性愚笨耿直，喜欢讨论古代和当朝事情的得失。呈上奏章议论国事，他的主张前后也不尽一致。对于他的不正确意见，陛下英明神圣，恩德广大，没有批评责备过。我哥哥苏轼狂放清高而虑事不周，私自仰仗皇帝犹如天地那样包容恩宠而无所顾忌。前几年，他任杭州通判和密州知州时，每日所见都寄情于物，乘兴写诗，说话有时很轻率。以前，已经有同事把诗交给您，您将其置放在一边而没有过问。苏轼感激您恩惠宽恕，从此深深悔恨自咎，不敢再写，但他原来写的诗已经流传开来。我实在可怜苏轼糊涂地过于自信，不懂得文字写得随便，则近似出言不逊。虽然改过自新，但有触犯刑律的部分已经无可挽回了。苏轼在将被捕时，托人对我说："我过早衰老，又有多种疾病，一定会死在牢狱里，本来死是应当的。但是所恨的是，从小就立下有所作为的志向，而又逢百年不遇的明君，虽然早年意见曾经有过不合的地方，但始终想在晚年贡献出自己一点微薄的力量。现在遭遇这样的祸事，虽然想改过自新，改变想法来报效英明的君主，已经没有办法了。何况我在朝廷上十分孤立，皇帝身边的近臣一定没有为我说话的人，只有你我还有兄弟的情谊，可以试着向皇帝乞求怜悯罢了。"

我私下对他的这种愿望十分哀伤，又禁不住兄弟感情的驱使，所以冒着性命危险向您说一说。以前汉朝的时候，淳于意犯了罪，他的女儿缇萦请求收为官婢来赎父亲的罪。汉文帝因她而废除了肉刑。现在我微薄的情感，与缇萦相比远远不及，而陛下英明仁德却远远超过汉文帝。我愿意把本人所在的官职交出，用来赎回兄长苏轼，不敢希望减轻他的罪，只要能免于死在监狱里就是万幸了。我兄长苏轼犯法，如果有明显的文字证据，他一定不敢拒不承认，以加重自己的罪行。如果承蒙陛下您可怜，赦他重罪，使他能出离牢狱，恩同死而复生，用什么来报答您呢？我和兄长苏轼一定改变思想，改正错误，粉身碎骨报答效力，只要事情是陛下所吩咐的，将不惜牺牲生命去做。

我孤立无援、心急情切，又无人可以诉说，只能把心里的话讲给您，请您宽恕他的狂妄，允许我的请求。祈求苍天皇命的急迫之情，实在无以表达。

三国论[1]

【题解】

此篇文章为宋仁宗嘉祐五年（1060），苏辙为应制科举而进论二十五篇之一。文章以“以不智不勇，而后真智大勇，乃可得而见”立论，由此对刘邦、项羽和三国史事加以分析，并着重将刘备与刘邦进行对比，指出刘备的失误。文章立意新颖，论述婉转而条理清晰，又极具开合抑扬之势。

【原文】

天下皆怯而独勇，则勇者胜；皆暗而独智，则智者胜。勇而遇勇，则勇者不足恃也；智而遇智，则智者不足用也。夫唯智勇之不足以定天下，是以天下之难，蜂起而难平。

盖尝闻之，古者英雄之君，其遇智勇也，以不智不勇，而后真智大勇，乃可得而见也。悲夫，世之英雄，其处于世，亦有幸不幸耶？汉高祖、唐太宗，是以智勇独过天下，而得之者也。曹公、孙、刘，是以智勇相遇，而失之者也。以智攻智，以勇击勇，此譬如两虎相捽，齿牙气力，无以相胜，其势足以相扰，而不足以相毙。当此之时，惜乎无有以汉高帝之事制之者也。昔者项籍，乘百战百胜之威，而执诸侯之柄，咄嗟叱咤[2]，奋其暴怒，西向以逆高祖。其势飘忽震荡，如风雨之至。天下之人，以为遂无汉矣。然高帝以其不智不勇之身，横塞其冲，徘徊而不得进。其顽钝椎鲁[3]，足以为笑于天下，而卒能摧折项氏而待其死，此其故何也？夫人之勇力，用而不已，则必有所耗竭，而其智虑久而无成，则亦必有所倦怠而不举。彼欲用其所长，以制我于一时，而我闭门而拒之，使之失其所求，逡巡求去而不能去[4]，而项籍固已惫矣。

今夫曹公、孙权、刘备，此三人者，皆知以其才自取，而未知以不才取人也。世之言者曰：“孙不如曹，而刘不如孙。刘备惟智短而勇不足，故有所不若于二人者，而不知因其所不足以求胜，则亦已惑矣。盖刘备之才，近似于高祖，而不知所以用之之术。昔高祖之所以自用其才者，其道有三焉耳。先据势胜之地，以示天下之形；广收信、越出奇之将[5]，以自辅其所不逮；有果锐刚猛之气而不用，以深折项籍猖狂之势。此三事者，三国之君，其才皆无有能行之者。独有一刘备，近之而未至，其中犹有翘然自喜之心[6]，欲为椎鲁而不能钝，欲为果锐而不能达。二者交战于中，而未有所定，是故所为而不成，所欲而不遂。弃天下而入巴、蜀，则非地也。用诸葛孔明治国之才，而当纷纭征伐之中，则非将也。不忍忿忿之心，犯其所短，而自将以攻人，则是其气不足尚也。嗟夫，方其奔走于二袁之间[7]，困于吕布，而狼狈于荆州，百败而其志不折，不可谓无高祖之风矣，而终不知所以自用之方。夫古之英雄，惟汉高帝为不可及也夫。"

【注释】

〔1〕三国论：此论作于苏辙二十二岁进京应制科举之前。

〔2〕咄嗟叱咤：猛呼怒号之状。

〔3〕顽钝椎鲁：愚蠢之意。

〔4〕逡巡：退却。也写作"逡循""逡遁"。

〔5〕"广收"句：广泛地网罗韩信、彭越这样能别出奇计的将领。

〔6〕翘然自喜：高傲气盛、沾沾自喜。

〔7〕二袁：指袁绍、袁术兄弟二人。袁绍是袁逢之庶子，袁术是嫡子。

【译文】

天下都是胆怯之人，只有一个勇敢的人，那么勇敢的人取胜；天下都是糊涂的人，只有一个聪明的人，那么聪明的人取胜。勇敢的人遇到勇敢的人，那么就不能只依靠勇敢了；聪明的人遇到聪明的人，那么就不能够只依靠聪明了。正因为只靠智勇来安定天下是不够的，所以天下的灾难蜂拥而起而又难以平定。

我曾听说，古时候可称英雄的帝王，当他们遇到智勇的对手时，用不智不勇对待，然后真正的大智大勇才能表现出来。可悲呀！难道英雄处于世界上也有幸运与不幸吗？汉高祖、唐太宗是以个人智勇超过天下所有的人而得到帝位的。曹操、孙权、刘备是因他们智勇相当而遇到一起，因而丧失完全取胜的机会。用智谋来打击智谋，用勇者打击勇者，这就好像两虎相互撕咬搏斗，光凭牙齿气力，无法取胜，那情势可以互相干扰，而不能消灭对方。在这个时候，可惜没有人用汉高祖的办法来对付对方。从前，项羽用百战百胜的威势，掌管统率着各路诸侯大军，狂呼大吼，充分显示出他愤怒的气势，向西来迎战汉高祖。他的声势极大，如同暴雨雷霆般迅猛而惊天动地。天下人都认为从此就没有大汉帝国了。然而汉高祖用他那不聪明又不勇敢的身躯，在项羽进军的冲要之地横杀竖挡，使项羽的军队来回调动而不能前进。汉高祖那种愚笨蠢钝，足以使天下人笑话，而最后却能打败项羽而等着看他死亡。这种结果的原因是什么？

人的勇敢气力，拼命使用而不知停歇，就一定会有损耗；而人的谋划总是不能成功，就会有所疲倦懈怠而无法振作起来。他想用他的长处，在短时间内来压倒我，而我关上门拒绝他，使他失去他的希望，徘徊不定想退走又不能退走，这时项羽肯定已经十分疲惫了。

现在曹操、孙权、刘备这三个人，都知道凭自己的才能去夺取，而不知道用自己的短处去从别人那里取得。世上议论的人说：孙权不如曹操，而刘备不如孙权。刘备智谋浅显而又没有勇力，所以相对曹、孙二人有所不足，却又不懂得用自己的不足来求取胜利，这样也是太糊涂了。刘备的才能与汉高祖相近，却不懂得如何把才能使用出来。从前汉高祖使用自己的才能有三种方法。先占据有利的地势，用以显示出得天下后将有所作为；广泛收用像韩信、彭越等才能出众的将领，用来弥补自己的能力不足；有果敢敏锐刚烈勇猛的精神却不表现出来，用来大大挫败项羽猖狂的气势。这三件事，三国的君主，他们都没能做到。只有一个刘备，接近这种本领却未能完全达到这种境界，他的内心还有点自命不凡、沾沾自喜的情绪，想做一个愚笨的人而又不能愚傻，想做果敢、敏锐的人而又不能明达。在心中两种思想激烈交战，却没有定下来，所以，事情做不成，愿望无法实现。扔掉天下而进入巴、蜀，那不是合适的地方。用诸葛亮这样治理国家的人才，但正当混战之中，诸葛亮作为将才是不合适的。不能忍耐愤怒的情感，没有避开自己的短处，却自己领兵来攻打别人，这样，他的精神就不值得过高评价了。唉！当他在袁绍、袁术之间奔波的时候，当他被吕布所困的时候，当他在荆州被打得狼狈不堪的时候，失败无数次而志向不改，不能说他没有汉高祖的精神和作风，但他始终不能懂得如何把自己的能力发挥出来。古代的英雄，只有汉高祖是无人能够赶得上的啊。